공녀님!
공녀님!

공녀님! 공녀님! 1

Lady! Lady!

공녀님! 공녀님! 1

지은이 박희영
펴낸이 이형기
펴낸곳 도서출판 가하
브랜드 가하 에픽

초판인쇄 2014년 6월 13일
초판발행 2014년 6월 20일
출판등록 2008년 10월 15일 제 318-2008-00100호

주소 서울 영등포구 양평로 67, 1209 (당산동5가, 한강포스빌)
전화 02-2631-2846 **팩스** 02-2631-1846

www.ixbook.co.kr

ISBN 979-11-5682-158-8   04810
       979-11-5682-157-1   04810(set)

값 11,000원

Concents

01. 서막(序幕)

"아가씨, 일어나셨어요?"

어느 따사한 봄날, 조용한 레이나스 공작저에 방문을 두드리는 소리가 울렸다. 안쪽 기색을 살피며 희고 거대한 방문을 한 번 노크한 그녀는 공작의 부름을 받고 온 하녀였다. 아직은 앳된 얼굴이 해가 중천에 떠 있는 창밖을 향했다가 도로 돌아왔다.

"아가씨, 아직 주무시는 건 아니죠?"

"……."

"혹시 어제 들으신 혼담 때문에 나오지 않으시는 거예요?"

그녀가 방금 전보다 좀 더 힘을 주어 방문을 두드렸다. 하지만 되돌아오는 건 침묵뿐. 조금 기다려보다가 이내 땅이 꺼져라 한숨을 쉬며 주머니에서 열쇠를 꺼냈다. 공녀(公女)가 이렇듯 방을 걸어 잠그고 나오지 않은 건 한두 번이 아니었던지라 이젠 익숙했다.

물론 이렇게 강제로 문을 따고 들어가면 공녀의 분노도 분노겠지만, 그보다는 명을 이행하지 못했을 시 떨어지는 공작의 불호령이 더 크다. 이래도 치이고 저래도 치인다면 조금이라도 덜한 쪽을 선택할 수밖에 없다.

그녀는 한 번 큰 숨을 들이켜고 내쉬면서 손목을 움직였다. 화려한 문양이 새겨진 금색 열쇠가 열쇠 구멍에 맞아떨어지면서 찰칵거렸다.

"아가씨, 들어갑니다."

그녀는 문 사이로 고개만 쏙 들이밀어 말하고는 문을 활짝 열었다. 눈을 질끈 감고 안쪽 반응을 기다리고 있는데, 이상하게도 조용했다.

공녀님이 안 계신 걸까?

그녀는 눈꺼풀을 살짝 들어 올려보았다. 문 반대편에 위치한 넓은 창문은 밝은 햇살과 함께 베이판 국(國)을 비추고 있었다. 대리석 바닥은 그 빛을 반사하며 더욱 광택이 났고, 벽에 수놓아진 라일락 꽃무늬와 금테 둘러진 거울, 장식장 등은 왕녀의 방이 부럽지 않을 정도로 화려했다.

아차, 어서 공녀님을 찾아 모시고 가야지.

장식장에 놓인 티아라에 정신이 뺏겨 있던 하녀가 퍼뜩 정신을 차렸다.

좌우를 둘러보던 하녀가 고개를 갸우뚱했다. 제가 알기로 공녀인 아르렐리아는 어제 이 방에 들어간 이후 나오지 않았고, 따라서 지금도 이 방에 있어야 한다.

하지만 어찌 된 일인지 공녀의 모습은 방 안 어디서도 찾을 수가 없었다.

"아가씨?"

그녀는 조심스럽게 공녀를 부르며 안쪽으로 걸음을 옮겼다. 창문으로 들어온 바람에 붉은 커튼이 파도처럼 요동치고, 미처 발견하지 못했던 작은 종이도 팔락거리며 날아왔다.

나 여행할 겸 가출함.
찾지 마시오. 찾으면 추후의 일은 책임 못 짐.
추신. 난 절대 결혼 안 해!

— 아르렐리아

쪽지를 읽던 시녀는 보고 있는 것을 믿을 수 없어 눈을 몇 번이고 감았다가 떴다. 자신이 잘못 읽은 것이기를 바라고 또 바랐건만, 아무리 눈을 비비고 다시 봐도 쪽지에 적힌 글자는 변함이 없었다.

그녀는 메모를 들고 부들부들 떨다가 이내 자신이 낼 수 있는 가장 크고 경악스런 목소리로 소리 질렀다.

"공녀님께서 가출하셨어요!"

제국력 129년 어느 화창한 날 아침, 레이나스 공작가가 발칵 뒤집어졌다.

제국력 129년, 베이판의 전대 국왕의 2왕자가 왕권을 잡은 지도 12년이 지난 때였다. 개국 당시부터 베이판의 기둥이었던 레이나스 가(家), 카를로스 가(家), 그리고 신흥 귀족인 세이모어 가(家)의 세력은 그 어느 때보다도 강했다. 하지만 베이판의 그 어떤 자도 세 가문 중 어떤 가문이 가장 세력이 강한지에 대해서는 대답하지 못했다. 세 가문의 사이가 어떤지 묻는 질문에도 마찬가지다.

세 가문은 정확히 평행선 위에 놓여 있다. 서로 견제하지만 어느 순간엔 협력하고, 언제 그랬냐는 듯 다시 충돌하며 서로의 세력을 조정해나가는 것이 그네들 일상이라면 일상이었다.

각 가문의 세력이 강한 만큼 그들이 상징하는 것도 각기 달랐다. 대대로 기사의 집안으로 위용을 떨치고 있는 레이나스 가문은 기사가 되길 꿈꾸는 이들에겐 꿈, 그 자체. 카를로스 가문은 나라의 상권을 틀어쥐고 밑으로 수많은 상인들을 거느리고 있었다. 특히 젊은 가주(家主)가 계산이 빠르고 영민하다는 소문이 돌고 있었다.

하지만 단 하나, 세이모어 공작가만은 그러한 상징성 없이 철저히 베일에 싸여 있었다. 세이모어 공작가는 원래 소규모의 병사만을 소유하고 있던 남작가였지만, 짧은 시간 안에 다른 두 공작가와 어깨를 나란히 했다. 어떤 식으로 작위를 받게 되었는지만큼 비밀스러운 것은 세이모어 공작의 존재 자체였다. 사교계는 물론이고 공식석상에도 모습을 드러내지 않는 그에 관한 소문은 심심찮게 떠올랐다가 가라앉았다. 심지어는 공작이 사실 유령이 아닌가 하는 허무맹랑한 이야기까지 나왔지만, 세이모어는 그때마다 철저한 무시로 일관했다.

이렇게 베이판 국에서 왕권과 귀족 세력이 팽팽하게 맞서는 한편, 바로 강 하나를 끼고 옆에 붙어 있는 하일렌 국은 강력한 황권을 바탕으로 제국으로 도약하고 있었다. 제국을 통치하고 있는 에슬란 황제는, 황제로서의 자질이 없는 일곱 황자들을 모두 공개 처형했고, 그 냉혹함을 바탕으로 육십의 나이에도 정정하게 자리를 지키고 있었다.

"좋아, 여기로 정했어. 여기로 가자."

하일렌 제국을 지도에서 눈여겨보고 있던 한 소녀가 결심한 듯 중얼거렸다. 그녀는 지도에서 시선을 떼어 해안가를 응시했다.

"저 배 중 하나를 타면 될 것 같은데……."

건물 사이에 숨어 있던 그녀는 결연한 얼굴로 로브 모자를 젖혔다. 그러자 몹시도 아름다운 얼굴이 드러났다. 불그스름한 뺨에 짙은 눈썹, 신비로운 은빛 눈동자는 무척 매혹적이었다. 핏방울처럼 붉고 도톰한 입술은 굳게 다물어졌다.

그녀는 허리춤에서 단검을 빼내고, 허리까지 오는 머리카락을 잡고 가차 없이 잘라버렸다. 주인을 잃은 은색 머리칼이 바닥에 툭 떨어졌고, 아무렇게나 잘라내 비뚤비뚤해진 머리는 바람에 살짝 흩날렸다. 그녀는 검고 두툼한 로브를 여러 번 꼼꼼히 두르며 여린 몸매를 가렸다.

이 정도면 지나가는 사람들 눈엔 체구가 작은 남자로 보이겠지.

"이 배가 하일렌으로 가는 게 맞습니까?"

종종걸음으로 배 앞에 멈춰 선 그녀가 항구에 매인 밧줄을 풀고 있는 남자에게 물었다. 남자는 위아래로 그녀를 훑어보며 입을 열었다.

"맞긴 맞소만……."

"배를 타고 싶습니다. 품삯은 넉넉히 드리겠습니다."

남자는 '넉넉히'라는 말에 금세 얼굴을 바꾸며 고개를 끄덕였다. 그녀는 남자가 터주는 대로 배에 올랐다.

베이판에서 등을 돌리니 심장이 힘차게 맥동하기 시작했다. 충동적으로 실행하긴 했지만, 설레는 가슴은 어찌할 도리가 없다.

아렌은 깊게 심호흡을 하며 벽에 기대섰다. 일단 가출을 했으니 가명부터 생각해내야 한다.

아렌. '아르렐리아'를 줄이고 변형시킨 아렌이라는 이름이 좋을 것 같다. 난 이제 공녀가 아닌 하일렌 제국의 평민 남자인 아렌이 되는 거야.

하일렌 제국을 향한 그녀의 두 눈이 강하게 빛났다.

02. 맺어지는 인연

가출을 생각한 건 그리 오래된 일은 아니다. 아렌은 공작 영애로서의 생활에 나름대로 만족하면서 살고 있었기 때문이다. 귀족 영애의 체통을 지켜야 한다며 검 대신 활을 배우고 생활면에서도 자유가 없긴 했지만, 태어나길 그리 태어났으니 어쩔 수 없다고 여겼다. 제가 물려받을 공작위(位)는 원하는 것 모두를 누리고도 받을 수 있을 만큼 녹록한 게 아니었으니.

그런데 혼인이라니? 그것도 그녀가 언젠가 되리라 생각했던 공작의 지위에 있는 자와 혼인이라니.

'지금도 일인지하 만인지상의 자리에 계시면서 무엇을 더 얻고자 하시는 겁니까, 아버님.'

레이나스 공작은 세이모어 공작 가문과의 결합으로 더 큰 위세를 노리고 있었다. 이건 아니었다. 이것은 평생 동안 그녀가 기울였던 노력을 통째로 말살하는 것이며 오로지 가문을 위한 제물로서 써먹는 잔인한 행위였다.

아렌은 이 모든 분노를 아버지에게 털어놨으나 철없는 딸의 생떼로만 받아들여졌을 뿐이다.

'제 말을 허투루 들으신 데 대해 철저히 후회하시도록 만들어드리겠습니다.'

허언이 아니었다. 평생을 공작위를 바라보며 키워지고 교육받은 그녀다. 그녀 자신만의 힘으로 새 이름을 만들어 드높일 수 있다. 집안의 후광을 받지 않고도, 남편이 되리라는 세이모어 공작보다 더한 이름을 얻을 수 있다는 걸 보여주고 싶었다.

그리하여 그녀는 이 자리에 섰다.

하지만 그러한 비장함도 잠시, 아렌은 생전 두 번째로 와보는 하일렌 제국의 위용에 눈이 돌아갈 지경이었다. 강 하나를 끼고 있을 뿐인데도 그녀가 살던 베이판과 제국 하일렌은 하늘과 땅 차이였다. 비교할 수 없을 정도로 발달한 상업지구나 구름떼같이 몰려든 인구, 처음 보는 옷감과 특산물, 발명품⋯⋯. 책에서만 보던 문물이 전부 이곳에 있었다.

호기심에 이끌려 구경하고 다니느라 아렌은 반나절 만에 완전히 파김치가 되어버렸다. 정신을 차린 때는 이미 하늘이 어스름해지고 끼니를 두 번 놓친 후였다. 오늘은 이만하고 돌아가야겠다는 생각이 들어 주변을 둘러보니 선술집 하나가 눈에 들어왔다. 로브를 푹 눌러쓴 후, 그쪽으로 걸음을 옮겼다.

시끌시끌한 소음이 고막을 때렸다. 초저녁인데도 이미 만취해 널브러진 사람도 있었고, 또 술병을 들고 춤을 추는 이들도 몇몇 보였다.

"손님, 무엇을 주문하시겠습니까?"

아렌은 테이블 앞으로 다가온 종업원에게 메뉴판에서 대충 아무거나 가리켜서 보여준 다음, 다시 고개를 돌렸다.

구경할 거리는 많았다. 주정을 부리고 있는 취객, 어깨동무를 하고 어울려 나가는 사내들, 테이블 위에 카드를 어지러이 펼쳐놓고 모여 앉은 무리 등⋯⋯. 이런 광경이 낯설면서도 흥미로웠다. 아렌은 줄곧, 이렇게 하얀 담벼락 너머로 살아 숨 쉬는 지식과 역사를 원해왔다.

"자, 다음으로 내게 덤빌 자가 있나?"

선술집 중앙, 포커를 치고 있던 테이블에서 한 남자가 의기양양하게 외쳤다. 건너편에 앉아 있던 남자가 어깨를 축 늘어뜨리고 가는 걸 보니 카드놀이에서 진 모양이었다. 그럼에도 테이블 위에 올라가 있는 돈은 상당한 액수라, 많은 이들이 구름떼처럼 몰려들었다.

"나! 내가 하겠소!"

"좋지."

눈매가 쭉 찢어진 남자가 빙그레 웃으며 딜러에게 눈짓했다. 딜러는 테이블 위에 어지러이 널려 있는 카드를 모아 섞은 후 옆 사람에게 커팅을 시켰다. 우선 세 장이 두 남자에게 돌아가고 한 장씩 오픈된다. 한 장이 또 돌아가고 마침내 일곱 장이 된 순간, 둘은 카드를 오픈했다.

한쪽은 스트레이트, 다른 한쪽은 스트레이트 플러시였다.

"어이쿠, 또 이겨버렸네."

남자는 새로운 도전자의 돈까지 끌어당기며 넉살좋게 웃었다. 큰돈을 내걸었던 상대방은 사실 방금 내건 돈이 아이들 약값이라며 사정사정했으나, 외면만 당할 뿐이었다.

"자, 다음 도전자는?"

빛과 같은 속도로 2연승을 한 탓인지 다음 도전자는 섣불리 나서지 않았다. 그 모습을 쭉 지켜보고 있던 아렌이 자리에서 일어나 사람들 사이로 걸어 들어갔다.

"내가 할게요."

"좋아. 얼마 걸 텐가?"

"이것 전부."

아렌은 허리춤에 차여 있던 주머니를 올려두었다. 그 안에서 번쩍거리

공녀님!
공녀님! 1

는 황금색 금화를 보자 찢어진 눈매가 휘둥그레졌다.

"뭐? 이걸 전부? 후회 안 할 자신 있나?"

"물론이죠. 카드부터 섞지 그래요?"

"좋아. 그럼 나도 오늘 딴 돈 전부를 걸지. 충고 하나 하는데, 너 말이야. 집으로 돌아갈 여비 정도는 남겨두는 게 좋을 텐데."

"딜."

아렌의 입에서 짧게 단어가 떨어지자, 주머니를 멍하니 쳐다보고 있던 딜러가 깜짝 놀라며 카드를 섞었다.

상황은 조금 전과 똑같았다. 커팅, 세 장이 돌아가고 오픈, 베팅……. 그리고 마지막으로 카드를 오픈한 순간 사방에서 탄성이 터져 나왔다.

미소를 지은 쪽은 아렌이었다.

"그럼 이 돈은 잘 가져갈게요."

아렌은 생긋 웃으며 산더미처럼 쌓인 돈을 조금 전에 배팅에서 진 남자 앞으로 긁어 왔다.

"이거, 조금 전에 진 사람들에게 나눠주세요."

"네? 뭐라고요?"

"전 이거면 충분하니까."

아렌이 방금 제가 내놓은 돈주머니를 들고 일어서려 하자, 건너편에 앉아 있던 사내가 주먹으로 테이블을 탕 내리쳤다.

"방금 그거, 어떻게 한 거지?"

"뭐가 말이에요?"

남자는 꽉 쥔 주먹을 부들부들 떨며 새파란 눈으로 그녀를 올려다봤다.

"방금 그거! 도저히 네가 이길 수 없는 판이었을 텐데!"

"아, 그거요? 그거야 물론."

아렌의 불그스름한 입술이 둥그런 호선을 그리며 올라갔다.

"그쪽이 이제껏 이겨온 방식, 그대로 해줬죠."

"……."

"그럼 전 이만."

아렌은 로브를 펄럭이며 뒤돌았다. 뒤에선 분노를 못 이기고 고함을 내지르는 소리가 들렸지만, 상관하지 않았다. 실제로 남자는 소매에 여분의 카드를 숨겨두고 딜러와 짜고 치는 고스톱을 벌였고, 그를 눈치 챈 게 아렌이었을 뿐이다. 남자가 한 방식 그대로 돌려주었으니 문제될 건 없었다. 아렌은 카드를 섞기 전 몰래 숨겨두었던 카드 몇 장을 소매에서 빼내었다.

"가만두지 않겠어!"

몇 시간 동안 모은 돈이 한순간에 증발하는 데 분노한 남자가 아렌에게 돌진했다. 순식간에 뒤돌아선 아렌이 등에 매여 있던 활을 꺼내어 줌통을 잡고 시위를 당겼다.

"물러서세요."

단호하게 떨어지는 말 한 마디에, 황소처럼 뛰어오던 남자가 걸음을 멈추었다. 떠들썩하고 흥겹던 선술집이 찬물을 끼얹은 듯 조용해졌다.

"소란은 피우고 싶지 않습니다만."

사내는 당장이라도 덤벼들어 분풀이를 하고 싶었지만, 상대가 시위를 당기고 선 자세가 심상치 않아 함부로 움직일 수 없었다.

'뭐야, 이 계집애같이 생긴 새끼가.'

사내는 이를 으드득 갈았으나 제게로 향한 화살촉엔 망설임이 없었다. 창피하지만 물러나야 했다.

"젠장, 젠장!"

사내는 가슴 밑에서 끓어오르는 듯한 말투로 욕설을 내뱉으며 등을 돌렸다. 그를 경계하듯 감시하던 아렌은 한참 후에 활을 내려놓으며 얕게 숨을 쉬었다.

활을 도로 등에 매고 나서야 뒤쪽에서 수군수군 대는 소리와 자신에게 쏠린 시선이 느껴졌다. 조용히 식사만 하고 나가기엔 이미 글러버린 것 같다.

하루도 지나지 않았는데 이런 일을 겪다니, 바람직하지 않다. 빨리 나가야지.

활을 도로 등에 매고 나서야 뒤쪽에서 수군수군대는 소리와 자신에게 쏠린 시선이 느껴졌다. 조용히 식사만 하고 나가기엔 이미 글러버린 것 같다.

빨리 나가야겠다.

식사는 하지 않았어도 식비는 지불해야겠다는 생각에 주머니에서 동전을 뒤적거리고 있을 때였다. 포기하고 뒤돌아 가는 듯 보였던 사내가 다른 테이블에 앉아 있던 이의 허리춤에서 검을 뽑아 아렌에게 달려들었다.

거센 기합 소리에 반사적으로 뒤를 돌아본 순간, 시퍼렇게 빛나는 칼날이 그녀의 동공 위로 비쳤다.

여섯 걸음, 다섯 걸음…….

달려드는 사내로부터 그녀까지의 거리가 채 다섯 걸음도 남지 않았을 때였다. 이미 막기엔 늦었다는 걸 깨닫고 눈을 질끈 감은 순간, 짙은 그림자가 머리를 덮었다. 반사적으로 눈을 다시 뜨자 살짝 흩날리는 흑발이 시야를 채웠다.

곧이어 쨍, 하는 소리를 내고 허공을 날아가는 검. 아렌에게 달려들던 사내가 고통스런 신음을 뱉으며 손목을 감싸는 모습도 보였다. 아렌은 멍하니 자신을 막아선 사람을 올려다보았다. 짧은 흑발을 가진, 다부진 몸을 가진 남자였다.

"소란 피우지 마라."

미성이었지만 듣는 사람을 얼어버리게 할 만큼 차가운 기운이 묻어났다.

사내는 뼈가 부러진 것 같이 아파오는 손목을 붙잡으며 신음했다.

"넌 뭐야, 새끼야!"

"다음은 목이다."

남자는 망설임 없이 검을 목에 가져갔다. 목덜미에 드리워지는 새파란 기운에 상대의 입이 즉각 다물렸다.

"우, 우우……."

금세 기가 죽은 그는 슬슬 뒷걸음질을 치다가 결국 선술집 밖으로 뛰쳐나갔다.

이번엔 진짜 갔구나.

아렌은 놀란 가슴을 진정시키다가 시선을 올렸다.

"아……, 저기, 감사……."

아렌이 감사 인사를 하려 했으나 흑발의 그는 뒤도 돌아보지 않고 문으로 발걸음을 옮겼다.

"아? 저, 저기요!"

아렌이 황급히 그를 부르며 뛰어갔다. 쫓아갈 수 없을 만큼 걸음이 빠르다. 우글거리는 사람들 사이를 헤쳐서 선술집을 빠져나가는 것도 순식간이었다. 아렌을 좌우를 살피다 황급히 그의 뒤를 따라갔다.

"이봐요! 거기 좀 서요!"

아렌이 손을 뻗어 그의 옷깃을 잡아챘다. 흑발의 그가 멈추자 그녀는 숨을 몰아쉬며 고개를 들었다. 단순히 감사하다는 인사를 건네려다가 그만 입을 헤벌리고 말았다.

레이나스 공저는 항상 객(客)으로 붐볐다. 따라서 사교계에 데뷔하지 않았어도 아렌은 꽤 많은 사람을 스치듯 볼 수 있었다. 그런데 그녀가 지금 마주한 이는 이제껏 그녀가 보아왔던 사람들을 단번에 압도할 만한 외모를 가지고 있었다.

검고 짧은 머리카락에 대비되는 흰 피부와 짙은 눈썹, 깊고 진한 청색 눈동자, 조각 같은 생김새와 날카로운 턱 선은 흡사 여자로 착각하게 만들 정도의 미모였다. 하지만 다부진 어깨와 말랐지만 근육이 제자리를 잡은 몸매, 그리고 결정적으로 그에게서 풍기는 기운이 범상치 않았다. 머리는 시선을 돌려야 산다고 말하고 있었지만 눈이 좀처럼 말을 듣질 않는다.

마주친 눈동자는 그 뒤에 펼쳐진 밤하늘보다 더 푸르렀다.

세상에, 저렇게 선명한 푸른 눈은 처음 본다…….

멍하니 입술을 벌린 채 그의 눈을 응시하던 아렌은 퍼뜩 정신을 차리고 고개를 숙였다.

"고맙습니다, 아까 도와주셔서요."

흑발의 그는 대답 없이 옷자락을 빼내고 가던 길을 마저 걸어갔다.

어라, 나 지금 무시당한 건가?

"이봐요! 사람이 감사 인사를 했으면 받는 줘야죠!"

아렌이 다시 발걸음을 재촉하여 그의 옷깃을 잡았다. 흑발의 그가 미간을 좁히고 고개를 돌려 그녀를 보았다. 눈빛이 기묘하다.

"활잡이인가?"

그가 물었다. 아까 남자가 달려들 때에 맞춰 활을 꺼낸 것이나 둥그런 원을 그리며 올라간 완벽한 자세, 그리고 엄지에 박인 굳은살을 보고 그리 생각한 듯했다.

뭐, 말하자면 그렇지. 아렌은 가볍게 고개를 끄덕였다.

"검도 다루나? 하지만 그 어떤 것도 실전에선 쓴 적이 없겠군."

아렌은 이번에도 놀란 눈으로 그를 뚫어져라 쳐다봤다.

찰나의 순간 본 것으로 판단하기엔 너무나 정확하지 않은가. 그의 말대로 아렌은 검도 쓸 줄 알았다. 비록 활만큼은 아니더라도 어깨 너머로 몰래몰래 배워 기본적인 검술은 할 줄 알았다. 견습 기사들과 겨루다가 혼나기도 했고. 하지만 지금 문제는 따로 있었다.

"어떻게 알았죠?"

"……."

"단 한 번 본 것뿐인데, 어떻게? 거기다 활 잡을 땐 보고 있지도 않았으면서."

꼬치꼬치 캐물어오는 아렌이 귀찮다는 듯 흑발의 그가 다시 걸음을 옮겼다. 오기가 든 아렌은 옷깃을 꽉 잡고 당겼다. 그가 걸음을 딱 멈추고 아렌의 손을 내려다봤다.

"놓지 않으면 자를 거다."

"네?"

"손."

아렌은 아, 하며 옷깃을 놓았다. 더 이상 따라오지 마, 라는 경고의 의미도 들어가 있는 것 같다. 그녀가 옷깃을 놓자마자 그가 떨어지라는 듯 발걸음을 더욱 빨리하여 앞서 나갔다. 아렌은 멍하니 그 뒷모습을 보다가 그를 부르며 쫓아갔다.

"저기, 이봐요! 당신 뭐 하는 사람이에요? 어떻게 알았냐니까! 대답해 줘요!"

아렌은 혈혈단신으로 가출을 하면서 바깥 생활이 평탄치 않으리라는 건 충분히 인지하고 있었다. 선술집에서 본 남자가 속임수로 돈을 따는 걸 봤어도 간섭하지 않는 게 좋았다는 것도 알고 있음에도 그럴 수밖에 없었던 건, 당한 상대 중 하나가 아내 약값이니 돌려달라고 사정하는 걸

공녀님!
공녀님! 1

봤기 때문이다.

웬만하면 모르는 척 넘어가는 게 좋았다. 그건 지금 기다리고 있는 고집 센 은발에 대해서도 마찬가지였다.

"아직도 안 간 건가?"

흑발의 미남자가 문을 열고 나오려다 옆에 쭈그리고 앉은 아렌을 보고 말했다. 무심한 어조였지만 거기엔 희미한 짜증이 배어 있었다.

"검을 잡아봤다는 건 어떻게 안 거예요?"

아렌이 미처 말을 다 맺기도 전에 문이 먼저 닫혔다. 저 남자 입장에서야 남자가 여관까지 쫓아온 거나 마찬가지니 달갑지 않은 건 당연하다. 하지만 방 안에서 재워달라는 것도 아니고, 그녀가 건넨 질문에 대답만 해주면 끝날 일을 왜 대답해주지 않고 질질 끈단 말인가.

호기심 반, 오기 반으로 따라다니긴 했지만 실상 다른 것에도 눈길이 가긴 했다. 짧은 순간, 그가 제 팔처럼 휘둘렀던 새하얀 검. 검과 함께 움직이는 자취가 더없이 빠르고 깔끔했다. 가능하다면 한 번 더 보고 싶을 정도로.

그런데 대체 언제 나올 셈이야? 끝까지 안 나올 생각인가? 흥, 어디 누가 이기는지 한번 보자고.

아렌은 남자의 방 바로 옆에 잡은 제 방에 짐만 풀어놓고 복도에 죽치고 앉았다. 잠도 이곳에서 잘 생각이었다. 이제껏 남자가 보인 태도로 봐서는 여길 지키고 있지 않으면 금세 도망쳐버릴 것 같았다. 오늘밤 아렌이 여기서 버티고 움직이지 않을 거라는 걸 아는 것 같기도 하고.

그녀는 창문 밖으로 보이는 밤하늘에 시선을 옮겼다. 베이판에서 보던 것과 똑같은 하늘이다. 보이는 별자리까지 같으니 타국에 와 있다는 게 무색할 정도다. 아렌은 두 눈을 무겁게 감았다 떴다.

아버지, 어머니는 잘 계실까. 카일은 화가 많이 났겠지……. 다시 만나면 많이 혼날지도.

아무리 목표하는 바가 있어 집을 나왔다곤 하지만, 남겨두고 온 이들을 생각지 않을 수는 없었다. 어딘지 음울한 기색이 깃든 은색 눈동자가 느릿하게 내려갔다. 곱게 감긴 눈꺼풀 밑으로, 때 이른 이슬이 맺혔다.

하일렌 제국 수도에서 여관을 운영하고 있는 주인은 오늘도 활기찬 하루를 시작하려다 이상한 광경을 목격하게 되었다. 한 손님이 돈을 지불하고 빌린 방이 아니라 복도에 나와서 쿨쿨 자고 있었던 것이다. 그렇지 않아도 작은 체구를 어찌나 웅크리고 자던지 처음엔 누군가 내놓은 짐짝인 줄로만 알았다.

여관 주인은 이 노숙자를 어떻게 깨울까 생각하다 인기척을 느끼고 고개를 돌렸다. 짐짝 손님이 앉은 바로 옆방 문이 소리가 나지 않을 정도로 아주 천천히 열리고 있었다.

곧이어 그 안에서 흑발의 미남자가 나왔다. 짐짝 손님에 대해 이야기하려고 연 입이 힘없이 벌어졌다.

남자가 맞나?

그 생각이 들 만큼 수려한 외모의 소유자였다. 단정한 옷차림에 짐과 검까지 든 걸 보니 이제 퇴실할 모양이었다.

미남자는 그의 방문 앞에 앉은 짐짝 손님을 스치듯 본 후, 놀랍도록 빠르게 여관을 빠져나갔다. 누군가를 피해 도망가는 느낌이 다분했다.

"우……."

밑에서 들리는 신음에 여관 주인은 정신을 퍼뜩 차리고 시선을 내렸다. 인기척을 느끼고 깬 아렌이 무거운 눈꺼풀을 몇 번 깜박거리며 길게 하품하고 있었다.

"어라, 벌써 퇴실 시간인가요?"

22
공녀님!
공녀님! 1

"아, 아뇨. 이 방에 계시던 손님이 나가셔서 치우려고……. 아니, 그보다 손님은 애초에 방에 계시질 않는데……."

"뭐라고요?"

졸음 겨운 눈이 점점 커지다가 '나갔다'는 소릴 듣자마자 튀어나올 듯 부릅떠졌다. 그녀는 용수철처럼 튕기듯 일어나선 여관 주인의 어깨를 덥석 잡고 앞뒤로 흔들기 시작했다.

"어……, 어, 어, 어, 언제! 어디로요?"

"예?"

"그 사람 말예요, 그 사람! 이 방에 있던 사람!"

"바, 바, 바, 바, 방금 나갔습니다. 어디로 가셨는지는 모르겠습니다만."

아렌은 이를 바드득 갈며 짐을 챙기고 남자의 뒤를 따라 여관을 나섰다. 그녀가 뛰쳐나간 지 오래 지나지 않아 '그거 하나 끝까지 안 가르쳐주고 가버리냐, 이 치사한 놈!' 비명이 들려왔고, 여관 주인은 한바탕 폭풍이 지나간 것 같다고 생각하며 놀란 마음을 추슬렀다.

"도대체 어디로 간 거야?"

광장 근처에서 헤매던 아렌은 땀방울이 맺힌 이마를 슥 닦으며 인상을 찌푸렸다. 이리 봐도 저리 봐도 그 남자는 그림자도 보이지 않았다. 어제 갔던 선술집과 사람이 가장 많이 모인 광장까지 모두 둘러보았는데 머리카락 한 올도 보이지 않았다.

간밤에 그렇게 기다린 걸 알고서도 저 혼자 쏙 빠져나가다니, 천하에 몰인정한 놈이었다. 찔러도 피 한 방울 나오지 않을 위인 같으니. 그거 하나 대답해주는 게 뭐가 그리 어렵다고?

아렌은 뛰는 동안 흐트러진 옷매무시를 가다듬고 다시 걸음을 옮겼다.

이른 아침이라 그런지 광장엔 어제처럼 사람이 구름떼처럼 몰려 있지 않았다. 지친 다리를 이끌고 분수대 앞에 앉자 물방울이 뺨에 톡 하고 떨어졌다. 불편하게 자느라 잔뜩 뭉친 어깨를 툭툭 두드리고 있자 한숨이 절로 나왔다.

내가 지금 뭘 하고 있는 거지. 하일렌에 오면 하고 싶은 게 많았는데 고작 사람 하나 찾으러 뛰어다니고 있다니. 이럴 바엔 차라리 여행을 다니는 게 낫지 않을까.

그래, 그럴지도 모르겠다. 어차피 이 정도가 끝인, 가벼운 인연이었다면 어차피 오래가지 못했을 것이다. 이왕 자유의 몸이 된 것, 평소 못 하던 것들을 해보는 것도 나쁘지 않을 선택이리라.

아렌이 한숨 크게 돌리고 몸을 일으켰을 때였다. 누군가 고의적으로 느껴질 만큼 어깨를 세게 치고 지나갔다. 반사적으로 몸을 돌려 봤지만, 그녀와 부딪친 것으로 보이는 남자는 뒤도 돌아보지 않고 골목 사이로 빠르게 걸어 들어갔다.

"뭐야……. 뭔가 이상한데."

어딘지 싸늘한 느낌이 들어 손으로 몸을 더듬고 있는데, 허리춤을 만지는 순간 온몸에 핏기가 쑥 빠졌다. 돈주머니가 없다.

소매치기!

아렌은 자신이 공저에서 가지고 나온 돈과 어제 자신이 쓴 돈을 셈하며 눈물을 머금었다.

여비 부족할 것 생각해서 1실버라도 아껴썼건만……. 아냐, 이럴 때가 아니지. 지금은 우선 냉정해질 때였다.

지금 소매치기를 뒤쫓는 건 이미 늦은데다 경비대에 이야기를 하는 것도 마찬가지일 것이다. 이곳이 치안 뚫기가 까다로운 수도이니만큼 도둑질이 무차별적으로 성행하고 있지 않을 것이다. 기껏해야 자기들끼리 할 수 있는 건 하나의 집단을 이루고 구역을 나누어 맡는 형식이리라.

그렇다면 이제 남은 건 하나뿐이었다. 길드.

아렌은 차갑게 식은 입술을 들썩이다 걸음을 옮겼다.

"저, 여기 도둑 길드로 가는 길을 아는 분이 계신가요?"

"왜? 소매치기라도 당했수?"

막 개점 준비를 하고 있던 상인이 아렌을 흘끗 보고 무심한 어조로 말을 이었다.

"조심 좀 하지 그랬수. 여긴 돈 가진 자들이 많은 만큼 도둑들도 들끓는데 말이오. 그리고 도둑 길드는 가지 않는 게 좋을 거요."

"어, 어째서요? 전 급해요. 여비가 없으면 당장 끼니부터 해결할 수가 없다고요."

"도둑들 소굴에 가서 무슨 꼴을 당할지 어떻게 알고? 애초에 얼씬 안하는 게 좋지. 거기다 명색이 도둑 길드인 만큼 길이 완벽하게 알려진 것도 아니고 말이오. 난 예전에 우리 집에 술 마시러 온 경비병에게 언뜻 전해 들은 것밖에 없다오. 그조차 정확하지 않고."

상인이 손사래를 치며 말렸으나 아렌은 이미 마음을 굳힌 상태였다. 거기가 어디든 땡전 한 푼 없이 노숙자 생활을 하는 것보단 나을 것이다. 여차하면 활을 이용해 탈출하면 될 테고.

아렌은 상인의 팔을 덥석 붙잡고 단호하게 외쳤다.

"가는 법만이라도 가르쳐주세요. 지금 당장!"

"분명 여기인 것 같은데……."

아렌은 상인이 마지못해 적어준 약도 그대로 골목길을 따라가며 주위를 두리번거렸다. 경비병이 쫓아오면 몸을 쉽게 숨기기 위해서인지 길은 매우 복잡했다. 구불구불한 골목길을 찾아 들어가서 다시 샛길을 찾으면 세 갈래 길이 나오고, 그걸 지나면 또 네 갈래 길이 나오는 식이었다.

설마 도둑들은 이걸 다 기억하면서 다니는 걸까? 여기서 길 잃어버리면 그대로 굶어 죽을 것 같은데 말이야. 길치는 도둑 될 자격도 없는 거군.

이런저런 생각을 하며 모퉁이를 돌자 양 갈래 길이 나왔다. 약도를 확인해보니 여기서부턴 상인 자신도 길을 모른다며 표시를 해주지 않았다. 아렌은 난감한 얼굴로 입술을 씹으며 약도를 버렸다.

"분명 거의 다 온 것 같은데."

다음 모퉁이를 돌려는 순간 오른쪽에서 인기척이 느껴졌다. 아렌은 고양이처럼 발끝으로 살금살금 걸어 벽에 바짝 기대고 숨을 죽였다. 저 앞에서 느껴지는 기척이 길드원이라면 좋을 텐데.

그녀는 살며시 고개를 내밀어 인기척을 낸 사람이 어딜 향하는지 살폈다. 모습은 보이지 않았지만, 발걸음 소리가 안쪽 모퉁이를 돌아섰다. 아렌은 그와 적당한 거리를 벌리고 그대로 따라갔다.

그렇게 몇 개의 모퉁이를 더 돌았을 때였다. 앞서 가던 발걸음 소리가 우뚝 멈추었다. 더 이상의 기척은 느껴지지 않았다.

'뭐지? 도착인 건가?'

안쪽 동향을 살피던 아렌이 조심스럽게 목을 빼낸 순간이었다. 순식간에 다가온 검은 손이 그녀의 목을 움켜쥐었다. 단번에 세지는 악력에 비명조차 지를 수 없었다. 반사적으로 두 손을 올려 목을 쥔 손을 떼어내려했으나 역부족이었다. 허공에 뜬 다리가 힘없이 버둥거렸다.

"누……구……."

갈라진 목소리가 좁은 목구멍을 비집고 흘러나왔다. 컥컥 터지는 신음 사이로 세상이 핑그르르 돌았다. 간신히 총기를 모아 눈을 힘겹게 뜨니 푸른 눈이 보였다. 심연처럼 깊고 어두운 청색 눈동자.

저 눈을 어디서 보았더라.

공녀님!
공녀님! 1

"그건 내가 물을 말이군. 넌 누군데 아까부터 뒤를 밟지?"

낮은 목소리가 섬뜩하게 울렸다. 두건으로 가려 얼굴은 보이지 않았지만, 나직한 음성에 확신이 들었다. 흑발의 미남자. 그가 어떻게 여기에 있는 거지?

"대답을 하지 않는 건 죽고 싶다는 뜻인가?"

이유 모를 적의가 온몸으로 느껴졌다. 동시에 목을 쥐고 비트는 손아귀 힘이 더 세졌다.

어떻게든 살아야 해. 활, 활을…….

필사적으로 들어올려진 팔이 허공을 허우적거리다 떨어졌다.

"마지막으로 묻는다. 도둑 길드에 속해 있나?"

그의 청색 눈동자가 시퍼렇게 날이 서 있었다. 무섭다. 저런 살기 어린 눈동자는 처음 본다. 손이 덜덜 떨려 왔지만 이미 제 것이 아닌 듯 감각이 없었다. 사람은 이리도 쉽게 죽을 수 있구나 생각하니 맥이 빠졌다. 활을 꺼내려던 손은 이미 힘이 빠진 채로 축 늘어져 있었다.

눈앞이 점점 흐릿해지며 의식이 멀어진다.

"어제……, 카드…….

그 말을 끝으로, 아렌은 정신을 잃고 축 늘어졌다. 손끝 하나 미동하지 않자 남자는 목을 잡고 있던 손에서 힘을 뺐다. 지지대를 잃은 몸이 흙바닥에 떨어져 나뒹굴었다.

그는 가만히 그를 내려다보다가 신발로 로브 모자를 슬쩍 젖혀보았다. 어지럽게 흐트러진 짧은 머리카락 사이로 고운 얼굴이 드러나고, 붉은 손자국이 목 위로 선명히 떠올랐다. 그늘이 걷히자 그제야 남자는 기억 속에서 그녀를 찾아냈다.

"이건 어제 그 찰거머리 아닌가."

아까부터 몰래 뒤따르기에 잡아내긴 했는데 김새는 기분이었다. 작정하고 뒤를 밟은 것치곤 허술하기 짝이 없어서 좀도둑일 줄 알았는데 어제 그 녀석일 줄이야.

"쿨럭!"

아렌이 크게 기침을 토해냈다. 여전히 눈은 뜨지 못했지만 숨은 트인 듯하다.

그런 아렌을 무미건조하게 내려다보던 남자는 두 가지 선택지를 떠올렸다.

두고 갈지, 아니면 데리고 갈지.

전자의 경우, 재수 없으면 도둑 길드에 잡혀 노예로 팔려갈 수도 있다. 웬만하면 길드 바깥에 던져두고 가고 싶었지만, 그사이 깼다간 또 거머리처럼 붙어서 떨어질 것 같지 않았다. 목에 생긴 자국에 대한 추궁도 할 것 같고.

"귀찮게 됐군."

작게 읊조린 그는 그냥 못 본 척하고 지나가려다가, 마침 바람에 펄럭거리던 로브 사이로 반짝이는 무언가를 발견하고 멈칫했다. 그녀의 허리춤을 응시하던 푸른 눈동자에 스산한 빛이 스쳐 지나갔다.

"쿨럭, 쿨럭! 쿨럭!"

가슴 밑에서부터 토해지는 깊은 기침이 아렌을 잡고 흔들었다. 벌써 아침인가? 가물가물한 의식 속에서 그녀는 몸을 뒤척이며 누웠다. 몸을 감싸는 침대보가 따스하다.

침대보…….. 잠깐, 침대보?

"헉!"

목에서 느껴지는 따끔한 아픔과 함께 밀려오는 마지막 기억에 아렌은 비명을 지르며 몸을 일으켰다.

공녀님!
공녀님! 1

나, 살아 있는 건가?

머리가 핑 도는 와중에도 아렌은 손끝으로 목을 더듬었다. 살짝만 눌러도 크게 아파 오는 걸 보니 아마도 큰 피멍이 든 듯했다. 목에서 느껴지는 아릿한 감각이, 지금이 꿈이 아니라는 걸 알려주고 있었다. 목이 졸린 기억 또한 그와 함께 몰려와 호흡이 거칠어졌다. 아렌은 마른입을 몇 번 다시며 가슴을 진정하려 애썼다.

"다시 만나기만 해봐라. 머리카락을 아주 그냥."

"누굴 말인가?"

"누구긴 누구야! 그 빌어먹을……. 헉!"

아렌이 무심결에 대답했다가 얼른 입을 닫았다. 아니나 다를까, 방금까지 복수를 다짐했던 상대가 그녀 앞에 불쑥 나타났기 때문이다. 정확히 말해선 나타난 게 아니라 문에 기대고 선 그를 이제야 발견한 것이지만.

"이름."

그는 무표정한 얼굴로 입을 열었다. 목소리가 마치 칼날이라도 품고 있는 것처럼 서늘하다.

아깐 손으로 목을 조르더니 이젠 분위기로 숨이 막히게 하네.

속으로 투덜거린 아렌은 자신이 잘못한 게 없는 만큼 더 이상 기죽지 않고 나가기로 했다.

"그쪽, 뭐예요? 다짜고짜 사람 목이나 조르고."

"너에겐 질문할 권리가 없다."

"아니, 왜요?"

"내가 방금 이름을 물어봤을 텐데. 귀가 먹었나?"

남자의 얼음장 같은 눈빛에 아렌의 마음속엔 공포 비슷한 기분이 다시금 피어올랐다.

"……이유라도 알자, 좀."

아렌이 투덜대듯 대꾸하며 본능적으로 활을 찾아 꾹 쥐었다. 목이 졸렸을 때 그녀는 정말로 죽을 수도 있다고 생각했다. 목으로 가해지는 힘과 죽어가는 그녀를 보는 푸른 눈동자에선 한 치의 망설임조차 찾아볼 수 없었다.

그러니 지금 그가 하는 말도 단순한 협박이 아닐 것이다.

"제가 피해자인 건 알고 있어요?"

아렌은 애써 두려움을 몰아내려 애쓰며 고개를 똑바로 들었다. 남자는 조금도 미안해하지 않는 얼굴이었다.

"그러게 누가 남의 뒤를 그렇게 함부로 밟으랬지?"

"지금 누가 누굴 탓하는 거예요?"

"역시 시끄러워. 도둑 길드 입구 앞에 버려두고 올 걸 잘못했군."

남자는 진심으로 후회된다는 듯한 어투로 말했다. 아렌은 그제야 깨달았다. 목을 졸라 기절시킨 장본인인 그와 여관방에 있다는 것은, 정신을 잃은 그녀를 여기까지 데려온 것도 그란 뜻이다. 태도로 보아하니 '오해해서 미안하다'는 이유로 데려온 것 같진 않고. 그렇다면 남은 건, 무언가 따로 원하는 게 있다는 거겠지.

아렌은 호흡을 가다듬으며 조금 전보다는 진정된 목소리로 말했다.

"통성명은 피차 원하지 않는 것 같군요. 본론부터 말하죠. 내게 원하는 게 뭐예요?"

"이것."

그가 황금빛 손잡이만 삐죽이 나와 있는 칼집을 들어 보였다. 손잡이 중앙엔 레이나스 가문의 문장이 선명히 새겨져 있었다. 저거 어디서 많이 본 건데. 눈을 가늘게 뜨고 단검을 응시하던 아렌은 갑자기 눈을 홉뜨며 허리춤을 확인해보았다.

"누가 허락 없이 내 단검을 가져가라고 했죠?"

공녀님!
공녀님! 1

손에 아무것도 잡히는 게 없음을 확인한 아렌이 으르렁댔다. 레이나스 가문의 문장을 알아보기라도 했을까 조마조마한 마음을 억지로라도 숨기기 위해서였다. 하지만 그는 그런 거엔 전혀 관심이 없는 듯 평탄한 목소리로 말했다.

"이건 한눈에 봐도 평민이 가지고 있을 만한 것이 아니군. 거기다 이 문장."

"무, 문장이 뭐요."

옆구리가 푹 찔린 사람처럼 움찔한 아렌이 말을 더듬었다. 남자는 단검에서 시선을 떼어내고 그녀를 응시했다.

"하일렌 제국에서 이런 문장을 가진 가문을 본 적이 없다. 넌 어디 출신이지?"

아렌은 속으로 몰래 안도했지만, 안심할 순 없었다. 문장을 알아보지 못했다고 하더라도 외국인인 사실을 들킨 것도 좋지 않으니까.

"말해도 모를 거예요. 이미 전대(前代)에서 몰락해버린 베이판의 변방 귀족이라."

아직 한창 정정한 레이나스 공작이 들었다면 거품 물고 쓰러질 만한 발언이었지만, 아렌은 태연한 표정으로 말을 이어갔다. 낱낱이 훑어보는 저 시선을 속이기 위해선 보통 강단이 필요한 게 아니었다.

"제 가문은 베이판의 가장 척박한 땅, 엘가에서 작은 저택을 가지고 살던 가문이었어요. 하지만 아버님께서 환우(患憂)를 얻어 돌아가시자마자 서서히 기울기 시작했죠. 영지가 없으니 세금도 걷을 수 없었지만, 황성에선 다른 여느 귀족들과 똑같은 액수의 세금을 부과했죠. 세금을 다달이 내다 보니 빚은 눈덩이처럼 커져만 갔고 식솔들은 하나씩 도망치기 시작했어요. 저도 도저히 견디지 못하고 나왔지만, 처지는 그대로예요. 겨우 하일렌으로 건너와 하루 벌어 하루 사는 일상이죠. 그런데 어젯밤 제 목숨이나 다름없는 돈주머니를 도둑맞았고, 범인을 찾기 위해 도둑 길드로 갔어요. 그쪽에 의해 저지당하긴 했지만!"

"미안하게 됐군."

그는 전혀 미안하지 않은 얼굴로 사과했다. 저럴 태도라면 차라리 사과하지 않는 게 덜 약 오를 텐데. 은근히 낯짝이 두꺼운 사람인 것 같다. 하지만 아렌은 그보다 더 시급한 문제가 있었다. 돈 없이 대체 어떻게 살아가야 한단 말인가. 잃어버린 돈주머니에 얼마가 들었는지 떠올리자 피눈물이 절로 나왔다.

"그럼 이 나라에 아는 사람은?"

"깊은 연고를 가진 사람은 없어요. 이런 가난뱅이와 누가 연을 맺고 싶어 하겠어요?"

아렌이 속으로 사라진 돈주머니를 애타게 그리워하면서 건성으로 대답했다. 남자는 천천히 시선을 움직여 그녀의 머리부터 발끝까지 훑었다. 여자인지 남자인지 모호하게 생긴 이자는 도둑 길드를 드나들 정도로 인생의 가장 밑바닥을 찍은 자다. 가문은 풍비박산 나고 연고도 없다고 하니 설령 일하다가 죽어도 아무도 알지 못할 것이다. 알더라도 큰 문제도 없을 테고.

그녀를 지그시 바라보던 제스가 벽에서 몸을 일으키고 침대 위에 단검을 던졌다.

"꼴에 귀족이면서 꽤 진창에서 구르고 있군."

"뭐라고요?"

아렌은 이게 무슨 소린가 싶어 가자미눈을 뜨고 남자를 응시했다. 그는 침대 옆에 놓인 의자에 가볍게 걸터앉으며 오만하게 팔짱을 꼈다.

"이 근처에서 헤매는 걸 보면 어차피 언제 죽을지 모르는 목숨인 듯한데, 나와 좀 더 귀족적인 일을 하는 게 어떤가?"

공녀님!
공녀님! 1

이자가 대체 무슨 말을 하는 거지?

아렌이 당황한 사이 남자가 계속 말을 이었다.

"이렇게 의미 없이 살다가 죽고 싶나? 아니면 네 이름을 역사에 남길 수도 있는 도박을 해볼 텐가?"

"지금 무슨 말을……."

"나를 따라오면 여기서 진창을 구르는 것보다 오래 목숨을 부지할 것이다. 또한 일이 성공한다면 역사에 이름은 길이 남겠지."

"잠깐만요. 지금 혹시 반역이라든가, 그런……."

아렌이 조심스레 묻자 남자는 즉각 고개를 저었다.

"그런 것은 아니다. 황성 시종으로 있으면서 내 대신 황성 내부를 조사해주는 것. 조사는 비밀스러울수록 좋겠지."

황성 시종이라니, 길 가다가 만난 사람이 제안했다기에는 꽤 크고 과분한 자리였다. 하지만 그보다도 지금 아렌의 혼을 쏙 빼내어 홀리고 있는 것은 '역사에 길이 남을 이름'이었다. 이거야말로 그녀의 가장 원초적인 목적과 욕망 아니던가. 언젠가 레이나스 가문으로 돌아가더라도 아버님과 가문을 한 방 먹일 무언가는 가지고 있어야 한다. 그래야 면이 서니까.

"하겠어요, 그 일."

제가 원하는 걸 찾아낸 아렌은 조금 전과는 달리 눈을 반짝거리며 일어났다. 그리고 그에게 돌진하다시피 다가갔다.

"왜 대답이 없어요? 설마 벌써 무르려는 건 아니겠죠?"

그녀가 부담스러울 정도로 가까이 다가오자, 남자는 손을 들어 저지했다. 방금 전까지 '나 너한테 불만 엄청 많아.'라는 표정으로 틈날 때마다 도끼눈을 뜨고 째려볼 땐 언제고, 지금은 180도 태도가 달라졌다. 그는 베이판의 귀족들은 죄 이 꼴인지 잠시 생각하다 고개를 살짝 끄덕였다. 아렌은 너무나 기쁜 나머지 남자의 손을 두 손으로 덥석 잡았다.

"우리, 잘해봐요! 동업자가 된 기념으로 제 목을 졸라서 기절시킨 건 용서해줄게요!"

"냐."

아렌의 갑작스런 행동에 당황할 만도 했지만 남자는 여전히 무뚝뚝하게 대꾸했다. 그러자 아렌이 어느 때보다도 환하게 웃으며 외쳤다.

"우리 이제 통성명할까요? 제 이름은 아렌이에요. 보시다시피 건장한 남자랍니다! 그쪽 이름은 뭐예요?"

"제스."

남자는 매정할 정도로 짧게 대답하고는 손을 뿌리치고 방을 나섰다. 그에 무안할 만도 하건만, '역사에 길이 남을 이름'에 잔뜩 들뜬 아렌은 신나게 짐을 챙기고 그의 뒤를 따랐다.

하지만 역시 이건 좀 위험하지 않을까.

아렌이 고개를 젖히고 제 앞에 버티고 선 성문을 올려다봤다. 보는 이를 압도할 만큼 거대한 성문 너머로는, 비교도 안 될 만큼 화려하고 큰 하일렌 황성이 보였다.

황성 본관으로의 길은 그녀가 서 있는 성문으로부터 무서울 정도로 길게 쭉 뻗어 있었고, 잘 가꾸어진 정원이 길 양쪽에 드리워져 있었다. 분명 깔끔하고 깨끗하게 정돈된 정원인데도 아렌의 눈엔 마치 미로처럼 보였다.

그녀가 생각지도 못한 황성의 규모에 입을 헤벌리고 서 있자, 제스가 먼저 성문으로 향했다.

"어? 자, 잠깐만요!"

제스가 잠깐 발을 멈추고 뒤돌아보았다. 아렌은 떨리는 목소리로 물었다.

공녀님!
공녀님! 1

"저, 그런데 혹시나 해서 한 번 더 물어보는 건데…… 정말 이 안에서 할 수 있는 일밖에 없나요?"

"싫다면 지금이라도 그만둬도 상관없다."

싫은 게 아니었다. 생각 같아서는 백번이고 하고 싶었지만, 아무래도 황성엔 베이판의 사신들도 들락거릴 텐데. 역시 그만두는 편이 좋지 않을까.

"숙식 제공에 급료까지 챙겨주는 일이 하일렌에선 찾기가 힘들 텐데. 돈까지 모두 잃어버렸다면서 일을 고를 여유까지 있는 건가?"

"자, 빨리 가죠!"

아렌은 한 치의 망설임 없이 제스의 등을 떠밀었다. 그녀는 제가 등을 떠미는 속도보다 제스의 발걸음이 더 빨라지자 손을 떼고 걸음을 재촉했다. 황성이 가까워지고 있었다.

"새로 온 황성 시종이니 들여보내도 좋다."

제스가 스치듯 지나가며 말하자 문지기가 성문을 열어주었다. 거대한 성문이 서로 맞부딪치는 소릴 내면서 열렸고, 제스가 먼저 그 안으로 들어갔다.

"와……. 진짜 크다. 역시 하일렌이야."

아렌은 연신 감탄을 내뱉으며 정신없이 고개를 돌렸다. 베이판 왕성에도 가끔 들락거린 그녀였지만, 지금 그녀가 보고 있는 하일렌 황성에는 전혀 비할 바가 못 되었다. 화려하면서도 깨끗하게 정돈된 정원과 흰 분수대, 하늘을 향해 검을 치켜들고 있는 기사 조각상 등이 현란하게 시야를 채웠다.

황성 본관으로 가는 동안 아렌은 옆길로 새기 일쑤여서, 제스가 도로 돌아와서 그녀를 억지로 끌고 와야 했다. 제대로 따라오라고 해도 도무지 말을 들어먹질 않는다.

제스에게 끌려가길 수없이 반복하고 나서도 정신을 못 차린 아렌이 또다시 샛길로 들어서려 할 때였다.

"목줄이라도 해놔야 얌전히 따라올 건가?"

제스가 으르렁거리듯 낮게 읊조렸다.

"알았어요, 알았어. 간다고요. 무슨 남자가 그렇게 마음이 넓질 못해요? 얼굴 험상궂은 것 봐. 와아, 무서워."

아렌은 흥 소리까지 내가며 투덜거렸다. 제스는 도로 그녀를 끌고 가서 목을 베어버리고 싶은 마음이 굴뚝같았지만, 억지로 그 마음을 진정시키고 다시 걸음을 옮겼다. 본래 귀족 출신이라서 그런지 쉽사리 허리를 굽히지 않는 게 가소롭기도 하고 괘씸하기도 했다.

"그나저나, 그쪽 말예요. 혹시 황족이에요? 아까 기사들이 보통 기합 들어가 있는 게 아니던데."

"……."

"음, 황족 아니에요? 그럼 뭐지? 정치할 스타일은 아닌 것 같은데."

"……."

"음, 시종을 찾으러 나온 거니까 혹시 시종장? 시종장을 하긴 아까운 얼굴이네요."

"기사다."

더 이상 뒀다간 황성에서 기르는 애완개가 아니냐는 말까지 나올 것 같아 제스는 마지못해 대답했다.

"그렇구나. 언제 기사가 됐어요?"

제스가 잠시 발걸음을 멈추었고, 그 바람에 바짝 뒤를 쫓아가던 아렌은 그의 등에 얼굴을 퍽 소리 나게 부딪쳤다.

"으악! 아파! 이봐요, 왜 말없이 갑자기 서고 난리……."

아렌이 무쇠 등에 박아버린 이마를 문지르며 고개를 들었다. 푸른 눈이 알 듯 말 듯한 복잡한 감정을 품고 그녀를 내려다보고 있었다. 아, 너무 가깝다. 아렌은 한 발짝 뒤로 물러서면서 손을 내렸다.

"그런데 제가 여기서 정확히 조사해야 할 게 뭐예요?"

"뭐일 것 같지?"

반대로 물어 오는 제스의 물음에 아렌이 신중한 얼굴로 턱을 괴었다.

"아무래도 시종만이 쉽게 접근하고 조사할 수 있는 상대 아닐까요? 황태자나 황자, 황녀……, 나아가서는 황제라든가. 그들을 감시하거나 위해를 가할 일이 필요할 때, 시종만큼 요긴한 도구도 없죠."

"위험한 말을 꽤 쉽게 꺼내는군."

"그게 아니라면 굳이 어렵게 시종으로 꽂아 넣었을 리가 없죠. 황족들의 시중을 들 수 있는 시종은 귀족 너나 할 것 없이 원하는 자리니까. 자, 이제 내가 뭘 해야 될지 말해줘요."

아렌이 한 말이 거의 맞아 들어가는 것처럼 보였지만, 웬일인지 제스는 입을 다물고 걷기만 했다. 얼마간 걸었을까. 아렌과 제스 앞에 황성 본관이 모습을 드러냈다.

아렌은 다시 한 번 놀라움 섞인 탄성을 터뜨렸다. 섬세하고 우아한 문양이 새겨진 석조, 그리고 궁 꼭대기 층에 달려 펄럭이고 있는 하일렌 제국기는 마치 하나의 완벽한 예술품 같았다.

아렌이 고개를 빙 돌리며 황성 전체를 감상하고 있자, 제스는 그제야 입을 뗐다.

"붉은 연꽃을 찾아."

"잉?"

"찾으면 기사단을 찾아와라."

제스는 더 볼일은 없다는 듯 휙 뒤돌아서서 걸어갔다. 아렌은 멍하니 뒷모습을 바라보다가 자신이 들은 것을 곱씹어보았다.

붉은 연꽃? 붉은 연꽃을 찾으라고? 붉은 연꽃이 뭐야?

좀 더 자세히 물어봐야겠다는 생각에 얼른 제스가 걸어간 방향으로 고개를 돌렸지만, 그는 애석하게도 이미 사라진 후였다.

뭐야, 진짜 그게 다야?

황망하게 서 있던 아렌은 속이 부글부글 끓어올라 냅다 소리 질렀다.

"아니, 설명은 조금이라도 해주고 가야 할 것 아냐!"

그동안 일손이 많이 부족했는지, 아렌은 황성 본관에 한 발짝 들이자마자 단숨에 현장에 투입되었다. 이런 은발에 이런 은색 눈을 가진 사람을 보면 하인이 하는 일까지 모조리 시키라는 명을 들었다고 하니, 제스가 친절하게도 직접 명령을 내려준 것 같았다.

그다지 바라지도 않았지만 역시나, 첫날이니 가서 쉬라는 배려 따윈 눈곱만큼도 찾아볼 수 없었다. 거기다 하인들이 하는 일까지 분담하라니, 아렌은 때 아닌 일복이 터져 행복한 비명을 지르고 싶어졌다.

요리, 설거지, 정원 다듬기, 회의장 청소, 부엌 청소, 방 청소, 복도 청소…….　청소, 청소, 시식, 청소…….　강행군이 따로 없었다.

이런데 붉은 연꽃인지 뭔지를 조사하란 말이야? 아주 날 골탕 먹이려고 작정을 했는데?

아렌은 바닥에 진득이 스며든 얼룩을 걸레로 박박 닦아내면서 분풀이를 했다.

"거기 신입! 대충 문지르지 말고 제대로 해!"

"니예에……."

마침 황자의 목욕시중을 들고 나온 선배 시종, 데이브가 그녀가 쥔 걸레를 툭툭 찼다. 그는 무슨 까닭에선지 아렌이 처음 들어왔을 때부터 그녀를 아니꼽게 대했다. 그걸 눈치 챈 아렌 또한 평소와 달리 고분고분한 태도를 취했지만, 그럴수록 그의 미움은 커져만 갈 뿐이었다. 마음 같아서는 다 때려치우고 나가고 싶지만, 그랬다간 바닥으로 직행하게 될 뿐인 걸 알았기에 그저 성질만 죽이고 살았다. 사람이 궁지에 몰리면 어떤 일에도 적응을 하게 된다는 진리를 경험으로 알게 된 순간이었다.

"자, 그럼 오늘은 다들 이쯤 해두자."

황자의 옷을 개어 정리한 데이브가 손을 털었다. 그러고는 끝났다고 기뻐하는 기색이 역력한 아렌에게 당부하듯 말을 덧붙였다.

"아, 당연히 너는 해당 없어. 저 조각상 보이지? 다 닦고 와."

아렌은 얄미운 선배에게 화살 하나 박아주고 싶은 충동을 억제하고 고개를 돌렸다.

조각상이 있어봐야 몇 개나 있겠냐는 생각을 비웃듯, 복도에 일렬로 쭉 늘어서 있는 조각상은 끝이 보이지 않았다. 하나, 둘, 셋……, 스물, 스물다섯……. 손가락까지 움직여가며 조각상을 세어가던 아렌은 침착하려는 듯 깊게 심호흡했다.

"저걸 전부 혼자서 하란 말씀입니까?"

"그럼 하늘같은 이 선배님이 할까?"

데이브가 불량스런 자세로 아렌을 내려다봤다. 여기서 그녀가 조각상 청소를 하지 않아도 될 100가지 이유를 대라고 하면 댈 순 있겠지만, 그랬다간 안 그래도 가시밭길 같은 인생이 더 험난해질 건 자명했다. 어쨌거나 지금 칼자루를 쥔 쪽은 상대방이니까.

아렌이 죽을상으로 '아니요.'라고 대꾸하자 데이브는 '그럼 그렇지.'라는 얼굴로 얄밉게 코웃음 치며 뒤돌아섰다.

"앞으로 며칠간 나눠서 하면 될 거야. 우린 간다!"

뭐! 그럼 앞으로 며칠간은 계속 남아서 조각상들을 닦으란 소린가!

지친 아렌의 표정을 즐기기라도 하듯 여러 시종들이 웃으며 저 멀리로 사라져갔다. 덩그러니 홀로 남은 그녀 앞엔 며칠 만에 절친한 친구가 된 걸레만이 남아 있었다.

한참 만에 그녀는 걸레를 주워들고 맨 앞에 있는 조각상부터 닦기 시작했다. 시종들의 따돌림이 심해지는 건 날이 갈수록 느끼고 있지만, 그렇다고 아무것도 하지 않고 있을 순 없었다. 그저 무력하게, 인형처럼 사는 게 얼마나 답답한 건지 뼈저리게 알고 있었으니까.

불과 며칠 전까지만 해도 그녀는 새장 속에 고이 길러지던 새였다. 주는 것을 받아먹고 가르쳐주는 것을 배웠다. 가문을 위해 길러지는 것만이 인생의 목적이었다. 누군가 조종하는 대로 움직이는 유리 인형이었다.

하지만 지금은 아니다. 시종의 신분으로 있긴 하지만, 그녀는 모든 것에서 벗어나서 한 명의 인간으로 살아가고 있었다. 오롯이 이 자리에 서서 살아가는 이 생활이 즐거웠다.

"아, 그나저나 붉은 연꽃에 대해선 언제 조사해본담."

황성에 아는 사람이 없는 것도 조사를 어렵게 만드는 데 한몫했지만, 그보다는 이런 난해한 단어만 툭 던져주고 간 제스의 책임이 더 컸다. 혹시나 해서 같은 시종들에게 붉은 연꽃을 아느냐고 물어봤지만, 연꽃은 연못에 가서 찾아보라거나 부정적인 대답만이 돌아왔다.

"어쩌지……."

이런저런 생각에 빠져 있던 아렌은 순간 옆에서 인기척을 느꼈다. 조각상을 닦는 데 집중한 사이 시간이 많이 지난 모양인지 주위는 어두컴컴했고, 오직 창문을 통해 들어오는 달빛만이 약하게나마 주위를 밝히고 있었다. 칠흑 같은 암흑 속에서 사람의 실루엣이 보이니 아렌은 살짝 오한이 들었다.

"거기 누구야?"

아렌이 최대한 그의 모습을 보려 애쓰며 눈을 가늘게 떴다. 그쪽에선

공녀님!
공녀님! 1

이쪽을 똑바로 응시하고 있었지만, 아렌은 어둠 속에서 아무것도 볼 수 없었다. 마치 그곳만 검게 색칠을 한 것처럼, 그림자 한 올 보이지 않았다. 순간 목덜미가 싸늘하게 식으며 주먹에 힘이 들어갔다.

"당신은……."

검은 형체가 구름처럼 일렁였다. 낮지만 미성인 목소리에 아렌은 저도 모르게 크게 한숨을 내쉬었다.

"아, 사람이었구나. 유령인 줄."

"……."

"알았잖……."

아렌은 저도 모르게 반말로 읊조렸다가 손으로 제 입을 틀어막았다. 신분이 낮은 사람은 본디 더 높은 사람에게 먼저 말을 걸어선 안 되는데, 공녀일 적에 든 습관 때문에 반말로까지 말을 걸어버렸다. 이런, 이 시간에 황성에 있는 사람이라면 분명 귀족일 텐데.

아렌은 황급히 고개를 숙이며 입을 열었다.

"죄, 죄송합니다. 안 보여서 그만……."

이제 나는 어떻게 되는 거지? 귀족 모독죄로 지하 감옥 같은 데 갇히는 건가? 안 돼! 어두워서 잘 보이지 않을 텐데 지금이라도 도망갈까?

아렌은 바닥에 놓인 걸레를 얼른 집어 들고 눈을 요리조리 굴렸다.

"당신이 왜 여기에?"

잔잔한 목소리에 의아한 기색이 묻어나왔다. 그 말을 '왜 시종이 이 시각에 여기 있느냐?'로 받아들인 아렌이 황급히 조각상을 가리키며 말했다.

"아, 저는 이 황성에서 일하는 시종이온데, 아직 잔업이 끝나질 않아……."

"아뇨. 제가 말씀드리는 것은 그게 아니라."

매끄럽게 이어나가던 말을 뚝 끊고 그가 침묵을 지켰다. 아렌은 불편한 기색이 역력한 채로 발가락을 꼼지락거렸다. 책임을 물을까 조마조마한 건 차치하고서라도, 아까부터 상대에게서 느껴지는 이질감 때문이다. 모습은 안개처럼 흐릿한데 목소리만 떠다니니 사람과 대화하는 것 같지가 않았다. 어쩐지 으스스한걸.

"저, 그럼 전 이만……."

아렌은 급히 꾸벅 인사를 하고 몸을 돌렸다. 그러자 그가 다급하게 나서서 그녀의 발길을 멈춰 세웠다.

"잠시만 기다려주시겠습니까?"

"예……에?"

주춤거리는 아렌에게, 그가 무서워하지 말라는 듯 한 발짝씩 다가왔다. 그리고 달빛이 훤히 들어와 제대로 보이는 곳에 멈춰 섰다. 그의 얼굴을 확인한 아렌은 딸꾹질을 할 정도로 놀랐다.

어깨까지 내려오는 머리카락은 한 번도 보지 못한 은청색이었고, 얼굴 또한 제스에게 지지 않을 만큼 미형이었기 때문이다. 둘 다 아렌 일생에서 본 적 없을 정도로 잘생기긴 했지만, 둘이 각자 가지고 있는 느낌이 사뭇 달랐다. 제스가 사람 한둘 쉽게 얼려버릴 것 같은 날카로운 느낌이라면, 지금 앞에 서 있는 남자는 더없이 선하고 착해 보이는 사람이었다.

그가 놀랍도록 부드러운 미소를 입가에 머금었다.

"시종이라고 하셨지요? 방에 정리할 게 있는데, 도와주시겠습니까?"

옷차림을 보면 고위층 귀족이 분명한데, 시종인 아렌에게마저 어투가 상냥했다. 거기다 존댓말. 그의 입가에 은은하게 머물러 있는 미소를 보며 아렌은 어느새 경계를 풀고 고개를 끄덕였다.

천사가 지상에 강림하면 저런 사람일까?

"방이 멀지 않으니 부탁드리겠습니다."

빙긋 웃으며 말한 그가 뒤돌아 걸어갔다. 홀린 듯 그를 쳐다보고 있던 아렌은 황급히 뒤를 쫓으면서 하늘거리는 은청발을 응시했다. 조금 전에 그에게서 느꼈던 본능적인 공포는 사라져 있었지만, 여전히 서늘한 이질 감은 남아 있었다.

저렇게 상냥하게 대해주는데 어째서? 조금 전에 들었던 그 말투 때문일까? 그래, 아까 왜 여기 있냐고 물었던 어투. 10년 만에 만난 친구에게 '여기에 웬일이야? 잘 있었어?'라며 건네는 인사와 사뭇 비슷한 느낌이지 않았나.

하지만 기이한 점은 아무리 기억을 더듬어도 저런 얼굴을 가진 이는 본 적이 없다는 것이다. 기억을 몇 번이고 다시 되짚어보던 아렌은 얼른 고개를 털어냈다.

'기분 탓이겠지. 나를 어떻게 알겠어? 하일렌에 온 거라곤 어렸을 때 단 한 번뿐이었고, 그마저도 금방 돌아갔었는걸. 절대 날 알 리가 없어.'

"들어오십시오."

조용히 그녀를 부르는 목소리에 아렌은 상념에서 깨어났다. 그는 아렌이 들어오기를 기다리는지 고동빛 큰 문을 지탱하고 기다리고 있었다. 아렌은 왜 문까지 손수 열어주는지 얼떨떨한 상태에서 얼른 방 안으로 들어갔다. 그리고 촛대에 차근히 불을 붙이고 있는 그를 지켜보았다.

주위가 밝아지자 휑하게 느껴질 만큼 큰 방이 모습을 드러냈다. 한쪽엔 고급스러운 책상과 잘 정돈된 책장, 그리고 맞은편엔 한 사람이 넉넉하게 쓸 정도로 넓은 침대가 자리 잡고 있었다. 하지만 이상한 점이 있었다. 아무리 훑어봐도, 딱히 무언가를 청소하거나 정리할 만한 게 보이지 않는 것이다.

아렌은 큰 눈을 이리저리 굴리다 슬쩍 입을 열었다.

"저기……. 뭘 하면 될까요?"

"저와 차를 마셔주면 됩니다."

"네……. 알겠……, 네?"

아렌이 이 상황을 이해하지 못해 가만히 서 있는 사이, 그는 창가에 있는 테이블로 다가가 아렌을 위해 의자를 빼내었다. 아렌이 다가가 앉자 때맞춰 밀어주기까지 한 그는 건너편에 앉아 손수 차를 타주기 시작했다.

이 상황이 도무지 이해가 가질 않았다. 황성에, 그것도 이렇게도 넓은 방을 홀로 쓰는 걸 보니 신분이 보통 높은 게 아닌 것 같은데, 그런 사람이 시종이 앉을 자리를 마련해주고 차까지 타주다니. 아무리 봐도 어색한 그림이었다.

'뭐야, 이 사람…….'

그녀의 복잡한 생각을 아는지 모르는지 맞은편의 그는 여전히 상냥한 태도로 그녀에게 차를 따라주었다. 찻잔에 담기는 찻물이 사방에 잔잔한 향을 풍겼다.

"아, 재스민 차네요."

향기만으로 어떤 차인지 알아본 아렌이 반갑다는 듯 한 모금 마시고 찻잔을 내려놓았다. 감미롭고 은은한 향이 입부터 코까지 맴돌며 마음을 편하게 해주었다. 재스민 차는 특히나 공녀로 지낼 시절에 가장 즐겨 마셨던 차였다. 이러고 있으니 베이판이 은근슬쩍 그리워지기도 했다. 아렌은 작게 웃으며 찻잔을 들었다.

"그런데 남장은 왜 하고 있는 겁니까?"

갑자기 튀어나온 말에 아렌은 순간 베이판이고 뭐고, 입안에 담긴 차를 그의 얼굴에 뿜을 뻔했다.

뭐지? 어떻게 안 거지? 언제부터 알아챈 거지?

심장이 어찌나 세게 뛰는지 귓가까지 핏줄이 움직이는 소리가 들리는 것 같다. 아무런 예고 없이 치고 들어온 말 한마디에 표정이 엉망으로 흐

공녀님!
공녀님! 1

트러졌다. 최대한 들키지 않게, 침착하게 대응해야 하는데 그런 마음의 여유가 없었다.

그녀는 당황한 나머지 그만 혀를 깨물고 말았다.

"남……, 남장이라니요……. 쿨럭, 전……, 원래 여……, 아니, 남자……. 켁!"

망했다. 이건 거의 자백이나 다름없지 않은가.

아렌은 등 뒤로 식은땀이 한 줄기 흐르는 걸 느끼며 재빨리 머리를 굴렸다. 만약 이대로 여자인 게 사방에 밝혀지면 어떻게 되는 건가? 시종장이나 황실에 흘러들어간다면 황실 모독죄로 끌려가 치죄 받을 수도 있다. 이곳은 베이판의 치외법권이니 까딱하다간 평생 노예로 부려질 수도 있다. 아니, 그전에 제스가 푸르딩딩 안광을 쏘며 죽이러 올 수도 있다.

그런데 도대체 저 남자는 남장한 사실을 어떻게 눈치 챈 걸까. 오늘 처음 얼굴을 마주한 사이인 데다 말을 나눴다고 해봤자 단 몇 마디뿐이었는데.

어떻게 하지? 어떻게 해야 넘어갈 수 있지?

이런저런 생각들이 머릿속에 폭풍처럼 어지럽게 몰아쳤다.

"말 못 할 사정이 있는 겁니까?"

그가 살짝 고개를 기울이며 물었다. 검은 눈동자는 '이미 알고 있으니까 말해도 됩니다.'라고 말하는 듯 보였다.

아렌은 직감적으로 거짓말을 해도 속아 넘어가지 않을 것 같다고 느꼈다. 하지만 이대로 인정했다가는 어떤 일이 일어날지 몰라 쉽사리 인정할 순 없었다. 남은 방법은 너도 알고 나도 아는 오리발뿐이었다.

"재미있는 농담이네요. 전 정말 남자예요."

아렌이 무슨 말도 안 되는 소리냐는 듯 최대한 태연하게 웃으며 말했다.

"아, 모르는 척해드려야 하는 거군요. 죄송합니다. 그렇게 당황하실 줄은."

그가 빙그레 한 말에 맥이 탁 놓였다. 이 사람은 알고 있다. 의심하는 정도가 아니라 확신하고 있었던 것이다. 내가 여자라는 걸, 처음부터. 아렌은 절망적인 마음으로 침묵하며 고개를 숙였다.

"네……. 제발 모르는 척해주세요. 절 죽일 생각이 아니라면 말이에요."

"예, 알겠습니다. 걱정하지 않으셔도 됩니다. 말할 곳도 없으니."

토닥토닥 다독이듯 건넨 말에 의기소침해져 있던 아렌이 살짝 고개를 들어 그를 빤히 바라보았다. 그는 반쯤 비워진 그녀의 잔에 다시 차를 따라주고 부드럽게 웃었다. 하지만 여전히 안심할 수 없었던 아렌이 다시 입을 열었다.

"그런데 어떻게 아신 거예요? 펑퍼짐한 옷을 입고 머리를 지저분하게 해서 다니니 아무도 알아채지 못하던데."

"직감이라고 하면 될까요? 보자마자 알아봤습니다만."

"혹시 그럼, 절 여기 부른 것도 그걸 물어보려고……?"

"황성은 듣는 귀가 많으니까 말입니다."

"……비밀은, 꼭 지켜주실 거죠?"

"약속하겠습니다. 저 또한 그저 사실 여부를 확인하기 위함이었으니."

세이가 다시 한 번 고개를 끄덕이며 건넨 말에 이상하게 안심이 되었다. 약속하겠다는 말 한 마디가 마치 마법을 부린 것처럼 마음을 편하게 해주었다.

"잠깐, 그러고 보니 서로 통성명도 안 했군요."

거북한 화제에서 벗어난 덕분인지 아렌이 조금이나마 평정을 찾고 대답했다.

공녀님!
공녀님! 1

"제 이름은 아렌이에요. 보시다시피 시종이죠."

"시종이라……."

의아함과 흥미가 섞인 기묘한 표정이 세이의 얼굴에 스쳐 지나갔다. 그를 미처 발견하지 못한 아렌이 '그쪽은요?'라는 얼굴로 그를 바라보았다. 세이는 재스민 차를 한 모금 마신 후 의자에 등을 기댔다.

"저는……, 세이, 세이라고 합니다. 마법사입니다."

"네? 마법사요? 마법사라고요?"

"예, 맞습니다. 그런데 왜 이렇게 놀라십니까?"

"놀라지 않게 생겼어요! 마법을 부릴 수 있는 마법사가 내 앞에 있는데!"

아렌은 온갖 호들갑을 다 피우며 신기한 생물을 보는 듯한 눈으로 세이를 뜯어보았다. 그에 세이는 작게 웃으며 재스민 차를 한 모금 더 들이켰다.

마법은 타고난 체내의 마력을 이용하여 행할 수 있는 불가사의한 술법이었다. 대개 마법사 각자가 가진 마력의 양과 힘에 따라 위력은 천차만별이다. 그 말인즉슨 마력이 강한 자는 천지를 진동케 하거나 날씨를 조종하는 등의 광범위한 마법까지 펼칠 수 있다는 뜻이다.

인간 사이에서 마법사는 매우 희귀한 존재였다. 천사와 마족을 제외한 인간이 마력을 타고나는 경우는 드물기도 했지만, 혹여 마력을 가지고 태어나더라도 마법을 제대로 배울 수 있는 곳이 아무 데도 없기 때문이었다. 제대로 이용되지 못한 마력은 세월이 갈수록 사그라지기도 해서, 마법사에서 평범한 인간으로 돌아가는 일도 비일비재했다.

따라서 마법을 구사할 수 있는 마법사는 세계에서 손에 꼽을 만큼 귀했고, 그마저도 하일렌처럼 큰 제국이 아니면 평생 한 번 만나보기도 힘든 존재였다.

태어나서 마법사를 처음 보는 아렌으로선, 마치 구전동화에 내려오는 산신령을 만나는 기분을 느낄 수밖에 없었다. 그리고 조금 전 세이가 '직감적으로' 알아차렸다는 말뜻을 충분히 이해할 수 있었다. 한 단어로 대답이 가능하지 않은가. 그는 마법사니까!

"저, 그럼 그거 할 수 있어요?"

"뭐 말입니까?"

"불꽃을 피어오르게 한다든지, 순간이동을 한다든지."

아렌이 은근한 기대가 깃든 초롱초롱한 눈망울로 지켜보는 가운데 세이가 천천히 팔을 올렸다. 적당한 높이에서 멈춰 선 손 위로 작은 불씨가 확 타올랐다.

"맙소사, 진짜였어!"

아렌이 경악에 가까운 비명을 질렀다.

"마법사가 진짜 실존하는 존재였다니! 그것도 내 앞에!"

아렌은 마치 마술을 보고 난 뒤에 좋아하는 어린아이처럼 흥분했고, 그에 세이는 희미한 미소로 응답했다. 이 역사적인 순간을 영원히 기억해야 한다며 호들갑을 떨던 아렌이 갑자기 고개를 쭉 빼냈다. 그리고 관찰하는 눈으로 세이를 응시했다.

"세이, 그럼 세이는 황성에서 일하는 마법사인 거죠?"

"예, 황성에 머무는 날보다 비우는 날이 더 많지만 말입니다."

세이는 그 뒤로 무언가를 말하려다 약간 뜸을 들이다가 다시 입을 열었다.

"혹시 말입니다. 오늘처럼 시간이 나면 제 방에 가끔 놀러 오시겠습니까? 물론 쉬러 오셔도 됩니다."

"네? 그래도 돼요?"

마음 같아서는 당장 뛸 듯이 좋아하며 승낙했겠지만, 지금 제 처지를

공녀님!
공녀님! 1

떠올리자 머뭇거리지 않을 수가 없었다. 그녀는 옛날의 그 지체 높은 공녀가 아니라 시종이지 않은가. 시종을 부리기 위해서가 아닌, 그저 친분으로 어울린다는 소문이 돌면 세이에게 어떤 피해가 갈지 모를 일이다. 그리고 그런 일을, 아렌은 베이판에서 충분히 많이 보아왔다.

"예, 아무 걱정 하지 않으시고 오시면 됩니다."

그의 대답 하나에 아렌은 속으로 크게 안도했다. 아까부터 워낙 확실한 대답만 골라 해서 그런지 신뢰가 갔다.

어쩐지 거짓말 같은 건 절대 하지 않을 사람 같아.

아직 마법사라는 사실 말고는 아무것도 알지 못했지만, 직감적으로 그런 생각이 들었다.

"세이, 참 상냥한 사람이네요. 앞으로 잘 부탁해요."

여자인 걸 알아보고서도 모르는 척해준 데다 언제든 쉬고 싶을 땐 이곳에 놀러 오라고까지 했다. 정말 우연찮게도 좋은 사람을 만나게 된 것 같다.

이야기를 하면 할수록 세이는 편하게 느껴지는 사람이었다. 마치 오랜 친구를 간만에 만나 수다를 떠는 것처럼, 말도 잘 통하고 마음이 편했다. 그래서 아렌은 저도 모르게 자기에 대한 이야기를 술술 풀어놨고, 그는 차분하게 쏟아지는 이야기들을 들어주었다.

그리고 마침내 그녀의 이야기는 하일렌 황성에 들어온 이후에까지 이어졌다. 붉은 연꽃. 이것을 언급해도 되는 걸까? 아렌은 잠시 망설였지만, 조금이라도 털어놔서 막막한 기분부터 없애야겠다고 생각했다.

"아, 그런데 세이. 초면에 이런 걸 묻긴 면구한데요. 물어볼 데가 없어서 그런데……."

"괜찮습니다. 말씀해보십시오."

아렌은 살짝 눈을 굴려 세이의 표정을 살핀 다음 입을 열었다.

"저, 혹시 붉은 연꽃을 아시나요?"

"아뇨, 모르는 것 같군요. 연못에 핀 연꽃 자체를 이르는 게 아니라면 말입니다."

세이는 가볍게 웃으며 차를 한 모금 더 마셨다. 역시 세이도 모르는 모양이다. 도대체 어디서 알아봐야 하나. 막막한 기분에 아렌이 한숨을 풀어놓자 세이가 가만히 그녀를 응시했다.

"중요한 일입니까?"

"음……. 그러니까 이건 제가 맡은 첫 번째 임무거든요. 꼭 제대로 해내고 싶은데, 단서가 너무 없네요. 어디서부터 조사해야 할지 모르겠고, 막막해서 원."

아렌은 어쩔 수 없다는 듯 하하 웃으며 찻잔에 담긴 찻물을 싹 비워버렸다. 제스는 어떤 생각으로 그녀에게 이런 일을 맡겼는지는 모르겠지만, 그녀에게 이건 꽤 중한 일이었다. 공녀란 이름을 벗어버리고 처음으로 아렌이라는 한 사람으로서 맡게 된 일이다. 이 일에 실패하면 스스로에게 실망해서 견딜 수 없을 것 같았다. 가슴 위에 천 근을 얹은 듯 갑갑한 건 여전했지만, 일단 결심은 그러했다.

"원하신다면 제가 힘닿는 데까지 알아보겠습니다. 적어도 제가 아렌보다는 이곳에 아는 인연이 많은 듯하니."

"그럼 저야 고맙긴 하지만……. 염치가 없긴 하네요. 오늘 차도 얻어마셨는데 부탁까지."

아렌이 멋쩍은 표정으로 웃자 세이의 입가에 미소가 짙어졌다.

"괜찮습니다. 제가 자청해서 아렌을 초대하지 않았습니까."

"고마워요."

순수하게 감사를 표하는 그녀를 가만히 응시하던 세이가 창밖으로 시선을 던졌다. 이미 어둑해진 밤하늘엔 구름이 자욱했다.

"시간이 많이 늦었습니다. 돌아가는 게 좋겠군요. 여자가 밤에 돌아다니면 위험하니……."

"안 된다니까 또 그러네요! 쉿! 쉿!"

아렌이 누가 들을까 팔까지 휘저으며 세이의 입을 막았다. 그는 간발의 차로 고개를 뒤로 빼면서 작게 웃었다.

"황성 안이라도 늦은 시각은 위험할 수 있으니 데려다 드리겠습니다."

"아! 아니에요. 혼자 갈 수 있어요. 고마워요! 또 올게요!"

씩씩하게 일어선 아렌은 손까지 흔들며 문을 닫고 나갔다. 그녀가 방에서 멀어지면서 발소리 또한 차츰 작아져갔고, 오래 걸리지 않아 완전히 사라졌다.

아렌의 웃음소리가 떠난 방 안은 쥐 죽은 듯이 침묵에 휩싸였다. 그녀가 떠난 지 한참이 지났는데도, 세이는 그녀의 자리에 시선을 못 박고 조금도 움직이지 않았다.

곧 그의 어깨가 들썩이면서 낮은 웃음소리가 허공을 물들였다. 은청발이 흐트러지는 얼굴 위로 차가운 비웃음이 떠올랐다. 아렌과 있는 동안 내내 머물러 있던 부드러운 미소는 이미 흔적도 없이 사라져 있었다.

"아르렐리아 폰 레이나스……."

조그만 속삭임이 메마르고 차가운 공기를 갈랐다. 길쭉하고 모양 좋은 손이 움직여 아렌이 들었던 찻잔을 들었다. 찻물은 남아 있지 않았지만, 아직까지 재스민 향기가 진하게 남아 있었다.

"베이판에 있어야 할 내 약혼자가 왜 여기 있는 거지?"

세이는 천천히 찻잔을 흔들며 그녀를 떠올렸다. 남장은 뭐고 시종 행세는 또 뭐란 말인가. 세이가 상냥하다며, 마법이 신기하다며 어린아이처럼 좋아하던 모습이 아직도 눈앞에 선연했다.

"웃기는군."

세이가 다시 한 번 웃음을 터뜨리자 그에 반응하듯이 찻잔이 산산조각 나며 깨졌다. 유리 조각들이 맑은 마찰음을 내며 바닥으로 떨어졌다. 가만히 그것들을 내려다보던 그는 발걸음을 옮겨 어둠 속으로 걸어갔다. 굳건하게 닫힌 창문에선 외풍 한 점 불진 않았지만, 웬일인지 주위를 밝히던 촛불이 한순간에 훅 꺼졌다.

내리쬐는 달빛에 은청색 머리카락이 은은하게 반짝거렸다. 하지만 그마저도 달이 구름에 가리자 어둠 속에 묻혀버렸다.

베이판의 3대 공작 가문 중 하나인 레이나스 가문은 사상 초유의 사태에 가문 전체가 뒤집혔다.

공녀의 가출.

거기다 레이나스 가문에 하나밖에 없는 후계자인 공녀의 가출이었다.

소식을 전해 들은 레이나스 공작은 허술한 경비와 느슨한 경계를 탓하며 분노했다. 세이모어 공작가와의 혼담이 그에게 무슨 의미던가.

과거 레이나스 가문은 카를로스 가문과 함께 권력을 독식하다시피 했다. 병력을 늘려 힘을 가졌고 돈으로 영토를 사들여 다스리는 자들을 늘렸다. 기세등등한 권세는 하늘을 찌를 듯이 높았으나 그건 그리 오래가지 않았다. 상권은 카를로스가에 밀리고 신흥귀족 세이모어까지 가세한 지금 가문 내의 위기감은 그 어느 때보다도 고조되어 있었다. 이 사태를 해결할 수 있는 건 공작 가문 간의 결합이 유일했는데 정작 신부가 될 공녀가 사라지다니. 이것이 알려진다면 세이모어 공작이 어떻게 나올지 감히 짐작조차 할 수 없었다. 최악의 경우엔 완전히 척을 질 수도 있기에, 가출 기간이 늘어날수록 공작의 근심은 날로 커져만 갔다.

무거운 침묵에 휩싸인 레이나스 성 복도를 누군가가 규칙적인 걸음으로 걸어가고 있었다. 어깨까지 오는 흑발을 단정히 묶어 늘어뜨린, 준수

공녀님!
공녀님! 1

한 외모의 남자였다. 스무 살 정도로 보이는 그는, 무슨 이유에서인지 표정이 돌처럼 굳어 있었다. 뛰듯이 걷다가 급히 방향을 틀어 오른쪽에 있는 문을 연다.

테이블을 사이에 두고 마주 앉아 있는 공작과 공작부인이 보였다. 공작은 손으로 이마를 짚은 채 고민에 빠져 있다가 문 쪽을 보고 반갑게 일어났다.

"오, 카일! 기다리고 있었네!"

카일이라 불린 남자는 공작과 공작부인을 향해 예의를 갖춰 목례하곤 빠른 걸음으로 다가갔다. 그는 주변에 아무도 없는 것을 확인하곤 입을 뗐다.

"이게 어찌 된 겁니까?"

"전한 대로네. 아르렐리아가 가출을 했어."

그렇게 말하는 공작의 이마 주름살은 평소보다 더 짙게 파여 있었다. 이미 하녀를 통해 전해 듣긴 했지만, 공작의 입을 통해 직접 듣는 것과는 천지차이였다.

가출이라니, 공녀가 가출이라니! 어쩐지 요즘 낌새가 심상찮다 했는데 설마 이런 짓까지 벌일 줄이야.

"도대체 어디로 말입니까. 따로 가실 곳이 있을 리가 없지 않습니까."

"그걸 모르겠어. 지금 은밀히 사람을 풀어 찾아보고는 있네만……."

카일이 깜짝 놀라며 말했다.

"안 됩니다! 가문에서 사람을 푸는 건 오히려 공녀님을 더 멀리 쫓아내는 꼴이 될 겁니다."

"그럼 어찌하면 좋겠는가? 난 그 아이가 어디로 갔는지 짐작조차 할 수 없는데. 아아, 부디 이 근방이면 좋으련만……."

공작이 머리가 아픈지 이마를 짚으며 말하자 카일은 고개를 설레설레 저었다.

"작정하고 나가셨다면 이 근방은 아닐 겁니다. 아직까지 베이판에 머물고 있다면 오히려 그게 더 다행이겠지요."

"그럼 어찌하면 좋겠나?"

공작이 절박한 심정으로 물었고 옆에서 잠자코 있던 공작부인도 입을 열었다.

"카일 경의 생각은 어떻습니까? 어렸을 때부터 아르렐리아와 가까웠으니 조금이라도 짐작 가는 데가 있을 것 아닙니까?"

카일이 굳은 얼굴로 고개를 살짝 끄덕였다.

"예, 있긴 합니다만, 부디 공녀님을 찾는 건 저 혼자 하도록 해주십시오. 우선 은밀하게 푼 사람들부터 거두어주십시오."

"혼자? 혼자서 괜찮겠나?"

"충분합니다."

카일의 대답에 공작은 마치 아르렐리아를 찾았다는 소식을 들은 것마냥 표정을 환하게 밝혔다. 그러고는 그의 널찍하고 다부진 어깨를 두드리며 고개를 끄덕였다.

"내 자네만 믿겠네. 알고 있겠지만, 지금은 세이모어 가문과 혼담이 오가는 중요한 시점이야. 찾아올 때까지는 내가 어떻게든 시간을 끌어볼 테니 빠른 시일 내에 꼭 같이 돌아와주게."

"예, 반드시 그리하겠습니다."

카일이 다짐하듯 대답했다. 그의 머릿속엔, 긴 은발에 환한 미소를 가진 소녀의 모습이 떠올랐다.

그가 가볍게 목례를 한 후 빠른 걸음으로 방에서 나가자 공작이 다시 깊은 한숨을 쉬며 의자에 앉았다. 공작부인이 그의 낯빛을 살피며 조심스레 입을 열었다.

"세이모어 공작에겐 어떻게 말씀하실 요량이십니까?"

공작이 관자놀이를 꾹 누르며 고개를 설레설레 흔들었다.

"진실을 밝힐 수는 없소. 불행 중 다행으로 아르렐리아가 사교계엔 잘 나가지 않았으니, 집으로 돌아올 때까지 잠시 대신할 자를 찾는 수밖에 없겠군."

"세이모어 공작과 만나는 자리에 다른 사람을 내보내신단 말씀이십니까?"

"그렇소. 최대한 아르렐리아와 닮은 여자를 찾아봐야 할 것이오. 그 일은 부인이 해주시겠소?"

"알겠습니다. 이야기가 새어 나가지 않도록 입이 무거운 자들만 골라 움직이겠습니다."

공작부인이 고개를 끄덕이며 말했고, 공작은 다시 손으로 이마를 짚으며 중얼거렸다.

"아르렐리아……. 넌 도대체 어디에……."

03. 보이지 않는 주시자

　시종은 평민이 오를 수 있는 가장 높은 직위이며 동시에 황족에게 가까이 다가가고 싶어 하는 귀족들이 원하는 자리다. 시종 내에서도 독이 있는지 시식하는 시종, 황족의 시중을 드는 시종, 하인과 다를 바 없는 시종이 있지만 대부분의 귀족들은 황족 근처에 머무른다.

　그들은 저 자신이 모시는 주군을 위해 정치적인 영향력도 행사하기도 하며 또는 주군의 권력을 등에 업기도 한다. 황녀를 모시러 입성한 귀족가의 여식들이 황태자나 황자의 눈에 들어 비(妃)가 되는 일도 비일비재했다.

　따라서 시종이 된 이들은 평민은 물론이고 어떤 귀족들의 부러움을 한 몸에 사곤 했고, 그들도 그를 충분히 알고 있었다.

　시종이란 직위는 그들에겐 자존심이었고 곧 명예였다. 그런데 그렇게 평화롭게 잘 살아가던 이들에게 일대 파란이 일어나는 사건이 있었으니, 당최 어디서 튀어나왔는지 모를 애송이가 '그' 기사단장에게 추천받았다며 시종 자리를 꿰어 찼다.

　애송이에 관한 소문은 많았다. 어딘가의 몰락 귀족이라느니, 평민이라느니, 행동하는 걸 보면 귀족은 맞는다느니 별의별 소문이 다 돌았지만,

개중에서 확실한 건 기사단장이 추천했다는 사실뿐이었다. 모두가 선망해 마지않는 그가 직접 시종으로 올려주었다는 건 호기심을 자극하기도 했지만, 동시에 보이지 않는 시샘을 불러일으키기도 했다. 기사단장은 이제껏 이런 일에 일절 관여를 해오지 않았기에 더욱 큰 관심을 모으기도 했다.

이런 주제는 삼삼오오 모인 시종들 사이에서 종종 뜨거운 감자로 떠오를 때가 있는데, 유난히 먹구름이 잔뜩 낀 그날도 마찬가지였다.

"그 하얀 머리 놈 말인데, 기사단장님이 꽂아주셨다며? 웬일이야. 가까운 사이 아냐? 사실은 친인척이라든가."

"하지만 그렇다기엔 둘이 따로 만나는 모습은 전혀 못 봤는걸. 단장님께서 이례적으로 추천하긴 했지만, 그 이후는 관여하실 분이 아니잖아?"

"딱히 마음을 쓰지 않으시니 더 못마땅한 거지. 저번에 나보고 뭐라는지 아냐? 같은 시종끼리 잘 지내보자나? 하, 언감생심 누가 누구랑 같아지려고. 시종이면 다 같은 줄 아나?"

"건방지긴……. 한 번쯤, 주제 파악을 하게 해주어야 할 것 같지 않냐?"

그들이 정원 한쪽에 모여 음험한 작당을 하는 동안, 아렌은 세이를 떠올리며 꽤 유쾌한 기분으로 멀리서 걸어가고 있었다. 공녀가 아닌 아렌으로 제스를 먼저 만나기는 했지만, 그보다는 세이가 더 친구처럼 가깝게 느껴졌다.

여자인 걸 눈치 챘는데도 함구해주는 데다 심심할 땐 놀러 오라고 제안까지 해주지 않았나. 아무리 생각해도 정말 상냥한 사람이다. 조만간 시간이 나면 또 찾아가봐야겠다.

콧노래까지 부르며 안쪽으로 걸어가려는 찰나, 우연히 귀에 '하얀 머리'와 '신입'이라는 단어가 들려왔다. 어째 들으면 들을수록 제 이야기인 것 같아 가까이 다가갔지만, 작당하는데 온 정신을 쏟고있는 시종들은 인기척조차 느끼지 못하고 있었다.

"그럼 언제……?"

"야, 조용히 해. 왔다."

아렌이 다가오는 걸 먼저 발견한 시종이 다른 이의 옆구리를 쿡 찌르며 제지했다. 그들은 약속이라도 한 것처럼 대화를 뚝 멈추고 뿔뿔이 흩어졌다.

쉬쉬하며 떠나는 그들을 보자 슬슬 좋지 않은 예감이 들기 시작했다. 사실 아렌은 세이와의 유쾌한 만남 이후에도 일주일간 혼자 남아서 조각상 청소를 계속해왔고, 그 바람에 지나가는 시종들의 대화를 조금씩 엿들을 수 있었다. 그리고 얼마 전에는 낙하산처럼 시종 자리를 얻은 아렌에 대해 다들 좋지 않은 감정을 가지고 있다는 걸 알아냈다.

원래 어느 집단에서든 아랫사람으로 들어오는 신입에 대해 우호적인 반응을 기대하기란 힘들었지만, 아렌이 점점 감당할 수 없는 방향으로 일이 커져만 가는 게 문제였다. 평생 남의 아래에 있어본 적은 별로 없어서 더욱 그랬다.

제스에게서 받은 일을 끝내더라도 황성엔 조금 더 붙어 있을 생각이었는데, 최대한 빨리 이곳을 떠나는 게 더 나을지도 모르겠다. 그러려면 붉은 연꽃에 대해서 먼저 알아봐야 할 텐데, 어째 진척이 없다.

얼른 많은 걸 알아내어 제스에게 보고해야 할 텐데. 세이는 붉은 연꽃에 대해 알아낸 것이 있을까?

"야, 신입! 우리 잠시 쉬러 갈 테니까, 우리 몫까지 네가 다 해놓도록 해."

배운 대로 나무를 손질하며 생각에 잠겨 있는 아렌의 귓가로 달갑지 않은 목소리가 들렸다. 그녀가 미처 대답하기도 전에 그들은 들고 있던 정원 손질 도구들을 던졌다. 정원 손질용 도구들이 서로 부딪치는 소리를 요란하게 내며 떨어졌고, 그중 하나는 튕겨서 그녀의 정강이에 부딪쳤다.

"아, 이런. 실수했네."

조롱하듯 내뱉은 그들은 서로를 보고 키득거리며 걸어갔다. 그녀는 정강이에 고이는 피를 소매로 훔쳐내며 입술을 꾹 깨물었다.

유치해서 봐줄 수가 없다. 큰 문제는 일으키지 않으려고 되도록 조용히 있는 건데, 어째 오해만 점점 쌓여가는 것만 같아서 큰일이다. 어떻게 된 게 상황은 나빠지기만 하는지…….

아렌은 한숨을 내쉬며 제 앞에 내동댕이쳐진 정원 도구들을 하나씩 주웠다.

'그냥 건네주면 될 걸 던지긴 왜…….'

속으로 끊임없이 투덜거리던 그녀는 제 앞으로 점점 커지는 그림자를 발견하고 고개를 젖혔다. 한 남성이 눈부신 햇살을 등지고 걸어오고 있어, 마치 그에게서 빛이 뿜어지는 것처럼 보였다. 그리고 그는 아렌도 아는 사람이었다.

"제스……."

황성 앞까지 데려다 준 후로 실제로는 얼마 지나지 않은 것 같은데 어쩐지 굉장히 오랜만에 본 것 같은 기분이 들었다.

편한 차림이었던 그때와는 달리 지금의 제스는 잘 갖춰진, 검정에 가까운 남색 제복을 입고 있었다. 왼쪽 가슴엔 하일렌 제국 국기가 작게 수놓아져 있었으며, 허리엔 장검이 자리 잡고 있었다. 그가 걸을 때마다 펄럭이는 어두운 보랏빛 망토가 그의 신비로운 외모를 더 돋보이게 해주고 있었다.

"와, 처음엔 잘 몰랐는데 그쪽 말예요. 제복 입으니 정말로 기사 같아 보이네요."

"알아낸 것은?"

아렌이 실없이 웃으며 농담을 건넸지만, 제스는 인사치레 없이 바로 본론으로 넘어갔다. 그에 아렌은 품에 안고 있는 도구들을 바닥에 와르르 내려놓고 일어섰다.

"오랜만에 봤는데 그렇게 딱딱하게 말해야 해요? 하하, 그동안 잘 지냈어요?"

아렌이 능청스럽게 웃으며 그의 어깨를 툭, 쳤다.

그녀는 자신에게 적의를 가지고 있지 않은 사람을 너무나 오랜만에 만나서 편하게 한 행동이었지만, 제스 옆에서 선인장처럼 서 있던 기사는 그 광경을 보고 헉 소리를 내지 않기 위해 무진 애를 써야 했다.

차림을 보아하니 분명 황성에서 일하는 시종 같은데, 기사단에서 하늘같이 떠받드는 단장에게 저 무슨 무례한 행동이란 말인가?

거기다 더 놀라운 것은 제스가 아무 말도 안 하고 그 행동을 받아주고 있다는 것이었다.

"떨어져 있어."

"예!"

뒤도 돌아보지 않고 말했지만, 부하 기사는 제게 말하는 것을 눈치 채고 멀찍이 물러섰다. 명령을 하니 따르긴 했지만, 궁금한 건 어쩔 수 없었다. 도대체 기사단장이 시종과 무슨 대화를 나눌 게 있단 말인가?

호기심을 이기지 못하고 곁눈질을 해대는 기사 말고도 주변 시종들의 시선이 모조리 쏠렸다. 어색한 얼굴로 주위를 살펴보던 아렌이 방긋 웃으며 그를 올려다봤다.

"저분은 부하예요? 이야. 부하도 있고……. 꽤 직책이 높은가 보네요?"

"……."

"차라리 저도 기사단 넣어주는 건 어때요? 옆에서 부려도 괜찮은데. 아니면 그쪽이 잠시 시종으로 들어와도 좋고요."

보통의 경우 이렇게 냉랭하게 대하면 무안해서라도 저렇게 입을 놀리지 못하는데, 참 변함없이 꿋꿋한 녀석이었다.

하지만 제스는 그 기색을 깨끗이 지워버리며 다시 한 번 물었다.

"알아낸 것은?"

"아, 그건 아직……."

아렌이 제스의 말을 듣고 움찔거리며 위쪽으로 눈을 굴렸다.

"하지만 금방 알아낼 것 같아요! 황성에 아는 사람이 생겼거든요!"

"황성에 아는 사람이라니?"

"그렇고 그런 연줄이 하나 생겼어요. 궁금해요? 말해줄까요?"

계속 장난스럽게만 대꾸한 탓인지 제스의 얼굴이 딱딱하게 굳어졌다. 분위기가 살벌해지자 아렌은 입술을 삐죽거렸다.

"재미없어. 무슨 사람이 그렇게 표정이 없어요? 태어날 때부터 무표정이었나 봐."

"그러는 너는 태어날 때부터 그렇게 말이 많았나."

"아, 발끈하기도 하네요."

명랑한 웃음이 터지자 제스가 아차 하며 고개를 돌려버렸다. 그녀와 말을 나누고 있으면 은근히 페이스에 말리는 게 문제다. 제스는 긴 숨을 내뱉으며 아렌의 정강이 근처에 눈길을 돌렸다.

"그런데 거긴 다친 건가?"

"네? 아……. 이거요."

아렌이 다리에 난 상처를 보며 아까 일을 떠올렸다. 빌어먹을 선배 놈들이 던진 도구들에 맞아서 생긴 상처. 어느새 피는 멎어 있었지만 따끔따끔 쓰려오는 건 어쩔 수 없었다.

"그냥 넘어졌어요."

넘어졌다고 거짓말을 하기엔 상처가 난 위치가 이상했지만, 이 이상의 좋은 변명은 떠오르지 않았다. 그보다 저 사람 입에서 아프냐는 소릴 들을 줄이야. 이런 질문을 받는 것 자체가 어딘가 간지러워졌다. 저 혼자 민망해진 아렌은 뒷머리를 벅벅 긁다 화제를 전환했다.

"아! 아까 황성에 연줄이 생겼다고 했잖아요. 그게 말이죠. 운 좋게 황성 마법사랑 알게 됐어요! 신기해요. 마법사를 내가 직접 만나보다니!"

"마법사?"

"제스도 몰랐나 보네요! 아무것도 없이 불꽃도 막 만들어내고, 얼마나 신기한데요! 제스도 다음에 같이 보러 갈래요?"

"미안하군. 흥미가 없어서."

제스의 반응이 미적지근하자 못마땅해진 아렌이 입을 삐죽거렸다. 사람이 어떤 제안을 하면 '꼭 갈게요, 초대 고마워요!'라든가 '아이고! 죄송해서 어쩌죠. 다음엔 꼭 갈게요.' 중 하나는 예의상으로라도 돌려줘야 할 텐데, 제스는 그런 인사치레에는 영 젬병인 듯했다. 하긴 그가 막상 이런 말을 직접 꺼내면 웃겨서 견딜 수가 없을 것이다.

"다음에도 결과물이 없다면 책임져야 할 거다."

"네, 네. 알겠어요."

넉살좋게 대답하는 아렌을 뒤로하고 제스는 자리를 떠났다. 그리고 정원을 나오면서 심상치 않은 기운이 느껴지는 곳을 흘끗 쳐다보는 걸 잊지 않았다. 아렌은 모르고 있는 눈치지만, 누군가의 투기 어린 시선이 줄곧 이쪽을 향해 있는 게 느껴졌다. 정확히는 자신이 아닌 아렌을 향해서.

우우 몰려다니는 놈들에게 기죽을 법도 하지만, 아렌은 처음 선술집에서 활을 겨누었을 때처럼 의연하게, 몰락 귀족의 자식이라는 게 믿기지 않을 정도로 올곧게 서 있었다. 제스는 서늘한 눈으로 그녀를 다시 한 번 슥 훑어보았다.

아주 얼뜨기를 데려온 건 아닌 모양이군.

"왜 그러십니까?"

제스 뒤를 따르던 기사가 조심스레 운을 뗐다. 제스는 고개를 가볍게 젓는 것으로 대답을 대신한 후 자리를 떠났다.

"저놈, 진짜 기사단장님과 아는 사이였어?"

제스가 자신들을 눈여겨보는 건 미처 알아채지 못한 채, 시종 무리 중 하나가 데이브를 툭툭 건드렸다.

"있잖아. 우리 신고식은 다시 생각해보는 게 어떨까?"

"바보 같은 소리 하지 마. 제깟 게 알아봤자 얼마나 깊이 알겠어? 시종 자리에 꽂아주는 게 다였겠지. 그리고 아까도 말했잖아. 기사단장님은 저런 놈 때문에 함부로 움직이실 분이 아니란 거."

정식으로 들어온 것도 아닌 새끼가, 어떤 신분인지는 몰라도 귀족 출신인 자신들과 나란히 서 있는 게 못마땅하다. 그런데 결국 잘난 것 하나 없는 자식이, 선망의 대상인 기사단장에게는 더 가까이 다가갈 수 있다는데 미치도록 질투가 났다. 세상 물정 모르는 새끼.

얼마나 꽉 쥐었는지 하얗게 질린 손등 위로 퍼런 핏줄이 불뚝 솟아오른다. 그는 분한 얼굴로 한 글자, 한 글자를 씹어뱉었다.

"분수도 모르는 신입에겐 신고식으로 본때를 보여줘야지. 오늘 밤에 하는 거다."

옆에 있는 시종들은 '오늘 바로?'라고 속삭이며 망설이다가 이내 고개를 끄덕였다. 신입이 들어오면 다들 하곤 하는 신고식인데 아렌이라고 특별할 것 없었다.

'오늘에야말로 주제 파악을 제대로 시켜주겠어.'

천진난만하게 정원 청소를 다시 시작하는 아렌을 보며 그가 이를 갈았다.

"아침부터 날씨가 별로네."

아렌이 정원 손질 도구들을 한곳에 치워놓곤 옷을 툭툭 털었다. 하늘은 노곤하게 잔뜩 인상을 찌푸리고 있었고, 비가 올 모양인지 저 멀리서 먹구름이 몰려왔다. 공기 중에 떠다니는 수분이 온몸에 달라붙는 것만 같았다.

역시 이런 날엔 일찍 침대에 누워 잠을 청하는 게 최고지. 아니지, 오랜만에 시간도 났으니 세이나 보고 올까?

아렌이 문 앞에 서서 잠시 망설이는 사이, 몇 개의 그림자가 은밀하게 그녀 뒤에서 움직였다. 무리 중 가장 앞에 서서 뒤를 이끌고 있던 이는 아렌의 모습을 발견하자 쉿 소리를 내며 걸음을 멈추었다. 장식장 뒤, 그녀가 발견할 수 없는 사각지대에 숨어서 고개만 쭉 빼었다. 한 시종이 고개를 돌려 속삭였다.

"저 녀석이 여기까지 오면, 덮치는 거다."

"응? 거기 누구 있어요?"

조금 전 이상한 소리가 들리지 않았나, 하며 아렌이 사방을 둘러보았다. 하지만 넓은 복도엔 커다란 장식물과 미약한 불빛을 뿌리고 있는 촛불만이 보일 뿐, 사람 모습은 전혀 찾아볼 수 없었다.

잘못 들었나?

고개를 갸웃대던 아렌이 도로 돌아서서 문을 열려는 찰나였다. 너덧 명의 검은 인영이 갑자기 튀어나와 그녀를 덮쳤다. 무방비로 서 있던 아렌의 입에 재갈이 물리고 머리에 검은 자루가 씌워진 건 순식간에 일어난 일이었다.

"어, 어?"

아렌이 깜짝 놀라 손을 들려고 했으나, 이미 정체를 알 수 없는 자들에게 붙잡혀 밧줄에 묶인 상태였다. 이어 머리에 쓴 자루도 밧줄로 단단히 묶였다. 목젖이 있는 부분을 꾹 짓누르는 악력에 기침이 토해져 나왔다.

"빨리 움직여."

뱀이 쉿쉿거리는 듯한 낮은 목소리가 들렸다. 다음 순간, 억센 힘이 꽁꽁 묶인 팔을 끌어당겼고 중심을 잃은 아렌이 크게 휘청거렸다.

"으읍!"

비명이라도 내질러야 누군가 도와주러 올 텐데, 입에 물린 재갈 때문에 그조차 불가능했다. 지금 그녀가 할 수 있는 거라곤 한참 동안 짐짝처럼 옮겨지는 동안 최대한 발버둥을 치는 것뿐이었다.

투두둑. 손바닥 위로 떨어지는 물방울과 팔에 달라붙는 끈적한 습기 덕분에 아렌은 제가 바깥으로 옮겨졌음을 알 수 있었다. 졸린 목으로 숨 쉬기가 어려워 머리까지 핑 돌았다.

"내려놔."

그에 맞춰 아렌의 몸은 떠밀리듯 바닥에 나뒹굴었다. 몇 번을 구른 다음에야 멈춘다. 대체 왜 이러는 거지. 아렌은 손목이 바닥에 긁혀 따끔거리는 걸 느끼며 몸을 일으켰다. 아니, 일으키려고 했다. 겨우 몸을 가누자마자 거센 몽둥이질이 시작되지 않았다면.

퍽퍽거리는 둔한 소리와 함께 아렌은 다시 바닥을 뒹굴었다. 다섯 개 정도의 굵은 몽둥이가 고기를 다지듯 그녀의 몸을 내려쳤다. 정확하게 뼈에 맞아 들어가자 고통에 찬 신음이 절로 터져 나왔다. 아픔도 아픔이지만, 상대의 얼굴을 볼 수 없는 데서 나오는 두려움이 더 컸다.

활만, 활만 있었어도……!

아렌은 입술을 잘근 짓씹고 버텨보려 했으나 몸 상태는 이미 한계를 넘어서고 있었다. 몽둥이를 피해보려 바닥을 기자 쓸린 부분이 아려 온다. 맞는 곳마다 끊어져버릴 듯이 아프다.

"그만해."

나직한 말이 떨어지기가 무섭게 몽둥이질이 멈추었다. 아렌은 거친 숨을 몰아쉬면서 몸을 비틀었다.

"그거 보기 좋다. 오물에 구르는 지렁이 같은걸."

비웃음과 함께 시작된 발길질은 끝날 줄을 몰랐다. 헌신짝처럼 구르다 보니 몸에서 점점 힘이 빠져나갔다. 이대로라면 죽을 수도 있다는 생각이 문득 들었다.

"어이, 신입. 우리가 널 하도 예뻐해서, 특별히 신고식 해준 거야. 알아?"

"이쯤하면 됐어. 꼴에 남자라면 어디 가서 말은 못 하겠지. 쪽팔리게."

느껴지는 인기척으로 어림잡아 다섯 명쯤 되어 보이는 이들은 갖고 있던 몽둥이를 아렌 옆에 떨어뜨렸다. 섬뜩할 만큼 차가운 손길이 손목으로 다가와 밧줄을 느슨하게 풀어주었다. 킬킬거리는 웃음소리가 점점 멀어지고 사라져갈 즈음, 아렌은 흐려지는 정신을 애써 가누어 손목을 풀었다.

"하!"

목을 죄인 밧줄까지 풀어내자 차갑고 신선한 공기가 한꺼번에 몰려들어 와 폐부를 휘저었다. 몽둥이로 얻어맞은 몸은 불타는 것처럼 지끈거린다. 그리고 오직 그 아픔만이 그녀가 살아 있다는 사실을 일깨워주고 있었다.

"하, 하하……. 이게 뭐야……."

아렌은 후들거리는 제 몸을 내려다보며 텅 빈 웃음을 터뜨린 후, 질질 끌듯이 걸음을 옮겼다. 누구에게 험히 다뤄질 일은커녕 매맞아본 적도 없는지라 이러한 아픔은 생소하기 그지없었다.

조금이라도 다치거나 하면 카일이 호들갑을 떨며 달려와 치료해줬었는데.

"윽……."

갑자기 날카롭게 아파 오는 팔 때문에 아렌은 급하게 숨을 들이켜며 문가에 등을 기댔다. 그녀가 끌려온 곳은 황성 뒤편에 위치한 헛간이었다.

남의 눈에 띄지 않는 곳을 잘도 찾아냈잖아. 아렌은 정신을 잃지 않기 위해 아랫입술을 세게 깨물며 고개를 들었다. 자꾸만 흐려지려는 시야 속에서 저 멀리 황성에서 반짝거리는 불빛이 보였다. 하지만 그것도 잠시, 어느새 굵어진 빗줄기에 눈앞이 일그러졌다.

"거기 누구지?"

겁먹은 목소리가 들리는 쪽으로 고개를 돌려 보니 우비를 둘러쓴 보초병이 이쪽을 살피는 게 보였다.

아, 다행이다.

아렌은 저도 모르게 안심이 되어 그 자리에 무너져 내렸다. 질척한 바닥 위로 후드득 떨어지는 핏물을 보고 난 다음에야 그녀는 제가 피를 흘리고 있다는 걸 깨달았다.

"저는, 황성에서, 일하⋯⋯는, 시종이온데⋯⋯."

"시종? 시종이 왜 이 시각에 여기에 있지?"

"그게, 제가 부주의하여 조금 다치는 바람에⋯⋯."

아렌은 목에 뭐가 턱 걸린 듯 말을 그쳤다. 큰일이다. 눈앞은 점점 흐릿해지고 몸은 으슬으슬 시려 왔다. 이젠 몸에서 느껴지는 감각마저 저 먼 곳에서 울리는 메아리처럼 희미해졌다.

아렌은 저를 감싼 세상이 점점 기울어지는 것을 느꼈다. 그녀와 시선을 마주치고 있는 보초병이 입을 점점 벌렸다. 쿵 하는 소리와 함께 세상이 완전히 기울어지자 보초병이 뛰어와 그녀의 뺨을 때렸다.

아, 세상이 기울어지는 게 아니라 내가 쓰러진 모양이다. 그녀가 점점 감기는 눈에 최대한 힘을 주며 입을 열었다.

"기사단의, 제스를, 불러주세요. 부탁⋯⋯."

그것을 끝으로 세상은 암흑으로 변했다.

　제스는 여느 때와 다름없이 기사단 내의 자신의 집무실에 있었다. 팔락 팔락, 산더미같이 쌓인 서류를 빠르게 넘기던 손이 갑자기 멈칫했다. 그는 손에 쥐고 있던 펜을 책상에 떨어뜨리듯 놓아둔 후 창문으로 고개를 돌렸다. 온종일 유난히 날씨가 좋지 않더니, 어느새 세찬 빗줄기가 창문을 따라 흘러내리고 있었다.

　'마법사라…….'

　조금 전 아렌을 만났을 때 들었던 마법사 이야기가 머릿속에서 떠나질 않는다. 그 또한 하일렌 제국의 황성 안에 마법사가 있단 소리는 몇 번 흘려듣긴 했었다.

　하지만 그들이 밖으로 나와서 누군가와, 정확히 말해선 그들의 연구에 도움이 되지 않는 이와 친분을 쌓는다는 건 전혀 들어본 적 없는 이야기다. 보통 그들은 성정이 괴팍하고 콧대가 높아서, 마법사가 아닌 이들은 미개인으로 생각하곤 했으니.

　그런데 마법사와 연줄을 맺게 됐다니. 아렌이 제 몸을 실험용으로 내놓지 않는 이상, 그들이 그를 상대해줄 리가 없지 않은가.

　생각에 잠겨 있던 제스는 때마침 들려온 노크 소리에 고개를 들었다.

　"들어와라."

　문이 열리고 기사 두 명과 옷이 흠뻑 젖은 보초병이 함께 들어왔다. 제스는 예의를 갖추고 허리를 세운 그들을 빤히 바라보았다. 둘은 기사단원으로 아는 자였고 하나는 모르는 얼굴이었다.

　"무슨 일이지?"

　감히 고개도 들지 못하고 긴장하고 있던 보초병이 크게 움찔거렸다. 그가 새하얗게 질린 입술만 달싹거리고 있자 옆에 선 기사가 대답을 대신했다.

"단장님, 이자가 단장님께 고할 말이 있다고 합니다."

"이봐, 아까 우리에게 했던 말 그대로 해보지 그래? 단장님 앞에서."

옆에서 낮게 으르렁거리는 목소리에, 보초병은 금방이라도 주저앉을 것처럼 파르르 떨었다. 잔뜩 겁을 먹고 숨조차 쉬지 못하는 그를 보며 제스가 입을 열었다.

"말해."

"저, 그, 저, 그러니까."

"똑바로."

칼같이 자르는 말에 보초병의 입술이 더 새파래졌다.

"저, 그러니까. 저……, 은발의, 피투성이가 된 시종이 제, 제스를 불러달라고."

"네 감히 단장님의 존함을 그 입에 담는 것인가!"

옆에서 잠자코 듣고만 있던 기사가 불호령을 내렸다. 제가 내뱉은 이름이 누구의 것인지 그제야 알아차린 보초병의 얼굴이 사신이라도 본 것마냥 굳어버렸다.

"하지만 부, 분명 그리 말했습니다! 제스를 불러달라고……."

"그래도 이놈이!"

보초병의 입에서 기사단장의 이름이 두 번이나 거론되자 기사들은 급기야 검까지 빼들었다. 짐승의 어금니처럼 서슬 퍼런 검날을 보자 그가 입을 딱 다물었다. 사태파악이 이제 되는 모양이었다.

"그 시종은 지금 어디에 있지?"

제스의 목소리에 보초병과 두 기사의 눈이 동시에 커졌다. 이게 무슨 상황인지 파악이 되지 않아 얼어 있는 둘과는 달리, 보초병은 이제 살았다는 듯한 얼굴로 얼른 말을 이었다.

"저, 무슨 일인지 많이 다쳐서 지금은 의무병동에 데려다 놨습니다."

제스는 시종 무리들과 아렌을 차례로 떠올리며 옅게 한숨을 쉬었다.

결국 그렇게 된 건가.

"안내해."

"예? 옙!"

보초병은 소스라치게 놀라며 집무실에서 뛰쳐나갔다. 머릿속은 온통 조금 전에 받은 충격과 공포로 어지러웠지만, 그보다는 기사단장을 자신이 안내할 수 있다는 사실에 황송한 게 더 컸다.

멍하니 서 있던 두 기사는 제스가 스쳐가자 그제야 정신을 차리며 경례했다. '이게 어떻게 된 거지?', '지금 이 시간에 직접 걸음 하신다는 말인가?'와 같은 생각들이 머릿속에서 빙빙 돌았다.

제스가 보초병을 따라 향한 곳은 황성 한편에 위치한 의원의 방이었다. 모퉁이를 돌고 돌아 의원의 방에 가까워졌을 때쯤, 보초병은 나올 때는 보지 못했던 이들을 발견하고 걸음을 멈추었다. 네 명의 시종들이 문 앞에 붙어 안을 기웃거리고 있었다. 무슨 일이지?

주춤대는 보초병과는 달리 제스는 일정한 속도로 계속 걸었다. 그들끼리 나누는 대화가 점점 또렷해졌다.

"어떻게 된 거야?"

"모르겠어. 잘 안 보여. 야, 밀지 마!"

"서, 설마 죽은 거 아냐?"

"너희 사내자식들이 그렇게 간이 작아서 어디다 쓸래? 그거 맞고 죽는 사람이 어디 있어?"

데이브는 부르르 떠는 동료 시종을 향해 타박하다가 무심코 고개를 돌렸다. 어둠 속에서 형형하게 떠 있는 듯한 푸른 눈과 시선이 마주치자마자 두 손으로 입을 틀어막는다. 다른 시종들도 따라서 뒤를 돌아봤다가 일제히 얼어버렸고, 제스는 해석할 수 없는 표정으로 그들을 내려다보다가 입을 열었다.

"이제 돌아가도 좋다."

"옙!"

보초병이 허리를 깊숙이 굽히고 물러선 다음 순간 시종들이 꽁무니를 뺐다. 제스는 그대로 방으로 들어가 빠르게 안을 훑어보았다. 의원은 창가 쪽 침대 옆에 앉아 있었다. 아렌에 대해서는 따로 묻지 않아도 괜찮았다. 바로 의원 옆에 누워 있었기 때문이다.

"단장님께서 여긴 어쩐 일로……."

"상태는 어떻지?"

제스는 잔뜩 웅크려 있는 아렌을 턱짓하며 대답을 대신했다. 의아한 눈으로 아렌을 흘끗 본 의원은 옷 사이로 보이는 멍 자국을 보며 한숨을 쉬었다.

"요 근래 몇 달간 보아왔던 환자 중에 가장 상태가 안 좋습니다. 어디서 매라도 맞고 온 것처럼 줄줄이 멍투성이인데 밖에서 비까지 맞고 와서 몸살 기운까지 있어요."

"치료는?"

제스의 질문에 의원의 얼굴 위로 난처한 빛이 스쳐 지나갔다.

"그게, 환자 본인이 치료를 한사코 거부하고 있어서 손을 쓸 수가 없습니다. 전혀요."

"정신을 잃은 것처럼 보이는데."

"휴, 이해 안 되시겠지요. 한번 보여드리겠습니다."

의원이 말이 필요 없다는 듯 고개를 저으며 아렌의 어깨를 툭 쳤다. 그러자 아렌은 저를 단단히 보호하고 있는 것처럼 웅크린 몸을 더 작게 오므렸다. 치료는커녕 문진도 하기 힘든 상황이었다.

"보시다시피 이렇습니다."

"황당하군."

제스가 이마를 찌푸리자 의원이 아렌을 향해 굽히고 있던 몸을 펴고 책상 쪽으로 걸어갔다.

"저는 이제 이옌나스 황자님께 가봐야 합니다. 황자님께서 고뿔이 드셔서……. 한두 번이 아니지만 자리를 오래 비웠다간 경을 칠 테니까요. 치료는 환자 본인의 의지가 생기면 다시 하도록 하겠습니다. 먼저 자리를 비우는 결례를 용서해주십시오."

적당한 도구를 챙겨든 의원이 정중하게 인사한 후 방을 나섰다. 문이 탁 하고 닫히는 소리 뒤로는 빗방울이 창문을 두드려대는 소리가 이어졌다.

고요하고 푸른 눈동자가 아렌의 몸을 훑듯이 움직였다. 자세히 살피면 살필수록, 그가 애초에 생각했던 것보다 훨씬 좋지 않은 상태라는 걸 알 수 있었다.

무엇에 묶여 있었던 것처럼 멍이 들어 부풀어 오른 손목, 핏기가 완전히 가신 낯빛, 셔츠 깃 사이로 보이는 피멍 등…….

새파랗게 질린 얼굴 위로 장난스럽게 웃음 짓던 그녀의 얼굴이 겹쳐지자 자연히 눈살이 찌푸려졌다.

제스는 젖은 셔츠 밑으로 비친 붕대를 바라보다 손을 뻗었다. 피부에 손이 닿자 찬 기운이 스멀스멀 올라왔다.

"죽을 셈인가."

"……."

"죽으려거든 내가 보지 않는 곳에서 죽어라. 귀찮다."

제스가 무덤덤한 어조로 물었다. 그 목소리를 알아듣고 정신을 차렸는지 아렌이 웅크렸던 몸을 살짝 펴며 고개를 돌렸다. 항상 빛나던 은색 눈

공녀님!
공녀님! 1

동자가 초점 없이 탁해져 있었다.

"우와, 정말 왔네……. 안 올 줄 알았는데……."

그녀가 가슴팍을 가리고 있던 팔을 들어 눈을 비볐다.

"와, 조금 감동할 뻔……."

"어디서 반말지거리지?"

"……했어요."

"쓸데없는 소리 할 기력 있으면 치료부터 받아라. 하필 널 데려온 걸 내가 더 후회하지 않도록."

제스는 냉정하게 일갈하면서 치료 도구를 들었다.

"옷 벗어."

"네? 방금 뭐라고……."

"벗고 제대로 보여줘야 치료를 할 게 아닌가."

아렌은 지금 이 사람이 뭐라고 씨불이는 건가 싶어 멍하니 있다가 이내 급하게 침대보를 잡아끌었다.

"그건, 잠깐, 그건 안 돼요."

제스의 목소리에 정신이 들어서 다행이지, 여차하면 제가 사실은 여자라는 게 들켰을 수도 있다. 거기까지 생각이 닿자 아픈 거고 뭐고 상관없이 비명부터 터져 나왔다.

"제가, 제가 할게요. 이리 줘요."

"……."

"이리 달라니까요!"

"다쳐도 그 고집이란 건 어떻게 안 되는 건가?"

제스가 투덜거리듯 말하며 약과 붕대를 건넸다. 어색한 손길로 도구들을 뒤지던 그녀는 어디선가 들은 것을 떠올리며 소독약부터 꺼냈다.

"소독이 아니라 연고부터 발라라. 멍을 소독하려 들다니 그것 참 획기적인 치료법이군."

옆 침대에 걸터앉은 제스가 빈정거리자 아렌은 소독약 대신 바르는 연고를 집어 들었다. 소매부터 걷어서 보니 하얀 살갗 위로 푸릇한 멍이 선명하게 올라와 있었다. 정말 죽을 만큼 팬 모양이다.

아렌은 혹시나 다시 정신을 잃지 않기 위해 온몸에 바짝 힘을 주고 거즈를 들었다. 거기에 약을 묻혀 바를 생각이었는데, 어쩐지 손끝에 힘이 들어가지 않았다. 팔이 후들후들 떨려 제대로 움직일 수조차 없었다. 그렇게, 약 바르는 걸 몇 번이나 실패했다. 아렌은 잠시 치료를 중단하고 망설이며 입을 뗐다.

"……왜 이렇게 다쳤는지는 안 물어봐요?"

"별로 안 궁금하다."

"아, 네……."

아렌이 무안한 얼굴로 다시 치료를 시작했다. 그 모습을 지켜보고 있던 제스가 가만히 그녀를 보다가 입을 열었다.

"일은."

"……할 수 있어요!"

아렌이 처음으로 큰 소리를 냈다.

"제가 이렇게 다친 건 그쪽이 맡긴 일과는 하등 관련이 없어요. 그러니!"

"착각 마라. 일이 더 지체될 거라면 차라리 다른 자에게 시키는 게 낫기 때문에 물은 것이니까."

"아, 그건……."

아렌이 머뭇거리자 제스가 나직한 목소리로 말을 이었다.

"나흘."

"나흘이요?"

공녀님!
공녀님! 1

"나흘 만에 다 나아라. 그렇지 않으면 이 일은 다른 적임자를 찾을 테니."

제스가 그 말만 툭 던져놓고 뒤돌아서 가려고 하자 아렌은 제 짧은 머리가 번쩍 곤두서는 느낌이 들었다.

"잠깐, 이봐요! 저 여기다 두고 갈 거예요?"

제스가 발걸음을 멈추고 아렌을 뒤돌아봤다. 무표정한 표정인데도 '그럼 어쩌란 말이냐?'는 기색이 역력하다. 큰일이다. 여기 계속 머무른다면 여자인 게 들킬지도 모르는데. 그녀는 품에 안겨 있던 약품들을 와르르 쏟아놓으며 더듬더듬 말을 이었다.

"사, 사실 저 의원, 베이판 출신인 것 같아요. 베이판에서 본 것 같다고요. 혹시 절 알아보기라도 하면 어떡해요? 빚쟁이라거나, 그러면 큰 문제가 생길 텐데……."

어째 갈수록 거짓말이 늘어가는 것 같아 양심이 찔렸지만, 어쩔 수 없었다. 지금 들키면 그대로 사지가 썰릴 것 같았으니까. 다행히 아렌의 허술한 거짓말을 납득했는지 제스의 미간이 더욱 좁아졌다.

제발 저 표정이 차라리 죽여버리고 싶다는 뜻이 아니길.

"따지고 보면 그쪽도 지금 망설일 때가 아닐 텐데요. 지금 바로 다른 사람을 구할 수도 없을 테고."

"……하."

이런, 저건 정말 죽여버리고 싶다는 얼굴이다.

"따라오는 건 네 발로 할 수 있겠지."

한참 후에 짧게 대답한 제스가 몸을 돌렸다.

살았다!

아렌은 속으로 환호성을 지르며 약을 주섬주섬 주웠다. 몸을 일으키자 온몸이 비명을 질렀지만, 여기서 벗어날 수 있는 기회를 놓칠 순 없었다.

아렌이 비척비척 문을 향해 걸어가자 제스가 얕은 한숨을 쉬며 제 어깨에 고정된 핀을 빼고 망토를 끌어내렸다. 은은한 보랏빛 망토가 사락, 물 흐르듯이 미끄러지며 내려앉은 곳은 다름 아닌 아렌의 머리 위였다.

"가려."

"……."

"멍 자국, 꼴 보기 싫으니까."

그가 들릴락 말락 하게 말하고는 먼저 나가버렸다. 아렌은 저 인간이 갑자기 왜 저러나, 하고 쳐다보다가 망토를 둘러썼다. 망토를 둘러쓰고 앞을 여미자 으슬으슬 한기가 들던 몸이 점차 안정을 찾아갔다. 하지만 내딛는 한 발짝 한 발짝이 온전히 고통으로 전해지는 건 여전했다.

이 정도 아픔쯤은 괜찮아. 참을 수 있어.

그녀는 입술을 꾹 깨물며 비집고 나오는 신음 소리를 억눌렀다. 발에 최대한 힘을 주며 몸을 일으켰으나 다리에 힘이 풀려 몇 번이고 휘청거리며 쓰러질 뻔했다.

이마에 밴 땀을 소매로 훔치며 고개를 들어보았다. 제스는 이미 복도 끝에 서서 그녀가 빨리 오기만을 기다리고 있었다. 지나치게 미적거렸다간 데려가 주지도 않겠지. 아렌은 스스로를 채찍질하며 다리를 끌었다.

"저기, 걷기가 힘들어서 그런데, 부축 좀 해주겠어요?"

평온을 가장한 목소리가 복도를 허하게 울렸다. 제스는 대꾸는커녕 들은 기색조차 보이지 않고 다시 앞서 나가기 시작했다.

쳇, 그럼 그렇지. 내가 저 인간한테 뭘 기대하겠어.

아렌은 아픔에 인상을 찌푸리면서도, 제가 아플 때 가장 먼저 달려온 이가 하필이면 제스라는 사실에 놀라고 있었다. 사실 그보다도 더 놀라운 것은 쓰러지는 순간에 떠올린 사람이 제스라는 거지만.

아렌은 다시 억지로 몸을 끌고 걸어갔고 제스는 한참을 앞서 나가다가

공녀님!
공녀님! 1

잠시 기다려주었다. 그러다 아렌이 겨우 따라잡았다 싶으면 제스는 다시 까마득하게 앞서 나가는 모습이 몇 번 반복되었다.

얼마나 지났을까. 얼마만큼 걸어올 수 있는지 시험해보는 게 아니냐는 생각이 들자마자 제스가 유난히 큰 문을 열고 들어갔다. 낑낑거리며 따라 들어온 아렌이 파리한 입술을 헤벌렸다.

"와, 이렇게 좋은 방을 주는 거예요?"

"꿈 깨라. 내 집무실이니."

"아. 집무실."

또다시 무안해진 아렌은 이마를 긁적이며 방을 둘러보았다. 두세 명쯤 은 살아도 충분할 것 같은 큼지막한 방에 깔끔하게 정리된 책장과 책상 — 책상엔 엄청난 양의 서류가 양대 산맥을 이루고 있었다! — 이 눈앞에 모습을 드러냈다. 그런데 아무리 봐도 잘 만한 곳은 없는데.

의아해하며 눈을 살짝 돌려보니 왼쪽 구석에 칸막이로 무언가 가려져 있는 게 보인다. 아렌이 다리를 절며 다가가서 칸막이 너머를 살펴봤다. 혹시나 했던 예감이 현실이 되었다.

"에이, 뭐야. 여기서 자라고요?"

"번거롭게 굴지 마라."

아렌은 실망한 기색이 역력했지만, 제스의 대응 또한 만만치 않았다. 지금 찬물 더운물 가릴 처지가 아니라지만, 이건 환자에게 조금 너무했 다.

칸막이 안쪽에 있는 건 다름 아닌 1인용 접이식 침대였기 때문이다. 푹 신해 보이긴 했지만, 환자가 편히 누워 자기엔 무리가 있다.

"저, 여기 말고 기사단원들이 묵고 있는 숙소 같은 곳에 가면 안 될까 요?"

아렌이 조심스러운 어조로 묻자 책장에서 무언가를 찾던 제스가 짤막

하게 대답했다.

"숙소엔 기사들이 있다."

"그래서요?"

"기사들이 불편해한다."

"저어, 여기서 자면 저도 불편할 것 같……."

"싫으면 나가라."

"……얌전히 여기서 잘게요."

고분고분 대답한 아렌은 조심스레 무릎을 굽혀 침대에 엉덩이를 걸치고 앉았다. 막상 앉아보니 처음 보기보다 편했다. 나름대로 베개와 이불도 있고.

그런데 이상한 점이 하나 있었다. 이런 큰 집무실을 홀로 쓰고 있을 정도면 기사단에서 꽤 높은 직책에 있을 테고, 그 말인즉 집무실에 버금갈 만한 숙소도 따로 있을 것이다. 그런데도 집무실에 간이침대를 따로 뒀다는 건, 여기서 수면을 해결하는 일이 많다는 뜻이리라.

일하다가 이곳에서 잘 정도라면 생각보다 일벌레인 모양이지. 자기 일에 있어선 완전 철두철미한 사람 같다는 첫인상이 어째 딱 맞아 들어가는 것 같았다.

"받아라."

책장 부근에서 무언가를 찾으며 뒤적이던 제스가 병 하나를 아렌에게 휙 던졌다. 그게 유리로 된 병인 걸 본 아렌은 기겁을 하며 손을 뻗었고, 다행히도 안전히 받을 수 있었다.

"이게 뭐예요?"

"약. 회복 마법이 걸려 있다고 하더군."

투명한 병 안엔 정체 모를 거품이 보글보글 올라오고 있었다. 무심코 뚜껑을 열려는 순간, 회복제에 붙여진 라벨에 작게 쓰인 글자가 보였다.

뭐라고 쓰여 있는 거지?

"미, 믿거나 말거나?"

회복약인데 믿거나 말거나라니? 불안해! 믿고 썼다가 무슨 일 생기는 거 아냐?

아렌은 입을 뻐끔거리며 고개를 들었다.

"저기, 잠시만. 이거 제대로 된 치료약 맞는 거예요?"

"궁금하면 직접 써보지 그래."

"잠깐만, 그거 엄청 무책임한 말인 거 알……. 악! 지금 뭐 하는 거예요!"

순식간에 다가온 제스는 설명이 더 필요 없다는 듯 약병을 뺏어들고 다짜고짜 내용물을 그녀에게 쏟아부었다. 아렌은 깜짝 놀라 파드득 고개를 저었다.

"악! 잠깐만! 악! 차가워요!"

"가만히 있어."

반항하는 아렌의 뒷목을 꾹 누르고, 그가 남은 한 방울까지 모조리 털어 넣었다. 그의 손이 떨어지자마자 아렌은 얼른 그와의 거리를 벌렸다. 가슴이 벌렁거렸다. 아, 놀랐잖아. 깜짝이야.

앞섶을 꽉 쥐고 가쁘게 호흡하는 아렌을 뒤로하고, 제스가 그녀 옆에 병을 휙 던지고 몸을 돌렸다. 그러고는 척척척 걸어가는 폼이 아렌이 놀랐건 말건 자기와는 상관없다는 태도였다. 정말이지 보면 볼수록 괴팍한 남자였다.

그의 뒷모습을 째려보고 있는데, 몸에 끼얹어진 회복약이 상처에 스며들면서 아픔도 서서히 잦아들었다. 그리고 아주 조금이지만, 온몸에서 끓던 열기도 살짝 가라앉는 것 같다.

아렌은 깜짝 놀라 한 손으로 팔을 만져보았다. 아직 다 아문 건 아니라

쓰라림은 여전했지만, 그래도 아까보다는 훨씬 나은 상태였다. 어쩐지 조금 전까지 속으로 욕하던 게 미안해지는걸. 그녀는 눈을 또르륵 굴려 제스의 뒷모습을 흘긋 쳐다보았다.

"어, 고마……워요. 효과가 있긴 하네요, 의외로……."

"…….."

"근데 이거 다 썼는데 어쩌죠?"

"됐다. 어차피 버릴 거였으니까."

제스는 대수롭지 않다는 듯 대꾸했다.

버릴 걸 그렇게 당당히 쏟아부었단 말인가…….

결과적으론 많이 나아졌긴 했지만, 그래도 씁쓸한 건 어쩔 수 없었다. 아렌은 허탈한 손짓으로 병을 휴지통에 떨어뜨렸다.

"저, 그런데 뭐 해요?"

그사이 제스는 간이침대의 반대편에 놓인 책상에 앉아 있었다. 아렌이 고개를 쑥 빼면서 제스가 들고 있는 것을 살폈다.

서류같이 생겼는데…….

"보는 대로."

제스가 귀찮다는 듯 대답했다. 더 이상 말 시키지 말라는 기운이 풀풀 풍겨 왔지만 아렌은 말을 멈추지 않았다.

"저, 곧 여기서 자려고 했는데 계속 거기 있을 거예요?"

"…….."

"어, 언제까지 있을 건데요? 설마 자는 동안 내내?"

아렌이 매우 불안한 눈빛으로 제스를 바라봤지만, 그는 묵묵부답이었다. 단지 서류 위를 스치는 펜 소리에 좀 더 힘이 들어가 있었다. 짜증난 것이 분명했다.

아무래도 나가야겠다. 이러다간 의원이 아니라 제스에게 직접 들킬 수도 있으니까.

몸이 안달 날 정도로 불안해진 아렌이 몸을 일으키려는 순간, 차갑게 깨달아버렸다.

돌아갈 곳이 있긴 했던가?

이곳에 온 이후 쭉 시종들의 합동 숙소에 머물렀지만, 지금은 갈 수 없었다. 이런 몸 상태로 돌아갔다가 또 그놈들을 만나면 어쩌란 말인가.

침을 꿀꺽 삼킨 그녀는 조심스럽게 제스에게 말했다.

"미안해요. 제가 신세지는 쪽이라는 걸 잊었네요. 조용히 잘게요."

그녀가 뭐라 말하든 제스는 아무 말 없이 서류만 훑어보았다. 그에게 향한 시선을 조금 돌려 창문 밖을 바라보았다. 이미 빛 한 줌 없는 어둠 속에서 밝게 빛나는 별빛이 보였다. 아렌은 하품을 크게 한 번 하고는 간이침대에 몸을 뉘었다. 그녀의 무게가 온전히 전해지자 침대가 살짝 흔들렸다.

"아, 피곤하다."

그래도 이곳에 있으니 마음은 편하다. 가출하고 난 후에 이렇게 몸과 마음이 완전히 풀어진 때는 없었는데. 저 성질 나쁜 인간이 있는데 왜 지…….

아렌이 작게 속삭이며 눈꺼풀을 내렸다. 몸에서 힘을 풀고 이불을 덮는 순간, 달콤한 수마(睡魔)가 그녀를 덮쳤다.

해가 산등성이를 따라 올라오며 다시 하루가 시작됐음을 알렸다. 따뜻한 한 줄기의 빛이 간밤에 있었던 소란을 감싸주듯 황성을 비췄다.

모두가 잠에서 깨어나는 그 시각, 제스만은 밤을 지새우고 지금에 이르기까지 일에 몰두하고 있었다. 펄럭, 마지막 장을 넘기는 손동작마저 단정했다. 휘갈기듯 결재 서명을 하고 펜을 내려놓은 순간이었다. 고요한 침묵을 뚫고 누군가의 잠꼬대 소리가 들려왔다.

"집……. 집…….'

빠르게 옮겨간 시선이 잠꼬대의 진원지를 찾아냈다. 제스가 일할 동안 꿀 같은 수면에 빠져 있던 아렌이 그에 맞춰 바닥에 쿵 소리를 내며 떨어 졌다. 어찌나 잠버릇이 좋지 않은지 떨어질 때마다 간이침대에 올려두어 도 도로 떨어진다.

"우움…….'

심지어는 바닥에 떨어졌어도 깨지 않고 잔다.

자신의 잠버릇이 얼마나 나쁜지 이렇게 단시간에 알게 하지 않아도 될 터인데.

아렌이 딱딱한 바닥이 불편한지 계속 자세를 바꾸기에, 제스는 곤혹스 러운 표정으로 있다가 자리에서 일어났다. 번데기마냥 이불을 몸에 돌돌 감고 있는 걸 보면 조만간 목 졸려 죽을 기세다.

제스는 아렌 앞에 무릎을 굽히고 앉아 그녀의 상태부터 살폈다. 다행히 상처는 그가 건네준 회복약 덕분에 반쯤 나은 듯이 보인다.

"이번이 마지막이다."

투덜거리듯 말한 제스가 허리를 숙여서 한 손으론 머리를 받치고 다른 한 손으론 다리를 걸쳐 들어 올렸다. 체구가 유난히 작다고 생각했지만, 가볍기도 놀라울 정도다. 얼굴은 쓸데없이 곱상하게 생겨서 이래서야 여 잔지 남잔지 분간이 안 될 정도다.

제스가 그녀를 간이침대에 올려놓고 팔을 빼려 할 때였다. 바닥에 떨어 져도 꿈쩍하지 않았던 그녀가 눈을 번쩍 떴다.

"……."

뜻하지 않게 은색 눈동자와 시선이 마주친 제스는, 눈에 띄게 당황해했 다. 제스를 아는 누군가가 봤으면 당사자보다 더 놀랄 정도로.

깬 건가?

제스는 아렌을 내려놓으려는 자세 그대로 얼어버리고 말았다. 이대로 깨어나면 뒷목이라도 쳐서 도로 기절시키려고 했는데, 다행히도 아렌의 눈은 스르르 다시 감겼다.

"……잠든 상태였나?"

다시 잠에 빠진 아렌을 보며 제스가 긴장을 풀었다. 잠이 든 채로 눈을 뜰 수 있다니, 별 괴상망측한 잠버릇을 다 본 느낌이었다. 하지만 만약 잠버릇이 아니었다면 어땠을지 정신이 아찔해질 정도였다.

아렌을 침대에 올려놓고 도로 돌아왔지만, 평소 같은 모습을 되찾는 데는 이상하게 시간이 많이 걸렸다. 그리고 그건 두 명의 기사가 서류를 들고 들어왔을 때 이후까지도 유지됐다.

"이게 다인가?"

제스는 책상 위에 놓이는 산더미 같은 서류를 보며 물었다.

"네, 단장님."

"나가봐."

보통 사람이라면 새로 추가된 서류의 양에 질색할 만했지만, 제스는 그저 짧게 대답하고 새 서류를 보기 시작할 뿐이었다. 넓은 책상을 사이에 두고 선 두 기사는 머뭇거리다 입을 열었다.

"저, 단장님."

제스는 고개를 가볍게 끄덕이는 것으로 대답을 대신했다.

"혹시 또 밤 새우신 겁니까? 저, 주제넘은 말인 줄은 압니다만, 많이 피곤해 보이십니다."

제스는 무표정했지만, 몇 년간 그를 옆에서 보좌해온 기사들까지 무표정함 속에 깃든 피로를 알아보지 못하진 않았다. 자신들의 존경하는 단장이 서류 더미에 둘러싸여 고생하는 것에 속이 상한 기사가 뒷머리를 벅벅 긁어댔다.

"이게 다 그 빌어먹을 근위대 놈들 때문입니다. 단장님! 무투대회 따위, 그냥 받아들이시는 게 어떠십니까?"

"그렇습니다! 어차피 귀족 자제들의 머리에 감투 하나씩 씌워주려고 만든 근위대, 실력으론 저희에겐 상대가 되질 않는다는 것 알고 계시지 않습니까!"

"기사단에서 매년 무투대회를 거부할 때마다 작성해야 하는 해명 서류가 수백 개입니다. 그냥 이참에 기사단 전체가 참가하는 게 어떻겠습니까, 이제 예전처럼 당할 만큼 만만하지도 않고……!"

화가 나서 생각나는 대로 내뱉던 기사는 곧이어 마주친 눈빛에 입을 도로 다물 수밖에 없었다. 깎인 고드름처럼 살벌한 푸른 눈동자가 이 이상의 이야기는 꺼내지 말라고 경고하고 있었다. 역시 예전 일을 함부로 꺼내는 게 아니었는데. 기사는 얼른 허리를 숙여 사죄했다.

"무례를 용서해주십시오, 단장님. 하지만 부디 저희를 보호하시기 위해 모든 걸 감내하지는 말아주십시오."

"저희는 단장님의 명을 따를 것입니다. 목숨을 걸고서라도."

그들은 미련할 만큼 충직한 얼굴로 제스를 바라봤다. 보통 기사들은 제가 믿고 따르는 상전에게 충성을 다하는 게 당연하지만, 지금 제스를 바라보는 그들의 시선엔 그것만으로 설명할 수 없는 무언가가 있었다. 그보다는, 신 같은 존재를 바라볼 때 느껴지는 경외감에 가까웠다.

부하들의 충성심에 동요할 만도 하건만, 제스는 여느 때와 같이 짧게 대답했다.

"가보아도 좋다."

단번에 떨어지는 축객령에 기사들의 입에서 한숨이 떨어졌다. 하지만 어쩌겠는가. 이게 바로 자신들의 단장인 것을. 다시 한 번 예를 차리고 나서려는 순간이었다. 아무도 없으리라 생각했던 집무실 안쪽에서 누군가의 목소리가 들렸다.

"제……스, 이 나쁜……."

두 기사가 어리둥절한 얼굴로 서로를 바라봤다.

'설마 방금 그 말, 네가 한 거냐?'

둘 다 서로가 아니라는 걸 깨달은 그들은 약속이라도 한 듯이 같은 곳을 바라보았다. 가느다란 목소리가 들려온 곳은 칸막이 안쪽. 하지만 더 이상 아무 소리도 들리지 않는 걸로 보아 그들은 자신들의 귀가 잘못되었다고 생각했다. 그도 그럴 것이, 이 황성에 어느 누가 기사단장의 존함을 함부로 불러댈 수 있을까.

속으로 납득한 그들이 걸음을 옮기려는 순간 조금 전과 똑같은 목소리가 타이밍 좋게 따라붙었다.

"쫌생이……."

이번엔 똑똑히 들었다. 남자인지 여자인지 분간 안 될 정도의 미성을.

형용할 수 없이 복잡한 얼굴로 서로를 바라보던 그들이 슬그머니 뒤를 돌아보자 때마침 이쪽을 바라보고 있던 제스와 시선이 딱 마주쳤다.

제스의 입술이 힘겹게 열렸다.

"가봐도……, 좋다……."

이 이상은 물으면 안 될 것 같다는 직감이 번뜩 들었다. 그들은 아무것도 듣지 못한 사람마냥 방에서 나갔다.

문이 닫히자, 제스는 미간을 좁히고 일어서선 칸막이를 향해 다가갔다. 아렌의 모습을 감춰주던 커튼을 거친 손길로 거둬버리자 평안한 얼굴로 잠들어 있는 아렌이 보였다.

제스는 그녀가 덮고 자고 있는 망토를 거칠게 빼앗았다. 이불 역할을 하고 있던 망토를 빼앗겨서 추운지 그녀의 몸이 살짝 떨렸다.

"아, 추워……."

"일어나."

강제로 잠에서 깨어난 아렌은 눈을 뜨자마자 보이는 더러운 인상에 얼굴을 찌푸렸다. 아침 인사라도 건네어보려 입을 뗐는데, 제스의 손에 들려서 펄럭거리는 망토가 보였다.

"아니, 깨우려면 곱게 깨우지 이불은 왜 뺏는 거예요? 표정은 또 왜 그래요? 무슨 일 있어요?"

어찌 된 게 말을 하면 할수록 제스의 인상은 점점 험악해졌다. 도대체 왜 저러는 거야?

"너……."

제스는 최대한의 인내심을 발휘하면서 입을 뗐다.

"너……. 여기서 다시는 자지 마라."

"뭐라고요?"

아렌이 두 눈을 동그랗게 뜨면서 반문했다. 제스는 더 말할 것도 없다는 듯 뒤돌아서 휙 가버렸고, 아렌은 기가 막혀서 입을 들썩거리다가 거칠게 항의했다.

"아니, 그게 무슨 말이에요? 수면권은 인간의 정당한 권리라고요! 잠을 못 자게 하는 건 고문으로도 쓰였……."

쾅!

"……다고요. 나가버렸네. 어휴, 갑자기 저게 무슨 소리야? 이유라도 설명해줘야지. 하여간 성질 나쁜 건 알아줘야 된다니까."

아렌은 찌뿌둥한 몸을 쭉 펴서 스트레칭 하며 주위를 둘러보았다. 이미 해가 중천에 떠 있는 걸 보니 늘어지게 늦잠을 잔 것 같지만, 그 덕분에 몸살 기운도 사라진 듯했다.

그 회복약, 정말로 효과가 좋았던 모양이다. 어젯밤은 딱 죽기 직전이었는데. 어젯밤, 어젯밤…….

간밤에 당했던 일을 떠올린 아렌의 얼굴에 음울한 빛이 스쳐 지나갔다. 몸을 세차게 두드리던 그 감각은 아직까지 생생히 남아 있었으나 진정 무서운 건 따로 있었다. 구타당하는 도중에 들렸던 소름끼치는 웃음, 그리고 거기서 느껴지던 무력감. 끝없는 늪 속으로 빨려들어 가는 것만 같은 느낌에 목뒤가 서늘해졌다.

괜찮아, 이제 괜찮아…….

아렌은 깊이 숨을 들이마시고 내쉬면서 애써 마음을 진정시켰다.

이른 아침부터 시작하여 낮까지, 여느 때처럼 견습 기사들을 훈련시키고 있던 기사는 때 아닌 기사단장의 등장에 땀을 뻘뻘 흘리고 있었다. 평소엔 젊은이 특유의 패기를 발휘하여 훈련에 임하던 견습 기사들도 마찬가지였다. 제스의 시선이 닿는 곳마다 쥐죽은 듯 조용해지고, 실수 한 번할 때마다 얼굴이 새하얗게 질렸다.

"저, 단장님."

이래서야 훈련 자체가 불가능하겠다 싶었던 기사는 조심스럽게 입을 뗐다. 근처에 앉아 무심한 얼굴로 훈련을 지켜보던 제스가 고개를 짧게 끄덕였다.

"혹시 저희들의 훈련이 마음에 들지 않으시는 건지요?"

"……."

제스에게서 아무 대답이 없자 순간 기사의 머리가 띵하니 아파 왔다.

보통 기사단장인 제스는 다른 일로 바쁜 나머지 견습 기사들의 훈련까지 들여다볼 시간이 없었다. 그런데 웬일인지 오늘은 낮 시간부터 나와서 훈련을 지켜보고 있었고, 썩 마음에 들지 않는 양 미간을 좁히고 있었다. 이래선 안 된다고 판단한 기사가 견습 기사들을 향해 소리 높여 외쳤다.

"자, 하던 훈련을 모두 멈추고 연무장 돌기를 시작할 거다. 방법은 언제 나처럼 가장 먼저 들어온 세 명씩 끊는다. 출발!"

난데없이 선착순 달리기를 시작하게 된 견습 기사들은 또 지옥의 훈련 이 시작되었다며 아연실색했다. 하지만 감히 우러러볼 수도 없는 기사단 장이 앞에 있었기에 찍소리도 내지 못했다.

견습 기사들은 손에 들고 있던 검을 내려놓고 하나둘씩 뛰기 시작했고, 그런 그들을 기사들은 안타까운 마음으로 지켜보고 있었다.

하지만 그들 중 어느 누구도 몰랐다. 제스의 표정이 좋지 않은 진짜 이 유를.

"쫌생이라······."

"예? 방금 무어라고······."

기사는 놀란 얼굴로 되물었지만, 제스는 마찬가지로 아무 대답 없이 자 리를 떠났다.

제스는 미간을 좁히며 제 집무실로 발걸음을 옮겼다. 마저 처리해야 하 는 서류들이 많아서 돌아가는 거긴 하다만, 영 내키지는 않았다. 아렌이 어떤 경위로 다치게 됐는지는 알 만하나, 이 이상 관여할 바는 아니니 이 제 그만 나가줬으면 했다.

"단장님, 식사 가져왔습니다."

집무실 앞에 서서 식사를 들고 기다리던 하인이 정중히 인사했다. 그를 받아들고 안에 들어가려던 제스는 문을 열다가 멈칫했다.

"식사 말이다."

"예?"

"앞으론 1인분 더 부탁한다."

"아, 예."

평소엔 1인분도 다 드시지 않고 남기시면서 왜 2인분을?

하지만 머릿속에 떠오르는 질문을 꺼낼 수는 없었던 하인은 고개를 숙이며 물러났다.

하인을 먼저 등지고 집무실로 들어간 제스는 제 책상에 당당히 앉아 있는 아렌을 발견했다. 서류 하나를 들고 유심히 보고 있던 그녀가 제스를 보자 반가운 표정으로 그를 맞이했다.

"왔어요?"

그녀의 얼굴을 다시 보자 아침에 자면서 내뱉었던 망언이 다시금 떠올랐다. 아렌은 그의 표정이 점점 좋지 않게 변해가는 이유를 다르게 여기고 서류를 슬며시 내려놓았다.

"이, 이거 읽으면 안 되는 거예요? 미안해요."

"……."

"와, 그런데 손에 든 거 뭐예요? 식사? 마, 맛있겠다……."

아렌은 어제저녁 이후로 한 끼도 먹지 못했다는 것, 그리고 주릴 대로 굶주린 배가 배꼽시계를 울려대는 걸 깨닫고 입을 헤벌렸다.

제스가 책상 위로 내던지듯 식사를 내려놓고 고개를 휙 돌려버렸다.

"먹어라."

"네? 이건 웬일로……."

"먹고 꺼져."

"에이, 이걸 어떻게 혼자 다 먹어요? 같이 먹지."

아렌은 제게 퍼부어지는 폭언은 귓등으로 반사하며 책상에서 내려왔다.

같이 먹자니, 이게 무슨 뚱딴지같은 소리지.

제스가 어처구니없다는 얼굴로 바라보는 가운데, 아렌은 당당히 포크와 나이프 중 나이프를 제스에게 내밀었다. 그러고는 저 혼자 포크로 이것저것 집어먹으면서 행복한 표정을 지었다. 입 한가득 음식을 밀어 넣고 오물거리는 얼굴은 먹이 먹는 햄스터를 생각나게 했다.

넉살이 좋달지, 뻔뻔하달지.

"몸은?"

모든 걸 포기한 어조로, 제스가 의자에 기대듯 앉으며 물었다. 아렌이 입이 조금이라도 빌세라 음식을 한가득 집어넣으며 말했다.

"많이 괜찮아졌어요! 아직 다 나은 건 아니지만, 조만간 다 나을 것 같아요!"

"되도록 빨리 나아라. 그리고 네가 있을 곳으로 당장 돌아가."

"지금 걱정해주는 거예요? 상냥해라."

아렌은 제스의 말을 다시금 튕겨내며 웃었다. 식사는 왜 안 하느냐고 물어봤지만, 제스는 이미 자포자기 해버린 듯한 얼굴이었다.

식사를 반쯤 비워갈 때쯤, 문득 무언가를 떠올린 아렌이 다시 입을 열었다.

"아, 그런 김에 오늘 어디 좀 다녀올게요. 저번에 말했듯이 아는 마법사에게 도움을 요청했는데……."

"안 돼."

"예?"

허락을 받으려는 게 아닌데도 단박에 잘라버리는 대답에 아렌은 두 눈을 크게 떴다. 하지만 제스는 입을 꾹 다문 채로 서류 중 하나를 끌고 와 읽어 내려가기 시작했다. 아렌은 입에 남은 음식을 마저 꿀꺽 삼킨 후 황당해 마지않은 얼굴로 다시 물었다.

"왜요? 일하라고 할 땐 언제고."

"그 몸 상태로 나갔다가 또 다치면 어쩔 거지?"

뭐? 설마 이 남자, 지금 날 걱정해주는 건가?

아렌은 조금 전보다 더 당혹스러운 얼굴로 제스를 바라봤다. 창문에서 찬란하게 쏟아져 들어오는 햇빛을 등진 그가 천천히 시선을 들어 올렸다.

"어디서 구른 게 아니라면 분명 너를 이리 만든 가해자가 있었겠지. 그 자를 아나?"

"아뇨, 하지만 짐작 가는 사람은……."

"그럼 이대로 나가는 건 스스로 몸을 던지는 거나 다름없다는 걸 잘 알겠군."

"그렇긴 하지만, 일을……."

"난 아무 상관도 없는 자를 두 번이나 돌봐줄 정도로 한가한 사람이 아니다."

아렌은 꿈결에서 깨어나듯 알아차렸다. 그가 방금 기사단을 나서지 말라고 말한 건, 그녀가 다쳤을 때 다시 맡기 귀찮아졌기 때문이라는 걸.

"그럼 그렇지, 저 쫌생이한테 뭘 바라……."

"방금 뭐라고 했지?"

"아뇨. 아무것도."

아렌은 생긋 웃으며 얼버무렸지만, 제스의 표정은 쫌처럼 돌아오지 않았다. 서류 넘기는 손길이 다소 거칠어졌다. 아렌은 헛기침을 큼큼 하며 다시 입을 열었다.

"그럼 말이죠. 저, 그쪽 따라다녀도 돼요?"

"……."

제스는 아무 대답도 하지 않고 서류만 보고 있었다. 오기가 생긴 아렌이 과감하게 움직여 그의 손에서 서류를 쏙 빼냈다.

"제발요. 여기에만 갇혀 있기 싫단 말이에요."

"내놔."

"대답부터 하지 그래요?"

"도로 때려눕혀야 그 입을 다물까."

"글쎄요, 때리는 동안 저도 가만히 있진 않을 텐데."

아렌은 턱을 꼿꼿하게 들면서 받아쳤다. 제스는 자꾸만 제 신경에 거슬리게 행동하는 것과는 별개로, 그녀의 똑바르게 펴진 등에 시선이 갔다. 거리낄 것 없이 똑바로 응시하는 바른 눈빛. 몰락 귀족에다 빚 때문에 집이 풍비박산 났다고 했지만, 귀족 특유의 콧대는 아직까지 남아 있는 모양이었다.

맨 처음 아렌을 보았을 때부터 눈이 갔던 것이 바로 저거였다. 활과 몸과 마음이 혼연일체가 된 듯한 완벽한 일직선. 활을 들어 올린 후 화살을 당기는 바른 자세. 거기로부터 느껴지는 깊고 높은 품위. 그것이 꽤 쓸 만하다고 여겨졌다.

비록, 지금은 미끼로 쓰고 있을 뿐이지만……

가만히 그녀를 바라보던 제스가 낮은 목소리로 말했다.

"대신 조건이 있다."

"네? 뭔데요?"

제 요구가 받아들여지자 아렌의 얼굴에 화색이 돌았다.

"기사단 내에서는 이름 대신 단장님으로 불러라."

"네, 알겠……. 네? 방금 뭐라고요?"

아렌은 반사적으로 끄덕거리던 고갯짓을 멈추고 두 눈을 휘둥그레 떴다.

방금 뭐라고 그랬지? 뭐? 단장?

"단장님이라고요? 기사단장?"

"그래."

제스가 피곤하다는 듯 한숨 쉬며 그녀의 손에서 서류를 빼냈다.

"잠깐만, 저한텐 기사라고 했잖아요!"

"기사단장도 기사다."

"무, 물론 그렇긴 하지만…….."

상식적으로 기사단장인 사람을 그렇게 쉽게 만날 줄 알았나. 아무리 봐도 이십 대 초반으로밖에 안 보이는데, 그럼 대체 몇 살에 기사가 된 거지?

"그리고 하나 더, 다 나을 때까지만이다."

어안이 벙벙해져 있던 아렌이 그 말에 퍼뜩 정신을 차렸다. 그의 말뜻을 차츰 알아차려갈수록 그녀의 얼굴엔 꽃이 피듯 확 밝아졌다.

"좋아요, 그 정도면 저도 납득할 만하네요."

"…….."

"고마워요! 따라다니는 동안은 말 많이 걸지 않을게요. 아, 그리고 빨리 낫고요. 아, 말 안 한다고 해놓고 말을 너무 많이 하는 건가? 이제 말 안 할게요. 어쨌거나 제가 말하고 싶은 건, 고맙다는 거예요!"

그녀가 제스의 손을 덥석 잡고 혼자 질문하고 답하면서 요란하게 떠들어댔다.

잠을 자면서까지 쫌생이라고 욕할 때는 언제고, 참으로 변화무쌍한 녀석이었다.

그렇게 생각하며 잡힌 손을 빼려는 찰나, 그가 예상치 못한 타이밍에 집무실 문이 벌컥 열렸다.

"단장님, 식사 대령합……. 헉!"

단장이 시킨, 또 다른 1인분의 식사를 손에 든 하인이 기사가 열어주는 대로 집무실에 들어서다 말고 끔찍한 비명을 내질렀다. 보고할 거리를 들고 마저 따라오던 기사 또한 집무실 안 풍경을 보고 그대로 굳어버렸다.

간간이 찾아오는 빈객(賓客)말고는 들어오는 일이 없었던 집무실 안엔 웬 시종이, 그것도 제스의 손을 붙잡고 있는 시종이 있었다. 더욱 경악스러운 것은, 조금 전 단장에게 건네준 식사가 그가 아닌 시종 바로 앞에 놓여 있다는 사실이다.

"다, 단장님……?"

제스는 입을 쩍 벌리고 있는 그들을 보고 머리가 지끈거리며 아픈 게 느껴졌다. 어째 오늘 아침에 있었던 악몽이 되살아나는 것만 같았다.

마찬가지로 그들을 발견한 아렌은, 서둘러 의자에서 내려가더니 씩씩하게 외쳤다.

"안녕하세요! 시종입니다!"

제스의 미간이 더더욱 좁아진 건, 물론 말할 필요도 없었다.

점심시간이 지나고 나서부터 기사단에는 이상한 소문이 퍼져 나가기 시작했다.

기사단장이 시종 하나를 들였다는, 요상한 소문.

물론 제국의 기사단장쯤 되는 위치에 올라가 있는 사람이라면 그 밑에 하인 몇 명쯤 둬도 상관이 없겠지만, 그게 제스의 경우라면 달랐다.

제스는 고작 열일곱 살이라는 어린 나이에 기사단장에 오를 만큼 실력이 출중했으며, 실력만큼이나 냉철한 자기관리 덕에 모든 기사들의 존경을 사고 있는 인물이었다. 구태여 시종까지 들이고 권력을 누릴 만큼 귀족놀이에 심취해 있는 인물이 아니란 소리다.

그런데 그 기사단장이 시종을 방에 들인 것도 모자라 손까지 잡고 있었다니. 말도 안 되는 소문이다.

기사단 내에 모든 이들은 하나같이 그렇게 입을 모았다.

"너, 그 소문 들었냐?"

"단장님 소문 말이야? 시종에 관련된?"

"그래, 단장님께서 시종의 손을 잡고 있었다며? 시종을 들인 것부터가 이상한데 말이야."

"에이, 그거 영 헛소문 아냐? 부단장님 이야기가 잘못 소문난 거겠지."

"부단장님은 지금 안 계시잖아."

"그렇지 참. 그럼 도대체 뭐지?"

헛소문이다. 아니다, 내 두 눈으로 직접 봤다. 네 눈이 잘못된 거다. 그렇게 의견이 분분히 갈리는 가운데 연무장 안으로 제스가 들어왔다.

그가 모습을 비치자 넓은 연무장에 뿔뿔이 흩어져 있던 기사들은 일사불란하게 움직여 줄을 맞춰 섰다. 언제나처럼 기합이 들어간 채로 정면만 바라보고 있는데, 그들의 시야에 낯선 무언가가 걸려들었다. 기사단장 뒤를 졸졸 따라 들어와 사방을 두리번거리는 은발의 시종을 보고, 누군가가 넋이 나가 중얼거렸다.

"소문의……, 시종?"

그를 시작으로 웅성거림은 전염병처럼 퍼져 나갔다. 자신 때문에 이백의 기사들이 충격에 빠진 걸 아는지 모르는지, 아렌은 아주 자연스럽게 제스의 옆자리에 앉으려고 했다. 상석에 앉곤 했던 버릇 때문이다. 제스의 엄중한 저지로 도로 일어서긴 했지만, 시간이 갈수록 기사들은 더더욱 경악스러워지기만 했다.

"믿을 수 없어……."

기사들이 한껏 동요하며 웅성대자 상석 옆에 서 있던 기사가 검으로 바닥을 두어 번 내리찍었다. 쿵쿵거리는 소리가 연무장을 가로지르자 웅성거림도 곧 잦아들었다.

"오늘은 단장님께서 친히 너희들의 훈련을 참관하시는 날이다. 모두 똑바로 정신 차리고 훈련에 임하도록!"

와, 힘이 바짝 들어가 있네.

엄숙하게 경례하고 가버리는 기사를 보며 혀를 내두르던 아렌은 기다렸다는 듯 제스에게 말을 걸었다.

"저기, 그쪽은 훈련 안 받아요? 아참, 단장이랬지. 자꾸 까먹네. 그럼 아무한테도 훈련 안 받아요? 그럼 실력이 녹슬 텐데…….."

"조용히 하고 따라다닌다고 하지 않았나."

"참. 그랬지. 조용히 하고 있을게요. 그런데 이봐요, 여기 구경한 다음엔 어디 갈 거예요? 나, 가보고 싶은 데가 있는데, 어디냐면요."

"……."

"……이상, 다 가보고 싶어요. 이중에서 들를 곳 있어요?"

"……."

"단장님. 내 말 듣고 있어요?"

아렌이 나직이 제스를 불러보았지만, 그의 시선은 전방에 있는 기사들에게 고정되어 미동도 없었다.

안 듣고 있는 건 이미 알고 있다. 그래, 여기까지 데려와 줬다뿐이지 천하의 제스가 어디 가겠어.

아렌은 그에게 말 걸기를 포기하고 기사들을 구경하기 시작했다. 과연 제국의 기사단답게, 이백 명 남짓한 인원이 마치 하나가 된 듯 손발을 맞춰 훈련을 진행하는 모습은 그야말로 장관이었다. 그들에게서 느껴지는 열정과 포부, 설렘은 어디서도 쉽게 찾아볼 수 없는 것들이었다.

나도 배우고 싶다.

멍하니 그들이 훈련하는 모습을 보고 있다가, 그런 생각이 들었다. 하지만 그 바람은 공녀일 때와 마찬가지로 실현 불가능할 것임을 알고 있다. 공녀일 때야 귀족 영애의 체통을 지켜야 한다며 배우지 못했지만, 시종이 된 지금은 제스가 맡긴 일만으로도 시간이 모자라니까. 차라리 기사로 들여보내줬으면 좋았을 텐데.

황성에 들어온 것만으로 행운이라는 걸 알긴 하지만, 그런 아쉬움이 남는 건 어쩔 수 없었다.

아렌은 어딘지 씁쓸한 얼굴로 연무장의 기사들을 보다가 구석에 놓인 활을 발견했다. 눈이 번쩍 뜨였다. 그렇지 않아도 몸이 근질거리고 있었는데, 개인적으로 가지고 온 활은 숙소에 두고 오는 바람에 여간 아쉬운 게 아니었다.

조금만 만져보는 건 괜찮겠지.

아렌은 제스의 눈치를 보며 슬금슬금 뒤로 빠졌다. 그림자가 움직이는 게 확연히 보일 텐데도, 그녀에겐 아예 신경을 끄기로 한 것인지 눈길 한 번 안 준다. 지금은 그게 더 편하지만.

아렌은 조심스레 활을 들어보았다. 손에 딱 알맞게 들어오는 줌피와 유려하게 뻗은 화피단장을 보자 가슴이 절로 뛰기 시작했다. 기사단에 있는 활이라 그런지 활 자체도 매우 잘 만들어져 있었고, 옆에 놓인 화살에도 연이어 시선이 갔다.

시위만 당겨볼까. 쏘지 않고 당겨보기만 하는 건 괜찮잖아.

아렌은 화살을 몰래 주워서 절피에 꽂았다. 두 다리로 단단히 지탱한 채 시위를 쭉 당기자 가슴이 확 트이는 것만 같았다. 동시에 그녀의 마음속에 잔재해 있었던 공포심까지 흔적도 없이 사라졌다.

아렌은 무언가로부터 해방된 듯한 후련함을 느끼며 하늘을 향해 허리를 젖혔다. 그리 멀지 않은 하늘에 날갯짓하는 새가 걸려 있었다. 그녀는 망설임 없이 시위를 놓았다.

바람을 가르며 날아간 화살은 놀랍게도 새에 명중했고, 그 새는 몇 번을 더 날갯짓하다가 낙하하기 시작했다. 그래도 아예 관통한 건 아니었는지 날갯짓을 몇 번 하며 파닥거리긴 했다.

이쪽으로 온다.

'……응? 이쪽으로?'

무언가가 심각하게 잘못되어가고 있다는 걸 깨달을 때까지는 그리 오래 걸리지 않았다.

"악!"

낙하하는 새에게 느닷없이 뒤통수를 후려 맞은 기사가 비명을 질렀다. 그 커다란 울림에 기사들은 일제히 훈련을 멈추고 소리가 나는 쪽으로 고개를 돌렸다. 화살에 맞은 새가 흙바닥에서 움찔거리는 모습을 보고 웅성거림이 다시 커져갔다.

"너……."

가장 먼저 아렌에게 시선을 준 것은 제스였다.

아차, 구경만 하고 조용히 있겠다고 했는데.

아렌은 덜컥 놀라며 활을 등 뒤로 숨겼다. 하지만 이미 늦었다. 제스를 포함한, 연무장에 있는 모든 사람들의 눈길이 아렌에게 모여 있었기 때문이다. 그 속에 섞여 있는 경악의 빛을 발견하자 아렌은 슬쩍 한 걸음 더 물러섰다.

왜, 왜 이렇게 쳐다보는 거야? 민망하게.

아렌이 어찌할 바를 모르고 꼼지락대고 있자 제스가 고개를 원위치 시키며 자리에서 일어났다.

"어수선해서 도저히 봐줄 수가 없군. 훈련은 마저 하도록."

제스는 깜짝 놀라 쩔쩔매는 기사들을 뒤로하고 연무장을 빠져나갔다. 멍하니 그의 뒷모습을 눈으로 좇아가던 아렌은 퍼뜩 정신을 차리고 그 뒤를 따랐다. 물론 제가 든 활을 몰래 바닥에 내려놓고.

아렌은 거의 뛰다시피 걸어가 제스를 겨우 따라잡았다.

"저, 저기 화났어요?"

"……."

"미안해요. 그냥 활이 거기 있어서 시위 한번 당겨봤는데 그게 진짜로 맞을 줄은……. 그리고 그 새가 연무장까지 날아와서 박치기를 할 줄은 더더욱 몰랐어요."

"진짜로 맞을 줄 몰랐다고? 그런데도 쐈단 말인가?"

"그냥 쏴야 할 것 같아서 쐈어요. 아, 정말 미안해요. 정식 훈련이었던 것 같은데……."

진심으로 사과했지만, 제스는 그녀에게 한 차례도 눈길을 주지 않았다. 대신 그 어느 때보다도 차갑게 일갈했을 뿐이었다.

"따라오지 마라."

목소리는 나직했으나 그 안엔 무시할 수 없는 무게감이 있었다. 이번만큼은 깐죽대면 안 될 것 같은 느낌이 들어 아렌이 걸음을 멈추었다. 그녀를 두고 망설임 없이 떠나는 모습을 보니 아무래도 많이 화난 모양이었다.

"쫌생이가 삐치기도 하네."

아렌은 그가 사라진 한참 후까지 못 박힌 듯 서 있다가 뒤돌아섰다.

"차라리 잘됐지 뭐. 놀러 다녀야지."

"저기, 잠깐!"

아렌은 멀리서 저를 부르는 듯한 목소리가 들리는 쪽으로 시선을 돌렸다가 뜨헉 하며 입을 벌렸다. 보기만 해도 질릴 정도로 근육질의 덩치가 이쪽으로 쿵쾅거리며 뛰어오고 있었기 때문이다.

난 저렇게 생긴 사람 모르는데, 날 부르는 게 아니었겠지?

살짝 겁을 먹은 아렌이 얼른 자리를 벗어나려 하자 남자의 발걸음이 더욱 빨라졌다.

"잠깐만! 너 말이야!"

어깨에 툭 하니 얹어지는 손길에 아렌은 발길을 멈출 수밖에 없었다. 마지못해 고개를 돌려 시선을 맞추었는데, 덩치 큰 남자는 불에 덴 듯 깜짝 놀라며 손을 떼버렸다.

"저에게 용건이라도 있으십니까?"

"아, 아니 그게……. 나는 프레드릭이라고 해."

산만한 덩치의 남자가 뒷머리를 벅벅 긁다가 우물쭈물 입을 열었다.

왜 갑자기 묻지도 않은 자기소개를 하는 거지?

아렌은 이상한 사람에게 잡혀버린 게 아닐까 속으로 생각하며 입을 열었다.

"제 이름은 아렌입니다."

"너, 너 남자 맞니?"

"예. 그렇습니다만."

아렌이 깔끔하게 고개를 끄덕이자 프레드릭이 이상한 표정으로 갸우뚱하더니 이내 호탕한 웃음을 터뜨렸다.

"아아, 남자구나. 아까 전까지 내가 좀 이상했지? 미안해. 내가 여자 앞에서는 긴장을 많이 하는 스타일이라서 말이야."

"그렇습니까?"

"이상하게 너는 남잔데도 처음 봤을 때부터 긴장이 되더라고. 이젠 괜찮아."

프레드릭이 유쾌하게 웃으며 한 말에 아렌의 눈이 급히 좁혀졌다.

뭐야, 설마 성별 감지 안테나라도 있나? 진짜라면 절대 가까이해선 안 될 사람이다.

아렌이 의심스런 표정으로 슬슬 뒷걸음질 치자, 프레드릭이 깜짝 놀라며 손을 내저었다.

"이상한 오해 마! 난 그저 네가 단장님의 시종이라기에, 신기해서 찾아온 거야. 음……. 말 놓아도 괜찮지?"

"괜찮습니다."

말은 처음부터 놓았지만, 아렌은 굳이 꼬투리 잡지 않고 고개를 끄덕였다. 순박하게 허허 웃는 얼굴이 마치 시골에서 갓 올라온 순박한 청년 같은 느낌이 들었기 때문이다. 이렇게 마음 편하게 대할 수 있는 사람은 처음인 듯해, 아렌 또한 편하게 경계를 풀 수 있었다.

프레드릭은 참 궁금한 것이 많았다. 정말로 기사단장님의 시종이 맞는지, 활을 쏘아 새를 맞힌 것이 아렌이 맞는지, 활은 어디서 배워 왔는지 등등. 하나하나 대답해주던 아렌은 묘한 의문을 느끼고 처음으로 그에게 물었다.

"그런데 단장님이 시종을 두는 게 그렇게 신기한 일인가요? 제국의 기사단, 그것도 단장 정도 되는 사람이라면 시종이나 하인을 몇 둘 법도 한데."

"보통은 그렇겠지만, 지금 계신 기사단장님이시라면 이야기가 달라지니까 말이야. 이미 기사단 내에선 네 소문이 파다하게 퍼졌어."

"어휴……."

그렇다면 다른 기사들도 프레드릭처럼 꼬치꼬치 캐물을 수도 있다는 것 아닌가. 생각만으로 골치가 아파온 아렌이 이마를 짚고 끙 소리를 냈다.

"그런데 말이야. 단장님께선 너에게 잘해주시니?"

"잘해주긴요. 지금은 완전 쪼잔하게 삐쳐 있는걸요."

아렌이 설레설레 고개를 흔들며 조그맣게 속삭였다.

"응? 뭐라고?"

"아뇨, 무진장 잘해주신다고 말씀드렸어요."

아렌이 억지로 웃으며 말하자, 그가 자랑스럽다는 듯 흡족한 미소를 지으며 고개를 끄덕거렸다.

"그러시겠지. 우리 단장님은 엄청난, 말 그대로 엄청난 분이시거든! 그 기품이란! 황태자 전하가 되어도 부족함이 없을 거야! 어때, 너도 동의하지?"

"하, 하하……. 그러네요."

아렌이 억지로 웃고 있다는 것도 눈치 채지 못할 만큼 둔한 그는, 동의의 말을 듣자 마음에 든 듯 호탕하게 웃었다.

"그래, 그래야지! 너 정말 마음에 드는 놈이로구나!"

큰 손이 등을 퍽퍽 두드리니 금방 몸이 쑤셔 왔다. 아렌은 슬그머니 뒷걸음질을 치는 것으로 그와의 안전거리를 확보한 후 입을 열었다.

"그런데 프레드릭, 내가 물어보고 싶은 게 있어요."

"응, 뭐든 물어봐! 호칭도 딱딱하게 이름으로 부르지 말고, 형이라고 불러!"

"혀, 형요?"

"응, 그래. 아우, 왜?"

아렌이 어색한 얼굴로 되묻자 프레드릭은 뭐든 물어보라는 얼굴로 고개를 열심히 끄덕였다.

형이라니……. 어쩐지 어색하기도 하고 마음이 따뜻해지기도 했다. 이곳에 와서는 줄곧 적대시당하거나 무시당하는 일만 즐비했는데 갑작스럽게 이런 훈훈한 광경이라니.

아렌은 가슴 밑을 간질이는 듯한 묘한 감정에 어깨를 으쓱하고 다시 입을 열었다.

"단장님 말인데요. 화를 내시기도 하나요?"

"뭐? 그게 무슨 소리야? 사람이라면 누구나 화를 내잖아?"

"물론 그렇지만……. 알잖아요. 기사단장님은 워낙 보통 사람들과 성격이 다른 거."

"그래, 그건 그렇지."

프레드릭이 고개를 끄덕이자 다시금 마음이 복잡해졌다. 조금 전 연무

공녀님!
공녀님! 1

장을 따라간 건 제 고집이었고, 훈련받는 기사들을 보고 부러워져서 활을 잡았고, 저도 모르게 쏘아버린 화살 때문에 훈련이 어수선해진 것도 제 탓이었으니까. 그렇게 차갑게 일갈하고 돌아선 것도 이해가 된다. 하지만 그걸 어떻게 풀어줘야 할지는 막막했다. 어차피 일로 엮인 사인데 유대감까지 쌓아야 할 필요가 있겠느냐만, 이대로 넘어가기엔 그녀의 마음이 편치 않았다.

"내가 기억하는 건 단 한 번이야. 무투대회에서 근위대가 저지른 짓 때문에 말이야."

"근위대와요? 어째서……."

"미안. 그것만은 아무리 아우에게라도 얘기해줄 순 없어. 기사단에선 거의 금기라서. 미안해."

프레드릭이 혹시나 아렌이 섭섭해할까 매우 미안한 기색으로 말했다. 아렌은 상관없다는 듯 어깨를 으쓱하고 다시 입을 열었다.

"그럼, 그때 말고는 화낸 적이 없는 거예요?"

"응. 기사단장이 되기 전엔 잘 모르겠지만 말이야."

근데 나한텐 왜 그렇게 화를 잘 내는 거냐고! 툭하면 인상 쓰고, 구박하고. 아렌이 인상을 찡그렸다가 다시 그에게 물었다.

"그런데 혹시 단장님께서 화가 나셨을 때 달래는 방법, 아세요?"

"달래는 방법?"

"뭐, 그런 거 있잖아요. 단걸 먹으면 기분 좋게 변한다든가."

단걸 먹고 함박웃음을 지으며 화를 푸는 제스를 순간적으로 상상한 아렌이 몸을 부르르 떨었다. 제가 말해놓고 이런 반응인 게 우습지만, 진실로 소름 돋았다.

"글쎄, 그보다는 진심으로 용서를 비는 쪽이 더 나을 텐데."

"네?"

뜻밖의 말이었다. 진심을 말하다니, 어떻게 생각하면 단걸 갖다 주어서 마음을 푼다는 방법보다 더 어울리지 않는 방법이었다. 처음부터 그에게 거짓말을 해왔기 때문인지 그를 진심으로 대한다는 것은 단 한 번도 생각해본 적이 없었다. 물론 속으로 사교성이 전혀 없는 인간이니, 쫌생이라느니 욕을 한 것만 제외하고 말이다.

아렌이 어안이 벙벙해 있자 프레드릭이 말을 이었다.

"진심으로 사과드리면 받아주실 거야. 아마도. 나도 사실 확신은 못 하겠지만 말이야, 하하."

"그렇군요."

그가 호탕하게 웃으며 말하는 모습이 영 신뢰가 가지 않는다. 아렌이 입을 꾹 다물고 무언가 생각에 잠겨 있자, 프레드릭이 의아한 듯 물었다.

"왜? 단장님을 화나게 만들기라도 했냐?"

"아, 아니에요! 단장님이 저따위 것한테 화를 내실 만한 일이 뭐가 있겠어요!"

아렌이 당황한 나머지 손과 고개를 동시에 내저으며 말한 후, 이마를 긁적거렸다.

"저, 형. 저 이만 가볼게요. 생각보다 시간이 지체돼서."

"어? 벌써 시간이 이렇게 됐나? 그래, 어서 가봐."

그가 푸근하게 웃으며 손을 흔들자 아렌도 편한 마음으로 작별인사를 전했다.

이렇게 또, 공녀가 아닌 아렌의 친구가 생겼다. 더할 나위 없이 기쁜 일이지만, 아직 한 가지 숙제가 남아 있다. 제스의 화는 대체 어떻게 풀어야 한담.

아렌은 골똘히 생각에 잠긴 채 집무실을 향해 올라갔다.

"제스, 정말 미안해요. 아니다, 단장님! 죄송해요! 내가 다! 무조건 잘못했어요! 으음, 이것도 아닌가?"

어떻게 무슨 말을 어떤 식으로 해도 죄다 어색하게 느껴질 수 있을까.

집무실 앞에 서서 제스에게 할 말을 연습하던 아렌이 힘없이 자리에 앉았다. 손에 들린 케이크 접시가 달그락거리는 소리가 들렸다. 어떻게든 문을 열고 들어가서, 아무렇지 않은 듯 조금 전의 일을 사과하고 싶었는데 생각처럼 잘되지 않았다. 오죽하면 뇌물로 초콜릿 케이크까지 가져왔을까.

아렌은 제 앞에 버티고 선 고동빛 문이 이렇게 열기 힘들어 보이는 건 처음이었다.

"단장님, 들어가겠습니다!"

아렌은 심호흡을 한 번 크게 내쉬곤 방 안으로 고개를 빠끔 들이밀어 안을 살폈다. 초저녁 즈음이라 창밖으로 노을이 지고 있었고, 붉은 빛은 방 안을 환하게 비추고 있었다.

살짝 고개를 돌려 보자 책상에 앉아 눈을 감고 있는 제스가 보였다.

인기척을 냈는데도 눈을 감고 있다니, 잠이라도 든 건가? 아, 하긴, 어제 밤 새운 것 같던데 아직까지 한숨도 자지 않는 건 이상하지.

"저어, 자요?"

아렌이 혹여나 깰까 봐 조심조심 발걸음을 옮겼다. 바로 책상 앞까지 와서 멈춰 섰는데도 그는 여전히 눈을 감고 있었다.

"이봐요, 정말 자요?"

아렌은 책상을 빙 둘러 제스의 머리카락을 장난삼아 당기면서 물었다. 매끄러운 머리카락이 어째 제 것보다 부드러운 것 같다. 아렌은 과감하게 조금 다가서서 제스의 얼굴을 훔쳐보았다. 남자의 것 같지 않게 긴 속눈썹과 잘생긴 코, 곧고 쭉 뻗은 손가락까지 시선을 옮긴 찰나.

"뭐 하는 거지?"

자고 있는 줄로만 알았던 제스가 갑자기 눈을 번쩍 떴다. 아렌은 나쁜 짓을 하다 걸린 어린아이처럼 깜짝 놀라 손을 뗐다.

"어, 어? 깨 있었어요?"

제스는 아무 대답 없이 빤히 그녀를 바라보고만 있었다. 화살같이 꽂히는 듯한 그 시선에 아렌은 어색한 웃음만 헛헛 흘렸다. 차라리 추궁하는 게 더 나을 정도다. 모든 걸 잊어달라고 외치며 이 방에서 도망쳐버릴까 생각한 찰나였다.

"할 말이 있는 얼굴이군."

제스가 한 손으로 턱을 괴며 먼저 입을 뗐다.

이런, 어떻게 해야 하지.

아렌은 머리를 미친 듯이 굴리다가 문득 눈에 들어오는 케이크를 들고 외쳤다.

"이거 먹어보라고 가져왔어요! 이거! 케이크! 케이크 좋아해요?"

아렌은 제가 들어도 손발이 오그라들 만큼 어색하게 말했다. 책상에 날카로운 소리를 내며 놓이는 접시를 따라 제스의 시선이 움직였다.

"다시 한 번 말하지만, 정말 일부러 그런 건 아니었어요. 생각 없이 쏜 건 맞지만, 그 새가 그렇게 날아올 줄은……."

"뭔가 심하게 착각하고 있는 모양이군."

"사람이면 이런 실수, 저런 실수도 할 수 있는 거잖아요. 그러면서 성장해나가는 거고……."

두서없이 내뱉던 아렌은 머리카락을 벅벅 긁으며 인상을 찌푸렸다. 이게 아닌데, 깔끔하게 미안하다고만 하면 됐는데 왜 그대로 안 나오는 거냐고.

이대론 상황이 더욱 나빠질 것 같다는 예감에 고개를 든 순간, 아렌은 입을 떡 벌릴 수밖에 없었다. 가차 없는 축객령을 내리리라 생각했던 제스가, 제 예상과는 완전히 반대로 행동하고 있었던 탓이다.

"케, 케이크 먹었어요?"

아렌이 믿을 수 없다는 듯 중얼거렸다. 제스는 한쪽 모서리가 조금 잘린 케이크를 반대쪽으로 밀며 등받이에 깊숙이 몸을 기댔다.

"딱히 화가 난 것도 아니었다만."

"네? 그럼 아깐 왜……?"

아렌은 도무지 알 수 없다는 표정으로 고개를 갸웃했다.

"마음대로 생각해라."

제스는 그녀에게서 시선을 거두고 다시 서류를 읽어 내려가기 시작했다.

그가 말한 대로 그는 정말로 화가 난 게 아니었다. 설령 화났다고 하더라도 아렌이 문 앞에서 서툴게 사과하는 소리를 들었다면 풀지 않을 수 없었을 것이다.

그럼에도 불구하고 아렌을 밖에 내몬 것은, 마음 정리할 시간이 필요했을 뿐이었다.

아렌을 처음 황성에 데리고 들어온 것은 미끼 역할을 할 누군가가 필요했을 뿐이다. 미끼는 곧 굶주린 물고기에게 산산조각이 날 것이며, 흔적도 없이 사라질 것이다. 그렇기에 이곳에서 연고가 없는 아렌이 제격이었던 것이다.

그런데 날이 갈수록 그가 보이는 모습에 자꾸만 관심이 갔다. 꼿꼿한 등이나 당당한 태도에만 국한된 이야기는 아니었다. 처음부터 눈여겨보았던, 그녀의 활솜씨.

그녀는 날아가는 새를 정확하게 맞혀 떨어뜨렸다. 그저 쏴야 할 것 같은 순간 시위를 놓았다고? 그런 예감 하나로 쏴서 맞힐 수 있을 정도로,

날아가는 새를 맞히는 건 쉬운 일이 아니었다. 잘 갈고 닦기만 한다면 분명 좋은 활잡이가 되리라. 거기에 검술까지 배운다면 어쩌면…….

아무리 생각해도 미끼로 쓰기엔 아까운 인재가 아닌가?

제스는 그쯤에서 생각을 멈추고 아렌을 바라봤다. 무엇이 그리 좋은지 방실방실 웃고 있는 낯을 보니, 이상하게 차가운 한마디를 쏘아줘야 할 것 같다.

"당분간 외출 금지다."

저도 모르게 툭 내뱉은 그 말에, 아렌의 얼굴이 한순간에 찌그러진 캔처럼 일그러졌다. 제스는 그 모습을 보고 웃음이 나오려는 것을 겨우 억눌러야 했다.

다음날, 제스가 선언한 대로 아렌은 하루 종일 집무실에 틀어박혀 미적거리고 있어야 했다. 간이침대에 누워 구름이 움직이는 모습만 구경하고 있다 보니 엉덩이에 욕창이 생길 것만 같았다. 제스가 못 본 사이 슬쩍 빠져나갈까 했는데, 그는 단 한 번 졸지도 않고 줄곧 서류만 들여다보고 앉아 있었다. 그가 어제처럼 나가기라도 하면 억지를 써서라도 따라갈 텐데, 의자에 엉덩이를 붙이고 좀처럼 일어나질 않으니 소용없었다.

"저기요, 그쪽은 언제 기사단장이 됐어요?"

어떻게든 대화라도 해보려고 말을 걸어봤지만, 돌아오는 반응은 한결같았다.

"……."

무시, 무시, 무시!

아렌은 차라리 벽과 대화하는 게 낫겠다고 생각하며 등을 돌렸다. 지루함에 괴로워하며 시간을 보내다 보니 어느새 날이 저물었다. 이제 뒹굴거리기도 지쳐서 햇볕에 말려놓은 오징어처럼 늘어져 있는데, 펜이 종이 위를 스치는 소리는 무섭도록 규칙적으로 들려왔다.

으, 이제는 한계다. 한계. 이대로라면 지루해서 죽을 수도 있을 것만 같다.

"단장님, 저 잠시 나갔다 오겠습니다!"

"……."

"옳지! 밥 말이에요, 저녁밥! 제가 가져올게요! 그래도 되죠?"

아렌은 두 손을 모아 애원하듯이 외쳤다. 누가 보더라도 핑계를 대는 거지만, 제스는 예상외로 쉽게 그러라고 허락해주었다. 아렌은 허락이 떨어지자마자 뛸 듯이 기뻐하며 집무실을 뛰쳐나왔다.

건물 밖을 나서자 차갑고 상쾌한 공기가 폐부를 휘저었다. 아렌은 숨을 크게 들이쉬었다가 내쉬며 쾌재를 불렀다. 곧장 하인을 찾아가볼까 하다가 발걸음을 뚝 멈추었다.

"이대로 저녁만 가지고 돌아가기 아쉬운데. 언제 다시 나올지도 모르고 말이야. 이참에 프레드릭 형이나 찾아가볼까?"

그래, 어제 제스에게 사과하는 방법을 가르쳐줬으니 감사도 할 겸해서 찾아가보는 게 좋겠다.

그녀가 어제 프레드릭을 만났던 지점을 떠올리며 길을 따라가자, 얼마 지나지 않아 반가운 목소리가 귀에 들렸다.

"어이! 아렌!"

근육질의 덩치 큰 남자가 기사단 입구에 서서 손을 흔들고 있었다. 아렌 또한 손을 흔들면서 한달음에 그에게 달려갔다.

"형! 입구에서 뭐 하세요?"

"보초. 보초 서고 있었어. 부단장 권한까지 가지고 있는데, 식사 시간에도 보초를 서야 한다니…… 면이 안 서네, 면이."

프레드릭은 말을 할수록 우울하게 어깨를 늘어뜨렸다. 조금 전에 뭔가 어울리지 않는 단어가 지나간 것 같은데. 잠시 동안 기억을 되짚어본 아렌이 눈을 동그랗게 치떴다.

"네? 형이 부단장이라고요? 미, 미처 몰랐네요."

"아냐, 난 일개 기사일 뿐이야. 지금은 그저 부단장님께서 자리를 비우셔서 나한테 권한을 위임하고 가신 거지."

"아, 그렇군요. 그래도 부단장을 대신하고 계시다면 보초는 서지 않으셔도 괜찮을 것 같은데."

아렌이 고개를 갸웃하며 묻자 프레드릭의 고개가 점점 아래로 떨어졌다.

"그게……. 가위 바위 보에서 졌어."

아렌을 헛웃음을 터뜨릴 수밖에 없었다.

부단장을 대신하고 있다면 지금 프레드릭에게 명령을 내릴 수 있는 건 단장인 제스뿐일 텐데, 가위 바위 보에 한 번에 무너지다니 우스운 일이었다. 보초를 가위 바위 보로 정하는 것도 웃긴 건 마찬가지였다. 제스가 알면 어떻게 될까 상상하며 작게 웃던 아렌이 프레드릭의 팔을 덥석 잡았다.

"참, 형. 어젠 고마웠어요."

"뭘?"

프레드릭이 놀란 얼굴로 팔을 잡은 손과 아렌을 번갈아 쳐다봤다. 아렌이 씩 웃었다.

"그냥, 그런 게 있어요."

"녀석, 실없기는."

프레드릭은 너털웃음을 터뜨리며 아렌의 머리를 쓰다듬다 말고 다시 입을 열었다.

"아, 그러고 보니 네 시종 선배들이라는 사람이 와 있는데 말이야……."

"선배요? 누군데요?"

시종 선배들이 구태여 자길 찾아올 일이 있던가, 생각하며 아렌이 고개를 기울였다. 프레드릭은 고개를 저으며 손가락으로 먼 곳을 가리켰다.

"저기, 저기 서 있어."

"네, 감사합니다. 형은 여기 계세요. 금방 다녀올게요."

아렌은 프레드릭에게 가볍게 인사를 해 보이고 서둘러 걸음을 옮겼다. 저를 찾아왔다는 시종들을 향해 걸어가면서도 이상한 기분은 사라지지 않았다. 그녀는 어제 분명, 식사를 가져다 준 하인을 통해 시종장님께 서신을 보냈다. 거기엔 당분간 기사단장의 부름을 받고 기사단에 머물러야 한다는 내용이 쓰여 있었고 말이다. 사적인 일로라도 찾아올 일은 없는데, 왜.

아렌은 본능적으로 피어오르는 불안감을 누르려 애쓰며 시종들 앞에 멈춰 섰다.

"무슨 일이십니까? 저를 찾으셨다고 들었는……. 아."

그들의 얼굴을 확인한 아렌은 저도 모르게 얼굴을 굳혔다. 반갑지 않은 얼굴이 거기 있었다. 그녀가 황성에 온 이후부터 쭉 고깝게 대하던 데이브와 그 무리들.

"어라, 벌써 몸은 다 나았나 보네?"

물건을 품평하듯 아렌을 훑어본 데이브가 입술을 비죽이 들어 올렸다. 몸이 나았다니, 다친 건 어떻게 안 거지? 분명 시종장님을 통해 전달된 건, 기사단장의 수발을 들기 위해서였다는…….

아.

아렌은 생각을 이어나가다가 한순간 차갑게 깨달았다.

그녀가 다쳐서 기사단에 머물고 있다는 걸 알고 있는 사람들이 있지 않은가.

"……선배님들이셨군요. 저를, 그렇게."

"뭐? 무슨 말을 하는 건지 모르겠는데?"

데이브의 목소리가 다시금 귓전을 두드렸다. 이 목소리다. 그날 밤, 이쪽으로 끌고 오라고 했던 그 목소리.

목소리와 함께 밀려오는 끔찍한 기억에 다리에서 자꾸만 힘이 풀려갔다. 팔은 자유로웠지만, 아직도 밧줄에 묶인 채 미동조차 못 하는 것처럼 덜덜 떨렸다. 그때 느꼈던 두려움과 무력감이 해일처럼 그녀를 덮쳐 왔지만, 아렌은 아랫입술을 깨물며 고개를 빳빳이 들었다.

무섭지 않아. 저딴 놈들.

"우리는 무단이탈한 후배를 데리러 온 것뿐이야. 신입의 어리석은 실수를 덮어주려는 거지."

"무단이탈이라니, 저는."

"아, 정말이지. 이래서 낙하산으로 시종이 된 놈은 안 된다니까. 너 말이야, 아무런 보고도 없이 이틀째 결근했잖아. 숙소에도 안 보이고. 그게 무단이탈이지 뭐야?"

아렌이 항의하려 하자 데이브가 같잖다는 듯 픽, 웃고는 그녀의 머리를 손가락으로 툭툭 밀었다.

"아니면 다른 특별한 이유라도 있었나? 응?"

아렌은 대답 대신 어금니를 꽉 악물었다.

발뺌하려는 거다. 모르는 척하려는 거다.

남을 납치해서 몽둥이질을 한 건 자신들이면서, 어쩜 저리 뻔뻔할 수가 있는가. 속에서 천불이 끓어올랐다.

당장이라도 덤벼들어 결투를 신청하고 싶지만, 참아야 한다. 그들은 같은 시종이긴 하지만 귀족가의 자제들이다. 그들과 얽혔다간 어떤 일이 일어날지 모르고 그렇다면 제스가 맡긴 일을 진행하는 데에도 차질이 생길 것이다.

"아무것도……, 아닙니다."

참아야 한다. 참아야.

그녀가 입술에서 피가 날 정도로 꽉 깨물며 숨을 삼켰다. 데이브의 비웃음 소리가 날카롭게 뒤이었다.

"그래? 그럼 이제 돌아가야지. 무단이탈에 대한 책임도 질 겸, 시종장님께 벌을 받아야 하겠지만."

"벌이라니, 무슨 소립니까? 저는 분명 행랑을 통해 서신을……."

"그리고 그 서신은 내 손에 들어왔지. 이 일을 알지 못하는 시종장님께선 많이 화나셨을 테고."

뭐라고?

인상을 찡그리고 고개를 들자마자, 데이브의 손이 그녀의 머리로 날아왔다. 둔탁한 소리와 함께 눈앞이 번쩍였다. 아렌은 맞아서 고개가 돌아간 그대로 가만히 서 있었다. 낄낄거리는 비웃음 소리가 들렸다.

"그나저나 아무리 기사단장님이라도 도망친 시종을 숨겨주신 건 중죄에 해당할 텐데. 이걸 황자님께 고해바치지 않아도 되려나 몰라."

제스의 이야기가 나오자 아렌의 눈에 빛이 번쩍 들어왔다. 그녀는 아직도 머리에 얼얼하게 남아 있는 아픔도 잊고 입술을 움직였다.

"그게 무슨 소리……."

"내가 황자님께 고해바치면, 아무리 잘나신 기사단장님이라도 책임을 면하지 못하신다는 거지."

데이브의 입가에 맺히는 둥근 미소가 소름끼쳤다. 그래, 미처 잊고 있었는데 그는 이 제국에 유일하게 남은 황자의 시종이었다. 그가 황자의 귀에 직접 이 일을 흘려보냈다간 제스가 어찌 될지 생각만 해도 깜깜했다. 제스가 아무리 높은 직위에 있는 사람이라도 추상같은 황실의 권위에까지 닿을 수는 없을 텐데.

"어떻게 하면 될까요?"

"……."

"제가, 어떻게 하면 되겠습니까?"

"꿇어."

참으로 간단히, 그가 내뱉었다. 삐뚜름한 미소가 그의 입가에 머물렀다.

"한번 꿇어봐. 그럼 생각이 달라질지도 모르지."

꼭 쥔 주먹 위로 푸른 핏줄이 튀어나왔다.

단 한 번도 누군가에게 무릎을 꿇고 용서를 빈 적이 없던 그녀다. 평소의 그녀라면, 절대 그 말에 따르지 않았을 것이다. 설령 목에 칼이 들어와도. 하지만 지금은 그녀의 자존심보다 더 중요한 게 있다.

제스.

정이라곤 하나 가지 않는 그이지만, 이 일과는 전혀 상관이 없는 그에게까지 피해가 가게 할 순 없다.

아렌은 어금니를 꽉 깨물고는, 꼿꼿하게 펴져 있는 다리를 억지로 굽혔다. 무릎을 꿇자 축축한 바닥에서 차가운 기운이 훅 하고 번졌다. 그녀가 느낄 수 있는 모든 감각이 모조리 수치심으로 변해 온몸을 지배했다.

"이제 됐습니까."

"하하, 이놈 보게."

내려다보는 시선이 역겹다. 그것도 모자라, 그는 바닥에 놓인 아렌의 손을 짓밟았다. 흙바닥을 문지르듯 몇 번 휘젓는다.

"아무래도 맘에 안 들어. 그냥 황자님께 고해바쳐야겠다."

아렌의 눈에 불꽃이 번쩍 튀었다.

왜, 대체 왜 이렇게까지……!

"억울해하지 마. 나도 지금 여기에 건 게 많으니까. 네가 뒷배에게 입 열면 나도 죽은 거나 마찬가지니까, 서로 목숨 거는 내기 아니겠어?"

아렌의 손에 힘이 들어가면서 손톱에 피가 맺힐 정도로 바닥을 짓눌렀다. 그녀는 천천히 고개를 들었다. 살기마저 어린 시선이 그에게 닿자 데이브가 다시 손을 들어 올렸다.

"이 새끼가 꼴에 남자라고 자존심 세우긴."

데이브의 손바닥이 그녀의 머리를 또 한 번 가격했다. 아렌은 다시 목이 돌아간 채, 가만히 침묵만 지키고 있었다. 데이브가 다른 시종들과 태연하게 나누는 뻔뻔한 말들이 머리를 어지럽게 울렸다. 더 이상 참을 수가 없었다.

"……다."

"뭐라고?"

아렌은 천천히, 아주 천천히 일어섰다. 제스에게 피해가 가는 것만큼은 피하고 싶었지만, 이미 늦은 듯하다. 그 피해를 최소화시키려면 이 방법밖엔 없다.

"당신에게 결투를 신청하겠습니다."

시선을 내리깔며 싸늘하게 내뱉는 그녀의 얼굴은, 고고하고 오만한 공녀의 것 그대로였다. 데이브가 저도 모르게 기세에 밀려 뒷걸음질 치자 아렌의 입가에 미소가 피어올랐다. 분노와 노여움이 서린, 서슬 퍼런 미소였다.

"못 알아들었습니까? 한판 붙자고 했다, 개자식아."

04. 낙착(落着)

"못 알아들었습니까? 한판 붙자고 했다, 개자식아."

새파랗게 불타오르는 눈빛이 매서웠다. 그와 정면으로 마주한 데이브는 조금 전까지의 여유는 잊고 당황하고 있었고, 아렌이 무릎을 꿇는 모습을 본 순간부터 뛰어오던 프레드릭 또한 걸음을 멈추고 있었다.

아렌은 싸늘하게 얼굴을 굳힌 채 그에게 터벅터벅 걸어갔다. 그리고 멱살을 단단히 붙들어 끌어당겼다.

"난 너희가 어떤 부류의 인간인지 잘 알아. 강자한텐 약하고, 약자한텐 한없이 강하지."

갑작스런 그녀의 행동에 당황한 데이브가 멱살을 단단히 잡고 있는 손을 뿌리치려 했지만 그럴 수가 없었다. 이 작은 체구 어디서 이런 힘이 나오는 건지 도무지 알 수가 없었다.

"이, 이게 미쳤나……."

데이브가 얼굴을 새빨갛게 붉히며 중얼거렸다.

"왜, 이제 와서 일대일로 붙으려니 무서운가?"

"너, 네 녀석이 정신이 제대로 나갔구나. 그게 무슨 의미인지 아냐?"

"충분히 알고 하는 말이니 얼른 받아들이는 게 좋을 거야."

결투를 신청한다고는 생각할 수 없을 정도로, 그녀의 목소리는 고요했다.

데이브는 멱살을 잡은 손을 힘껏 뿌리치면서 거칠게 호흡했다.

결투란 검을 가지고 일대일 승부를 벌이는 것으로, 최대한 공정성을 지키는 것을 원칙으로 한다. 또한 그것은 사회가 무제한의 보복으로 무질서해지는 것을 방지하는 수단의 하나였으며, 동시에 공개된 장소에서 공정한 복수, 혹은 더럽혀진 명예의 회복 기회를 제공함으로써 분쟁을 해결하는 수단이었다. 승부에서 이기려면 입회인이 지켜보는 가운데 먼저 상대에게 피를 흘리게 해야 한다.

결투는 보통 모욕이나 비판을 받은 사람이 상대방에게 신청하며, 가끔은 한 여자를 두고 벌어지기도 한다. 하지만 아렌과 데이브처럼 시종끼리의 결투는 제국사상 단 한 번도 일어난 적 없는 일이었다. 그것도 한쪽이 귀족가의 자제이면 더더욱.

아무것도 없는 자식이 갑자기 결투 신청이라니, 진짜로 미친 건가. 아니, 그렇다고 보기에는 녀석의 눈은 너무도 선명했다.

젠장. 이 자식이 한 번 기었으면 끝났을 일인데, 왜 이렇게까지.

이런 상황은 미처 생각도 못했던 데이브는 마른 목 너머로 침을 삼켰다. 황자 전하를 들먹이면 해결되지 않을 일이 이제까지는 없었기 때문이다.

처치곤란한 건 하나 더 있었다. 그들의 분위기가 심상치 않다는 걸 감지하고 몰려들기 시작한 기사들이다. 기사들은 어느새 아렌과 데이브를 중심에 두고 빽빽이 둘러싸고 있었다. 어안이 벙벙한 채 서 있는 프레드릭 또한 그중 하나였다.

"야, 어떡해?"

넋이 나가 있던 데이브는 다른 시종들의 목소리를 듣고 퍼뜩 정신을 차렸다.

어떻게 하냐니, 그걸 몰라서 묻는 건가. 쪽팔리게 신입에게 눌리는 모습을 보여줄 순 없지 않은가. 조금 전엔 저 녀석의 기세에 눌린 건 사실이지만, 키도 몸집도 확연히 차이가 난다. 저렇게 작은 놈이 뭘 할 수 있다는 말인가.

"어쩌긴 어째? 받아줘야지. 건방진 자식. 후회하게 해주겠어."

그의 말이 떨어지자마자, 아렌이 기다렸다는 듯 입을 열었다.

"형! 이 결투의 입회인이 되어주세요."

아렌이 뒤도 돌아보지 않고 외친 말에 덜컥 놀란 프레드릭이 얼결에 고개를 끄덕였다.

"으? 으, 응."

"그리고 결투는 기사단의 결투장에서 하고 싶습니다. 허락해주세요."

"뭐라고?"

프레드릭은 크게 기함했다. 물론 결투 자체가 끝난 후에 서로에게 아무런 책임을 묻지 않는다는 게 전제되어 있긴 하지만, 기사단의 결투장을 쓰면 그 성격이 더욱 강해진다. 그곳을 쓰면 분명 결투 중 누가 죽더라도 아무런 책임을 지지 않을 순 있겠지만, 기사가 아닌 자가 결투장을 쉽게 쓰게 허락해줄 정도로 기사단은 녹록한 게 아니었다.

더군다나 프레드릭은 그곳을 쓸 수 있게 해줄 만한 권한이 없었다.

"너, 너……. 인마, 거기가 어떤 곳인 줄 알고……."

"알아요. 그러니까 쓰게 해주세요."

"하지만 그건 나 같은 일개 기사가 정할 수 있는 문제가……."

"부단장 권한, 있다고 하셨죠?"

아, 그렇지. 부단장 권한이 있었지.

프레드릭이 말문이 막힌 채 가만히 있자 주변에 모여든 기사들 중 하나가 목소리를 높였다.

"어이, 프레드릭! 재밌겠는데 뭘 망설여?"

"뭐?"

프레드릭이 당황하며 주변을 둘러보자, 기사들이 너 나 할 것 없이 휘파람을 불며 아렌을 응원했다. 개중 몇몇은 빨리 결정을 내리지 않는 프레드릭을 향해 야유를 퍼붓기도 했다. '이래도 되는 걸까?'라는 생각이 머릿속을 가득 메웠지만, 프레드릭은 주변의 성화에 못 이겨 억지로 입을 열었다.

"그……래, 어쩔 수 없지."

"공증(公證)해주십시오."

저 조그마한 녀석은 신기하게도 별걸 다 알았다. 나중에 슬그머니 빠져나가려고 했는데, 공증해버리면 끝이지 않은가.

프레드릭은 난감한 얼굴로 한참을 머뭇거리다가 이내 한숨을 푹 쉬었다.

"……나, 프레드릭은 부단장 라미에 제이린을 대신하여 이틀 후, 데이브와 아렌의 결투가 기사단의 결투장에서 열림을 선언합니다. 또한 결투의 입회인으로서 결과를 공명정대하게 가릴 것을 맹세합니다."

"정확히 이틀 후야. 잊지 마. 누가 지든 깨끗하게 물러서는 거다."

저를 똑바로 쳐다보며 한 글자씩 씹어뱉는 아렌을 보며 데이브는 개의치 않는다는 듯 피식 웃었다.

"과연 후회하는 쪽은 누가 될까."

"어디, 팔 하나 잘리고 나서도 그런 말을 할 수 있을지 두고 보겠어."

"건방진 새끼……."

아렌을 보며 이를 바득바득 간 데이브는 시종들과 함께 자리에서 벗어났다. 그들의 뒷모습이 사라질 때까지 노려보고 있던 아렌은, 갑자기 사방에서 터져 나오는 환호성에 깜짝 놀랐다.

"이야, 이 쪼끄만 녀석이 말하는 기세가 제법인데?"

"너, 그 패기 하나는 마음에 들어."

"어? 어?"

"너 아까 연무장에서 활 쏴서 새를 떨어뜨렸던 시종 맞지? 프레드릭이랑은 언제 형 동생 사이를 먹은 거야?"

연신 '예? 예?'라며 되묻던 아렌은 제 머리를 벅벅 쓰다듬고 가버리는 기사들을 보고 멍해졌다.

기사단의 결투장에서 기사가 아닌 시종들이 결투를 벌이게 되었고, 공권력을 남용하도록 조장한 게 저인데 왜 반응들이 이렇게 우호적이란 말인가.

그녀가 꼼짝도 하지 못하고 있자, 침통한 얼굴의 프레드릭이 먼저 입을 열었다.

"저 녀석들은 재밌는 걸 좋아한다고. 이런 일을 놓칠 리 없지. 그보다도 가장 걱정스러운 건 단장님인데, 이 일을 어떻게 고해야 할지."

"그나저나 시종 너 말이야. 검은 써본 적 있냐? 결투하려면 검을 어느 정도 써야 할 텐데."

기사 하나가 프레드릭의 말을 끊고 불쑥 끼어들었다. 나머지 기사들도 마찬가지의 의문을 가지고 있었던 듯, 귀를 쫑긋 세우고 아렌이 대답하기만을 기다렸다.

"아, 조, 조금?"

아렌이 검지와 엄지를 조금 떼며 들어 보이자 사방에서 호탕한 웃음소리가 터졌다.

"이 녀석 완전 물건이잖아. 활에 검까지 그렇게 쓸 줄 안다고?"

"프레드릭! 이 녀석, 시종으로 두기엔 너무 아까워! 네가 부단장의 권한으로 이 녀석, 견습 기사로 임명하는 게 어때?"

"이봐들, 흥분하지 말고 진정 좀 해. 이 녀석은 시종이라고."

난처한 프레드릭의 표정을 보고 기사들은 또 한바탕 크게 웃음을 터뜨렸다. 내내 그늘이 드리운 것처럼 어둡던 아렌의 얼굴에도 점차 미소가 돌아왔다.

그때였다.

"이게 무슨 소란이지?"

낮고 고요한 목소리와 함께 몰려온 엄청난 존재감이 주변을 휘감았다.

"단장님!"

순식간에 적막해진 공기를 뚫고 무릎이 땅에 힘껏 부딪치는 소리가 들렸다. 앞을 가렸던 장정들이 무릎을 꿇고 부복하자 그제야 아렌의 시야가 확 트였다. 푸른 시선이 정면으로 그녀의 얼굴에 와서 박혔다. 아렌은 꼼짝도 하지 못하고 그 차가운 시선을 마주했다. 프레드릭은 아직도 꼿꼿하게 서 있는 아렌의 손을 잡고 끌어내렸다.

"아."

그녀가 짧게 내뱉으며 정신을 차리곤 무릎을 꿇고 고개를 숙였다. 한 발짝씩 다가오는 발걸음 소리에 맞춰 아렌의 심장도 쿵쾅쿵쾅 울렸다.

"무슨 일이냐고 물었다."

그의 싸늘한 물음에는 아무도 입을 열지 못했다. 어느 때보다 강하게 느껴지는 위압감이 어깨를 짓눌렀기 때문이다.

저 남자, 지금 화났다.

시선 한 번 마주치지 못한 거리지만, 확연하게 느껴졌다.

"다, 단장님. 따로 뵙기를 청합니다."

옆에 있던 프레드릭이 고개를 더욱 깊숙이 숙이며 말했다. 아렌은 마른 입을 다시며 침을 꼴깍 삼켰다.

"둘, 나를 따라와라."

한참 만에 대답이 돌아왔다. 아렌이 고개를 들었을 땐, 이미 제스는 돌아서서 저 멀리로 걸어간 후였다.

프레드릭이 멍하니 있는 그녀를 툭 치며 떨리는 입술을 움직였다.

"단장님께서 부르신다. 각오 단단히 하고 가자."

"그게 그래서⋯⋯. 결국 이틀 후에 결투를 하기로 정해졌습니다."

"그래서."

창가에 기대서서 프레드릭의 이야기를 전해 듣던 제스가 한참 만에 입을 열었다.

단 세 글자. 짧게 떨어지는 대답인데도 그 안에 밴 섬뜩한 분노가 살갗으로 스며들었다.

프레드릭도 같은 걸 느꼈는지, 그 큰 몸을 움찔했다.

"부단장의 권한을 네 멋대로 행사했다는 말을 하고 있는 건가?"

"죽을죄를⋯⋯, 지었습니다."

"경에게서 부단장 권한을 회수하겠다. 당분간 자숙하라."

"명을 받듭니다."

제스의 말이 끝나자마자 프레드릭은 예를 갖춘 후 침통한 얼굴로 나갔다. 탁 소리 내며 문이 닫힌 후엔 숨 막히는 침묵만이 지속됐다. 머리가죽이 오므라드는 것처럼 긴장된다. 아렌은 눈을 이리저리 굴리며 손가락을 꼼지락거렸다.

"저, 저어⋯⋯."

"건방이 하늘을 찌르는군."

그의 입에서 떨어지는 차가운 노여움에 고개가 저절로 떨구어졌다.

"네 사적인 감정에 무엇을 연루시켰는지는 제대로 알고 있겠지."

공녀님!
공녀님! 1

"알고……, 있습니다."

"기사단이 우습나? 아니면 내가 우스워 보였나?"

"아, 아뇨. 절대 그런 건……."

"다물어."

싸늘한 말에 아렌은 입을 다물 수밖에 없었다. 온몸의 세포가 그의 음성에 반응하고 있었다.

무섭다. 마치 목을 졸렸을 때처럼……. 아니, 그때보다도 더.

손끝부터 덜덜 떨려 왔다. 그가 몸을 일으키고 아렌을 스쳐 지나 문을 열고 나갈 때까지, 이 떨림은 조금도 잦아들지 않았다.

"따라와라."

아렌이 깜짝 놀라 고개를 들었을 땐, 제스는 이미 아래층 계단까지 내려가 있었다. 아렌은 허둥지둥 몸을 가누어 아래층으로 뛰어갔다. 건물을 나온 후에도 지속되는 침묵 때문에 숨이 막힐 지경이었다.

어딜 가는 거지?

어째 불안한 기분이 들었지만, 함부로 물을 수는 없어 그저 말없이 따라만 갔다. 한참을 걸어가던 제스가 걸음을 멈춘 곳은, 낮에도 왔었던 연무장이었다. 아렌은 그 자리에 멈춰 서서 불안한 시선으로 정면을 바라봤다.

그녀를 마주 보고 선 제스는 제 허리춤에 있던 검 하나를 검집째 아렌 앞에 내던졌다. 아렌은 깜짝 놀라며 자신에게로 날아오는 검을 겨우 받아 내고는 얕게 숨을 돌렸다.

"너는 기사단을."

그의 고요한 음성이 정적을 깨트렸다.

"그리고 날 기만했다."

아닌데, 그런 게 아닌데.

어지러운 생각들이 입안에서만 맴돌았다.

부단장의 권한과 기사단의 결투장을 시종이, 그것도 기사단장의 시종이 사용했다는 사실. 이는 기사단은 물론이고 나아가 단장의 위신과 관련된 문제였다.

충분히 알고 있었다. 알고 있음에도 어쩔 수 없었던 건……

"검을 뽑아라."

"네?"

아렌이 어정쩡하게 검을 든 채로 되물었다. 그에 제스는 대답을 해주지 않고, 그의 허리춤에 있는 나머지 한 개의 검집에서 검을 빼냈다. 스릉, 하는 소리와 함께 검이 검집에서 빠져나왔고, 달빛에 반사된 검날이 눈부시게 빛났다.

"나를 한 번이라도 공격해봐라. 그럼 결투장을 쓰도록 허락해주지."

"단장님, 잠깐만……"

"그렇지 않으면 이 자리에서 죽어라. 공사를 구분하지 못하는 부하는 내게도 필요 없으니."

검을 든 아렌의 손이 파르르 떨렸다.

입이 바싹바싹 말라 왔다. 머릿속으로는 수많은 변명이 떠오르고 있는데 차마 입 밖으로 낼 수가 없었다. 의도가 어떠하든, 그것이 초래한 결과는 변명할 여지가 없었다.

제스의 검이 허공에서 호선을 그렸다.

그의 눈이 차갑다. 너무도 차가웠다. 마치 처음 봤을 때처럼.

"검 앞에서도 어디 네 세 치 혀를 놀려봐라."

제스가 검날을 세웠다. 그리고 사라졌다. 아렌이 정신을 차렸을 때, 새파란 검광은 이미 그녀의 얼굴 앞에 다가와 있었다. 아렌은 반사적으로 검을 검집에서 빼내 받아쳤지만, 결국 버티지 못하고 튕겨지듯 뒤로 넘어

저버렸다.

"검을 제대로 잡아라. 그렇지 않으면……."

그의 검날이 다시 춤을 추듯 유려한 곡선을 그리며 아렌에게로 향했다. 그의 검에서 스며 나온 아우라가 허공에 불길한 그림자를 새겼다.

"목숨을 잃을 테니."

검이 바람을 찢는 소리가 날카롭게 울렸고, 아렌은 직감적으로 고개를 살짝 옆으로 빼내 미묘한 간격을 남겨두고 피했다. 검 끝이 그녀의 눈앞에서 멈췄다가 곧 스르르 모습을 감추었다.

아렌은 정신없이 그의 검을 피하면서도, 속으로는 경탄하지 않을 수 없었다. 검은 그 자신의 의지라도 가지고 있는 듯, 너무도 우아하게, 춤을 추듯 움직였다. 이제껏 보아온 어떤 검보다도 더 빠르고 아름다운 움직임이었다.

아렌은 정신을 차리려고 애쓰며 검을 세웠다. 아까 제스의 검을 받아내면서 받았던 충격 때문에 팔이 저려 오는 것이 느껴졌다.

'겨우 한 번 검을 부딪친 것뿐인데도…….'

실력의 차이가 너무나 심하다. 이대로는 정말 져서 데이브와 결투를 못할지도 몰라.

아렌이 제스에게서 시선을 떼지 않으며 몸을 일으켜 세우곤 뒷걸음질쳤다. 푸른 안광이 아렌의 작은 움직임 하나하나를 포착했다. 그녀가 두 손으로 검을 단단히 잡고는 심호흡을 했다.

배웠던 대로만, 카일에게 배웠던 대로만 하자.

아렌이 팔에 잔뜩 힘을 싣고 몸을 왼쪽으로 비튼 채로 제스에게 검을 휘둘렀다. 쨍, 하고 그녀의 검은 너무도 쉽게 제스의 검에 의해 막혀버렸다. 아렌의 검을 간단히 밀어낸 제스가 시야에서 사라졌다.

'어, 어디 갔지?'

그녀가 그의 자취를 찾는 사이, 둔탁한 타격음이 들렸다. 어느새 뒤로 접근한 제스가 검 등으로 그녀의 등을 가격한 것이다.

그녀는 거칠게 치밀어 오르는 기침을 참으며 검을 낮게 휘둘렀다. 때마침 다가온 제스의 발이 검을 밟아 짓눌렀다. 아렌은 아차 했지만 이미 검은 그녀의 손에서 빠져나간 후였다. 이번엔 검 손잡이의 뭉툭한 부분이 그녀의 옆구리를 가격하고 들어왔다.

"윽!"

그녀는 엄청난 고통이 엄습하는 옆구리를 잡고 고꾸라졌다. 아렌의 손에 있어야 할 검은 그의 발밑에 깔려 있었다. 제스는 그녀가 도저히 상대할 수 없는 레벨에 있었다. 마치 어린애를 유린하는 어른처럼.

"형편없군."

"……."

"기사단을 이용해먹은 기세가 꽤 고고하기에, 조금쯤은 기대했는데."

그가 차갑게 내뱉으며, 바닥에서 괴로워 몸부림치는 아렌을 내려다보았다. 제스의 검 끝이 아렌에게 다가갔다. 서늘한 기운이 그녀의 온몸을 싸하게 훑고 지나갔다.

찔린다. 본능적으로 드는 강한 예감에 아렌이 두 눈을 질끈 감았다.

차가운 기운을 휘두른 검날이 그녀의 심장 앞에서 멈추었다. 그리고 다음 순간, 제스는 빠르게 뒤돌아서며 검을 집어넣었다.

"제……스."

"너는 졌다."

아렌이 고개만 들어 멍하니 그의 뒷모습을 바라봤다.

저게 나에게 하는 마지막 말이야?

너무도 그다운 말이라서 토를 달 수도, 그를 잡을 수도 없다. 확실히 치죄할 생각이었다면 기회가 있을 때 이미 아렌의 심장을 꿰뚫었어야 했다.

왜 봐준 건가. 검을 겨루는 와중에도, 어째서 아물지 않은 상처는 피해서 가격한 걸까.

"하, 하하……."

아렌이 허탈하게 웃음을 터뜨렸다. 이미 그녀에게 있어서 데이브에게 복수를 하고 못 하고는 논외였다.

제 선택이 옳았다는 것, 그거 하나 깨달은 것으로 족했다.

"하……."

아렌이 시선을 돌려 하일렌의 밤하늘을 바라보았다. 푸르고 짙은 밤하늘이 마치 제스를 보는 것 같았다.

프레드릭은 그의 뒤를 따르며 초조한 얼굴로 멀어져가는 결투장을 뒤돌아봤다. 아렌은 오랜만에 만난 밝고 당당한 녀석이다. 아까 찾아왔던 시종들을 보고 느낌이 좋지 않을 때, 미리 단장님께 알리거나 내쫓았어야 했다.

"다, 단장님!"

집무실의 계단까지 따라간 프레드릭이 계단을 따라 올라가고 있는 제스를 불렀다. 절박한 부름에도 그는 걸음을 멈추지 않고 집무실 안으로 들어갔다. 문이 닫히기 바로 직전 그 앞에 도착한 프레드릭이 무릎을 꿇었다.

"저, 단장님! 제 말을 들어주십시오! 그……, 그 녀석은……."

프레드릭은 용기를 쥐어짜 더듬거리며 말했다. 녀석을 변호했다간 제 목숨도 위태로워질 것이다. 그걸 알면서도, 프레드릭은 멋대로 움직이는 혀를 멈출 수 없었다.

"단장님, 그 녀석은 상황을 무마시켜보려고 했습니다. 제가 봤어요! 이 두 눈으로요. 그런데 그 못된 시종 녀석들이 아렌을 그렇게 몰아간 겁니다!"

프레드릭이 바닥에 이마가 닿을 정도로 고개를 숙이며 외쳤다.

"그리고 진정 잘못이 있다면 그 녀석에게 결투장을 사용하도록 허락했던 저에게 있습니다. 제가 분위기에 휩쓸린 탓입니다. 제발 그 녀석을 내쫓지 말아주십시오!"

"그래서?"

제스의 고요한 음성에 프레드릭의 큰 몸이 눈에 띄게 흠칫했다.

"경이 기사 작위를 반납하기라도 할 건가?"

프레드릭이 아무 말도 못 한 채 가만히 있자, 더 이상 들을 필요 없다는 듯 제스가 문을 쾅 닫아버렸다.

프레드릭은 한참 동안 그 자리에서 움직이지 못했다. 남는 것은 온통 후회뿐이었다. 부단장의 권한을 가지고 있었더라도, 그렇게 주변의 의견에 휩쓸려 권력을 남용하면 안 됐던 것이다. 그때 자신이 단호하게 거절했다면, 이런 일도 없었을 텐데. 그리고 결정적으로 아렌을 위해 기사 작위를 버릴 수 없었던 제 모습에 모멸감이 밀려왔다.

이마를 짚고 고개를 숙이고 있는데, 그의 귓가에 친숙한 목소리가 들려왔다.

"으윽, 아파."

이 목소리는!

프레드릭이 번개를 맞은 것처럼 놀라며 목소리가 들리는 곳을 바라봤다. 누군가 계단을 따라 천천히 올라오고 있었다. 한쪽 팔은 옆구리를 꾹 누른 채로, 다른 쪽 손으론 검과 활을 들고 난간을 따라 올라오고 있었다. 찰랑이는 은발을 발견하자, 프레드릭은 자신도 모르게 반가워서 벌떡 일어섰다.

"아렌!"

프레드릭은 한달음에 달려가 그녀가 올라오는 것을 부축하며 도와줬다. 아렌이 힘겹게 계단을 올라가며 프레드릭에게 조심스레 물었다.

"형, 단장님은요?"

"조금 전에 들어가셨다."

프레드릭이 망설이며 대답해줬다.

"그렇군요."

아렌은 고개를 끄덕이며 대답했다. 프레드릭이 부축해준 덕에 그녀는 집무실 문 앞에 더 빨리 도달할 수 있었다.

"이제 괜찮아요. 감사해요."

아렌이 그녀를 부축해주는 프레드릭의 손을 밀어내며 말했다. 그러고는 무언가 단단히 결심한 얼굴로 문고리를 잡았다. 집무실에 들어가려는 걸 깨달은 프레드릭이 소스라치게 놀라며 그녀를 뜯어 말리기 시작했다.

"자, 잠깐. 너 지금 단장님을 뵈려는 거냐? 미쳤어? 너, 이번엔 정말 죽을 수도 있어."

"괜찮아요. 절 보내주세요."

한 치의 망설임도 없는 그녀의 말에 프레드릭은 자신도 모르게 그녀를 잡은 손을 놓았다. 아렌은 고맙다는 뜻으로 고개를 살짝 끄덕하고는, 크게 심호흡을 하고는 문손잡이를 잡고 돌렸다. 끼익, 하는 소리와 함께 문이 열렸고, 아렌은 프레드릭을 향해 희미하게 웃어 보인 후 들어가서 문을 닫았다.

방에 들어가자, 창가에 기대 바깥을 바라보고 있는 제스의 모습이 가장 눈에 먼저 들어왔다. 아렌은 망설임 없이 검을 내려놓고 대신 무언가를 들었다.

"네가 기어코 나를……."

제스의 말은 끝까지 이어지지 못했다. 정확하게 화살을 걸고 시위를 당겨 오는 유려한 곡선이 그의 푸른 눈 위로 비쳤다. 입가에 설핏 미소가 스치는 순간, 화살은 활을 떠나 제스의 얼굴 바로 옆을 스쳐 지나갔다. 벽에 부딪힌 화살이 맥없이 바닥으로 떨어졌다.

"어떤 무기를 써도 되는지는 조건으로 안 걸었죠?"

아렌이 연무장에서 가져온 활을 천천히 내려놓으며 씩 웃었다.

"어디서 좋지 않은 속임수만 배워 왔군."

제 옆에 떨어진 화살을 바라보던 제스가 고개를 들었다. 어둠 속에서 귀신같이 움직이던 그의 검이 자꾸만 떠올라, 온몸이 딱딱하게 굳는 것 같지만, 도망치고 싶지 않다.

"속임수라면 그쪽을 따라갈 수야 있나요. 조금 전에 감쪽같이 속을 뻔했는걸."

"……."

"검으론 결투해봤자 질 것 같아서, 결투에 지면 제가 곤경에 처할까 봐……. 그걸 알려주려고 한 거죠?"

"무슨 소릴 하는지 모르겠군. 난 그저 네가 얼마나 철부지 애송이인지 알려주려고 했을 뿐이다."

역시 맞구나.

확신에 가까운 예감이 들자 아렌의 입가에 가벼운 미소가 걸렸다. 활을 의지하듯 두 손에 쥔 그녀는, 고해하듯 말을 이어갔다.

"결투 말인데요. 저도 처음부터 결투를 하려 한 건 아니었어요. 참으려 했어요. 괴롭힘 당하는 건 싫었지만, 제가 맡은 일에 지장이 갈까 봐. 하지만 제가 그들에게 결투를 신청하게 된 결정적 계기는……."

아렌이 입을 달싹거리다 어렵게 말을 꺼냈다.

"그쪽, 어, 그러니까 제스……였어요."

"……."

"자기들이 모시고 있는 황자님께 저를 숨겨준 죄를 고발한다고 했어요. 그리고 그 벌을 제스가 받게 하겠다고…….그게 이유예요."

아렌은 크게 심호흡하며 말을 맺었다. 꺼내지 못했던 말도 모두 털어냈고 이제는 후련한데 제스의 반응이 어떨지 걱정이었다.

가만히 그녀를 바라보던 푸른 눈에 일순 가벼운 빛이 지나갔다.

"시종의 고발에 기사단장인 이 내가 재판에 끌려간다는 건가. 웃긴 이야기군."

"네? 그, 그럼 아닌가요?"

그녀가 더듬거리며 말하자, 제스가 그녀를 돌아보며 결정타를 날렸다.

"뭐, 그렇다고 해두지. 하찮은 네 검술에 내 명줄이 걸려 있다고 치는 것도 재미있고 말이다."

"하……, 하하……. 다행이다……. 저 때문에 제스한테 무슨 일 생길까 봐……."

그래, 그럼 그렇지. 제스가 어떤 사람인데 쉽게 무너진단 말인가.

마음속의 짐을 내려놓은 듯한 기분이 들자 자연스레 긴장이 풀려갔다. 다리에 힘이 풀린 그녀가 풀썩 주저앉으며 웃음을 터뜨리자 제스가 말을 이었다.

"네가 이겼다. 결투장은 사용해도 좋다."

"정말……, 정말이죠! 그 말, 무르기 없기예요!"

"받아."

짧게 그녀를 타박한 제스가 벽에 걸려 있던 활 하나를 그녀 앞에 던졌다. 몸통이 새하얀 활이 바닥에 부딪치는 소리가 맑게 울렸다.

아렌은 차오르는 기쁨을 억누르며 활을 주워들었다. 계속 이러면 제스가 화낼 것 같은데, 입술 사이로 피식피식 새어 나오는 웃음을 막을 수가 없었다. 그녀는 싱글싱글 웃으며 활을 든 손을 들어 보였다.

"그런데 이 활은 뭐예요?"

"가지고 있어라. 네 검술이 하도 같잖아서 주는 거니까."

"그럼 이 검은요?"

"검도 없이 결투를 할 생각이었나?"

"아, 그렇지."

아렌은 제 손에 쥔 검을 자세히 살펴보기 시작했다. 검을 그다지 많이 만져본 건 아니지만, 척 보기에도 매우 잘 만들어진 검임을 알 수 있었다. 무엇으로 만들어졌는지 모를 새하얀 검신(劍身) 위로는 유려한 곡선 무늬가 새겨져 있었다. 무엇보다도 검 자체의 가벼움과 단단한 내구성이 마음에 들었다. 사용감은 다소 남아 있었지만, 그에 반해 관리는 매우 잘되어 있어 오히려 검을 새로 장만하는 것보다 좋을 것 같았다.

'그런데 손잡이가……?'

묘한 이질감이 느껴져 손잡이를 잡아보았는데, 마치 맞춤 제작을 한 것처럼 손에 딱 들어왔다. 가만히 검을 내려다보던 아렌은 잠시 후 그 이질감의 정체를 깨달았다.

줄곧 허리에 차고 가지고 다닐 정도면 주로 쓰는 검이었을 텐데, 이 검은 제스가 쓰기엔 터무니없이 작아 보였다. 쓰지도 않는 걸 왜 들고 다니거지?

아렌은 고개를 갸웃거리며 검을 이리저리 휘둘러봤다. 가볍게 움직이는 검이 붕붕 소리를 내며 허공을 갈랐다.

"잃어버리면 손목도 같이 잃을 각오해라."

"네, 걱정 마요!"

살벌한 말에도 아렌은 꿋꿋하게 웃으며 검을 잡은 자세를 취하기 시작했다. 조금 전 제스에게 얻어맞은 기억 따위는 이미 다 잊어버린 듯했다. 제스는 여전히 그가 넉살이 좋은 건지, 아니면 둔한 건지 의아해하다가

공녀님!
공녀님! 1

이내 결론을 내렸다.

망아지다. 혈통만 좋은 망아지.

제스는 스스로도 놀랄 만큼 유쾌한 기분으로 문 앞으로 다가갔다. 문고리를 돌려 문을 열자, 벽면에 귀를 대고 대화를 엿듣기 위해 애쓰고 있던 프레드릭이 깜짝 놀라 자빠졌다.

잔뜩 겁을 먹고 어쩔 줄 몰라 하는 그를 향해, 제스가 간단히 말했다.

"결투는 예정대로 진행해라."

자기 할 말만 툭 던진 후 문을 도로 닫아버린다. 프레드릭은 당황스럽기 그지없었다. 저 방에서 누군가 나온다면 상처투성이가 된 아렌일 줄 알았는데, 단장님이 대신 나와 말을 번복하다니. 더 놀라운 것은 조금 전까지만 해도 화가 난 상태였던 제스의 기운이 한층 누그러졌다는 사실이다. 아무리 둔한 그도 한눈에 알아볼 수 있을 만큼.

'이 녀석, 도대체 뭘 했기에 단장님께서……?'

프레드릭은 어안이 벙벙해져서 뒷머리를 긁적거렸다.

다음날 아침, 제 침소에서 집무실로 온 제스는 어처구니없는 얼굴로 아렌을 내려다보고 있었다. 어제 분명 검술 연습을 홀로 하다가 지쳐서 간이침대에 누워 자는 것까지 확인하고 나왔는데, 어찌 된 일인지 아렌은 반대쪽에 위치한 책상 근처에서 쌕쌕 자고 있었다.

어떻게 하면 자는 동안 방 끝에서 끝까지 이동할 수가 있지? 그야말로 무시무시한 잠버릇이었다.

무시하고 책상에 앉으려 해도 그럴 수가 없었다. 의자를 빼낼 자리를 그녀가 다 차지하고 드러누워 있었기에.

"일어나."

제스의 말에 평온하던 아렌의 고운 얼굴이 한순간에 일그러졌다.

"쫌팽이 주제에……."

"갈수록 가관이군."

걷어차서 깨워버릴까.

순간적으로 머리에 스친 생각이 진지하게 마음에 들었지만, 그저 그녀를 발로 툭툭 밀어버리는 것으로 끝냈다. 신경 거슬리는 일이 생길 때마다 일일이 대응했다간 끝도 없을 것을 이제는 알기 때문이었다.

그로부터 얼마의 시간이 지났을까, 아렌이 눈을 비비며 잠에서 깼다.

"어라, 벌써 왔네요. 왔으면 깨우지 그랬어요."

"깨우면 일어나긴 하는 건가?"

"그야, 당연하죠. 깨워서 안 일어나는 사람이 어디 있겠어요."

제스는 미간을 좁히며 고개를 돌리고 그녀를 내려다봤다. 그녀는 자신이 무슨 짓을 했는지조차 모른 채 헤헤 웃으며 태평한 아침인사나 날리고 있었다.

"너, 알면서도 모르는 척하는 건 아니겠지?"

"에? 뭐가요?"

제스는 가만히 그녀를 보다가 다시 서류에 시선을 돌렸다. 아렌은 왜 간이침대에서 잤던 자신이 여기까지 굴러왔는지, 그리고 제스가 왜 저러는지 의아해하며 비척비척 몸을 일으켰다.

이 느낌 어딘가 익숙한데, 기분 탓이겠지.

아렌은 기지개를 쭉 펴며 창문을 열었다. 상쾌한 아침바람이 부드럽게 뺨을 간질였다.

"제스, 밥은 또 언제……."

"나가."

저놈의 축객령은 질리지도 않나 보다. 아렌은 눈곱이 잔뜩 끼어 있는 눈을 비비다 말고 멍하니 입을 열었다.

"잠깐만. 저 방금 일어났는데."

"결투가 내일인데 지나치게 한가하다는 생각 안 드나?"

아렌은 창밖에 뜬 해를 잠시 봤다가 의자 밑으로 흘러내린 망토를 쭉쭉 잡아당겼다.

"아무리 그래도 배가 고파서는 아무것도 못 하죠. 다 먹고 살자고 하는 짓인데……."

"밥벌레는 필요 없다. 나가."

"네에네에. 알겠어요. 꺼져드리겠습니다."

굳이 얼굴을 확인하지 않더라도 그의 잘생긴 얼굴이 점점 험악해지는 게 느껴졌다. 조금만 더 물고 늘어졌다간 칼을 빼들지도 모르니 이쯤에서 물러나야겠다.

이제는 그가 어느 타이밍에 화를 내는지까지 알 정도이니, 이게 바로 경험으로 쌓인 노련함인가 보다. 이런 익숙함은 필요 없는데 말이지.

아렌은 간이침대 옆에 놓여 있는 활과 검을 들고 집무실에서 나섰다.

아렌은 적당히 눈에 띄지 않는 구석진 자리로 가서 검술 연습에 매진했다. 검술 연습이라고 해도 특별한 건 없었다. 하루 만에 검술이 눈에 띄게 늘 수는 없기 때문에, 그저 카일에게 배운 기본적인 검술과 어깨 너머로 보아왔던 것들을 다시 되짚어보는 것뿐이었다.

그녀가 있는 곳이 기사단이고 어제 하루 주목을 받은 만큼, 그녀가 연습하는 동안 많은 기사들이 스쳐 지나갔다. 개중에는 검술 연습을 하는 거냐며 도와준 사람도 있었고 다시 활을 쏴서 새를 맞혀보라며 장난을 거는 이도 있었다. 하지만 그들은 훈련 때문에 워낙 바쁜지라 그리 오래 지나지 않아 자리를 떠야만 했다.

그들을 만나면서 영 수확이 없는 건 아니었다. 검을 휘두를 때 편한 자세라든가 이런저런 교정을 받은 것 이외에도, 기사단의 일원으로서의 그들이 가지고 있는 자긍심을 볼 수 있었기 때문이다. 거기엔 제스에 대한 존경심도 한몫 단단히 한다는 것 또한 부럽기 그지없었다.

제스는 제국의 기사단장 자리에 앉은 것치고는 나이가 많은 편이 아니다. 기사단엔 제스보다 나이가 많은 기사도 꽤 많았고, 그러므로 그들의 텃세도 아주 없진 않았을 것이다. 처음엔 자신들보다 어린 기사단장을 상전으로 섬겨야 한다는 데 본능적인 거부감이 드는 게 당연했으리라.

하지만 그럼에도 불구하고 지금은 기사단 전체가 제스를 진심으로 존경하고 따르고 있다. 아렌 또한 그 마음을 이해하지 못하는 건 아니었다.

누구나 그럴 것이다. 그의 검술을 바로 눈앞에서 봤다면.

아렌은 신중한 얼굴로 검을 들어 올렸다. 비록 그녀가 주로 사용하는 무기가 활이라고 하더라도, 검을 한 번 제대로 들이대보지도 못한 채 져버렸다는 사실이 그녀의 자존심을 건드렸다. 힘과 스피드, 그리고 검술의 깊이, 모든 것에서 압도당해버렸다.

아렌은 검을 천천히 움직이며 어젯밤 보았던 그 움직임을 떠올려보았다. 미처 눈으로 다 따라가지도 못할 정도로 빠른 검이라, 아렌은 부분부분 남은 잔상을 따라 움직여야 했다.

"으음, 이렇게 한 다음에 이쪽으로 검을 이렇게 했었나?"

느릿하게 움직여보면 그나마 따라할 법도 한데, 그가 휘두른 속도를 떠올려보면 백 번을 연습해봐도 안 될 것 같았다. 하찮은 검술 실력이라고 비웃음을 당해도 이제는 할 말이 없다. 그가 보기에 저 자신의 검술은 그저 어린애 장난처럼 보일 뿐일 테니.

그렇다고 하여 아렌의 검술이 완전히 못 쓸 정도냐고 물으면 그건 아니었다. 레이나스 가문에서 둘째가라면 서러울 정도의 실력을 가진 카일에게서 검을 배웠으니. 이기지는 못하더라도 몇 번 정도는 검을 맞댈 수 있

공녀님!
공녀님! 1

다고 생각했는데 그조차 오만이었던 건가.

생각을 하면 할수록, 그의 본 실력을 보고 싶다는 염원이 강해졌다.

"체, 그 얼굴에 그 실력은 사기라고."

아렌이 입술을 삐죽거리는 사이 누군가 다가와서 그녀의 어깨를 경쾌하게 두드렸다. 깜짝 놀라며 뒤를 돌아보자 반갑게 손을 흔드는 낯익은 얼굴이 보였다.

"아, 형이었구나."

아렌은 벌렁거리는 가슴을 쓸어내리며 안심했다. 어제 데이브가 어깨를 툭 치던 손길이 남아 있어서 그런지 아직도 기분이 오싹하다. 아렌은 손에 쥔 검을 더욱 단단하게 붙들며 깊게 호흡했다.

겁먹지 말자. 이제 그놈은 없어. 이젠 나도 무력하지 않잖아.

"그런데 여긴 웬일이세요?"

아렌이 그에게서 한 발짝 물러나며 선하게 웃었다. 프레드릭이 가볍게 어깨를 으쓱하며 그녀의 검을 내려다봤다.

"지나가는데 네가 보이기에. 내일 준비는 잘돼가?"

"아뇨, 생각보다 어렵네요. 이래서야 내일 잘할 수 있을지."

"……음, 너 혹시 단장님과 검을 겨뤄보고 자신감을 잃은 거냐?"

프레드릭은 줄곧 아렌을 걱정하고 있었다. 어떤 훌륭한 검사든 압도적인 상대를 만나 그리 형편없이 당하면 자신감을 잃게 될 것이다. 내일이 바로 결투인데 이제 와서 자신감을 잃기라도 하면 큰일이었다. 실력에는 분명 자신감도 한몫하니까.

하지만 걱정과는 달리 아렌은 뭔가로부터 홀가분한 표정이었다.

"아녜요. 보고 배울 사람이 있다는 건 좋은 거니까요."

"그래, 장하다. 녀석."

프레드릭은 아들 보는 엄마의 얼굴로 은발을 마구 헝클어뜨렸다. 훈련을 좀 도와줄까, 하며 고개를 내린 프레드릭은 의외의 뭔가를 발견한 듯 눈을 동그랗게 떴다.

"뭐야, 너 그거……. 손에 든 거."

"네? 이거요?"

"그래, 그거! 그거 혹시……!"

"네, 단장님께서 주셨어요."

아렌이 어색하게 웃으며 검을 든 손을 들어 올렸다. 하얀 검신을 찬찬히 살펴볼수록, 프레드릭의 얼굴이 놀라움으로 물들어갔다.

"어……. 진짜잖아? 그런데 너한테 왜?"

"내일이 결투일인데 가지고 있는 검은 하나도 없잖아요. 그러니까 그냥 빌려주시던걸요."

아렌이 별것 아니라는 듯 어깨를 으쓱거리자 프레드릭이 냉큼 고개를 저었다.

"아니지, 그게 아니지. 그런 검을 잠깐 쓰라고 주실 수 있을 리가 없잖아. 다른 검도 아니고, 단장님께서 견습 기사로 들어오셨을 때부터 쓰시던 검인데."

"제스가……, 견습 기사요?"

누구나 물론 처음이 있기 마련이지만, 어벙한 신입 시절 제스의 모습은 도저히 상상이 가지 않았다. 아렌의 뇌 내에서 제스는 이미 태어날 때부터 검을 들고 태어난 사람처럼 이미지가 형성되어 있었기 때문이다.

아렌은 웃는 것도 아닌 요상한 표정으로 프레드릭을 올려다봤다.

"그땐 어땠는데요?"

"으응? 으음……. 가만있자. 그때가 아마 육 년 전쯤이었지. 견습 기간이라고 할 것도 없었지. 단장님께선 기사단에 들어오시자마자 전(前) 기사단장님께 결투를 신청하셨으니까."

"예? 견습이 되자마자 결투를요?"

보통 기사도 아니고 견습 기사가 되자마자 단장에게 결투 신청이라니, 한바탕 파란이 일어났을 것이다.

뭐야, 나더러 사고뭉치라고 할 자격이 없잖아?

아렌이 황당해 마지않는 사이 프레드릭은 제 기억을 더듬으며 말을 잇고 있었다.

"응. 하지만 그 소동은, 견습 기사가 결투에서 승리했을 때에 비하면 약과지. 설마 진짜로 이기실 줄이야."

"전 기사단장님은 어떤 분이셨어요?"

"명문가의 귀족 자제였는데, 그 자리에 앉을 재목은 아니었어. 기사단에 관심도 없고, 검 실력도 없고. 황실에서 감투 하나 얹어준 것뿐인데, 워낙 고위 귀족이니 기사들도 아무 말 못 한 거고. 지금은 근위대에 가 있다고 하던데 잘 모르겠네."

프레드릭이 입을 쩝쩝 다시며 말했다.

결투에서 지는 바람에 강제로 그 자리에서 내려간 거라면 귀족인 이상 자존심깨나 상했을 텐데, 아직까지 제스가 무사한 게 용할 정도다. 하기야 암살자가 들이닥쳤다고 해도 제스를 상대하기엔 버겁겠지만.

"단장님께서 그런 소란을 일으키면서까지 기사단장에 앉으려고 했던 이유는 뭐예요? 감투 쓰는 걸 즐기는 스타일도 아닌 것 같은데."

아렌이 의아하게 묻자 프레드릭은 골똘히 생각에 잠겼다가 이내 고개를 흔들었다.

"미안! 그것까진 모르겠네! 아무튼 내가 또렷이 기억하는 건, 지금 네가 가진 검이 단장님께서 전 단장님과의 결투에서 쓰셨던 검이라는 거야. 잠깐, 거기 뭔가 반짝이는데?"

아까부터 유심히 검만 들여다보던 프레드릭이 작은 탄성을 지르며 아렌의 팔을 잡았다. 서서히 들어 올려진 검날에서 아렌 또한 무언가를 발견하고 눈을 크게 떴다.

"이니셜?"

프레드릭이 작게 속삭이며 손가락으로 포이블(foible) 위를 매만졌다. 너무도 작아 여태껏 발견하지 못한 글자가 음각으로 새겨져 있었다. 아렌은 고개를 갸우뚱하며 그 글자를 따라 읽어보았다.

"E. Karsian……?"

"이게 뭐지? 단장님 성은 없으신 걸로 알고 있는데."

"흐음."

"뭐, 그렇게 심각해져 있지 마. 아는 사람에게서 받은 검인가 보지. 별의미 있겠어?"

프레드릭이 다시 호쾌한 웃음을 되찾고 아렌의 등을 두드렸다. 그는 신경 쓰지 말라고 했지만, 아렌은 쉽사리 그럴 수가 없었다. 보면 볼수록 이검은 여성을 위해 특별 제작된 검이라는 확신이 들었기 때문이다. 성인남성에게는 불편할 만큼 작고 폭이 좁은 손잡이, 그러면서도 날 끝은 견고하고 날카롭게 갈려 있는 걸 보면 특히 실력 좋은 여성을 위해 만들어진 것이었다.

그런데 이 검을 왜 제스가 가지고 있었던 걸까? 제스는 E. Karsian이라는 사람과 어떤 관계인 걸까? 어떤 관계기에, 받은 검을 줄곧 몸에서 떼어놓지 않았을까. 그전에 제스는 기사단장이 되기 이전에 평민이 맞았던 걸까?

"으아아!"

"왜, 왜 그래?"

"……아무것도 아니에요. 머릿속이 너무 복잡해서."

아렌이 얕은 한숨을 뱉으며 호흡을 골랐다.

검 하나 때문에 이렇게 고민에 빠지다니. 지금 내 코가 석 자인데 검술 연습이나 제대로 해야지.

"형, 시간 남으시면 검술 시합 상대가 되어주실래요?"

아렌이 검을 든 자세 그대로 휙 뒤돌며 씩 웃었다.

"어어? 아아. 아, 아니. 미안. 지금 내가 갈 곳이 있어서⋯⋯."

프레드릭은 깜짝 놀라더니 그녀의 시선을 피하며 게걸음을 걸어가기 시작했다. 아렌의 시선이 그를 따라 움직이다 가늘어졌다.

"정말요?"

"그, 그럼. 아하하, 그럼 난 이만! 내일 파이팅!"

안쓰러울 정도로 티 나게 거짓말을 내뱉은 프레드릭이 꽁지가 빠져라 도망치기 시작했다. 귀찮은 걸 저렇게 티 내다니. 아무리 나라도 상처받는다고. 원망스런 얼굴로 프레드릭의 뒷모습을 바라보던 아렌이 제가 든 검으로 시선을 옮겼다.

"E. Karsian이라⋯⋯."

아렌은 그렇게 읊조리며 검을 한 번 크게 휘둘렀다. 당장 닥친 내일 결투를 생각하기에도 바쁜데, 어째 머릿속이 'E. Karsian'이라는 정체불명의 이니셜로 가득 차 있었다.

'아무래도 신경 쓰이는데 말이야.'

아렌은 크게 기합 소리를 내며 허공을 향해 검을 휘둘렀다. 그렇게 검의 감각을 되살리다 보니 어느새 해는 저물었고, 그녀가 든 검이 주위를 밝히고 있는 등불에 반사되어 빛났다.

등이 축축이 젖을 정도로 검을 휘두른 아렌이 마지막으로 기합을 내지르며 뒤로 돈 순간이었다. 뒤에서 불쑥 나타난 그림자에 깜짝 놀란 그녀는 검을 떨어뜨리고 말았다.

"으아악!"

검날이 바닥에 부딪히는 날카로운 소리 사이로 비명이 울려 퍼졌다.

"노, 노, 놀랐잖아요, 제스! 거기 있으면 어떡해요? 그대로 제가 검을 휘둘렀으면 어쩌려고!"

"어림도 없는 소리. 그 잡념 많은 검이 베긴 누굴 베."

"그, 그래도요……."

아렌이 멋쩍은 얼굴로 고개를 들자 깊고 짙은 푸른 눈동자와 시선이 딱 마주쳤다. 제가 검을 휘두르는 동안 그 또한 계속 서류를 들여다봤던 건지 어쩐지 무표정한 그의 얼굴에 피곤한 기색이 엿보였다.

"여기서 뭐 해요?"

"……산책."

"이렇게 어두운데요? 꽤 어울리지 않는 걸 하고 있네요."

제스는 대답 없이 시선을 밑으로 끌어내려 바닥을 응시했다. 그를 따라 고개를 내린 아렌은 어둠 속에서 은은히 빛나고 있는 검을 발견하고 아차 하며 주워들었다. 그러자 제스가 다시 걸음을 옮기기 시작했다.

"어, 잠깐만요!"

"……."

"저, 저녁은 먹었어요?"

왜 뒤돌아서 그의 망토를 잡았는지, 스스로도 납득하지 못한 아렌이 아무거나 생각나는 대로 내뱉었다. 그리고 때마침 배에서 배꼽시계가 요란하게 울렸다. 이래서야 밥 달라고 붙잡은 것 같지 않은가. 얼굴이 걷잡을 수 없이 달아오른다.

"따라와."

한참 만에 운을 뗀 제스가 망토를 휙 빼고 앞서 걸어갔다. 뒤늦게 정신을 차린 아렌이 검을 넣고 허둥지둥 그 뒤를 쫓았다.

둘 사이에 흐르는 정적이 어색하다. 그를 바짝 쫓으며 걸음을 재촉하고 있으려니 조금 전에 들었던 의문이 다시금 슬며시 떠올랐다. 물어봐야 어차피 대답해주지 않을 테니, 차라리 조금 먼 길을 돌아오더라도 우회적으로 물어보는 게 나을 것 같았다.

아렌은 헛기침을 몇 번 하고 태연한 얼굴로 그와 나란히 섰다. 이게 뭐 하는 거냐는 눈빛이 바로 쏘아져 들어왔지만, 개의치 않고 입을 열었다.

"있잖아요. 제스, 제스는 누구 보고 싶은 사람 없어요?"

역시나 묵묵부답. 이거야 원 사람을 보고 이야기하는 건지, 벽을 보고 이야기하는 건지 모를 일이다.

하지만 어느새 이런 감각이 익숙해진 아렌은 별로 아무렇지 않게 말을 이어나갔다.

"저는 있어요. 우리 가족."

"……."

"실제로 제가 떠난 지는 얼마 되지 않았는데, 너무도 오래 못 본 것 같아요. 아버님, 어머님, 그리고 카일……. 다들 잘 있겠죠?"

"카일?"

처음으로 제스가 대꾸했다. 우와, 제스가 궁금해하는 건가? 아렌은 그가 무언가를 물어봤다는 사실 자체에 크게 놀라면서 고개를 끄덕였다.

"어렸을 적부터의 친구예요. 잔소리가 많긴 하지만, 이것저것 고마운 사람이에요. 검을 가르쳐주기도 했고요."

"그렇군."

짧은 대답이 떨어진 후에는 무거운 침묵이 다시 이어진다. 이제야 입을 열었나 했는데 역시나 저게 다인가 보다. 제 사적인 이야기를 꺼내면 상대방도 으레 입을 여는 법인데, 제스는 여러모로 상식선에서 벗어나는 사람인 걸 간과해버렸다.

그보다 카일 이야기를 꺼내서일까, 어쩐지 아련한 기분이 들어 아렌이 고개를 젖혔다.

"결투가 끝나면 여기서 나가야겠죠? 이제 몸도 거의 다 나았으니까."

"······."

"음, 저기. 고마워요. 그동안 여기 있게 해줘서요."

말하고 나서 왠지 쑥스러워진 아렌이 멋쩍은 웃음을 터뜨렸다. 왠지 이런 말을 꺼내니 수줍기도 했다. 진짜 제스에게 어느 정도 고마운 게 있긴 했구나, 라는 걸 새삼 깨닫기도 했으니 말이다. 차가운 말이 머리 위로 떨어질 때까지는, 적어도 그랬다.

"사과라니, 어울리지 않는 짓을 하는군."

"뭐라고요?"

"뻔뻔하려거든 계속 뻔뻔해라. 그게 너다우니."

제스는 감흥 따위는 없는 표정으로 시큰둥하게 말했다.

와, 어떻게 고맙다고 말하는 사람에게 저렇게 대답할 수가 있지?

아렌은 입을 쩍 벌리고 뻐끔거리다가 이내 포기하고 고개를 설레설레 저었다. 그에게 무언가를 바란 자신의 우둔함을 자책하면서.

한참을 빠르게 앞서 가던 제스가 걸음을 멈춘 곳은, 식사 준비가 한창인 주방이었다. 이곳에 들어가서 뭐라도 주워 먹으라는 뜻인 것 같았다. 말없이 뒤돌아서려는 제스에게, 그녀가 마지막으로 말을 걸었다.

"어, 저기요. 내일이 드디어 결투인데 뭐, 해주고 싶은 말 없어요?"

제스는 그런 것 따윈 기대하지 말라는 듯 획 뒤돌아가려다 발걸음을 멈추었다. 그리고 들릴락 말락 한 목소리로 뱉어내듯 말했다.

"검을 휘두른 다음, 오른쪽을 조심해라."

아렌은 깜짝 놀랄 수밖에 없었다. 검을 휘두른 다음 오른쪽이 빈다는 건, 카일이 아렌에게 항상 하던 말이었다. 그와 대련 같지도 않은 대련을 하는 동안 그 허점을 꿰뚫어봤다는 것인가? 정말 대체 정체가 뭐야?

아렌이 뱁새눈을 뜨고 바라보자 제스가 느릿하게 말을 이었다.

"그리고……, 등을 조심해."

"등을요?"

제스는 더는 대답해주지 않고 그 자리를 떠났다. 아렌은 검에 새겨진 이니셜이 뭔지 물어보고 싶은 마음을 억누르며, 그가 사라지는 마지막 순간까지 눈을 떼지 않았다.

결투일 아침, 제스가 아침 일찍 깨우고 쫓아낸 덕에 아렌은 무사히 제시간에 결투장에 도착했다. 나오는 길에 입회인이 되어줄 생각은 없는지 넌지시 물어봤지만, 그에게선 아무런 대답이 없었다. 아렌은 그에게 그다지 섭섭해하지 않는 저 자신에게 더 놀랐다. 언제부턴가 그와 자신의 관계는 고용인과 피고용인, 그 정도 선이라는 걸 알았기 때문이다. 어제 그녀의 약점을 짚어준 것은, 의외일 정도로 성의를 보인 거라고 생각하고 있었다.

"거기, 건방진 신입. 패배하고 난 후에 벌어질 일에 대해선 각오 단단히 하고 왔겠지?"

길가에서 흔히 볼 수 있는 시정잡배 같은 자세로 다가온 데이브가 껄렁거렸다. 아렌은 마친 썩은 구정물 냄새를 맡은 듯 인상을 찌푸렸다.

"선배야말로 이럴 여유 따윈 없으신 것 아닙니까? 검부터 제대로 잡으시지요."

검 손잡이를 펜 잡듯이 잡고 있던 손 모양을 고치며, 데이브가 얼굴을 붉혔다.

"이, 이게……."

"결투가 시작되면 뵙지요."

아렌은 그를 외면하면서 멀찍이 떨어졌다. 새파란 시선이 등에 꽂히는 게 느껴졌지만, 상관없었다.

결투가 바로 코앞으로 다가오자, 넓은 결투장으로 기사들이 속속들이 모이기 시작했다. 그리 많지 않은 인원이었지만, 입회인으로는 충분했다.

항상 등에 매고 있는 활을 내려놓은 아렌이 검을 단단히 잡으며 결투장을 둘러보았다. 프레드릭을 포함한 친숙한 이들의 얼굴은 보이는데 어째 이곳에서 꼭 보고 싶었던 얼굴은 보이지 않는다.

이번엔 고개를 들어 집무실 창 쪽으로 시선을 옮겨보았다. 혹시나 했는데 역시나 그림자 하나 보이지 않는다. 기대한 건 아니지만, 그래도 실망스러운 건 어쩔 수 없었다.

아렌은 검을 단단히 쥐어 빼내었다. 검 등을 따라 새겨진 글자가 햇빛을 반사시키며 빛났다.

결투의 입회인이자 심판인 프레드릭이 좌중 앞으로 한 발짝 나섰다. 헛기침 몇 번이 울리자 시끌벅적 떠들어대던 목소리가 가라앉았다. 프레드릭이 평소와는 다른 엄숙한 얼굴로 입을 열었다.

"결투에 사용될 무기는 검입니다. 검이 아닌 다른 무기를 사용하거나 통상적으로 반칙이라 여겨지는 행동을 하지만 않는다면 결투는 계속될 것입니다. 먼저 피를 흘리는 쪽이 패배하게 되며, 그 순간 결투는 종료됩니다."

말을 마친 프레드릭이 승부에 방해되지 않게끔 물러서자 데이브가 아렌을 노려보며 검을 세웠다.

"톡톡히 후회하게 해주지."

"선배님은 결투를 혀로 하십니까?"

아렌이 코웃음 치며 받아치자 데이브의 인상이 험악해졌다. 하지만 그것도 잠시, 결투가 시작된다는 신호음이 울리자마자 둘 다 신중해졌다. 지금 아렌의 눈앞에 보이는 건 자신과 대결하는 데이브뿐, 승부가 날 때까지 조금도 주의를 흩트려선 안 된다.

둘은 서로의 움직임을 예의 주시하며 천천히 움직였다. 먼저 날을 세우고 공격을 해 온 쪽은 데이브였다.

"이야앗!"

제 가슴으로 순식간에 파고드는 검날을, 아렌은 온 힘을 다해 검을 세워 막았다. 검이 막혀 주춤거리는 사이 아렌이 그의 품 안쪽으로 파고들며 검을 휘둘렀다. 데이브는 급하게 뒤로 빠지면서 그녀의 검을 눌러 밖으로 쳐냈다. 다시금 거리가 벌어졌다.

결국 여자는 신체적인 조건에서 남자에게 밀릴 수밖에 없기 때문에, 속전속결로 끝내야 한다.

아렌은 빠르게 움직여 그를 향해 검을 찔러 넣었고, 데이브는 몸을 뒤로 빼는 것으로 간신히 피했다. 예상외의 스피드에 그의 입이 벌어졌다. 하지만 결국 힘에선 떨어질 수밖에 없다.

데이브는 힘의 차이에 의지하여 검을 부딪치고 밀어내기 시작했다.

"윽!"

힘없이 몇 발자국 뒤로 밀려나다가, 온 힘을 다해 검을 밀어내었다.

간격을 두고 멀어진 둘은 서로에게 놀란 상태였다. 데이브는 아렌의 속도에, 아렌은 데이브의 힘에.

그리고 그 순간 그의 머릿속에 먼저 피를 흘리는 쪽이 패배라는 규칙이 스쳐 지나갔다. 입꼬리가 비틀리며 올라갔다. 이쯤 되면 전적으로 유리한 건 자신이 아닌가.

그는 예상치 못한 타이밍에 아렌에게 뛰어들었다. 짐작한 대로 그녀가 검을 세우며 간단히 받아쳤다. 하지만 그가 노린 건 다른 것이었다. 맞부딪친 검을 흘려보내며, 데이브가 밑으로 쑥 내려갔다.

"어?"

위에서 당황스런 신음이 떨어지자 입가에 비릿한 미소가 머물렀다. 그리고 망설이지 않고 그녀의 배를 향해 주먹을 휘둘렀다.

퍽!

"쿨럭!"

아렌은 허리 부근에서 엄청난 통증을 느끼며 뒤로 물러났다. 사흘 전과 이틀 전에 얻어맞은 부분과 같았기에, 통증은 배가 되었다.

데이브가 눈을 번뜩이며 아렌의 배를 훑어보았다. 어디에도 그가 원하는 핏자국이 보이지 않는다. 배에는 상처가 없어 보이니 다음으로 노릴 곳은 등이었다. 데이브가 몇 발짝 뒤로 물러서며 상처를 터뜨릴 기회만 노렸다.

그 의도를 알아차린 아렌은 데이브의 치사함에 치를 떨었다. 사흘 전 매를 맞으면서 생겼을지 모를 상처를 노려서 터뜨리려는 거다. 어떻게든 피를 흘리게만 하면 되니까.

「등을 조심해.」

설마 이걸 예상했던 거야?

아렌이 검을 단단히 쥐며 데이브의 움직임을 주시했다. 어차피 실력은 비등비등하다. 비록 몸 상태가 그리 좋지는 않더라도, 그의 의도를 알고 있는 것만으로 일방적인 게임이 되도록 하진 않을 것이다.

'끝까지 치졸한 자식.'

빠르게 달려간 아렌이 검을 휘두르자 그는 아까처럼 옆으로 슥 흘려버리기만 했다. 그리고 아주 찰나의 순간 품을 파고들어 주먹을 날렸다.

"억!"

채 낫지 않은 상처를 정확하게 가격 당하자, 몇 배는 더 큰 통증이 그녀를 덮쳐 왔다. 그녀가 비틀거리는 다리를 추스르며 그에서 빠져나왔다.

'아, 안 되는데…….'

등이 따끔따끔해 오는 걸로 보아 몇 대만 더 맞으면 곧 상처가 터질 것 같다. 아렌이 고통스럽게 얼굴을 일그러뜨리자 상대는 승리를 예감한 듯 웃었다. 이렇게 되어버린 바에야 등을 미끼로 내놓을 수밖에 없다는 생각이 들었다.

아렌은 검을 단단히 잡고 아까 전과 똑같은 패턴으로 공격했다. 데이브가 안쪽을 파고드는 그 순간, 사각을 노려야 한다.

'틈!'

아렌의 몸이 순식간에 틀어지며 검이 그대로 내리그어졌다. 데이브가 깜짝 놀라며 검으로 막으려 했지만 아렌의 공격이 더욱 빨랐다. 붉은 피가 허공을 향해 치솟아 올랐다.

"으윽!"

아렌이 빠르게 발을 옮겨 그와 거리를 벌렸다. 일그러진 얼굴의 데이브가 신음을 흘리며 비척비척 뒤로 물러섰다. 어깨를 움켜쥔 손가락 사이로 엄청난 양의 피가 쏟아졌다.

"승부는 났군요."

데이브의 얼굴이 완전히 일그러졌다. 꼼수를 쓰다가 일격에 당했다는 사실만큼이나 그녀의 말은 충격적으로 다가왔다.

"감히 네까짓 것이!"

데이브가 검을 세우고 그녀에게로 돌진했으나, 이미 승패는 기울어진 상태였고 아렌은 더 이상 그의 검을 받아줄 필요가 없었다. 어깨의 부상 때문에 힘도 균형도 없는 검을 간단히 쳐내며 흘려보내자 데이브는 균형을 잃고 자빠져버렸다. 아렌은 여유롭게 빙글 돌아섰다.

"으윽……."

흙바닥에서 버둥거리다 고개를 든 데이브의 얼굴은 수치심과 불쾌함 범벅이었다. 그의 눈동자 위로, 허공을 수놓는 새하얀 자취가 비쳤다.

"제가 되갚아드릴 게 있었죠."

둔탁한 소리와 함께 검 등이 데이브의 머리를 가격했다. 척추를 짜르르 하게 울리는 고통에 데이브가 괴로운 비명 소리를 지르며 뒹굴었다. 그가 놓쳐버린 검이 바닥을 굴렀다.

하지만 이것만으론 분이 풀리지 않는다.

아렌은 망설임 없이 다시 검을 치켜들었다. 이번에 검 등으로 내리친 곳은 등이었다.

펙!

"아악!"

데이브는 계속되는 충격에 몸을 배배 꼬며 괴로워했다. 아렌은 그것으로 검을 멈추려다가 무언가를 떠올리고 다시 검을 내리쳤다. 세 번의 가격 끝에, 검이 서서히 내려왔다.

데이브는 안쓰러울 정도로 몸을 웅크린 채 덜덜 떨고 있었다. 비굴한 목소리가 입술 사이로 새어 나왔다.

"자, 잘못했어. 이제 그만……."

"아프십니까?"

"……."

"저는 그보다 더 아팠습니다. 저를 지켜봐야 했던 이들 또한."

순간 아렌이 눈을 번쩍이며 데이브에게 검을 겨누었다.

"결투 결과엔 깨끗이 승복하십시오. 또다시 비겁한 일을 저지른다면, 그땐 저도 가만히 보고만 있진 않을 겁니다."

흡사 짐승이 낮게 으르렁거리는 듯한 목소리였다. 데이브의 얼굴은 모욕감으로 일그러져 있었으나 이미 승패는 확실히 갈려 있었다.

"이 결투의 승자는 아렌입니다!"

뒤늦게 나선 프레드릭이 환호성을 지르듯 외치자 아렌은 가슴 위에 얹혀 있던 커다란 짐을 내려놓는 듯한 기분이 들었다.

아, 끝났다.

아렌은 힘을 하도 주어 욱신거리는 손에서 힘을 풀었다. 매달리듯 간신히 쥐여 있는 검에서 채 마르지 않은 핏물이 떨어졌다. 제스가 준 검인데 얼른 닦아야겠다.

"이 녀석! 제법인데!"

한달음에 달려온 프레드릭이 아렌의 머리를 마구 헝클었다. 프레드릭뿐만 아니라 그녀를 쭉 격려해주었던 기사들 여럿이 몰려들었지만, 아렌은 의례적으로만 그들에게 대답해주며 끊임없이 누군가를 찾았다.

아무리 찾아도 없는 걸 알고 있으면서, 자꾸 미련스럽게 눈으로 좇게 된다.

가장 먼저 자랑하고 싶은 사람이 있었는데.

아렌은 수십 명의 축하를 받으면서도 전혀 기쁜 얼굴이 아니었다. 그리고 그건 데이브 또한 마찬가지였다.

"내가……, 내가 저따위 녀석한테 지다니……."

어깨에서 느껴지는 고통보다 더한 충격은, 벌레만도 못하게 보았던 신입 녀석에게 공개적으로 져버린 사실이다.

내가 저딴 자식한테 져? 저 자식한테?

데이브는 홀로 쉼 없이 중얼거리며 고개를 털었다. 아렌에게 비굴하게 용서를 구하기는 했으나, 여전히 패배를 인정할 수 없는 얼굴이었다.

"축하해주는 건 바라지도 않았지만 말이야. 그래도 너무한 거 아냐?"

아렌은 가느다란 눈으로 집무실 문을 노려보았다. 이유 없이 그녀를 괴롭혀대던 선배 시종에게 한 방 먹이고, 결투를 하면서 검술에 대한 자신감도 생겼다. 이런 홀가분한 기분으로라면 프레드릭 형이 술을 사겠다는 제안을 했을 때 냉큼 따라가야 했지만, 어쩐지 그러고 싶지가 않아졌다. 이 상황을 모를 법한 단 한 사람 때문에.

아렌은 줄곧 마음속에서 피어오르는 섭섭함의 원인을 해명하지 못한 채로, 집무실 문을 열고 들어갔다.

"제스."

어쨌든 결투에선 이기고 돌아왔으니 당당하게 안으로 들어갔는데, 어째서인지 안쪽에선 아무런 기척도 느껴지지 않았다. 예상대로라면 인상을 북북 쓴 제스가 책상에 앉아 서류를 들여다보고 있어야 했는데, 커튼만 홀로 흩날리고 있을 뿐이었다.

"제스?"

아렌은 혹시나 하며 칸막이 안쪽을 들여다봤지만, 어디서도 제스의 자취는 찾을 수가 없었다. 눈에 밟히는 건 오직 책상 위에 늘어진 미결재 서류들과 잉크가 채 마르지 않은 펜뿐이었다. 제스 성격을 고려해봤을 때 저렇게 어지럽게 해두고 자리를 완전히 떠났을 린 없다. 잠시 후에 돌아오겠지.

고개를 끄덕인 아렌이 모래주머니를 단 듯 무거운 다리를 끌고 벽에 기대섰다. 등을 벽에 턱 기대고 주르륵 내려가자 그제야 쌓였던 피로가 한꺼번에 몰려왔다. 밀려오는 졸음 때문에 눈꺼풀이 점점 내려간다.

아렌은 제 팔을 꼬집으면서 억지로 눈을 떴다.

"오기만 해봐. 아주 그냥 쉴 새 없이 떠들어야지."

공개적인 결투 자리에서 신입 시종이 데이브를 이겼다는 소문은 시종들 사이에서도 삽시간에 퍼져 나갔다. 둘이 어떻게 결투를 하게 되었는지

공녀님!
공녀님! 1

는 알려지지 않았지만, 데이브가 골목대장 놀이를 즐겼다는 걸 아는 사람들은 충분히 짐작할 수 있었다.

공식적으로 망신살이 뻗쳐버린 데이브는 의원을 찾아 걸음 하면서도 수치스러움에 벌벌 떨어야 했다. 황성 내에서의 소문은 원래 냄비처럼 끓어올랐다가 사그라졌지만, 그것으로는 위안이 되지 않았다.

"저 사람 맞지? 신입 괴롭히다가 결투해서 진 시종 말이야."

"응. 맞아. 꼴이 참 우습게 됐다, 그치."

데이브가 병동에서 상처를 치료하고 숙소로 돌아가는 길이었다. 가던 길을 멈추고 저를 보며 속닥거리는 시녀 둘을 보면서 그는 평생 분의 모욕을 여기서 다 치르는 것만 같았다.

'제기랄, 제기랄, 제기랄! 버러지만도 못한 새끼 때문에 내가, 이 내가!'

데이브가 이를 바득바득 갈며 걸음을 재촉했다. 스쳐 지나가는 모든 사람이 저를 비웃는 듯한 모멸감을 도저히 견딜 수가 없었다. 앙갚음을 해줘야 했다. 어떻게든, 어떤 방식으로든.

때마침 그의 시선 속에, 자신이 자주 어울려 놀던 시종 한 무리가 걸려들었다. 데이브는 가던 방향을 틀어 그들에게 향했다.

"어이, 너희들."

데이브를 돌아본 그들의 얼굴에서 미소가 씻기듯 사라졌다. 하지만 데이브는 그들을 감싼 분위기가 예전과는 사뭇 다르다는 느낌을 미처 눈치채지 못하고 계속 말을 이어갔다.

"나랑 같이 해줘야 할 일이 있어."

그들이 서로 시선을 교환하더니 데이브를 힐끗 쳐다보았다.

"어떤 일?"

"그 시종 놈 말이야. 아렌. 그놈을 다시 한 번 손봐줘야겠어. 아무래도 안 되겠……."

"이봐, 데이브. 뭔가 착각하고 있는 모양인데. 우린 이제 너와 함께 누군가를 괴롭히거나 하지 않을 거야."

"뭐, 뭐?"

데이브가 말을 더듬거리며 되묻자 곳곳에서 웃음이 터졌다.

"쪽팔리게…… 신입한테 진 놈과 어떻게 어울리냐?"

"이제 사태 파악 좀 하지 그래?"

"찌질한 패배자 새끼."

시종들은 각자 한마디씩 던져주고 데이브로부터 멀어졌다. 홀로 남은 그는 그 자리에 못 박힌 듯 멈춰 서서 온몸을 덜덜 떨었다.

살을 후벼 파는 듯한 어깨의 상처도, 검을 쥐지 못하는 손도, 홀로 남은 이 자리도 죄다 수치스럽고 비참했다.

"가만두지 않겠어……."

광기어린 눈동자를 희번덕거리며, 그는 어디론가 달려가기 시작했다. 꽤 먼 거리를 달려간 그가 걸음을 멈춘 곳은 마구간. 그는 차오르는 숨을 쉴 없이 토해내며 안쪽으로 들어갔다. 허공을 더듬는 듯한 손길이 닿은 곳은 털이 자르르한 말이었다.

"좋았어, 이번엔 여기에 목을 매달아서, 확실히……."

데이브는 미친 듯이 속삭거리며 주변을 살폈다. 놈을 말에 매달려면 밧줄이 필요했다. 아주 튼튼해서, 절대로 풀 수 없는 밧줄.

"밧줄. 밧줄. 밧줄."

짚 더미를 마구 헤치자 기다렸다는 듯 여러 개의 밧줄이 모습을 드러냈다. 개중에서 가장 굵은 밧줄을 양손으로 쥐고 당겨보니 흡족한 미소가 절로 지어졌다.

"이거면 됐어. 이제 녀석만 끌고 오면……."

그때 다른 누군가가 마구간에 들어오는 인기척이 느껴졌다. 데이브가 고개를 휙 돌렸다.

"뭐야?"

검정에 가까운 남색 제복이 순식간에 가까워졌다. 찰나의 순간, 왼쪽 가슴에 새겨진 하일렌 제국기가 일그러지며 목이 조이기 시작했다. 세상이 빙글 돌았다.

"억!"

순식간에 멱살이 잡혀 바닥에 내동댕이쳐진 데이브는 황급히 몸을 가누었다. 누군지 얼굴을 확인하려 고개를 드는 순간, 엄청난 존재감에 입이 절로 닫혔다.

고요하게 타오르는 푸른 눈동자, 그리고 흑발.

"기, 기사단장님."

데이브가 고개를 조아리며 작게 읊조리는 순간, 검이 검집을 스치는 섬뜩한 소리가 들렸다. 본능적으로 손을 빠르게 뺀 순간, 손이 있었어야 할 자리에 검이 꽂혀 들어왔다. 조금이라도 늦었으면 손가락이 잘렸을 것이다.

"왜, 왜 이러시……."

"방금 뭘 할 작정이었지?"

"…….."

"대답."

"저, 저는 아무것도……."

더듬거리며 말을 뱉는 즉시 날카로운 통증이 손가락을 덮쳤다. 아래가 훤해지는 느낌에 차마 고개도 돌리지 못하고 있는데, 피범벅이 되어버린 검이 천천히 거두어졌다. 검 끝에 맺힌 핏방울이 똑똑 떨어지는 속도에 맞춰 식은땀도 흘러내렸다. 바닥에 떨어진 붉은 핏물이 꽃처럼 번져 나갔다.

데이브는 고장 난 인형처럼 고개를 돌렸다. 그리고 손에서 잘린 채 바닥을 나뒹구는 제 검지를 발견했다. 충격으로 눈이 점점 벌어졌다.

"아악!"

데이브는 미친 듯이 비명 지르며 엉덩이를 뒤로 빼고 물러서려 했지만, 제스가 그의 손을 짓밟는 게 더 빨랐다. 어깨와 비교할 수 없을 정도의 고통에 눈물이 울컥 토해져 나갔다.

"허으, 허으윽……. 왜……, 왜, 저에게……."

"밧줄과 말로 무엇을 하려는 거냐고 물었다."

"일을 하려고 했을 뿐입니다, 저는 아무 짓도……."

"너는 나를 바보로 아나."

그의 손을 짓밟고 있는 발에 힘이 더 들어갔다. 이건 경고다. 제대로 말하지 않으면 죽이겠다는 경고. 하지만 사실대로 말했다간 정말로 어떻게 될지 모른다. 절대로 말해선 안 돼.

데이브는 이성의 끈을 놓아버리고 발악하듯 외치기 시작했다.

"아무것도 아니었습니다! 말씀드렸잖습니까! 저는 그저 이곳에 일을 하러 왔을 뿐입니다!"

"다리 하나를 잘라야 진실을 고할까."

붉은 검은 순식간에 다리를 파고들었다. 흡사 고문을 받는 듯 끔찍한 비명이 마구간을 울렸다.

"하버 백작은 대외적인 상(象)을 중시하는 자였지."

"아, 아버님을……."

"결투에서 지고 과다출혈로 마구간에서 죽은 제 아들을, 충분히 사고사로 위장해 감출 만한 인물이지."

"사, 살려주십시오. 제발……. 자비를 베푸시어. 이를 빌미로 기사단장님께서도 많은 걸 요구하실 수 있으실 겁니다, 그러니 제발……."

"내가 바라는 것은 네게 없다."

제스는 발을 들어 데이브의 어깨를 밀어뜨리고 짓이겼다. 그러고는 소름끼칠 만큼 아무렇지 않은 얼굴로 검을 들었다.

텅!

무언가 깔끔하게 잘려 나가는 소리와 함께 피가 분수처럼 솟아올랐다. 손목이 깨끗하게 잘린 단면에서 튄 핏물이 제스의 제복에까지 번졌다.

데이브는 차마 비명도 지르지 못한 채 온몸을 오그라뜨렸다. 충격과 고통을 이기지 못하고 몸부림치면서 바닥을 긴다. 그를 싸늘한 시선으로 내려다보던 제스가 검을 들고 한 번 크게 털었다. 사방이 핏물로 가득한 공간 속에서, 제스의 푸른 눈마저 피처럼 붉었다.

"내 수하로 있는 자를 건드렸으면 이 정도 각오는 한 것 아니었나?"

"살려……, 살려주십……."

"실망스럽군."

검이 새파란 송곳니를 드러내며 서서히 올라가고, 꺽꺽거리던 숨소리가 거짓말처럼 뚝 끊겼다.

제스는 집무실에 돌아오자마자 책상 옆에 쪼그리고 앉아 꾸벅꾸벅 졸고 있는 녀석을 발견하고 황당한 기분이 들었다.

결투에서 승리해놓곤 기껏 하는 게 쪼그려서 조는 게 다인 건가.

입회인으로 모였던 기사들이 술자리라도 갖자고 했을 텐데, 그걸 마다하고 여기에 처박힌 걸 보면 여러모로 이해할 수 없는 녀석이었다.

저 자신을 관찰하는 시선을 느낀 건지, 고개를 푹 숙인 채 잠들어 있던 아렌이 서서히 깨어났다.

"어? 제스!"

제스를 보며 배시시 웃는 얼굴이 흡사 먹이를 기다리는 강아지와 같았다. 문제는 제스의 눈에는 그저 혈통 좋은 망아지로만 보인다는 거지만.

제스는 아직 아무 대답도 하지 않았지만, 아렌은 그에 익숙하다는 듯이 말을 이어나갔다.

"어디 다녀왔어요? 기다리고 있었는데."

"……."

"어? 그런데 웬 피예요? 설마 어디 다친 거예요?"

아렌은 제스의 망토자락에 묻은 핏물을 보고 눈을 번쩍 떴다. 그건 그가 아닌 데이브의 것이었지만, 제스는 별다른 말을 덧붙이지 않았다. 그저 더는 무미건조할 수 없는 목소리로 말을 툭 내뱉었을 뿐이었다.

"너는 왜 아직도 여기 있는 거지."

"정말 어디 다친 거예요? 상처 좀 봐요. 빨리요."

아렌이 걱정스러운 얼굴로 다가섰다.

"결투가 끝나면 여기서 떠나기로 하지 않았던가."

"결투는 내가 했는데 제스가 왜 다쳐요? 어디서 다친 거예요?"

"네가 알 바 아니다."

"제스."

"네가 알 바 아니라고 했을 텐데."

제스는 차갑게 대꾸하며 망토를 쥔 그녀의 손을 야멸차게 쳐냈다. 그에 아렌도 조금 주춤할 수밖에 없었다.

"갑자기 왜……, 이래요?"

"주제넘게 굴지 말고 꺼져라. 죽여버리기 전에."

왤까. 평소보다 더 냉랭하게 내뱉은 제스는 정말로 귀찮다는 듯 아렌에게서 시선을 돌려버렸다. 아렌은 순간 그와 자신 사이에 존재하는 엄청난 거리감을 깨달아버렸다.

도대체 뭘 섭섭해한단 말인가. 그와 나와의 관계는 처음부터 이러했는데.

아렌은 이제껏 준비해왔던 말을 전부 꾹 눌러 넣으며, 제자리에 단단히 섰다.

"알겠습니다. 처음부터 결투가 끝날 때까지만 머물기로 했었으니까요."

"……."

"폐 많이 끼쳤습니다."

딱히 작별인사를 해줄 거라곤 생각하지 않았기에, 아렌은 제 말이 끝나자마자 몸을 돌려 문으로 향했다. 전혀 서운하지 않다고 생각하면서도 어째서인지 가슴속에서 뭔가가 울컥 솟아올랐다.

아렌이 방을 떠나는 끝까지, 제스는 단 한 번도 뒤돌아보지 않았다.

05. 가면무도회

아렌이 결투에 임하고 있을 즈음, 카일 에드가는 하일렌과의 국경에 있었다. 그는 어떻게든 아르렐리아를 잡아오겠다는 일념 아래, 오빠이자 친구이자 경호원 노릇을 해왔던 옛 기억을 더듬어가면서 이동하는 중이었다. 밤낮 가리지 않고 저택으로부터 온갖 곳을 전전하다 도착한 곳이 바로, 하일렌으로 넘어갈 수 있는 강이었다.

"휴우."

카일은 한숨을 쉬며 하구를 쭉 훑어보았다. 때마침 불어오는 바람에, 깔끔하게 묶인 머리카락이 살짝 흩날리고 강 위의 배가 살짝 흔들렸다.

하지만 이번에도 공녀의 그림자 한 조각 발견하지 못해, 카일은 무거운 한숨만 뱉어냈다. 보기 드문 긴 은발에 수정 같은 은색 눈동자를 가진 그녀, 아르렐리아. 레이나스의 유일한 후계자인 그녀는 카일에게는 평생의 은인이었다. 목숨을 걸고 지켜야 할 은인.

「좋아, 카일. 넌 지금부터 내 가출을 위한 비밀요원이다.」

어린 아르렐리아는 어린 카일을 잡고 밖으로 끌어냈다.

그때가 처음이었다. 카일이 제대로 된 세상을 구경해본 것은.

하지만 세상은 처음 생각했던 것처럼 그리 녹록한 게 아니었다. 삶이 힘들다는 걸 알게 된 계기 대부분은 아이러니하게도 자신을 구해준 은인에게 있었다.

「검 가르쳐달라고! 가르쳐줘! 배우고 싶단 말이야.」

어린 아르렐리아는, 목검을 들고 소리를 빽빽 지르며 하루 종일 뒤를 따라다니곤 했었다. 지치고 지친 카일이 어쩔 수 없이 검술을 가르쳐준 날 공작님께 들켜서 얼마나 혼났던지, 떠올리기만 해도 아찔했다.

그런데 대체 왜 이런 것밖에 생각나지 않는단 말인가. 분명 좋은 기억이 있을 텐데.

「따분해! 밖에 나가 놀고 싶어! 카일, 네가 대신 공녀 할래?」

심지어는 거부하는 카일을 여장을 시킨 후 수업에 들여보낸 적도 있었다.

「카일! 우리 벌서는 거 그만하고 도망치자! 뒤는 내가 책임질게!」

책임진다고 해놓고, 자기 혼자 빠져나간 적도 있었다.

끊임없이 떠오르는 기억에 카일의 낯빛이 급격히 어두워졌다. 어찌 된 게 아무리 기억을 뒤져봐도 당최 좋은 기억이 없었다.

사실 줄곧 기사로서 그녀 곁을 지켜왔지만, 공녀는 그다지 보호가 필요 없었던 것 같다. 혼자 가출해선 항상 어디선가 쾌활하게 잘 놀고 있었다.

그러고 보면 그냥 찾지 않는 게 좋을지도……. 그런 생각이 찰나의 순간 스쳐 지나갔지만, 이건 옳지 않다며 애써 마음을 추스르고 걸음을 옮겼다.

대체 어디로 가신 건지.

카일의 낯빛이 점점 어두워졌다. 베이판을 이 잡듯이 뒤지고 다닌 지 벌써 일주일. 그 일주일 동안 한심할 정도로 아무것도 찾아낼 수 없었다. 처음에는 그녀를 찾는 게 쉬울 거라고 생각했다. 범상치 않은 외모와 어쩔 수 없이 드러날 활 실력 때문에 남의 눈에도 많이 띄리라고, 그렇게 여겼다. 그런데도 이렇게나 단서가 없다니.

'설마 정말로 다른 나라로 가신 건…….'

영 가능성 없는 이야기는 아닌 듯하다.

혹시나 하여 뱃사공 몇몇에게 공녀의 인상착의를 설명해가며 물어본 결과, 카일은 마침내 그녀와 비슷한 사람을 보았다는 사람을 만날 수 있었다.

"그게, 얼마 전쯤이었나. 온몸을 칭칭 둘러싼 수상쩍은 사람이 은발이긴 했는데……."

"그 사람은 어디로 향했습니까?"

카일이 급하게 묻고 나섰다. 그런 그를 흘끗 곁눈질하면서 뱃사공이 턱을 슬슬 쓰다듬었다.

"글쎄, 생각이 나는 것도 같고, 안 나는 것 같기도……."

"돈을 원한다면 부르는 대로 줄 테니 말해주십시오."

"거, 말이 잘 통하시는 분이네. 예, 맞습니다. 은발에 은색 눈. 이 근방에서는 보기 드문 곱상한 얼굴이라 저도 유심히 봤습죠. 물론 돈을 두둑이 챙겨주기도 했고요. 쯧. 그런 손님들이 많아져야 할 텐데 말입니다."

상관없는 말이 쏟아져 나오자 카일이 손을 들어 저지했다.

"그분은 어디로 갔습니까? 이 배를 탔습니까?"

"예예, 그렇습니다. 바로 이 배를 탔습죠. 그리 멀리 가신 건 아닙니다. 바로 이 강 너머에 있는 하일렌으로 가셨으니 말입니다."

"그렇습니까. 감사합니다."

드디어 덜미를 잡았다.

카일은 주머니에서 금화 몇 개를 꺼내 뱃사공에게 건네주면서 다시 입을 열었다.

"배는 언제 출항합니까?"

"아이고, 기사 나리께서 가신다면야 지금이라도 바로 배를 준비시키지요. 어떻게 하시겠습니까?"

금화를 손에 꼭 쥔 뱃사공이 표정을 싹 바꾸고 웃으며 물었다. 강 건너 하일렌을 슥 둘러본 카일이 뱃사공에게 시선을 고정했다. 그리고 곧 입을 열었다.

"부탁드립니다."

카일이 공녀의 행적을 좇아 하일렌으로 향해 오는 그 시각, 아렌은 발에 온 힘을 싣고 황성 안을 걸어가고 있었다. 등에는 활, 허리에는 검 자루. 부글부글 끓어오르는 듯한 눈빛을 보면 어디 싸우러 가는지 궁금할 정도였다. 격식 없이 쿵쾅거리는 소리가 그녀의 발밑에서 울렸다.

화가 나고 섭섭할 수밖에 없었다. 그저 걱정이 되어 상처를 보겠다고 한 건데 그렇게 야멸차게 몰아내다니.

제스가 했던 말이 줄곧 머리에서 떠나질 않는다. 알 바 아니야, 알 바 아니야, 알 바 아니야…….

"그럼 내가 알 만한 일은 뭔데? 정작 붉은 연꽃에 대해서 하나도 가르쳐주지도 않고!"

결국 아렌은 버럭 소리 지르며 옆에 있는 조각상을 힘껏 걷어찼다. 하지만 대리석으로 만들어진 조각상이 꿈쩍할 리 없었다. 잠시 후 아렌은 괴로운 신음을 내며 다리를 붙잡고 스르르 무너졌다. 다리에서 타고 올라온 고통이 허리까지 짜르르 울렸다.

"으으, 아파."

"괜찮으십니까?"

아렌이 한참을 주저앉아 끙끙대고 있자 옆에서 누군가 다가와서 손을 내밀어주었다.

"아, 고맙……."

아무런 의심 없이 손을 잡고 몸을 일으키던 아렌은 고개를 들어 보았다가 깜짝 놀랐다.

"세이!"

"다치진 않으셨습니까?"

그는 정중한 신사처럼 부드럽게 물으며 아렌을 일으켰다. 너무도 의외의 만남에, 아렌은 무릎의 통증도 잊고 호들갑을 떨기 시작했다.

"여긴 웬일이에요? 아니, 그전에 나인 걸 어떻게 한눈에 알아봤어요?"

"처음 뵈었을 때에도 조각상을 원수 대하듯 닦고 계시기에."

세이가 희미한 미소를 지으며 아렌을 잡아끌었다. 아렌은 못 보일 꼴을 보였다는 생각에 얼굴을 붉혔다.

"참, 그런 건 모르는 척해줘야……."

"조각상에 뭔가 좋지 않은 기억이라도 있으신가 봅니다. 지난번에 이어 오늘도 조각상을 발길질을 하고 계신 걸 보니."

"발길질이라뇨, 누가 보면 여러 번 찬 줄 알겠어요."

"아닙니까?"

"한 번 찼어요. 딱 한 번."

아렌이 검지로 입술을 꾹 누르며 장난스레 웃자 세이도 따라 웃었다. 아렌은 그가 열어주는 방문 안으로 걸어 들어갔다.

"세이는 그동안 어떻게 지냈어요?"

"음, 글쎄요. 아렌이 언제 찾아오는지 오매불망 날짜만 세고 있었습니다."

아렌은 실없는 장난은 치지 말라고 웃으며 말하려다가, 그의 진지한 얼굴을 보고 도로 입을 다물었다. 저런 눈을 하고 쳐다보고 있으면 왠지 진짜인 것 같잖아.

제스와는 조금 다른 의미로, 장난을 치기 어려운 상대인 것만 같다. 그녀가 할 말을 찾지 못해 눈을 굴리고 있자 세이가 먼저 움직였다.

"그동안 어떻게 지내셨습니까?"

"음, 아. 그거 말이죠. 어휴, 말도 말아요. 그동안 얼마나 힘들었는지."

"몸이 많이 다치신 것 같군요."

주절주절 말을 늘어놓으려던 아렌은 다시 한 번 입을 딱 다물었다. 분명 몸을 다친 것도 맞고 아직 덜 아문 것도 맞지만, 그걸 대체 어떻게 알았단 말인가. 가만히 그의 얼굴을 보던 그녀는 갑자기 헉 하고 숨을 들이켰다.

"설마 세이…… 투시도 할 수 있어요?"

제가 뱉은 말에 더 깜짝 놀란 아렌이 두 팔로 가슴 부근을 가렸다. 그리고 경계 어린 얼굴로 슬슬 뒷걸음질 쳤다.

"그러고 보니 저번에 여자인 걸 바로 알아차린 것도 그렇고……. 뭔가 이상해. 설마 정말 투시를 할 수 있는 건 아니겠죠?"

"아니, 아닙니다. 아렌. 그저 걸으시는 자세가 불편해 보이시기에."

피식 웃은 세이가 아렌이 앉을 수 있도록 의자를 빼주었다. 의자와 세이의 얼굴을 번갈아가며 쳐다보던 아렌은 한참 후에야 다가와서 의자에 걸터앉았다. 하지만 세이가 타준 차를 마시면서 제 가슴을 가린 한쪽 팔은 내리지 않았다.

재미있다는 듯 그녀를 바라보던 세이가 먼저 입을 열었다.

"어쩌다 다치셨습니까?"

"아, 그게 말이죠."

아렌은 숨을 한 번 크게 돌리고 이야기를 시작했다. 어떻게 이 황성에 들어오게 되었는지부터 시작해서 선배 시종들의 이야기, 그리고 방금 전에 있었던 결투까지.

이제 겨우 두 번째 만남이지만, 세이는 신기할 정도로 이야기하기가 편한 상대였다. 그저 고개를 끄덕거리며 들어주는 게 다인데도 그것으로 충분했다. 아렌은 그에게 털어놓는 것만으로 마음이 홀가분해지는 걸 느꼈다.

"그래서, 결국 제가 아주 묵사발을 내버렸죠!"

아렌이 과장을 조금 보태어 이야기를 마무리했다. 어찌나 이야기하는 데 골몰했는지, 처음엔 김까지 모락모락 피어오르던 차가 이미 식어 있었다. 세이는 그에 맞춰 찻물을 새로 따라주면서, 흥분한 그녀가 귀엽다는 듯 바라봤다.

"저는 대충 그렇게 지냈어요. 세이는 그동안 뭐 하고 지냈어요? 새로운 마법 같은 거라도 발명했나요?"

반짝반짝 빛나는 은색 눈동자에선 은근히 마법을 보여줬으면 하는 바람이 비치고 있었다. 하지만 세이는 피식 웃으며 고개를 저었다.

"아뇨. 대신 아렌이 좋아하실 만한 소식이 있습니다."

"예? 제가 좋아할 만한 소식⋯⋯. 어, 혹시 붉은 연꽃에 대해서 알아낸 거예요?"

아렌이 두 눈을 홉뜨며 급히 묻자 세이가 천천히 고개를 끄덕였다.

"예. 하지만 알려드리기 전에 조건이 있습니다. 이걸 어떻게 알아냈는지 저에게 묻지도 마시고, 저에게 들었다는 사실을 남들에게 알리지 말아주십시오."

"그럼요, 좋아요! 그 정도뿐이라면!"

드디어 실마리를 잡았다는 생각에 아렌이 주먹을 불끈 쥐며 외쳤다. 세이는 등받이에 깊숙이 등을 기대며 느릿하게 입을 열었다.

"우선 붉은 연꽃은 한 단체를 일컫는 명칭입니다. 무엇을 위해 존재하고 어떤 일을 하는지 또한 모릅니다. 존재 여부조차 확실치 않은 단체지만, 그에 관련된 일을 한다고 술에 취해 떠벌린 자를 운 좋게 만날 수 있었지요."

"그래서, 그래서, 그래서 그게 누군데요?"

참을성이 그리 많지 않은 아렌이 발을 동동 구르며 재촉했다. 그런 그녀를 잠시 동안 바라보던 세이가 다시 입을 열었다.

"아렌, 다시 생각해보시는 게 어떻습니까. 이 일은 당신이 예상한 것보다 훨씬 위험한 일이 될 겁니다."

"위험해도 꼭 해야 하는 일이에요, 세이. 말해주세요."

레이나스 가에 돌아가기 전 반드시 이뤄야만 한다. 제스가 말한 것처럼, 역사에 남길 만한 무언가를.

아렌이 진지한 얼굴로 대답만을 기다리고 있자 세이가 가볍게 어깨를 으쓱였다.

"정 그러시다면 어쩔 수 없지요. 제가 알아본 바에 의하면 황비 전하의 측근 중 하나인 카트린느 부인이, 언젠가 무도회에서 그런 말을 한 적이 있다고 합니다. 자신은 붉은 연꽃에 속해 있노라고. 그게 진실인지, 아니면 우연히 맞아떨어진 건진 모르겠지만, 붉은 연꽃을 알고 있는 이상 조사해볼 가치는 충분할 것입니다."

"부인이라면, 귀족인가요?"

"예. 여자작의 자리에 있으며 소문으로 그녀는 남성편력이 꽤 심하다고 들었습니다. 그러니 아렌도 그녀에게 접근하려면 조심하셔야 할 겁니다."

재미있다는 듯 눈을 반짝거리는 세이를 보며 아렌이 입술을 달싹였다.

"무, 무, 무, 그게 무슨……. 그런데 그 사람은 어디서 만날 수 있나요?"

그녀의 시중을 들면서 유혹할 수도 없는 일이고. 아렌은 순간적으로 여자를 유혹하는 제 모습을 떠올리고 식은땀을 흘렸다. 아무래도 안 될 성싶어 다시 세이에게 시선을 옮긴 순간이었다. 심연의 어둠처럼 새까만 눈과 허공에서 시선이 맞닥뜨렸다.

왜, 왜 저렇게 빤히 쳐다보는 거야.

"알아낸다고 해도, 시종인 아렌은 지금 그녀를 찾아가실 시간은 없지 않습니까?"

"아, 그런 게 있었지. 참."

아렌의 얼굴에 낭패한 기색이 스쳤다. 요 며칠간 기사단에 있어서 잊고 있었는데, 시종으로 돌아가면 이전보다 바쁜 나날을 보내야 할 것이다. 따돌림이 덜해졌을 테니 전보다는 시간이 있겠지만, 그래도 시간을 전적으로 붉은 연꽃에 쏟아부을 순 없는 상황이었다.

이를 어쩐다.

아렌이 멍하니 자신의 시간을 셈하고 있자, 세이가 말을 먼저 꺼냈다.

"아렌, 제 밑으로 들어오시는 건 어떻습니까?"

"예? 세이, 시중이 필요했어요?"

"아뇨, 그렇진 않습니다만."

"그럼 왜……?"

아렌이 의아하게 묻자 세이가 손에 쥔 찻잔을 비스듬히 기울였다.

"제 밑으로 들어오시면 적어도 시간은 자유롭게 쓸 수 있지 않겠습니까. 저는 따로 시중이 필요치 않으니."

"아아, 그런 방법이 있었군요!"

아렌은 너무도 기쁜 나머지 의자를 박차고 일어나서 세이의 손을 맞잡았다.

붉은 연꽃 일뿐만 아니라 선배 시종들과 마주치기도 껄끄러웠는데, 잘된 일이었다. 이제는 본격적으로 조사하러 다닐 수 있겠어!

"세이, 고마워요, 고마워요! 이 고마움을 어떻게 보답해야 할지! 세이는 제가 만난 사람 중에 가장 천사 같은 사람이에요!"

"천사라면, 천족을 말씀하시는 겁니까?"

내내 평온했던 세이의 얼굴이 점점 기묘하게 변해갔다. 오직 제 기쁨에 정신이 팔린 아렌은 미처 그를 눈치 채지 못하고 힘차게 고개를 끄덕였다.

"네! 천족이든, 천사든!"

"칭찬은 감사합니다만, 그만큼 저에게 어울리지 않는 단어는 없을 것 같군요."

예상과는 다른 세이의 반응에 아렌은 얼굴에서 미소가 사라졌다. 찰나의 순간이었지만, 세이의 얼굴에 스쳐 지나가는 쓸쓸함이 분명히 보인 것이다. 제 칭찬에 이런 반응을 보일 줄 몰랐던지라, 아렌은 조심스레 내려놓고 이걸 어떻게 수습해야 할지 고민에 빠졌다.

"아렌, 그런 의미에서 저와 내일 함께 가주셔야 할 곳이 있습니다."

세이가 평소처럼 다시 온화하게 웃자, 아렌은 목구멍까지 올라온 질문을 마음속에 묻어두기로 했다. 굳이 지금 캐물어서 다시 그가 침울해하는 모습을 보고 싶진 않았다. 나중에라도 물어볼 기회가 또 생기리라.

그녀는 속마음을 숨긴 채 세이에게 되물었다.

"네? 어디요?"

"무도회. 제 파트너로서 동행해주셨으면 합니다."

아렌은 뒤통수를 세게 후려 맞은 듯한 표정으로 세이를 바라보았다.

파트너라니. 세이가 여장을 할 리는 없을 테고 그럼…….

"호……, 혹시……."

"예. 여자로 돌아가서 동행해주십시오. 전 남색가로 오해받고 싶지 않으니 말입니다. 가면무도회니 큰 걱정은 하지 않아도 될 겁니다."

"세이, 지금 제정신이에요? 이거, 몇으로 보여요?"

아렌이 두 손가락을 접은 손을 세이의 눈앞에 흔들었다. 그에 세이의 입에선 작은 웃음소리가 터졌지만, 아렌은 그에 굴하지 않고 계속해서 맞혀보라고만 했다.

"놀러가자는 것이 아니니 염려 마십시오. 내일 있을 무도회에, 카트린느 부인이 객원 가수로 참석키로 했다고 합니다."

세이는 제 눈앞에 좌우로 왔다 갔다 하는 손을 잡아 끌어내리며 말했다. 아렌의 눈이 의심스럽게 가늘어졌다.

"그런데요? 그녀를 보는 방법이 꼭 무도회만 있는 건 아닐 텐데요."

그럼에도 불구하고 꼭 무도회에 가자고 한다면, 그저 세이가 심술부리는 것으로밖에 생각할 수 없었다.

세이가 깍지 낀 손을 다리에 내려놓으며 말을 이었다.

"아렌, 만약 당신이 무언가 비밀스러운 것을 숨기고 싶다고 칩시다. 어디에 숨겨놓겠습니까?"

"음, 아마도 방? 그야, 들고 다닐 순 없으니."

"그 까닭입니다. 카트린느 부인에게서 무언가를 캐내려면 그녀의 방부터 조사해봐야겠죠. 하지만 순순히 문을 열어줄 리가 없지 않습니까?"

아렌이 그제야 이해를 됐다는 듯 고개를 끄덕였다.

"무도회에서 열쇠를 훔치란 말이군요. 하지만 꼭……, 거기여야만 할 이유는, 여전히……."

"무도회는 많은 사람들이 모이는 만큼 시선을 분산시키기에 딱 좋은 장소입니다. 설령 열쇠를 잃어버리더라도 누군가 훔쳐갔다는 가능성만큼, 실수로 떨어뜨렸다는 가능성도 크고 말입니다."

"듣고 보니 그렇긴 하네요. 하지만……."

"어떻게 하시겠습니까?"

논리 정연한 그의 말에 잇새에서 한숨부터 흘러나왔다.

남장을 한 지 얼마나 되었다고, 벌써 여자로 돌아가라니. 그것도 드레스를 입고 무도회에 참석하라니……. 제 무덤을 파는 짓이 아닐 수 없었다. 하지만 처음으로 잡은 붉은 연꽃의 실마리다. 다음 기회가 올지 안 올지 모르는 상황에서 이렇게 놓쳐버릴 수는 없다.

"알겠……어요. 갈게요."

쥐어짜내듯 꺼낸 말에 세이의 입가에 다시금 은은한 미소가 퍼졌다. 평소에 봤다면 예쁘다고 했을 미소가, 지금은 그 어느 때보다도 사악하게 보였다.

"천사가 가장 안 어울리는 단어인 것 맞네. 아까 한 말 취소다."

아렌이 세이의 귀에 들리지 않을 만큼 작게 중얼거렸다.

다음날 아침, 아렌은 눈 밑 그늘이 어깨까지 내려오는 퀭한 얼굴로 황성 복도를 걸어가고 있었다. 잠시나마 여자로 돌아가도 괜찮을지 걱정이 되어 어젯밤엔 도저히 잠이 오지 않았다. 무도회에서 누군가 저를 알아본다면? 운 나쁘게 베이판 귀족들이 그 무도회에 참석했다면? 이거야말로 무덤 파고 들어가는 자살행위였다.

이대로 정체를 들켜 끌려가게 된다면, 묻고 따지지도 않고 세이모어 공작과 혼인을 하게 될 텐데.

여공작이 되기 위해 평생 기울였던 제 노력은 고사하고 집 안에만 들어 앉게 된다고 생각하자 눈에 핏발이 섰다. 아무리 생각해도 무도회 따위는 백번 거절해야 맞다. 하지만 그곳이 아니고서는 붉은 연꽃에 대한 단서를 또 어디서 찾을 수 있을지 막막하기 그지없었다.

그냥 가지 말아버려? 아니다, 어차피 가면을 쓴다고 했으니 알아보기 힘들 것이다.

그 두 개의 생각 사이에서 오락가락하다 보니 어느새 아렌은 세이의 방 앞에 도착해 있었다. 그녀는 반갑게 노크를 하는 대신, 그 앞에서 동료를 부르는 벌처럼 빙글빙글 돌았다.

'들어갈까, 말까. 들어갈까, 말까.'

"오셨습니까?"

노크도 하지 않은 문이 벌컥 열렸다. 그 안엔 빙그레 웃으며 아렌을 기 다리고 선 세이가 보였다. 그 자리에 굳은 아렌이 뜨헉 하며 외쳤다.

"제가 온 건 어떻게 알았어요?"

"아렌의 발걸음 소리는 워낙 특이하니까 말입니다."

"……뭐예요, 그건. 누가 들으면 무슨 개인 줄 알겠어요."

아렌은 한숨을 푹 쉬면서 방 안으로 들어갔다. 되도록 무도회에 안 갔 으면 좋겠다는 기색을 전신으로 표출했지만, 세이는 본 척 만 척하며 문 을 닫았다. 붉은 연꽃에 대한 단서를 찾기 위해서라고 해도, 사심이 조금 도 들어가 있지 않다고 하면 거짓일 것이다.

세이가 즐거운 얼굴로 그녀를 안내하자 아렌의 얼굴이 점점 일그러졌 다. 얄미워서 죽겠다는 표정이다. 그리고 마침내 가장 안쪽으로 들어가 일렬로 선 하녀 네 명을 보자 얼굴빛이 완전히 새파래졌다.

"설마 이 사람들은…….."

"아렌의 치장을 도와주실 분들입니다."

"아니, 왜 이렇게 본격적으로 하는 거예요? 걸려 있는 드레스 좀 봐."

아렌은 저도 모르게 입을 벌렸다. 드레스들은 언제 어떻게 준비했는지 궁금할 정도로 많을 뿐만 아니라, 하나같이 눈이 돌아갈 정도로 화려한 것들뿐이었기 때문이다. 개중에는 베이판 왕녀가 탐내기도 했다는 푸른 드레스도 끼어 있었다. 이런 드레스를 입고 갔다간, 무도회 안에서의 이목은 모조리 끌어당길 게 분명했다.

"하하……. 세이, 역시 전 그냥 시종으로 따라가는 게."

"이분을 아주 아름다운 숙녀로 만들어주십시오."

세이는 더듬더듬 이어지는 말을 깔끔하게 묵살한 채 그녀들의 손에 아렌을 맡겼다. 화장품을 가지고 다가오는 하녀들 때문에 새파래지는 얼굴을 즐기기도 하는 것 같았다.

아렌이 하녀들에게 팔이 붙잡혀 끌려가면서 뒤를 돌아봤다. 살려달라고 말하는 듯한 울상에, 세이의 입에서 다시 한 번 웃음이 터져 나왔다.

같은 시각, 제스는 언제나처럼 집무실에서 서류를 들여다보고 있었다. 실제로 기사단장이 기사단의 행정을 직접 살펴야 하는 건 아니지만, 매년 이 시기에는 가장 많은 서류가 쏟아지곤 했다.

다채로운 안건이 있는 건 아니었다. 무투대회 열릴 때가 다가오기만 하면 윗선에서든 아래서든 기사단의 공식적인 참여를 촉구하곤 했다. 그가 며칠간 받은 서류들도 하나같이 무투대회에 관한 것들뿐이었다.

그에 대한 제스의 대답은 한결같았다. 기사단은 무투대회가 아니더라도 할 일이 많으니 이번에도 불참할 수밖에 없으리란 확답.

서류를 어느 정도 처리했을 즈음, 문을 노크하는 소리가 울렸다. 들어

오라는 짧은 대답에 문이 열리고 덩치 큰 사내가 들어왔다. 정중히 예를 차리는 프레드릭을 향해, 제스가 입을 열었다.

"무슨 일이지?"

"예, 금일 가면무도회가 열리는 에일린 백작 저택에서 기사단에 경비를 서달라고 요청이 들어왔습니다. 규모는 삼백 명 안팎, 열리는 시각은 유시(酉時)부터입니다."

"알겠다. 나가보도록."

대답이 떨어졌음에도 프레드릭은 무언가 생각난 것처럼 쭈뼛거리고만 있었다. 말할까 말까 고민하던 그가 조심스레 운을 뗐다.

"저, 단장님, 아렌 녀석 말입니다."

"……."

"그 녀석이 어제 오늘 안 보이던데, 혹시 어디 갔는지……."

제스는 고개도 들지 않고 서류를 넘겼다.

"돌아갔다. 시종으로서의 임무를 다하고 있겠지."

"아, 그런가요? 하하. 그런데 단장님, 그 녀석, 보면 볼수록 물건이지 않습니까?"

"……."

"처음엔 웬 사내자식이 이렇게 계집애같이 생겼나 했는데 검술도 꽤 쓰고, 배짱도 있고 말입니다! 활을 쏘는 것 보십쇼. 그 녀석, 기사단에 입단시켜서 잘만 갈고 닦으면……."

"쓸데없는 소리."

차갑게 울리는 제스의 목소리에 프레드릭은 눈에 띄게 흠칫하며 입을 다물었다.

"나가."

"죄, 죄송합니다."

즉각 예를 차리며 돌아선 프레드릭이 조금 전의 방정맞은 언행을 자책하며 집무실을 나섰다. 찰나의 순간 느려진 펜 소리가 차츰 제 속도를 찾기 시작했다.

"어머! 머릿결이 너무 좋으세요. 듬성듬성 잘리긴 했지만, 다듬으면 될 테고. 이런 머리를 가발로 가려야 된다니 아깝네요."

"피부는 가장 밝은 톤으로 보정만 할게요. 볼터치는 옅은 색으로 하고, 입술은, 어디 보자."

"……."

쉴 새 없이 떠들어대는 아렌을 옆에 둔 제스의 기분이 이랬을까. 사람을 앞에 두고 몇 시간째 이러고 있는지, 제발 적당히 좀 해주었으면 싶다.

"눈꼬리는 이렇게 더 빼야지."

"아냐! 아이라인은 최대한 자연스럽게 여기까지만 그리는 게 예뻐! 요즘은 자연 메이크업이 대세라고!"

눈 화장에 대한 의견이 서로 맞지 않았는지 두 하녀가 말싸움을 하기 시작했고, 지겨움에 몸서리치던 아렌은 한숨을 푹 내쉬었다. 하지만 이때 누구의 편을 들었다간 하녀들의 공격성이 이상하게 높아지는 걸 알기 때문에, 별다른 말은 하지 않고 입을 다물고 있었다.

이런 상황에선, 저들끼리 제풀에 지쳐 그만둘 때까지 상관하지 않는 게 최선이었다.

그런데 어째 공녀 시절 치장하는 것보다 더 오래 걸리네. 아렌이 울상을 짓자 뒤에 있던 하녀가 깜짝 놀라며 소리쳤다.

"어머! 눈을 찡그리시면 안 돼요!"

뒤이어 길고 웨이브 진 백금발이 어깨에 스르르 내려앉았다. 손을 들어 살짝 만져보니 가발인지 인모인지 헷갈릴 정도로 감쪽같은 촉감이었다.

거울 속 긴 머리카락의 자신을 보는 순간, 왠지 모르게 애틋한 기분이 들기도 했다. 마치 베이판으로 돌아간 것만 같아서.

"자, 이제 드레스만 입으시면 되겠군요."

기나긴 화장 끝에 들이밀어진 드레스를 보는 순간, 아렌은 저도 모르게 인상을 찌푸렸다.

"어머, 또 그러시네! 화장이 망가져요!"

"저 옷은……, 지나치게 튀지 않나요?"

드레스는 전체적으로 붉은색에 가까운 다홍색으로, 훤히 드러난 어깨 위로 러플 장식이 이어져 있었다. 허리와 가슴 라인을 따라 촘촘하게 박힌 보석들이 빛을 반사하며 화려하게 빛났다. 포인트로 들어간 붉은 코르사주까지 완벽했지만, 아렌은 그리 좋은 표정은 아니었다. 지금 이 상황에 입기엔, 너무도 과했기 때문에.

"다른 드레스는 없나요?"

저 드레스를 입고 다녔다간 비밀리에 움직이긴커녕 모든 사람들의 이목을 끌고 다닐 게 뻔하다. 아렌의 물음에 뒤에서 대기하고 있던 하녀가 드레스 몇 벌을 더 가져왔다. 하지만 그 옷들마저 처음에 보여준 드레스 못지않게 화려했고, 결국 처음에 받은 옷을 선택하는 수밖에 없었다.

아렌은 한숨을 푹 쉬며 일어서서 드레스를 받아들었다.

"이제 괜찮습니다. 돌아가셔도 좋아요."

"어머, 이건 혼자 입기 힘드실 텐……."

"드레스 입는 덴 익숙하니까 걱정 마시고 나가셔도 돼요."

그녀들은 이상하다는 얼굴로 서로를 바라보다 이내 자리를 떠났고, 그들이 나간 후에야 아렌은 천천히 움직이기 시작했다.

드레스를 의자에 걸쳐놓고, 상의를 벗으니 수척하고 비쩍 마른 몸이 드러났다. 원래부터 선이 가늘긴 했지만 데이브와 얽힌 며칠 새에 더 볼품

없이 변해버리고 말았다.

아렌은 거울 속 저를 응시하다가 천천히 붕대를 풀기 시작했다. 붕대로 조였던 숨통이 완전히 풀리면서 숨쉬기가 편해졌다.

"후우……."

아렌은 오랜만에 마음껏 숨을 쉬며 붕대를 조심스레 숨겨뒀다. 그러곤 몸매 보정속옷부터 드레스까지 천천히 입기 시작했다.

아렌이 준비하는 동안 세이는 드레스 룸에서 멀리 떨어진 창가에 서서 밖을 바라보고 있었다. 어느새 갖춰 입은 검은 연미복 때문에 은은하게 빛나는 은청발이 더욱 돋보였다.

검은 시선이 향한 곳은 베이판이었다. 저 안쪽에서 기다리기 지겨워 죽겠다는 얼굴로 앉아 있는 여자가 온 곳.

사실 세이는 언제든지 재미가 없어지면 아렌을 베이판으로 보내려고 생각했었다. 아렌이 얼마나 저항하고 화내든, 그 일은 그에게 있어서 숨을 쉬는 것만큼이나 쉬웠으니까.

언제든 거슬리면 돌려보낼 생각이었는데 어제 이야기를 들으면서 그런 생각이 없어졌다. 보면 볼수록 흥미롭지 않은가. 뜬금없이 남장을 한 채 하일렌에 나타나질 않나, 돈을 도둑맞았다고 이곳에서 시종 행세를 하는 것도 그렇거니와 남자와 서슴없이 결투를 벌이기까지 한다. 하지만 가장 우스웠던 것은, 아무런 의심 없이 자신을 믿는 그 모습이었다.

하나도 변하질 않았다.

오랜 옛날, 그녀를 찾아갔을 때와 똑같이.

세이의 머릿속에 아주 어린 여자아이의 모습이 떠올랐다. 눈부시게 빛나는 은발과 그에 어울리는 은색 눈동자, 호기심과 순수함이 넘치는 말괄량이 아가씨. 다른 공녀들처럼 태어날 때부터 물려받은 지위와 권한에 안

주하여 오만해지기보다는, 평민들처럼 평범한 삶을 꿈꿨던 이상한 소녀.

그 소녀는 어느새 자라서, 전혀 예상치도 못한 타이밍에 그 앞에 나타났다.

어렸을 적엔 꽤 미인이 될 상이었기에, 커서는 어찌 될지 궁금했다. 하지만 그녀는 되도 않는 남장을 하고 있었다. 그가 아렌을 무도회에 끌고 가려는 게 당연하지 않은가.

'물론 무도회에 가지 않아도 붉은 연꽃에 접근할 방법은 많았지만.'

무도회에 같이 가자는 말을 들은 직후 일그러지는 얼굴을 떠올리자 실소가 터졌다. 사교계에 잘 나오지 않는다는 건 익히 들어 알고 있었지만, 태생적으로 거부감이 든다는 그 태도는 뭐란 말인가.

그때 허공에서 무언가 타들어가는 소리가 나면서 자그마한 양피지 조각이 나타났다. 세이의 시선이 닿자 그 위에 반응이라도 하듯 선명한 글씨가 떠올랐다.

: 변동사항 없습니다.

아르렐리아 공녀와의 첫 자리 이야기였다. 양피지 조각이 화르륵 타오르며 사라지자 세이의 두 눈이 번쩍 빛났다.

그녀와의 만남을 예정대로 진행한다고? 당사자가 저 안에서 치장하느라 정신없는데 말인가.

'무슨 속셈이지. 레이나스 공작. 당신의 딸은 바로 내 옆에 있다.'

첫 만남이 바로 코앞까지 다가왔는데, 그사이 하일렌 황성에까지 와서 아르렐리아를 끌고 가기라도 하겠다는 것인가. 아니면 없는 아르렐리아를 만들어내서라도 내보내겠다는 것인가. 어떤 경우라도 괘씸한 건 마찬가지다.

"손바닥으로 하늘을 가리려 하는가, 레이나스 공작. 이미 내가 모든 걸 알고 있건대."

세이가 작게 중얼거린 그때, 아렌에게 붙어 있었던 하녀들이 드레스 룸에서 나왔다.

"준비가 다 되었습니다."

"수고했습니다."

짧게 인사 올린 하녀들이 그대로 자리를 떠났다. 하지만 어째서인지 준비가 끝났다던 그녀는 코빼기도 보이지 않았고, 결국 세이가 먼저 움직여서 드레스 룸 앞까지 가보는 수밖에 없었다.

"아렌."

살짝 그녀를 불러보자 안쪽에서 망설이던 기척이 천천히 다가왔다. 거기엔 듬성듬성 짧은 머리를 가진 시종이 아닌, 드레스를 입은 자태가 아름다운 여인이 서 있었다. 그녀가 어색하게 미소 지었다.

"하하, 세이. 이상하……죠?"

세이는 아무 대답도 하지 않았다. 그녀가 말한 것처럼 이상해서가 아니었다. 오히려 그 반대로 아렌은 그가 기대한 이상으로 아름다웠다.

시원하게 틀어 올려진 가발 밑으로 드러난 목선에 먼저 눈이 갔다. 그다음은 가슴근처까지 파여 있는 드레스로 시선이 이동한다. 검이나 활을 잡은 게 신기할 정도로 가느다란 팔과 선명한 눈매에선 묘한 섹시함까지 느껴졌다. 항상 후줄근하게 다니던 그 시종과 동일인물이라는 것을 알면서도 믿지 못할 정도였다.

"아, 이런 머리는 역시 이상하죠."

머쓱해진 아렌이 틀어 올린 머리를 풀어버리려고 하자, 세이가 그녀의 손을 확 당겨 잡았다.

"아니요. 아닙니다. 아렌, 이상하지 않습니다. 전 그저 아름다운 나머지 잠시 놀랐을 뿐입니다."

"어……. 세이, 장난치지 말아요."

아렌의 얼굴이 어쩔 수 없이 살짝 붉어졌다.

세이는 빙그레 웃으면서 준비해뒀던 검은 반가면을 들어 살짝 씌워주었다. 가면을 덧씌웠음에도 그 사이로 드러난 청초한 눈매라든가 콧대, 그리고 사슴 같은 목선만은 고스란히 보였다. 이 정도면 훌륭하다.

세이가 만족스럽게 웃으며 정중히 허리를 숙여 보였다.

"그럼 가실까요, 레이디."

무도회장으로 향하는 마차 안에서 아렌은 그녀답지 않게 내내 조용했다. 창밖으로 시선을 던지며 내내 생각에만 잠겨 있는 그녀를 향해 세이가 말을 걸었다.

"아렌, 혹여 무슨 걱정 있으십니까?"

"어떻게 알았어요?"

무심코 고개를 돌린 아렌이 두 눈을 동그랗게 떴다. 제 얼굴에 '나 걱정 있음' 하고 대문짝만 하게 적힌 줄은 전혀 의식하지 못한 상태인 듯했다. 아무래도 귀족들이 모이는 자리이니만큼 공녀였던 제 신분이 탄로날까 봐 우려가 되는 듯했다. 하지만 세이는 그를 모르는 척하고 말을 이었다.

"시종인 걸 들킬 것 같아서, 그래서 그런 얼굴로 계신 겁니까?"

"아뇨, 그런 것보다는……."

아렌이 얕게 한숨을 쉬며 말끝을 흐렸다. 그녀가 걱정하는 건 역시 정체가 탄로 나는 것. 어차피 얼굴은 가면으로, 머리는 가발로 가리고 있으니 그녀가 아렌인 것을 알아보기는 쉽지 않을 것이다. 하지만 그녀를 오랫동안 보아온 레이나스 가문의 사람들까지 참석한다면 이야기가 완전히 달라진다.

불안한 얼굴로 입술을 꾹 깨물던 아렌이 다시 입을 열었다.

"혹시 여기 외교 인사들도 오나요? 예를 들어, 베이판에서 온 사신이라든가……."

"아뇨. 참석자 중 외국인인 사람은 단 한 명도 없습니다. 무슨 문제라도?"

"아, 그럼 괜찮아요. 알려줘서 고마워요."

아렌은 그제야 안도하며 편하게 등을 붙이고 앉았다. 걱정거리가 하나 덜해지자 가슴이 훨씬 후련했다.

"그런데 세이는 가면무도회에 자주 나가나 봐요. 그렇게 안 봤는데."

세이를 은근히 놀려댈 여유까지 생긴 아렌이 장난스럽게 웃었다.

가면무도회는 서로의 얼굴을 가리고 만나는 만큼 격식을 덜 차리고 상대를 대할 수 있었다. 신분고하를 막론하고 조금 더 과감히 상대에게 다가갈 수 있기 때문에, 외로움에 몸서리치는 이들이 잠시나마 즐겨보고자 참석하는 곳이 바로 가면무도회인 것이다.

제가 어떤 취급을 당했는지 깨달은 세이가 빙그레 웃으며 대꾸했다.

"아뇨. 가면무도회는 저도 처음입니다만."

"거짓말. 그렇다 하기에는 준비가 너무나 철저한데요?"

"정말입니다. 믿어주십시오."

아렌의 의심스런 눈초리가 거두어질 때까지, 세이는 몇 번이나 아니라고 해명을 해야 했다.

서로 장난스럽게 투덕거리고 있자니 잠시 후 마차의 움직임이 점차 잦아들었다. 마차 창문으로 고개를 쏙 들이민 아렌은 무도회장의 현란한 빛무리를 쭉 둘러보다가 무언가를 발견했다. 익숙한 옷과 얼굴. 아렌은 기절할 듯 놀라며 눈을 몇 번이나 비벼보았지만, 무도회장을 지키고 선 기사들은 그대로였다.

"세이! 혹시, 혹시, 무도회 경비는 누가 맡고 있나요?"

그녀가 갑자기 흥분하면서 묻자, 세이가 생각에 잠겼다가 입을 열었다.

"아마 기사단일 겁니다. 근위대는 주로 황실을 호위하니."

"기사단이라고요!"

아렌은 저승사자를 본 듯한 얼굴로 마차 벽에 몸을 바싹 붙였다.

망했다, 망했어. 기사단이 와 있다면 당연히 기사단장인 제스도 와 있을 것 아닌가. 경비를 맡는 내내 돌아다닐 게 분명하니 아마 몇 번이고 마주칠 것이다.

"왜 그러십니까?"

"아, 아무것도 아니에요. 하하하!"

"아무것도 아닌 게 아닌 것 같습니다만."

아렌이 눈만 빠끔 내밀어 기웃거리기를 반복하니 세이가 의아하게 물었다. 세이에겐 많은 이야기를 했지만, 정확히 기사단의 누구와 손을 잡고 일하는지는 모르고 있었다. 따라서 기사단에 여자인 모습을 보이면 어떤 일이 생길지도 정확하게 인지하고 있을 리 만무했다.

아렌이 도무지 내릴 기색이 없자 세이가 먼저 문을 열고 나가서 그녀를 향해 손을 내밀었다.

여기까지 와서 안 갈 수도 없고, 어떡하지.

제게로 내밀어진 손을 한참 내려다보던 아렌이 불쑥 말을 꺼냈다.

"세이, 난 지금부터 말을 못 하는 거예요."

"그게 무슨 말입니까?"

세이가 의아한 눈초리로 바라봤다.

"아무것도 묻지 말아줘요."

아렌이 애원하듯 말했다. 냉정하게 다시 생각해보니 아무리 시종인 아렌과 아는 사이라도 지금의 저와 연관시킬 위인은 없을 법했다. 차림은 물론이고 가면으로 얼굴까지 가려두었으니, 목소리만 내지 않으면 완벽히 감출 수 있을 것이다.

아무 일 없을 것이다. 아니, 아무 일도 없도록 의연하게 행동해야 한다.

아렌은 세이의 손을 잡고 마차에서 내렸다. 긴 드레스가 깃털이 내려앉는 것마냥 바닥에 퍼져 나갔다. 아렌은 세이의 걸음에 맞추어 조심스레 한 발짝씩 떼기 시작했다.

등은 꼿꼿이 세우고 턱은 적당히 치켜든다. 어깨는 힘을 빼어 내리되 걸음은 최대한 우아하게 옮겨야 한다.

무도회장 입구까지 펼쳐진 붉은 벨벳 뒤로 그녀가 걸음을 내디디자, 그들과 마찬가지로 무도회장에 들어서려던 이들의 시선이 약속이라도 한 듯이 모여들었다.

"저분들은 누구실까요? 처음 보는 분들인데……."

"드레스 좀 봐요. 너무나 아름답군요."

주변에서 수군대는 속삭임들이 민망할 정도로 귀에 선명히 들려왔다. 아렌은 그들이 이렇게 주목받게 된 데엔 세이의 공이 크다고 생각했다. 그녀의 차림이 화려한 만큼이나, 세이의 차림 또한 범상치 않았으니까. 그녀의 가면과 대조되는 흰 반가면이 그의 얼굴 대부분을 가리고 있긴 했지만, 그에게서 풍기는 신비로운 분위기는 감출 수 없는 것이었다.

"신분을 밝혀주십시오."

마침내 무도회장 앞에 도착하자 어딘가 익숙한 목소리가 들려왔다. 그쪽으로 고개를 돌렸다가, 아렌은 하마터면 반가움에 겨워 '형!' 하고 부를 뻔했다. 뇌 한쪽에 남아 있던 이성이 그녀를 막지만 않았으면 내일 아침을 감옥 안에서 맞이했을지도 모르는 일이었다.

그사이 세이는 무언가를 꺼내 프레드릭에게 보여주고 있었다. 가볍게 고개를 끄덕인 프레드릭은 이어서 아렌에게 시선을 주었다.

프레드릭은 속으로 적잖이 놀라버렸다. 이렇게 아름다운 여인이 하일렌에 있었단 말인가. 낯설면서도 친숙한 백금발의 여성은 화려한 드레스만큼이나 기품과 매력이 넘쳤다. 가면 사이로 드러난 눈동자와 시선이 마주치자 프레드릭은 저도 모르게 얼굴을 붉히고 말았다.

"어, 그쪽 분은……."

프레드릭은 마치 짝사랑 상대에게 편지를 내미는 수줍은 소녀마냥 얼굴을 붉혔다.

아렌은 자꾸만 터지려는 헛웃음을 억누르며 고개를 돌렸다. 그러고 보니 그는 여자 앞에 서면 긴장을 하는 특이한 체질이라고 말한 적이 있었다. 그런데 가발 쓰고 드레스 입었다고 해서, 아우라고 부르는 자신에게까지 이렇게 부끄러워하다니. 계속 보고 있었다간 어떤 일을 벌일지 저 자신도 무서워질 지경이었다.

"제 파트너로 오신 분입니다. 신원은 제가 보증합니다. 그럼."

"예? 아, 예."

프레드릭이 퍼뜩 정신을 차리고 길을 비켜주자 세이가 먼저 발걸음을 멈추었다. 아렌은 그를 따라 얌전히 들어가려다가 순간 장난기가 발동해서 몸을 틀었다. 그녀의 어깨가 프레드릭의 튼튼하고 굵은 팔에 툭 부딪쳤다.

"아!"

전혀 아프진 않았지만, 아렌은 신음하며 크게 휘청거렸다. 세이가 냉큼 그녀를 붙잡아줬지만 의아해하는 얼굴이었다. 넘어질 뻔할 만큼 크게 부딪친 게 아닌 걸 알기 때문이었다.

"으아악! 괘……, 괜찮으십니까? 괜찮으십니까? 저, 저 때문에……!"

연약한 여성을 밀칠 뻔했다는 사실 하나만으로, 프레드릭은 완전히 충격에 빠져 있었다.

역시 형다운 반응이다.

아렌은 터져 나오려는 웃음을 간신히 억누른 후, 괜찮다는 뜻으로 손을 들어 보였다. 그리고 세이에게 기대서 비척비척 걸어가는 것으로 프레드릭의 양심을 더욱 자극했다.

그 뒷모습을 멍하니 지켜보던 프레드릭은 그녀와 부딪친 한쪽 팔을 잡으며 얼굴을 붉혔다.

"여, 여신님과 부딪쳤어……."

프레드릭을 어떤 상태로 만들었는지 짐작지도 못한 채로 무도회에 들어간 아렌은 회장을 구경하는 데 여념이 없었다. 까마득히 높은 천장에 일렬로 쭉 달려 있는 샹들리에나, 수십 명은 족히 설 수 있을 법한 무대는 감탄을 자아내기에 충분했다. 베이판과 달리 치장된 장식물들을 보는 것도 묘미 중의 묘미였다.

"우와, 사람 정말 많네요."

무도회장 안을 가득 메우고 있는 몇백 명의 귀족을 보고 아렌이 속삭였다. 때마침 무대 옆에 앉은 오케스트라가 연주를 시작했고, 내내 침묵을 지키던 세이가 입을 열었다.

"한 곡 추시겠습니까?"

"제가 한 스텝 밟죠."

춤 정도야 공녀 시절 죽도록 배운 것이기 때문에 눈 감고도 스텝을 밟을 수 있을 정도다. 자신만만하게 대답한 아렌이 세이를 먼저 끌어 무도회장 중앙으로 나섰다.

조금은 생소한 하일렌 제국의 왈츠에 맞춰 춤을 추면서, 아렌 또한 속으로 적지 않게 놀랐다. 허리를 감싸고 춤을 리드해가는 세이의 솜씨가 보통이 아니었기 때문이다. 춤을 추는 마법사라니, 이렇게 안 어울리는 조합도 있었나.

세이는 신기한 사람이었다. 그의 행동 하나하나에서 느껴지는 절제된 기품 때문인지, 남다른 외모 때문인지 보고 있으면 빨려들 것만 같았다. 날이 갈수록 세이에 대한 궁금증은 어째 커져만 가는 것 같았다.

"어머, 저 영애는 도대체 누구시기에……."

"어쩜 저리 선남선녀일까요."

한 걸음, 한 걸음마다 묻어나오는 우아한 경쾌함에 많은 이들의 시선이 쏟아졌다.

"세이, 우리 이제 그만……."

사람들의 시선이 의식된 나머지 춤은 이제 그만두자고 하려고 한 순간이었다. 창가에 서 있는 낯익은 얼굴을 보는 순간 입이 도로 다물렸다.

그다지 멀지 않은 거리에, 그가 서 있었다. 제스.

그는 무도회에는 관심 없다는 듯 무표정하게 창밖만 바라보고 있었다. 그렇기에 아렌은 더욱 과감하게 그를 관찰할 수 있었다.

'여전하네.'

주변에 몰려드는 영애들은 거들떠도 보지 않고 홀로 서 있는 모습을 보자 반가움부터 먼저 들었다. 기사단을 나온 지는 얼마 되지 않았지만, 어쩐지 굉장히 오랜만에 만나는 기분이었기 때문이다.

"무엇을 보십니까?"

"아뇨, 아무것도요."

세이는 더는 묻지 않고 조금 전까지 그녀의 시선이 머물렀던 곳으로 고개를 돌려 보았다. 곧, 똑같은 곳에 닿는다. 세이는 아렌이 줄곧 그를 바라보고 있는 걸 눈치 채고 있었다. 그럼에도 잠시 간격을 두고 관찰한 것도, 단지 시선이 가는 정도가 아니라는 걸 확실시하기 위해서였다.

기사단장과도 연(緣)이 닿아 있었던 건가.

세이의 입가가 보일 듯 말 듯 매끄럽게 올라갔다.

오케스트라의 연주가 한 번 끝나자, 아렌은 그만 추고 싶다는 뜻으로 어깨에서 손을 떼어냈다. 잔잔하게 울리는 박수갈채 속으로 두 사람은 발코니 근처로 향했다. 제스와는 완전히 반대쪽에 자리를 잡고도 그녀는 그에게서 시선을 뗄 수 없었다. 아무래도 마지막 순간에 봤던 핏자국이 걱정됐던 탓이었다.

저대로도 괜찮을까.

"디저트를 가져오겠습니다, 아렌."

생각에 잠겨 있는 아렌에게 작게 속삭인 세이가 자리를 떠났다. 옆이 헐빈하게 비었는데도 그녀는 제스에게서 시선을 떼지 못했다.

잠시 후, 아름다운 물빛 드레스를 입은 여자가 제스 앞으로 다가왔다. 아렌은 말하는 방식이나 취하는 자세, 걸어가는 걸음걸이만으로 그녀가 보통 지위에 있는 여자가 아니라는 걸 알아차렸다. 그리고 그를 반증하듯 제스는 몸을 일으켜 그녀에게 살짝 묵례해 보였고, 그것도 모자라 몇 마디 이야기까지 나누었다. 이제껏 아렌 자신이나 다른 영애들에게 보였던 태도와는 사뭇 다른 모습이었다. 지위만으로 이야기를 나눈다기엔, 영애는 너무도 자연스러운 모습이었다.

마치 옛날부터 서로 가까이 지내왔던 사이 같아 보인다……

거기까지 닿은 생각에 어쩐지 충격을 받은 아렌은 몸을 돌려 반대쪽으로 걸어갔다. 제계로 향한 걸음과 시선을 느낀 건지, 제스 또한 이쪽을 바라보았다. 허공에서 시선이 마주치자 그제야 아렌은 덜컥 제정신을 차렸다.

뭐, 뭐야. 내가 제스에게 가고 있었어? 가서 뭘 어쩌려고?

회장 중앙에 어정쩡하게 선 폼이 참 이상하다. 아렌이 도로 뒤로 돌아가지도 못하고 우물쭈물하는 사이, 그녀 옆으로 누군가 다가왔다.

"레이디, 실례하겠습니다."

아렌은 갑작스레 옆에서 들려온 남자의 목소리에 무심코 그를 돌아봤다. 붉은 가면을 쓰고 검은 머리를 올백으로 넘긴 키 큰 사내가 그녀에게 손을 내밀었다.

"저와 한 곡 춤을 춰주시겠습니까?"

방금까지 신나게 뛰다 왔는데, 당연히 추고 싶을 리가 없었다. 거절의 뜻으로 살짝 고개를 내저은 아렌이 주의가 되돌아간 것에 대해 안도감을 느끼며 걸음을 옮겼다. 하지만 그마저도 조금 전 그 남자가 다시 막아서는 바람에 멈추어야 했다.

"춤이 싫으시다면 와인 한 잔은 어떠십니까?"

아렌은 또다시 고개를 저으며 돌아가려고 했다. 남자가 세 번째로 그녀의 손목을 턱 잡지만 않았어도 그렇게 했을 것이다.

"제 방에 좋은 와인이 준비되어 있습니다. 영애께서 후회하지 않으시리라고 자신합니다만."

참으로 질긴 사람이었다. 마음 같아선 다시는 잡지 말라고 엄포를 늘어놓고 싶었지만, 제스가 그녀의 목소리가 들릴 정도로 가까이 있었기 때문에 그럴 수 없었다.

아렌이 머뭇거리는 걸 다른 이유로 해석했는지, 사내가 그녀의 손을 끌어당기고 손등에 입을 맞추었다.

"수줍어하시는 모습마저 아름다우시군요."

대체 뭘 수줍어한다는 건지 모르겠다고 생각한 순간이었다. 주변 동향을 살펴보려 슬쩍 돌린 시야 속에, 이쪽으로 다가오고 있는 제스가 보였다. 치안을 맡은 기사단으로서, 곤란해하고 있는 아렌을 보고 넘길 수 없는 모양이었다.

아렌은 죽고 싶은 심정이었다. 이러다 들키면 어떡하지.

"왜 거기 계십니까, 나의 레이디."

어깨를 가만히 감싸 오는 시선에 놀라 고개를 드니 낯익은 얼굴이 보였다. 세이를 보고 가장 먼저 든 생각은 이거였다.

살았다!

눈을 살짝 굴려 확인해보니, 역시나 제스는 먼발치에 멈춰 서서 사태가 어떻게 진행되는지만 주시하고 있었다. 중재자가 나타나준 덕이었다.

"죄송합니다만, 그녀는 당신을 상대해드릴 시간이 없는 듯하군요."

"파트너……가 계신 줄은 몰랐군요. 실례했습니다."

노골적으로 아렌을 돌려세우던 남자는 겸연쩍은 얼굴로 사과하고 자리를 떠났다. 아렌은 크게 한숨을 내쉬며 세이에게 속삭였다.

"적절한 때 나타나서 고마워요, 세이. 세이 아니었으면 곤란한 일이 생겼을 뻔했어요."

"천만의 말씀입니다."

세이는 아렌의 손에 달콤한 음료가 담긴 잔을 넘겨주면서 말을 이었다.

"곧 무대가 시작됩니다. 카트린느 부인이 무대로 나올 때쯤, 조금 전 알려드렸던 방으로 가서 소지품을 뒤져보십시오. 어느 것이든 좋습니다. 개인적인 일이 적혀 있는 책이든, 열쇠든. 공연이 끝나기 전에 나오시는 겁니다."

"네. 알았어요."

아렌은 마른 목을 음료로 축이면서 고개를 끄덕였다. 기회는 그녀가 무대에 올라간 단 한 번이다.

한편 아렌과 세이를 멀리서 지켜보던 제스는 상황이 정리되자마자 발걸음을 돌려 회장을 나왔다. 이어 그는 기사단원들이 배치된 장소를 차례로 들러보며 치안을 점검했다. 경비가 철저한 만큼 소매치기나 사소한 다

툼도 일어나지 않았고, 이대로라면 이번 무도회도 조용히 끝날 듯싶었다. 어차피 귀족들이 삼삼오오 모여 노는 자리니 별다른 일이 생기지 않는 게 당연한 거지만.

무도회장만 쭉 둘러보고 기사단으로 돌아가려는 생각으로 입구에 다다르자, 멍청한 얼굴로 서 있는 프레드릭이 보였다.

"프레드릭 님! 기사단장님께서 오십니다! 정신 차리십시오!"

"단장님을……, 뵙습니다."

옆에서 옆구리를 쿡쿡 찔러대는데도, 프레드릭은 넋이 반쯤 나간 얼굴로 중얼거렸다.

"왜 이러지?"

평소 같지 않은 프레드릭의 모습에, 제스가 미간을 살짝 좁히며 옆에 서 있는 기사를 향해 시선을 옮겼다. 기사가 이리저리 눈치를 보다가 변명하듯 말했다.

"그, 그게 조금 전 무도회장으로 들어가신 분 중 한 분이 무척이나 아름다우셨던 모양인데. 그 사람과 부딪치시고 넋이 나가신 것 같……."

"그분은 사람이 아냐! 여신이었다고!"

그 말을 듣고 갑자기 프레드릭이 발끈하여 기사의 어깨를 잡고 마구 흔들어대며 소리 질렀다.

"예, 예. 여신요……."

그에 기사는 마지못해 대답했고, 제스는 넋이 나간 프레드릭을 굳이 건드리지 않고 발걸음을 옮겼다.

"안을 둘러보겠다. 입구를 잘 지키도록."

"넵!"

제스는 그들을 스쳐 지나가 다시 무도회장 안으로 걸음을 옮겼다. 무대가 곧 시작되려 하고 있었다.

내내 어두워져 있던 무대에 가장 먼저 들어선 건 푸른 연미복을 갖춰 입은 테너였다. 지휘자가 보면대를 몇 번 두드리는 것만으로 와글와글 시끄럽던 회장이 순식간에 조용해졌다. 테너와 눈길을 주고받은 지휘자가 지휘봉을 두 번 살짝 흔들었다. 낮지만 강렬한 테너의 목소리가 회장 안에 울려 퍼지기 시작했다.

"지금입니다."

내내 누군가를 찾는 것처럼 사방을 살피던 아렌이 화들짝 놀라며 세이를 바라봤다.

"지금, 가야 합니다."

세이는 재촉하듯 무대 근처의 출구를 가리켰고, 그에 아렌은 고개를 끄덕이며 발걸음을 옮겼다. 거추장스런 드레스를 양손에 단단히 잡고 걸음을 재촉했다. 회장 구석에 위치한 문을 열고 나가니 크고 넓은 복도가 보였다. 복도 양쪽으로는 몇 개의 대기실이 줄을 지어 서 있었다.

여기 중 어느 방이 카트린느 부인의 대기실이랬더라?

문 앞에 이름이라도 적혀 있을 줄 알았는데, 아무것도 없었다. 아렌이 사방을 둘러보며 걸음을 옮기고 있는데, 멀지 않은 대기실에서 큰소리가 나면서 문이 벌컥 열렸다.

"당장 나가!"

복도를 왕왕 울리는 날카로운 목소리에 아렌이 깜짝 놀라 몸을 숨겼다. 누군가 바닥에 패대기쳐지고 화장 도구들이 바닥에 와르르 쏟아지는 소리가 뒤이었다.

"화장 하나 똑바로 못하는 하녀 따위 필요 없어. 오늘부로 짐을 싸 나가거라."

"죄송합니다, 용서해주세요. 한 번만 자비를 베풀어주시어……."

"썩 꺼지래도!"

날카로운 고함소리가 복도를 쩌렁쩌렁하게 울렸다.

아렌이 최대한 숨을 죽이고 기둥에 바싹 몸을 붙였다. 또각, 또각, 또각. 구두 소리가 그녀 앞을 스쳐 지나 무대로 향했다. 화가 난 발걸음 소리가 문이 닫히며 사라진 후에야 아렌은 조심스레 고개를 빼낼 수 있었다.

조금 전 심하게 혼이 난 듯한 하녀가 붉게 부어오른 뺨을 잡고 눈물을 닦고 있었다. 어째 안쓰러운 마음이 든 아렌이 그녀에게 손을 내밀었다.

"괜찮아요?"

"아? 네, 네."

아렌이 친절하게 말을 걸자, 소녀는 당황하며 시선을 떨어뜨렸다. 눈꼬리가 처진, 순한 인상의 여자아이였다.

"일어나요."

"고, 고맙습니다."

소녀가 한참을 아렌의 손을 바라보다가 잡고 일어섰다. 아렌은 허리를 숙여 그녀의 소지품을 손수 주워 넘겨주고는 주위를 둘러보며 물었다.

"저, 혹시 하나 물어볼게요. 방금 지나갔던 여자 분이 혹시 카트린느 부인인가요?"

"네. 그렇습니다."

"알려줘서 고마워요. 그나저나 볼이 많이 아프겠네요. 얼른 가서 치료하도록 해요."

"고, 고맙습니다."

소녀는 수줍게 얼굴을 붉히며 꾸벅 인사한 후 어디론가 달려갔다. 소녀의 모습이 모퉁이를 돌고 사라졌을 즈음, 아렌은 주위에 아무도 없는 걸 확인한 후 방문을 밀었다.

그에 맞춰 우레와 같은 함성과 함께 갈채 소리가 크게 울렸다. 여자의 것 특유의 가느다란 목소리가 울려 퍼졌다. 카트린느 부인의 무대가 시작된 모양이었다.

서둘러야지.

급히 대기실 안으로 들어선 아렌은 온갖 드레스와 화장품으로 어지럽게 널려 있는 진풍경을 보고 기함했다. 싸움이라도 일어난 것처럼 난장판이었지만, 이 안에서 어떻게 찾느냐고 불평할 새도 없었다. 카트린느 부인의 노래가 목숨줄처럼 이어지고 있었다.

세이는 개인적인 용무가 적힌 거라면 전부 괜찮다고 했지만, 아렌의 목적은 오로지 열쇠 하나였다. 빙빙 둘러가기에는 여유가 없었다.

아렌은 재빠르게 움직이며 열쇠를 숨겼음직한 곳을 샅샅이 뒤지기 시작했다. 서랍, 드레스 사이사이, 테이블 위 전부. 워낙 방이 어지러워서 찾는 데 오래 걸릴 것 같긴 하지만, 시간이 촉박한 만큼 빨리 찾아야 한다.

막 서랍을 뒤진 후인 아렌은 때마침 카트린느 부인의 것으로 보이는 작은 가방을 발견했다. 소파 위, 정신없이 겹쳐져 있는 드레스 사이에.

그녀의 두 눈에 빛이 반짝였다.

같은 시각 제스는 아렌과 멀리 떨어지지 않은 곳에서 순찰을 돌고 있었다. 객원 가수가 무대에 올라간 사이 대기실에 도둑이 드는 경우가 많았기 때문에, 이번에는 철저히 순찰할 생각이었다.

고요한 사방에 그의 발걸음 소리만이 규칙적으로 울렸다. 몇 개의 대기실을 지나 마지막쯤에 이르자 이상한 것이 보였다. 현재 객원 가수로 나가 있는 카트린느 부인의 대기실 앞에 그녀가 썼음직한 화장 도구 몇 개가 어지럽게 널려 있었던 것이다.

혹시나 하여 대기실 문을 살짝 밀어보자 쉽게 열렸다. 물건을 아무 데나 흩뿌려둔 것처럼 어지러운 대기실 안에, 누군가 있었다.

"……."

그녀는 회장에서도 멀리서 얼핏 보았던, 백금색 머리카락의 여인이었다. 그녀는 제스가 대기실에 들어왔다는 사실은 꿈에도 모르고 무언가를 뒤적거리고 있었다.

"거기 누구지?"

제스의 목소리가 울리자 그녀는 숨을 멈춘 것처럼 움직임을 멈췄다. 제스는 손을 검이 매인 허리춤으로 옮기며 다시 입을 열었다.

"신분을 밝혀라."

그녀가 서서히 몸을 돌렸다. 잠시 후 제스는 그녀의 가면 사이로 드러난 은빛 눈동자와 시선이 맞닥뜨렸다.

그녀의 눈동자에 담겨 있는 감정은 경악이었다. 도둑질을 하다 걸렸을 때의 감정이 아니다.

그것보다 더 큰, 도저히 믿기 힘든 무언가를 봤을 때의 감정.

"……."

둘은 마치 약속이나 한 것처럼 입을 열지 않았다. 이곳에서 그녀가 무엇을 하는지부터 물어보고 싶었지만, 자꾸만 일어나는 묘한 기시감이 그를 방해했다.

조금 전에 회장에서 본 것 같긴 하지만, 그보다는 더 친숙했다. 좀 더 이전에, 좀 더 오래 보아온 사람이다.

누구지? 가면을 벗기면 확실해질 텐데.

제스의 눈이 가느다랗게 좁혀지자 여인이 천천히 시선을 떨어뜨렸다. 구슬을 깎아놓은 것 같은 눈동자 속에 스쳐 지나가는 불안을, 제스는 발견했다.

"무엇을 훔치러 들어온 거지?"

공녀님!
공녀님! 1

그녀에게선 아무런 대답도 돌아오지 않았다. 이상했다. 한눈에 보기에도 이곳엔 값나가는 물건은 보이지 않았고, 한낱 좀도둑이라기에 그녀의 차림은 너무도 화려했기 때문이다.

"마지막으로 묻겠다. 네 이름을 밝혀라."

경고하듯 내뱉은 말에 그녀가 천천히 고개를 들어 제스를 똑바로 응시했다. 장미꽃처럼 붉디붉은 입술이 열리고, 들릴 듯 말 듯 속삭인다.

"아르렐……."

아렌은 무심코 낸 제 목소리에 덜컥 정신을 차렸다.

'미쳤구나. 내가 지금 무슨 말을 하려고 했던 거야?'

이성을 찾은 아렌이 고개를 확 돌리며 두 눈을 질끈 감았다. 그에게 제 진짜 이름을 밝히고 싶었던 건 그리 충동적인 일은 아니었다. 하지만 그에게 이름을 밝혀서 뭘 어쩌겠다는 말인가.

이기적인 짓이다. 위험천만한 짓이다.

제스는 제국 기사단장의 자리에 있는 자다. 그녀의 이름을 알게 되면 베이판에서 온 공녀인 것도 꼬리에 꼬리를 물듯 알게 될 것이다. 사실을 알고 모른 척 넘어가줄 것인지, 황실에 고할지 둘 중 선택하게 하는 건 가혹하다. 그가 용서해줄 리도 만무하다.

'혹시 나를 알아본 걸까?'

아렌은 두 손에 차오르는 땀을 닦을 생각은 감히 하지도 못한 채 드레스를 움켜쥐었다. 하지만 저 자신도 제스가 알아봐주길 바라는 것인지, 몰랐으면 하는 것인지는 계속 헷갈렸다.

"잠깐, 넌……."

제스가 말을 채 잇기도 전에 문이 다시 한 번 열렸다. 아렌의 시선은 즉각적으로 돌아갔고, 제스는 그런 그녀를 관찰하다가 매우 천천히 대기실의 문을 바라보았다.

문을 열고 들어온 자는 남자였다. 은청발에 흰 가면을 쓰고 있는, 어딘지 석연치 않은 미소를 짓고 있는 남자.

"여기 계셨습니까, 공녀님."

아렌은 다시 한 번 심장이 쿵 하고 떨어지는 기분이었다. 너무나 익숙한, 그렇지만 하일렌에선 들어선 안 되는 칭호가 제 귀에 들려왔기 때문이다. 제스는 미간을 살짝 좁히며 호칭을 곱씹어보았다.

"공녀……?"

세이는 너무도 자연스럽게 그녀에게 다가가 에스코트했다.

"저희 공녀님께서 길을 잃어버리신 듯하군요. 여기 머무는 건 피차 보기 좋지 않으니, 제가 모시고 가도록 하겠습니다."

"잠깐, 이대로 보낼 순 없다."

다시금 막아서는 제스 때문에 아렌은 또다시 심장이 떨어질 것 같은 느낌을 받았다. 이러다가 심장이 열 개라도 남아나질 않을 것 같은데, 세이는 어디서 나온 여유인지 빙긋 웃으며 대꾸했다.

"여기에 남아 있던 것 때문이라면, 걱정하실 것 없습니다. 단지 길을 잘못 든 것뿐이니까요."

"저 여인은 분명 이곳을 뒤지고 있었다."

"없어진 것은 아무것도 없을 겁니다. 그렇지 않습니까?"

아렌은 깜짝 놀라며 두 손을 들었다. 손가락이 위태롭게 흔들리긴 하지만, 분명 빈손이었다. 그리고 더욱 확실히 확인시켜주기 위해 소매를 뒤집어 주머니까지 내보였다.

"됐습니까? 혹시 드레스를 들추길 바라시는 건 아니라 믿습니다."

"……."

"혹 정말로 없어진 게 있다면 제 공증인인 아델하이트 백을 통해 금액을 청구해주십시오. 제 신원도 백께서 확인해주실 겁니다. 그럼."

제스가 별다른 말을 덧붙이지 않자, 세이는 그를 향해 목례한 후 아렌의 손을 잡고 에스코트했다. 그녀는 제스 반대쪽으로 고개를 돌린 채로 걷는, 매우 의심 가는 모양새로 대기실을 떠났다.

대기실로부터 얼추 멀리 떨어지자 아렌이 손으로 가슴을 쓸어내리며 한숨을 쉬었다.

간 떨어지는 줄로만 알았다. 그때 하필 제스가 올 게 뭐란 말인가.

"괜찮으십니까? 많이 놀라신 것 같습니다."

세이의 목소리가 들리자, 아렌은 아차 하며 그에게 웃어 보였다.

"네. 아깐 고마워요. 위험할 뻔했어요."

"별말씀을."

세이가 허리를 살짝 굽히며 대답했다. 그러고 보니 이쪽에도 마음에 걸리는 게 하나 있다. 아까 세이가 언급한 '공녀'라는 단어.

아렌은 깍지 낀 두 손을 가지런히 내려놓으며 호흡을 골랐다.

"그런데 세이, 그……, 아까 공녀라는 말 말인데요."

그녀의 표정에서 묘한 긴장을 감지해낸 세이가 가볍게 어깨를 으쓱였다.

"그저 상황을 모면하기 위해 꺼낸 말입니다. 신경 쓰지 마십시오."

"아, 뭐야. 그런 거였어요? 난 또……."

어쩔 수 없이 얼굴 위로 드러나는 안심 가득한 미소를 보며, 세이가 보일 듯 말 듯 웃었다.

"그런데 소기의 목적은 달성하셨습니까?"

"날 뭐로 보는 거예요? 당연하죠."

아렌은 승리의 미소를 만면에 띠며 혀를 쏙 내밀어 보였다. 그녀의 손이든 소매든 어디에도 없었던, 작은 열쇠가 그 위에 있었다.

한편 홀로 남은 제스는 그 자리에 못 박힌 듯 얼마간 서 있었다. 그는 방금 전의 상황을 떠올리며 되짚어보고 있었다. 겁을 먹은 것처럼 시선을 피했던 백금발의 여인과 수상쩍은 남자. 물증이 없는 상태에서 귀족 영애를 추궁할 수도 없는 터라, 놓아주는 쪽을 택했다. 문제가 생기면 아델하이트 경을 통해 해결하면 되는 것이고.

하지만 생선가시가 목에 걸린 것처럼 꺼림칙한 기분이 드는 건, 도무지 무엇 때문인지 알 수 없었다.

'공녀라고 했던가.'

남자의 말에는 거짓이 많았지만, 공녀라는 말은 진짜인 듯싶었다. 하지만 제가 아는 공작가의 영애 중 그러한 생김새를 가진 여인은 없었다. 이 괴리감은 대체 어떻게 설명해야 할지.

이것 말고도 설명이 필요한 문제는 더 있었다. 그녀에게서 느껴지던, 정체를 알 수 없는 친숙함. 그리고 잠시나마 그 익숙함에 동했던 제 마음이었다. 평소 같았으면 그런 것엔 꿈쩍도 하지 않았을 텐데, 왜.

그가 미간을 찌푸리며 이마를 짚었다. 아까 전 나간 공녀의 가면 위로 누군가의 얼굴이 자연스럽게 겹쳐지자, 제스는 더더욱 미간을 좁혔다.

'도대체 무슨 생각을……'

그의 눈동자가 스스로에 대한 분노로 요동치다가, 이내 잔잔하게 가라앉는다.

얼마나 지났을까. 무대를 마치고 대기실로 들어오려던 카트린느 부인이 걸음을 멈추었다. 대기실 안에 있는 자가 기사단장이라는 것을 알아보자 그녀의 입가에 달콤한 미소가 번졌다.

"기사단장님이 여기엔 무슨 일이신가요? 무대를 축하해주러 오신 건가요?"

남성편력이 심한 그녀답게, 카트린느 부인은 농염한 눈웃음을 치며 제스에게 다가섰다. 하지만 제스는 그녀에게 눈길도 주지 않고 몸을 돌렸다.

"실례하겠소."

레이나스 공작은 두 개의 편지를 들고 고민에 싸여 있었다. 하나는 세이모어 공작가에서 온 편지, 다른 하나는 카일에게서 온 편지였다.

공작이 근심 어린 얼굴로 왼쪽 손에 들린 편지를 자세히 들여다봤다. 거기엔 세이모어 공작과 아르렐리아 공녀의 첫 만남 날짜와 장소가 정갈한 글씨체로 적혀 있었다. 공작은 천천히 시선을 돌려 오른쪽 편지를 들여다보았다. 아르렐리아는 아직 찾지 못했지만, 수소문이 닿았으니 금방 찾을 수 있을 거라는 말이 안부와 함께 적혀 있었다.

잠시 동안 눈을 감고 생각에 잠겨 있던 레이나스 공작이 뒷짐 지고 이리저리 왔다갔다 했다.

'세이모어 공작과의 만남 날짜가 정해졌다……. 이를 어쩐다, 이를…….'

그는 초조한 얼굴로 이마를 짚었다. 이미 세이모어 공작과의 첫 만남 날짜는 미룰 대로 미룬 상태다. 더 미뤘다간 두 가문의 사이에도 금이 갈 것이다.

"이를 어쩐다……."

공작이 깊은 한숨을 내쉬며 머릿속에 맴도는 말을 입으로 내뱉었다. 그렇지 않아도 이상하게 계속되는 베이판의 재정난에 골치가 아픈데, 혼사까지 틀어진다면 대체 어찌해야 할까. 손이 닿는 대로 뭐라도 잡고 싶은 심정이었다.

공작이 고민에 빠져 있는 사이, 기사 하나가 방으로 들어왔다. 공작이 베이판 전역에 비밀리에 풀어놓았던 수색대 중 한 명이었다. 그는 조금 곤란한 듯한 얼굴로 운을 뗐다.

"죄송합니다. 공작님. 아무런 단서도 얻지 못하였습니다. 아무래도 국외에 계신 게 확실한 것 같습니다."

"그러느냐……."

공작의 입에서 힘이 다 빠져나가는 듯한 무거운 한숨이 흩어졌다. 기사는 그런 제 주군을 안절부절못하며 바라보다가 말을 이었다.

"물론 진척이 없었던 건 아닙니다. 아르렐리아 공녀님과 굉장히 닮은 여인을 찾아내긴 했습니다. 결국 아닌 걸로 밝혀지긴 했습니다만."

"뭐? 닮았다고?"

공작이 채근하듯 물었고 기사가 머뭇대며 말했다.

"예. 행색은 초라했지만, 놀라울 정도로 닮은 여인이었습니다. 꼼짝없이 아르렐리아 공녀님인 줄로만 알고 작전을 펴고 있었습니다만, 그 여인이 빈민가에서 구걸하며 하루하루 빌어먹는 여자라는 걸 안 이후에 중단했습니다."

"……."

공작이 그를 뚫어져라 응시했다. 아르렐리아의 것과 닮은, 하지만 좀 더 어두운 은회색 눈동자에 섬광이 지나갔다.

점점 매서워지는 표정을 다른 이유 때문이라고 파악한 기사가 황급히 두 손을 내저었다.

"결코 그 여자를 이용해 공녀님을 폄훼하려는 것은 아닙니다. 어찌 그런 빈민가의 짐승 같은 여자를 아르렐리아 님으로 여길 수 있겠습니까! 다만 생김새가 무서울 정도로 닮아서, 저희 모두 착각할 수밖에 없었습니다."

"닮았다?"

공작이 매서운 눈으로 바라보자 기사가 움찔하면서도 말을 이어갔다.

"예. 단 하나, 눈 색이 달랐습니다. 눈을 보지 않았다면 아르렐리아 님이라고 믿었을 정도로 말입니다."

"……그래."

공작이 입술을 잘근잘근 씹었다. 크나큰 모험이지만, 어찌 됐든 감행할 수밖에 없다. 카일이 조금만 기다려달라고 했으니 잠시만, 아주 잠시만 대역을 내세우는 수밖에 없었다.

이내 큰 결심을 다진 공작이 입을 열어 단호한 목소리로 말했다.

"그 여자를 당장 데리고 와라."

06. 붉은 연꽃

가면무도회에서 돌아온 아렌은 세이 방에서 도로 시종복으로 갈아입고 있었다. 무엇보다도 가장 불편했던 것은 가발이었다. 내내 안 맞는 옷을 입은 것처럼 불편했는데, 통풍이 잘 되지 않는 가발을 벗고 화장을 지우니 그제야 살 만했다. 어렸을 땐 이후로 일정 이상 머리를 짧게 잘라본 적이 없어서 그런지, 짧은 머리가 이리도 편한 줄 처음 알았다.

"으, 또 감아야 해."

아렌은 드레스를 능숙하게 벗어 침대로 던지고, 붕대를 집어 들었다. 사실 가방이나 화장보다 가슴을 눌러 감는 게 더 답답하고 싫지만, 들키지 않으려면 어쩔 수 없었다.

가슴을 꾹꾹 눌러가며 붕대로 싸매자 부드럽게 솟아올라 있던 곡선이 평평해졌다.

'이 정도로 완벽하게 남장할 수 있는 사람도 나밖에 없을 거야.'

아렌이 허탈한 얼굴로 완전히 납작해진 제 가슴을 내려다봤다. 그렇지 않아도 작은 데다 붕대에 눌리기까지 하는 가슴이 불쌍해서 눈물이 나려고 했다. 하지만 좋게 생각하면 몰락 귀족 아렌으로 살아가는 데 유리한 신체조건을 갖춘 것 아닌가. 좋게 생각하더라도 기쁘지 않다는 게 문제지만.

"세이! 이제 다 됐어요."

아렌이 문을 향해 외치자 세이가 번개같이 알아듣고 들어왔다. 옷매무시를 전부 정리한 그녀가 배시시 웃어 보였다.

"드레스랑, 이것저것 고마웠어요."

"별말씀을."

세이가 허리를 약간 굽혀 보이며 미소로 화답하곤 다시 입을 열었다.

"이제 어떻게 하실 생각입니까?"

"그야⋯⋯. 방에 숨어들어서 조사를 해봐야겠죠. 열쇠를 찾았으니까요."

"하나 더, 카트린느의 방의 위치는 알고 계십니까?"

아렌이 주먹으로 손바닥을 콩 내리쳤다.

"아⋯⋯. 그걸 생각 못 했네요."

"그럴 줄 알았습니다."

"어어, 저 방금 무시당한 거죠?"

장난스럽게 웃어 보이는 아렌에게, 세이가 테이블 위에 있던 쪽지를 들어서 건넸다.

"여기, 약도를 그려두었습니다."

"와, 고마워요. 세이. 이렇게까지⋯⋯."

세이는 항상 아렌이 원하는 것이 무엇인지 미리 알고 준비해준다. 매번 한 발짝씩 앞서 나가 있다. 이럴 때면 그녀 앞에 있는 사람이 정말로 마법사로 보였다. 이 약도도 마찬가지다. 아무리 카트린느 부인에 대한 정보를 준 게 세이라지만, 아렌이 열쇠를 빼내 올 걸 미리 알고 준비해놓은 것 같다는 느낌이 물씬 들었다.

이 사람, 정말 평범한 사람이 맞는 걸까⋯⋯.

아렌이 저도 모르게 관찰하는 듯한 눈으로 머리 하나는 족히 더 큰 그를 바라보았다. 가만히 그 시선을 마주하던 세이가 천천히 팔을 뻗었다. 대충 화장을 지워내긴 했지만, 여전히 붉은 입술 위로 엄지가 내려앉았다.

"아렌, 부디 몸조심하십시오."

엄지는 입술 위에, 나머지 손가락으론 뺨을 감싼 채 그가 말했다.

"다시는 다치는 일 없도록⋯⋯."

손끝이 입술을 살짝 누르며 지나가자 붉은 립스틱 자국이 번졌다. 아렌은 무심코 세이의 코와 입을 따라 시선을 내렸다. 살짝 벌어진 촉촉한 입술이, 매우 달아 보인다. 그리고 지금 그 주변에 맴도는 분위기는, 항상 따뜻하게만 대해주던 그가 아닌 것처럼 느끼게 했다.

손이 천천히 떨어지자, 그제야 온도 차이를 실감한 아렌은 얼굴을 확 붉혔다.

"세, 세, 세이. 갑자기 왜⋯⋯."

"뭘 말씀입니까?"

세이가 자세를 바로하며 빙긋 웃었다.

뭘 말하긴, 지금 그걸 몰라서 묻는 건가?

아렌은 세이의 눈과 손을 번갈아보다가 참지 못하고 휙 뒤돌았다.

"세, 세이! 그러니까, 저 가보겠다고요!"

"네, 안녕히⋯⋯."

홍당무처럼 새빨개진 아렌이 얼굴을 가리며 그 자리에서 뛰쳐나갔다. 쿵 하고 문이 닫히자, 웃으며 배웅해주던 세이의 얼굴이 싹 바뀌었다.

"이제 당신이 홀로 뭘 하실 수 있을지⋯⋯."

세이는 붉게 번져 있는 제 엄지를 들여다보며 낮게 읊조렸다.

붉은 연꽃, 가면무도회, 기사단장, 혼사는 예정대로 진행될 거라는 전

갈…….

그녀와 연관된 것은 하나도 빠짐없이 재미있는 것들뿐이었다. 그래서 앞으로가 더욱 기대되는 것이다.

"한번 지켜보겠습니다. 공녀님."

입술 사이로 낸 혀가 엄지를 살짝 핥았다. 특유의 향기가 입안을 부드러이 휘젓자, 입가에 걸린 미소가 더욱 깊어진다.

햇볕이 뜨겁게 내리쬐는 화창한 오후, 아렌은 세이가 건네주었던 약도를 들고 하일렌 황성을 빙빙 돌고 있었다.

"으음, 그러니까……, 여긴가?"

그녀가 손에 들고 있는 약도의 한 곳을 쿡 찌르며 주변을 둘러봤다.

"젠장, 또 막다른 길이잖아. 음, 그럼 여기?"

아렌이 약도를 이리저리 돌려가며 발걸음을 옮겼으나, 결과는 참혹했다. 또 다른 막다른 길이 그녀를 반겨주기만 한 것이다.

"으으……. 그냥 데려다 달라고 할 걸 그랬나?"

아렌이 울상을 지으며 지도를 들고 있는 팔을 떨어뜨렸다. 기껏 가면무도회까지 가서 열쇠를 훔쳐왔는데, 길을 잃어버리다니! 황성 내의 구조는 대부분 비슷한 패턴으로 반복되어 있어서 약도가 있더라도 찾기 힘들다는 건 전혀 예상치도 못한 일이었다.

'그러고 보니 가면무도회…….'

아렌은 며칠 전의 자신을 떠올리며 깊은 한숨을 내쉬었다. 카트린느 부인의 대기실을 뒤지고 있을 때, 많고 많은 기사들 중 하필 제스가 올 게 뭐란 말인가. 거기다 이름을 묻는 제스에게 무심코 제 진짜 이름을 댈 뻔한 상황에 대해선, 아무리 생각해봐도 이해할 수가 없다. 딱히 이름뿐만이 아니더라도 마음에 걸리는 건 많았다. 가면과 가발로 완벽 위장을 하고 있긴 했지만, 유일하게 제 것이었던 눈을 마주쳐버린 것.

설마 알아본 건 아니겠지…….

"아! 그만 생각하자!"

그 자리에 우뚝 서서 우울한 표정으로 있던 아렌이 고개를 휘휘 내저었다.

제스가 저를 알아봤는지 아닌지는 어차피 나중에 만나보면 알 일. 만약 알아봤더라면 시종인 자신을 찾지 않았겠느냐는 생각만이 그녀를 위로해 주고 있었다.

억지로 제스 생각을 머리에서 지워내려고 애쓰며 돌아다닌 지 얼마나 지났을까. 그리 멀지 않은 방에서 누군가 방문을 벌컥 열고 나왔고, 그에 아렌은 반사적으로 모퉁이에 몸을 숨겼다. 또각거리는 구두 소리가 어딘 가 익숙한 느낌이 들었다. 그녀는 조심스럽게 고개를 빼내 안쪽 동향을 살펴보았다.

'카트린느 부인…….'

가면무도회장으로 향하는 옆모습을 얼핏 보았을 뿐이지만 확실했다. 이런 식으로 찾게 되다니, 황성을 하루 종일 돌아다닌 보람이 있었다.

"백작님, 또 언제 찾아주실 건가요? 이대로 끝인 건 아니겠지요?"

"무슨 그런 섭섭한 말씀을 하시오, 부인."

"저는 언제까지고 백작님을 기다리고 있겠습니다."

그녀는 꼬리 아홉 달린 여우 같은 미소를 머금고 백작을 끌어당겼다. 그러고는 전체적으로 옷이 딱 달라붙어 라인이 고스란히 드러나는 몸매 를 그에게 붙이고 배웅하러 떠났다.

그들이 멀어지자 아렌은 고개를 휘휘 저어 주변을 살펴보고는 방 앞으 로 다가갔다. 부인이 자리를 비운 사이 재빨리 안을 조사하고 나오면 되 겠지. 그런 생각을 하며 주머니에서 열쇠를 꺼내 야심차게 밀어 넣은 순간이었다.

"에?"

원래 예상했던 바에 의하면 문이 깨끗하게 열려야 하는데, 어째서인지 철컥거리는 소리만 낼 뿐 열쇠가 돌아가질 않는다.

이게 방 열쇠가 아니었어?

아렌이 열쇠를 빼서 그것을 멍하니 바라보았다. 생각지도 못했다. 세이의 방 열쇠와 비교해봤을 때 크기도 모양도 비슷해서 꼼짝없이 방 열쇠일 거라고 생각했는데. 그럼 이건 무슨 열쇠란 말인가? 아니, 그보다 중요한 건 따로 있었다. 지금으로선 부인의 방을 조사하는 건 불가능하다는 것이다. 들뜬 기대감이 허무해지면서 순식간에 눈앞이 깜깜해졌다.

이제 어떻게 해야 하지? 제스에게 먼저 가서 보고할까? 그래, 일단 카트린느 부인이 붉은 연꽃의 일원인 건 알아냈으니까.

아렌이 열쇠를 도로 주머니에 찔러 넣고 발길을 돌리려 할 때였다. 옆에서 낮게 으르렁대는 목소리가 그녀의 발길을 잡아챘다.

"거기서 뭘 하는 거지?"

카트린느 부인의 목소리였다. 반사적으로 고개를 돌린 아렌은 다시 한번 놀랄 수밖에 없었다.

그녀의 검은 눈동자는 정상보다 훨씬 더 커서, 흰자위가 거의 보이지 않을 정도였던 것이다. 마치 뱀의 눈을 마주하는 것처럼 섬뜩했다.

낭패다. 황성 밖까진 아니더라도 정문 앞까지는 배웅해주고 오리라 생각했는데 벌써 돌아오다니.

아렌은 마른 목 너머로 침을 삼키며, 혹시나 그녀의 눈에 띌까 열쇠가 들어 있는 주머니를 손으로 가렸다.

"시종인가?"

"예? 아, 그렇습니다."

"어느 분 휘하에 있는 시종이지? 여기서 뭘 하고 있었던 거냐?"

아렌의 행색을 위아래로 훑어본 부인이 두 눈을 위협적으로 빛내며 물었다.

아렌은 재빨리 머리를 굴렸다. 그녀가 구한 열쇠가 방을 못 여는 이상, 아무리 기사단장인 제스라도 조사는 불가능하다. 하지만 이곳은 꼭 조사해봐야 할 곳이다. 그녀는 남성편력이 심하다. 들어갈 수 있는 사람은, 그녀가 초대한 사람뿐이다. 제스는 귀족 영애들이 가장 흠모하는 대상이다…….

단서가 하나씩 끼워 맞춰지자 곧 해답이 떠올랐다. 아렌은 이것이 제 무덤을 파는 걸 알면서도 어쩔 수 없이 입을 열었다.

"기사단장님께서."

"기사단장님께서?"

카트린느 부인의 말꼬리가 살짝 올라갔다. 다소 누그러진 어조에서 얼핏 기대감 비슷한 무언가가 느껴졌다.

"기사단장님께서 카트린느 부인을 뵙고 싶어 하십니다. 부인과 사적인 이야기를 나눌 수 있는 기회를 주십사하고 소인에게 말을 전하라고 하셨습니다."

"뭐?"

"감히 소인이 한 말씀 올리자면, 부인께서 뛰어나신 가창력으로 무도회를 빛내주시지 않으셨습니까? 그때부터 호감이 생기신 듯했습니다."

이걸 제스가 들으면 어떤 표정을 지을지 눈에 선했지만, 이것만큼이나 의심을 덜 살 수 있는 방법은 없었다.

조금이나마 생길 수도 있는 의심은, 카트린느 부인의 남성편력이 알아서 처리해줄 테고.

그런 아렌의 생각이 맞아떨어졌는지 카트린느 부인이 오래 지나지 않아 유쾌한 웃음을 터뜨렸다.

"그랬구나. 기사단장님이 왜 내 대기실 앞을 서성거렸나 했더니, 역시 그런 거였어. 열 번 찍어 안 넘어오는 나무 없다더니 저도 남자라고 나한테 넘어오기는."

카트린느 부인이 흡족한 미소를 흘리며 웃다가, 아렌을 향해 말했다.

"내일 이 시간에 내 방으로 오시라고 전해주렴. 귀여운 사랑의 큐피드야."

카트린느 부인은 손가락 하나로 아렌의 턱을 살며시 들었다. 그에 따라 그녀의 크고 검은 눈과 시선을 마주하게 된 아렌은, 의심을 사면 안 된다는 생각에 생각 없어 보이는 미소를 살살 지었다. 카트린느 부인의 입가에 미소가 더욱 깊어졌다.

"그런데 너도 꽤 쓸 만하게 생겼구나. 기사단장님 다음에 너도 상대해 주련?"

턱을 짚은 손가락이 그녀를 유혹하듯 움직였다. 같은 여자로서 여자에게 유혹받는 건 그리 좋은 기분이 아니라, 팔 위로 닭살이 오소소 돋았다.

"저 같은 시종이 어떻게……. 감히 꿈도 못 꾸는 일입지요."

"그래, 그렇겠지. 그럼 조심히 돌아가려무나."

살살 눈웃음을 쳐가면서까지 말하자 부인은 가볍게 웃으며 자리를 떠났다. 하긴 기사단장 같은 '만인의 떡'이 곧 굴러들어올 텐데 시종인 자신이 눈에 들어찰 리가 없었다. 그녀 앞으로 문이 탁 닫히자마자 아렌은 모퉁이를 돌아 크게 심호흡했다. 위험한 상황을 벗어났다는 안도감보다 앞으로 해야 할 일에 대한 막막함이 더 컸다.

제스너러 여자를 만나러 가라는 말을 대체 어떻게 하란 말인가. 역사에 길이 남을 이름이고 뭐고 베이판으로 돌아가는 게 안전할지도……

제스에게 목이 졸려 죽을까, 검에 베여 죽을까, 압사당해 죽을까…….

방법론은 많았고, 제스는 그 모든 걸 충분히 해낼 수 있는 비정함과 능력을 두루 갖춘 인간이었다. 아쉽게도 말이다.

한 걸음, 한 걸음. 기사단이 가까워질수록 제 생명줄이 타들어가는 느낌은 강해졌다. 발을 질질 끌듯이 하여 걸어가고 있자 입구를 지키고 서 있던 누군가가 먼저 아렌을 발견하고 반갑게 뛰어왔다. 익숙한 얼굴이었다.

"형, 왜 또 문지기를 하고 계세요?"

아렌이 조금 전까지 문지기를 하고 있었던 프레드릭을 올려다보며 물었다. 기사가 아니라 문지기가 아니냐고 했던 농담이 사실은 농담이 아닐지도 모른다는 생각마저 들었다.

프레드릭이 멋쩍은 얼굴로 머리를 슬슬 긁었다.

"아아, 가위 바위 보에서 져버렸어."

"또요?"

도대체 가위 바위 보를 어떻게 하기에 허구한 날 져서 문지기를 도맡아 하는 것인가?

아렌이 고개를 갸우뚱하며 갑자기 소리쳤다.

"가위 바위 보!"

"에?"

아렌의 외침에 프레드릭이 반사적으로 손을 내밀었다. 아렌은 바위, 프레드릭은 보를 냈다. 아렌은 그것을 확인하고 다시 외쳤다.

"다시, 가위 바위 보!"

"에에?"

프레드릭이 다시 바보 같은 소리를 내며 아렌이 외치는 대로 따라 냈다. 그것을 여러 번 반복하니, 오래 지나지 않아 그녀는 그가 왜 항상 문지기를 할 수밖에 없는지 알 수 있었다. 아렌은 어처구니없는 얼굴로 천천히 프레드릭을 올려다봤다.

"……형, 가위는 안 내요?"

"아, 누, 눈치 챘냐? 아하하……. 이상하게 가위 바위 보를 하면 바위와 보만 내게 되더라고. 그래서 항상 져."

"세상에, 무슨 그런 버릇이 다 있어요? 앞으로 내기할 땐 꼭 형이랑 해야겠네요."

아렌이 입을 가리며 웃음을 터뜨리자 프레드릭은 창피함으로 얼굴을 붉히며 그녀의 머리를 살짝 쥐어박았다.

"이 녀석, 나한테 인사도 안 하고 기사단을 나가더니 오랜만에 와서 형을 놀려?"

"참, 인사도 못 하고 나가서 죄송해요. 그땐 그럴 만한 사정이……."

아렌의 얼굴에 얼핏 씁쓸한 기색이 감돌자 프레드릭은 얼른 화제를 바꾸었다.

"뭐, 됐어, 됐어. 탓하려는 거 아니었어. 그런데 여길 온 걸 보니 단장님을 뵈러 온 거겠지? 가자."

"네. 그동안 잘 지내셨어요?"

의례상 던져본 말인데, 어째서인지 프레드릭에게서 심상치 않은 기운이 풀풀 풍기기 시작했다. 이게 뭔가 싶어 슬쩍 눈을 굴려 올려다보니, 프레드릭이 연애를 처음 시작한 소녀처럼 분홍색 아우라를 풀풀 날리고 있었다.

왜, 왜 이래?

아렌은 주춤하며 프레드릭에게서 슬쩍 멀어졌다.

"무슨……, 좋은 일 있으셨어요?"

아렌이 물어볼까 말까 고민하다가 입을 뗐다. 그러자 프레드릭은 그녀의 어깨에 팔을 두르며 황홀한 눈빛으로 허공을 바라봤다.

"아우야. 며칠 전 형은 여신님을 만났단다."

"여신요? 누구요? 어디서 만났는데요?"

프레드릭의 입에서 저런 찬사가 나오다니, 꽤 신기한 터라 아렌도 궁금해져서 물어보았다.

"얼마 전에 기사단이 가면무도회 경비를 했었는데, 거기서 하늘에서 내려온 여신님과 만났지 뭐야. 크, 얼마나 아름답던지……. 팔이 부딪쳤는데, 안 다치셨으려나 모르겠다. 워낙 가냘프고 연약하신 분이라."

이거 어째 익숙한 이야기가 아닌가?

아렌이 뭔가 이상해져간다는 생각에 침묵을 지키는 사이 프레드릭은 그날 그 시간을 회상하듯 또다시 초점 없는 눈을 하고선 말했다.

"하일렌 제국에서 그렇게 아름다운 여자를 본 적이 없어. 백금발에 은색 눈동자를 가진 여신님……. 그 우아한 발걸음과 자태는 천사라는 말도 모자랄 정도야. 이름이라도 알 순 없을까……."

프레드릭의 입에서 나오는 천사나 여신이 바로 자기라는 걸 깨달은 아렌이 공허하게 웃었다. 이쯤 되면 무도회 경비를 기사단이 선다는 소릴 듣고 가슴 졸였던 저 자신이 바보같이 느껴질 정도였다.

그 여신인지 뭔지가 바로 형 옆에 있어요.

아렌은 그 말을 꾹 참으며 팔 위로 돋은 소름을 벅벅 긁었다. 함께 감탄해줄 거라고만 생각했던 프레드릭은 의아하게 고개를 기울였다.

"그런데 넌 왜 이렇게 조용해? 혹시 형 혼자 봤다고 섭섭해하는 거냐?"

"아뇨, 그럴 리가……."

보는 거야 매일 아침 거울에서 보고 있는데.

"그런데 가만있자 너……."

프레드릭이 갑자기 걸음을 멈추더니 허리를 숙여 아렌을 물끄러미 바라봤다. 그녀는 깜짝 놀라 질겁하며 뒤로 물러났다.

공녀님!
공녀님! 1

"왜, 왜요?"

"너 좀……, 닮은 것 같다?"

"무슨 소리예요, 형!"

뜨끔한 만큼 버럭 화를 내자, 입을 쩝쩝 다시던 프레드릭은 언제나처럼 그녀의 머리를 흐트러뜨렸다.

"짜식, 자기도 남자라고 화내기는. 다시 보니 별로 닮은 것 같진 않다."

프레드릭이 허리를 펴며 다시 걸음을 옮겼고, 아렌은 뒤에서 놀란 가슴을 몰래 쓸어내리며 따라갔다.

닮았다니, 놀라 간 떨어질 뻔했네. 형이 참 은근히 위험인물이란 말이야.

아렌은 프레드릭이 만진 머리를 더욱 헝클어뜨리며 그 옆으로 뛰어갔다.

"그런데 형, 저번에 기사 분들에게 전해 듣기로 애인 있다고 들었는데."

"그, 그런데?"

프레드릭이 뜨끔한 얼굴로 되물었다. 동그랗던 은색 눈동자가 스윽 가늘어졌다.

"그런데 다른 여자한테 한눈팔고 뭐 여신이네 천사네……. 형, 그렇게 안 봤는데."

"누, 누, 누, 누가 한눈을 팔았다는 거야!"

프레드릭이 하늘에 솟아오를 듯 순간 펄쩍 뛰며 외쳤다. 그 목소리가 얼마나 컸던지, 아렌은 반사적으로 두 귀를 손으로 막아야 했다. 하지만 그 반응이 예상외로 재밌었던지라, 말을 멈추지는 않았다.

"애인은 어니 계세요? 귀띔이라도 해줘야 할 텐데. 프레드릭 형이 바람 피웠다고요."

"이, 이, 이이이이이 녀석! 못하는 말이 없어!"

프레드릭이 누가 들을세라 황급히 아렌의 입을 손으로 막고는 외쳤다. 그는 재밌어 죽겠다는 아렌을 향해, 한껏 낮은 목소리로 속삭였다.

"코델리아는 지금 부단장님과 함께 자릴 비웠어. 하지만 혹시 돌아오더라도 너, 한 마디도 하면 안 된다. 그럼 이 형은……. 죽어. 진짜 죽어."

그가 굉장히 필사적으로 말하자 아렌의 두 눈이 초승달처럼 휘어졌다. 애초부터 말할 생각은 없긴 했지만, 이번 한 번만 봐준다는 뜻으로 고개를 끄덕였더니 프레드릭의 입에서 안도의 한숨이 새어 나왔다.

"애인 분, 그러니까 코델리아 님이 그렇게 무서워요?"

애인 이야기가 나오자 프레드릭의 얼굴엔 커튼이 쳐진 듯 급격하게 어두워졌다.

"……더 이상 묻지 마라."

이 덩치 산만 한 사람을 쥐락펴락할 수 있는 여자라니, 한 번 보고 싶다.

아렌은 프레드릭의 애인이라는 코델리아를 상상해보며 걸음을 옮겼다. 하지만 그런 즐거운 기분도 잠시, 이윽고 제스의 집무실이 시야에 들어오자 급격하게 기분이 다운되었다.

이런 걸로 즐거워할 때가 아니었지, 참.

"형, 물어보고 싶은 게 있는데……."

"응? 뭐?"

프레드릭이 아렌을 돌아보곤 깜짝 놀랐다. 조금 전까지만 해도 프레드릭을 놀리며 재밌어하던 아렌이, 마치 먹던 음식에서 바퀴벌레가 반 정도 잘린 채로 발견된 것 같은 얼굴을 하고 있었기 때문이다.

"단장님 말인데요. 혹시 여자……관계가 어떻게 되는지……?"

"단장님이 여자?"

프레드릭이 턱을 긁으며 눈알을 좌우로 굴렸다. 두 단어가 같이 불리는 것만으로 너무나 생소한 느낌이었다.

"단장님께서 기사단에 오신 후부터 지금까지, 한 번도 여자에 얽힌 일이 없었어."

"그, 그러시겠죠?"

아렌이 절망적인 얼굴로 프레드릭을 올려다봤다.

"응. 물론 접근하는 여자는 많았지만, 잘 알잖아. 우리 단장님 성격이 어떤지."

"하……, 하하, 네……. 너무 잘 알고……, 있죠."

프레드릭이 아렌의 등을 팡팡 치며 유쾌하게 웃었다. 얼얼해지는 등을 어떻게 해볼 새도 없었다. 그녀의 머릿속에는 절망적인 최악의 시나리오가 폭풍처럼 몰아치고 있었기 때문이다.

말 한 마디 하지 않고 그녀를 향해 검을 뽑는 제스, 그리고 단 한 번도 검을 받아치지 못하고 송장이 돼버릴 제 모습을 떠올리자 몸이 절로 떨렸다.

"왜? 단장님 여자라도 소개시켜드리게? 으하하!"

아렌의 은색 눈동자가 절망적인 빛을 담고 프레드릭에게 향했다.

"아하하……. 서, 설마요. 죽고 싶지 않은 이상……."

아렌의 흔들리는 눈동자는 '나 좀 살려줘요.'라는 메시지가 담겨 있었지만, 속사정을 알 턱 없는 프레드릭은 연신 웃어댈 뿐이었다.

그녀 예상보다 훨씬 더 빨리 도착한 집무실 앞에서, 아렌은 조심스레 손을 들어 노크했다. 똑똑. 작은 노크 소리가 울리자 아렌은 딱 그만큼 심장이 쪼그라들었다.

왜 오늘따라, 저 소리가 북이라도 치는 것처럼 크게 들리는지.

"들어와라."

차라리 안에 아무도 없었으면 했지만, 그런 바람을 비웃기라도 하듯이 제스의 목소리가 문틈으로 새어 나왔다.

난 이제 죽었다.

그녀는 눈물을 머금으며 문고리를 잡아 돌렸다. 깔끔하게 정리된 집무실 안쪽 책상에는 제스가 홀로 서류를 검토하고 있었다. 프레드릭은 아렌과 인사를 나누고 가버린 후니, 이제는 정말 둘만 남아버렸다.

"저 왔어요."

바짝 긴장하고 있는 아렌과는 달리 제스는 시선도 주지 않고 대답했다.

"무슨 일로 왔지?"

"음, 그게."

"이 시간에 온 걸 보면 시종 일이 한가한가 보군."

그동안 잘 지냈는지 묻는다든가 하는 인사치레가 돌아오지 않는 걸 보니 평소의 그와 똑같다. 섭섭해할 만도 하건만, 아렌은 도리어 안심했다. 가면무도회에서의 일이 그들의 관계를 그다지 바꾸지 않았다는 게 확실해졌기 때문이다.

"무슨 일이냐고 물었다."

아니, 조금쯤은 바뀌어도 괜찮겠지만.

차갑다 못해 몰인정하기까지 한 그의 태도에 아렌은 입을 삐죽거리다가 입을 열었다.

"붉은 연꽃에 대해서 알아냈어요."

매를 버는 게 아닌 이상 좋은 일부터 말하자는 생각에 꺼낸 말에, 제스의 시선이 빠르게 아렌에게 향했다. 청색 눈동자는 그녀에게 빨리 이야기를 하라고 말없이 재촉하고 있었다. 아렌은 그 시선을 견디지 못하고 고개를 떨어뜨린다.

"정확히는 붉은 연꽃에 관련된 사람을 하나 찾은 거지만요."

"……."

"카트린느 부인이라는 사람인데, 접근하기가 쉽지 않아서."

거기까지 말한 아렌은 제가 좀 더 당당해질 필요가 있다고 생각했다.

붉은 연꽃에 대해 알아보라고만 했지, 어떤 방법을 쓰라고는 제한하지 않았지 않나.

"남자를 좋아한다기에, 제스가 카트린느 부인을 마음에 들어 한다고 했어요. 그래서 직접 내일 그, 부인을 만나러 가야 될 것 같은데……."

"……."

"진짜 어쩔 수 없었다는 건 알죠? 알고 있죠? 주, 죽이지 않을 거죠?"

생각하는 것과 실제 행동하는 건 다를 수밖에 없는 터라, 말끝으로 갈수록 자신감이 쪼그라들었다. 불호령이나 검, 하다못해 서류라도 날아올 줄 알았건만 이상하게 그는 조용했다. 아렌은 실눈을 뜨며 조심스레 그를 관찰했다.

"화……, 안 내요? 혹시 화가 난 나머지 눈뜨고 기절한 건……, 아니죠?"

"아니다."

제스는 침착하게 대답하며 가벼운 한숨을 내쉬었다. 아무 말도 안 하다니, 이건 생각지도 못한 반응이었다.

아렌은 제가 꿈을 꾸고 있는 게 아닌가 생각하며 다시 물었다.

"화 안 내요?"

"그럼 내가 너한테 검이라도 던질 줄 알았나."

"아니, 그런 건 아니지만 생각보다 너무 반응이 없어서요."

제가 한 거짓말을 듣는 순간, 터무니없는 상상이지만 제스의 머리에서 빨간 뿔 두 개가 솟아오르며 악마의 날개가 솟아오르고 온몸이 까매지면서 괴물로 변할 줄만 알았다. 그런데 화를 내긴커녕 왜 그랬냐고 묻지조차 않다니. 뭐 잘못 먹었나 하는 생각까지 들었다.

"내일 카트린느 부인을 만나러 가도 괜찮아요?"

"……."

"듣자 하니 남자관계가 굉장히 복잡한 것 같던데……."

"너는."

아렌이 자신도 모르게 이것저것 말하다가 제스가 말을 끊자 숨이 멎는 듯했다.

"나에게서 어떤 반응을 원하는 거지?"

아렌이 아무 대답도 하지 않고 시선만 떨어뜨리자, 제스가 펜을 놓으며 말했다.

"어차피 네가 평범한 방법으로 알아 올 거라고 생각은 하지 않았다. 시간과 장소는?"

"내일, 이 시각보다 한 시간 전쯤, 카트린느 부인의 방에서요."

아렌이 볼멘소리로 중얼거리자, 제스는 짧게 대답했다.

"할 말이 더 남아 있지 않으면 나가보도록."

"혼자 갈 생각이에요?"

"그럼 둘이 가나."

"아하, 아하하하! 그게, 제스가 헤맬 것 같아서요. 길 안내를 해줄까 하고……."

"필요 없다."

제스가 차갑게 대답하자, 아렌은 울컥해서 목소리를 높여 외쳤다.

"나, 나도 따라갈 거예요! 이건 내가 알아낸 거라고요! 나도 같이 가서 알아낼 권리가 있어요!"

"가끔은."

"……네?"

"가끔, 네 혀 놀림만 보고 있으면 심장을 열 개쯤 가지고 있는지 의문이

218 공녀님!
공녀님! 1

들 때가 있다."

죽고 싶으냐는 뜻이다. 만약 프레드릭이 저 소리를 했으면 '하하! 농담
도!' 하면서 웃고 넘겼을 일인데 제스가 하니 무게감이 달랐다.

차가운 위협 앞에서 두 가지 선택지가 있었다. 순순히 물러날지, 아니
면 계속 버틸지.

고민하던 아렌은 결국 이성의 소리보단 마음의 소리를 따르기로 하고
한 발짝 다가섰다.

"어차피 혼자 조사하는 것보다는 낫잖아요. 제가 같이 가야 카트린느
부인의 의심도 덜 살 거고요. 그렇지 않아요?"

강한 의지를 담은 두 눈이 제스를 향했다. 제스는 어림도 없는 소리 하
지 말라고 대답하려다가 도로 입을 다물었다. 가면무도회에서 만났던 정
체불명의 공녀. 그녀의 얼굴이 아렌의 얼굴에 겹쳐졌기 때문이다. 갑자기
흔들리는 푸른 눈동자가 처음으로 아렌의 시선을 피해 움직였다.

눈을 피했어?

제스의 눈짓 하나하나까지 신경 쓰고 있던 아렌은 깜짝 놀랄 수밖에 없
었다. 하지만 정작 놀라운 것은, 곧 그의 입에서 나온 대답이었다.

"알았다."

"네? 정말요? 정말이죠?"

"그래."

"잘못 이야기한 거 아니죠? 나중에 취소하기 없기예요?"

"그렇대도."

제스가 짜증스럽게 대꾸했지만, 소기의 목적을 달성한 아렌은 함박웃
음을 지었다.

"네, 그럼 내일 봐요!"

아렌은 휘파람까지 불며 씩씩한 발걸음으로 집무실을 나갔다. 닫힌 지

한참 된 문을 응시하며 제스가 천천히 입을 열었다.

"저 녀석은 남자다."

그는 얕게 한숨 쉬면서 고개를 돌렸다.

"그럴 리가 없지."

단순히 눈동자 색이 비슷해서일까. 가면무도회의 그 여자 얼굴이 머릿속에서 떠나질 않는다. 그는 상념을 떨쳐버리려는 듯 고개를 설레설레 흔들었다.

카트린느 부인을 조사하러 가기로 한 날은, 화창했던 요 며칠과는 달리 흐린 날씨였다. 자욱하게 낀 안개 때문에 아침부터 해가 잘 보이지 않았다. 찝찝할 정도로 습한 공기 때문에 서류도 물먹은 것처럼 손 위에 축 늘어졌다.

제스는 꽤 오랫동안 들여다보고 있던 서류를 옆으로 치우며 창문으로 시선을 돌렸다. 하나둘씩 떨어져 창문을 두드리던 빗방울은 어느새 꽤 굵어져 있었다. 유리창을 타고 미끄러지듯 내려가는 빗물을 보면서, 제스가 고개를 젖혔다.

"카트린느 부인이라……."

황성에 떠도는 소문은 많았다. 어린 황자에게 지병이 있어 낫지 않는다든가, 황제가 많이 유약해졌다든가, 먼 옛날 사라진 황태자와 황후가 조만간 모습을 드러낼 거라는 둥, 애첩 출신의 황비가 나라를 다스리기 시작했다는 정치적인 소문들부터, 어느 귀족이 누구와 정분이 났다는 등의 가십거리까지. 황성은 끊임없는 소문으로 들썩거렸다.

개중에서도 카트린느 부인이 일으킨 스캔들은 소문에 관심이 없는 자들까지 한 번쯤 들어봤을 정도로 빈번하게 일어나곤 했다.

'그렇게 눈에 띄는 자가, 붉은 연꽃이라.'

제스의 눈이 가느다래졌다. 붉은 연꽃은 그리 쉽게 존재를 드러내는 게 아니었다. 꼬리를 밟았다 싶으면 자르고 도망가 자취를 감추곤 하는 게, 마치 음흉한 도마뱀과 같았다. 붉은 연꽃에 대해 조사하는 내내 제스는 안개 속을 헤집는 듯한 기분이었다.

그래서 아렌이 며칠 되지 않아 단서를 찾아왔을 땐 의심부터 들었다. 행실이 요란한 카트린느 부인이 그 비밀스러운 단체에 연관되어 있다는 것 자체도 이상하기 그지없었다.

'함정일 가능성도 배제할 순 없겠지.'

허나 포기할 순 없었다. 함정에 빠져 그 자리에서 절명할지언정, 멈추는 건 있을 수 없는 일이었다. 화마에 뒤덮인 푸른 들판, 난자당한 어머니의 시신, 온몸에 엉겨 붙던 피, 그리고 눈앞에 한가득 차오르던 붉은 연꽃이 아직도 눈앞에 선명한데.

이어지는 그의 상념은 문을 두드리는 노크 소리에 깨졌다. 제스는 심각해졌던 표정을 수습하며 몸을 돌렸다.

"들어와라."

제스가 일어서며 대답하자, 문이 벌컥 열렸다. 오늘도 말간 얼굴을 한 아렌이 경쾌한 발걸음으로 제스 앞에 다가왔다.

"어서 가요."

"안내해라."

"넵."

아렌이 뒤돌아서서 먼저 앞장서서 걸어 나간다. 제스는 눈앞을 어지르는 붉은 피의 기억을 지워버리고 발걸음을 옮겼다. 카트린느 부인의 방으로 향하는 동안, 아렌은 여느 때와 마찬가지로 제스가 대답하건 말건 조잘조잘 이야기를 하고 있었다.

"결투가 끝난 후에 이상하게 데이브가 사라졌다니까요? 아, 데이브는 저랑 결투한 시종 이름이에요. 어디로 가버렸을까요?"

"글쎄."

"제스는 못 봤어요? 참, 이제야 묻는 건데, 내가 결투하는 동안 어디 있었어요? 안 보이던데."

"알 필요 없다."

"제스, 오늘따라 뭔가 달라 보이는데요? 혹시 여자 만난다고 꾸몄어요?"

"변함없이 헛소리가 많군."

"어? 얼굴 조금 붉어진 것 같은데? 장난으로 말한 건데, 정말인가 보네요?"

아렌이 기분 좋은 얼굴로 싱글벙글대다가 제스에게 바짝 붙어 서서 물었다.

"에이. 부끄러워하지 말고 말해봐요. 여자 만나는 거 처음이에요?"

제스는 옆구리까지 쿡쿡 찔러가며 까부는 아렌을 더 이상 참아줄 수 없다는 듯 험악하게 쳐다봤다. 하지만 그러거나 말거나, 그를 따라 걸음을 멈춘 아렌은 구김살 없이 웃을 뿐이었다.

제스는 정말로 협박을 말뿐으로 끝내는 사람이 아니었고, 그걸 아렌 또한 충분히 알고 있었다. 목이 졸려서 기절한 적도, 본보기 식으로 검에 얻어맞은 적도 있으니까. 그때의 기억을 가지고 있다면 지금쯤은 제스를 보고 벌벌 떨지는 않더라도 긴장을 할 법도 한데, 전혀 그렇지 않은 게 이상할 정도다.

망아지 같은 녀석이니 그럴 만도 하겠지만.

이윽고 제스와 아렌의 걸음이 멈춘 곳은, 카트린느 부인의 방문 앞이었다. 붉은 연꽃의 단서를 따라 이곳까지 왔지만, 막상 노크를 하려니 께름칙한 기분이 가시지 않았다.

꼭 이렇게까지 해야 하나.

제스가 인상을 찌푸리고 가만히 문을 바라보는 동안, 아렌이 먼저 움직여 노크했다.

"부인, 기사단장님께서 오셨습니다."

안쪽에서 누군가 발 빠르게 문 쪽으로 다가왔다. 문이 열리며 그 사이로 모습을 드러낸 건, 어제와 마찬가지로 몸에 요염하게 달라붙는 붉은 드레스를 입은 카트린느 부인이었다. 향수와 분 냄새가 진하게 진동했다.

"기사단장님, 줄곧 기다리고 있었답니다. 이리로 오시죠."

"실례하겠소."

제스는 짧게 대답하고 방 안으로 들어섰고, 아렌 또한 그 뒤를 따랐다. 카트린느 부인의 방은 세이의 방만큼이나 넓고 커다랬다. 향수를 모으는 취미가 있는지 벽면에 이어진 몇 개의 장식장은 온갖 종류의 향수들이 꽉 들어차 있었다. 덕분에 장식장 앞을 지날 땐 여러 향기가 뒤섞이는 바람에 코가 찡해졌다.

"단장님, 이리로."

카트린느 부인은 가장 안쪽에 위치한 테이블로 그들을 인도했다. 한 사람이 족히 누워서 잘 수 있을 것 같은 긴 소파 두 개가 테이블을 사이에 두고 놓여 있었다.

한쪽 소파에 제스가, 그리고 카트린느 부인은 그를 마주 보고 앉았다. 아렌은 카트린느가 건네는 찻잔과 찻주전자를 받아들고 익숙하게 차를 타기 시작했다.

"저 아이를 통해 단장님의 마음은 잘 전해 받았습니다. 어려울 수도 있는 걸음 이리 해주신 것에 저는 진심으로 감격했답니다."

"……."

"항간엔 저에 대한 안 좋은 소문들이 많지요. 하지만 그건 다 오해에서 비롯된 소문들일 뿐, 그리 신경 쓰지 않으셨으면 좋겠어요."

간드러진 목소리가 귓가를 톡톡 두드렸다. 차를 타는 동안 아렌은 흘끔흘끔 눈을 돌려 제스의 기색을 살폈다. 붉은 연꽃이라고 해서 오긴 왔다만, 기분은 그리 좋지 않아 보였다. 어째 조금 미안해지기도 한 아렌은 속으로 그를 응원하면서 손에 든 찻주전자를 기울였다. 새하얀 찻잔에 진한 옥빛 찻물이 차올랐다. 적당히 차오르자 이번엔 두 번째 찻잔에 찻물을 마저 따랐다.

무심한 눈으로 찻잔을 응시하던 아렌은 순간 뭔가 이상한 걸 발견하고 두 눈을 휘둥그레 떴다.

'가루?'

찻잔 벽면을 따라서 흰 가루가 넓게 도포되어 발려 있었다. 찻잔과 색이 같은 바람에 이제껏 발견하지 못했던 게 화근이었다.

아렌은 조금 전 카트린느가 넘겨주었던 찻잔 순서와 앞에 앉은 둘이 앉은 위치를 훑어보았다. 오른쪽에 놓고 탄 찻잔을 마찬가지로 오른쪽에 앉은 제스에게 넘겨준다면, 제스는 약을 탄 찻물을 마시게 된다. 그렇다고 대각선으로 넘겨주자니 그건 그림이 조금 이상해 보일 것이다.

가루는 카트린느 부인이 미리 묻혀둔 것이 분명하다. 그렇다면 어떻게든 찻잔 위치를 바꾸어야 하는데, 어떡하지.

빠르게 머리를 굴린 아렌은 카트린느가 제스에게 시선이 팔린 사이, 작은 거름망을 집어 들고 제스가 보는 맞은편 테이블로 던졌다. 가볍게 모서리를 맞은 작은 공예품이 테이블 끝에 아슬아슬 걸려 있다가 날카로운 소리를 내며 바닥으로 떨어졌다.

쨍그랑!

"어머!"

놀란 카트린느가 뒤돌아본 사이, 아렌은 빠르게 찻잔 순서를 바꾸고 태연하게 허리를 폈다. 옆에서 제스가 뭐 하는 거냐는 시선을 보내왔지만, 조금 있으면 왜 그랬는지 알게 되리라고 생각했다.

"죄송합니다, 놀라셨죠. 너는 저것을 좀 치워주겠니?"

"예."

아렌은 정중히 대답하고는 최대한 자연스럽게 찻잔부터 그들 앞에 놓아주었다. 가루가 묻은 찻잔은 카트린느 앞에, 그렇지 않은 찻잔은 제스 앞에. 카트린느가 보기엔 제가 건네주었던 순서대로 앞에 놓이는 것처럼 보일 것이다.

쭈그려 앉아서 유리를 쓸어 담는 동안에도 아렌은 그들을 틈틈이 지켜보는 걸 잊지 않았다. 제스가 제 입에 찻잔을 가져가는 순간, 그녀가 살짝 떠는 것까지 놓치지 않았다. 자신만만한 표정으로 제스를 지켜보던 카트린느는 마찬가지로 제 찻잔을 들어 몇 모금 들이켰다.

카트린느가 입술을 파르르 떨며 잔을 떨어뜨리기까지는 단 2분도 걸리지 않았다.

"아, 왜 이렇게 어지럽…….."

쨍그랑! 다시 한 번 유리 깨지는 소리가 날카롭게 울려 퍼졌다. 찻잔을 놓치고 부들부들 떨어대던 카트린느 부인이 완전히 쓰러지자, 유리를 쓸어 담는 척하던 아렌이 그제야 몸을 일으켰다.

"제스, 괜찮아요?"

"찻잔에 뭔가를 탔나?"

"아뇨. 다만 제스에게 주려고 했던 찻잔을 저 사람에게 바꿔서 줬을 뿐이에요."

빠르게 소파로 다가온 아렌이 쓰러진 여자를 내려다봤다. 검은 머리카락이 붉은 소파 천 위에 어지러이 널려 있는 모습이 어딘가 섬뜩했다.

아렌은 몸을 부르르 떨며 입을 열었다.

"그런데 혹시 죽⋯⋯은 건 아니겠죠? 그건 찝찝한데."

"잠든 것뿐이군."

아렌을 따라 자리에서 일어난 제스가 카트린느의 코앞에 손가락을 대고 말했다. 아렌은 홀로 반이나 비워진 찻잔을 보면서 그에게 물었다.

"카트린느가 금방 깨진 않겠죠? 이렇게 금방 잠든 걸 보면 꽤나 강한 수면제를 쓴 모양인데."

"그렇겠지."

"그런데 제스, 카트린느는 제스에게 수면제를 먹이고 뭘 하려고 했던 걸까요?"

"모른다."

왠지 모를 퉁명스러운 말투로 툭 내뱉은 제스가 걸음을 옮겼다. 그의 등에서 '더 이상 아무것도 묻지 마'라고 말하는 듯 보이는 기운이 스멀스멀 피어올랐다. 장식장과 책상을 뒤지는 그를 따라 아렌 또한 단서가 될 만한 것들을 찾아 돌아다니기 시작했다.

'무언가를 방 안에 숨기고 싶다면 비밀 공간을 하나쯤은 마련해뒀을 텐데.'

제 기억을 더듬어보았을 때도 똑같다. 아렌은 소녀 감성이 가득했던 어린 시절 일기장을 누구에게도 보여주고 싶지 않았고, 잘 보이지 않는 깊숙한 곳에 그걸 숨겨두곤 했다. 결국 카일에게 들켜서 미친 듯이 놀림 받았긴 하지만.

비밀 공간이 될 만한 데가 어디 있을까.

전체적으로 방을 살펴보던 아렌이 먼저 손을 뻗은 곳은 커튼이었다. 천을 잡고 힘을 주어 당기자 어두컴컴한 바깥 풍경이 펼쳐졌다. 어느새 세차게 퍼붓던 비는 멎어 있었고, 대지는 촉촉하게 젖어 있었다.

'커튼 뒤에는 없고.'

아렌은 날카로운 눈으로 창문을 훑은 후 손으로 벽을 더듬기 시작했다. 벽 안에 공간 같은 걸 만들어서 숨겨놓지 않을까 싶었는데, 애석하게도 아무것도 없었다. 꽤 오랜 시간 동안 허탕을 친 아렌이 뒤늦게 허리를 두드리며 일어났다.

"제스, 뭐 찾아낸 것 있어요?"

"전혀."

"이래서야 어느 세월에 찾죠?"

아렌이 한숨을 푹 내쉬며 소파에 털썩 주저앉았다. 잠시나마 쉴까 했는데 앞에 엎어져 있는 카트린느 때문에 도리어 마음이 불편해졌다. 이 정도로 찾았는데 단서가 나오지 않는다면 어쩌면 붉은 연꽃과 관련이 없을 수도 있지 않을까.

그런 생각을 떠올리자 다시 막막해지려고 했다. 이제 어디서부터 시작해야 하지.

"비켜."

바로 옆에서 들려오는 제스 목소리에 아렌이 소스라치게 놀랐다. 이런저런 생각에 잠겼던 탓인지 그가 다가오는 기척조차 느끼지 못한 탓이다.

"놀라라……. 그런데 왜요?"

아렌이 자리를 비켜주자 제스는 아무 말 없이 테이블을 옆으로 옮겼다. 카트린느가 떨어뜨려서 부서진 찻잔 조각들과 엎질러진 찻물이 사방으로 튀어 있었다. 무심한 눈으로 그것들을 훑어보던 아렌은 뭔가 이상한 점을 발견하고 멈칫했다. 찻물이 어느 지점에서 끊겨 있었던 것이다. 자세히 들여다보니 찻물은 끊긴 게 아니라 미세한 틈 사이로 흘러 들어가고 있었다.

"여기 뭔가가 있네요."

제스는 아렌의 말에 고개를 끄덕이며 손으로 바닥을 쓸었다. 테이블이

가리고 있어 보이지 않았던 바닥에 작고 네모난 홈이 파져 있었다. 손잡이는 없었고 대신 중앙에 작은 열쇠 구멍이 있었다.

"이건……, 뭘 숨겨놓기 위한 공간일까요?"

아렌이 제스를 힐끗 쳐다보며 말하자, 제스는 대답은 하지 않고 열쇠 구멍을 손가락으로 훑었다. 먼지가 쌓여 있지 않은 걸로 봐서, 최근에 사용했다는 걸 쉽게 눈치 챌 수 있었다.

'저 열쇠 구멍 어디서 본 것 같은데…….'

자꾸만 드는 기시감에, 아렌이 주머니를 뒤적거려 열쇠를 꺼냈다. 열쇠 구멍과 열쇠가 묘하게 문양이 비슷하지 않나. 혹시 하며 열쇠를 조심스럽게 구멍에 밀어 넣자, 어제와는 달리 매끄럽게 쑥 들어갔다. 약간 힘을 주어 돌리니 자물쇠가 철컥 열리며 홈이 파져 있는 사각형 공간이 쑥 올라왔다.

"그건 어디서 났지?"

"아, 이건 가…….."

아렌은 순간 멋대로 움직이려는 입을 손으로 막았다. 무심코 가면무도회에 가서 훔쳐왔다고 말할 뻔했다. 이상한 눈초리를 띤 제스를 향해, 그녀가 더듬더듬 말을 이었다.

"주웠어요. 어제 이 앞에서 만났을 때, 떨어뜨리고 갔어요."

"…….."

"아, 우선 여기엔 뭐가 들어 있는지 볼까요?"

궁색한 변명을 늘어놓은 아렌이 급히 문을 잡고 열어보았다. 동시에 한군데로 모인 두 시선에 의아함이 깃들었다. 그 안에 있는 건 길고 폭이 좁은 고동색 나무 상자 달랑 하나였기 때문이다. 실망스러울 법도 했지만, 그걸 들어 뒤집어보자 생각이 바뀌었다.

"붉은 연꽃…….."

핏물로 아로새긴 게 아닐까 싶을 정도로 새빨간 연꽃 문양이 거기 선명하게 박혀 있었다. 그리고 제스는 그 문양을 한참 동안 바라보기만 했다. 그런 그를 옆에서 지켜보며, 아렌은 문득 궁금해졌다.

역사에 이름을 남긴다기에 별다른 것은 묻지 않고 따라왔는데, 제스는 어째서 붉은 연꽃을 쫓고 있는 걸까. 기사단이 공식적으로 조사하는 게 아니라면 개인적인 일이라는 뜻일 텐데. 무슨 일이 있었던 거지?

그에 대해 아렌이 물어볼지 말지 고민하는 동안, 제스는 상자를 열고 그 안에 있던 종이를 꺼내고 있었다. 아렌은 냉큼 기린처럼 목을 빼고 그 종이를 훔쳐봤다.

"첫 번째 삼 일 신시, 두 번째 사 일 진시, 마지막 팔 일 축시……. 장소는 카트린느 사가. 어? 첫 번째와 두 번째 거래는 이미 지났네요?"

제스의 푸른 눈동자가 문서를 한 번 더 훑어 내려갔다. 몇 번이나 문서를 눈여겨본 그는 그것을 비밀 공간 안에 처음 발견했던 것과 똑같이 두었다. 문을 닫자 자동으로 잠겼다.

"이제 어쩌죠? 마지막이라고 적혀진 게 오늘인데, 그 시각에 한번 가볼까요?"

"잔말 말고 따라와라."

발걸음을 재촉해 이곳을 빠져나가는 제스를 따라 아렌이 방을 나섰다. 그녀는 문을 닫으려다가, 잠시 멈추고 고개를 들었다.

"잠깐만요, 제스. 카트린느는 저대로 두고 가도 될까요?"

"내버려둬라. 제 실수라고 생각하겠지."

제스는 뒤도 돌아보지 않고 툭 내뱉었다. 티는 내지 않았지만, 그녀를 상대했던 게 어지간히 짜증났던 모양이다. 아렌은 바닥에 쓰러져 있는 카트린느를 한 번 더 확인한 후 문을 닫고 나갔다.

제스에 이어 아렌까지 모퉁이를 돌아 모습을 감추었을 때였다. 아무도 없던 복도에 누군가의 모습이 서서히 드러나기 시작했다. 신비로운 은청발의 머리카락이 찰랑이며 나타나고, 곧이어 하얀 피부와 차갑게 굳은 얼굴이 드러났다. 시커먼 시선은 줄곧 아렌과 제스가 사라진 방향을 향해 있었다.

"역시 기사단장이 뒤에 있었나."

그의 입술이 비틀어져 말려 올라갔다. 곧이어 시선이 그들이 나왔던 방에 향하자, 건드리지도 않은 방문이 활짝 열렸다. 세이는 정신을 잃고 쓰러져 있는 카트린느의 모습을 발견하고 혀를 츳츳 찼다.

"저자는 대체 언제 내버릴 참인지."

카트린느를 바라보는 그의 눈동자 위로 혐오감에 가까운 경멸이 스쳐지나갔다. 그대로 몸을 돌리려던 그의 시선에 무언가가 걸려들었다. 천천히 올라간 그의 손으로, 아렌이 모르고 떨어뜨리고 가버린 황금색 열쇠가 날아왔다.

손에 들어온 열쇠를 눈여겨보던 세이가 천천히 손아귀에 힘을 주었다. 그가 손을 쥐었다가 다시 폈을 때, 열쇠는 흔적도 없이 사라져 있었다.

"공녀님, 이런 증거물은 남겨두시면 안 됩니다."

아름다운 세이의 얼굴에 서늘하고 메마른 미소가 걸렸다.

"기사단장이 끼어든 건 의외지만, 공녀님이 애를 쓰고 있으니……. 조금만 더 지켜보도록 하죠."

말끝에 세이는 허공에 녹아들듯 모습을 감추었다. 그가 떠난 자리는 마치 아무도 오지 않았던 것처럼 적막한 바람만이 감돌았다.

기사단으로 향하는 내내 제스는 석고상처럼 굳은 얼굴이었다. 평소와 똑같은 무표정한 얼굴이었지만, 분위기가 심상찮았다. 집무실로 향하는 동안 여러 기사들이 그를 보고 경례했고, 제스는 간단히 고개만 까딱할 뿐이었다. 어쩐지 말을 걸면 안 될 것 같은 분위기에 입을 꾹 다문 아렌도 따라서 집무실 안으로 들어온 순간, 기다렸다는 듯 제스가 입을 열었다.

"카트린느 부인이 붉은 연꽃과 관련되어 있다는 건 어디서 알아냈나?"

"아……."

아렌이 작게 탄성을 터뜨렸다. 그녀의 머릿속에 곧바로 세이의 모습과 함께 얼마 전에 들었던 말이 울려 퍼졌다.

「이걸 제가 말했다는 건 누구에게도 말하지 말아주십시오.」

'그렇게 약속했었는데…….'

입이 바싹 말라 왔다. 잠시나마 의심한 적이 있긴 했지만, 카트린느 부인의 밀지를 확인한 지금 그가 알려준 정보는 정확했다는 걸 알 수 있었다. 문제는 세이가 그걸 어디서 알아냈느냐다.

"죄송해요. 말 못 해요."

아렌이 고개를 푹 숙이며 말하자, 제스는 묵묵히 그녀를 바라보다가 시선을 거두었다. 사실 제스 입장에서야 그를 굳이 물어볼 필요가 없었다. 그가 아는 한 황성 내에서의 아렌의 인맥은 극히 제한되어 있었기 때문이다. 제스 본인과 프레드릭, 시종과 시녀들, 마지막으로 언젠가 말했던 황성 내의 마법사. 그중 이번 일에 귀띔을 해줄 만한 이는 하나밖에 없었다.

'……마법사인가.'

그와 동시에 가면무도회에서 만났던 수상쩍은 기운의 은청발 남자가 떠올랐다. 아델하이트 백을 통해 확인해본 결과, 그는 황성 마법사의 신분으로 현재 황성 내 어딘가에서 살고 있다고 한다. 문제는 어째서 아렌에게 그런 고급 정보를 흘려주었는지 그 까닭이 모호하다. 자세히 알아볼 필요가 있을 것 같다.

제스가 피곤한 듯 눈을 감았다.

"넌 이제 여기서 빠져라."

"네?"

제스가 내던지듯 말하고는 창문 밖으로 시선을 돌렸다. 아렌은 어안이 벙벙해져서 뒤통수를 뚫어져라 바라봤다.

"그게 무슨 말이에요?"

"나가."

"이유를 말해줘요."

대답은 돌아오지 않았지만, 아렌은 차분하게 대꾸하며 꼿꼿하게 섰다. 대답을 해주지 않으면 어련히 자리를 떠나겠거니 싶었는데, 아렌은 도무지 떠날 기미를 보이지 않았다. 제스는 들리지 않을 정도로 작게 한숨 쉬고 손을 움직였다. 순식간에 뽑아진 검이 아렌의 앞으로 다가왔다.

한참의 시간이 흘러도 둘은 조금도 움직이지 않았다. 놀랍게도 먼저 움직인 쪽은 제스였다. 그의 손이 한순간 검으로 향하는가 싶더니, 순식간에 발도하여 아렌에게로 겨누었다.

"나가."

새파랗게 빛나는 어금니가 아렌의 목 근처로 서서히 다가왔다. 하지만 그녀는 다가오는 검에는 시선도 주지 않고 제스만을 응시했다.

"이유를 말해줘요."

두 번 말하게 하지 마라.

그의 눈동자가 그렇게 말하고 있음에도 아렌은 제 목에 드리워져 있는 검을 향해 오히려 한 발자국, 다가갔다. 당황하여 검을 물릴 법도 하지만, 제스 또한 검을 든 손에 한 치의 물림이 없었다. 팽팽한 긴장감이 그들 사이에 오갔다.

"납득할 때까지 여기서 움직이지 않겠어요."

평소의 장난기 많은 모습은 어디로 가고, 아렌은 그 어느 때보다도 진지하게 제스를 바라보고 있었다. 정말 자신이 납득할 때까지 움직이지 않을 아렌의 성미를 알고 있었지만, 검을 보고도 꿈쩍도 않는 배짱이 흥미롭다. 전에 봤던 검술 실력도, 영 못 쓸 정도는 아니다. 잘만 갈고 닦으면 좋은 기사가 될 성싶다.

"말 안 해주면, 세 번째 거래 장소에 가서 냅다 퍼질러 누울 거예요!"

저런 면만 제외하고.

저걸 지금 협박이라고 하는 건가?

"진짜 해버릴지도 몰라요. 그러니까 제발 말해주세요."

아렌이 애원하는 얼굴로 제스를 올려다봤다.

"호기심으로 알 만한 일이 아니다."

"호기심이 아니에요."

아렌이 입술을 꼭 깨물었다가 다시 말을 이었다.

"제스를 이해하고 싶어서 그래요."

"……."

그의 검이 눈에 보이지 않을 만큼 미묘하게 흔들렸다. 아렌은 확고한 의지가 담긴 얼굴로 말을 이었다.

"내가 아는 제스는, 이유가 없으면 행동을 하지 않는 사람이에요. 이번에도 분명 이유가 있을 거라고 생각해요. 그걸 듣고 싶다는 것뿐이에요."

한 발짝 더 다가선 아렌의 목이 검 끝에 찔려 피가 나고 있었다. 그 우직한 꼿꼿함에 다시 한 번 더 눈이 갔다.

"나는 네가 진실로 붉은 연꽃에 대해 알아 오리라곤 생각지도 않았다. 네가 아니더라도 다른 이한테도 마찬가지였을 것이다."

"……."

"이 말이 무슨 뜻인지 아나."

그녀는 시선을 아래로 깔며 낮게, 그러나 제스에겐 똑똑히 들릴 정도의 크기로 읊조렸다.

"제가 그저 미끼였기 때문이겠죠."

"……."

"생각해봤어요. 제스 밑에는 유능한 기사들이 많은데 어째서 나에게 이런 일을 시켰을까. 그리고 왜 이곳에 연고가 없는지 확인해야 했을까. 굳이, 황성 밖으로 나와서까지."

아렌의 얼굴이 짐짓 고통스럽게 일그러졌다.

"제가 이리저리 들쑤시고 알아보러 다니면, 붉은 연꽃은 어쩔 수 없이 모습을 드러내 저를 처리하겠죠. 죽어도 아무도 알아주지 않는 인간이니까 뒤처리 필요 없을 테고, 제스는 그 틈을 노리기만 하면 되고요. 맞나요?"

아니라고 해주길 바랐지만, 역시 아렌의 짐작이 맞은 듯 그는 아무 말도 하지 않았다. 순간 아렌은 알 수 없는 이유로 가슴 깊숙한 곳이 지끈거렸다.

원망, 그래. 이 감정은 원망이다. 지금만큼은 그의 무표정이 원망스럽다. 미안하다는 말 한 마디는 할 거라 생각했다.

"그래서요? 이제 와서 제가 가면 안 되는 이유는요. 말해주세요."

"……."

똑바로 향해 오는 시선에 제스는 순간적으로 제 가슴이 이상하게 울렁거리는 걸 느꼈다. 아렌이 한 말은 하나도 틀린 것 없이 모두 맞는 말이었다. 아렌을 미끼로 데려온 것도 맞고 따라서 죽어도 상관없는 외부 사람을 찾았던 것도 맞다. 그런데 그것을 아렌에게 하나하나 지적당하니 어째서인지 무언가가 목에 끈적끈적하게 달라붙어 있는 느낌이었다.

이제 와서 이러는 건 무엇 때문이냐고 물었던가. 그에 제스는 아무런 대답이 떠오르지 않았다. 그래서 그저 차근히, 처음 시작부터 언급하기로 결심했다.

"나는 붉은 연꽃을 쫓았지. 기사단장이 된 이후 수년 동안 줄곧 쫓았지만, 단서 하나 찾지 못했다. 아무런 흔적도 남기지 않았고, 어쩌다가 남겼다면 꼬리를 자르는 식이었지."

"……."

"하지만 너에게 일을 맡기자마자 너무도 순조롭게 일이 진행되었다. 마치 누군가 짜놓은 극본인 것처럼. 이 정도까지 개입한 것도 이미 너는, 위험하니까."

"……."

"그러니 이제 그만해도 좋다."

그 말을 내뱉는 순간에야 알아차렸다. 제스, 그 자신은 이제 아렌이 죽기를 바라지 않는다는 것을. 인간적인 감정인지는 잘 모르겠지만, 그저 그가 이런 일에서 미끼로 죽으면 아깝다는 것만은 확실했다.

제스가 제 손에 든 검을 서서히 내렸다.

"제스는요? 저에게 위험한 게, 제스에게 위험하지 않을 리 없잖아요."

"나는 그들이 주는 위험의 한가운데 서길 원한다."

"……."

"그걸 원하고 시작한 일이니까."

항상 고요하던 제스의 눈동자가 강렬한 어떤 감정에 빠져 허우적댔다. 아렌은 그것이 분노인지, 슬픔인지 알 수 없었다. 입술을 몇 번 달싹이던 아렌이 힘겹게 말을 이었다.

"왜, 그렇게까지……."

"붉은 연꽃은 오래전 내 어머니를 살해했다. 나 또한 이미 그때 죽어 있었지."

어두운 목소리가 꺼내드는 기억은, 마치 너무도 많이 꺼내봐서 모서리가 닳은 사진처럼 해묵고 퀴퀴했다.

"얼마나 더 많은 피가 흐를지 모른다. 여기까지 온 이상 너 또한 몸을 사려야 할 때가 왔다. 그러니 순순히 내 말 들어."

무감정한 목소리로 전혀 무감정하지 않은 말을 내뱉은 그가 휙 뒤돌았다. 아렌은 오만 가지 생각이 범람하여 머리가 어질해질 지경이었다.

어떻게 자신을 미끼로 썼냐고 화도 내고 싶고 마음껏 섭섭해하고도 싶다. 이제 와서 걱정해주고 빠지라고 한다고 고마워할 성싶으냐고 소리치고 싶었다.

하지만 도저히 그럴 수가 없다. 처음으로 그의 등에서 지독한 괴로움과 외로움을 읽었기 때문이다. 저렇게 강철처럼 곧고 강해 보이는 사람이 안쓰럽다는 생각이 들긴 처음이었다. 그리고 그것만이 아렌의 머릿속을 완전히 지배해버려, 여타의 다른 감정은 강제로 밀어냈다.

곧 대답은 정해졌다. 아니, 처음부터 정해져 있었을지도 모른다.

"위험해도 상관없어요. 나도 같이 가겠어요."

둘의 시선이 마치 약속이나 한 것처럼 서로를 찾았다.

제스는 아렌을, 아렌은 제스를.

그렇게 한참 동안이나 지켜지던 침묵을 먼저 깬 것은, 제스 쪽이었다.

"……죽을 수도 있다."

"말했잖아요? 상관없다고. 제스가 가는 곳엔 저도 따라가겠어요."

"무섭지 않은가."

제스의 물음에 아렌이 별것 아니라는 듯 어깨를 으쓱해 보였다.

"뭐, 무슨 일이 있으면 제스가 구해주겠죠?"

"단순하군."

이어 제스가 아렌을 응시하다가 다시 입을 열었다.

"망아지 같은 녀석이 날뛰니 당해낼 재간이 있어야지."

"아니, 누가 망아지라는…….'

"좋을 대로 해라. 네 마음껏."

'어?'

한순간 그가 웃은 것 같다고 생각한 건 착각이었을까. 아렌이 두 눈에 힘을 주고 다시 감았다가 떴지만, 이미 제스는 고개를 돌린 후였다.

그런데 방금 뭐라고 했지? 좋을 대로 하라고? 마음껏?

아렌은 두 팔을 번쩍 들고 만세를 부르고 싶은 걸 억지로 참았다. 방정맞은 모습을 보였다간 제스가 '역시 안 되겠다'며 아렌을 데려가겠다고 했던 것을 취소할 수도 있기 때문이었다. 하지만 웃음이 비집고 나오는 건 어쩔 수 없는지라, 새실새실 웃고만 있었다.

"다만 엉뚱한 짓은 절대 하지 마라."

아무래도 안 되겠다고 생각되었는지 제스가 휙 뒤돌아 말을 덧붙였다.

"특히 카트린느에게 했던 말 따위를 다시 하면, 그 자리에서 즉결처분이다."

"네에."

"명령에는 무조건 복종하도록."

"알겠어요, 제스."

"제대로 듣고 있는 건가."

"당연하죠!"

아렌은 신나게 주먹을 휘두르며 자길 뭐로 보는 거냐는 듯 시위했다. 안 듣고 있군. 더 이상 말해봤자 소용없음을 안 제스는 창밖으로 도로 시선을 던졌다.

"제스, 그거 알아요? 난 정말 황성에 들어와서 즐거워요."

별것 아닌 말인데도 그녀가 다소 쑥스러운 듯 손가락을 꼬았다.

"예상치 못하게 좀 다치긴 했지만, 귀족일 때 인형처럼 갇혀 사는 것보단 이 생활이 훨씬 즐거워요. 친구도 생겼고……. 그리고, 음……. 제스도 만났고요."

"……."

"제스만 만난 게 아니라, 물론. 프레드릭 형도 만났고, 에녹 경도 만났고, 키엘 경도 만나고……."

"감상적인 말은 그만하고 준비나 해라."

간지럽게 느껴질 수도 있을 법한 말을 제스는 눈썹 한 번 까딱이지 않고 무덤덤하게 받아넘겼다. 오히려 말을 꺼낸 아렌 쪽이 손발이 롤 케이크가 될 것 같은 오글거림에 바닥을 구르고 싶은 충동을 느끼고 있었다. 미끼로 쓰려고 데려왔든 아니든 현재의 나는 즐겁고 좋으니 신경 쓰지 말라는 말을 한 번 더 하고 싶었지만, 여기서 더 민망해지면 아이스크림처럼 녹아 사라질 것만 같았다.

"내일, 시간이 되면 카트린느의 사가로 출발할 것이다."

제스의 목소리에 상념에서 깨어난 아렌이 고개를 끄덕였다. 어차피 지금 자봐야 얼마 못 잘 테지만, 새벽에 다시 나가야 된다고 생각하니 갑자기 온몸이 나른해졌다. 간이침대로 비척비척 걸어간 그녀가 그 위에 푹 엎어지며 온몸에 힘을 뺐다.

'하아아. 오늘 너무 많은 일이 있었어.'

수면제를 탄 차도 그렇고 왜 이렇게 한시도 긴장을 늦출 수 없는 건지.

한숨을 푹 쉰 아렌은 오래 지나지 않아 쌕쌕거리며 잠에 빠져들었고, 곧이어 으슬으슬 추워져서 몸을 웅크렸다. 그런 그녀를 빤히 보던 제스는 그 앞으로 걸어가 어깨에 걸린 망토를 빼내 덮어주었다. 언젠가 그랬던 것처럼, 넓고 커다란 망토가 그녀의 몸 위에 살포시 내려앉았다.

"……미안하다."

제스의 목소리가 고요하게 울려 퍼졌다. 아렌은 몽롱한 의식 속에서도 제 몸 위로 사뿐히 가라앉는 망토를 두 손으로 꼭 잡았다. 그리고 그날, 그녀는 어느 때보다도 달콤하고 깊은 잠에 들었다.

오랜 시간 비가 퍼부어 온 세상이 젖었던 전날과는 달리, 다음날은 태양이 오후 내내 강렬한 빛을 내뿜었다. 저물 무렵 태양이 마지막 발악처럼 한 줄기 빛을 세상에 흘렸지만. 곧이어 드리워진 어둠에 힘없이 스러졌다. 암흑으로 휩싸인 하일렌 제국의 왕성의 복도엔 투명한 보석들이 알알이 박힌 샹들리에가 줄지어 달려 있었고, 간간이 바람이 노니는 탓에 서로 살짝 부딪치며 청아한 음색을 냈다. 천장에는 하일렌의 황제, 왕족들의 위대한 업적, 전쟁에서의 승리를 묘사한 금박 장식이 자리를 차지하고 있었다.

또각, 또각, 또각. 대리석 바닥을 거니는 구두 소리가 정적을 깼다. 현 황제를 위해 특별히 만들어진 거울의 방을 지나는 한 인영의 모습이 촘촘히 짜 맞춰져 있는 589개의 작은 거울에 비춰졌다.

검은 머리카락을 길게 늘어뜨리고 몸에 딱 달라붙는 붉은 드레스를 입은 그녀가 '전쟁의 방' 앞에 딱 멈춰 섰다.

카트린느 부인이 신중하게 주변을 살핀 후 방 안에 들어갔다. 문이 닫힌 걸 확인하곤 시선을 움직여 방 안을 훑어본다.

방 안은 화려했다. 라일락과 공작새 깃털 패턴으로 된 실크 벽지는 여성스럽고 화사한 느낌을 주었고, 벽에는 왕족들의 초상화가 걸려 있었다. 그 화려함에 조화롭게 어울리는 은은한 샹들리에가 짤랑거리며 희미하게 불을 밝히고 있다.

카트린느는 그 불빛에 비친 누군가의 모습을 발견하고는 다소곳하게 고개를 숙였다. 상대방도 그녀의 기척을 알아차렸는지 몸을 돌린다. 드레스가 바닥에 사락거리며 스치는 소리가 들려온다.

"일은 어떻게 진행되어가느냐?"

"벌써 두 번의 거래는 무사히 마쳤습니다. 세 번째 거래만이 남았습니다."

고운 음색이 울리자, 카트린느는 머리를 조아리며 답했다. 카트린느가 대하고 있는 여인은 어둠 속에 몸을 숨기고 아무것도 드러내지 않고 있었다. 다만 그녀의 금안(金眼)만이 영롱하게 빛날 뿐이었다.

"절대 발각되어선 안 되는 일이다."

"예, 명심하고 있습니다."

"특히, '그'에게는 절대 들켜선 안 될 일. 정체를 알 수 없는 위험한 자이니, 각별히 조심하라."

"……."

"다른 낌새는 없느냐?"

카트린느는 순간 멈칫했다. 그녀의 머릿속에 황금색의 작은 열쇠가 그려졌다. 그것을 잃어버렸다고 사실대로 고할까 하다가 그만두었다. 진행 중인 일을 더 지체시킬 순 없었다.

"없습니다."

"그래. 내 너를 특별히 아끼니 마무리 잘하도록 하라."

"분부 받잡겠습니다."

카트린느가 머리를 조아리며 말하자, 금안의 여인이 자리를 떠났다. 카트린느는 여인의 드레스가 바닥에 스치는 소리가 아예 사라질 때까지 고개를 숙이고 있었다.

깊은 밤, 유일하게 빛나던 달도 오늘만은 짙은 회색 구름 뒤로 몸을 가리었다. 진딧물처럼 쥐어짜내듯 흐르던 노란 달빛도 차츰 스러져갔다. 짙은 어둠 사이로 두 인영이 빠르게 움직였다. 수풀을 밟고 가는 발걸음 소리 사이로 미성이 끼어들었다.

"여기가 카트린느 부인의 집이에요? 와, 여긴 또 언제 알아낸 거지?"

"……."

"정말 사람 맞아요? 서류 처리하는 양도 그렇고 도저히 사람 같지가 않아서 그래요. 아니라고 해도 놀라지 않을게요."

"입 다물어."

제스가 내뱉듯 말하곤 먼저 발을 옮겨 담장을 훌쩍 넘었다. 아렌 또한 그 뒤를 따라 움푹 들어간 벽돌을 딛고 담장을 넘었다. 거대한 진홍빛 휘장이 둘러쳐져 있는 정원에 들어서자 아렌은 이제 조용히 해야겠다고 판단하고 입을 다물었다. 그들이 숨은 곳은, 정원 근처 가장 어두운 곳이었다. 그 너머로 보이는 하얀 저택에선 이미 한참 늦은 시간임에도 선명한 불빛이 번지고 있었다.

"일단 저택이라고 해서 오긴 왔는데, 정확히 어디인지 모르니 곤란하긴 마찬가지네요."

"쉿."

제스가 검지를 제 입에 갖다 대며 속삭이자 아렌이 입을 딱 다물었다. 천천히 이동하는 제스의 시선을 따라 고개를 돌려보니, 무장한 장정 오십 명 정도가 열을 지켜 대문으로 들어오는 모습이 보였다. 맨 끝으로는 수레 몇 개가 함께 끌려오고 있었다.

'뭘 싣고 오는 거지?'

아렌은 수레를 좀 더 자세히 보기 위해 고개를 쭉 뺐다. 하지만 수레는 내용물이 보이지 않도록 철저히 가려져 있었고, 중앙에 있는 연못을 건널 때쯤엔 완전히 멀어져버렸다. 수레가 가까이 가자 저택에서 한 사람이 불쑥 튀어나왔다. 그는 수레를 끌고 온 무리 중 하나와 두런두런 이야기를 나누더니 근처에 있는 등불에 불을 붙였다. 그 덕에 제스와 아렌은 그들의 얼굴을 똑똑히 확인할 수 있었다.

"제스, 카트린느 부인이 없어요."

아렌이 제스의 팔을 건드리며 말하자 그가 고개를 끄덕였다.

"저들은 꼬리일 뿐이군."

"그러게요. 어떻게 하죠? 기사단을 끌고 와서 직접 덮치는 게 좋지 않을까요?"

"그러기엔 시간이 없어. 그사이 흔적도 없이 사라질 게 분명하다."

잠시간의 침묵 후에 그가 다시 입을 열었다.

"계획이 바뀌었다."

"에? 무슨 계획이요?"

애초에 계획이란 게 있었나?

아렌이 콧잔등을 찌푸리며 반문했다. 제스가 최대한 낮고 신중한 목소리로 그녀에게 말했다.

"넌 여기 있어라."

"무슨 소릴 하는 거예요? 나도 같이 간다고……."

아렌이 반발하려들자 제스가 미리 그녀의 말을 뚝 잘랐다.

"명령이다."

"제스는 어떻게 하게요?"

거역하지 못할 그의 기운과 오기 전에 명령에 복종하기로 한 약속을 떠올리며 아렌이 풀이 죽어 물었다. 그러자 제스의 시선이 아렌에게로 이동했다. 그의 눈동자는 언제 봐도 밤하늘과 무척이나 닮아 있었다.

"이제부터 나에게 무슨 일이 일어나도 넌 가만히 있어라."

"어떻게 그래요? 그전에 대체 뭘 하려는 거예요?"

"그리고 주위가 조용해지면 여기서 빠져나가 기사단에 가서 몸을 숨겨라."

"대체……."

"내 말 들어."

언성을 높이며 반발하려던 아렌은 그의 진중한 목소리에 입을 다물 수밖에 없었다. '무슨 일이 일어나도'라니. 제스는 언제나 필요한 말만, 꼭 해야 할 말만 하는 사람이다. 그렇기에 그 말이 더더욱 무섭게 느껴지는 건 어쩔 수 없었다. 꼭 그에게 무슨 일이 일어날 것만 같은 불길한 느낌이 들어 입을 다물고 있는데, 제스가 갑자기 불쑥 일어났다. 그리고 검을 빼들고 그들 앞으로 걸어갔다.

"거기 서라."

어둠 속에서 제스가 나타나자, 저택으로 향하던 이들이 경계를 하며 뒤돌아섰다.

"거기 누구냐! 어떻게 들어온 거지?"

"당장 잡아!"

장정들이 너나 할 것 없이 검을 뽑아 제스를 향해 달려든다. 그걸 지켜보는 아렌은 입술이 바짝바짝 말라 왔지만, 제스가 내린 명령 때문에 차마 가담할 수는 없었다.

허공으로 검을 받는 소리가 쨍쨍 울리고, 제스의 검이 현란하게 움직였다. 그래, 제스는 하일렌 제국 제일의 검사니까 언제나처럼 상황을 빠르게 정리할 것이다. 그리고 함께 기사단으로 돌아가겠지. 반드시 그럴 것이다.

하지만 그런 그녀의 바람과 생각과는 달리, 제스는 힘없이 무너졌다. 그를 노렸다는 듯 장정 몇몇이 칼을 뽑고 한꺼번에 달려들었다. 믿을 수 없는 광경을 마주하자 아렌이 크게 흔들렸다.

뭐야, 이게 어떻게 된 거지?

아렌이 제스에게서 검을 빼앗고 끌고 가려는 그들을 보고 일어서려는 찰나였다. 어둠 속에서 정확히 그녀를 찾아낸 제스가 입을 움직였다. 목소리를 낸 것도 아니고 그저 입 모양을 보는 것일 뿐인데도, 이상하게도 제스가 직접 귓가에 대고 말하는 것처럼 선명하게 들려왔다.

'움직이지 마라.'

새파란 불길마냥 타오르는 그의 눈빛에 압도되어 아렌은 조금도 움직일 수가 없었다. 이윽고 그들이 저택으로 제스를 데리고 들어갔고, 혼자 남은 아렌은 혼이 빠진 채로 털썩 주저앉았다.

"제……, 제스."

그들이 시야에서 사라지자 아렌은 한참 동안 멍하니 그 뒷모습을 보고 있다가 털썩 주저앉았다. 조금 전에 제가 본 상황을 스스로도 이해할 수가 없어서 머리가 펑 하고 터져버릴 것만 같다. 아렌은 크게 심호흡하며 생각을 정리해보려 애썼다.

카트린느의 사가에, 수레를 든 장정들이 들어와 어떠한 '거래'를 하러 왔다. 그런데 아렌, 그녀가 카트린느의 모습을 찾을 수 없다고 하자마자 제스가 그들에게 가서 순순히 잡혀주었다. 검을 받아주는 척하면서 일부러 검을 떨어뜨린 것처럼 보였다.

그녀가 본 대로라면 제스는 자의로 잡혀간 게 맞다. 무슨 생각을 하는 건지는 몰라도 그게 맞다면 아렌은 제스가 시킨 대로 곧장 기사단으로 돌아가야 할 것이다.

하지만 제스 또한 실수를 할 수 있는 사람이다. 조금 전의 그 행동이 모두 계산하고 나서 한 행동이라 할지라도 만약이라는 경우가 있지 않은가. 이대로 돌아갔다가 제스가 영영 기사단에 돌아오지 않는다면? 거기까지 생각이 닿자 흐릿했던 눈동자에 빛이 감돌았다.

분명 제가 도울 수 있는 일이 있을 것이다. 혼자 도망치듯 기사단에 가서 숨는 건 그녀의 천성과는 절대 맞지 않았다.

들어가서 제스를 도우려면 일단 안으로 들어가는 게 급선무인데.

'저기다.'

눈을 이리저리 굴리던 아렌은 옆에 있는 나무 위로 기어 올라갔다. 적당히 높고 단단한 가지 위에 앉아서 주변을 살펴보았다. 조금 전 침입자를 발견했기 때문인지 저택은 소수의 장정들이 서서 지키고 있었다. 저들에게 달려드는 건 그야말로 자살행위에 가깝기 때문에, 아렌은 숨을 죽인 채 때를 기다렸다.

'제스는, 어디 있는 거지…….'

시간이 지나 점점 초조해져갈 무렵 저택에서 누군가 나왔다. 그는 근처에 있는 장정들 중 하나에게 무언가 명령을 내렸고, 곧 저택을 둘러쌌던 사람들이 모여서 수레를 끌고 다시 나오기 시작했다.

'수레가 아까보다 적은 것 같은 느낌인데.'

아렌은 등을 더듬어 줌통에서 화살 두 개를 꺼냈다. 두 개의 화살을 걸고 시위를 당기는 덴 단 몇 초도 소요되지 않았다.

수레를 몰고 돌아온 장정들이 사정거리 안에 들어온 순간, 화살은 빛처럼 나아가 허벅지에 꽂혔다. 날카로운 비명 소리와 함께 수레를 내려놓는 소리가 들렸다.

"누구냐!"

어둠 속에서 화살이 어디서 날아왔는지 가늠하지 못하는 그들을 향해, 아렌이 다시 시위를 당겼다. 이번엔 두 사람. 궤도를 달리하여 쏘았기 때문에, 한꺼번에 세 명이 자빠졌는데도 그들은 아렌을 찾아내지 못하고 있었다.

아렌은 기계적으로 시위를 당기고 놓았다. 끼익. 다시 한 번 당겨지는 시위에 나무가 휘어지는 소리가 들려 우왕좌왕하던 이 중 하나가 이쪽을 발견했다.

"저기다!"

하지만 이미 늦었다. 아렌은 세 발을 동시에 쏘아 나머지 장정들까지 깔끔하게 처리했다. 전부 다리에 꽂히거나 관통 당했기 때문에 일어서지 못할 것이다. 아렌은 나무에서 휙 떨어지듯 내려가서 수레의 천을 들춰보았다.

"잉크통?"

수레에는 수백 개의 잉크통이 수북이 쌓여 있었다. 그녀는 그중 하나를 쥐고 주머니 속에 찔러 넣은 후, 저택으로 향했다. 다리를 건너니 저택 입구가 바짝 다가왔다. 정문으로 들어가는 건 무리라고 생각되었기에, 창문을 타고 기어오르기 시작했다. 땡땡이 칠 때 다져두었던 기술이 이렇게 유용할 줄이야. 1층 벽을 타고 올라간 아렌이 창틀을 딛고 2층으로 냉큼 뛰어올랐다. 그리고 2층 난간을 따라 쭉 이어진 창문 중 빛과 소리가 새어 나오는 쪽으로 다가섰다.

벽에 바싹 기대서서 귀를 기울여보니, 카트린느 부인의 목소리가 들릴 듯 말 듯 희미하게 흘러나왔다.

이대로 들키지 않고 엿들을 수 있을지 조금 걱정이 되기도 했지만, 제스를 홀로 둘 수 없다는 생각엔 변함이 없었다.

아렌은 얕게 숨을 내쉰 후 최대한 가까이 귀를 갖다 댔다. 온 신경을 집중하여 귀를 기울이니 그들의 대화가 제대로 들리기 시작했다.

"……이게 다입니까?"

"마지막입니다. 이 이상 빼돌릴 수 있는 물자는 없습니다."

"그럼 돈은 그분께서……."

카트린느의 목소리다! 아렌이 두 눈을 번쩍 떴다.

'빼돌릴 수 있는 물자라니……?'

"베이판……. 밀수……."

베이판에서 밀수라니, 아렌은 비명을 지르려는 입을 손으로 막으며 경악했다. 이 일이 꽤 큰일인 줄은 알고 있었으나 베이판까지 연루되어 있을 줄은 꿈에도 생각하지 못했다. 붉은 연꽃은 베이판까지도 연관되어 있었단 말인가. 아렌은 복잡해진 머리를 애써 진정시키며 다시 안쪽으로 귀를 기울였다.

"그런데 부인, 좀 전에 수상한 자가 저택으로……."

"뭐? 누구인지는 알아봤나?"

"저, 그게. 어두워서 잘 보진 못했습니다만."

"특별히 기억나는 점이 있을 게 아니냐."

침입자가 있다는 소리에 초조해졌는지 카트린느의 말이 점차 빨라졌다. 그러자 수레를 끌고 왔음직한 사내들이 기억을 더듬어 말했다.

"음, 대충 검은 머리에 청색 눈동자를 가지고 있었습니다만, 검술은 형편없는 놈이었습니다. 어디 운 안 좋게 이곳에서 길을 잃어버린 것도 같고. 일이 끝나면 내보내면 될 것 같습니다."

"아무것도 아닌 놈이란 말이지."

"네. 그렇습니다. 그러니 큰 걱정은……."

"하지만 그자가 누구든 이 광경을 목격했다면 살려둬선 안 된다. 신중에 신중을 기해야 한다. 지금 바로 처리해버려."

"예? 예……. 알겠습니다."

사내들은 카트린느를 이해할 수 없다는 반응이었으나 잠자코 방을 나섰다. 다다닥 뛰어가는 소리가 들리자 아렌은 갑자기 초조해지기 시작했다. 조금 전의 그 침입자는 분명 제스를 일컫는 말이었을 텐데, 그를 처리하기 위해서 사람을 보내다니.

손에 든 활을 꾹 쥐며 옆으로 걸음을 옮기려는 순간이었다. 사람이 벽으로 패대기쳐지는 듯한 둔한 소리가 울리면서 문이 벌컥 열렸다.

"잠시 실례하지."

창가를 막 떠나서 지하로 가보려던 아렌은 익숙한 목소리가 들리자 두 눈을 번쩍 떴다. 급하게 고개를 돌려 안쪽을 살펴보니 당황한 카트린느, 그녀를 둘러싼 장정들, 그리고 그와 대치하고 있는 제스가 보였다. 그는 묶인 채로 끌려가던 조금 전과는 달리 두 팔이 자유로운 채였고, 한쪽 손엔 어디서 빼앗은 듯한 검까지 들려 있었다.

"기……사단장! 어떻게, 어떻게……!"

카트린느가 믿을 수 없다는 듯 소리 질렀다. 그에 제스는 얄밉도록 아무렇지 않게 손에 들고 있던 무언가를 바닥에 던졌다. 그것이 제가 방금 보낸 장정의 시체라는 걸 깨닫자 카트린느가 몸을 흠칫 떨었다.

"들어온 보람이 있더군. 덕분에 여러 가지를 찾았다."

제스가 검과 함께 들고 있던 무언가를 들어 보였다. 아렌은 제가 몰래 훔쳐보고 있다는 것도 잊어버리고 풉 하고 웃어버릴 뻔했다.

그의 손에 든 것이 다름 아닌 꽃이었기 때문이다. 희고 큰 꽃잎을 가진, 백합과 엇비슷하게 생긴 꽃. 평소 같으면 꽃에 더 관심을 가졌겠지만 지금은 꽃을 들고 있는 게 제스라는 사실에 웃음이 터져 나왔다.

"저자를 살려두어선 안 돼, 목을 쳐라!"

카트린느가 절박하게 외치자 그녀 옆에 서 있던 열댓 명의 장정들이 검을 뽑고 제스에게 서서히 다가섰다. 제스는 검을 서서히 치켜들었고, 아렌에겐 더 이상 기다릴 여유가 없었다.

목표는 가장 앞에 있는 둘.

아렌은 창틀에 다리를 척 버티고 서서 시위를 당겼다. 순식간에 당겨지고 놓인 시위에서 떠난 화살은 막 제스에게 달려들려던 남자의 어깨에 정확하게 꽂혀 들어갔다. 어깨뼈를 파고드는 소리와 함께 고통스런 신음이 울려 퍼졌다. 그 자리에 있던 모든 이들의 시선이 아렌에게 향했다.

"너……!"

제스는 왜 아직도 돌아가지 않는지 화가 난 듯 인상을 찌푸렸지만, 아렌은 훌쩍 창틀에서 뛰어내리며 다시 시위를 당겼다. 활을 쏠 때만큼은 그녀의 눈동자는 목표물에서 떠나지 않았다.

"쥐새끼가 한둘이 아니구나!"

참다못한 카트린느가 옆에 놓인 칼을 들어 아렌을 향해 휙 던졌고, 아렌은 제 목을 확 긋고 지나가는 차가운 칼날을 느꼈다. 하지만 활을 당기고 쏘는 움직임은 반동에도 칼날에도 영향을 받지 않았다. 차례로 하나씩 다리에만 활을 박아 넣는 솜씨가 무서울 정도였다.

어느새 둘밖에 남지 않은 남자들은 제스에게도 그녀에게도 쉽사리 덤비지 못하고 있었다. 아렌은 시위를 다시 한 번 당기고 경계를 늦추지 않은 채, 제스 옆으로 다가갔다.

제스가 못마땅한 얼굴로 그녀를 노려보고 있었다.

"왜 아직까지 남아 있지?"

"결국 이렇게 도움은 되었잖아요."

아렌은 전방을 향한 경계를 늦추지 않으며 어깨를 으쓱했다.

"방금 전 활을 걸 때 삐끗하는 걸 봤다. 내게 날아올 수도 있었어."

"그래도 제스는 피했을 거잖아요?"

"속이 편해 좋겠군."

차갑게 대꾸한 제스가 검을 들었다. 그리고는 더는 무미건조할 수 없는 어조로 말을 이었다.

"순순히 투항해라. 그렇다면 조금이나마 더 오래 감옥에서 살 수 있겠지."

그럼 어찌 됐든 죽는다는 것 아닌가? 저걸 지금 회유라고 하는 건가?

그런 생각을 하고 있는 아렌에게, 제스가 무언가를 건넸다. 조금 전 보여줬던 꽃이었다.

"가지고 있어라."

"네, 네?"

아렌은 시위를 내리고 엉겁결에 꽃을 받아들며 놀란 가슴을 진정시켰다. 남자에게 꽃을 받다니, 한 번도 경험해보지 못한 것이었다. 아렌은 정체를 알 수 없는 설렘에 입술을 떨며 물었다.

"그런데 이거 혹시……."

"마약이다. 최대한 냄새 맡지 말도록."

제스의 대답에 아렌이 얼굴을 있는 대로 일그러뜨렸다. 처음으로 받은 꽃인데 마약이라니. 아렌에게 조금이나마 남아 있던 소녀의 감성마저 와장창 깨지는 순간이었다. 그러거나 말거나 제스는 카트린느를 돌아보며 입을 열었다.

"끌려갈 텐가, 자기 발로 갈 텐가."

새파랗게 질려서 부들부들 떨어대던 카트린느는 급기야 비명을 지르며 수레에 달려들었다. 그녀의 손에 들려 있는 촛대를 본 것은, 그 일이 일어난 후였다.

"자, 이래도 너희가 날 궁지로 몰 수 있을 것 같으냐!"

카트린느가 악쓰며 외쳤다. 그녀가 던져놓은 촛대에서 타오르던 불은 밀수품 전체로 번져가면서 확 불타올랐다. 천을 태우고 잉크에까지 번지자 붉게 타오르던 불꽃이 보랏빛으로 변하기 시작했다. 자연에선 발생하기 힘든 특이한 불꽃색을 보자 아렌은 경악할 수밖에 없었다.

불에 태울 때 저런 특이한 색을 내는 건, 베이판의 잉크밖에 없으니까. 그것도 베이판에서 유통되는 지폐를 새기는 데 쓰는 잉크.

그걸 아는 이는 실제로 몇 없지만, 아렌만은 알고 있었다. 언젠가 카를로스 공자가 뻐기듯 들고 와서 보여준 적이 있었기 때문에. 저 특수 잉크가 지폐를 만들 때 쓰이는 만큼 시중에서는커녕 레이나스 저택에서도 극히 보기 힘든 물품이었다.

"너희가 이러고도 무사할 줄 아느냐. 내 뒤에 어떤 분이 버티고 서 있는 줄 알고 있느냐 말이야!"

카트린느가 분한 듯 이를 바드득 갈았다. 그때 아래층에서부터 소란스러운 소리가 들려왔다. 여러 사람의 발소리가 계단을 통해 2층으로, 그리고 마침내는 카트린느의 방에까지 가까워졌다.

사병인가?

아렌이 다시금 온몸을 긴장시키며 활을 당겼다. 아니, 당기려 했다. 무슨 이유에선지 제스가 그녀의 손을 잡고 끌어내리지만 않았다면.

왜 그러는지 물어보려는 찰나, 문이 벌컥 열리고 사람들이 쏟아져 들어왔다.

"단장님!"

가장 먼저 들이닥친 프레드릭이 사방을 둘러보더니 제스를 발견하고 부복했다.

"단장님, 부름을 받고……!"

"늦었군."

"죄, 죄송합니다."

제스는 기대도 안 했다는 듯 냉정하게 고개를 돌려버렸다. 금방이라도 눈물을 쏟을 것처럼 울상인 프레드릭을 보자 아렌은 하하 웃다 말고 카트린느를 슬쩍 쳐다보았다. 그녀는 새파랗게 질린 얼굴로 입술을 달싹거리고 있었다.

"세상에, 내 사병들은 어쩌고……!"

"아, 그 오합지졸들 말씀이십니까? 오다가 만나긴 했는데, 전부 낙엽처럼 픽픽 쓰러지기에 지르밟고 오긴 했습니다만. 아, 오다 보니 잉크가 가득 담긴 수레도 있더군요."

프레드릭이 기억을 더듬어보다가 무언가 생각난 듯 손가락을 튕겼다. 카트린느는 온몸에 힘이 풀린 듯 그 자리에 주저앉았다. 그녀에게 향해 있던 시선을 떼어내며, 제스가 프레드릭을 향해 명했다.

"카트린느를 포박해 가라. 나는 좀 더 조사한 후 뒤따라가겠다."

"넵!"

힘차게 대답한 프레드릭은 곧장 기사들을 대동해서 카트린느를 향해 다가갔다. 전의가 상실된 상대를 포박해 데려가는 건 쉬웠다. 카트린느를 직접 붙잡고 호송하는 프레드릭을 선두로 기사들이 우르르 빠져나가자, 그제야 아렌의 숨이 탁 트였다.

"아, 이제야 끝난 건가……."

"여기 오기 전에 당부한 것은 잊지 않았겠지."

고개를 들어보니 못마땅해서 한 대 쥐어박고 싶다는 표정을 한 제스가 보였다. 아렌은 슬그머니 활을 등에 매면서 딴청을 피웠다. 그녀가 이 자리에서 아무리 도움이 되었다곤 해도 명령 불복종인 건 마찬가지였다.

"그런데 너는……."

눈을 이리 데굴, 저리 데굴 굴리는 아렌을 보며 제스가 미간을 슬며시 좁혔다. 활을 놓고 나서야, 형편없이 해진 손바닥을 발견한 것이다.

군데군데 더러워지기까지 한 걸 보면 나무나 벽이라도 기어오른 모양인데, 저런 손으로 활까지 잡았으니 얼마나 아팠을지 상상이 가지 않는다. 조금 전에 카트린느가 던진 칼에 베인 상처에선 아직도 피가 흐르고 있었다.

또 다친 건가?

제스는 목구멍 밑으로부터 뜨거운 무언가가 울컥 치밀어 오르는 게 느껴졌다. 노여움과 엇비슷한 감정이었는데, 그게 무엇인지 정확하게 알 수 없었다. 무엇부터 말해야 할지 고민하던 그는 결국 차갑게 몸을 돌리는 수밖에 없었다.

"따라와라."

"네! 기사단으로 바로 갈 거죠?"

"집무실로 바로 향한다."

"아니, 왜요? 전 카트린느를 심문하는 자리를 먼저 보고 싶……."

아렌의 말은 제스가 휙 뒤도는 동시에 끊겨버렸다. 왤까. 카트린느도 잡았고 일도 꽤 잘 해결된 편에 속하는데도 제스는 어쩐지 화나 보였다. 그는 무언가를 꽉 억누르려는 듯한 목소리로 입을 열었다.

"……치료 안 할 건가?"

"우선 보고, 그다음 치료하면 안 될까요?"

"손이 그 꼴이 되었는데 잘도 그런 소리를 하고 앉았군."

아렌은 슬그머니 손을 뒤로 숨기며 다시 입을 열었다.

"우선 심문하는 것부터 보고, 치료는 나중에……."

"치료."

제스가 단호하게 아렌의 말을 끊어내자 그녀의 콧잔등이 왈칵 찌푸려졌다.

"아, 거참. 손 괜찮다니까! 심문하는 거 보고 싶은데 왜 자꾸……. 으악!"

딱! 소리가 나며 눈앞이 번쩍거렸다. 피할 새도 없이 제스의 딱밤을 정통으로 맞아버린 아렌은 웅웅 울리는 것 같은 머리를 잡고 신음을 흘렸다.

"얌전히 따라와."

매정하게 돌아서서 가버리는 제스를 보며 아렌은 발을 동동 구르며 외쳤다.

'저 쫌팽이! 순 자기 멋대로야!'

"단장님, 보고 드립니다. 마약 거래와 밀수 혐의로 체포된 카트린느 부인은 현재 지하 감옥에 구금되어 있습니다. 추국(推鞫)은 내일부터 시작될 것입니다."

"수고했다."

제스에게 보고를 마친 프레드릭이 경례를 하고 시선을 살짝 돌렸다. 그러고는 멀뚱멀뚱 앉아 있는 아렌을 향해 네가 왜 여기 있느냐는 눈짓을 보낸다. 그 눈빛의 의미를 알아챈 그녀는 고개를 살짝 내저으며 저도 잘 모르겠다는 뜻을 비친다. 그걸 네가 왜 모르냐고 다시 물으려는 순간, 제스의 목소리가 울렸다.

"나가지 않고 뭣 하고 있지?"

"옙!"

프레드릭은 말을 하려다 멈춘 그 상태로 꼿꼿이 뒤돌아 걸음을 옮겼다. 도대체 아렌이 왜 여기에 있는 건지에 대한 의문은 전혀 풀지 못한 채로.

프레드릭이 문을 닫고 나가자 아렌은 도로 이불을 끌어당기며 손가락을 꼼지락댔다. 새벽에 그 난리를 겪어서 그런지 슬슬 눈이 감기려고 하는데, 철혈인간 제스는 지금까지도 서류를 들여다보고 있었다. 서류를 못 보고 죽은 귀신이 들린 것이 아닌가, 그런 의문이 들 정도였다.

하품을 늘어지게 한 번 한 아렌은 문득 주머니에서 데굴 구르는 잉크병을 꺼내보았다. 작은 병에 든 검은 액체가 관성으로 출렁거렸다.

제국 황성까지 들어와서 사는, 총애 받는 귀부인이 베이판의 지폐 잉크를 밀수하면서까지 하려고 했던 건 뭘까? 그리고 그녀가 마지막 순간 내뱉었던, 뒤를 지키고 있는 배후는 대체 누구일까?

풀리지 않는 의문들이 머릿속을 뱅뱅 돌며 그녀를 괴롭혔다.

"무슨 생각을 그리 하고 있지?"

아렌이 깜짝 놀라 고개를 들기도 전에, 그녀 앞에 멈춰 선 제스가 무언가를 와르르 쏟아냈다. 이게 다 뭐냐고 물으려던 아렌은 바닥에 흐트러진 물품들을 보고 도로 입을 다물었다.

붕대, 소독약, 연고……. 아, 설마 이거…….

"치료해라."

"아? 네."

아렌은 제스가 저를 염려해서 치료 도구를 챙겨줬다는 사실에 당황하면서 대답했다. 어떻게 치료해야 하나, 붕대를 감으면 되나. 나무껍질에 몇 군데 까진 것만 제외하곤 별로 아픈 곳도 없으니 그러면 되겠다. 그런 생각을 하며 붕대부터 집어 들자 위에서 무거운 한숨이 떨어졌다.

"그따위로 치료할 거면 내놔라."

"에? 뭘요?"

제스가 그녀 앞에 무릎을 꿇고 눈높이를 맞출 때까지, 아렌은 그가 무슨 말을 하는지 전혀 알아챌 수 없었다. 이 사람이 대체 뭘 하는 건가. 멀뚱멀뚱 쳐다보고만 있는데 제스가 그녀의 손을 잡고 강제로 당겼다.

"어어? 아야…….'

맨살에 닿는 상처가 따끔거렸다. 아렌이 저도 모르게 눈을 찡그리며 신음하자, 거칠게 끌어당기던 제스의 손이 멈칫했다. 아주 미묘한 간격을 두고 다시 끌어당긴다.

조금 전보다 부드러워진 것 같다고 하면, 착각인 걸까.

아렌은 좀 전까지 쏟아지던 졸음도 잊은 채 잔뜩 긴장하고 있었다. 제스가 앞에 무릎을 꿇고 앉아서는, 제 손을 치료해주는 장면이 너무도 요상하고 어색하지 않은가. 거기다 예상외로, 제스의 손길은 빠르면서 놀랍도록…….

'부드럽다.'

쭉 뻗은 손가락엔 여기저기 굳은살이 박여 있긴 했지만, 그녀의 손을 다룰 때만큼은 부드럽기 그지없었다. 그리고 어째서인지 그의 손이 살갗에 닿을 때마다 자꾸만 그 온도가 의식되어서 귀가 화끈거리려 했다. 이 생경한 분위기를 견디지 못한 아렌은 결국 다른 쪽 손으로 부채질하며 어색하게 웃어버렸다.

"하하……. 참 덥죠? 아야!"

"참아라."

"아야야……. 그, 그래도 아픈데…….."

"참아."

"……."

자꾸만 빠져나가려는 작은 손을 꾹 쥐고 당기면서 제스가 경고하듯 말했다. 어째서 치료를 받는 도중에도 명령을 받아야만 하는 걸까. 제스에게서 잠시나마 다정함을 느낀 제가 다 병신이 된 것 같은 기분이었다. 이렇게 투덜거리기는 해도, 소독하고 연고까지 바르니 확실히 아픔이 덜해지는 게 느껴졌다.

"그런데 다른 단원들도 이렇게 직접 치료해줘요? 백의의 천사네, 백의의 천사."

아렌은 웃으며 말했지만, 제스는 뭔가 못마땅한 기색이 역력하다. 그럼에도 마지막으로 붕대를 감는 손길은 마치 소중한 것을 다루기라도 하듯 조심스러웠다. 한쪽 손 처치가 끝난 그는 반대쪽 손도 똑같이 끌어당겨서 치료를 시작했다. 노련한 그의 솜씨에 아렌은 속으로 감탄하면서도 한편으론 안타까운 생각이 들었다.

'많이 다쳐봤기 때문에 치료에도 이렇게 익숙한 거겠지.'

제스의 신출귀몰한 검 실력도 하루아침에 쌓였을 리 만무하다. 아무리 천부적인 재능을 타고났어도 후천적인 노력이 뒤따라야 하는 법. 틀림없이 그답게, 피나는 노력을 기울였을 것이다. 물론 그 와중에 다치기도 많이 다쳤을 테고. 제스에게는 이렇게 치료해주는 사람이 있었을까 생각하니 어쩐지 마음 한쪽이 아려 왔다.

"……너는."

묵묵히 치료를 해주던 제스가 문득 입을 열었다. 치료 다 된 손을 이리저리 돌리며 살펴보고 있던 아렌의 시선이 그를 찾아들었다.

"다치는 게 취미인가."

"그럴 리가 없잖아……요."

되짚어보니 가출한 뒤 연속으로 다치기만 하는 것 같아서 이 대답에 신빙성이 없어졌다.

아렌이 손만 물끄러미 내려다보고 있자 제스가 다시 입을 열었다.

"아픈가?"

무미건조한 말투와 내용의 간극에 아렌은 순간 실소를 터뜨릴 뻔했다.

"아뇨. 덕분에 하나도 안 아프네요. 고마워요."

"……그래."

제스가 짧게 대답하곤 일어서서 책상으로 걸어갔다. 아렌은 두 손을 들어 이리저리 돌려보며 살펴봤다. 손바닥뿐만 아니라 손가락까지 쓰지 말라는 뜻인지, 양손 전체가 미라가 되어 있었다. 손가락 끝도 못 움직일 정도로 꽁꽁 싸매져 있달까. 이래서야 당분간 활은커녕 검 한 번 잡아보기 힘들 것 같았다.

"……내일."

"네?"

"제대로 된 의원을 찾아가보도록."

"어어, 이 정도면 괜찮을 것 같은데…….."

아렌이 우물거리자 다시 한 번 제스의 미간이 한껏 좁혀졌다.

"두말 않겠다."

"알았어요. 갈게요. 저, 그런데 수사는…….."

아렌이 그의 눈치를 보며 모기만 하게 중얼거렸다.

"정리되는 대로 보고가 올라올 테니, 기다려라."

'수사하는 것 이제 보러 가도 되죠?'라고 말하려 했는데, 제스가 먼저 그녀의 말을 뚝 잘라먹는다.

"네에에…….."

아렌이 늘어지게 대답하며 그대로 간이침대로 몸을 맡겼다. 지내기는 시종들의 숙소에서 더 오래 지냈는데 어째서인지 지금 마주 보고 있는 새하얀 천장이 더 반가웠다.

아렌은 살짝 시선을 돌려 제스를 바라봤다. 자신과 그가 둘 다 무사히 기사단에 돌아왔다는 걸 다시 한 번 상기하자, 입가에 미소가 절로 피어올랐다.

"안 자요? 피곤할 텐데 제스도 빨리 자요."

"…….."

"손 치료해줘서 고마워요."

그 말을 끝으로 아렌은 한꺼번에 쏟아지는 졸음 속으로 무기력하게 빠져들었다. 규칙적으로 쌕쌕거리는 숨소리가 들리자 제스는 보던 서류를 내려놓고 자리에서 일어났다. 벽에 붙은 촛대의 불을 모두 꺼버린 그는 조용한 걸음으로 집무실을 빠르게 빠져나갔다. 물론 아렌의 이불 위에는 언제나처럼 그가 덮어준 망토가 팔락이고 있었다.

기사단의 지하 감옥은 대마법사의 마력 차단 마법이 걸려 있는 곳으로,

경계가 삼엄하여 한번 들어가면 탈옥은 절대 불가능하다고 악명이 높은 곳이다. 감옥 내 규율 또한 엄격하여 지금 시각엔 거의 모든 죄수들이 취침에 들어 있었다.

가느다란 불빛조차 보이지 않는 그곳에 불현듯, 태평한 사내의 목소리가 울려 퍼졌다.

"아아, 아래층에도 병사들이 있을 텐데 왜 또 보고 오라는 거야?"

황성의 보초병으로 보이는 그는, 불만이 덕지덕지 붙은 얼굴로 사방을 휘휘 둘러봤다. 인기척도 없고 보이는 것도 없다. 들어간 것이 없으니 감옥 안에 아무것도 없는 건 당연한 일이었다. 그는 그럴 줄 알았다는 듯이 고개를 설레설레 저었다.

"거봐, 아무것도 없는데 괜히 사람 오라 가라……. 응?"

고개를 돌리고 도로 나가려던 그는 제가 잘못 보았나 하는 생각이 들어 도로 몸을 돌렸다. 그의 시선이 닿은 곳엔 무언가가 있었다. 말 그대로 사람도 동물도 아닌 무언가.

"저, 저게 뭐지?"

어스름한 어둠이 그곳에 서 있었다. 어둠이 서 있다고 하는 표현은 약간 이상했지만, 정말 말 그대로 작은 공만 한 어둠이 그곳에 있었다. 어둠 안에 분명 무언가 있는 것 같은데, 그것이 대체 무엇인지는 보이지 않았다. 벽에 난 작은 구멍 새로 스며들어오는 달빛이 없었더라면, 그는 그런 것이 있으리라고는 절대 상상조차 못 했을 것이다.

"누, 누구냐! 뭐냐, 넌!"

무생물에게 누구냐고 묻는 것만큼 바보 같은 질문이 또 어디 있을까. 하지만 암흑 구덩이는 그의 말을 알아듣기라도 한 것처럼 크게 일렁였다. 더욱 두려운 것은, 처음엔 작은 공만 했던 어둠이 점점 커지면서 어느새 훤칠한 사내 정도까지 커진 것이다. 온몸의 털이 쭈뼛 설 만큼 오싹해지는 광경이었다.

"유, 유령?"

보초가 겁에 질린 채로 두 발자국 뒷걸음질 치며 외쳤다. 감옥 복도를 따라 스르륵 움직이던 어둠이 그 자리에 우뚝 멈추었다.

"이런. 한 명 더 있었군요."

보초는 뜻밖의 미성을 듣고 멍한 얼굴로 어둠을 빤히 쳐다봤다.

"잠시 주무셔야겠습니다."

검은 인영이 곤란하다는 듯 혀를 차고는 손을 크게 휘둘렀다. 그에 맞춰 남자가 눈을 회까닥 뒤집으며 스르르 무너졌고, 벽에 걸린 촛대엔 약속이라도 한 듯이 한꺼번에 불이 드러났다.

검은 어둠도 서서히 누군가로 변해가고 있었다. 저 홀로 고고히 빛나는 듯한 은청발이 어둠에서 녹아 나오듯 드러났다. 그를 가리고 있던 어둠이 완전히 걷히자, 그는 홍채마저 보이지 않는 검은 눈동자로 지하 감옥을 훑어보았다.

끝없는 철창이 긴 통로를 따라 늘어져 있고, 규칙적으로 서 있었던 보초들은 하나같이 정신을 잃고 쓰러져 있었다.

"허술하군요, 기사단은."

정체를 알 수 없는 남자는 가볍게 미소 지으며 발걸음을 옮겼다. 바닥을 내딛는 소리마저 나지 않는 발걸음이 멈춘 곳은, 조금 전 들어온 새로운 죄인이 구금되어 있는 작은 감옥이었다.

"여기 계셨군요."

아주 오랜만에 만난 친구를 반기는 듯한 말투였다. 갑자기 안개처럼 흩어진 그의 모습은 감옥 안에서 다시 나타났다. 바닥에 누워 있는 여자를 바라보는 시선이 싸늘하다.

"일어나십시오. 가야 할 시간이니."

나직한 목소리가 울리자 카트린느가 천천히 눈을 떴다. 바닥에 머물던 시선이 서서히 올라가 상대의 얼굴을 확인한 순간, 경악이 차올랐다.

"당신은……! 당신이 어떻게 여길!"

카트린느는 얼른 몸을 추슬러 일어났다. 부들부들 떨리는 손가락이 세이를 가리키자 그가 검지로 입술을 눌렀다. 그를 보고 카트린느가 입을 꾹 다물긴 했지만, 여전히 머릿속은 복잡했다. 그가 어떻게 여기에 와 있는지, 제가 잡혀 왔다는 건 어떻게 알아냈는지, 의문투성이였다.

"그보다도 무슨 일로 여기에 오셨는지부터 설명해주셔야 하지 않겠습니까?"

"……."

"당신이 여기 있는 걸 알면 그분도 그다지 좋아하지 않으실 듯한데."

무미건조하게 이어지는 말인데도 목덜미가 오싹해졌다. 저도 모르게 몸을 움츠린 카트린느가 벽에 바짝 붙었다.

"이, 이건 모함일 뿐입니다. 저는……."

"발뺌하는 건 좋지 않을 겁니다. 이렇게 증거가 남아 있는 이상."

아무것도 없었던 세이의 손 위로, 검은 잉크가 찰랑이는 잉크병이 나타났다. 그를 본 카트린느는 숨을 삼키며 눈을 홉떴다.

"설마, 처음부터 알고 있었던 겁니까."

"이왕 저 모르게 시작한 일, 이렇게 번거롭게 뒤처리하러 오게끔 하지 말아주셨으면 하고 바랐습니다만."

"내, 내부 고발자가 있었어! 기사단장이 미리 알고 잠복해 있었단 말이다!"

카트린느가 으르렁대며 외치자, 세이가 별일 아니라는 듯 말을 뱉어냈다.

"그 일이라면 제가 대답해드릴 수 있겠군요. 기사단에 단서를 던져준

261

건 다름 아닌 저니까 말입니다."

"뭐? 당신이 왜!"

경악으로 얼굴을 일그러뜨리는 카트린느와는 달리 세이는 연신 차분하게 웃고만 있었다.

"벌입니다. 저를 속인 데 대한."

"벌……이라고?"

홉뜬 두 눈을 마주하는 검은 눈이 번뜩였다.

"동시에 경고이기도 합니다. 앞으론 이 세이모어 모르게 아무런 일도 벌이지 말라고. 다시 이런 일이 있었다간 이번처럼 기사단을 움직이는 것 정도로 끝나지 않을 거라고."

"……."

"황비에게 똑똑히 전해주시기 바랍니다."

"감히 그분을……!"

새하얗게 뜬 얼굴이 부들부들 떨렸다. 하지만 덤벼보았자 승산이 없는 건 이미 알고 있기에, 함부로 덤비지는 않는 듯했다. 그사이 세이가 다소 흥미가 떨어진 얼굴로 말을 이어나갔다.

"귀찮군요. 죽이는 것조차."

"……여기까지 온 건 나를 탈옥시키러 온 게 아니었나? 그렇다면 빨리 하기나 해."

"그럴 생각입니다. 참, 잊을 뻔했군요."

세이가 이제 생각났다는 듯 고개를 들자 그의 손에서 반짝이던 하얀 빛이 사그라졌다. 카트린느가 천천히 세이를 올려다봤다. 그의 새카만 눈동자 속에 일렁이는, 검은 감정을 보았다. 그것이 무엇인지 채 알아차리기도 전에 세이의 손에서 붉은 빛이 화하게 점멸했다.

"이것은 제 것을 건드린 벌입니다."

"무슨 소리……. 아악!"

찢어질 듯한 비명과 함께 그녀의 몸이 무너졌다. 왼쪽 안면이 타들어가 듯이 뜨겁다. 왼쪽 시야가 점점 흐릿해지며 눈마저 보이지 않게 되었다.

"내 얼굴, 내 얼굴……!"

연기를 뿜어내며 녹아내리는 피부를 부여잡고 카트린느가 고통 속에 몸부림쳤다. 진득하게 흘러내리는 피부를 어떻게든 되돌려보려 했지만, 이미 얼굴뼈는 앙상하게 드러난 채였다. 후드득. 목에서 튀어나온 검붉은 핏방울이 처절하게 흩뿌려졌다. 끔찍한 광경이었다.

"다시는 제 소유에 있는 것들은 건드리지 마십시오. 차라리 죽는 게 낫 겠다고 후회하고 싶지 않으시다면."

어린아이를 달래듯 조곤조곤 말한 세이는 손으로 허공을 살짝 휘저었 다. 피를 토해내는 듯한 비명 소리가 뚝 끊긴 후엔, 갈 곳 잃은 핏물이 진 득한 피 웅덩이 위로 떨어졌다.

다시금 고요한 어둠이 자리 잡자 세이가 천천히 미소 지었다.

"그녀를 죽이는 건 저여야만 하니까."

핏빛으로 물든 눈이 초승달처럼 휘어졌다. 은청색 머리카락이 바람에 살짝 흩날렸다.

사방이 컴컴하던 집무실에 잠들어 있는 아렌이 아닌 다른 이가 나타난 것은 아침 동이 틀 때쯤이었다. 어슴푸레한 어둠 속에서 누군가를 찾아 움직이던 핏빛 눈동자가 어느 지점에서 멈추었다. 천천히 움직이던 걸음 도 그 앞에서 멈추었다.

"꽤 자주 다치시는군요."

두 손은 일단 응급처치를 해두었다지만, 목에 난 상처는 아직도 그대로 다. 그는 미리 준비해 온 것으로 보이는 병을 열고 내용물을 천천히 따랐다. 고운 모래로도, 물로도 보이는 그것은 아렌의 손을 부드럽게 감싸더니 이내 스며들듯 사라졌다. 붉은 자국이 거짓말처럼 서서히 사라져갔다. 원래의 피부색으로 돌아갔을 즈음, 세이가 손으로 아렌의 은발을 살짝 쓰다듬었다. 그녀의 머리카락이 손가락 사이에서 사락거리며 춤을 췄다.

"음……. 세이?"

머리를 만지는 기척에 깨어난 아렌이 눈을 비비며 일어났다.

"이런, 제가 깨웠습니까?"

"아뇨, 아니에요."

졸음에 겨운 하품을 한 번 늘어지게 한 후, 비척비척 몸을 일으킨다. 몽롱한 두 눈을 몇 번 깜박이며 무심코 고개를 들어본 아렌은 저도 모르게 그를 가리켰다.

"어? 세이? 눈이……, 붉어요."

아렌은 두 손으로 눈을 부비고 다시 그를 바라봤다. 분명 조금 전까지만 해도 눈이 붉은색이었던 것 같은데, 다시 보니 평소와 다를 바 없는 검은 눈이었다. 잘못 본 건가? 아렌이 고개를 갸웃거리자 세이가 천연덕스럽게 대꾸했다.

"왜 그러십니까?"

"아, 아니에요. 잘못 봤나 봐요."

아렌은 정말로 잘못 본 건지 긴가민가했지만, 그렇게 얼버무렸다. 그의 손끝이 슬며시 다가와 뺨을 쓸어내리는 게 느껴졌다.

"이젠 괜찮으십니까?"

"예? 뭐가……."

"상처 말입니다."

세이의 말에 그제야 고개를 내려 본 아렌은 어느새 손에 생겼던 상처들이 싹 사라졌다는 걸 깨달았다. 따끔거렸던 목의 상처조차 흔적도 없이 사라져 있었다. 손끝으로 목을 매만져보던 아렌이 놀라워하는 얼굴로 입을 열었다.

"이야, 이거 세이가 치료해준 거예요? 고마워요! 이렇게 단박에 치료될 줄 알았으면 진작 찾아갈걸."

"회복약이라면 얼마든지 있으니 언제든 찾아와도 괜찮습니다. 다만."

빈 약병을 내려놓은 그가 아렌의 머리를 살며시 쓰다듬었다.

"그보다는 다치지 않으신다면 더 좋겠지요. 저를 위해서라도."

내가 다치지 않는 게, 왜 세이를 위한 일일까.

잠시 의아했지만, 그저 의례적인 말이라고 판단한 아렌은 웃으며 고개를 끄덕거렸다. 세이는 말없이 그녀의 손을 포근하게 감싸 들어 올렸다.

"이 손의 붕대는 푸는 게 좋겠습니다. 갑갑해 보이는군요."

"아, 아뇨. 이건 나중에 제가 혼자 풀게요."

아렌이 화들짝 놀라며 손을 빼내 등 뒤로 숨겼다. 의아한 두 눈이 반짝이는 걸 보며, 그녀는 눈을 이리저리 굴리다가 급히 화제를 전환했다.

"그런데 세이, 제가 여기 있는 건 어떻게 안 거예요?"

"그야 전 천재 마법사니까요."

"……네?"

"천재 마법사 말입니다. 태어날 때부터 가진 마력이 방대하여, 평생 놀고먹을 수밖에 없는 천재 마법사."

"……아."

그러니까 지금 자랑하는 거 맞지, 지가 마법 잘 쓴다고……. 세이, 이제 보니 은근히 뻔뻔하잖아.

아렌의 표정은 그런 생각으로 점점 흐트러졌다. 솔직하면서 귀여운 그 얼굴을 감상하듯 응시하던 세이가 이내 피식 웃었다.

"늦은 밤에 찾아오는 건 무례인 건 알지만, 선물 드릴 것도 있고 해서

겸사겸사."

그의 손이 느긋하게 올라갔다. 무슨 선물? 둥그렇게 눈을 뜨고 기다리고 있는데, 그의 손 위에 마치 마법처럼 무언가가 뿅 나타났다. 검은 털 뭉치였다.

"받으십시오."

"에? 이게 뭐예요?"

먼지덩어리인지 털 뭉치인지 모를 그것은, 아렌의 두 손바닥 안에 꼭 들어찰 정도의 크기였다. 아기고양이의 솜털처럼 털이 부드러웠다. 아렌은 두 손을 제 눈높이까지 들어 올리고 유심히 살폈다. 부르르 떨던 털 뭉치가 한 번 구르더니 구슬처럼 영롱한 녹색 눈동자가 번쩍 떠올랐다. 시선이 마주쳐버렸다.

"으앗!"

아렌은 깜짝 놀라며 손을 빼냈으나 털 뭉치는 제 등에 달린 날개를 퍼덕거리며 다시 날아올랐다. 이, 이게 뭐야. 그녀의 생각과 똑같은 생각을 하는지, 보석처럼 빛나는 녹안 또한 아렌을 빤히 응시하고 있었다. 어안이 벙벙해진 그녀의 얼굴을 보며 세이가 싱긋 웃었다.

"로도모나스입니다."

"로……도모나스? 그게 얘 이름이에요?"

"그렇습니다."

아렌은 흠, 하고 작게 고개를 끄덕거리곤 로도모나스를 중심으로 한 바퀴 빙빙 돌았다. 빛나는 녹색 눈망울, 검은 날개, 털 사이로 삐죽 튀어나온 귀 두 개, 폭신폭신하고 따뜻한 털…….

아렌은 갑자기 걸음을 멈춰서는 로도모나스를 향해 두 팔을 뻗었다.

"으왁! 너무 귀여워!"

"삑!"

아렌이 갑자기 소리 지르며 품에 안자, 로도모나스가 깜짝 놀라 바동거렸다. 아렌은 아차 하며 팔에서 힘을 풀었다.

"앗, 미안해. 아팠니? 너무 귀여워서 그만……."

"로도모나스는 마족입니다. 드래곤과의 혼혈이긴 합니다만."

아렌이 영롱하게 빛나는 녹안에 빠져들 듯 감상하고 있자 세이가 끼어들었다. 아렌은 품에 얌전히 안겨 있는 로도모나스를 살살 쓰다듬어주며 고개를 들었다.

"마족요?"

"무서우십니까?"

"음, 아뇨. 그렇진 않아요. 그런데 얘는 원래 이렇게 생겼나요? 마족이라면 사람과 똑같이 생겼다고 생각했는데요."

아렌이 언젠가 봤던 마족의 초상화를 떠올리며 말했다. 마족은 천계, 중간계, 마계 중 마계에 사는 종족으로, 뛰어난 외모와 지능, 그리고 마력을 지니고 있다고 들었다. 그들은 보통 박쥐 날개처럼 검은 피막으로 된 날개를 가지고 있는데, 날개만 감추면 인간과 구별하기가 쉽지 않다고 들었다.

마족은 천성적으로 잔인했다. 자신의 생명과는 무관하게 맺은 계약으로 사람을 타락시키고 원하는 것을 취하며 종래에는 계약자의 영혼까지 가져간다. 하지만 소원이 이루어지는 계약 자체가 마족에게 유리한 것만은 아니다. 인간이 대가를 걸고 계약을 맺는 만큼 마족도 제 생명을 걸고 받아들이기 때문이다. 대부분의 마족들은 그 위험한 내기를 즐기곤 했지만.

로도모나스에게도 반이나마 마족의 피가 흐른다면 뭔가 무서워해야 할 것 같긴 한데, 이 귀엽고 앙증맞은 털 뭉치를 보고 있자니 무서워하려야 무서울 수가 없었다. 귀엽기만 하다. 물론 그 감정엔 마족이 너무나 생소하고 낯설어서 실감이 나지 않는 것도 한몫했다.

"그건 나중에 직접 물어보시길. 내키면 대답할 겁니다."

"내키면……이라니."

부루퉁해진 얼굴을 보며 작게 웃음을 터뜨린 세이가 몸을 돌렸다.

"로도모나스, 이쪽이 아렌입니다. 잘 부탁합니다."

아렌은 로도모나스가 천천히 고개를 끄덕이는 모습을 보고 눈을 휘둥그레 떴다.

"어? 얘 말을 알아들을 수 있어요?"

"삑!"

로도모나스는 대신 대답하듯 날아올라서 아렌의 머리 위에 툭 떨어졌다. 휴식을 취하는 것처럼 두 눈을 감은 그를 보며 세이가 신기하다는 듯 말을 이었다.

"로도모나스도 아렌이 마음에 든 것 같습니다."

"네? 정말요?"

"예. 손가락이 무사한 걸 보면 말입니다."

손가락이 무사해? 그게 무슨 말이지?

아렌은 고개를 갸우뚱하면서 머리 위에 누워 있는 로도모나스를 쓰다듬었다. 생물체 하나를 머리에 이고 있는 건데도 신기할 정도로 무게감이 느껴지지 않았다. 그녀는 제 손에 비벼 오는 부드러운 촉감에 함박미소를 지었다.

"선물이란 게, 얘란 말이죠."

"아직 소년기라 몇 개 안 되지만 마법을 쓸 수 있으니 도움이 될 것입니다."

"소년기라니, 너 아직 애기구나?"

아렌이 씨익 웃으며 엉덩이 부근을 쿡쿡 찌르니 로도모나스가 곧장 세이를 바라봤다. 마치 무언가를 대신 말해달라고 하는 것만 같았다. 그러자 세이가 다시 입을 열었다.

"소년이긴 하지만, 아기는 아닙니다. 아렌보다는 나이가 많으니까요."

"네? 몇 살인데요?"

아렌이 로도모나스를 찌르던 손가락을 멈추고 묻자, 세이가 다시 입을 열었다.

"아마도, 올해로 백사십구 세일 겁니다."

"백사십구 일요? 어리네요."

"아닙니다, 아렌. 태어난 지 백사십구 년이 된, 백마흔아홉 살입니다."

태어난 지 149년……. 제 귀를 의심하던 아렌이 잠시 후 이상한 각도로 눈썹을 휘어 올렸다.

"어, 진짜 백마흔아홉 살이란 말이죠……."

"예, 그렇습니다."

"잠깐, 그럼 이름으로 부를 게 아니라 할아버지……라고 불러야 하나요?"

"아뇨. 로도모나스로 불러달라고, 본인이 말하는군요."

다행이다. 이 작고 귀여운 생명체에게 할아버지라고 불렀다간 주변에서 정신병자 취급받기 딱 좋았을 텐데.

속으로 몰래 안도의 한숨을 내쉰 아렌이 방긋 웃었다.

"로도모나스, 잘 지내보자!"

― ……응.

"와! 얘 대답했어요!"

아렌이 손가락을 내밀자, 로도모나스도 앞발을 내밀어 툭 쳤다. 너무 귀여워서 몸이 부르르 떨릴 지경이다. 정말 귀엽다. 다시 껴안아버리고 싶을 정도로.

아렌은 제가 자던 중이라는 걸 이미 까맣게 잊어버린 채 로도모나스를 만졌다. 그런 그녀를 가만히 지켜보던 세이는 이내 가볍게 웃으며 그녀에게 다가섰다.

"그럼 이제 선물에 대한 보답을 받을 차례군요."

"보답이요?"

무슨 보답을 원하는 거냐고 물으려던 순간이었다. 갑작스럽게 튀어나온 세이의 두 팔이 그녀의 등을 휘감고 그대로 당겼다. 무방비 상태로 그의 품에 안겨버린 아렌은 상황 판단도 제대로 하지 못한 채 두 눈을 흡떴다.

그러거나 말거나, 세이는 아렌을 옭아매듯 꼭 감싸 안고 그 온기를 음미했다.

"이게 제가 받고 싶은 보답이었습니다."

"저, 저기, 세이."

얇은 옷 너머로 느껴지는 그의 몸은 단단했다. 퍼덕퍼덕. 머리에서 떨어져 나간 로도모나스의 날갯짓이 귓가에 들려오자 그제야 정신이 번쩍 들었다. 비명이라도 지르고 싶은 심정이었다. 이게 무슨 한밤중에 날벼락이란 말인가.

"잠깐만, 떨어지는 게……."

아렌이 살짝 힘을 주어 세이를 밀어내려 했으나, 단단히 버틴 팔은 꿈쩍도 하지 않았다. 대신 그는 그녀의 어깨에 얼굴을 묻고 향을 음미하듯 천천히 숨을 들이쉬었다. 맨살 위로 숨결이 흩어진다. 잔뜩 얼어버린 아렌을 몇 번 토닥거린 세이는 잠시 후 천천히 팔을 풀었다.

"그럼, 저는 이만 가겠습니다."

검지로 볼을 톡톡 두드린 세이가 몸을 돌리자, 눈 깜짝할 사이 사라진다. 아렌은 무슨 환영이라도 본 것 같은 얼굴로 허공만 바라보고 있다가 이윽고 로도모나스를 향해 고개를 돌렸다.

"있지. 너네 주인 원래 저러니?"

끔벅끔벅. 로도모나스는 아무 대답도 없이 아렌을 바라볼 뿐이었다.

세이가 이상한 행각을 벌이고 떠난 이후 아렌은 손에 묶여 있는 붕대를 매만지며 좀처럼 잠들지 못하고 있었다. 세이 덕에 다 나았다곤 하지만, 어쩐지 이걸 감아줄 때 제스에게서 느꼈던 많은 감정들이 아직까지 남아 있는 것 같았다. 그리고 아렌은 명명하기 어려운 그 감정들을 잊고 싶지 않았다.

붉은 연꽃의 꼬투리를 잡았으니 이제 떠나야 할 텐데.

연이어 드는 생각에 아렌은 두 손을 꼭 쥐었다. 애초에 자신은 붉은 연꽃에 대해 조사하기 위해 황성에 들어왔다. 그 말인즉 붉은 연꽃의 실마리가 잡힌 지금 그녀는 더 이상 쓸모가 없다는 뜻이다. 뒷일은 제스가 그 누구보다도 잘 처리할 것이기 때문이다.

언젠가 떠날 거라는 생각은 항상 하고 있었지만, 막상 이곳에서의 저 자신이 필요 없어졌다고 생각하니 소화가 안 되는 것처럼 속이 좋지 않았다. 주먹으로 가슴을 퍽퍽 내리쳐봐도 나아지질 않는다. 내리칠수록 가슴이 아팠지만, 속이 좋지 않은 것에 비할 바가 아니었다.

'아직 떠나고 싶지 않아.'

꿈결처럼 깨달았다. 그제야 아렌은 제가 원하는 것이 무엇인지 깨달았다. 주먹 쥔 손을 펴서 들여다보았다. 거기엔 몇 번이나 다쳐서 흉 진 손이 보였다. 하지만 아무리 살펴봐도, 기껏해야 자수나 놓고 장난감 칼이나 휘두르던 그 손보다 아름다워 보였다.

공녀 아르렐리아와 시종 아렌은 같으면서 달랐다. 굳이 하나를 선택하라고 한다면 공녀의 자리를 포기할 만큼 이곳에서의 생활이 마음에 들었다. 정확하게 말해선 이곳에 있는 제 모습이 좋았다. 남들이 말하는 사치와 권력은 제게 아무런 의미가 없었다. 다리가 불구인 자에게 말을 사주는 것과 같았다.

커서 뭐가 되고 싶니?

그 선택지가 애초에 아렌에겐 없었다. 늘 가문과 아버지의 뜻을 더 중시해야 했다. 그게 얼마나 숨 막히고 절망적인 일이었는지는 겪어본 자만이 알 수 있으리라.

'떠나지 않으려면 어떻게 해야 하지?'

이미 할 수 있는 일은 다 했다. 그런 마당에 바득바득 우겨서 시종으로 남아 있대도 그녀가 할 수 있는 게 있을 리가 없다. 여러모로 살펴봤을 때 그녀가 결국 원하는 것은 기사단 입단이다. 거기까지 생각이 닿은 아렌이 머리를 잡고 괴로워하기 시작했다.

"그럼 얼마 안 가서 들킬 게 뻔한데……. 로도모나스, 어떻게 하지?"

로도모나스는 아무 대답 없이 그녀의 이마를 톡톡 두드려주었다.

그녀가 깊은 고민에 빠져 있는 동안에도 시간은 꾸준히 흘렀다. 먼 곳에서 밝아 온 여명이 황성을 채 비추기도 전에, 쿵쿵거리는 발걸음 소리가 집무실로 다가왔다. 뭔가 심상찮은 기색을 느낀 아렌이 고개를 들자, 그에 맞춰 문이 벌컥 열렸다.

"단장님!"

"단장님은 아직 오시기 전이에요."

아렌이 부스스한 머리를 정리하기도 전에, 거칠게 숨을 몰아쉬고 있는 그가 칸막이 앞으로 성큼성큼 다가왔다.

"아렌? 너 오늘도 여기서 잔 거냐?"

"네. 그런데 아침부터 무슨 일이에요? 그렇게 급하게."

그녀를 보고 한동안 반가워하던 프레드릭이 심각한 표정으로 주위를 둘러봤다.

"지금 기사단에 완전 큰일이 났다. 단장님은 언제 나가셨냐?"

"모르겠어요. 자다가 깨보니 안 보이시던데. 그런데 무슨 일이에요?"

아렌이 조심스럽게 묻자, 프레드릭이 잔뜩 인상을 구기며 입을 말을 이었다.

"이게 도대체 어떻게 된 일인지. 카트린느 부인이 사라졌어."

"네?"

아렌이 소스라치게 놀라며 벌떡 일어났다.

"가둔 지 얼마나 됐다고 사라져요? 지하 감옥에 경비도 있을 것 아니에요!"

"그게 어찌 된 일인지 모두 잠들었다고 하더라고. 이상한 건 문이 열리지도 않고 사라졌어."

"에? 문을 열지 않고 어떻게 나가요? 투명인간도 아니고."

아렌이 반문하자 프레드릭이 곤란한 얼굴로 뒷머리를 벅벅 긁었다.

"그러게 말이야. 도대체 이게 무슨 일인지……. 이걸 어떻게 보고 드려야 될지 감이 안 잡힌다고."

아렌도 당황스럽긴 마찬가지였다.

경비는 모두 잠들고 카트린느 부인은 문을 열지 않고 탈출을 했다고? 그게 어떻게 가능하지?

순간 그녀의 머릿속에 불현듯 무언가가 떠올랐다. 마법. 마법이라면 이 모든 게 설명될 수 있다. 영문 모르고 잠든 사람들, 그리고 순간이동을 한 것처럼 사라진 카트린느 부인. 그리고 어제 집무실에 잠시 나타난 세이.

'설마…….'

떠오르는 하나의 가능성에 아렌이 마른 목 너머로 침을 꼴깍 삼켰다. 카트린느 부인은 마법을 할 줄 모르는 것처럼 보였다. 만약 조금이라도 할 줄 알았다면 제게 검을 던지는 대신 불꽃이나 얼음화살 같은 것을 대신 쏘았을 테니까. 그렇다면 마법을 쓴 건, 기사단이 카트린느 부인을 상대로 수사하고 있다는 걸 아는 외부인이다.

설마……, 세이?

아냐, 아니겠지. 설마.

아렌은 자꾸만 눈앞에 어른거리는 세이의 모습을 애써 지워버리며 고개를 저었다. 세이는 로도모나스 때문에 온 것뿐이지 않은가. 이렇게 따로 찾아와 구해줄 거라면 애초에 카트린느 부인에 대한 정보를 흘려줄 필요도 없었을 것이다. 저를 갖고 노는 게 아니라면.

"뭐야, 아렌. 너 표정이 갑자기 왜 그래? 뭐 짚이는 거라도 있냐?"

프레드릭이 툭툭 치며 말을 걸어오자 그제야 아렌이 정신을 차렸다. 그녀는 애써 부인하듯 고개를 저었다.

"아뇨. 그런데 문을 열지 않고 탈출을 한 건……. 마법을 쓴 걸까요?"

아렌이 조심스레 묻자 프레드릭이 고개를 설레설레 저었다.

"아니, 그럴 가능성은 거의 없어. 저래 봬도 기사단 감옥엔 마력 차단 마법이 걸려 있거든. 차단 마법을 건 마법사보다 더 높은 마력을 가지고 있지 않은 이상, 불씨 하나 불러일으키기도 불가능해."

"그 말은 즉, 차단 마법을 건 마법사보다 더 강력한 마법사면 가능하다는 소린가요?"

"그것 또한 불가능해. 차단 마법을 거신 분은 지금 현존하는 마법사들 중 가장 위대하신 클라우스 님이시거든. 역사 속에서도 그분보다 더 강한 마법사는 없었어. 적어도 인간 중에서는."

"그렇군요. 그렇다면 물리적으로 뚫고 나왔다는 게 되겠네요."

"뭐, 아마도 그렇겠지. 좀 더 조사를 해봐야겠지만."

그 대답에 아렌은 한순간이나마 세이를 의심했던 것에 미안해하며, 안

공녀님!
공녀님! 1

도의 한숨을 내쉬었다.

그래. 세이가 자기 입으로 천재 마법사라고 하긴 하지만, 역사 속에서 가장 위대한 마법사를 능가할 수 있을 리 없겠지. 이건 꽤 든든한 증거였다.

"근데 이건 뭐냐?"

아렌 옆에 퍼덕거리면서 날고 있는 로도모나스를 발견한 프레드릭이 손가락을 들었다. 한번 쿡 찔러볼 요량인 듯싶었다.

"아, 얘는 로도모……."

와그작!

프레드릭이 로도모나스를 향해 손을 들이밀자, 기다렸다는 듯 날카로운 이빨이 프레드릭의 손가락에 가서 박혔다.

"으아악!"

프레드릭이 고통스러운 비명을 지르며 손을 마구 휘저어대자, 끝까지 손가락을 잘근잘근 씹어준 로도모나스가 포르르 날아와 아렌의 머리 위에 폭 떨어졌다. 어째 조금 전보다 냉랭한 표정이었다.

아, 아까 세이가 한 말이 이 뜻이었구나…….

아렌은 슬그머니 손에 붕대가 단단히 잘 감겨 있는지 다시금 확인했다.

"으으, 도대체 저거 뭐야?"

"아, 로도모나스라고."

"이름을 묻는 게 아니잖아! 왜 갑자기 무는 거냐고!"

많이 아팠던 모양인지 프레드릭이 눈가에 눈물을 그렁그렁 달고 외쳤다.

"글쎄요, 그건 저도 잘……."

따지자면 로도모나스의 주인쯤 되는 아렌이 머쓱한 얼굴로 머리를 긁적였다. 대답이라도 한다면 물어봐주기야 하겠지만, 아직 친해지기 전이라 대화도 잘 안 될 것 같았다.

손가락을 호호 불어대던 프레드릭은 금방이라도 잡아 던질 것 같은 얼굴로 로도모나스를 노려봤다. 그에 로도모나스는 입을 쩍 벌려서 날카롭게 빛나는 이빨을 드러내는 것으로 맞섰다.

흠칫하며 물러선 것은 프레드릭 쪽이었다. 흠칫하며 뒷걸음질 치는 모양새가 마치 맹수 앞에서 쪼그라드는 먹잇감과 같았다. 먹이사슬의 상하 관계가 정해지는 순간이었다.

때마침 집무실 문이 열리는 소리가 들렸다. 정제된 듯한 발자국 소리를 듣고 깨달았다. 아렌은 자리에서 얼른 일어나 제스를 맞았다. 아렌에 이어 프레드릭까지 확인한 제스가 거두절미하고 물었다.

"무슨 일이지?"

"단장님! 큰일입니다! 카트린느가 사라졌습니다!"

다급하게 쏟아지는 보고에 제스의 미간이 순식간에 좁아졌다.

"지하 감옥으로 간다."

차갑게 툭 내뱉고 돌아서는 뒷모습은 언뜻 냉정해 보이지만, 아렌은 그의 등에서 최대한 노기를 억누르려는 기색을 읽어낼 수 있었다. 간밤에 그 난리를 쳐서 간신히 잡은 건데, 단 몇 시간 만에 놓쳤으니 화가 나지 않을 수가 없을 것이다. 만약 경비가 허술하다거나 열쇠를 도난당했다는 과실로 놓쳐버린 거라면, 그와 관련된 이들은 책임을 면치 못할 게 분명했다.

그때 제스가 살짝 뒤돌아보며 아렌을 향해 입을 열었다.

"안 따라오고 뭐 하나."

"아, 네!"

아렌은 허둥지둥 활을 챙겨서 그의 뒤를 쫓았다. 왠지 모르게 인상을 찡그리고 있던 로도모나스 또한 그녀 뒤를 포르르 쫓았다.

"어이, 아렌. 그거 말이야. 그거 진짜 뭐냐?"

제스를 쫓아 지하 감옥으로 향하던 중, 프레드릭이 슬그머니 옆으로 와서 물었다.

"네? 뭐 말이에요?"

아렌이 눈을 동그랗게 뜨며 되묻자 프레드릭이 차마 손가락으로 가리키진 못하고 로도모나스를 눈짓했다. 그 시선을 따라 고개를 움직여본 아렌은 작은 탄성을 내지르며 입을 열었다.

"아, 얘는 로도모나스예요. 귀엽죠?"

이름이 불리자 기분이 좋은지 로도모나스가 그녀의 손에 볼을 비볐다. 그 모습을 지켜보는 프레드릭은 씁쓸하지만 그보다 부러움이 더 큰 얼굴이었다.

"미치도록 귀엽……. 흠흠, 그런데 그런 생물은 한 번도 못 봤는데, 어디서 난 거냐?"

"치, 친구가 줬어요."

차마 마족과 드래곤의 혼혈인 이 아이를 마법사에게서 받았다고는 할 수 없어 대충 얼버무렸다. 그들의 대화를 들었는지 앞서 나가던 제스가 걸음을 우뚝 멈추었다. 그가 이쪽을 바라보자 아렌의 머리 위에서 뒹굴거리던 로도모나스가 갑자기 이를 드러내며 으르렁댔다. 그녀가 속으로 '안 돼, 제스는!'이라고 외쳤지만, 정신 차렸을 때 로도모나스는 이미 제스를 향해 달려든 후였다.

제스도 한 번 거하게 손가락 씹히겠다고 생각하고 두 눈을 질끈 감았는데, 예상외로 아무 소리도 들려오지 않았다. 로도모나스가 제스의 손가락을 노리고 달려든 건 맞지만, 제스는 허망할 정도로 간단히 날개를 낚아챈 것이다. 마치 잠자리 채집하듯이 말이다.

아렌과 프레드릭이 두 눈을 휘둥그레 뜨고 바라보는 가운데, 제스는 천천히 로도모나스를 제 눈높이 정도로 들어 올렸다. 고요히 가라앉은 눈동자와 초록빛 눈동자가 허공에서 시선을 맞닥뜨렸다. 잠시간 서로를 응시한 후 먼저 눈을 피한 쪽은 놀랍게도 로도모나스 쪽이었다.

로도모나스를 뚫어져라 바라보던 제스는 곧 날개를 놓아주었고, 처음으로 날개를 잡히는 굴욕을 맛본 로도모나스는 힘없이 아렌의 어깨로 떨어졌다. 로도모나스에게서 미약하게 끙끙대는 소리가 들리자 아렌은 위로하는 차원에서 살짝 쓰다듬어주었다. 백마흔아홉 살이나 먹었는데 인간한테 제압당했으니 충격이 꽤나 클 것이다.

일련의 장면들을 보고 충격에 빠진 이는 하나 더 있었다. 제스와는 달리 손가락이 물려버린 프레드릭.

그는 로도모나스가 끙끙 앓으며 누워 있는 사이 슬그머니 뒤로 가서 날개를 향해 손을 뻗었다. 조금 전 제스가 한 것처럼 기 싸움에서 이기면 저 복슬한 털을 만져볼 수도 있을 것만 같았다. 손이 점점 가까워질수록 프레드릭의 표정에 떠오르는 기대감은 커져갔다.

하지만 부푼 설렘도 잠시, 뒤에서 피어오르는 심상찮은 기운에 로도모나스는 휙 뒤돌아 다가오는 손가락을 잽싸게 물었다. 제스에게 당한 화풀이를 하려는 것인지, 서비스로 잘근잘근 씹기까지 했다.

"으아악!"

프레드릭은 자신의 손을 간신히 빼내곤 한동안 뛰어다녀야 했다. 로도모나스는 '감히 어딜!'이라고 말하는 듯한 표정으로 날아올랐고, 아렌은 극과 극 체험에 황망히 웃을 수밖에 없었다.

"형, 그만하고 빨리 가요. 단장님 벌써 저 멀리로 가셨어요."

"으으……. 언젠간……."

프레드릭은 손가락을 부여잡고 다음을 기약했지만, 로도모나스는 콧방

귀로 일관했다. 아렌은 아파하는 프레드릭을 끌고 발을 재촉하여 제스의 뒤를 따랐다. 계단을 따라 한참을 내려가니 기사와 병사들이 모여 있는 것이 보였다.

"단장님을 뵙습니다!"

그들은 한꺼번에 부복하며 예를 갖췄고, 프레드릭 또한 철딱서니 없는 모습은 지우고 그들 앞으로 가서 섰다. 제스는 살짝 고개를 끄덕이며 대답했다.

"보고해라."

"넵! 어젯밤, 보초병들이 이유 없이 쓰러져 잠에 들었고, 그사이 카트린느 부인이 사라졌습니다."

"……"

"이, 이게 다입니다. 면목 없습니다."

보고를 하던 기사 중 하나가 고개를 떨어뜨렸다.

"도대체 어떻게 된 걸까요? 단장님."

제스가 아무 말도 하지 않고 생각에 잠겨 있자, 병사 중 하나가 머뭇거리다 손을 들었다.

"저, 제가 무언가를 보긴 했습니다."

"……말해봐라."

"예. 전체 감옥을 돌고 있었는데, 검은……, 검은 무언가가 나타나서, 한 명 더 있었냐며 손을 휘둘렀고 저는 정신을 잃었습니다."

보초병의 말에 기사들을 비롯한 보초병들이 작게 웅성댔다.

"마법사?"

"그럴 수가……. 이곳은 대마법사께서 마력 차단 마법을 걸어두신 곳인데……."

'어라, 그러면 세이도 용의자 선상에 들어가는 거야?'

아렌이 불안한 눈빛으로 로도모나스를 힐끗 쳐다보았다.

'세이가 의심을 받으면 어쩌지?'

그녀의 불안을 감지한 것인지, 로도모나스가 날개를 파닥거리며 아렌의 어깨에 살포시 앉았다.

"로도모나스, 아니겠지?"

아렌이 로도모나스에게만 들릴 정도로 작은 목소리로 속삭였다. 걱정 가득한 그녀의 생각을 아는지 모르는지 초록빛 눈동자는 아렌을 뚫어져라 응시할 뿐이었다. 그래도 걱정하지 말라는 듯 로도모나스는 자그마한 앞발로 볼을 톡톡 두드려주었다.

"고마워, 안심된다."

아렌이 살포시 미소 짓자 로도모나스는 날개를 움직여 그녀의 머리 위로 가서 폭 떨어졌다. 그 와중에도 프레드릭이 자신을 바라볼 때마다 날카로운 이빨을 드러내며 으르렁대는 걸 잊지 않았다.

제스는 시선을 옮겨 카트린느가 있던 감옥을 바라봤다. 보고받은 대로 자물쇠를 부수거나 나가려는 흔적은 아무것도 보이지 않았지만, 한 가지 제스의 시선을 잡는 것이 하나 있었다. 감옥 바닥에 진득하게 굳어버린 피 웅덩이.

"저 혈흔은……."

"옙! 색깔과 굳은 상태로 보아, 간밤에 새로 생긴 것입니다. 카트린느 부인의 것으로 추청하고 있습니다!"

그 말을 들은 아렌은 고개를 갸웃거렸다. 어디도 그녀에게 해를 가할 도구도, 흔적도 보이지 않는데 저 혼자 자학이라도 했다는 말인가?

그때, 제스가 가까이 있는 아렌에게만 들릴 정도로 작게 중얼거렸다.

"또……, 놓친 건가."

'응? 또?'

아렌이 두 눈을 동그랗게 뜨며 제스의 뒷모습을 바라봤다. 제스 앞에 부복해 있는 기사들은 그 소릴 듣지 못한 듯했다.

"다, 단장님."

"……황성을 포함한 하일렌의 모든 마법사와."

그가 잠시 말을 멈췄다가 의외의 말을 뱉어냈다.

"귀족가 영애들에 대한 정보를 모아 보고하도록. 수상한 족적은 하나도 남김없이 정리해서 올려라."

마법사는 그렇다 치고, 영애들에 대한 정보는 왜? 하나같이 의아한 얼굴이었지만, 그 자리에 있는 누구도 감히 이의를 제기하지 않았다. 그들에게 있어서 단장의 명령은 하늘과도 같았다. 프레드릭이 고개를 끄덕이며 말했다.

"예. 하지만 시간이 오래 걸릴 것 같습니다. 라미에 님이 계시질 않으시니……."

"상관없다. 최대한 빠른 시일 내에 알아 오도록. 그리고 너희들은……."

시릴 정도로 푸른 눈이 부복해 있는 기사들과 보초병들을 향했다. 그들은 경비를 제대로 서지 않은 데 대한 문책을 기다리며 눈을 질끈 감았다. 불같은 호령이 떨어질 거라고 생각했는데, 잠시 후에 그들의 귀에 들려온 것은 예상과는 전혀 다른 말이었다.

"각자의 직무로 돌아가도록."

"다, 단장님."

"마력 차단벽을 뚫고 마법을 쓴 자다. 너희가 막을 수 없었던 건 당연하다. 그리고 넌 나를 따라와라."

바람 소리가 날 정도로 획 뒤돌아선 제스가 아렌을 스쳐 지나가며 말했다. 아렌은 가기 싫다고 송곳니를 갈아대는 로도모나스를 달래어 그 뒤를 쫓았다.

　하일렌의 선술집에 막 도착한 카일은 피곤함을 감추지 못하고 식사를 기다리고 있었다. 대체 며칠을 제대로 자지 못했는지, 눈 밑 그늘이 어깨까지 내려올 지경이었다. 출발할 때까지만 해도 깨끗하고 단정했던 옷매무시도 꾀죄죄하게 변해버린 지 오래였다. 하지만 이 시점에서 가장 암담한 것은 따로 있었다. 이렇게 온몸을 바쳐 찾고 있는데도 공녀의 머리카락 한 올 찾을 수 없었던 것이다. 카일이 무거운 한숨을 내쉬며 이마를 짚었다.

　'웬만한 곳들은 다 찾아봤다.'

　카일이 읊조렸다. 그는 테이블에 있는 컵을 들어 마른 목을 축이고는 다시 생각에 잠겼다. 각 지역의 정보 길드가 가진 정보를 싸그리 수집해도 아르렐리아와 닮은 이는 전혀 찾을 수 없었다. 그들의 정보 범위를 벗어난 것은 귀족가나 황성뿐이었다. 카일은 그마저도 괜찮다고 생각했다. 공녀가 작정하고 숨어들었다면 신분부터 숨겼을 테고, 따라서 평민 행세를 하고 있을 가능성이 가장 크다고 여겼기 때문이다. 혼신의 힘을 다한 수사가 허탕으로 돌아간 지금, 그 확률조차 모호해졌다.

　'혹시 귀족 집안이나 황성에 들어가신 것일까? 설마 그런 위험천만한 짓을 하실 리가…….'

　지금 공녀가 귀족가나 황성에 있다면, 대체 어떻게 찾아내야 하는가. 평민 행세를 할 수밖에 없는 지금 거기로 잠입하는 건 불가능에 가깝고, 그렇다고 레이나스 가문의 일원임을 공개적으로 선언하고 도움을 요청할 수도 없다.

　카일이 고민에 빠져서 테이블을 톡톡 두드리고 있는 동안, 가게에 들어오는 남녀가 시야에 들어왔다. 훤칠한 키에 갈색 곱슬머리를 가진 남자와 타오르는 듯한 붉은 머리카락을 가진 여자였다. 그들이 눈에 띈 건 다른 특별한 이유가 있어서가 아니었다. 허름한 복장을 하고 있었지만, 그들에게서 풍기는 기백이 심상치 않았던 것이다.

'검사거나 궁수……. 아니, 검사 쪽이 더 맞겠군.'

척 보기에도 솜씨가 좋은 자들이라는 걸 알 수 있었다. 여기가 만약 베이판이었다면 그들을 한 번 시험해본 후 레이나스 가문으로 들였을 텐데, 아쉬운 일이었다.

이쪽에서 바라보는 시선을 느꼈는지 붉은 머리의 여인 또한 눈길을 돌렸다. 카일은 아차 하며 시선을 돌렸지만, 어째서인지 그녀는 계속해서 이쪽을 뚫어져라 응시했다. 그러더니 옆에서 졸려 하는 남자를 툭툭 치며 뭐라고 소곤거렸다. 잠시 후엔 그 남자까지 가세하여, 둘이서 아예 대놓고 카일을 관찰하기 시작했다.

'빨리 나가야겠군.'

슬슬 불편한 기분이 든 카일이 자리에서 일어난 때였다. 돈만 내고 얼른 이 자리를 뜨려는데, 카운터 앞에 비스듬히 기대서서 종업원을 협박하고 있는 한 남자가 눈에 들어왔다.

"그러니까 여기 주인만 불러오라고. 몇 번을 말해야 알아듣냐."

"아까도 말씀드렸다시피, 그분은 이미 이 가게를 떠나신 지 오랩니다. 밀린 빚은 차근히 갚을 테니 제발 돌아가주세요. 지금은 손님들이 계십니다."

"하! 씨발, 주인 놈이나 종업원 놈들이나 말귀 못 알아처먹는 건 매한가지군."

사내는 거친 욕설을 짓씹듯 내뱉고는 한 손에 든 몽둥이로 어깨를 툭툭 쳤다.

"너희가 장사를 하고 있든 아니든 내가 그건 알 것 없고, 돈이나 내놓으란 말이다!"

거대한 몽둥이가 모로 기울어지더니 옆에 있는 창문을 내리쳤다. 와장
창! 산산조각이 나버린 유리 조각이 앞뒤로 쏟아졌고, 갑작스러운 사태에
놀란 종업원과 손님들이 비명을 지르며 테이블 밑으로 웅크렸다. 사내는
혀를 쯧 차고는 프런트 안쪽에 숨겨져 있던 돈을 긁어모았다.

"꼭 이렇게 해야 말을 알아듣지. 자, 봐. 여기에 돈이 이렇게 많잖아?"

"그, 그건 종업원들의 최저생계비로 모아놓은 건데……!"

사내는 급기야 벌벌 떨어대는 종업원의 멱살을 간단히 잡아 들어 올렸
다. 찰칵. 어느새 그의 손에 들려 있던 나이프에서 날이 빠져나오는 소리
가 들렸다.

"돈을 못 갚은 놈들은 네놈들이야. 이제 와서 다른 말하기 없잖아?"

"하지만 처음과는 분명 이야기가 다르지 않습니까, 이자를 이렇게 많이
붙인다고는!"

"아구창 찢어버리기 전에 닥치지 그래, 응?"

사내는 정말로 단번에 그어버릴 것처럼 나이프를 종업원의 입에 갖다
댔다. 상황이 이 지경이 되었는데도 어느 누구도 나설 생각을 하지 못하
고 있었다. 개중에서 가장 먼저 움직인 사람은, 우락부락한 사내에 비해
체구가 턱없이 작아 보이는 평범한 남자였다.

"그를 내려주십시오. 차근히 갚는다고 하지 않습니까."

"너 새끼는 또 뭐냐?"

사내는 손에 잡고 있던 멱살을 내던지듯 팽개치며 희번덕한 시선을 카
일에게 돌렸다.

"보아하니 돈만 갚으면 끝날 일인데, 사람의 목숨까지 해쳐서야 되겠습
니까."

"아아, 이제 알겠군. 네놈, 도망친 주인 놈과 아는 사이지? 그놈은 어디

로 튀었냐?"

"아뇨, 저는."

"당장 말하지 않으면 조금 전 종업원 새끼에게 하려고 했던 걸 그대로 해주지."

사내는 나이프를 혀끝으로 핥으며 쿵쿵 다가왔다. 말이 안 통하는 상대 군. 한숨을 푹 쉰 카일은 자리에서 일어나며 허리춤에 손을 가져갔다.

"간단히 말하죠."

"뭐?"

"이, 꽉 물어야 될 겁니다."

스릉. 카일은 천천히 뽑은 검을 세우며 조용히 읊조렸다.

"죄 많은 검을 부디 용서하여 주시길."

"이 건방진 새끼가!"

상대는 동네 건달 수준. 카일이 굳이 검을 쓸 필요도 없는 상대였다. 사내가 자기 팔뚝만큼이나 굵은 몽둥이를 휙 휘둘렀고, 카일은 고개를 숙여 피한 후 바람같이 움직여 손잡이 끝으로 사내의 얼굴을 찍어버렸다. 퍽, 소리와 함께 사내는 머리를 뒤흔드는 아픔에 비척비척 뒷걸음질 쳤다.

"이쯤에서 물러서는 게 좋을 겁니다."

"윽……!"

사내는 분한 얼굴로 카일을 노려봤다. 단 한 대 맞은 것으로 입안이 터졌는지 비릿한 혈향이 진하게 감돌았다.

'뭐야, 보통 놈이 아니잖아?'

검을 든 모습도, 방금 전의 움직임도 자신이 당해낼 상대가 아니라는 생각이 들자, 사내는 슬슬 뒷걸음질 쳤다. 그러곤 이내 나지막이 욕설을 내뱉으며 가게 밖으로 줄행랑을 쳐버렸다. 카일은 검을 검집에 넣으며 후, 하고 가벼운 한숨을 쉬었다. 그러고는 조금 전 멱살이 잡힌 종업원을 향해 손을 뻗었다.

"잡고 일어나십시오. 괜찮으십니까?"

"예, 괜찮습니다. 가……, 감사합니다."

종업원은 아직도 놀란 기색이 가시지 않은 채 우왕좌왕하며 일어났다. 카일은 그가 다친 곳은 없는지 다시 한 번 확인한 후 물었다.

"빚이 얼마입니까."

"백이십 골드……입니다……."

120골드, 적지 않은 돈이다. 틀림없이 이자가 붙고 붙어 불어난 돈이겠지. 카일은 허리춤에서 여비로 챙긴 돈을 꺼내 카운터에 들이밀며 말했다.

"여기 반액을 두고 가겠습니다. 이 정도면 독촉은 당분간 피할 수 있을 겁니다."

가게 안의 모든 시선이 자신에게 쏠려 있는 것을 의식하고 카일이 서둘러 가게 밖으로 나왔다. 아르렐리아를 찾으러 어딜 가야 할지 곰곰이 생각에 잠긴 채로 얼마쯤 걸었을까, 카일은 줄곧 자신의 뒤를 밟는 사람들의 인기척을 느끼고 뒤를 돌아봤다. 가게를 떠날 때부터 따라붙었던 남녀가 아닌 척 딴청을 부렸지만, 카일의 눈을 속일 수는 없었다.

"무슨 일입니까?"

"아아, 들켰다. 이건 다 너 때문이야. 코델리아."

"그게 왜 제 탓입니까, 부단장님이 실실 쪼개고 계신 탓이지……."

"이미 눈치 챈 거, 툭 까놓고 잠깐만 얘기 좀 하지. 아, 물론 검으로 이야기하자는 말은 아니야."

부단장이라는 남자가 엄지로 제 가슴을 쿡 찌르며 말했다.

"용건을 말하기 전에 우선 소개부터 하지. 나는 라미에 제이린."

뒤이어 적발의 여자도 호쾌하게 웃으며 자신을 소개했다.

"나는 코델리아 키엘로챠."

"저는 카일입니다. 무슨 용건이십니까?"

깔끔하게 돌아오는 답변에, 라미에는 더더욱 흥미가 동한 얼굴이었다. 그는 관찰하는 듯한 시선으로 카일을 바라보며 물었다.

"어이, 너. 아까 보니 실력이 보통이 아니던데, 하일렌 제국 기사단에 들어오는 게 어때? 물론 간단한 시험 정돈 치러야겠지만 말이야."

"그쪽 두 분이 기사단이란 말씀이십니까?"

갑작스레 치고 들어오는 말에 카일이 차분히 답하자, 라미에가 넉살 좋은 웃음을 지어 보이며 다시 입을 열었다.

"그래. 어때? 좋은 제안이지? 승낙할 거지?"

"잠깐, 전 아직 아무것도."

"이야, 다행이야. 모처럼 스카우트하러 나왔는데 쓸 만한 검사를 하나도 찾지 못해서 발만 동동 구르던 차였거든. 허탕치고 돌아가면 단장님께 면목이 없어서."

그들은 마치 정해진 대답을 기다리고 있는 듯 여유롭게 카일을 바라보았다. 이쯤 되니 그들이 어째서 카일을 그렇게 관찰해댔는지, 그리고 그들 또한 심상찮은 분위기를 풍겨댔는지 납득할 만했다. 그들이 보기엔 카일은 평민이고, 평민에게 있어서 제국 기사 자리는 신이 내려주신 자리이니 저런 반응 또한 당연한 거겠지.

하지만 이러나저러나 머리엔 온통 아르렐리아 생각뿐인 카일이 그들에게 해줄 수 있는 대답은 하나밖에 없었다.

"거절합니다."

"……뭐?"

"거절한다고 했습니다."

기사 작위는 오로지 한 소녀를 위해서만 받아두었다. 다른 데에는 관심이 없었다.

　카일이 미련 따위는 없다는 듯 깔끔하게 뒤돌아서 걸어 나갔다. 대답은 당연히 정해져 있는 거라고만 여겼던 이들의 표정이 어땠는지는, 굳이 설명할 필요가 없었다.

07. 그러다 고인 염원

하일렌의 왕국 내에서 가장 화려한 곳, 황비의 방. 라일락과 공작새 깃털 패턴이 수놓아진 실크 벽지가 윤기 있게 빛나는 가운데, 방 중앙에 앉아 있는 여인이 테이블에 놓인 유리잔을 들었다. 황금색 눈동자가 유리잔 속 투명한 다갈색 액체를 응시했다.

구슬처럼 흔들리던 와인을 한 모금 들이켠 그녀가 조용히 입을 열었다.

"나오시오."

어딘지 딱딱하게 굳은 목소리가 흘러나오자, 아무도 없던 창가 근처에 그림자가 생겼다.

"오랜만에 뵙습니다, 친애하는 황비 전하."

창을 통해 쏟아져 나온 햇살에 은청발이 보석처럼 반짝거렸다. 윤기마저 흐르는 검은 눈은 누가 봐도 순수해 보였지만, 황비는 무슨 이유에선지 줄곧 경계 어린 눈빛으로 그를 바라보고 있었다. 붉은 입술이 천천히 열렸다.

"……반갑소. 세이모어 공작."

"그간 강녕하셨습니까."

"덕분에 잘 지내고 있소. ……물론 카트린느 부인도 말이오."

"잘 지내고 계시다니 기쁘군요."

온화하게 미소 지으며 건넨 말에 목덜미가 오싹해졌다. 그날의 카트린느가 황비의 눈에는 아직도 선한데, 저자는 이미 깨끗이 잊어버린 모양이었다.

카트린느는 최근 황비의 명을 받잡아 베이판의 지폐 잉크를 밀수해 왔다. 첫 번째 거래와 두 번째 거래를 마치고 세 번째 거래만이 남은 상황에서 카트린느가 한밤중에 황비를 찾아왔다. 한쪽 안면이 모두 녹아내린, 끔찍한 몰골을 하고서.

황비가 재빨리 의원을 불러 처치한 덕에 극적으로 살아남긴 했지만, 타서 녹아버린 한쪽 안면은 회복이 되지 않아 평생 가면을 쓰고 살아야만 한다고 했다.

「복수할 것입니다. 제가 죽는 한이 있더라도, 그자를 반드시 죽여버릴 겁니다!」

간신히 회복하고 가면을 쓰던 날, 그녀는 '세이모어'를 울부짖으며 짐승 울음소리를 냈다. 제 얼굴이 이렇게 된 게 단지 시종 하나를 잘못 건드렸기 때문이라는 게 억울하다고 했다. 반드시 복수하겠다고, 제 영혼을 다 팔아서라도 그러고야 말겠다고 피를 토하며 외쳤다.

그동안 황비는 다른 생각을 하고 있었다. 고작 시종 하나 때문에 그 난리를 피우다니, 무슨 변덕인지는 모르겠지만 생각했던 것보다 더욱 위험하고 이성적이지 못한 자다. 그에게 애초에 한 배를 타자고 제안했던 것 자체가 잘못이었을지 모른다.

"헌데 무슨 일로?"

저자와는 같은 공간에 있는 것조차 께름칙했다. 황비가 그에게서 시선

공녀님!
공녀님! 1

을 돌리며 물었다.

"최근 재밌는 이야기가 들려서 말입니다. 노예 거래에 손을 대셨습니까?"

노예 거래라는 단어를 듣자, 잔을 들고 있는 황비의 손이 멈칫했다. 그 순간의 멈칫거림조차 세이는 번개같이 알아차렸다.

"황비, 제 인내심과 관용은 그리 넓지 못합니다."

그가 어린아이 다독이듯 말했다. 하지만 그의 말이 내포하고 있는 의미는 상당히 컸다.

"베이판과 관계가 없어, 말할 필요가 없다고 여겼소."

"노예 거래는 비록 훌륭한 자금줄이 되어주겠지만 꼬리가 밟히기 십상입니다. 그 지저분한 뒤처리를 부디 제가 처리하는 일 없도록 해주시겠습니까?"

"……."

"슬슬 지겨워져서 말입니다."

온몸이 끈적거릴 정도로 나른해지는 어조였다. 태도도 언행도 제국의 황비 앞에서라고는 상상할 수 없을 정도로 무례했으나 황비는 아무런 대꾸도 할 수 없었다.

그저 일국의 공작이었다면 이렇게까지 굽히진 않았을 것이다. 정확히 그가 '무엇'인지는 알지 못했지만, 황비는 직감적으로 그가 인간이 아니라는 것을 짐작하고 있었다. 그렇지 않고서야 어떻게, 십여 년 전 처음 봤던 그때부터 조금도 늙지 않을 수 있단 말인가.

"그 말을 하고자 여기까지 온 것이오?"

"카트린느 부인을 통해 전한 이야기를 제외하고는 말입니다."

아렌이라는 은발의 시종을 건드리지 말라는 뜻이다. 홍채가 보이지 않을 정도로 시커먼 눈은 마치 제 영역을 지키는 야수마냥 번뜩이고 있었다. 그 눈빛이 말하고 있었다. 제 말을 절대로 흘려듣지 말라고, 이것은 마지막 경고일 거라고.

황비는 턱을 꼿꼿이 세우며 심호흡했다. 폐부를 압박하는 침묵이 무겁다.

"……각별히 주의하겠소."

"헌데 그 시종과 가까이 있는 기사단장의 움직임은 심상치 않은 듯 보입니다. 그 정도는 알아서 처리하시리라 믿습니다."

세이는 놀랍도록 정중하게 허리를 굽혀 인사했다.

"소인은 이만 물러가겠습니다, 황비 전하. 다음에 뵙는 때까지 평안하고 행복하시길, 진심으로 바라겠습니다."

그가 흔적 없이 사라진 다음에야 황비는 비로소 그동안 참았던 숨을 풀어놓았다. 그와 함께 꾹꾹 눌러놨던 모욕감과 수치심이 한꺼번에 밀려들었다.

"무엄한……."

쨍그랑. 그녀의 손에 들린 유리잔이 압력을 견디지 못하고 산산조각이 났다. 와인을 머금은 유리 조각들이 바닥으로 떨어졌다. 그녀의 고운 얼굴은 있는 대로 일그러져 있었다.

"저자도, 내 언젠간……."

황비가 피가 날 정도로 입술을 깨물었다. 부서진 유리 조각이 연약한 살갗을 파고들었으나 지금 그녀가 느끼고 있는 모멸감에 비할 바가 못 되었다. 찢겨진 상처에서 배어 나온 검붉은 핏방울이 바닥에 고인 와인에 섞여 들어갔다.

아침에 지하 감옥에 다녀온 후로 제스는 내내 저기압이었다. 팔짱을 끼고 눈을 감은 채 지키고 있는 침묵이 무거웠지만, 이미 그런 분위기에 익숙해진 지 오래인 아렌은 그 앞에서 태연하게 식사를 하고 있었다. 간간이 소시지 같은 것을 집고 저 멀리 앉아 있는 로도모나스에게 먹으러 오라고 손짓했지만, 그는 달갑지 않은 시선으로 제스를 쏘아보기만 할 뿐이었다.

어쩔 수 없이 혼자 식사를 마친 아렌은 제스의 몫까지 모조리 먹어버렸다는 걸 깨닫고 슬쩍 눈을 굴렸다.

"제스, 자요?"

아렌이 조심스레 물었다. 미동도 없이 눈을 감고 있는 걸로 보아하니 역시 자고 있는 모양이다.

"아니."

조심스레 자리를 비켜주려던 아렌은 놀란 나머지 씹고 있던 음식을 뱉을 뻔했다. 목이 멘 채 쿨럭거리고 있으니 한심하다는 듯한 눈초리가 제게로 향했다. 요즘 들어 공녀 체면이 말이 아닌 일이 왜 이리도 많이 일어나는지.

아렌이 목을 켁켁거리며 물을 마셨다.

"아, 그런데 이제 어떻게 할 거예요? 카트린느 부인이 사라져버렸으니……."

"아마 다시 시작해야겠지."

'우와, 기회다!'

"묘하게 기뻐 보이는군."

"아뇨, 그럴 리가요!"

아렌이 고개를 세차게 내저으며 변명했으나 입술 사이를 비집고 올라오는 미소는 어쩔 수가 없었다. 마음에 바람이 든 듯 한껏 설렜다. 아니, 이럴 때가 아니었다. 다른 말이 나오기 전에 어서 선수를 쳐야 한다.

"그럼 제가 다시 붉은 연꽃에 대해 알아볼까요?"

"……뭐?"

푸른 눈동자가 다시금 그녀를 향했다. 아렌이 제 가슴을 팡팡 치며 자신 있게 외쳤다.

"맡겨만 주세요! 지금 당장이라도 일을 다시 시작할 수 있으니까!"

"……."

제스의 입장에서야 마다할 게 없는 제안이었다. 처음 미끼로 쓰고 버리겠다고 생각하고 데려온 것치고는 머리도 잘 굴러가고 활솜씨도 일품이다. 카트린느 부인에 대해 알아 온 것이나 어제 사건 현장에서 보여준 신속한 판단력 또한 마음에 들었다. 단 한 가지, 아쉬운 검술 실력은 잘 가르치면 나아질 것이고.

하지만…….

그의 시선이 아렌의 손을 감고 있는 붕대에 머물렀다.

'망설이는 건가?'

제스가 스스로에게 물었다.

카트린느를 사로잡는 데엔 아렌의 공이 혁혁했지만, 덕분에 붉은 연꽃에 많이 노출된 것도 사실이었다. 제스야 붉은 연꽃을 찾는 당사자이니 그들이 직접 찾아와주길 기다린다손 치더라도, 아렌은 이 이상 끼어들 필요가 없었다. 아니, 이제는 오히려 막고 싶었다.

제스는 그 이유가 오로지 그를 위험하게 만들고 싶지 않기 때문이라는데 놀랐다. 그의 실력이 아깝기 때문이라기엔 과한 이유지 않은가. 이제껏 망아지 녀석이 보였던 괘씸한 행태들을 눈감아준 것도 금방 죽을 거라고 생각했기 때문이라는 걸 생각하면 더더욱.

제스가 제스답지 않은 고민에 빠져 있는 동안, 아렌은 나름대로의 생각에 따라 계속 말을 이었다.

"제스, 그런데 말이죠."

생각을 멈추고 고개를 든 제스는 급격하게 눈을 좁혔다. 아렌이 뭔가 말하기 쑥스럽다는 듯 몸을 배배 꼬고 있었다. 계집애도 아니고 사내자식이 저러니 징그럽기 그지없었다.

"저……. 기사단에 들어가게 해주세요!"

의외의 말에 제스의 눈이 약간 커졌다.

"무슨 소릴."

"큰 이유가 있어서는 아니에요. 저는 붉은 연꽃을 조사하러 다녀야 하고, 시종으로 보내는 시간은 아깝잖아요. 기사가 되면 조사하러 다니기 훨씬 수월할 거고 겸사겸사 배우고 싶었던 검술도 배우고요."

마치 오래전부터 준비해왔던 것처럼 대답이 술술 나온다. 저 작은 머리로 그런 생각을 하고 있었나. 시종이 된 지 얼마나 됐다고 벌써 기사 타령이라니.

하지만 제스는 내심 그게 그리 나쁘지 않은 생각이라고 생각했다. 어디로 튈지 모르는 망아지가 묘안이라고 짜낸 것치고는 말이다.

"기사단엔 어떻게 들어오는 건지 알고 있나?"

"아뇨. 몰라요."

"그래. 알 리가 없지. 괜한 걸 물어봤군."

"자꾸 그렇게 사사건건 무시해댈 거예요?"

인상을 확 찡그린 아렌이 밉살맞은 눈초리로 제스를 노려봤다. 그 눈초리조차 가뿐히 무시하며 제스가 말을 이었다.

"기사단은 근위대와는 달리 정기적으로 열리는 시험 대신 추천제로 운영된다. 기존에 있는 단원이 실력자를 스카우트해 오면 공개적으로 실력을 검증하고 뽑는 형식이지. 따라서 신분고하는 아무런 관계가 없다."

"그럼 지금 자리를 비웠다는 부단장님도 새 기사단원을 찾으러……?"

"그래."

아렌이 입을 동그랗게 모으고 고개를 끄덕였다. 신분고하에 상관없이 실력만 있으면 입단 시험을 보게 해준다니 실로 파격적인 방식이었다. 그 말인즉슨 하인이든 빈민촌의 거지든 상관없다는 소리가 아닌가. 물론 시종인 자신도 예외는 아니리라.

아렌은 식판을 슬그머니 옆으로 밀어놓고 생글생글 웃었다.

"제스, 그럼 저를 추천……."

"싫다."

단 한 순간의 고민도 없이 거절할 줄 몰랐던 아렌은 순간적으로 할 말을 잃어버렸다. 제스는 그녀를 거들떠도 보지 않고 서류를 집어 들었다. 아니, 뭐가 저렇게 단호해? 아렌은 황당한 표정으로 입을 열었다.

"뭐 때문이죠?"

"그걸 몰라서 묻나?"

"그럼 몰라 묻지, 알고 물어요? 생각해볼 것 없이 단칼에 거절할 만한 이유가 뭐냐고요."

"네가 엮이면 일이 항상 골치 아픈 쪽으로 흘러가니까."

"정말 대놓고 말썽꾸러기 취급이네요……."

아렌은 허탈한 웃음을 터뜨리며 등받이에 턱하니 기댔다.

"새를 맞혀 훈련 시간을 엉망으로 만든 사람이 누구였는지 잊은 모양이군."

"그래도 기회는 한 번 줄 수 있잖아요."

"……."

"이봐요, 듣고 있어요?"

아렌은 거세게 항의했으나 제스는 꿈쩍도 하지 않았다. 제 할 일은 서류 들여다보는 것뿐인 양. 그녀는 거기에 굴하지 않고 꼭 기사단에 들어가겠다는 일념하에 한참 동안 졸알댔지만, 마찬가지로 아무런 수확도 없었다. 차라리 벽에 대고 말하는 게 나을 정도였다.

'독한 놈.'

아렌은 물을 한 잔 마시며 어떻게 제스를 구슬릴지 머리를 굴렸다. 하지만 아무리 생각해봐도 묘안이 떠오르지 않는다. 하긴 시종으로 있을 때도 붉은 연꽃의 실마리를 잘만 물어 왔는데 제스로선 굳이 번거로운 일을 두 번 할 필요가 없을 것이다.

"……."

줄곧 침묵만 지키고 있던 제스는 잠시 손에서 서류를 내려놓고 천천히 아렌을 바라봤다. 머리를 꽁꽁 싸매고 고민하고 있는 걸 보니 어쩐지 쉽게 물러서지 않을 것 같다.

그렇다면 그 수밖에 없나.

한숨을 푹 쉰 제스가 입을 열려는 찰나였다. 집무실 문이 노크도 없이 큰 소리를 내며 열렸다.

"기사단장!"

순백색 천에 금색 바이어스가 잔뜩 둘러진 제복을 입은 남자가 기세등등하게 집무실 안으로 들어왔다. 곱슬한 금색 머리카락이나 주머니에 꽂은 장미꽃 때문인지 인상이 전체적으로 다소 느끼한 남자였다. 보는 것만으로도 버터 한 덩이를 통째로 집어삼키기라도 한 것 같은 기분이 들었다.

안대를 차고 있는 그 남자는 기세등등하게 척척 들어오더니 먼저 아렌에게 시선을 주었다. 어안이 벙벙한 얼굴을 비웃기라도 하듯 입술이 비틀어져 올라갔다.

"뭐야, 하인과 마주 보고 식사하는 건 새로 든 취미인가?"

"무슨 일로 왔나, 근위대장."

가볍게 내뱉어지는 말에 아렌은 다시 놀랄 수밖에 없었다. 근위대장이 직접 이곳에 왔다는 점, 근위대장이 저렇게 느끼하게 생겼었다는 점 중 무엇에 더 놀라야 할지는 모를 일이었다.

"내가 찾아오는 것 정도는 미리 알고 있으셨을 텐데, 기사단장님께서는."

"길게 말 섞고 싶지 않으니 용건만 간단히 하지."

제 도발에 쉽게 넘어오지 않는 제스를 마주하는 아론은 이미 질린 표정이었다. 어째 저놈은 세월이 지나도 변한 게 하나 없냐는 듯한 눈빛이었다.

"이번에도 무투대회를 거절했다 들었다. 언제까지 거부할 셈이지?"

"……그 건이라면 이미 뜻을 전했을 텐데."

"나는 거기서 네게 갚아야 할 빚이 있어. 이 눈에 대해 말이지."

아론이 이를 바득바득 갈며 안대로 가려진 한 눈을 가리켰다. 하지만 제스는 여전히 별 감흥 없는 얼굴이었다. 그에 더욱 바싹 약이 오른 아론의 입가가 경련하듯 씰룩거렸다.

"짜증스러울 정도로 여유만만한 건 여전하군."

"말 끝났으면 꺼져라."

"아니! 본론은 이거다."

아론은 선언하듯 외치고는 제 손에 들려 있던 서류를 아렌에게 휙 던졌다. 얼결에 받아낸 아렌이 손에 든 서류를 어찌할지 묻는 눈빛으로 곁눈질했다. 돌아오는 대답은 간단했다.

"읽어."

읽으라니 읽어야지. 내가 언제 이렇게 고분고분해진 거지?

아렌은 스스로에게 놀라면서 손에 들린 두루마리를 펴고 읽어 내려가기 시작했다.

"무투대회는 제국의 위상과 사기를 증진시킨다는 목적에서 열리고 있

공녀님!
공녀님! 1

다. 황실 행사에 적극적으로 참여해야 할 기사단의 부재는 이제껏 사정을 보아 묵과해왔으나 정도가 과하다. 따라서 무투대회에 불참한다는 기사단장의 청을 기각하며 기사단 전원이 무투대회에 참석하도록 명을 내리는 바다.' 그리고 밑에 도장도 찍혀 있네요."

"똑똑히 들었나? 이제는 더 이상 승부를 피하기만 할 순 없을 거다. 다름 아닌 황비 전하의 뜻이니까!"

아렌은 근위대장의 말이 이어지는 동안 시시각각 변해가는 제스의 표정을 보며 침을 꿀꺽 삼켰다. 처음엔 고요했던 눈동자가 점점 석연찮게 동요하더니 이내 무섭게 타오른다.

아론은 지금 즉시 입을 다물어야 했다. 이 자리에서 죽고 싶지 않다면.

"기억해둬, 사흘 후다! 그동안 갈고닦은 검술로 네놈을 오웬이란 놈과 똑같이 만들어줄 테니까……."

"다시는 추잡한 짓 하지 말라고 했을 텐데."

칼로 썰어내는 듯한 차가운 어투에 아론은 저도 모르게 입을 닫았다. 더 이상 그 앞에서 눈치 없이 나불거릴 수 있는 분위기가 아닌 걸 파악하고 나서야 그는 얼른 걸음을 돌렸다.

"추잡한 짓이라니, 무슨 말을 하는 건지 당최 모르겠군. 어, 어쨌든 나는 명을 전했으니 이만."

그 말을 끝으로 아론은 도망치듯 자리를 떠났다. 요란스러운 등장과 비교되는 허무한 퇴장이었다. 아렌은 고개를 들지도 못하고 발가락만 오므렸다가 폈다가를 반복했다. 아론이 제스의 화를 한껏 돋우고 가버렸으니 뒷감당은 죄다 그녀의 몫이 되었던 것이다.

아렌은 조심스레 고개를 돌려 제스를 곁눈질했다. 그에게선 '근위대장이든 황비든 다 때려 엎고 싶다.'라는 기색이 역력했으나 그의 이성이 그것만은 막고 있는 듯했다. 화가 났다고 해서 누군가에게 성질을 부리거나 하는 개차반 성격은 아닌 것에 감사해야 하는 순간이었다.

순간 제스가 눈을 뜨면서 그녀와 시선이 딱 마주쳤다. 아렌은 나쁜 짓을 하다 걸린 어린아이처럼 기겁을 하며 외쳤다.

"훔쳐본 거 아닙니다!"

"……."

이런, 이거야말로 '나 훔쳐봤어요.'라고 말하는 꼴 아닌가. 어색해진 분위기에 그녀가 억지웃음을 지어 보였다.

"아니, 갑자기 시선이 마주쳐서 놀라서……. 계속 서류 보세요."

"이제 볼 필요 없다."

왜냐고 물어볼 필요도 없었다. 서류는 죄다 '무투대회'라는 단어로 도배되어 있었으니까. 저 서류들은 아마 죄다 무투대회 참여를 거부하는 기사단에 귀족들이 공식적으로 보낸 탄원서인 듯했다. 저걸 처리하는 제스도 제스지만, 끈질기게 작성하여 보내는 귀족들도 진드기나 마찬가지였다.

아니, 지금 중요한 게 아니지.

아렌은 정신을 도로 차리고 제스에게 슬쩍 말 걸었다.

"저어, 아까 우리 얘기하던 것 말인데요. 무투대회에서 실력을 검증하기로 하는 거면 어때요?"

"……."

"공개적인 자리니까 기사들도 다 볼 수 있을 테고요. 그런 기회 정돈 줘도 괜찮잖아요."

어차피 밑져야 본전이라는 생각에 꺼낸 말에 제스가 처음으로 흥미를 보였다.

"첫 상대로 나를 만나면 어쩌려고."

"봐줄 생각은 없어요."

"정말로 할 생각인가."

"자신 없으면 물러서든가."

검으로 겨루면 저에게 이길 리가 없다는 걸 알고 있을 텐데 오히려 호기롭게 덤비는 모습이 흥미로웠다. 제스의 입가에 저도 모르게 옅은 웃음이 떠올랐다.

"그럼 한번 발버둥 쳐봐라."

"좋아요, 후회하지 말라고요."

아렌은 이미 1승을 챙긴 것처럼 자신만만하게 턱을 치켜들고 방을 나섰다. 문이 열리고 닫히기 전에, 마침 계단을 따라 올라오고 있었던 프레드릭의 목소리가 들렸다.

"어, 아렌! 너 어디 가냐? 왜 그렇게 기합이 잔뜩……."

"검술 연습 하러요!"

"흠? 그, 그래. 열심히 해."

힘찬 발걸음 소리가 멀어지자 노크 소리가 이어졌다. 집무실로 들어온 프레드릭은 언제나와 마찬가지로 경건하게 경례하고 입을 열었다.

"단장님, 근위대장이 왔다는 소리를 듣고 청소하러 왔습니다."

"늦었다."

"죄, 죄송합니다."

그가 이미 한바탕 난리를 치고 돌아갔다는 걸 깨달은 프레드릭이 용서를 구하듯 고개를 떨어뜨렸다.

제스가 옆에 세워진 검으로 손을 느릿하게 뻗었다. 손에 단단히 쥐인 검이 검집에서 물 흐르듯 쑥 빠져나왔다. 그의 존재감은 검을 드는 것만으로 충분했다. 푸르게 빛나는 검과 기막히도록 잘 어울리는 자태는, 이 모습을 보는 누구든 홀릴 정도였다.

프레드릭 또한 넋 놓고 지켜보는 가운데 그가 검을 쓸어내리며 조용히 입을 열었다.

"가서 전해라. 이번 무투대회에는 기사단 전체가 참가하게 되었다고."

"예? 그럼……. 혹시 단장님께서도 참가하시는 겁니까?"

프레드릭의 질문에 한참 동안 침묵하던 제스가 검을 다시 검집에 넣었다.

"그래야겠지."

"저어, 단장님. 혹시 오웬 경의 일, 아직 마음에 담아두고 계십니까?"

아무런 대답이 돌아오지 않자 프레드릭은 안절부절못하며 더듬더듬 말을 이었다.

"단장님. 오웬 경은 단장님을 전혀 원망하지 않고 있습니다. 그가 다리를 못 쓰게 된 것은 전적으로 근위대 탓이었지, 단장님 탓은 전혀……."

"나가봐라."

제스가 눈을 감고 나직하게 중얼거렸다. 거기서 느껴지는 씁쓸함 때문에 프레드릭은 더 이상 말을 잇지 못하고 방을 나설 수밖에 없었다.

기사단이, 그리고 기사단장이 무투대회에 참석하는 것은 햇수로 따지자면 5년 만에 있는 일이었다. 소식이 전해지자 그 이상의 기대가 전염병처럼 퍼졌다. 지방에서 소식을 접하고 그의 경기를 보기 위해 수도로 이동하는 일도 비일비재했다. 무투대회 날짜가 바로 코앞으로 다가오자 흥분은 끓는 물처럼 올라왔고 아렌 또한 연무장에서 검을 휘두르며 각오를 다지는 데 집중하고 있었다.

'일승(一勝)은 해야 해, 무조건.'

아렌은 마음을 단단히 굳히며 검을 잡았다. 불행 중 다행으로, 이번 무투대회엔 기사단과 근위대뿐만 아니라 참가에 의의를 두는 평민들이 많이 나온다고 한다. 듣자하니 근위대엔 검도 잘 못 휘두르는 귀족 자제들이 태반이라고 하니 운이 지지리도 없는 경우가 아니라면 어느 정도 승산이 있었다.

기합을 넣은 아렌이 검을 한 번 더 휘두르려는데, 옆에서 포르르 날아 온 로도모나스가 검 등 위에 내려앉았다.

"로도모나스? 무슨 일이야?"

아렌이 검을 든 손을 잠시 멈칫하고 물었다. 날개만 파닥거리던 로도모 나스는 고개를 휘휘 내젓고 검을 살짝 눌렀다.

저게 무슨 뜻이지?

아렌이 잠자코 있자 로도모나스가 더 크게 고개를 저었다.

아, 저거 설마…….

"검 쓰지 말라고? 왜?"

로도모나스는 아무 대답 없이 검만 눌렀다. 언젠가 세이가 로도모나스 는 내킬 때 말을 할 거라고 말했었는데, 지금은 썩 말하고 싶은 상태가 아 닌 것 같았다.

"어떡하지, 그래도 이번엔 써야 하는데."

로도모나스의 눈이 약간 가늘어지면서 불만 섞인 표정으로 변하자 그 녀는 피식 웃고 말았다.

"로도모나스, 혹시 나 걱정하는 거야? 응? 그런 거야?"

아렌의 말 한 마디에 검은 털 뭉치가 순간적으로 새빨갛게 달아올랐다. 바짝 세운 털을 서서히 가라앉힌 로도모나스가 부끄러운 듯 고개를 돌렸 다. 끄덕끄덕.

작은 고갯짓을 보고 아렌은 참지 못하고 검을 내려놓고 팔을 뻗었다.

"으앗! 귀여워! 로도모나스! 날 걱정해주는 건 너밖에 없구나!"

어라, 로도모나스가 다시 빨개진다. 귀엽다, 귀여워.

아렌은 손으로 로도모나스를 살며시 쓰다듬어주며 말했다.

"로도모나스, 걱정해줘서 고마워. 하지만 난 지금 검을 놓을 수가 없어.

그런데 이왕 하는 거, 로도모나스가 응원해주면 다치지 않고 더 잘할 수 있을 것 같은데!"

살살 구슬리는 말에 로도모나스는 금방 홀딱 넘어가서 고개를 끄덕끄덕거렸다. 백마흔아홉 살을 먹었다곤 하지만, 하는 행동은 완전 어린아이였다.

로도모나스의 열렬한 응원이 쏟아지는 가운데 아렌은 착실히 검을 휘둘렀다. 언젠가 대련했던 장면을 상기하며 짚 인형을 상대로 검을 휘두르니 감각이 꽤 깨어나는 듯도 했다. 무엇보다도 활로 다져두었던 근력과 집중력이 그녀의 실력을 더욱 빠르게 늘게 도와주었다.

한참 동안 검 연습에 집중하고 있었던 아렌은 주변이 어두컴컴해졌다는 걸 아주 뒤늦게야 깨닫고 검을 내렸다. 이마엔 어느새 땀이 배어 축축하다.

"이쯤이면 준비운동으론 충분한 걸까……."

어차피 상대도 없는데 이 이상 검을 휘둘러봐야 무의미할 것이다. 그대로 정리하고 돌아가려는데 어둠 속에서 누군가 걸어 나왔다. 그의 얼굴을 확인한 아렌이 눈을 동그랗게 떴다.

"어? 제스. 언제부터 거기 있었어요?"

"검을 좀 더 강하게 잡아라."

"네?"

"검 들어."

"이, 이렇게요?"

아렌이 자신이 쥘 수 있는 한 최대한 강하게 검을 잡고는 제스를 향해 물었다. 제스는 대답은 하지 않고 손으로 검 등을 툭, 쳤다. 검이 휘청하며 크게 흔들렸다. 아렌이 앓는 소리를 내며 검을 잡은 손에 더 힘을 주었다.

제스는 다시 한 번 검 등을 쳤고, 그녀의 검이 흔들리지 않을 때까지 계속했다. 아렌이 온 힘을 집중하며 검이 흔들리지 않도록 계속 고쳐 잡았다. 손으로 내리쳐도 거의 흔들림이 없을 때쯤 그가 검을 뽑아들었다.

"버텨."

무슨 소리냐고 묻기도 전에 그의 검이 그녀가 든 검에 부딪쳐 왔다.

쨍강! 검과 검이 부딪치는 날카로운 소리와 함께 엄청난 힘이 압박하여 누르기 시작했다. 밀어내기는커녕 들고 있기도 힘겨워질 정도로 강한 힘이었다.

하지만 제스는 이것도 못 버티느냐는 듯 눈을 내리깔았다.

"한심하군. 팔 힘은 기르지 않고 뭘 한 거지?"

"자기가 무식하게 힘이 센 줄은 모르고……."

"입이 산 걸 보니 아직도 버틸 만한 모양이군."

동시에 찍어 누르는 힘이 배로 강해졌다. 아직도 더 세질 게 남아 있단 말이야? 아렌이 속으로 기겁하며 팔에 힘을 주었다. 검을 받아내느라 부들부들 떨리고 있는 제 팔과는 달리 조금의 흔들림조차 없는 그의 팔이 얄미워질 지경이었다.

온갖 용을 쓰며 버텨내자 제스가 천천히 검을 거두었다. 압박하던 힘이 사라지니 손끝에서부터 온몸의 힘이 다 빠져나가는 것 같았다.

"휘둘러봐라."

아렌은 후들거리는 팔을 가누어 검을 쥐고 허공을 향해 휘둘렀다. 오른쪽에서부터 대각선으로 내리그이는 검날에 공기가 휭 소리 나며 갈렸다. '이렇게?'라는 얼굴로 제스를 바라보자, 그가 팔짱을 끼고 벽에 기대며 말했다.

"다시."

휭!

"다시."

빽!

그의 말대로 검을 한 번 더 휘두르려는데 무언가가 아렌의 등을 내려쳤다. 그게 제스의 검이라는 건 알고 있었지만, 차마 확인도 하지 못한 채 무릎을 굽혔다. 아프다. 아파 죽겠다.

한동안 끙끙댄 아렌이 인상을 찌푸리며 고개를 들었다.

"치사하게, 급습하는 경우가 어디 있어요?"

"항상 등을 조심하라고 했을 텐데."

"말이나 못 하면……."

"일어나."

아렌은 아직도 화끈거리는 등을 슥슥 문지르며 일어났다. 누가 스파르타식 아니랄까 봐 겁이 날 정도로 몰아친다. 그 후에도 그녀는 몇 번이고 검 등에 맞아가며 검을 막아내야 했고, 혼자 훈련할 때와는 비교할 수 없을 정도로 녹초가 되어버렸다.

한 번만 더 휘두르라고 시키면, 난 정말 살인미수를 저지를지도 몰라.

거기까지 생각이 닿은 찰나 제스가 처음으로 '다시'가 아닌 다른 말을 내뱉었다.

"너는 기본이 약하다. 베기 연습만이라도 제대로 하도록."

"어? 가요?"

"……."

"어, 어……. 잠깐만요! 잠깐만! 거기 서봐요! 할 말 있다고요!"

뒤돌아가려는 제스를 불러 세우긴 했는데, 막상 말을 하려니 쑥스럽기 그지없었다. 아렌은 입안에 맴도는 말을 뱉을지 말지 한참을 망설였다.

"그, 저기. 제가 기사단의 견습 기사가 되기에 많이 부족한 거 알아요."

"알면 됐다."

"……이런 순간에도 울컥하게 하지 말아요. 으음, 그러니까 하려던 말은……. 저에게 이런 기회를 준 거랑, 그거 말고도 이것저것……."

"……."

아렌은 눈을 질끈 감고 외쳤다.

"고, 고, 고맙다고요!"

"……."

"이런……, 기회를, 제스가 아니었다면 받지 못했을 거예요. 정말 고오……맙게 생각하고 있어요."

'천만에! 나야말로!' 같은 의례상 답변은 기대하지도 않았지만, 침묵이 꽤 오랫동안 이어지니 슬슬 얼굴이 달아오르기 시작했다. 으으, 괜히 말했나. 쑥스러움이 차츰 후회로 변해갈 때쯤 아렌이 살며시 한쪽 눈을 떠보았다. 주변이 워낙 어두운 탓에 잘 보이지 않았지만, 서서히 열리는 입술만은 분명히 보였다.

"그 검."

"네?"

"어머니의 것이다."

아렌이 찬찬히 검을 들어 보았다. 어둠 속에 묻힌 은색 날이 초승달처럼 빛났다.

"제스……의 어머니요?"

"그래. 그 검에 부끄럽지 않은 검술을 펼쳐라."

"……."

멍하니 검을 바라보고 있는 아렌을 내버려두고 제스는 저 멀리 걸어가버렸다. 검에 새겨진 이니셜이 달빛을 반사하여 반짝거렸다. 어머니의 검이라면 꽤나 소중한 걸 텐데.

제스가 줄곧 이 검을 지니고 다녔던 것, 검을 잃어버리면 죽이겠다고 한 것도 죄다 이해가 갔다. 그 검을 내게 줬단 말인가. 왜.

「그 검에 부끄럽지 않은 검술을 펼쳐라.」

"어머니의 검……."

아렌의 얼굴에 저도 모르게 미소가 떠올랐고, 검을 쥔 손에도 힘이 불끈 들어갔다.

"좋아. 잘해야지."

내일이 바로 결전의 날이다. 꼭 1승을 따내어 기사단에 들어가리라. 아렌은 검을 꼭 쥐며 고개를 젖혔다. 검을 휘두르니 미처 발견하지 못했던 별무리가 한눈에 쏟아졌다. 홀로 은은하게 빛나고 있는 달을 보니 자연히 떠오르는 얼굴이 있었다.

'저번에 너무 정신없이 보냈어. 손도 치료해줬는데. 무투대회 전에 한번 만나러 가볼까?'

걸음을 옮기려던 아렌은 문득 옆이 허전하다는 걸 깨닫고 주위를 둘러보았다. 제스를 피해 도망가 있던 로도모나스가 못마땅한 얼굴로 콧방귀를 뀌며 수풀 사이에 숨어 있었다. 제스가 머무는 시간이 길어진 게 마음에 들지 않는 모양이었다.

아렌은 멀리 있는 그를 향해 소리 높여 외쳤다.

"로도모나스! 나중에 푸딩 챙겨줄게!"

푸딩이라는 단어 하나에 검은 털 뭉치가 크게 움찔거렸다. 며칠 동안 관찰한 결과 로도모나스는 단것에 매우 약하다는 걸 알아낼 수 있었다. 그녀가 제시한 푸딩은 개중에서 가장 효과적으로 로도모나스를 달랠 수 있는 무기였다.

아렌은 다섯 손가락 중 두 개를 접으며 비장의 카드를 내밀었다.

"세 개 줄게."

「이리 와. 아니, 잠깐. 순서가 틀렸네. 흠흠. 이름이 뭐야?」

「……이름?」

「응, 이름! 네 이름!」

「세……이……모어……입니다만.」

「세이모어? 그러면 세이네! 이제부터 세이라고 부를게!」

「……세이?」

「응, 세이. 네 이름, 애칭이야! 참, 내 소개를 깜박했네. 나는 아르렐리아
라고 해.」

머릿속에 울려 퍼지는 어린 목소리에 세이의 눈이 번쩍 뜨였다. 머나먼
기억이 잔상처럼 흐릿하다.

아르렐리아. 아렌.

길었던 머리를 듬성듬성 자르고 사내 행세를 하는 그녀를 떠올리자 자
연히 입가에 웃음이 내걸렸다. 그는 꽤 오랜 시간 동안 그녀를 지켜보았
다. 그녀가 바로 그를 이곳에 머물게 한 이유니까.

스쳐 지나갈 때 희미하게 풍기는 향, 말할 때의 그 억양, 그녀의 표정,
발걸음 소리…….

검은 세상 속에 그녀의 것만이 색깔을 가진 듯, 유별나게 눈에 띈다. 이
제 막 들려오기 시작하는, 타박거리는 발자국 소리도 그녀의 것이었다.
줄곧 기다렸던 그녀가 지금 그에게 오고 있었다.

"근 십 년 만이군요, 아르렐리아."

작은 발소리가 문 앞에서 멈추자 그가 나직하게 속삭이며 머리를 받쳤
던 깍지를 풀었다. 허공에 떠 있던 의자가 천천히 내려앉자 때마침 경쾌

한 노크 소리가 들렸다. 들어오라는 말을 하기도 전에 문이 벌컥 열리고 그 틈으로 장난기 가득한 얼굴이 쏙 나왔다.

"세이!"

"아렌."

세이는 가벼운 손짓으로 아렌을 창가 쪽으로 안내했다. 그녀는 조금 빠른 걸음으로 그가 인도하는 곳으로 걸어가면서, 그의 언행은 언제 보아도 점잖은 신사 같다는 생각을 했다. 쓸데없는 몸짓이나 말은 더해지지 않은, 거름망에 정제된 듯한 사람이었다.

"어쩐지 지쳐 보이는 얼굴이군요."

"아……. 말도 말아요. 진짜 죽을 뻔했네."

아렌은 말린 오징어처럼 의자에 몸을 축 늘어뜨리며 투덜거렸다. 세이는 그 자유분방한 면모를 보며 피식 미소 지으면서도, 한편으론 걱정된다는 듯 말했다.

"시종 일이 버거우십니까?"

"아뇨, 그게 아니라 검 연습을 많이 했더니……. 사실 내일 열릴 무투대회에 나가기로 했거든요."

"무투대회가 열린다는 이야기를 들은 적은 있습니다. 그런데 거기엔 왜 나가시는 건지……."

세이는 문득 말을 멈추고 앞을 바라봤다. 아렌이 두 손으로 턱받침을 하고 그를 뚫어져라 바라보고 있었다. 관찰하는 듯한 눈빛에 세이가 살짝 고개를 기울였다.

"왜 그렇게 쳐다보십니까?"

"만약에 말이죠. 무투대회가 아니라 마법대회가 열리는데, 거기에 세이가 나간다면 어떻게 될까요? 워낙 천재 마법사시니까 우승 정돈 거뜬히 하려나요?"

공녀님!
공녀님! 1

아렌이 아이처럼 작게 키득거렸다. 그 웃음소리가 듣기 좋아 세이의 입가에도 미소가 떠올랐다. 세이는 아무 대답을 하지 않은 채 그녀의 손을 잡아끌었다. 힘없이 끌려오는 손바닥은 군데군데 빨갛게 부어 있었다.

"손에 바람 잘 날이 없으시군요."

"미안해요. 치료해준 지 얼마 되지도 않았는데. 하지만 연습하다 보니 자신감이 막 붙어서, 계속할 수밖에 없었어요!"

아렌이 머쓱한 얼굴로 손을 슬그머니 빼내자 세이가 굳은 얼굴로 그녀를 바라봤다.

"무투대회, 꼭 나가야겠습니까?"

"네. 꼭! 꼭! 나가야 해요."

아렌이 결연한 의지를 담은 얼굴로 고개를 끄덕거렸다. 그럼에도 그의 표정이 그다지 좋지 않아 그녀가 먼저 발랄하게 말을 이어갔다.

"그런 표정 짓지 말아요! 잘하고 올 테니까. 대신 응원이나 해달라고요."

세이의 눈이 일순 가늘어지더니 미소가 번진 입술이 그녀의 손등에 와 닿았다. 가볍게 눌린 입술은 천천히 뒤집힌 손끝에도 키스를 남겼다. 그러고는 살갗을 어루만지듯 서서히 올라와 손바닥 안쪽에서 멈춘다. 얇고 따뜻한 숨결이 손목으로 타고 올라오려 하자 아렌이 그제야 흠칫 놀랐다. 세이는 손목에서 콩닥거리는 가녀린 맥박을 온전히 느낀 후 고개를 들었다.

"이게, 잘하라는 제 주문입니다."

"세, 세이. 왜 자꾸……. 그, 다른 사람들한테도 이래요?"

부드럽고 차가운 머리카락이 살갗을 스치자 소름이 오소소 돋았다. 느낌이 정말 낯설고 이상하고 간지럽고……. 어쨌든 온갖 희한한 수식어는 다 붙여도 될 만큼 이상했다. 아무리 긁어도 간질거리는 느낌이 사라지질 않는다.

그녀의 물음에 세이는 여전히 장난기 가득한 얼굴로 대답했다.

"글쎄, 어느 쪽일까요?"

"……갈래요."

놀림을 받고 있다는 느낌이 들자마자 아렌이 아랫입술을 삐죽 내밀며 일어났다.

"아렌. 다음에도 이렇게 자주, 찾아와주시겠습니까?"

아렌이 곁눈질로 세이를 뒤돌아봤다. 냉정하게 외면하고 가려고 했지만 도저히 외면할 수가 없다. 거기다 저 천사 같은 얼굴을 보면 화가 목구멍까지 올라오다가도 스르르 녹아버리곤 했다. 아렌이 자꾸 풀리려는 안면 근육을 억지로 움직여 화난 표정을 지어 보였다.

"……이런 짓, 안 한다고 약속하면요."

"이런 짓이라니, 어떤 걸 말씀하시는 건지?"

당최 저걸 몰라서 묻는 건지. 저번엔 갑자기 안질 않나, 오늘은 또 손에다가…….

일련의 황당한 사건들이 사진처럼 한 장씩 스쳐 지나가자 얼굴이 미미하게 달아오르기 시작했다.

"장담 못 하겠습니다만, 노력은 하겠습니다."

전혀 노력할 것 같지 않았지만, 아렌은 모르는 척 넘기고 걸음을 옮겼다. 더 말을 섞어봤자 말려들어 가기만 할 것 같았기 때문이다. 세이와 아렌이 이야기하는 동안 구석에서 구르고 있던 로도모나스가 그녀를 따라 포르르 날아올랐다.

"로도모나스."

방을 나서려던 로도모나스가 초록빛 반짝이는 눈으로 세이를 응시했다. 세이는 굳은 얼굴로 입을 열었다.

"만약의 경우에는, 부탁합니다."

로도모나스가 두어 번 고개를 끄덕거리더니 파닥거리며 아렌의 뒤를 따랐다. 문이 쿵 닫혔다.

무투대회 1일째엔 아침부터 기사단 전체가 분주했다. 매년 무투대회 때도 평소와 다를 바 없이 생활했던 이전과는 달리 올해는 이례적으로 기사단 전원이 대회에 참가하게 되었기 때문이다. 이것은 황비의 명령 때문이기도 했지만, 한 번쯤 무투대회에 나가보고 싶다는 기사들의 소망도 반영된 결과이기에 다들 행동에 힘이 들어가 있었다.

부단장을 대신하여 기사들을 소집하고 저 자신도 대회에 참가할 준비에 한창이던 프레드릭은 마침 지나가던 아렌을 발견하고 손을 흔들었다.

"어이, 아렌, 어디 가냐?"

"어이, 형, 전 무투대회 열리는 곳으로 가고 있어요!"

"뭐? 얌마, 너 거기가 어딘 줄 알고."

당황한 프레드릭을 향해 아렌은 제 손에 든 검을 번쩍 들어 보이며 외쳤다.

"일승이 목표예요. 형도 다치지 마시고 잘하세요!"

"녀석, 기합 한번 제대로 들어갔네."

힘차게 뛰어가는 아렌의 뒷모습을 보며 프레드릭이 실소를 터뜨렸다. 뭍에 나온 물고기처럼 항상 팔팔한 녀석을 보면 저도 모르게 아빠 같은 미소를 짓고 있곤 했다.

모든 단원들이 정비를 맞추고 열을 맞추어 모였을 즈음, 그들의 수장인 기사단장이 나타났다. 언제나처럼 차분하고 단정하게, 하지만 위엄 있게 모습을 드러냈다.

"단장님을 뵙습니다!"

기사단원들이 한꺼번에 무릎을 꿇으며 부복했다. 그 때문에 일어난 바람에 제스의 머리카락이 살짝 흩날렸다. 제스는 제 앞에 부복해 있는 기사들을 쭉 둘러보고 입을 열었다.

"다치지 마라."

더도 덜도 말고 짧게 던진 그 한 마디에, 프레드릭은 가슴 한편이 찡해 오는 걸 느꼈다.

제스가 기사단을 이끈 반면 아렌은 혼자 꿋꿋하게 대회장으로 향하고 있었다. '일승! 일승!'을 외쳐가며 뛰듯이 걷자 그리 오래 지나지 않아 대회장 앞 광장에 도착할 수 있었다. 대회장은 구경하러 온 사람들과 잡상인들로 바글거리고 있었다. 길가에 삼삼오오 모인 기사들은 무투대회에 대한 이야기꽃을 피우고 있었고, 거기선 심심찮게 '기사단장'이라는 호칭도 들려왔다.

콧노래가 절로 나왔다. 이런 축제에 참여하는 것도 처음이거니와 기사단에 들어간 이후의 생활이 어떨지 상상하는 것만으로 바람이 든 듯 들떴다.

'기사단에 들어가면 검술도 늘 거고, 기사단 사람들과 친해질 수 있겠지. 그리고……, 제스와도 같이 있을 수 있어.'

아렌은 제 허리춤에 매여 있는 검을 내려다보고 주먹을 불끈 쥐었다. 제스가 건네준 검을 보는 것만으로 그가 어젯밤 건넸던 말이 생각나서 절로 힘이 솟구치는 것 같았다.

힘차게 걸어간 아렌이 즉각 향한 곳은 무투대회 참가 신청을 받는 접수처였다. 접수원으로 보이는 남자가 입구 앞에 비치된 테이블에 앉아 무언가를 적어 내려가고 있었다. 아렌은 그 앞에 멈춰서 입을 열었다.

"저어, 참가 신청은 여기서 하면 되나요?"

"예, 그렇습니다. 성함이?"

"아렌이에요."

남자가 고개를 들어보지도 않고 참가자 리스트에 그녀의 이름을 써넣었다.

"직업은 무엇입니까?"

"시종요."

"네, 알겠습니다. 시종……. 네?"

접수원은 들은 그대로 이름을 적어 넣으려다 멈칫하고 아렌을 올려다봤다. 아렌은 다시 한 번 되새겨주듯 말해주었다.

"시종요. 시종."

"아, 네……. 참가비는 십 골드입니다."

접수원은 아렌에게서 참가비를 받아 챙기며 고개를 갸웃거렸다. 시종씩이나 되는 사람이 왜 이런 무투대회에 참가하느냐는 듯한 표정이었다. 하긴 조금 특이한 케이스긴 했다. 이어서 접수원은 아렌에게 1차전 상대는 누구인지, 그리고 어디로 가야 하는지 알려주었다. 본선에 진출하기 위해선 토너먼트 식으로 진행되는 예선을 통과해야 하는데, 콜로세움에서 열리는 본선과는 달리 지금은 대회장 내에 있는 작은 결투장으로 가면 된다고 한다.

운이 좋은 건지 나쁜 건지, 아렌의 상대 또한 막 대회장에 도착해서 곧장 결투를 치르면 된다고 한다.

좋아, 1승은 무조건 챙겨야 해.

아렌이 주먹을 불끈 쥐며 걸음을 떼려는 순간이었다. 껄렁거리는 목소리가 그녀의 귀를 자극했다.

"뭐야, 이게 누구신가. 기사단장의 시종 아닌가?"

시선을 돌려보자 근위대원 몇몇을 거느리고 다가온 근위대장이 보였다. 아론이라고 했던가? 그런데 제 부하들을 뒤에 세워두고 혼자 따박따

박 걸어오는 폼이 어쩐지 묘한 기시감이 들게 했다. 어디서 많이 보던 구도인가 했는데 '데이브와 아이들'과 똑같지 않은가.

"안녕하세요."

인사하는 그녀를 휭하니 스쳐 지나간 아론이 접수원에게서 리스트를 팩 빼앗아들었다. 원래라면 참가자에게 리스트는 공개하지 않는 게 원칙이었으나 접수원으로서도 어쩔 수 없는 상황이었다. 근위대장이면서 백작위에 올라 있는 아론에게 어떻게 대항할 수 있단 말인가.

"어이, 시종. 너도 설마 무투대회에 참가하는 거냐?"

리스트에서 '시종'이라는 직업을 발견한 아론이 그녀 허리춤에 매인 검을 흘끗 보고 물었다. '네까짓 게?'라고 묻는 뉘앙스가 다분했지만, 아렌은 별달리 불쾌해하지도 않고 말을 이었다.

"예. 그렇게 됐습니다."

"검 쥐는 법을 알긴 아는 거냐? 그 막대 같은 팔로 검을 들 수나 있겠어?"

"대장님 문제만으로 머리가 많이 복잡하실 텐데, 제 걱정까지 해주셔서 감사합니다."

"뭐야?"

아론이 눈살을 왈칵 찌푸리며 소리치자 아렌은 왜 화 내냐는 듯 눈을 동그랗게 떴다.

"별다른 뜻은 없습니다. 어제 기사단장님 앞에서 많이 놀라신 것처럼 보였거든요. 서둘러 도망치신 후엔 좀 괜찮아지셨을까 걱정되기도 했고요."

"뭐, 뭐……. 도망이라니, 내가 언제!"

제 치부가 갑작스레 들춰지자 아론의 얼굴이 새빨개졌다. 아렌은 전혀 몰랐다는 듯 입을 헤벌렸다.

"예에? 어쩔 줄 몰라 하면서 꽁무니를 뺀 게, 도망이 아니었단 말입니까? 어이쿠, 죄송합니다. 소인이 모자라서 대장님의 깊은 속내를 미처 헤아리지 못했네요."

"너, 네놈 지금 일부러 그러는 것이지?"

"그럴 리가요. 그럼 소인은 이만 물러가겠습니다."

아렌은 생글생글 웃으며 넙죽 인사하고 자리를 벗어났다. 끝까지 농락당한 쪽은 자신이라는 걸 뒤늦게 깨달은 아론이 바닥을 세차게 걷어차며 울화통을 터뜨렸다.

"뭐야, 저 시종은! 기사단은 하나같이 건방진 놈들밖에 없나?"

"대장님, 진정하십시오. 근본 없는 자의 말 따윈 신경 쓰실 바 되지 않습니다."

"그렇습니다. 저런 자를 상대로 말해보았자 들어먹지도 못할 겁니다."

주위에서 아무리 대원들이 아부해댄들 아론의 화는 좀처럼 가라앉지 않았다. 대체 이게 무슨 망신이란 말인가. 옆에서 대화를 모두 엿들은 하찮은 접수원도 입을 막아가며 웃음을 참고 있었다.

그가 한참을 씩씩대다가 불타오르는 눈빛으로 대원들을 쏘아봤다.

"아무래도 괘씸해서 안 되겠다. 너! 네가 저놈을 손봐주도록 해. 네놈을 추천해 기사단에 넣어준 황비 전하께 한 마디라도 보탤 말을 만들어내란 말이다."

마침 가장 앞에 나와 있는 근위대원을 지목하며 아론이 펄펄 날뛰었다. 하지만 정작 지목당한 근위대원은 뭐라 할지 몰라 입만 달싹이고 있을 뿐이었다.

더 열이 오른 아론은 거품까지 물어가며 소리 질렀다.

"왜 대답이 없지? 나는 기사단장과 붙어야 하니 네가 봐주란 말이다!"

"아, 알겠습니다!"

근위대원 마틴은 사실 제가 검을 잘 못 다룬다는 사실을 고백하고 싶었지만, 그랬다간 겨우 얻은 감투마저 뺏겨버릴 것 같았다. 하지만 그런 줄은 꿈에도 모르는 아론은 여전히 씩씩거리는 채로 말을 이었다.

"가서 대진표를 수정하고 와! 나는 기사단장과, 너는 저 아렌이라는 시종이랑 붙도록 만들란 말이다."

"옙! 알겠습니다!"

그는 낭패한 기색을 숨기며 발을 빠르게 놀려 뛰어갔다.

아렌은 그 길로 접수원에게 안내받은 대기실로 향했다. 시합까지는 어느 정도 시간이 남았기에, 스트레칭을 하고 검도 닦으며 몸을 풀었다. 허리를 굽히고 다리를 꾹꾹 누르고 있는 그녀 위로 거대한 그림자가 드리웠다.

"여어, 아렌. 준비 잘하고 있냐?"

"형, 오셨어요?"

아렌이 상체를 발딱 일으키며 반기자 프레드릭이 씨익 웃으며 그녀의 머리를 헝클였다.

"그래. 그런데 너 정말 괜찮겠냐? 무투대회는 봐주는 것 없어. 정말로 심하게 다치거나 죽을 수도 있다고."

"괜찮아요. 잘할 수 있어요. 형도 다치지 마세요."

프레드릭은 머리에서 손을 떼어내고 어깨를 툭툭 두드렸다. 정식 대련은 처음인데도 웃으면서 남의 걱정까지 해주는 아우가 기특하기 그지없었다.

"그래, 시간 되면 잠시 후에 있을 단장님 경기도 보러 와."

"단장님 경기도 바로 다음에 있어요? 아쉽네요. 전 이제 시합에 나가봐야 하는데. 건투를 빌어주세요!"

"잘해라!"

아렌이 프레드릭을 향해 손을 크게 흔들고 결투장 안으로 들어갔다. 그녀가 1차전을 치를 예선 경기장은 관중석도 없는 자그마한 결투장이었다. 바닥을 몇 번 짓이기듯 문질러보니 미끄럽지는 않아 안심하고 결투를 치르면 될 것 같았다.

아렌은 검집을 꽉 쥐며 주변을 둘러보았다. 심판 하나와 얼굴이 유난히 허여멀건 남자가 서서 그녀를 기다리고 있었다.

"마틴 제롬님 맞으십니까?"

혹시나 하여 물어봤지만, 남자는 아무 대답 없이 입꼬리를 씰룩거렸다. 아렌은 그의 눈빛에서 경멸에 가까운 혐오를 읽었다. 왜 저러지. 의아해하며 그의 복장을 확인한 순간 그녀의 입에서 작은 탄성이 튀어나왔다. 근위대장과 비슷한 옷을 입은 걸 보니 근위대 소속인 모양이다. 그렇다면 조금 전에 근위대장과의 대화를 전부 들었다는 거겠지. 아렌은 긴장하며 그와 거리를 벌렸다. 볼 살이 유난히 많은 그가 천천히 입을 열었다.

"기권해라."

"예? 무슨 말입니까?"

"기권하지 않으면 평생 후회하게 만들어주지."

이를 갈아대며 내뱉는 말이 심상치 않았지만, 애석하게도 아렌에겐 물러날 수 없는 이유가 있었다.

"어서 검이나 뽑으시죠. 시합 시간이 다 되었습니다."

"네가 과연 감당할 수 있을까?"

마틴 또한 제 허리춤에 손을 가져가서 검을 뽑았다. 감당할 수 있겠냐는 말이 어쩐지 결투의 결과에 승복할 수 있겠냐는 뜻만은 아닌 것 같아서 어째 조금 불안해졌다.

심각한 얼굴로 굳어 있던 아렌은 힘내라는 의미로 어깨를 톡톡 쳐주는 로도모나스를 보고 그제야 희미하게 웃었다.

"로도모나스, 혹시 내가 다치더라도 나서면 안 돼."

"……."

"꼭이야."

대답이 없는 걸 보니 여차하면 나서려고 한 모양이다. 로도모나스는 그다지 달가워하는 기색은 아니었지만, 그에게 한 번 더 당부한 후 아렌이 검을 뽑아내었다.

"감당하고 뭐고 전 꼭 이겨야겠습니다."

그래야 내가 기사단에 들어갈 수 있거든.

아렌이 씨익 웃으며 검을 쥐고 자세를 취하자 마틴 또한 그녀를 마주보고 섰다. 둘 다 준비를 마치자 심판이 나섰다.

"근위대 소속 마틴 제롬, 그리고 황성 소속 시종 아렌의 대결입니다. 오로지 검으로만 승부하며 먼저 무기를 놓치거나 피를 흘리는 쪽이 지게 됩니다."

심판의 말이 끝나자 시합이 시작되었다는 신호음이 울렸다. 잠시간 거리를 벌리고 상대를 살피던 아렌은 빠르게 검을 세우고 달려들었다. 가벼운 몸을 이용해 순식간에 옆으로 파고들곤 검을 휘둘렀다. 그녀에게 맞서서 단단하게 맞부딪쳐 올 다음 공격을 예상하면서.

"윽!"

엥? 그녀의 공격 한 번에 단번에 나동그라지는 상대를 보는 순간 아렌은 저도 모르게 입을 벌렸다. 헛웃음도 터지려고 했지만, 우습기보다는 놀라운 게 먼저였다.

나도 모르는 새에 이렇게 많이 세졌던가? 아니, 그건 아닌 것 같다. 기술적인 부분에선 늘었을지언정 무력이 이렇게 단기간 내에 성장했을 리가 없다. 그렇다면 답은 하나다. 저놈의 실력이 형편없다는 것.

심판도 그녀와 똑같은 생각을 하고 있는지, 욕설을 내뱉으며 비척비척 일어나는 마틴이 어처구니없다는 표정이었다.

"마지막으로 말한다. 기권해."

"기권은 안 되는데……. 그냥 그쪽이 기권해주시면 안 될까요?"

아렌이 뒷머리를 긁적이며 말하자 마틴의 눈빛이 더욱 사나워졌다. 노려보는 눈매만큼은 웬만한 실력을 가진 기사 저리 가라 할 정도다.

"내가? 내가 기권을 왜 해?"

"그럼 제가 기권을 왜 해야 되는데요?"

"너, 내가 어느 가문에 속해 있는지 알고서 까부는 건가?"

뭐야, 결국 신분 이야기였냐. 아렌은 김샌 얼굴로 검을 다시 들어 올렸다.

"그럼 그냥 끝내죠."

"그래, 잘 생각했다. 기권하는 편이 너에게……."

마틴은 자신의 목덜미 근처에서 느껴지는 서늘한 기운에 말을 멈출 수밖에 없었다. 어느새 다가온 아렌이 마틴의 목을 검으로 겨누고 있었던 것이다.

"아뇨, 패배하는 쪽은 제가 아닙니다."

마틴은 작게 신음하며 뒤로 몇 발자국 물러섰다. 그녀의 공격을 맞받아 쳐보려고 해도 이미 그의 검은 손이 닿지 않는 저 멀리에 떨궈버린 지 오래였다.

머리가 핑 돌았다. 저 시종을 손봐주라고 친히 명을 내린 건 다른 누구도 아닌 근위대장이다. 과거서부터 이어져오던 기사단과 근위대의 대립 구도를 보면 이건 절대 있어선 안 될 일이었다. 어렵게 얻은 이 자리도 어쩌면 내어놓아야 할지도 모른다. 아니, 아마도 그래야겠지. 그렇다면 근위대에 그를 추천하여 넣어준 황비 전하께도 큰 누가 될 것이다.

"패배를 인정하시죠."

목덜미에 드리운 칼날이 더욱 바싹 다가왔다. 더 이상 물러날 곳이 없어진 마틴이 신음하며 눈을 부라렸다.

"이, 이 무엄한 놈……. 내가 누군 줄 알고, 내 뒤에 누가 계신 줄 알고는 있는……."

"지금 당신이 있는 곳이 어딘 줄이나 압니까? 항복할 겁니까, 안 할 겁니까? 그것만 말하십시오."

성큼 다가온 칼날 끝이 목 부근을 찔렀다. 피 한 줄기가 목줄기를 따라 흘러내리는 게 느껴졌다. 더불어 밀려오는 쓰라림에 마틴이 얼굴을 일그러뜨렸다.

"겨, 졌다……."

"아렌, 승!"

심판의 외침과 함께 아렌이 참을 수 없다는 듯 기쁜 웃음을 터뜨렸다. 그러고는 마틴 따윈 상관없다는 듯 검을 거두어 껑충껑충 뛰어나간다. 승리를 만끽하며 기뻐하는 뒷모습을 보며 마틴이 목에 난 상처를 손으로 틀어막았다.

"내가 후회할 거라고 했지……."

부드득. 송곳니가 섬뜩하게 갈리는 소리가 났다.

"야호!"

아렌은 차마 경기장에선 지르지 못한 환호성을 질러대며 대기실로 뛰어 들어왔다. 경기장으로부터 대기실로 쭉 빠르게 뛰어온 탓인지 얼굴이 한껏 상기되어 있었다. 내내 뛰어온 걸로도 이 넘치는 흥분을 다 발산하지 못해, 아무도 없는 대기실 안을 빙글빙글 돌았다.

"해냈다! 해냈다! 로도모나스, 봤어?"

로도모나스가 눈을 반짝반짝 빛내며 아렌에게 고개를 끄덕여주었다. 황홀한 얼굴로 로도모나스를 안고 빙글빙글 돌던 아렌이 한참 후에야 멈춰 서서 숨을 몰아쉬었다. 비록 상대가 다소 평균 이하였긴 하지만, 해냈다는 사실 자체에서 아렌은 긍지와 보람을 느끼고 있었다.

애써 흥분을 가라앉힌 그녀가 검을 테이블에 내려놓고 자신의 두 손을 내려다봤다. 며칠간 훈련하는 동안 군데군데 박여버린 굳은살이 너무도 자랑스러웠다. 아렌이 주먹을 불끈 쥐었다.

'난 이제 기사단에 들어가게 되는 거야! 기사라고!'

아르렐리아는 실 달린 마리오네트였다. 가문이 원하는 대로 움직이고 배우는 인형. 가문에서 벗어나 무엇을 할 수 있을지 알고 싶어 스스로 실을 끊고 나왔다. 바깥세상에서의 저를 시험해보고 싶었다. 만약 실패한다면 두말 않고 인형으로 돌아가리라 생각했다.

하지만 조금 전의 대결이 그녀 위에 버티고 있던 유리 천장 하나를 깨뜨려준 것이다. 그리고 그 계기를 마련해준 건.

'……제스.'

그 넓고 든든한 어깨를 얼마나 동경해왔는가. 나이 차이는 얼마 나지 않았지만, 기사단장으로서 그 자리에 단단히 버티고 서서 모든 이들의 존경과 신뢰를 받는 그가 부러웠다. 부러운 만큼 존경해왔다. 많은 것을 배우고 닮고 싶었고, 곁에 머무르고 인정받고 싶었다.

이 소식을 어서 제스에게 알려야겠다. 제스도 경기가 있다고 했으니, 거기로 가면 될 것이다.

아렌은 옆에 둔 제 검부터 들기 위해 손을 더듬었다. 짚이는 게 없어? 아까 여기 놔뒀는데? 의아해하며 고개를 돌린 순간 아주 의외의 인물이 검을 살피고 있는 모습이 보였다.

"시종 주제에 꽤 좋은 검을 들고 다니는군?"

조금 전 시합 상대였던 근위대원, 마틴이었다. 언제 들어온 거지? 직감에 가까운 불안이 마음속 깊은 곳으로부터 스멀스멀 피어올랐다.

"돌려주세요."

상대는 검을 두 자루 가지고 있다. 아렌은 여차하면 피할 준비를 하며 손을 내밀었다.

"싫다면?"

얄밉게 이죽거린 마틴이 제 손에 든 검을 천천히 들어 올렸다. 거기서 느껴지는 선연한 살기에 아렌은 저도 모르게 한 발짝 뒤로 물러섰다. 경기 시작 전부터 그가 줄곧 해온 말이 있었다. 뒷감당할 자신 있냐는 그 말은 승리의 기쁨에 묻히긴 했지만, 분명 뼈가 있는 말이었다.

아렌은 재빨리 주변에 무기로 쓸 만한 무언가가 없는지 살펴보았다. 하지만 기껏 있는 거라곤 목검뿐이라 낭패이기 그지없었다. 그런 그녀를 바라보며 마틴이 입꼬리를 비틀어 올렸다.

"그러게 후회할 거라고 친절히 경고해줬었잖아?"

마틴이 검을 서서히 치켜들자 아렌은 그에 맞추어 몸을 낮추며 방어 태세를 갖추었다. 시합 때의 몸놀림을 보아서는 그를 제압할 수는 없더라도 쉽게 도망칠 순 있을 것이다. 공격을 한 번 피한 후 어떻게든 여기서 벗어나기만 한다면 도움을 청할 수 있다.

"어디, 당해봐라."

아렌은 무릎을 굽히곤 검의 궤적을 따라 시선을 움직였다. 검이 찌르고 들어오는 순간 빈틈을 노리려 했는데, 마틴이 든 검은 그녀의 예상과는 정반대로 움직였다.

검이 아렌이 아닌 마틴의 팔을 깊이 찌른 순간, 아렌은 당황한 나머지 조금도 움직이지 못했다. 푸욱. 검이 더더욱 깊이 파고들자 마틴의 얼굴이 고통으로 일그러졌다.

"윽……."

검붉은 피가 바닥으로 한 방울씩 떨어지기 시작했다. 뚝, 뚝. 핏방울이 바닥 위로 떨어지는 소리가 이상하게도 크게 들렸다.

"걸려들었다."

챙강, 그의 손에 있던 검이 아렌 앞에 내팽개치듯 떨어졌다. 이어지는 고함소리가 고막을 찢을 것처럼 울려 퍼졌다.

"사람 살려! 여기 암살자가 있다!"

"무슨 일이십니까!"

저 멀리서 대기하고 있던 병사들이 다급하게 뛰어 들어왔다.

어? 이러면 안 되는데. 아렌이 미처 정신을 차리기도 전에 마틴이 피 흐르는 자신의 팔을 부여잡으며 비틀거렸다. 그가 떨리는 손으로 아렌을 가리키며 입을 열었다.

"저놈이 날 죽이려 한다."

"하! 설마하니 처음부터 나랑 만날 줄은 몰랐겠지."

"……."

"원래 계획은 공개적인 자리에서 네놈을 망신 주는 거였지만, 예선부터 기사단장이 떨어졌다는 소식이 하일렌에 파다하게 퍼지는 걸 듣고 싶어서 견딜 수가 있어야지."

제스는 검도 뽑지 않고 의기양양하게 혼자 떠들어대고 있는 아론을 귀찮다는 듯 쳐다보았다. 예전에는 그래도 1절에서 끝나던 헛소리가 나이를 먹더니 4절까지 늘어난 것 같았다.

"자! 어서 검을 빼라! 오 년 전의 나와 같다고 생각하면 큰 오산일 거다!"

4절을 마저 끝낸 아론이 검을 빼내어 제스를 향해 겨누었다. 기다란 검이 목 근처에서 송곳니를 드러내고 있음에도, 그는 눈 한 번 깜박이지 않았다. 얼핏 시선을 내려 검을 흘끗 보긴 했지만, 무덤덤한 표정엔 미동조차 없었다. 아론의 얼굴에서 미소가 점점 씻겨나갔다.

"흥, 표정은 여전하군. 그래, 제국 아카데미에서 근위대에 들어오라는 말을 들었을 때도 네놈은 똑같은 낯짝이었지."

이가 바드득 갈렸다. 옛날부터 그랬다. 저런 무관심한 태도가 그를 더욱더 분하고 화나게 만들었다. 가면을 쓴 것처럼 딱딱한 저 얼굴을 한 번이라도 짓이기고 싶게끔 만든 건 그가 아니었나.

곧이어 그를 동요시킬 만한 좋은 건수를 떠올린 아론이 입가를 매끄럽게 끌어올렸다.

"아, 네 시종, 아렌이라고 했던가. 혀가 꽤 건방진 그놈도 무투대회에 참석했더군. 알고 있나?"

"그런데."

"하지만 그 상대가 누군지는 모르고 있지? 뭐, 그놈도 모르는 눈치였긴 하지만."

히죽거리는 낯짝과 함께 밀려드는 기시감이 다시금 제스를 가두었다.

또 무슨 짓을 벌인 거지?

물어도 대답이 돌아오지 않으리라는 건 알고 있기에, 제스는 천천히 손을 옮겨 허리춤의 검을 잡아끌었다. 검집에 날이 스치는 소리와 함께 새파랗게 빛나는 검이 천천히 모습을 드러냈다.

"생각이 바뀌었다."

결투에 관심이 없는 듯 보였던 제스가 처음으로 의지를 보였다.

"최대한 빨리 처리해주지."

"뭣……."

아론이 대답할 시간을 주지 않은 채 제스의 검이 움직이기 시작했다.

허공을 가르는 하얀 자취가 눈 깜짝할 새에 아론에게 쇄도했다. 뒤늦게 정신을 차린 아론이 사력을 다해 검을 세웠다.

카앙! 검과 검이 마주치는 소리가 울리자 아론이 더는 버티지 못하고 뒤로 물러섰다. 단 한 번 검을 맞댄 것인데 팔이 저릿저릿 떨려 왔다. 반면 제스는 가볍게 검을 고쳐 잡았을 뿐이었다.

5년 전과 완전히 똑같잖아.

표정을 일그러뜨리는 아론을 향해 제스가 다시 한 번 검을 움직였다. 밝은 광휘가 사방에서 번쩍였다. 마치 몸 일부분이 된 것처럼 유려하고 막힘없는 검이었다.

캉! 캉! 캉!

아론은 있는 힘껏 그의 검을 받으며 방어에 힘을 썼다. 검을 맞부딪칠 때마다 한 발짝씩 밀려나는 건 아론이었다. 옆구리를 공격해 들어오는 검을 한 번 막으면 물 흐르듯 궤도가 바뀌어 하체를 향해 온다. 눈으로 좇을 수조차 없는 빠른 공격에 아론이 순간 균형을 잃고 크게 휘청거렸다. 틈을 놓치지 않고 수직으로 검이 올라온다.

챙! 공격 한 번 해보지 못한 아론의 검이 허공으로 날아갔다. 검의 주인은 그 반동을 이기지 못하고 바닥에 무너져 내렸다.

"끝이군."

"잠깐! 아직 끝나지 않았다!"

아론이 용수철이 튕기듯 벌떡 일어나 자세를 잡으려 했으나, 시퍼렇게 빛나는 칼날이 바람같이 다가와 눈앞에서 멈췄다.

"한쪽 눈마저 잃고 싶나."

"윽……."

모멸감과 수치로 인해 온몸이 부들부들 떨렸다. 5년 전에 그에게 내주어야 했던 한쪽 눈이 뜨겁게 시큰거렸다.

검마저 놓쳐버린 검사에게 승리란 없었다. 제스는 간단히 검을 거두고 경기장 밖으로 나섰다. 떠나는 그의 뒷모습을 향해 아론이 발악하듯 외쳤다.

"언제까지고 이길 수 있을 거라고 생각하지 마라! 언젠간, 언젠간 반드시……!"

제스 뒤를 따라 나가던 기사들이 아론에게 한 번씩 시선을 주고 자리를 떠났다. 아론의 눈에서 불꽃이 번쩍 튀었다.

비웃고 있다, 저 자식들도!

"제길, 제기랄!"

제 분을 못이긴 아론이 마구 바닥을 주먹으로 내려치며 욕설을 내뱉었다. 5년 전 그렇게 당한 이후, 희미해진 원근감마저 극복하고 피나는 노력을 해왔으나 단 한 번도 공격하지 못하다니. 저를 마치 투명인간처럼 무시하고 떠나는 그를 막지조차 못했다. 노여움으로 떨리는 주먹 위로 시퍼런 핏줄이 불뚝 솟아올랐다.

"대, 대장님, 명승부였습니다."

"그렇습니다! 대장님께서 시합 내내 압도하시는 걸 저희가 보았습니다!"

그의 비위를 맞추느라 여념이 없는 근위대원들이 그에게 꼬리를 살랑이며 다가왔다. 아론은 더더욱 비참한 기분을 이기지 못하고 그들에게 소리 질렀다.

"닥쳐! 내가 눈이 없다고 생각하는 거냐, 이 멍청한 것들!"

근위대원들이 크게 움찔하며 입을 합 다물었다. 아론은 옆에서 나뒹굴고 있는 검을 잡고 바닥을 콱 찍어 내리며 근위대원들을 향해 으르렁댔다.

"마틴과 그 시종의 대결은 어떻게 됐는지 알아 와, 당장!"

"예, 예!"

근위대원들은 머리 위로 떨어지는 불호령에 찔끔하며 결투장 밖으로 튀어나갔다.

대체 어디 있는 거지?

제스가 빠르게 걸음을 옮기며 누군가의 자취를 찾았다. 실력 검증에는 무투대회만 한 것이 없어 참가해보라고 한 거지만, 그만큼 위험에 노출될 수 있다는 것을 그만 간과해버렸다. 아렌의 검술 실력이 나쁘지 않다고 하더라도 거기에 외부세력이 끼어든다면 이야기는 달라진다.

그의 친우 오웬 또한 실력이 부족하여 당한 게 아니었으니까.

청색 눈동자에 불안이 더해지며 탁해졌다.

'왜 저러시지?'

근위대장과의 결투 이후 줄곧 뒤따르던 프레드릭이 제스를 보며 생각했다. 아론과 무슨 이야기를 나눴기에 결투를 그토록 빨리 끝내고 회장을 헤맨단 말인가. 분명 처음에는 저렇지 않았었다. 언제나처럼 결투에 무관심했고 무슨 말을 듣든 무시했다. 그런데 근위대장이 뭐라 말하고 나서부턴 진정으로 검을 뽑아 결투를 벌였다. 일방적으로 승부를 끝냈다간 더 큰 반발이 돌아올 것임을 알면서도 그렇게 했다.

근위대장이 대체 뭐라고 말했기에.

생각에 잠겨 있던 프레드릭은 제가 방금 지나친 곳을 몇 번 보았다는 사실을 깨닫고는 일단 고민을 접어두었다.

"저어, 단장님. 여기 아까 지나갔던 곳입니다."

제스의 걸음이 우뚝 멈추자 프레드릭이 그의 눈치를 보며 말을 이었다.

"이런 말 드려도 될지 모르겠습니다만……. 단장님, 아까부터 똑같은 곳을 빙빙 돌고 있습니다."

"……."

"단장님, 혹시 무슨 심각한 일이 있습니까? 아까부터 왠지 초조……해 보이십니다."

"초조?"

제스가 휙 돌아서서 프레드릭을 응시했다. 언제나 낮아지거나 명령조로 끝나는 제스의 화법과는 다른, 마치 처음 말해보는 단어인 양 끝이 살짝 올라가는 어조였다. 프레드릭은 자신이 말해놓고도 아차 싶었다. 초조라는 단어는 기사단장과 가장 어울리지 않는 단어 중 하나가 아닌가.

"죄송합니다. 제가 실언을 했습니다."

잠깐의 침묵. 불호령을 기다리고 있는 프레드릭에게로, 제스가 다시 가라앉은 목소리로 말했다.

"그……가 경기를 어디서 치르고 있나?"

"옙! 아, 혹시 아렌을 말씀하시는 겁니까? 그 녀석이라면 여기서 멀지 않은 곳에서 시합을 하고 있을 겁니다. 지금쯤이면 끝났을지도 모르겠군요."

"안내해라."

"예!"

프레드릭의 안내를 받으며 걸음을 옮긴 지 얼마 지나지 않아 그들은 아렌이 경기를 치렀던 장소에 도착할 수 있었다. 프레드릭이 먼저 경기장 안을 살펴보겠다고 말하며 들어갔다. 오래 지나지 않아 그가 뒷머리를 벅벅 긁으며 나왔다.

"경기가 이미 끝났나 봅니다."

"……."

"제가 그 녀석을 찾아올까요?"

제스가 잠시 생각에 잠겼다가 입을 열었다.

"그럼……."

"사람 살려! 여기 살인자가 있다!"

웬 낯선 비명 소리가 제스의 목소리를 덮었다. 그 자리에 있던 모든 이의 시선이 동시에 소리가 난 쪽으로 향했다. 가장 먼저 그쪽으로 걸음을 옮긴 건 제스였다. 모퉁이를 돌아 대기실에 들어서자 문을 막고 서 있던 병사들이 깜짝 놀라 길을 터주었다.

대기실 안으로 들어가자 가장 먼저 눈에 들어오는 건…….

"제……, 아니, 단장님!"

감히 기사단장을 몰래 '싸가지'라고 부르며 이미 제스가 그 별명을 알고 있는 것조차 모를 만큼 둔하고, 고집은 황소 힘줄보다도 더 센 녀석이 거기 있었다. 제스는 저도 모르게 안도했다. 목구멍까지 급하게 올라오던 무언가가 서서히 내려앉았다.

그제야 평정심을 되찾은 제스가 빠르고 꼼꼼하게 그녀를 훑어보았다. 어딘가 다친 곳은 없어서 다행이었지만, 이마에 딱밤 한 대 먹이고 싶은 마음은 여전했다. 정말이지 눈에 안 보인다 싶으면 큰일에 휘말려 있으니.

하지만 녀석을 찾았다는 안도감이 드는 것도 잠시였다. 발밑에 흩뿌려진 핏자국과 피 묻은 검을 보는 순간, 이렇게 감상적일 때가 아니라는 걸 깨달았다.

"아, 이거……."

그의 시선이 검을 향해 있는 걸 깨달은 아렌이 화들짝 놀라 그걸 주워들었다. 이 일이 어떻게 되었는지 설명을 해야 할 것 같은데 어디서부터 시작해야 할지 막막했다.

"기사단장님께서 어찌 이곳까지……."

둘 사이에 흐르는 묘한 기류를 뚫고, 마틴이 기어들어가는 목소리로 말했다. 그제야 그를 발견한 제스와 프레드릭은 그 근위대원의 팔에서 피가 뚝뚝 흐르고 있는 걸 발견할 수 있었다. 가장 먼저 놀라 소리를 지른 것은 프레드릭이었다.

"아렌, 너 인마! 무슨 짓을 한 거야?"

"아무것도 안 했어요!"

아렌은 항변하듯 말했지만, 제스는 그녀에게 시선도 주지 않은 채 근위대원과 그의 팔에 난 상처를 응시하고 있었다.

"무슨 일이 있었지?"

"제가 한 게 아녜요."

즉각적으로 튀어나오는 대답에 제스의 시선이 천천히 그녀에게 이동했다. 제스를 향하는 시선이 곧다. 검을 들고, 등을 빳빳하게 편 채 바라보는 모습이 언뜻 고고하기까지 하다. 제가 할 말이 있을 땐 절대 먼저 시선을 피하지 않는 그 당당함이 한결같다. 어째선지 그 모습에 한결 마음이 놓였다.

"저는 아무것도 하지 않았어요. 저 사람이 스스로를 찌르고 거짓말을 하는 거라고요."

"기사단장님, 제가 설명하겠습니다요. 헤헤."

가까이 다가온 마틴이 아렌을 밀쳐내며 비굴하게 웃었다. 싸늘하게 가라앉은 시선이 그에게 향했다.

"결투가 끝난 직후였습니다. 결투 내내 흙을 뿌리거나 속임수를 쓰는 둥 하도 더러운 짓을 해대기에 저는 옜다 이거나 먹으라는 심정으로 기권을 하고 돌아왔지요. 그런데 뭣에 앙심을 품었는지 저놈이 갑자기 다가와서 저를 찌르는 게 아니겠습니까? 저에게 원한을 품은 옹졸한 자이거나 아니면 저를 암살하기 위해 고용된 첩자일 것입니다. 그렇지 않고서야 이렇게 미친 짓을 벌일 까닭이 없지 않습니까?"

마틴이 과장된 몸짓으로 팔이 찔리는 시늉을 하더니 소시지같이 퉁퉁한 손가락으로 아렌을 가리켰다. 무엇부터 고쳐줘야 할지 몰라 입을 뻐끔거리던 아렌은 더 이상 참지 못하고 소리를 꽥 질렀다.

"거짓말이에요! 저에게 지고 앙심을 품은 건 저 사람이에요, 스스로 찌른 거라고요!"

"뭐? 저기 목격자들도 있는데 발뺌이 통할 성싶으냐!"

마틴이 멀찌감치 입구에 서 있는 병사들을 가리키며 외쳤다.

"예? 저희 말입니까?"

"이봐, 너희들이 들어왔을 때 똑똑히 봤지? 저놈이 날 찌르는 거 말이야."

자기들을 가리키며 어리둥절해하던 병사들은 마틴의 부리부리한 눈매를 보고 입을 딱 다물었다. 귀족 출신의 근위대원, 어디서 굴러들어왔는지 모를 평민. 어느 쪽 손을 들어줘야 후환이 없을지는 뻔한 상황이었다.

"이봐요, 똑바로 말해요! 내가 저 사람 찌르는 거, 봤어요, 못 봤어요?"

병사들의 눈이 시종에게 잠시 옮겨졌다가 다시 마틴에게로 간다. 마틴이 콧잔등을 잔뜩 찌푸리며 그들에게 눈치를 주자, 병사 중 하나가 버벅대며 말했다.

"어? 어……. 본 것 같기도 하고……."

그의 말에 아렌이 길길이 날뛰며 흥분했다.

"거짓말이에요! 당신은 그저 내가 결투에서 이겨서 복수한 것뿐이잖아! 아까부터 말도 안 맞잖아, 병사들이 멀쩡히 있는데 보란 듯이 찔렸겠어요? 당신은 사람 살려달라고 비명을 지르지도 않았겠지! 도와줄 사람이 바로 옆에 있으니까!"

"증거와 증인 모두 있는 상황인데 끝까지 발뺌하는 건가? 안 될 놈이로군."

마틴은 아렌의 발버둥이 딱하다는 듯 혀를 츳츳 찼다. 아렌은 기가 차서 말이 안 나올 지경이었다. 지금 누가 누구한테……!

"이게 지금 무슨 상황이지? 내 소중한 대원에게 손을 댄 자가 누구냐?"

엎친 데 덮친 격으로, 뜬금없이 근위대장까지 나타났다. 소식을 듣고 온 건지, 비명을 듣고 온 건지 뒤늦게 나타난 아론이 아렌의 손에 들린 검을 보더니 씩 웃었다.

"너냐?"

"저는 아닙니다!"

아렌이 버럭 소리 질렀지만, 아론은 들을 것도 없다는 듯 무시하고 말을 이었다.

"무투대회 내에서도 아닌 외부에서 근위대원을 시해하려들다니. 황실을 수호하는 근위대를 해치는 건 곧 황실을 해치는 것과 같지. 네가 지은 죄의 무게는 알고 큰 소리를 내는 것이렷다?"

"제가 하지 않았다고 몇 번이고 말씀드렸습니다."

아렌이 씹어뱉듯이 읊조렸다. 분노로 인해 손까지 바들바들 떨리는데 아론은 그녀의 이야기를 전혀 들어줄 생각이 없어 보였다.

"뭘 하고 있는 거지, 기사단장. 황성 외부에서 일어난 일이니 자네가 처분을 내려야 할 땐데. 즉결처분을 내려야 한다는 건 알고 있겠지?"

"……."

아렌은 시선을 돌려 제스를 바라봤다. 침착하게 가라앉아 있는 눈동자와 마주치는 순간, 이루 형용할 수 없이 큰 안도감이 들었다. 아론의 말이 사실이라고 해도, 제스라면 저런 허무맹랑한 말을 곧이곧대로 듣진 않을 것이다. 상황을 꿰뚫어보고 제 무고함을 알아줄 것이다. 제 말을 믿어줄 것이다. 반드시 그럴 것이다. 그러면.

하지만 곧이어 제스의 입이 열리고 흘러나온 말은 그녀의 예상에서 완전히 벗어나 있었다.

"포박하라."

아렌은 목에 무언가 턱 걸려버린 것처럼 아무 말도 할 수 없었다. 제스는 그녀를 완전히 외면하듯 몸을 돌린 후 프레드릭을 스쳐 지나가며 말했다.

"기사단으로 호송해 오도록. 저 증인들도 함께."

"예, 예?"

프레드릭은 저도 모르게 되물으며 멍한 표정을 지었다.

"저 시종에 대한 처분은 충분한 조사를 거친 후 정해질 것이다."

"잠깐! 증인도 있고 증거도 있다. 누가 보더라도 즉결처분을 내려야 하는 것 아닌가?"

"이는 기사단의 고유 권한이다. 근위대는 이에 대해 참견할 수 있는 어떠한 권리도 없다."

짧게 대답한 제스는 결국 가장 먼저 이 자리에서 떠나버렸다.

아렌은 소리 없는 웃음을 터뜨리며 이마를 짚었다. 앞에서 마틴이 그것 보라는 듯 으스대는 건 눈에 밟히지도 않았다. 그에게 대체 뭘 기대했던 걸까. 일방적으로 편을 들어주며 저 근위대원을 깔아뭉개주길 바라기라도 했던 건가. 애초에 그는 아렌이 죽을 거라는 전제하에 데려오지 않았던가. 그런 그에게 대체 뭘 바라고 있었는지, 스스로가 가소롭게 느껴지기 시작했다.

'공녀였다면……'

가출한 후 처음으로 공녀의 신분이 아쉬워지고 있었다. 언제나 짐이었고 벗어던지고 싶기만 했던 공작 영애의 칭호가 필요할 때가 생기다니.

그녀는 세상에 홀로 남겨진 것 같은 느낌을 참을 수 없어 부르르 떨었다.

"아, 아렌······."

옆으로 다가온 프레드릭이 정말 미안하다는 얼굴로 말을 걸었다. 그도 믿기지는 않지만, 명이 떨어진 이상 아렌을 포박해 데려가야만 하는 것 같았다.

아렌은 넘쳐흐르는 감정을 억누르고 정신을 차려보려 애썼다. 어금니를 꽉 깨물자 머리가 진동하듯 울렸다. 이제 내가 살 길은 스스로 찾는 수밖에 없어. 그렇지 않으면 죽을 거야. 그 차가운 깨달음 하나가, 그녀의 시끄러운 머릿속을 순식간에 가라앉혔다.

아렌은 놀랍도록 고요한 얼굴로 프레드릭을 마주 봤다.

"가요."

"어?"

그녀의 담담한 어조에 도리어 프레드릭이 어리둥절해졌다. 아렌은 잠시 출구 쪽에 시선을 둔 뒤에 한 발짝 내디뎠다. 그러자 잠자코 있던 로도모나스가 프레드릭 앞을 막아서며 털을 곤두세웠다.

— 으르르······.

초록색 눈동자는 이글이글 타오르며 경고의 의미를 전했다. 아렌은 당황하며 그의 앞발을 잡고 끌었다.

"로도모나스, 그만해."

아렌이 쭉쭉 끌어당겼지만, 로도모나스는 쉽게 물러서지 않았다. 그의 행동이 이 상황에 전혀 도움을 주지 못하긴 하나, 유일하게 편을 들어주는 그가 눈물 나게 고맙기도 했다. 아렌은 울컥 치미는 눈물을 삼키고 복슬복슬한 머리를 쓰다듬어주었다.

"로도모나스. 괜찮으니까 그만, 응?"

— ······.

로도모나스는 아렌을 뚫어져라 올려다보더니 그녀의 마음을 읽은 것인지 살짝 비켰다. 아렌은 검을 허리춤에 채우곤 순순히 두 손을 모았다.

"자. 얼른 가요. 명을 내리셨잖아요, 단장님께서."

평탄하게 이어지는 목소리가 그녀답지 않게 차갑다. 프레드릭은 그녀의 얼굴과 손을 번갈아보더니 난감한 얼굴로 중얼거렸다.

"하…… . 진짜 너까지 왜 이러냐?"

"명하신 대로 시종 아렌은 시해 및 살인미수로 지하 감옥에 포박해 넣어두었습니다."

"…… ."

상황 보고를 마친 프레드릭이 숙이고 있던 고개를 들었다. 아무 대답 없이 창밖만 바라보고 있는 제스에게 물어볼 것이 많았다. 어째서 그 자리에서 그런 결정을 했는지, 그럴 녀석이 아니란 건 잘 알고 계시지 않느냐고 탓하고 싶기도 했다.

"독방으로 옮겨라."

근위대 시해 죄로 잡혀 있는 죄인에게 독방을 주라니, 막상 지하 감옥에 넣었다니 마음이 약해지신 모양이다.

"경은 근위대원을 해친 게 누구라고 생각하지?"

제스의 무심해 마지않은 질문에 프레드릭이 약간 격앙된 어투로 말을 시작했다.

"잘 모르겠습니다. 하지만, 그런 짓을 할 녀석이 아니지 않습니까. 좀 더 조사해보면 그 녀석이 한 게 아니라는 걸 금방 알아낼 수…… ."

"경의 말이 맞다. 아렌이 저지른 짓이 아니다."

의외의 말이 단호하게 들려오자 프레드릭은 저도 모르게 제스를 똑바로 바라봤다. 제스는 천천히 뒤돌아서 읊조리듯 말을 이어나갔다.

"상처가 찔린 각도와 깊이를 고려해봤을 때 결코 남이 찌를 수 없는 위치였다. 그리고 굳이 찔러야만 했다면 좀 더 손쉬운 부위를 파고들었겠지. 예를 들어 복부 같은."

"그, 그렇다면……."

"결론은 하나다. 근위대원이 자신을 스스로 찌른 거겠지."

"그렇다면 왜……. 그 자리에서 그렇게 말씀하시지 않으셨습니까?"

프레드릭은 질문을 던지자마자 작은 탄성을 내질렀다. 굳이 물을 필요가 없었다. 그 이유는 저도 잘 알고 있었기 때문이다.

"아무리 증거를 들이대어봐야 듣질 않았겠군요."

제스는 얕게 한숨을 내쉬며 눈꺼풀을 내렸다.

"그들은 즉결처분을 바랐다. 바로 포박하여 데려오지 않았다면, 귀족회의에까지 회부됐을 터. 뒷배도 무엇도 없는 아렌에게 사형이 선고되는 건 시간문제다."

"그럼 기사단 내에 가둬두시는 것도……."

"암살의 위험을 배제할 순 없겠지."

그럼 그 순간 그것들을 다 계산하고 행동하셨단 말인가. 프레드릭은 감히 한순간이나마 제 기사단장을 의심했던 것을 자책하며 놀라워했다.

"시종에겐 잘못이 없다는 것으로 끝날 일도 아니었다. 그랬다면 애초에 제 몸을 해쳐가면서까지 일을 벌이지도 않았겠지."

프레드릭이 마른 목으로 침을 꿀꺽 삼켰다. 하긴 그 자리에서 아렌의 암살 시도가 누명임이 밝혀졌더라도, 그 후에 틀림없이 그들은 명예훼손이든 뭐든 아렌에게 죄를 뒤집어씌우기 위해 혈안이 되었을 것이다.

제스는 그 자리에서 내릴 수 있는 최선의 선택을 한 것이다.

불안한 눈빛으로 주저하던 프레드릭이 머뭇거리며 입을 열었다.

"그렇다면……."

제스가 다시 프레드릭에게 시선을 옮기며 단호히 말했다.

공녀님!
공녀님! 1

"라미에가 근위대원들에 관해 조사하던 걸 찾아 가져와라."

"아! 하지만 그건 조사가 아직 끝나지 않은 걸로……."

순간 짙은 푸른 눈동자에 섬광 같은 무언가 스쳐 지나갔다.

"상관없다. 당장 가지고 오도록."

무슨 이유에선지 처음 끌려갔던 지하 감옥이 아닌 독방으로 옮겨진 아렌은 제 앞에 놓인 샌드위치를 보고 이게 무슨 일인지 가만히 생각에 빠졌다. 귀족을 시해한 죄목으로 끌려온 것치곤 대우가 꽤 좋지 않은가. 누가 이런 명령을 내렸는지는 굳이 물어보지 않아도 알 만했다. 명을 내린 자가 번복할 수도 있지 않겠는가.

그가 왜 말을 바꾸었는지는 모르겠지만, 지하 감옥 죄수들이 쇠창살을 뚫고 들러붙을 기세였는데 잘된 일이었다.

아렌은 일단 아침부터 아무것도 먹지 못해 꼬르륵거리는 배부터 채우기 위해 샌드위치를 집어 들었다. 답답한 속을 누구에게든 풀어내고 싶어 주위를 둘러보자 문을 지키고 서 있는 기사 하나가 보였다.

"저기요. 으적으적……. 제가 아는 어느 인간 이야기 좀 들어보시겠어요?"

기사는 제게 이야기하는 건지 당황하는 기색이었지만, 아렌은 아랑곳하지 않고 말을 이었다.

"그 사람은요. 어찌나 남을 무시해대고 빈정거리고 잘난 척해대는지. 남의 말은 또 얼마나 안 듣는지 알아요? 아니, 저번엔 자기랑 가는 길이 겹쳤다고 제 목을 조르기도 했다니까요?"

"이봐, 너 언제까지 말할 거야?"

구금되어 있는 죄인과 이야기를 나누는 게 허락될 리 없다. 기사는 곤란해하는 얼굴이었지만, 아렌은 말을 이었다.

"그게, 또, 참 나. 내가 자길 우습게 안다나? 검으로 막 패기도 하고."

"······."

"제가 아무리 잘해도 돌아오는 말이라곤 '닥쳐', '꺼져', '닥치고 꺼져'뿐이라니까요."

"그것 참 너무한데."

어느새 아렌의 이야기에 빠져든 기사가 저도 모르게 대꾸했다. 아렌이 샌드위치를 한입 더 베어 먹으며 크게 외쳤다.

"그렇죠? 저도 그렇게 생각해요! 정말이지 인간미라곤 없는 인간이라니까요."

"왜 그런 사람이랑 알고 지내는 거야? 싫으면 연을 끊어버리면 될 텐데."

핵심을 찌르는 말에 음식을 씹는 속도가 점점 느려졌다. 아렌은 두 손을 무릎 위로 툭 떨어뜨리고 고개를 기울였다.

"그걸······, 저도 잘 모르겠네요."

"그걸 네가 모르면 누가 알아?"

"하지만 저도 정말 모르겠다고요."

무언가가 목구멍을 콱 틀어막고 있는 것처럼 답답했다. 아리송한 표정의 아렌이 주먹을 쥐고 가슴을 두어 번 팡팡 때렸다. 물론 아렌 또한 저가 이루고자 하는 바가 있긴 했지만, 그것만으로 단정 짓기엔 뭔가 더 있었다. 감정적인 무언가가 더.

"그런데, 도대체 그 싸가지의 정체가 뭐냐?"

"아시면 기절할걸요."

기사는 굉장히 궁금해하는 눈치였지만, 아렌은 그의 심적 건강을 위해 이야기해주지 않기로 결심했다. 조금 전까지 같이 욕했던 상대가 당신의 단장님이라고 어떻게 말하란 말인가. 뒤에 이어질 죄책감까지 책임져줄 여유는 없었다.

'제스는 정말로 그 상황에서 아무것도 알아내지 못한 걸까.'

제게로 형형하게 향해 오던 차가운 눈초리가 뇌리에 박힌 듯 떠나질 않는다. 조금의 망설임도 없이 냉정하게 내뱉었던, 포박해 오라는 말이 떠오르자 호흡조차 불편해졌다. 그것이 다시 한 번 확인시켜주고 있었다.

그에게 있어서 아렌, 그녀의 목숨 따위는 아무것도 아니라고.

네 목숨이 위험해질 수 있다는 말을 하긴 했지만, 뒤집어 생각해보면 그녀가 위험해지더라도 그냥 버리겠다는 뜻과 같지 않은가. 애초에 그는 그녀를 미끼로 쓰기 위해 데려온 거니까.

'이렇게 죽긴 싫어.'

큰일을 도모하려다 죽는 것도 아니고 억지에 가까운 함정에 빠져서 죽어야 하다니. 제스가 구해줄 가능성이 요원한 상황에서 그녀가 믿을 것은 제 몸뚱이 하나뿐이었다. 스스로 살아남아야만 한다.

심지를 굳건히 다지며 물을 쭉 들이켠 아렌이 방 안을 훑었다. 빠져나가기 딱 좋게 넓은 창문이 적당한 높이에 위치해 있었다. 매끄럽게 돌아간 시선이 기사를 향했다.

"기사님, 아까부터 거기 서 있느라 힘드실 텐데. 이거 드세요."

악의 한 점 깃들지 않은 순수한 미소였다. 기사가 '그, 그럴까?' 하며 순순히 그녀에게 다가와서 샌드위치를 집어 올릴 때였다. 아렌의 눈짓을 받은 로도모나스가 순식간에 날아와서 그의 후두부에 박치기를 했다.

"컥!"

로도모나스가 부딪친 자리가 꽤 급소였던 건지, 그가 눈을 뒤집으며 바로 쓰러졌다.

"로도모나스, 나이스!"

아렌이 손바닥을 내밀자, 로도모나스가 조막만 한 앞발로 손바닥을 툭

쳤다. 비록 로도모나스의 머리가 약간 빨갛게 부어올랐지만, 도움을 준 것만으로 만족스러운지 싱글벙글한 얼굴이었다. 나중에 치료해줘야지. 아렌은 불그스름한 머리를 쓰다듬어주며 만족스럽게 웃었다.

"미안해요. 먹을 땐 개도 안 건드리는데."

쓰러진 기사에게 미안한 얼굴로 사과를 건넨 아렌이 압수당했던 검을 도로 회수했다.

"로도모나스, 가볼까?"

아렌이 굳은 결심을 한 얼굴로 로도모나스를 향해 말했다. 열렬히 고개를 끄덕인 그는 그녀를 따라 창문으로 포르르 날아갔다.

"……휴."

황성에서 몰래 빠져나온 아렌은, 이마에 흥건히 배어 있는 땀을 손으로 닦아내며 주위를 둘러봤다. 사람이 북적거리는 시장바닥이라 기사단에게 잡힐 걱정은 덜 해도 괜찮을 것 같았다.

'그럼, 이제 어떻게 해야 할까?'

아렌은 눈알을 이리저리 굴리며 생각에 빠졌다. 생각나는 건 두 개의 선택지였다. 첫 번째는 이대로 도망치는 거였다. 하일렌이여, 안녕! 두 번째는 근위대원의 집에 찾아가서 거짓말이었다는 각서를 받거나 그놈의 치부를 하나쯤은 잡는 것이다.

아렌은 잠시의 고민도 없이 후자를 택했다. 이곳에서 이뤄야 할 것이 있는 만큼, 세이모어인지 뭔지 얼굴 한 번 못 본 작자와 혼인하는 건 죽어도 싫었다. 이러다가는 영영 집에 돌아가지 않을 것 같다는 생각도 언뜻 들었다.

'그럼 우선 그 근위대원의 집부터 찾아야 하는데.'

불행 중 다행인지 주변 상인에게 마틴 제롬에 대해 물으니 하나같이 가리키는 곳이 있었다. 백작가의 자제이니만큼 알려지기도 많이 알려진 모양이었다. 그들이 가르쳐주는 대로 찾아간 마틴의 저택 또한 생각보다 크고 으리으리해서, 멀리서도 눈에 딱 들어왔다.

이제 어떻게 들어간담. 고개 쳐들고 떳떳하게 들어갈 순 없는 일인데. 담장이라도 넘어서 가야 하나?

그런 생각을 하며 저택을 쭉 둘러보던 중, 아렌처럼 문 앞을 서성거리고 있는 한 여자가 눈에 들어왔다. 그녀는 저택에 무슨 용무라도 있는 건지 까치발을 하고 안을 들여다보기도 하고, 안에 사람이 없는지 살펴보기도 했다. 품에 안긴 천 꾸러미가 무엇인지 짐작한 아렌은 턱을 꼿꼿하게 세우고 그녀에게 다가갔다.

"잠시 검문이 있겠습니다."

"예, 예?"

순박하게 생긴 여자는 눈을 동그랗게 뜨며 아렌을 바라봤다. 아렌은 제 허리춤에 차여 있는 검이 잘 보이도록 허리를 슬그머니 틀며 헛기침을 했다.

"저는 이 저택의 경비를 맡고 있는 기사입니다. 아까부터 저택을 기웃거리시던데, 여기에 용무가 있으십니까?"

"아, 기사님. 저는 수상한 사람이 아니고요. 그러니까……. 오늘부터 여기서 일하러 온 하녀입니다."

"그러시군요."

처음 온 하녀란 말이지. 아렌은 속으로 슬며시 웃으며 고개를 끄덕였다. 여자는 걱정스런 얼굴로 주변을 살피며 천 꾸러미를 꾹 쥐었다.

"하온데 대체 어디로 들어가야 하는 건지 모르겠어요. 제가 이런 큰 귀족가 저택으로 온 건 처음이라……."

"아아, 연락을 아직 못 받으셨나 보군요."

"예? 무슨 연락요?"

두 눈을 동그랗게 뜬 여자를 향해 아렌이 안됐다는 듯 혀를 츳츳 찼다.

"이곳에서 일하시기로 한 게 취소가 되었다는 연락 말입니다. 워낙 일손이 부족해서 아는 사람을 먼저 끌어와서 쓰는 바람에 말입니다. 이걸 어쩌죠."

"아아⋯⋯. 그런⋯⋯."

여자는 땅이 꺼져라 무거운 한숨을 내쉬며 말했다.

"역시 너무 쉽게 고용됐다 싶었어요, 제 팔자에."

여자가 자신의 손에 들린 옷을 아렌에게 건네며 말했다.

"그렇다면 이 하녀복도 필요 없어지겠군요. 죄송하지만 부디 이 하녀복을 하녀장님께 전해주시겠어요?"

"네. 그렇게 하겠습니다."

"감사합니다. 그럼."

단숨에 실직자가 되어 한숨을 푹푹 내쉬는 여자의 뒷모습을 보니 미안한 마음이 들었다. 취업난도 심한데 본의 아니게 남의 일자리를 뺏은 것 같기도 하고 점점 사기꾼이 되어가는 기분도 들고. 애써 기분 탓이라고 고개를 휘휘 저은 아렌은 손에 들린 천 꾸러미를 내려다보았다. 혹시나 했는데 역시나 치마로 된 하녀복이다.

남장을 한 상태에서 치마를 입는 건, 기름 뒤집어쓰고 불구덩이에 뛰어들어 가는 것과 다를 바 없는 짓이지만 어쩔 수 없었다. 누명을 벗기 위해서라면 이 정도는 감수해야 한다.

"잠깐, 갈아입으면 검이랑 옷은 어디다 두지? 근처에 숨길 만한 데도 없는데⋯⋯."

내내 잠자코 옆에 있던 로도모나스가 앞발을 크게 휘둘렀다. 그에 맞춰 생겨난 검은 점은 소용돌이처럼 휘몰아치면서 커졌고 일정 크기가 되자 멈추었다. 로도모나스는 기다렸다는 듯 파닥파닥 날아서 아렌의 검을 그 구멍 속에 쏙 집어넣었다. 잘 보이진 않았지만, 바닥에 쇠가 부딪치는 소리가 작게 났다. 로도모나스가 다시 한 번 앞발을 허공을 향해 툭툭 치자, 그 공간은 깨끗하게 사라졌다.

처음 보는 광경에 아렌의 입이 헤벌어졌다.

"와, 이걸 열고 닫았다 할 수 있는 거야? 로도모나스, 대단한데!"

아렌이 칭찬의 의미로 로도모나스의 머리를 쓱쓱 쓰다듬어주었다. 그 손길을 느끼듯 검은 털 뭉치가 어느 때보다도 편한 표정을 지었다.

"로도모나스, 같이 들어가면 들키니까 오늘은 밖에서 잠시 기다려야 해?"

로도모나스가 대번에 고개를 가로저었다. '나도 따라가고 싶어요!'라고 쓰인 듯한 눈빛으로 올망졸망 올려다보는 그가 너무도 귀여웠다. 진짜 데려가고 싶네. 아렌은 자꾸만 약해지려는 마음을 추슬렀다.

"대신 내가 위험할 때는 구해줘. 로도모나스는 천하무적이니까. 그렇지?"

'천하무적'이라는 말에 로도모나스의 초록색 눈이 더욱 반짝거린다. 엄마에게 칭찬받은 아이와 같은 얼굴에 아렌의 입가에도 미소가 떠오른다. 그녀의 손에 쥐인 하녀복이 지나가는 바람을 맞아 하늘하늘 펄럭였다.

아렌이 저택에 잠입한 사이, 제스는 그녀가 어디로 향했는지 꿈에도 생각지 못한 채 집무실에 있었다. 평소보다 더 날카롭게 빛나는 눈이 서류를 빠르게 훑어 내려간다. 지금 그가 할 수 있는 최선의 방법은 어떻게 해서든 마틴 제롬의 치부를 까발리는 것이다. 다행히 노예 거래와 관련하여 마틴 제롬에 대해서도 수사가 진행되고 있었으니 그리 오래 시간이 필요한 건 아닐 것이다. 노예 거래는 국가적 차원에서의 중죄이니 이것만 밝혀낸다면 아렌이 덮어쓴 죄도 어느 정도 무마가 될 것이다. 어딘지 석연찮은 증인들에게서 자백까지 받아낸다면 일은 더욱 깨끗이 처리될 것이다.

'아엘 샤투스, 제미린 랑게프, 마틴 제롬.'

마침내 찾아낸 이름 옆엔 '확실하진 않으나 노예 거래에 손을 담그고 있는 인물 중 하나로 저택 내에 노예를 가두고 있다는 고발을 받음. 본인의 거부로 함정수사 불가능'이라는 설명이 적혀 있었다. 그가 글의 전문을 다 읽었을 때쯤, 프레드릭이 집무실의 문을 열고 헐떡거리며 들어왔다.

"다, 단장님! 그 녀석이!"

"……."

"그 녀석이 사라졌습니다! 기사들을 따돌리고……, 도망친 것 같습니다!"

별다른 설명 없이도 제스는 그 주인공이 아렌이라는 걸 알았다. 자연히 미간이 찌푸려진다. 말없이 고개를 숙인 그가 프레드릭에게 들리지 않을 만큼 작은 소리로 중얼거렸다.

"그 바보가……!"

다소 격하게 내뱉은 제스는 옆에 세워진 검을 들고 자리에서 일어났다. 더 이상 지체할 시간이 없었다.

"지금 바로 마틴의 저택으로 향한다. 먼저 갈 테니 적당한 기사들을 추려 따르도록."

"설마 그 녀석을 잡으러 가시는 겁니까, 단장님?"

제스는 아무런 대답을 해주지 않고 당황해 있는 프레드릭의 곁을 스쳐 지나갔다. 누구를 체포해서 돌아올지는 그조차 몰랐다. 되도록 진범을 데려오도록 해야겠지. 시간이 별로 없다.

스스로를 재촉하여 말에 올랐다. 채찍질까지 해가며 마틴의 저택에 도착하고 담을 넘을 때까지 제스는 제가 이상할 정도로 스스로를 재촉하고 있다는 걸 깨달았다. 증거가 불충분한 상황에서 저택에 침범하고 경비병들의 뒷목을 쳐서 기절시키는 것은 분명 위법이었다. 평소라면 절대 하지 않았을 행동들이었음에도 전혀 신경 쓰이지 않았다. 오직 그 녀석을 이런 곳에서 죽게 할 수 없다는 생각만이 머릿속을 지배했다.

"……."

어느새 저택 본관 옆 탑까지 도착한 제스는 쓰러진 경비병들을 수풀 속에 안 보이도록 숨겨둔 후, 계단을 타고 내려가기 시작했다. 저택 내에 노예들을 가두고 있다고 했으니 가장 확률이 높은 감옥부터 뒤져야 했다.

발걸음을 죽인 채 감옥 가장 아래층까지 내려간 제스는 모퉁이를 돈 순간 그 자리에서 우뚝 멈추었다. 하녀 복장을 한 누군가가 감옥 열쇠 구멍을 들여다보며 이걸 어떻게 열어야 할지 고심하고 있었다. 익숙한 실루엣과 은색 머리카락이 눈앞에서 파도쳤다. 제스는 홀린 듯이 걸음을 옮겨 그녀의 손목을 탁 낚아챘다.

"여기서, 뭐 하는 거냐?"

신음에 가까운 목소리였다. 가슴을 콱 하고 막았던 무언가가 씻겨 내려가면서 드는 이 느낌은, 대기실에서 녀석을 발견했던 그때를 떠오르게 했다. 왜 이 녀석은 자꾸만.

천천히 올라오는 은색 눈동자를 보는 순간 다시금 콱 막혔다.

그 녀석이 맞다. 다친 곳도, 없다.

"누구십니까?"

아렌이 마치 처음 보는 사람을 대하는 양, 약간은 싸늘한 어조로 말했다. 그제야 정신을 차린 제스는 녀석의 복장이 꽤 이상하다는 사실을 깨달았다. 사내 녀석이 프릴 달린 하녀복은 왜 입고 있으며, 화장은 또 왜 저리 엉망진창으로 떡칠해뒀단 말인가. 아무리 이곳에 잠입하기 위해서라지만, 눈살이 찌푸려지는 건 어쩔 수 없었다.

"누구시냐고 물었습니다."

"……."

제스는 저도 모르게 그녀의 팔목을 잡았던 손을 놓았다. 정말 자신이 아는 아렌이 맞는 건지 의구심이 들었다. 하지만 짙은 눈썹, 여자 것 같은 고운 턱 선, 은빛 눈동자와 삐죽 튀어나온 은발 모두가 아렌임을 증명해 주고 있었다.

"난 당신 같은 사람 모릅니다. 그럼."

당신?

제스의 미간이 살짝 좁아지는 걸 봤음에도 아렌은 스쳐 지나가려 했다. 제스는 저도 모르게 그녀의 손목을 다시 낚아챘다.

"지금 뭐 하는 거지? 불만 있다고 시위라도 하는 건가."

"……."

"놔주세요."

그녀가 입술을 꾹 깨물었다가 입을 열었다.

"왜……."

"저를 잡으러 오셨다면 이 저택에서 나간 후에 부탁드립니다. 다만 일개 죄인 하나 잡으러 나오셨다 하기엔 지나치게 성대한 행차시네요."

무뚝뚝한 어투에서 배어나는 감정에 제스는 그제야 한시름 놓았다. 상대가 화를 내고 있는데 안심한다는 건 다소 이상하긴 했지만, 어찌 됐든 지금의 그는 그랬다.

제스는 아무 말 없이 아렌을 눈에 담고 있었다. 그녀의 눈동자에 떠오르는 억울함과 원망, 입술을 짓씹는 움직임 하나하나까지 놓치지 않고 다.

"내가 한 게 아닌데, 어차피 믿어주지도 않으면서……."

아렌은 제 입 밖으로 나온 솔직한 감정에 스스로도 놀랐다.

많은 이유가 있었다. 나는 이런 곳에서 누명을 쓰고 죽을 수 없어. 아무도 도와주지 않으니 내 스스로 살아남아야지. 하지만 지금 이 순간만큼은 그런 이성적인 판단은 흔적도 없이 사라져 있었다.

어쩔 수 없이 섭섭했던 것이다. 아무리 재수 없는 놈이라고 욕을 해봐도, 가장 믿고 의지할 수 있는 사람은 그였던 것이다.

아직도 서운한 표정으로 외면만 하고 있는 그녀를 보며, 제스가 천천히 입을 열었다.

"배고프지 않나?"

"……."

이게 무슨 소리냐는 얼굴로 아렌이 그를 바라봤고, 제스는 그 반응을 충분히 이해했다. 그 스스로도 조금 전 자기가 내뱉은 말이 무슨 뜻인지 알 수 없었으니까. 하지만 분명한 것은, 모르는 사람 대하듯 한 그녀의 태도에 나름대로 충격을 받았고 그 바람에 저런 이상한 말을 해버렸다는 것이었다. 제스는 그런 자신을, 또 다른 사람을 보듯 거리를 두고 이해하고 있었다.

"변명하지도 않는다는 건가요? 제스한테 저는 그저 미끼로 데려온 화살받이일 뿐이니까, 무고하든 무고하지 않든 상관없다는 거죠?"

"……."

"잘 알고 있어요. 알고 있으니까 이것 좀……."

자기가 뱉어낸 말에 심장이 할퀴어진다. 아렌이 자꾸만 약해지려는 마음을 모질게 다지며 그의 손길을 뿌리쳤다.

"놓으라고요!"

세차게 날아간 손이 옆문에 쾅 소리 나게 부딪쳤다. 단순히 닫혀 있기만 했던 문이 스르르 열렸다. 약속이라도 한 듯이 아렌과 제스의 시선이 문 안쪽으로 향했다.

그들이 서 있었던 곳은 감옥이 아니라 수용소였다. 마치 동물을 가둬놓은 우리와 같은.

아렌은 조심스럽게 발을 옮겨 들어가서 감옥 안을 전체적으로 훑어보았다. 쭉 늘어선 감옥 안엔 수십 명의 여자들이 있었다. 그들은 하나같이 헐벗고 굶주렸으며 움직일 힘조차 없어 보였다. 며칠이나 굶주렸는지 잔뜩 주름진 살가죽이 뼈에 눌어붙어 있었다. 발목에 달아놓은 검은 족쇄는 그들의 체중보다도 무거워 보였다.

"응애! 응애!"

갑자기 힘찬 아기 울음소리가 울리자 아렌은 깜짝 놀라 고개를 돌렸다. 고작해야 자신보다 네다섯 살 정도밖에 더 많아 보이지 않는 여자가 갓난아이를 안고 있었다. 아기는 아무것도 나오지 않는 어미의 젖 때문에 울음을 터뜨리고 있었다. 아기를 달랠 법한데도, 여자는 아무런 미동도 없었다.

잠들었나?

아렌이 쇠창살 사이로 손을 뻗어 툭 치자, 아기를 안고 있던 팔이 스르르 내려갔다. 시체처럼 싸늘하고 차가운 감각이 손끝을 통해 전해진다.

잠깐, 시체처럼……?

아렌이 다시 시선을 돌려 여인을 바라봤다. 습한 지하실 환경 때문인지 앙상하게 드러난 해골 위로 붙어 있는 살 조각이 썩어 있었다. 갑자기 치고 올라오는 끔찍한 현실감에 아렌의 입술이 벌어졌다. 조금씩 흔들리는 어깨를, 크고 단단한 손이 다가와서 꽉 지탱해주었다.

"노예들이다."

"노예요?"

제스에게 화난 것도 잊은 채, 아렌이 불안하게 물었다.

라미에가 조사한 대로 그 근위대원은 역시 노예 거래에 손을 대고 있었다. 증거를 찾아내었으니 이제 빨리 돌아가야 했다. 탑 앞에 쓰러진 경비병들이 발견되기까지는 그리 시간이 걸리지 않을 것이다.

"여길 빠져나가야 한다."

"저 사람들은요?"

"기사단이 올 거다."

"그렇지만 전 여기서 아직 아무것도 못 했는걸요. 이곳을 발견하긴 했지만, 아직."

"네 죄는 내가 벗겨줄 거다."

"하지만……."

"믿어라. 그만해도 좋다."

아렌은 순간 웃음을 터뜨릴 뻔했다. 믿어주지 않아 미안하다, 누명을 벗겨주겠다……. 그리 많은 말을 놔두고서 한 말이 고작 저거라니. 하지만 정작 그녀를 웃게 한 것은 그게 아니라 자신의 상태였다. 저 한마디에 모든 화가 풀려버린, 지조 없는 마음 말이다.

"잡아."

"……."

잠시간의 침묵 후에 아렌이 그의 손을 맞잡았다. 단단하고 따뜻한 온기가 그녀를 감싸 당겼다. 그를 따라 엉거주춤 걸음을 옮기면서 슬쩍 눈길을 올려보았다. 어쩐지 지금 이 순간, 정말 말이 안 되는 건 알지만 제스가 새끼손톱만큼 다정해 보였다. 이번만큼은 제스가 그녀에게 손을 내민 것이다. 같이 돌아가자고.

"……네가 기사단에 들어오면 골치가 아파질 줄 알았다."

약간은 못마땅한 어투에 아렌이 실소를 터뜨릴 뻔했다.

그런데 잠깐, '기사단에 들어오면'이라니? 아렌이 약간 망설이다 입을 열었다.

"기사단에 들어가다니……. 저, 기사가 된 건가요?"

"일승을 했다는 이야기를 들었다. 운이 좋았군."

아렌의 눈이 휘둥그레졌다. 제스가 자신을 잡아가라고 한 순간 그 약속도 물거품이 된 줄로만 생각하고 있었는데. 이 상황에서 기사가 된 걸 기뻐해야 할지 알쏭달쏭한 상태로 그녀가 이어서 물었다.

"어, 그럼 여기 온 것도……."

"기사단에서 무단이탈은 금기다."

"그럼 그렇지, 하……."

혹시나, 만에 하나 혈혈단신으로 구하러 온 거라면 조금은 고맙다는 생각을 할 뻔했다. 그는 그저 무단이탈한 기사를 잡으러 온 것뿐인데, 괜히 혼자 북 치고 장구 친 것 같아 약간 부끄럽기도 하다. 제스가 들었으면 헛소리라고 비웃었겠지.

속으로 이런저런 생각을 하던 아렌은 앞에서 멈추는 바람에 따라서 걸음을 멈출 수밖에 없었다. 뭐지? 거의 다 올라온 게 아니었나? 의아해하며 고개를 빼내보자 친숙한 얼굴이 보였다. 타이밍 좋게 나타난 그의 모습에 입이 절로 벌어졌다.

"마, 만두……."

"만두라고 부르지 마!"

마틴이 씩씩대며 그녀를 향해 외쳤다. 저렇게 민감하게 반응하는 걸 보면 주변에서 많이들 부른 모양이었다.

얼굴을 잔뜩 일그러뜨린 그가 뒤쪽을 향해 손짓했다.

"경비병이 쓰러졌다고, 누군가 침입한 것 같다기에 혹시나 해서 와봤는데 설마 기사단장님께서 직접 오실 줄이야. 조사가 필요했다면 공식적인 협조를 요청했으면 되셨을 것을."

"……."

"하지만 이리된 이상, 살아 나가실 수 없으실 겁니다. 스스로 죽음을 자처했다는 걸 깨달으십시오."

그의 말이 끝나자마자 사병들이 빽빽이 줄을 지어 나타났다. 아렌은 서둘러 등과 허리를 더듬었으나 검과 활을 전부 내려놓고 왔다는 사실을 깨닫고 낭패하여 어쩔 줄을 몰랐다. 그녀를 가리고 선 제스가 천천히 검을 빼냈다.

"너야말로 네 명을 재촉하고 있음을 깨달아라."

"쳐라! 산 채로 붙잡아!"

찢어지는 듯한 외침이 울리자 병사들이 좁은 계단으로 우르르 몰려들어 왔다. 무작정 달려드는 장정들을, 하얀 검이 순식간에 베어 넘겼다. 숫자로는 압도하지만, 어쩔 수 없이 밑도는 실력 때문에 당연한 결과였다.

"얼마든지 와라."

제스의 검이 바람처럼 흘러 병사들을 향했다. 그의 기백에 눌린 병사들은 자신들이 다수임에도 불구하고 멈칫하며 머뭇거렸다. 저 멀리서 마틴이 발을 동동 구르며 안달복달하는 목소리가 들렸다.

"뭐 해, 어서 덤벼라! 저자를 사로잡는 자에겐 엄청난 상금을 주겠어! 마법사, 앞으로!"

마법으로 도와주기까지 한다니 병사들은 더 이상 머뭇거릴 게 없었다. 셋으론 안 되는 걸 깨달았는지 이번엔 다섯 명이서 한꺼번에 덤볐다. 제스는 아주 미세한 간격을 사이에 두고 검을 차례로 쳐내 밀어냈다. 펑! 무언가 터지는 소리와 함께 붉게 타오르는 화염덩어리가 그들을 향해 날아왔다. 불덩이는 높이 떠올랐다가 궤도를 수정해 제스의 머리 위로 떨어졌다. 다섯 개의 검을 막느라 제스의 검은 미처 마법까지 막을 새가 없어 보였다.

아렌은 저도 모르게 손을 뻗어 제스의 머리 바로 위에 있는 화염덩어리를 손으로 있는 힘껏 쳐냈다.

아렌이 손바닥을 부여잡고 발을 동동 굴렀다. 너무 아파서 눈물이 찔끔 나온다. 손바닥을 호호 불고 있자, 검을 모두 밀어낸 제스가 한 발짝 뒤로 물러서며 다가왔다.

"쓸데없는 짓 하지 마라."

"제가 안 쳐냈으면 대머리 됐을지도 모르는데요?"

"……."

실없는 농담을 하긴 했지만, 상황은 그다지 좋지 않았다. 제스가 인간인 이상 수십의 장정들을 상대하다 보면 한계가 올 수밖에 없다. 마법사까지 가세한다면 더더욱. 이대로라면 정말 잡혀버릴지도 모른다는 생각에 어금니가 꽉 깨물렸다.

'누가 좀, 누가 좀……!'

그때, 대치한 병사들과 제스 사이에 검은 기둥이 솟아올랐다. 놀란 병사들이 몇 발자국 뒤로 물러서며 잔뜩 경계했고, 아렌은 저도 모르게 제스의 망토를 잡았다.

기둥이 서서히 사라지는 대신 나타난 건 검은 로브를 입은 사내였다. 햇빛을 등져서 검은 것이 아니었다. 유독 그의 주변만이 어둠으로 칠해놓은 듯 새까맣다. 비록 로브에 가려 아무것도 보이지 않았지만, 훤칠한 키와 로브 위로 드러나는 익숙한 선을 아렌은 칼같이 알아보았다.

"세이!"

— 오랜만입니다, 아렌.

"어, 어?"

아렌이 두 눈을 크게 뜨며 세이를 바라봤다. 목소리가 들리는 와중에도 그의 입술은 전혀 움직이지 않고 있었다. 대체 어떻게 말하는 거지? 그

공녀님!
공녀님! 1

생각에 응답해주듯 세이의 목소리가 다시 한 번 울렸다.

— 마법의 일종입니다. 아렌밖에 들을 수 없는 목소리니 제 말에 대꾸하면 주변에서 이상하게 생각할 겁니다.

마침 제게로 향해 오는 시선을 의식한 아렌이 입을 합 다물었다. 하지만 아직도 놀라움은 여전해서 자꾸만 목에서 괴상한 숨소리가 새어 나오려 했다.

세이의 입꼬리가 슬쩍 올라갔다. 그의 앞에 무장한 병사 떼와 마법사들이 있는 건 안중에도 없어 보였다. 오히려 무장한 병사들이 주춤주춤 뒤로 물러선다. 아렌을 향하던 그의 검은 눈동자가 살짝 옮겨지더니, 제스의 것과 마주친다.

"누구지?"

제스의 어조는 무섭도록 싸늘했다. 하지만 그를 정면에서 마주하면서도 세이는 여유롭게 입꼬리를 올렸다. 로브에 가려 잘 보이지 않았지만, 어쩐지 그런 것처럼 느껴졌다.

그는 제스에게 대답하는 대신 제 옆에 떠 있는 로도모나스에게 뭐라고 작게 속삭였다. 그제야 로도모나스를 발견한 아렌이 작은 탄성을 내질렀다. 위험해지면 도와달라고 장난같이 건넨 말을 정말로 지켜준 모양이다.

옆으로 포르르 날아온 로도모나스가 '나 잘했어? 칭찬해줘!'라고 말하는 눈망울로 아렌을 올려다본다.

— 밖으로 보내드리겠습니다. 조심히 가시길.

부드러운 목소리가 멍해진 머릿속으로 파고들었다. 그의 팔이 천천히 올라간다. 그것이 마법을 쓰려는 것임을 알아챈 아렌이 다급하게 입을 열었다.

"세이는요?"

— …….

"세이! 세이! 같이 가요!"

아렌이 다급하게 뛰쳐나가려는 순간 세이의 손이 단호하고 짧게 움직였다. 흰 빛이 한 번 깜박인 후 제스와 아렌의 모습은 거짓말처럼 사라져 있었다. 자취조차 남지 않은 그 자리를 빤히 응시하던 세이가 천천히 몸을 돌렸다.

"뭐야, 저자들을 어디다 보낸 거지?"

병사들을 헤치고 나온 마틴이 게거품을 물고 길길이 날뛰었다. 그로선 황당하기 그지없는 상황이었다. 갑자기 어디서 튀어나왔는지 모를 놈 하나 때문에 다 잡은 고기를 놓치다니. 기사단장과 시종을 이대로 놓쳐버린다면 앞으로 어떤 궁지에 몰릴지 아찔해질 정도인데.

"말해! 빨리 말 안 하면 네 온몸이 불덩이가 될 거다!"

낮은 웃음소리가 희미하게 울려 퍼졌다.

"뭐가 우습냐! 내가 우스운 거냐!"

"당신들 때문에."

굳게 닫혀 있던 입이 천천히 열렸다. 한 줌의 감정을 내비치지 않는 검은 눈동자와 마주하자, 그와 대치한 병사들은 이루 형용할 수 없을 정도의 압력을 받았다.

"제 것을, 그와 함께 보내버렸습니다."

낮고 어두운 목소리와 함께 그의 전신을 가리고 있던 로브가 사라졌다. 햇살이 산산이 부서져 내리는 듯한 은청발과 그의 검붉은 눈동자에 병사들이 일제히 주춤거렸다.

세이는 가볍게 턱을 들며 미소 지었다.

"그러니 책임져주셔야겠습니다."

"미친 자가 아닌가, 빨리 잡아!"

마틴이 뭐라고 하건, 세이의 전신에선 보랏빛 기운이 마치 뱀처럼 스멀

스멀 나오기 시작했다. 놀란 병사들이 주춤거렸다.

"윽!"

저도 모르게 물러서던 병사가 별안간 신음을 내지르며 가슴을 내려다봤다. 날카롭고 단단한 칼날 모양의 기(氣)가 제 가슴을 꿰뚫고 있었다. 뜨거운 핏덩이가 목구멍으로 왈칵 쏟아져 올라왔다. 쇠처럼 단단해 보이던 기가 안개처럼 흩어지며 일렁였다. 그것을 따라 시선을 옮기기도 전에, 몸이 무너져 내렸다.

"히익!"

바로 옆에서 즉사해버린 병사를 보고 주변에 있던 이들이 일제히 뒷걸음질 쳤다. 하지만 세이의 몸에서 뿜어져 나오던 보랏빛 기는 순식간에 퍼져서 그들을 감쌌다. 날카롭게 벼려진 무형의 칼날이 먹이를 잡아채는 독수리처럼 그들의 심장에 꽂혀 들어갔다.

수십의 병사들이 단말마도 지르지 못하고 허수아비처럼 쓰러져갔고, 분수처럼 솟아오르는 피가 몇 방울 세이에게 튀겼다. 새하얀 피부 위에 검붉은 핏방울이 방울져 흘러내렸다. 병사들의 몸은 땅에 닿기도 전에 흔적도 없이 소멸되었고, 그 광경을 지켜보던 마틴은 경악에서 헤어나질 못했다.

"히, 히익!"

마틴이 마법사를 제 앞으로 밀쳐내며 뛰쳐갔다. 하지만 보랏빛 기운이 마법사를 뚫고 지나가 마틴을 옭아맸다.

"당신은 저와 함께 가주셔야 할 곳이 있습니다."

"으, 어어……."

마틴은 어느새 다가와 자신의 얼굴 가까이서 환하게 웃는 은청발의 미남자에게서 극심한 공포감을 느꼈다. 이미 그가 발을 딛고 있는 바닥은 핏물로 진득해졌다. 두렵다. 온몸의 털이 쭈뼛 설 만큼.

시야는 점점 흐릿해졌다. 안개 낀 듯 불분명해졌던 시야는 금방 분명해졌다. 피로 칠갑되어 있던 감옥과 괴리감이 느껴지는 화려한 방이 눈앞에 펼쳐졌다.

"여, 여긴……."

마틴은 더듬거리며 입을 열었다.

분명 와본 적이 있는 곳이었다. 아, 기억난다. 분명 이곳은…….

마틴이 공포에 질린 눈으로 사방을 둘러보았다. 창가 근처에 서 있는 누군가를 발견하는 순간 비명이 터졌다.

"황비 전하!"

마틴은 저도 모르게 소리를 질렀다. 혹시나 했는데 역시나 이곳은 황비의 방이었다. 누구나 머리를 조아려야 할 황비의 앞인데도 신분이 불분명한 마법사는 허리를 숙이지 않았다. 이자는 누구기에 황비의 방에 들락날락한단 말인가?

경악스럽긴 하지만, 일단 안심이 되었다. 미친 자가 아니고서야, 황비의 방에서 아까처럼 살인귀처럼 사람을 죽이진 않으리라.

"아시는 자입니까?"

마법사가 황비를 향해 물었다. 마틴의 몸을 감싸고 있는 보랏빛 기운이 스멀스멀 올라와 기다란 칼의 형태를 갖추어 얼굴 근처로 다가갔다. 죽음이 한 걸음씩 다가오고 있는 느낌에 그가 공포감을 견디지 못하고 비명을 질렀다.

"전하! 살려주십시오!"

"아시는 자냐고 물었습니다."

"살려주십시오! 부디! 전하!"

황비는 저를 향해 필사적으로 살려달라고 외치는 마틴에게 눈길도 주지 않고 대꾸했다.

"모르는 자요."

"전하! 어찌!"

간단히 되돌아오는 대답에 세이의 붉은 눈이 휘어졌다.

"그러십니까?"

칼날 형태로 목 근처를 위협하고 있던 보랏빛 기운이 사그라졌다. 마틴의 몸을 꼼짝달싹 못하게 옭아맸던 것이 없어지자, 마틴은 그제야 제 발로 땅을 디딜 수 있었다.

"아로트."

세이의 고요한 음성이 울리자, 일렁이는 그림자 속에서 핏빛 머리카락을 가진 여인이 쑥 올라왔다.

"예……."

"처리해라."

"……분……부대……로."

따분한 느낌마저 드는 느릿한 미성이 제 발밑에서 들렸다. 으적. 마틴은 별안간 다리에서 느닷없이 느껴지는 통증에 휘청거리며 넘어졌다. 일어나려 했으나 움직일 만한 무언가가 없었다. 그 여인이 그 무언가를 먹고 있다.

저건, 다리였다. 방금까지만 해도 마틴의 것이었던.

"어, 어어……."

흰자가 없는 눈이 마틴을 향한다. 큰 충격에 비명조차 지르지 못하는 그를 향해 다가온 손이 어깨를 옭아매고 끌어내렸다. 날카로운 송곳니가 목을 향했다. 뿌드득거리는 불쾌한 소리와 함께 마틴의 얼굴이 기묘한 각도로 돌아갔다. 이빨로 뼈째 씹히는 소리가 섬뜩하게 울렸다.

으적으적. 마틴은 그 자리에서 흔적도 없이 그녀에게 먹혀버렸다. 그가 이 자리에 있었다는 걸 알려주는 것은, 아로트의 입가에 남은 핏물이 전부였다. 기다란 혀로 입술을 핥은 그녀가 다시 세이의 그림자로 몸을 감췄다.

"모르는 척해드리는 것도 이젠 한계입니다, 황비."

"……."

"그럼 실례하겠습니다. 편히 쉬시길, 경애하는 황비 전하."

조소 섞인 말에도 황비는 묵묵히 침묵을 지켰다. 그의 모습이 사라지자, 황비는 얕게 한숨을 내쉬었다. 제 수족이었던 자가 괴물 같은 여자한테 먹히는 것을 보고도 조금의 충격도 받지 않을 리 없었다.

그녀의 다음 먹이가 당신이 되지 않기를 빕니다. 눈빛은 분명 그렇게 이야기하고 있었다.

세이가 사라지자 구석에 위치한 작은 방에서 뛰쳐나온 누군가가 그녀를 향해 달려왔다. 얼굴의 반을 가면으로 가리고 있는 그녀는, 다름 아닌 카트린느 부인이었다.

"전하! 괜찮으십니까!"

"……."

"전하! 언제까지 저자가 전하께 이토록 무례하게 구는 것을 눈감아주실 작정입니까!"

황비는 그녀를 외면하듯 살짝 눈을 감았다. 카트린느가 그녀에게 한 발짝 더 다가서며 낮은 목소리로 속삭였다.

"제가 잘 아는 마법사가 있습니다. 저자를 처리하고, 그를 기용하시는 게 어떻겠습니까? 제아무리 강하다고 해도 마력을 차단해버리면 아무것도 아닌 자입니다."

"안 돼. 그것으로 처리할 수 있는 자가 아니니 경거망동하지 마라. 저자를 적으로 두면 끝이다."

황비의 말에 카트린느가 단번에 입을 다물고 머리를 조아렸다.

"이해관계가 닿아 있는 한, 나를 어찌할 순 없을 게야."

황비가 애써 침착해지려는 듯 호흡을 골랐다. 차분히 가라앉은 금빛 눈동자가 카트린느를 향해 돌아갔다.

"노예 거래 자금이 우리에게로 흘러들어 온 걸 숨겨라. 또, 아렌이란 자에 대해 알아 오너라. 저자가 무슨 생각을 하는지 알 필요가 있다. 속히 행동해야 할 게야."

카트린느가 공손히 고개를 숙이곤 몸을 돌렸다. 그녀는 조금 전까지 세이가 머물렀던 그 자리를 핏발선 눈으로 노려본 후 발걸음을 옮겼다.

제스와 아렌은 저택 입구 앞이었다. 아렌은 멍하니 주변을 둘러보다가 멀리 보이는 저택을 바라보았다. 기억이 하나씩 떠오르기 시작했다. 아렌, 그녀는 낮에 저곳에 잠입해 들어갔고 제스를 만나고 사병들과 대치를 했다. 누군가 나타났으면 좋겠다는 생각이 든 순간 세이가 나타났고…….

"헉!"

그런 세이를 두고 나왔다는 생각에 닿은 순간 아렌은 기겁하며 벌떡 일어섰다. 아무리 기억을 되짚어보아도 탑에 남아 있던 세이의 뒷모습은 여전했다.

아무리 세이라도 그 많은 수의 사람들을 홀로 감당해낼 수 있을 리가 없는데!

피투성이 시체가 되어버린 세이를 떠올리자 아렌은 즉시 발을 돌렸다. 그리고 제스가 그녀의 팔을 덥석 잡으며 제지했다.

"여기 있어라."

"놔주세요, 세이를 저대로 두고 올 순 없어요."

"여기 있으라고 했다."

단호한 제스의 말에 아렌이 이해가 안 간다는 눈빛으로 그를 바라보았다.

"제스, 세이가 우릴 구해준다고 저 안에 갇혔잖아요. 그런데도 어떻게 가만히 있을 수가 있나요?"

"네가 간다고 달라지는 건 없다."

"그래요, 달라지는 건 없겠죠. 하지만 할 수 있는 게 아무것도 없는 건 아니에요."

아렌은 그 어느 때보다도 강한 의지로 제스의 손아귀에서 팔을 빼냈다.

"놔주세요. 갈 거예요."

놔줄 수 있을 리가 없었다. 가면 죽을지도 모른다는 가능성 말고도 여러 가지 다른 이유가 있었기 때문에. 그 정확히 명명할 수 없는 감정에 그의 미간이 더욱 좁아졌다.

"단장님!"

"형!"

아렌은 뛸 듯이 기뻐하며 프레드릭을 향해 외쳤다. 그는 그녀에게 한쪽 눈을 찡긋거린 후 제스 앞에 부복했다. 그러자 그 뒤의 수십의 기사들이 뒤따라서 부복했다.

"단장님을 뵙습니다!"

"늦었다."

"죄송합니다! 크흑! 요 며칠 사이 도대체 몇 번이나 늦는 건지!"

제스가 손에서 힘을 풀고 그녀를 놓아주었다. 아렌이 떨떠름한 얼굴로 그를 올려다봤으나, 제스는 더 이상 시선을 주지 않았다. 단지 어느 때보다도 차가운 어조로 기사들에게 명령을 내릴 뿐이었다.

"안에 마법사 하나가 있을 것이다. 정리하고 구해 오도록."

"넵!"

그의 말에 기사단 전체가 일사불란하게 움직여 저택 안으로 들어갔다.

이런 상황을 대비해 잘 훈련이 된 건지 기사들은 조금도 허둥대지 않고 저택을 에워싸고 안을 살폈다. 프레드릭이 신호를 하자 그들은 일제히 저택 안으로 들어갔다.

얼마 지나지 않았으니 세이도 무사히 구출해낼 수 있을 것이다.

세이가 대체 언제 나올까 조마조마하면서 기다리는 가운데, 기사단은 지하 감옥뿐 아니라 저택 전체를 수색하여 증거와 증인을 수집했다. 하지만 어찌 된 일인지 아렌이 대치했던 병사는 단 한 명도 보이지 않았고, 건물에서 줄지어 나오는 것은 오로지 여자 노예들뿐이었다.

한참 후에 저택에서 고개를 갸우뚱거리며 나온 프레드릭이 그들 앞에 멈춰 섰다.

"단장님, 노예를 제외하곤 저택 안에 아무도 없습니다."

"……."

"마틴 제롬은?"

"그게 마틴 제롬도 보이질 않습니다."

프레드릭이 이마를 긁적이며 한 말에 아렌이 초조한 기색으로 불쑥 끼어들었다.

"그럴 리가 없어요! 아까 분명 있었다고요!"

설마 죽어서 굴러 떨어져버린 건 아니겠지? 아렌이 어찌할 바를 모르고 발을 동동 굴렀다. 수십의 병사들과 마틴 제롬, 거기다 세이까지 저택에서 보았는데 하나도 없다는 게 말이 되는가?

"형, 지금 저택으로 들어가도 되나요?"

"응, 대충 수색이 끝났으니 들어가도 되긴 하지만……. 너, 꼴이 그게 뭐야?"

프레드릭은 그제야 그녀의 시녀 복장을 보고 괴상한 얼굴로 변했다. 하지만 그에게 농담을 할 여유가 없었던 아렌은 즉시 그 자리를 벗어났다.

"잠깐만요, 나중에 얘기해요!"

'세이, 세이!'

아렌이 한달음에 저택에 들어가 병사들과 대치했던 자리로 뛰어갔다. 정말로 그 자리엔 아무것도 없었다.

"세이!"

아렌이 목소리를 높여 그의 이름을 불렀지만, 돌아오는 대답은 없다. 세이의 자취를 따라 계단을 쭉 따라 내려갈수록 비릿한 혈향이 코를 괴롭힌다. 분명 누가 죽은 것 같긴 한데 아무리 샅샅이 뒤져도 인기척은커녕 시체조차 보이질 않았다. 말 그대로 싹 사라져버렸다. 흔적도 없이.

"세이……."

망연자실한 얼굴로 서 있는 아렌은 로도모나스가 어깨를 툭툭 치자 그제야 고개를 돌렸다. 몇 번 달싹이던 그녀의 입술이 어렵게 열렸다.

"로도모나스, 세이한테 혹시 무슨 일 있는 건……."

아렌이 차마 말을 잇지 못하고 끝을 흐렸지만, 그 뒷말을 짐작해낸 로도모나스가 고개를 살짝 저었다. 그러고는 앞발로 그녀의 옷깃을 잡고 쭉쭉 끌어당긴다. 어딘가로 가자고 말하는 것 같은데, 설마…….

"세이, 혹시 방에 있니?"

아렌이 묻자 로도모나스가 고개를 끄덕거렸다.

"얼른 가보자. 다쳤을지도 모르니까."

아렌은 빠르게 내뱉고는 발걸음을 옮겼다.

제 방으로 돌아온 세이는 바닥에 무언가가 후드득 떨어지는 걸 느끼고 고개를 내렸다. 조금 전 자행한 학살에서 튄 피가 옷자락에서 뚝뚝 떨어지고 있었다. 그가 손을 한 번 휘두르자, 옷을 물들인 핏방울이 마치 의지라도 가지고 있는 듯 둥글게 뭉치더니 이내 사라졌다. 결벽증이 있는 사람처럼 옷을 툭툭 털어내자 새것처럼 깨끗해진다.

옷을 이렇게 더럽혀가면서까지 표면에 나선 건 꽤 오랜만에 있는 일이
었다. 보통은 황비의 일을 뒤에서 돕고 꼬리가 잡힐 만한 자들을 죽이는
일만 해왔던 까닭이었다. 조금 번거로워지긴 했지만, 이건 이것대로 재밌
었다. 마지막 순간, 저를 향해 손을 뻗던 그녀를 떠올리면 말이다. 그리고
별안간 귓가에 급한 발걸음 소리가 들려오자 그의 입가에 맺힌 미소가 더
욱 깊어졌다.

그리 머지않아 벌컥 열린 문 사이로 그녀가 나타났다.

"세이!"

내내 뛰어온 것처럼 숨을 몰아쉬던 아렌은 세이를 발견하고 한달음에
달려왔다. 손이 답삭 잡혔다.

"세이, 괜찮아요? 어디 다친 덴 없어요?"

아렌이 허둥지둥 그의 몸 이곳저곳을 살핀다. 안달 난 강아지처럼 어쩔
줄 모르는 그녀를 보자 세이의 눈에 장난기가 서렸다.

"조금, 다쳤을지도……."

"네? 어디요? 어디요!"

아렌이 두 눈을 휘둥그레 뜨고 되물었다. 아렌이 방심한 순간, 세이가
아렌의 손을 낚아채더니 그녀의 손가락 끝에 가볍게 입술을 눌렀다 뗐다.
아렌이 놀라 손을 빼려 했지만 빠지질 않는다.

나직하게 웃은 세이가 다시 한 번 손가락에 입술을 가볍게 댔다.

"방금 다 나았습니다."

"세이! 이런 걸로 장난칠 거예요!? 세이한테 무슨 일 생기는 줄 알고 내
가 얼마나……."

아렌의 말끝이 약간씩 떨리더니 흐려진다. 잠깐 입을 닫았다가, 다시금
방이 울릴 정도로 크게 소리를 빽 질렀다.

"걱정했잖아요! 그렇게 보내버리면 어떡해요? 세이도 같이 갔어야죠!"

"걱정……이라고 하셨습니까?"

"당연하죠! 그럼 세이를 그렇게 두고 맘 편히 자러 갈 줄 알았어요? 이, 이, 미련곰탱이 같으니!"

아렌이 이를 바득바득 갈며 그를 노려봤다. 정말로 몇 대 팰 기세였다. 약간 놀라워하던 그가 편안하게 웃었다.

"예, 지금만큼은 미련곰탱이라고 치지요."

"그렇게 웃지 말아요. 화 안 풀 거니까. 사람을 걱정시켜도 유분수지. 다치면 어쩔 뻔했냐고요! 진짜……, 무슨 일 있었으면!"

아렌이 말을 채 끝맺지 못하고 입을 꾹 다물었다. 그에 세이는 그녀의 손을 잡고 안쪽으로 부드럽게 끌어당겼다.

"저는 보시다시피, 괜찮습니다. 사랑스런 사고뭉치 아가씨."

"……그렇다면 다행이고요."

억지로 화난 표정을 짓는 아렌을 보며 세이의 얼굴이 장난스럽게 변했다.

"그나저나 아렌, 그런 차림으로 괜찮겠습니까."

아렌이 잠시 잊고 있는 사실이 있었다. 바로 그녀가 하녀복을 입은 상태였다는 것. 그제야 자신의 차림새가 어땠는지 기억해낸 아렌이 기겁하자 세이가 감상이라도 하듯 위아래로 훑어보았다.

"이왕이면 구두나 가발까지 완벽하게 갖춰 입으시질 그랬습니까."

"그, 그런 눈으로 쳐다보지 말아요. 변태……."

아렌이 두 팔로 몸을 가리면서 옆으로 슬금슬금 피했다. 미미하게 달아오른 그녀의 얼굴을 보자 조금 더 놀려줄까 생각이 들었지만, 지은 죄가 있어 차마 그러지는 못하고 손을 한 번 휘둘러주었다. 그와 함께 엉망진창이었던 하녀복이 깔끔한 시종복으로 돌아갔다.

"참, 그 사람들은 다 어떻게 했어요?"

"아아……. 그 병사들 말입니까?"

세이가 가볍게 어깨를 으쓱하며 말했다.

"바다 한가운데 외딴섬으로 공간이동 시켜버렸습니다."

"아아, 그래서 아무도 없었던 거군요."

아렌은 다행이라고 해야 할지 말아야 할지 아리송한 얼굴로 고개를 갸우뚱거렸다. 그녀의 주의를 다른 데로 돌리기 위해 세이가 입을 열었다.

"차 한 잔 마시고 가시겠습니까?"

"네. 강제로 공간이동 시켜버리기 전에 빨리 마셔버려야 할 테지만요."

빈정대는 말투에도 세이는 연신 웃음을 머금은 채였다. 금방 준비된 찻잔 위로 적당히 우려진 찻물이 내려앉았다. 조금 전까지 콧속을 휘젓던 혈향이 가시고 진한 홍차향이 대신했다. 이제야 모든 일이 정리됐다는 생각이 든 아렌은 크게 한숨을 쉬며 의자 위에 늘어졌다. 어찌 된 게 하나도 얌전히 넘어가는 일이 없지 않은가.

지친 아렌 앞에 찻잔을 밀어준 세이가 그제야 생각났다는 듯 로도모나스에게 시선을 돌렸다.

"이 말을 잊어버릴 뻔했군요. 로도모나스, 수고했습니다."

"아, 그러고 보니 로도모나스가 세이를 불러줬죠. 고마워, 로도모나스. 네 덕에 살았어."

두 주인에게서 동시에 칭찬이 쏟아지자 로도모나스가 기쁜 듯 초록 눈동자를 빛내며 끄덕거렸다. 저런 모습을 보이는 건 어쩐지 아렌과 세이 앞에서만인 것 같았다.

그를 보고 있다 보니 무언가가 생각난 아렌이 입을 열었다.

"그런데 로도모나스 말인데요. 말을 할 수는 있는 건가요? 아직까지 저한테 한 마디도 하지 않아서……."

"로도모나스가 아직까지 자기 모습을 보여주지 않았습니까?"

"네, 쭉 저 모습이었어요."

"로도모나스."

당부하듯이 떨어지는 말에 로도모나스의 입에서 한숨이 푹 나왔다. 되도록 하기 싫다는 기색이 역력했지만, 그래도 세이의 말을 거역할 수는 없는 건지 천천히 공중으로 날아올라 마법을 시전했다.

단 한 차례 눈을 감았다 뜬 순간이었다. 조금 전까지 검은 털 뭉치가 있었던 자리에 까무잡잡한 피부를 가진 소년이 보였다. 짧고 곱슬곱슬한 머리카락을 가진 그는 아렌과 눈이 마주치자 슬그머니 시선을 피했다. 저게 진짜 로도모나스라고? 아렌이 입을 뻐끔거리다가 벌떡 일어섰다.

"우왁! 너 로도모나스 맞지! 귀여워!"

아렌이 와락 안자 로도모나스가 약간 당황해했다. 그녀보다 작은 키 덕분에 품에 쏙 안기 좋았다.

"로도모나스, 이제까지 왜 모습을 안 보여준 거야? 이렇게 귀여운데!"

"……앗."

결국 쑥스러움을 이기지 못한 로도모나스는 도로 털 뭉치 모습으로 돌아간 후 날갯짓을 하여 빠져나왔다. 몸 전체가 빨개진 로도모나스가 테이블 밑으로 쏙 숨어버렸다.

"부끄러운 모양입니다."

아렌이 고개를 숙여 테이블을 확인하니, 로도모나스가 동그랗게 몸을 말고 의자 밑으로 숨었다. 그 치명적인 귀여움에 아렌이 부르르 떨었다.

"그런데 조금 전에 같이 있던 사람은 기사단장이 맞습니까? 요즘 그와 자주 계시는군요."

"아, 그리고 보니 세이에게는 미처 말을 못 했네요. 축하해주세요! 저 이제 기사가 됐어요!"

굽혔던 허리를 펴면서 아렌이 잔뜩 상기된 얼굴로 외쳤다. 틀림없이 웃으며 축하해줄 거라고 생각했는데 이상하게도 세이의 얼굴은 밀랍처럼 딱딱해져가고 있었다. 왜 저러지? 아렌이 슬쩍 그의 눈치를 보며 입을 뗐다.

"어, 갑자기 표정이 왜 그래요? 자주 못 올까 봐 그래요? 걱정 말아요. 기사단에 들어갔지만 최대한 자주 올 테니까."

"……."

"어라, 정말 이상하네. 혹시 진짜 어디 아파요? 아픈데 숨기고 있다든가."

아렌의 손이 닿자 세이는 답지 않게 깜짝 놀라며 상체를 뒤로 뺐다. 그의 얼굴이 기묘하게 변해가면서 아주 작은 신음 소리가 입에서 새어 나왔다. 그 모습에 아렌은 아차 하며 손을 내리며 그의 눈치를 봤다.

"아, 미안해요. 혹시 기분 나빴나요?"

"……."

세이에게선 아무런 대답이 돌아오지 않았다. 진짜 기분 나빴나 보네. 아렌이 멋쩍은 얼굴로 고개를 숙였다.

"미안해요. 만지는 걸 싫어할 줄은……."

"아니, 아닙니다."

황급히 그녀의 말을 가로막은 세이가 입술을 꾹 다물었다가 다시 열었다.

"죄송합니다만 이제 가주시겠습니까?"

"네? 아, 네."

아렌이 마시던 홍차를 내려놓고 일어났다. 그러자 로도모나스가 파닥거리며 날아올라 그녀의 뒤를 따랐고, 아렌은 약간 걱정스런 눈으로 세이를 바라봤다.

"갈게요, 세이."

어딘지 모르게 아쉬워진 아렌이 작게 손까지 흔들어가며 문가에 머물렀지만, 세이는 평소완 달리 그녀를 배웅조차 해주지 않았다.

「아버님, 이게 무슨 말입니까? 혼인이라니요! 대체 제가 이제껏 가주로서 교육 받아온 건 무엇 때문이었죠?」

「이왕 이렇게 됐으니 솔직히 말하마. 한 가문을 책임지는 가주로서 좀 더 확실한 방법을 택할 수밖에 없었다. 세이모어 공작과의 만남은 형식적인 것, 이제부터 혼인 준비에 만전을 기하도록 해라.」

「아버님!」

「더 이상의 말은 듣지 않겠다. 네 방으로 돌아가라.」

「……」

「돌아가라는데도!」

「……혼인, 거부합니다.」

「뭐라? 네가 지금 이 아비의 말을 거역하는 거냐?」

「예, 거역하는 겁니다.」

「방으로 돌아가서 자숙하거라! 너와 입씨름할 시간이 없다.」

「좋습니다, 얌전히 돌아가지요. 하지만 저는 분명히 싫다고 말씀드렸습니다. 이제부터 어떤 일이 일어나도 저는 모릅니다. ……쳇. 이따위 세상, 엿이나 먹으라지.」

다음날 아르렐리아 공녀는 '나 가출함'으로 시작되는 짧은 편지를 남겨두고 사라졌다. 19년 동안 공작가에서 귀하게 자라온 공녀이다. 설마 험한 바깥세상에 홀로 나갈 거라곤 상상도 하지 못했다. 아르렐리아가 어디서 어떤 생활을 하고 있는지 모르는 상황에서도 레이나스 공작은 후회하지 않았다. 과거로 돌아가게 되더라도 똑같이 했을 테니까. 레이나스 공작이 물론 딸을 아끼지 않는 것은 아니었다. 아르렐리아에게서 자질을 보지 못한 것도 아니었다.

하지만 으레 부모들이 그러하듯 자식이 아무리 성장하고 능력이 뛰어나도 물가에 내놓은 어린애처럼 여겨졌다. 거기다 그의 천성 자체도 딸에게는 좀 지나치다고 할 수 있을 정도로 완고한 성미였다. 딸에 대한 걱정도 문제지만 그것만큼이나 심각한 상황이 또 하나 있었다.

바로 세이모어 공작과의 만남. 항상 대리인을 내세워 모든 활동을 해왔기에 세이모어 공작과는 단 한 번도 만나본 적이 없다. 그뿐만 아니라 과거 반란을 도모하던 가문 중 하나라는 오명이 있긴 하지만 그것은 먼 옛날의 이야기. 지금은 3대 공작가문 중 하나로 굳건히 자리를 지키고 있다. 그런 가문과의 혼담을 이제 와서 무를 순 없는 일이었다.

'카일이 아르렐리아를 데려올 때까지 시간을 끌어야 한다.'

레이나스 공작은 지푸라기라도 잡고 싶은 심정이었다. 마침 들들 굴러가던 마차가 공작가 앞에 멈춰 섰다. 레이나스 공작이 자리에서 일어나자 시종이 먼저 마차 문을 열어주었다. 하늘을 찌를 듯이 높고, 육중한 철문이 철꺼덩 열리며 공작을 맞이했다. 공작은 곧장 자신의 방으로 향했다.

방에선 집사 하나와 로브를 둘러쓴 여자 하나가 기다리고 있었다. 두툼한 로브에서도 완연히 드러나는 늘씬한 몸매를 보자 공작은 그녀가 누군지 직감적으로 알아챘다.

아르렐리아를 꼭 닮았다던, 그 여인.

"몰래 데리고 들어왔겠지?"

공작이 짙은 눈썹을 세우며 매섭게 말했다.

"예, 아무도 본 이가 없습니다."

공작이 눈짓하자 집사가 그녀의 머리를 덮고 있던 로브를 젖혔다. 여인은 깜짝 놀라 눈을 휘둥그레 뜨고 공작을 똑바로 바라봤다.

'과연…….'

레이나스 공작이 고개를 끄덕, 했다. 로브에 가려져 있던 미모는 과연 절색이었다. 다만, 빈민촌에서 살던 여자라 그런지 얼굴이 몹시 마르고 목과 어깨의 뼈가 앙상하게 드러나 있었다. 허나 듣던 것보다 아르렐리아와 닮진 않았다.

아직 더럽고 꾀죄죄하다. 헝클어진 머리를 정리하고 조금만 살을 찌우고 꾸민다면 침이 마르도록 칭찬받을 정도의 미색이 분명했지만 그녀와 비견될 수준은 되지 못했다. 멀리서 보면 얼핏 닮은 듯했으나 확연한 금색 눈 때문에 지인이라면 다른 사람인 걸 눈치 챌 정도다.

하지만 세이모어 공작은 아르렐리아를 한 번도 만난 적이 없고, 공녀는 얼마 후에 카일이 찾아 돌아올 테니 상관없을 것이다. 한번 해봐도 나쁘지 않을 도박일 거란 생각이 들었다.

공작이 입을 열었다.

"이름이 뭐지?"

"…….."

공작의 말에 여인이 눈에 띄게 움찔했다. 두려움이 담긴 눈이 공작을 스쳤다가 땅으로 떨어진다.

"어허, 공작께서 묻고 계시지 않느냐!"

옆에서 집사가 채근하자 여인이 겁에 질린 채로 중얼거렸다.

"레……베카…….."

아르렐리아를 대신할 여인, 레베카는 잠에 취했다고 해도 믿을 정도로 어눌한 발음으로 말했다.

"나이는?"

"스……물…….."

그래, 아르렐리아가 열아홉이니 나이도 엇비슷하군.

레베카가 대답하다 말고 어딘가로 시선을 고정했다. 공작도 그 시선을 따라 눈을 돌리니, 그의 귀환에 맞춰 준비된 먹음직스러운 빵이 보였다. 노릇노릇, 방금 구워져 나온 구수한 냄새가 빈속을 자극했는지 배에서 꼬르륵 소리가 났다.

"먹고 싶으냐?"

공작이 묻자 레베카는 곧장 고개를 끄덕였다.

"먹어라."

레베카는 공작을 힐끔 돌아보고 나서 손으로 덥석, 빵을 집었다. 때탄 손에 음식이 더러워지는 것은 상관없는지, 그녀가 작은 입에 누가 앗아갈세라 먹을 것을 쑤셔 넣었다. 우걱우걱 삼킨 후 옆에 있던 빵도 집어먹기 시작했다. 돼지가 죽통에 머리를 처박고 게걸스럽게 먹이를 먹는 모양새다.

공작이 속으로 혀를 끌끌 찼다. 변두리 빈민굴에 살던 여자라더니 먹을 것을 보면 사족을 못 쓰는 모양이다. 수치심, 부끄러움 같은 건 사치일 테지. 오직 본능에만 충실한, 짐승과도 같은 상태. 이런 여자가 고귀하디 고귀한 딸아이를 대신하다니 영 못마땅했으나 어쩔 수 없었다.

공작이 고개를 숙여 그녀와 시선을 맞추며 물었다.

"맛있느냐?"

레베카가 손을 딱 멈추고 고개를 들었다. 마치 먹이를 주는 사람을 따르는 소동물같이, 아까까지 겁에 질려 있던 레베카는 순순히 고개를 끄덕였다. 공작이 등을 곧게 세우며 말했다.

"내 말을 따르면 이것들을 평생 먹을 수 있게 해주마. 네가 원한다면 이 화려한 곳에서 살 수도 있다."

레베카의 두 눈이 더 커질 수 없을 정도로 커졌다.

"수락하겠느냐?"

은근한 제안에 레베카가 커다랗게 고개를 끄덕였다. 공작의 얼굴에 미소가 퍼졌다.

"대신 네가 약간 해줘야 할 일이 있다."

"……."

"누군가를 만나주기만 하면 된다. 네 평생 본 적 없을 정도로 높은 지위에 있는 사람이지."

공작의 말은 안중에도 없는지 빵을 먹을 수 있다는 소리에 레베카가 고장 난 기계처럼 수없이 고개를 끄덕였다.

"글자는 알고 있겠지?"

이번엔 레베카가 고개를 저었다. 공작이 흠, 소리를 내더니 서류 뭉치를 집어 들어 집사에게로 건넸다. 거기엔 공녀 아르렐리아의 모든 것, 좋아하는 것, 싫어하는 것, 취미, 특기 등 모든 것이 적혀 있었다.

"글자를 모르니 옆에서 읽어주도록. 이틀 안에 모두 외우게 해라. 교육은 그 후다. 그리고 이 모든 것은 비밀리에 진행되어야 할 거다."

공작의 눈빛이 쥐를 발견한 고양이 눈알처럼 번들하게 빛났다. 집사의 고개가 푹 떨어졌다.

"분부, 받듭니다."

08. 피어나는 마음

　상황은 그날 저녁부터 빠르게 정리되어갔다. 어느 곳보다도 철저히 지켜졌어야 할 기사단 지하 감옥이 뚫린 일이나 노예 거래의 주범이 갑자기 사라지고 만 일 때문에 어수선할 수밖에 없었지만, 기사단 내에서는 최대한 소란을 자제하려는 편이었다.

　특히 근위대원의 저택에서 발견된 수십의 노예들에 대해 적절한 조치를 취해주는 데 가장 큰 노력을 들였다. 감옥 안에서 발견된 시체는 화장(火葬)을 해주었고 산 자들은 치료 후 보호시설로 보내졌다. 그에 대한 보고를 프레드릭도 방금 끝낸 차였다.

　"그리고 알아보라고 명 내리셨던 자금에 관한 보고입니다. 마틴이 가지고 있었던 거액의 돈은 어디론가 흘러간 게 분명하지만, 중간쯤부터 끊겨 있었습니다. 확실한 건 최종적으로 도달한 곳이 황성이라는 것뿐이었습니다."

　"그래."

　"마지막 보고입니다. 노예들이 갇혀 있었던 감옥에도 기사단 지하 감옥과 마찬가지로 강력한 마력 차단 마법이 걸려 있었습니다. 그 마법사가 나타났다는 계단 부근도 마찬가지였고요."

마지막 보고까지 듣자 제스의 눈빛이 미세하게 굳었다. 마력이 차단된 공간이 뚫린 건 이제껏 딱 두 번이었다. 한 번은 누가 했는지조차 알 수 없었지만, 나머지 한 번은 이 두 눈으로 똑똑히 보았다. 과연 그 두 번이 각기 다른 사람에 의해 일어난 일일까? 이제껏 마력 차단막 자체가 뚫린 적이 별로 없었던 걸 고려해봤을 때 회의적이기 그지없었다.

"단장님, 그런데 그 근위대원이 노예 거래 가담자라는 건 어떻게 확신하고 가신 겁니까? 라미에 님께서 남겨두시고 간 자료에 의하면 확실하지 않다고 되어 있던데…….”

어떻게 확신했냐고? 그런 게 있었던가? 상념에 잠겨 있던 제스가 천천히 고개를 들었다.

"그게, 요즘 함정수사다 뭐다 말들이 많으니까요. 강제로 저택에 잠입했다가 무죄인 게 판명나면 책임이 어마어마하지 않습니까? 하지만 단장님께선 조금도 망설이시지 않고 기사단을 동원하여 저택으로 향하셨죠. 분명 저희가 알아채지 못한 무언가를 꿰뚫어보신 거겠죠?"

제가 한 말에 더욱 감격한 프레드릭이 자랑스러운 얼굴로 주군의 뒷모습을 바라보았다. 자신이 평생 따르고자 맹세한 이가 제스인 것이 얼마나 다행인지 모를 일이었다. 저런 주군이라면 온 생을 다 바쳐서 따라도 모자랄 것 같았다.

하지만 실제로 제스는 그가 생각하는 것처럼 철저하게 알아내고 움직인 게 아니었다. 그 녀석이 탈출했다고 들은 순간 발이 제멋대로 움직였다. 하지만 이것을 굳이 입 밖에 내진 않았다. 말해봐야 어차피 믿을 것 같진 않으니 생각하는 대로 믿게 하는 게 더 편할 성싶었다.

"그 외엔?"

제스가 묻자, 프레드릭은 화들짝 정신을 차리곤 제 품에 안고 있던 갓난아기를 내려다봤다.

"참, 노예 감옥에 남아 있던 이 녀석 말인데요. 아직 어미젖을 물 때라 그런지 아직 받아줄 곳을 찾지 못했습니다. 저어, 그래서 말씀 드리는 건데 당분간 이 아이를 아렌이 돌보면 어떨까요? 견습 기사 훈련이 시작되려면 아직 시일이 남았으니……."

고개를 돌려 프레드릭의 품에 안긴 아기를 슥 쳐다본 제스가 표정을 굳혔다.

"이곳은 탁아소가 아니다. 가능한 빨리 알아봐라."

"예. 그리고, 저어. 단장님. 이 아이를 잠시만 여기 두고 가겠습니다. 제가 급히 가봐야 할 곳이 있는데 당최 아렌 녀석을 찾을 수가 없어서 말입니다."

"……."

"부탁드립니다, 단장님. 젖병도 여기 두고 가겠습니다."

제스는 매우 짜증난다는 얼굴로 휙 뒤돌았다. 프레드릭은 그런 제스의 눈치를 슬쩍 살핀 후, 응애응애 우는 아기를 놓고 집무실을 나섰다.

해가 뜨자마자 곧장 기사단으로 향하면서, 아렌은 뭘 먹다 체한 것처럼 속이 좋지 않았다. 아무래도 전날 제스에게 보였던 여장한 모습과 그 이후 일어났던 다툼이 마음에 걸렸기 때문인 것 같았다. 아렌이 화를 낸 건 당연한 일이었지만, 부하와 상사라는 관계를 생각해보면 절대 당연한 일이 될 수 없었다. 아니, 되어서는 안 된다.

집무실로 향하는 발걸음이 천근만근 무겁다. 마왕성에 제 발로 걸어 들어가는 용사가 이런 기분일까 싶었다.

그때 집무실로 거의 다 와가던 아렌의 귀에 무언가가 들려왔다. 그것은 이곳에서 한 번도 들어본 바 없는, 절대 들려올 리 없는 소리였기에 잘못 들은 거라고 여겼다. 하지만 이상하게도 그 소리는 집무실에 다가갈수록 커지기만 했다. 아니, 아예 집무실에서 들려오고 있었다.

"응애, 응애!"

'아기 우는 소리?'

아렌은 집무실 바로 앞에 멈춰 서서 고개를 기울였다. 아기 우는 소리가 왜 집무실에서 들리지? 제스, 설마 아기가 된 건 아니겠지? 아니면 숨겨진 아이가 있다거나…….

그녀는 머릿속으로 끝없는 망상을 펼치며 조심스럽게 문고리를 잡고 돌렸다. 고개만 슬쩍 들이밀고 보았을 때 제스의 모습은 어디서도 찾을 수가 없었다. 대신 칸막이 안쪽에서 들려오는 울음소리가, 지금 아기가 있는 곳을 알려주고 있었다.

아렌은 발끝으로 살금살금 걸어 목을 쭉 내밀었다. 제가 누워 자곤 했던 간이침대 위에 덩그러니 방치되어 있는 아기가 보였다. 어딘지 낯이 익다 싶어 눈여겨보니 곧 감옥에 갇혀 있던 아기 중 하나라는 걸 깨달을 수 있었다.

"아앙! 아아앙!"

우는 아기를 달래주지 않고 내버려두고 있으니 당연히 울음소리가 커질 수밖에 없었다. 하지만 그 앞에 서 있는 제스는 안아 올리거나 달래주지 않은 채 물끄러미 내려다보기만 하고 있었다. 대체 뭘 하는 거야? 참다못한 아렌이 나서려는 순간이었다. 제스의 입에서 낮고 약간 곤혹스런 목소리가 흘러나왔다.

"그만 울어라."

하지만 아기는 '그 말을 들을 리가 없지!'라고 말하는 것처럼 더 크게 울어대기 시작했고, 제스의 당황스러움은 점점 커져만 갔다.

"프레드릭 경은 네가 울면 젖병을 물리라고 말했고, 나는 그대로 해주었다. 하지만 너는 젖병을 뱉어내고 울음을 그치질 않았지. 대체 어떻게 해야 울지 않을 셈이지? 말해봐라."

당연히 대답이 돌아올 리 없었다. 스스로도 한심스러워 한숨을 쉬고 있는 제스를 보면서, 아렌은 그만 큰 웃음을 터뜨려버리고 말았다. 방금 쏟아낸 그 진지한 말들은 대체 뭐란 말인가. 진짜 그 말들이 갓난아기한테 먹힐 거라고 생각했던 걸까? 저 쫌팽이가! 저 왕싸가지가 저렇게 당황하는 얼굴이라니! 이상하게 속이 후련하기도 하고 시원하기도 하고 꼬시기도 했다.

"아하하하, 풋, 끅끅……."

별안간 뒤에서 들리는 웃음소리에 제스가 설마 하며 뒤를 돌아봤다. 그가 난처해하는 걸 모두 지켜보고 있었던 모양인지 아렌은 숨도 제대로 쉬지 못하고 벽을 잡고 웃고 있었다.

"……웃지 마라."

"하아, 웃긴데 어떻게……. 큭큭큭, 푸하하하!"

그는 미간을 좁히며, 주저앉은 채 거의 울 지경으로 웃어대는 아렌을 내려다봤다. 웃음거리가 되긴 했지만, 어쨌든 이 녀석이 왔으니 더는 아기와 씨름하지 않아도 되겠지. 제스는 못마땅한 듯한 얼굴로 휙 돌아서선 창가로 향했다.

"아하하, 큭큭, 근데 제스, 풋, 얘가 왜 여기 있어요? 시설로 들어가기로 했잖아요."

"……."

아렌은 눈가에 맺혀 있는 눈물을 소매로 훔치며 물었다. 비웃음당한 게 어지간히 짜증났는지 아무런 대답이 돌아오지 않았다. 그녀는 헛기침을 하며 목을 가다듬으며 간이침대 앞으로 다가갔다.

"애기야, 너 왜 여기 있어? 제스 아저씨가 대답을 안 해주니 너한테라도 물어봐야겠다."

아렌이 웃으며 아기를 안아 올리자 울음소리가 뚝 그쳤다. 아무리 달래도 웃기는커녕 울음을 그치지 않던 아기가 단박에 조용해지자 제스가 이해할 수 없다는 얼굴로 둘을 번갈아 쳐다봤다.

"어떻게 한 거지?"

제스가 미간을 좁히며 말하자, 아렌은 '흐응.' 하고 콧소리를 내며 제스에게로 한 발짝씩 다가갔다. 그의 바로 앞에 서서 발걸음을 멈추고는 검지로 제스의 미간을 탁 짚었다. 잔뜩 좁혀진 미간을 그녀가 씩 웃으며 손끝으로 문질렀다.

"이렇게 인상을 쓰니까 아기가 무서워하죠."

제스는 치우라는 말도 하지 않고 그녀의 손을 쳐냈다. 진짜 까다로운 건 알아줘야 한다니까. 아렌은 아기를 고쳐 안으면서 슬그머니 웃었다. 조금 전까지 제스를 어떻게 대할지 고민했는데 그럴 필요가 없었던 것 같다. 평소와 완전히 똑같잖아. 그녀가 방싯방싯 웃고 있으니 제스가 휙 뒤돌았다.

"돌봐."

"네?"

"아이 말이다."

"예? 왜 제가 맡아요? 저 바쁜데……."

"거짓말 마라. 너 같은 잉여 자원이 세상에 또 어디 있다고."

"거짓말이라니……. 참, 저 이제 시종이 아니라 견습 기사였죠. 알겠어요, 뭐. 그리 어려운 일도 아니고."

아렌이 다소 빼기듯 어깨를 곧게 펴고 턱을 치켜들었다. 공녀 시절, 신부수업의 일환이라며 깨알같이 배운 육아 지식을 이용하면 그리 어려울 것 같지도 않았다.

제스가 아렌과 아기를 느릿하게 번갈아보고 곧 걸음을 옮겼다.

"제스, 어디 가요?"

아렌이 두 눈을 동그랗게 뜨며 물었지만, 제스는 뒤도 돌아보지 않고 대답했다.

"무투대회."

"아, 계속 대회에 나가고 있었군요! 그럼 저도 따라갈래요!"

제스가 대답 없이 걸음을 옮기자, 아렌이 그의 뒤를 졸졸 따라갔다. 아이를 안고 있긴 했지만, 빠르게 걷지 못할 정도였다. 아렌은 잘못하여 아이를 떨어뜨리지 않도록 조심하며 그와 속도를 똑같이 하여 걸었다.

"제스, 내가 일승 한 거에 대해 어떻게 생각해요? 대단하다고 생각하죠? 솔직하게 말해봐요."

"망아지치고는 의외였을 뿐이다."

"망아지라니, 그 말은 대체 언제 그만할 거예요? 그런데 어제 말이죠. 마틴의 저택에 잠입할 때 기사단이랑 같이 오지 그랬어요. 그랬다면 위험해지지도 않았을 텐데."

"너는."

"네?"

아렌이 제스를 올려다보았다.

"너는 왜 기사단을 탈출해 혼자 간 건가?"

"……."

이번엔 반대로 아렌이 말이 없어졌다. 제스가 말을 이었다.

"정말로 내가 널 범인으로 생각했다고 생각했나?"

"아니었어요?"

"바보 같은 녀석."

무뚝뚝한 그의 말에서 어딘가 '너는 진짜 바보다.'라고 말하는 기색이 숨겨져 있어서 아렌이 떨떠름한 얼굴로 변했다. 꼭 무단이탈 때문에 온

게 아니라고 들리는 건 착각일까? 어부지리로 날 구해준 게 아니었나? 혹시 비웃음을 살지도 모르는 일이었지만, 아렌이 물었다.

"그럼 제스, 어제 온 건 무단이탈 때문만이 아니었어요?"

"……."

제스는 긍정도, 부정도 하지 않았다. 헛소리라고 일축하지 않는 걸로 보아, 새끼손톱만큼이라도 그런 마음이 있었긴 한가 보다. 아렌의 입가에 저도 모르는 미소가 떠오르기가 무섭게 사그라졌다. 제스의 손이 제 머리를 스쳤기 때문이다.

"……마라."

"예?"

"다시는 모르는 척하지 마라."

대충 머리를 두세 번 쓰다듬은 손은 아렌이 두 눈을 번쩍 뜰 즈음에 떨어졌다. 품에서 아이가 바르작거리는 건 알아채지도 못하고, 그 자리에 우뚝 멈춰 선 채 앞서가는 그의 뒷모습만 지켜보고 있었다. 슬며시 손을 들어 머리를 만져봤다. 다른 곳은 다 괜찮은데, 제스의 손이 닿았던 그곳만 확확 달아오를 것처럼 뜨거웠다.

왜 이러는 거야? 단순히 머리를 쓰다듬었을 뿐이잖아. 프레드릭 형이 평소에 많이 하듯이 말이야.

아렌은 고개를 털어내며 이상한 느낌을 지워버리고는 제스를 따라나섰다. 항상 옆에 꼭 붙어 다니던 로도모나스는 오늘만큼은 보이지 않았는데, 제스와 조금도 같이 있고 싶지 않아서 사라진 것 같았다. 나중에 푸딩으로 달래야 할지도 모르겠다는 생각이 들었다.

무투대회장은 여전했다. 참가자들뿐만 아니라 구경꾼들로도 발 디딜 틈 없이 복잡했다. 올해는 기사단뿐만 아니라 일반인들도 대회에 참여했기에, 더욱 그랬다. 덕분에 제스는 하루에 본선 경기를 몇 개나 치러야 했는데, 그와 붙게 된 상대들은 하나같이 똑같은 반응이었다.

「기사단장님과 검을 겨루게 되다니, 이 영광은 대대손손 자식들에게…….」

　네 번째 경기, 오늘만 해도 네 번째로 이어지는 인사말에 아렌은 굳이 경기장에 들어가서 구경할 필요성도 느끼지 못했다. 검이 몇 번 맞부딪치는 소리가 들린 다음엔 제스의 승리를 선언하는 심판의 목소리가 들린다. 예상했던 시나리오였다. 들어간 지 5분도 안 되어 나오는 제스를 향해 아렌이 씩 웃으며 그를 맞이했다.

　"벌써 끝났어요? 일단 수고했어요, 제스."

　수고했다고 하기에도 민망할 정도로 빨리 끝나버렸지만.

　제스가 걸음을 옮기자 아렌도 냉큼 따라나서며 그에게 말했다.

　"제스, 그런데 그렇게 쉽게 끝내면 저 사람이 너무 무안하잖아요. 한 수 가르쳐주는 셈 치고 몇 번 검을 휘둘러주지 그랬어요."

　아렌은 힐끔 제스를 올려다봤다. 제스는 무표정했지만 어딘가 귀찮은 기색이 엿보였다. 하긴 그로선 그다지 참가하고 싶지 않았던 무투대회에 나온 것만도 짜증낼 만했다. 아렌은 오늘 되도록 조용히 있어야겠다고 다짐하며 그를 따라 대기실에 들어갔다. 그들이 들어서자, 순식간에 분위기가 싸하게 가라앉았다. 대기실 안에 있던 어떤 사람들은 제스를 보자 허둥지둥 짐을 챙겨 나가기도 했다.

　오래 지나지 않아 대기실 안에 제스와 아렌만이 남자 아렌은 그를 향해 태연하게 말을 걸었다.

　"아, 심심해. 우리 끝말잇기나 할까요?"

　"싫다."

　"싫음 말고요."

"……."

"……."

"……아, 지루해. 솔직히 말해봐요. 제스, 친구 없죠?"

"글쎄."

"글쎄라니……. 지금 제스 얘기 하고 있는 거잖아요. 다른 사람 이야기 하는 게 아니라고요."

제스가 아무 대답 없이 자리를 찾아 앉자, 아렌은 입을 다물고 옆에 앉았다. 별안간 왁자지껄한 소리가 들려오더니 기사단원 한 무리가 들어왔다. 그들은 곧 제스를 발견하고 일제히 입을 다물며 경례를 하고는 아까처럼 쏜살같이 나가버렸다. 감히 자신들이 기사단장과 같은 공간에 있어선 안 된다고 생각한 모양이었다.

아렌은 슬쩍 눈을 돌려 제스를 바라봤다. 아무리 그래도 감정이 있는 사람인 이상 아무 짓도 안 했는데 사람들이 도망을 가니 그다지 좋은 기분이 아닐 것이다. 찔러도 피 한 방울 나올 것 같지 않은 제스지만 어딘가 아렌은 마음이 불편했다. 홀로 있는 그가 지독하게 고독해 보였다.

"있잖아요. 가끔은 힘들지 않아요?"

아렌의 물음에 제스가 그녀에게로 시선을 돌렸다.

"음, 이상한 말일지 모르지만……. 제스 주변에는 제스를 찬양하거나 우러러보는 사람들밖에 없는 것 같아서요. 그러면 정작 제스가 힘들거나 슬플 때 내색을 못 하잖아요."

아렌이 혼잣말처럼 중얼거렸다.

"힘들 것 같아서요, 그런 거……."

한동안 대답을 기다렸으나 역시나 대답이 없다.

"음……. 가끔은 힘들어하는 기색을 보여도 괜찮아요. 힘들면 힘들다고 해도 돼요. 뭐, 굳이 털어놓을 상대가 없다면……. 내가 있잖아요! 내가 들어줄게요!”

아렌이 고개를 쳐들고 자신감이 넘치는 투로 말했다. 하지만 제스가 아무 반응도 없자, 금방 어깨를 축 늘어뜨렸다.

“으으, 바보 같은 소릴 했네요. 하긴, 제스가 힘들다니……. 도저히 상상이 안…….”

“넌……, 가끔 의외의 말을 하는군.”

제스가 그녀의 말을 뚝 잘라먹으며 말했다. 그의 무표정엔 기묘한 감정이 섞여 있었다. 곧 그가 얕은 한숨을 내쉬며 읊조리듯 말했다.

“눈치가 빠른 건지 없는 건지 도무지 알 수도 없고.”

그에 아렌이 반발하듯 곧바로 말했다.

“뭐라고요? 눈치가 없는 건 또 뭐예요? 기껏 사람이 걱정해서 말한 건데…….”

“……다.”

“네? 뭐라고 했어요?”

아렌이 그에게 귀를 갖다 대는 제스처를 취하며 말하자, 제스가 무덤덤한 어조로 말했다.

“잘 알았다.”

“…….”

의외의 말에 아렌이 벙벙해져 있자, 제스의 시선이 그녀에게 가 닿았다. 그는 다소 부드러워진 어조로 말했다.

“네가 있다는 말 말이다.”

제스가 손가락 끝으로 그녀의 오른쪽 머리를 가볍게 두드렸다.

“팔팔한 망아지한테 고민을 털어놓을 만한 일이 있을지 모르겠지만.”

그의 말에 약간의 장난스런 어조가 섞여 있었다.

“윽. 망아지 아니라고 했잖아요.”

아렌이 볼멘소리로 투덜거렸으나 제스는 들은 척 만 척하며 대꾸 한 마디 하지 않았다.

오늘 치 경기를 모두 치르고 돌아오는 동안에도 아렌은 내내 '이상한 동물 취급한 거 취소해라.'고 항의를 했지만, 그는 꿈쩍도 하지 않았다. 한참을 조잘거리며 그의 뒤를 따르던 아렌이 별안간 망토를 잡고 쭉쭉 당기며 어디를 가리켰다.

"제스, 저기 좀 들렀다 가요."

제스는 그녀의 손가락이 가리키는 곳으로 시선을 돌렸다. 여러 쌍의 신혼부부들이 알콩달콩 아기용품을 고르고 있는 그곳은, 다름 아닌 '아기용품 전문점'이었다. 저길 아기를 안고 남자 둘이 들어가자는 소린가. 제스가 꼼짝도 안 하고 있자, 아렌이 의아한 얼굴로 그를 올려다봤다.

"뭐 해요? 가자니까요."

"……."

정말로 아무렇지 않은 건지, 알면서도 모르는 척하는 건지. 제스가 미간을 살짝 좁히며 입을 열었다.

"너는 속이 편해 좋겠군."

"네? 엇! 잠깐만요! 같이 가요!"

그가 먼저 앞서 나가자 아렌이 허둥지둥하며 그의 뒤를 따랐다. 흘끔흘끔 향해 오는 시선에 험악하게 미간을 좁힌 제스가 팔짱을 끼고 벽에 기댔다.

"사라. 오 분 안에 전부."

"아, 네!"

아렌은 허둥지둥 발걸음을 옮겨 아기에게 필요한 용품을 고르기 시작했다. 이 상품, 저 상품 구경하며 품에 차곡차곡 안다 보니 문득 걱정이 되었다. 아이를 돌볼 물품이 필요해서 여기 오긴 했는데 제스는 괜찮을까. 슬쩍 뒤를 돌아보니 역시나, 제스와 아기자기한 아기용품 가게는 지나치게 안 어울렸다. 저 험상궂게 찌푸리고 있는 미간만 펴면 될 텐데. 하지만 이런 모습을 보는 것도 꽤 재미였다. 되도록 시간을 끌어봐야지.

아렌은 속으로 콧노래를 부르며 쇼핑을 계속했다. 기저귀 같은 기본적인 것부터 시작해서 젖병까지, 필요한 게 많았다. 한 손으로 드는 건 무리였던 건지, 어느새 품에 산더미같이 쌓인 물건들이 시야를 가리기 시작했다. 아렌은 물품 하나라도 떨어뜨리지 않기 위해 힘겹게 균형을 잡았다.

"너무, 많이, 고른 건가……. 으악!"

앞에 장애물이 있는 걸 보지 못한 아렌이 거기에 걸려서 크게 휘청거렸다. 품 안에 있던 물품들이 바닥으로 와르르 떨어졌다. 아렌은 다른 한 팔로 아이를 마저 감싸곤 두 눈을 질끈 감았다. 곧이어 이어질 고통을 기다리고 있는데, 웬일인지 푹신한 무언가가 그녀를 받았다.

누군가 잡아준 것이다. 그런데 누가? 설마 하며 눈을 뜬 순간, 한심하다는 듯 내려다보고 있는 푸른 눈동자가 보였다.

"어, 어어……."

제스는 아렌이 놀라건 말건 그녀를 똑바로 일으켜 세워주었다.

"어, 고, 고맙……."

어리둥절해하며 인사를 건네는 아렌을 외면한 채, 제스가 무릎을 굽혀서 떨어진 물품들을 하나씩 주워들었다. 바닥에 엉망으로 흐트러져 있던 물품들이 눈 깜짝할 새에 바구니 안에 모였다. 제스가 다시 벽에 기대며 눈매를 가늘게 좁혔다.

"고마우면 이제 늑장 부리지 마라."

아, 알고 있었구나. 아렌이 얼떨떨한 표정으로 슬쩍 시선을 피했다.

"언제까지 그렇게 넋 놓고 있을 거지? 오 분 지난 지 한참 됐다."

"살 게, 워낙 많아서……."

"저 많은 물품을 혼자 들고 가고 싶지 않다면 빨리 움직여야 할 거다."

낮게 으르렁거리는 듯한 목소리에 아렌이 잽싸게 움직여 상품들을 둘러보기 시작했다. 그녀는 정말로 기본적으로 필요한 물품들만 제스가 든 바구니에 넣었을 뿐이다. 일부러 무거운 것만 골라서 골탕 먹이고자 한 게 아니라는 소리다. 하지만 제스가 든 바구니마저 가득 찰 정도가 되자 제스가 다시 입을 열었다.

"그만 사라."

"어어? 아직 살 게 남았다고요. 이것도 사야 하고, 저기 있는 저것도 사야 해요."

"따라와."

아렌이 미련 넘치는 눈으로 쳐다보거나 말거나, 제스는 손에 들고 있는 바구니를 내던지듯 카운터에 내려놓았다. 그러고는 물품의 가격이 다 계산될 때까지도 진열대에서 떠나질 못하는 아렌을 일말의 망설임도 없이 끌고 왔다.

망아지 녀석을 데리고 다니는 건 생각보다 고된 일이었다. 가게에서 나온 지 오래 지나지 않아서 다시 멈춰 선 것이다. 아렌은 '하일렌 특산품! 꿀 경단'이라고 적힌 포장마차를 발견하고 침을 질질 흘리며 그 주변을 뱅글뱅글 돌았다.

"제스! 이거 하나만 먹고 가요!"

제스가 무슨 소릴 하냐는 얼굴로 뒤돌아서자, 아렌은 강아지 같은 눈망울로 그의 입을 틀어막았다. 그러곤 허락의 말을 듣기도 전에 만세를 부르며 포장마차로 곧장 달려갔다.

"경단 두 개 주세요!"

"예. 그런데 이야, 애기가 좋겠어요! 아빠, 엄마 두 분 다 이렇게 미인이셔서!"

꼬챙이에 경단을 꽂던 상인이 아렌과 제스를 향해 물었다. 그렇지 않아도 곱상하게 생긴 아렌이 아이까지 데리고 있으니 여자라는 인상이 더욱 강해져버린 것이다. 그녀의 얼굴이 싹 굳어버리자 상인이 이상하다는 듯 되물었다.

"어……. 표정이 안 좋으시네요. 제가 무슨 실례되는 말이라도?"

아렌은 비명을 지르고 싶었다. 이 말이 제스에게도 들렸을 텐데, 왜 아무 말도 없지? 혹시 의심했을지도 모른다는 가능성에 가슴이 갑자기 쿵덕거리며 방망이질을 시작했다. 그와 동시에 '왜 하필 지금 경단이 당겼을까?', '상인 아저씨의 목소리는 왜 이렇게 큰 걸까?'와 같은 원망 섞인 물음들이 머릿속을 휘몰아쳤다. 지금 무엇보다도 걱정되는 건 제스의 반응이었다. 뒤돌아서 확인하고 싶었지만, 도저히 용기가 나질 않았다. 입술이 바짝바짝 말라왔다.

"하, 하하. 그게, 제가 여자가 아니라 남자라서……."

"아, 이런. 죄송합니다. 이거 받으세요."

아렌은 상인에게서 받은 경단을 들고 제스 앞으로 다가갔다.

"바, 받아요."

아렌은 얼굴이 왜 이렇게 확확 달아오르는지 이해를 할 수 없었다. 제스는 경단을 받지 않고 먼저 걸음을 옮겼다.

'으윽, 또 무시했어! 나 혼자 다 먹을 거야!'

아렌이 흐트러진 얼굴로 중얼대고는 경단 두 개를 꾸역꾸역 먹기 시작했다. 목도 막혀 오고 속도 불편했다. 기사단으로 가는 도중에도 그들 사이엔 단 한 마디의 대화도 오가지 않았다. 그 어색한 기류는 집무실에 돌아온 후에도 지속됐다.

'으으, 상인 아저씨가 이상한 말을 하는 바람에.'

아렌이 침을 꿀꺽 삼켰다. 안 보는 척하면서 슬쩍 눈을 굴려 확인해보니 제스는 창가에 기대서서 바깥을 바라보고 있었다. 도대체 밖에 뭐가 있기에 시도 때도 없이 바깥만 보는 거야?

물어보고 싶지만, 그랬다간 어색함에 온몸이 녹아버릴 것 같아서 그만두기로 한다. 아렌은 시선을 돌려 아기를 바라봤다. 뽀얀 얼굴과 오밀조밀한 이목구비. 아직 머리카락은 나진 않았지만 금색 털이 삐죽삐죽 올라와 있는 걸로 보아 금발인 것 같다.

"제스, 애기 이름 뭐로 지을까요?"

제스는 아무런 말도 하지 않은 채 시선을 밖에만 고정하고 있었다. 아렌은 볼을 부풀리며 아기를 내려다보며 속삭였다.

"으음, 뭐로 지어야 될지 모르겠다. 그냥 아명(兒名)으로 제스 베이비라고 하자."

"꺄륵!"

아렌의 말에 반응하듯 아이가 웃음을 터뜨렸다. 즉석에서 지은 아명이긴 하지만, 아이의 마음엔 쏙 든 것 같아서 괜스레 뿌듯해졌다. 물론 아이의 아명이 제스 베이비인 것은, 당분간 제스에겐 비밀로 하기로 했다. 굳이 명을 재촉할 필요는 없으니까.

"아아, 한가해서 좋다!"

아렌이 일광욕을 하는 고양이마냥 늘어지게 하품을 하며 쭉 기지개를 켰다. 방 주인의 성격을 여실히 보여주는 잘 정돈되고 깔끔한 집무실엔 아렌과 제스 베이비, 로도모나스만이 있었다. 처음 며칠간은 제스의 결투를 구경하겠다고 따라다녔는데, 아기를 데리고 다니는 게 꽤나 고된 일이라 오늘은 집무실에 남기로 했던 것이다. 어느새 집무실이 아렌의 전용 숙소가 된 기분이지만, 아무렴 어떤가 싶다.

아렌은 약간 나른한 눈으로 창밖으로 시선을 던졌다. 제스는 어떨지 모르겠지만, 대화 상대가 없어진 아렌은 하루가 굉장히 길게 느껴졌다.

"제스는 언제 올까? 지금쯤이면 경기가 다 끝났을 텐데. 빨리 좀 오지. 심심하게."

아렌은 며칠간 아이를 안고 있느라 욱신거리는 팔을 꾹꾹 주무르며 중얼거렸다. 그러다가 머리 위에 폭 내려앉는 무언가를 느끼고 슬며시 미소 지었다.

"로도모나스, 화 다 풀렸어?"

— ……

요즘 며칠간 제스를 따라다녀서인지 로도모나스의 기분이 내내 좋지 않았다. 푸딩을 몇 개 갖다 바쳤는데도 전혀 풀리지 않은 모양이었다. 손가락으로 쿡쿡 찔러보아도 별 반응이 없는 걸 보면 말이다. 옅은 한숨이 나왔다. 로도모나스도 그렇고 제스 베이비도 그렇고, 요즘 아이 둘을 부양하느라 허리가 휠 지경이다.

"로도모나스, 로도모나스가 지금 화 안 풀면 내가 너무 슬플 것 같은데……."

아렌이 금방이라도 울 것 같은 어조로 말하자 그녀의 연기에 감쪽같이 넘어간 로도모나스가 금방 날개로 볼을 쓸어준다.

"착하네, 로도모나스."

아렌이 희미하게 웃으며 로도모나스를 쓰다듬어주자, 그가 머리에서 폴짝 뛰어내려 제스 베이비 앞에 섰다. 제스 베이비를 뚫어져라 쳐다보던 그는 한 발짝 뒤로 물러섰다. 그의 몸이 언젠가 본 것처럼 흰 빛에 휩싸였다. 빛이 사그라지자, 곱슬거리고 짧은 머리를 가진 소년이 나타났다.

"어? 로도모나스……. 너."

아렌이 멍한 얼굴로 로도모나스를 바라봤다. 그는 머뭇거리는 손으로 아렌의 뺨을 톡톡 건드렸다.

"그 사람이 없으니까……요."

들릴 듯 말 듯한 작은 목소리는 오밀조밀 귀여운 얼굴에 어울릴 만큼 어리게 들렸다. 아렌이 퍼뜩 정신을 차리고 그에게 말했다.

"에이, 존대는 왜 써? 말 놔!"

"그래도……."

"말 놔줘, 응?"

아렌이 말하자 로도모나스가 눈을 이리저리 굴리더니 고개를 끄덕끄덕 했다. 막상 로도모나스가 이야기를 하니까 느낌이 이상하다. 키우던 고양이와 갑자기 대화를 할 수 있게 된 느낌이랄까? 아렌이 멍하니 있자 에메랄드를 연상시키는 초록색 눈이 반짝였다.

"아기, 처음 봐."

"그래? 로도모나스도 한번 안아볼래?"

"우움……."

한참을 생각하던 로도모나스가 살짝 고개를 끄덕이자, 아렌은 안고 있던 제스 베이비를 조심스레 그에게 안겨주었다.

어색하게 아기를 안아든 로도모나스가 뜻을 알 수 없는 멍한 얼굴로 아기를 들여다본다. 신기한 듯 아기를 이모저모 뜯어보던 그는 이내 손가락을 들어 볼을 쿡 찔렀다. 조금 과하게 깊숙이 찌르는가 싶더니, 아기의 볼을 잡고 쭉 당기기까지 했다. 제스 베이비에게서 울음이 터졌다.

"앗, 로도모나스. 그러면 안 돼."

아렌은 급히 로도모나스에게서 아이를 받아 안아들며 말했다. 그가 살짝 고개를 기울였다.

"왜?"

"아기는 장난감이 아니야."

"장난감이 아니야? 왜?"

로도모나스가 묻자, 오히려 아렌이 멍해졌다. 아렌은 딱히 할 말을 찾지 못해 머뭇대다가 말했다.

"살아 있잖아. 살아 있는 건 장난감이 아니야."

"아냐. 살아 있는 것도 장난감이 될 수 있어."

"그게 무슨 소리야. 그런 말, 누가 가르쳐줬어?"

"우움……. 그렇지만……."

로도모나스가 납득이 안 간다는 듯 고개를 갸우뚱대다가 이내 끄덕거렸다.

"아렌이 말한 거니까, 맞아. 살아 있는 건 장난감이 아니야."

"그래. 착하지."

아렌이 어린아이 달래듯 그의 머리를 슥슥 쓰다듬어주었다. 부드럽고 간지러운 느낌이 작은 털 뭉치일 때의 느낌과 비슷했다.

로도모나스는 기분 좋은 듯 희미하게 웃었다가 다시 제스 베이비를 내려다봤다. 장난감이 아니라는 걸 이해한 게 맞는 걸까? 로도모나스의 눈엔 호기심이 다소 섞여 있었다. 생긴 건 사람이랑 똑같아도 마족이라서 그런지 생각하는 게 어쩔 수 없이 다른 모양이었다.

세이는 기본적인 걸 가르치지도 않고. 도대체 애를 어떻게 기른 거야? 아니, 백마흔아홉 살이니까 세이가 기른 게 아니게 되는 걸까? 그런데 세이는 어떻게 드래곤과 마족의 혼혈을 데리고 있을 수가 있었지? 애초에 마족이 그리 흔한 존재가 아닐 텐데.

아렌이 고민에 빠져 있는 동안, 로도모나스가 순간 고개를 들며 말했다.

"사람, 와."

"응? 사람?"

귀를 기울여봤으나 인기척이 전혀 들리질 않았다. 로도모나스가 재차 입을 열었다.

"그 사람 말고 그 사람 와."

로도모나스의 말에 아렌이 멍해졌다가 다시 물었다.

"로도모나스, 그 사람이랑 그 사람이 누군데?"

"그 사람은 검은색이야. 난 검은색이 싫어."

"그러니까……, 그 사람이 누구야?"

아렌이 다시 물었지만 로도모나스는 알 수 없는 말만 되풀이해댔다.

"검은색과는 눈을 마주치면 안 돼."

"그래, 알았어."

그 사람이 누군지 도무지 알 길이 없지만, 아렌은 살짝 웃어주었다. 로도모나스와 정상적인 대화를 하긴 그른 것 같다. 마족은 다 이런 걸까, 아니면 로도모나스만 정신세계가 독특한 걸까.

"앗."

금세 아기에게서 관심이 없어진 로도모나스가 구석에 있던 과자 봉지를 발견하곤 집어 들었다. 작아도 커도 단것을 좋아하는 것엔 변함이 없는 모양이다. 뭔가 아쉬운 듯 집무실을 둘러보는 건, 필시 어딘가에 푸딩이 있지 않을까 하는 기대감 때문이리라. 마족이면서 푸딩을 어떻게 저렇게 좋아하는지, 푸딩을 주겠다고 꾀어내면 누구든 따라갈 기세다. 물가에 내놓은 어린아이 같다. 아렌은 나중에 하루 날 잡아서 교육을 시켜야겠다고 다짐했다.

별안간 집무실 문이 확 열리며, 무거운 발자국 소리가 점점 아렌과 로도모나스에게로 다가왔다. 아렌은 칸막이 너머로 삐죽 보이는 큰 덩치의 그를 발견하고 외쳤다.

"프레드릭 형!"

"엇? 아렌, 그리고……?"

공녀님!
공녀님! 1

프레드릭이 반갑게 그녀를 보고는 로도모나스에게 시선을 두었다. 긴가민가한 표정의 그를 향해 아렌이 대신 대답해주었다.

"로도모나스예요."

"엥? 얘가 그……, 그 귀여운……, 흠, 그 생물이라고?"

아렌이 고개를 끄덕여주자, 프레드릭은 매우 반가운 얼굴로 로도모나스를 향해 말했다.

"반갑다, 로도모나스! 그런 모습은 처음이네!"

프레드릭이 악수라도 하자는 의미로 손을 내밀었으나, 로도모나스는 그를 외면한 채 과자 봉지를 뜯었다. 민망한 손이 슬그머니 거두어졌다.

"저기, 이봐. 혹시 내가 너한테 무슨 잘못이라도……."

프레드릭의 말이 미처 끝나기도 전에 로도모나스가 과자를 한 손 가득 꺼내 들더니 입에 모두 넣었다. 그리고 그의 말이 묻힐 정도로 크게 씹기 시작했다.

아작아작아작.

천둥같이 큰 과자 씹어 먹는 소리에 아렌과 프레드릭은 둘 다 말문이 막혔다. 로도모나스가 입 한가득 있던 과자를 다 먹고 목구멍으로 꿀꺽 넘기자 프레드릭이 멋쩍어하며 다시 입을 열었다.

"저어, 로도모나스……."

와작와작와작.

로도모나스가 다시 과자를 한 주먹만큼 입에 넣고는 마구 씹기 시작했다. 듣기 싫다는 말을 아주 간접적, 아니, 직접적으로 표현해내는 로도모나스였다.

"아하하, 미안해. 말 시키지 않을게."

"……."

그제야 로도모나스가 과자를 든 손을 멈추고 고개를 돌려버린다.

작은 로도모나스는 손가락을 씹고, 큰 로도모나스는 말을 씹는구나.

도리어 제가 미안해진 아렌이 한쪽 눈을 찡긋거리며 이해하라는 뜻을 전하자 프레드릭이 머리를 긁적이며 웃었다.

"아아, 그 애, 잘 돌보고 있는 거냐?"

프레드릭이 그녀 품에 안긴 아기를 보고 놀랍다는 듯 물었다. 아렌이 선하게 웃었다.

"네. 아명은 제스 베이비예요."

"오, 좋은 이름이네. 제스 베……, 잠깐만, 뭐?"

"제스 베이비요."

아렌이 천연덕스럽게 말하자, 프레드릭은 기가 막혀 두 눈을 끔벅거렸다. 제스라면 하늘같은 단장님의 성함이 아닌가. '제스 베이비'라는 단어를 듣고 제스가 어떻게 반응할지 떠올린 것만으로 프레드릭의 손은 땀으로 가득 차 축축해졌다. 그는 옷에 대충 손을 문질러 닦고는 어렵사리 입을 뗐다.

"단장님도……, 아시냐?"

"아뇨, 말 안 했어요. 아직 말하지 마세요."

아렌이 검지를 입술에 갖다 대며 당부하자, 프레드릭은 헛웃음을 터뜨렸다.

"너도 참, 배짱 하나는 쓸 만해. 하일렌에서 단장님을 그리 대할 수 있는 것도 너 하나뿐일 거다."

"그거 칭찬이죠?"

아렌이 씩 웃으며 능청스럽게 대답했다.

"그나저나, 여긴 왜 오신 거예요?"

"아아, 그게……."

프레드릭은 말을 이으려다 말고 그녀와 제스 베이비를 번갈아 쳐다보더니, 무슨 말을 하려는 듯 입술을 달싹이다가 곧이어 다물어버린다.

"무슨 일 있어요?"

"그게 말이다……."

그때, 가만히 있던 로도모나스가 귀를 쫑긋거리며 시선을 돌렸다. 로도모나스가 특유의 멍한 얼굴로 중얼거렸다.

"그 사람 와. 싫어."

로도모나스의 몸이 별안간 흰 빛에 휩싸이더니 뚱한 얼굴의 작은 털 뭉치로 돌아갔다. 손에 들린 과자 봉지를 휙 던져버린 그는 날개를 퍼덕거리며 의자 밑으로 쑥 숨어버렸다.

그러기가 무섭게 집무실 문이 열리고 차분한 발소리가 이어졌다.

"보고할 게 있나."

제스였다. 로도모나스가 말하던 '그 사람'과 '그 사람'은 각각 제스와 프레드릭을 일컫는 말인 것 같았다. 어쩐지 로도모나스가 말하는 방식에 적응하는 데는 시간이 약간 걸릴 것 같다.

제스가 인사 없이 창가로 다가가자 프레드릭이 그 뒤를 냉큼 따라갔다.

"단장님, 아기를 돌볼 곳을 찾았습니다."

그 말을 듣자 제스의 시선이 빠르게 아렌에게 옮겨졌다 되돌아온다. 속삭이는 듯한 프레드릭의 목소리가 좀 더 낮아졌다.

"신전에서 아이를 봐주겠다고 선뜻 나섰습니다. 어떻게 할까요? 저 녀석, 짧은 시간이지만 벌써 많이 정을 준 모양인데……."

프레드릭이 몇 번 헛기침을 한 다음 망설이며 말했다.

"저어, 단장님. 저 아이, 기사단에서 기르는 건……."

"경은 여기가 탁아소 따위로 보이나."

"죄송합니다."

제스의 단호한 대답에 프레드릭이 고개를 떨어뜨렸다. 제스는 찰나의 순간 제 마음속에 생겼던 망설임을 꾹 누르며 다시 입을 열었다.

"······일주일."

"예?"

"일주일 후에 데리러 오라고 전하도록."

프레드릭은 금방 그의 속내를 눈치 챌 수 있었다. 당장 데려가라고 할 수도 있었지만, 일주일이라는 시간 동안 마음을 추스를 수 있도록 배려해준 것이다. 단장에게서 보이는 인간적인 면모에 헛웃음을 터뜨린 프레드릭은 예의를 갖추고 집무실에서 나섰다. 이 일에 관해선 단장님께서 직접 아렌에게 말을 하리라 생각했기 때문이었다.

집무실에 찾아든 침묵도 잠시, 아렌의 다급한 목소리가 정적을 깼다.

"제스! 제스!"

맹렬하게 울리는 외침에 제스가 급히 몸을 일으켜 간이침대로 다가갔다. 아이를 바라보다 뒤돌아보는 아렌의 얼굴은 무언가 큰 충격을 받은 듯 보였다. 그에 제스 또한 심각해졌다. 도대체 무슨 일이기에?

"아기가, 아기가······, 말을 했어요!"

"아우, 아우."

아렌은 아기가 말을 했다고 했지만, 제스가 보기엔 그저 옹알이를 하는 수준밖에 되지 않아 보였다. 하지만 그녀의 얼굴이 너무도 환하게 밝아 있어서 동조해주기로 한다.

"그렇군."

"그렇죠? 이거 말하는 거 맞죠?"

장하다는 눈으로 아이를 내려다보던 아렌이 갑자기 일어나서 제스에게 아이를 불쑥 들이밀었다.

"제스. 아이 한번 안아볼 생각은 없어요?"

"······."

"에이, 쑥스러워하지 말고…….."

"아이를 일주일 후에 보내기로 했다."

가볍게 입을 열었으나 의외의 말이 들려와 아렌의 손이 멈칫했다. 아렌은 천천히 고개를 들어 그를 바라봤다.

"아…….."

아렌이 작게 탄성을 내지르듯 말했다. 제스의 말이 무엇인지 이해를 한 듯, 아렌의 얼굴에 미소가 사그라졌다. 은색 눈동자에 살짝 그늘이 내려앉았다.

"프레드릭 형이 그걸 말하러 온 거였군요."

"…….."

"네, 뭐. 보내는 건 당연하겠죠. 물론……, 잠시만 맡기로 한 거였으니까요…….."

"…….."

신음에 가까운 웅얼거림 끝에 아렌이 느릿하게 고개를 숙였다. 하지만 다시금 애써 웃으면서 입을 열었다.

"일주일 동안 해줄 거 다 해줘야겠네요. 괜찮아요. 헤어져도 자주 보러 가면 되니까."

그녀를 바라보는 제스의 눈동자가 뜻 모를 빛을 담고 깊게 반짝였다. 제스가 뒤돌아서자, 아렌이 냉큼 그의 망토를 잡아끌었다.

"그때 되면 제스도 같이 가줄래요?"

답을 재촉하듯 그녀가 빠르게 뱉어내자 제스가 무슨 소릴 하냐는 눈빛으로 그녀를 내려다봤다. 아렌이 채근하듯 올망졸망한 눈빛을 마구 쏘아보내자, 제스는 짧은 대답을 한숨 섞어 내보냈다.

"그래."

더는 번거롭게 굴지 말라는 듯한 어투였지만, 아렌에게는 더없이 만족스러운 결과였다. 내친 김에 다른 제안도 해보기로 마음먹은 아렌은 망토를 쭉쭉 당겨대며 말을 이었다.

"제스, 근데 정말 안아보지 않을 거예요?"

"놔라."

"후회할걸요? 기회는 일주일밖에 남지 않았어요."

"필요 없다."

"에이, 그러지 말고……."

"놓으라고 했다."

그 후 오랫동안 그들을 실랑이를 벌였고, 결국 승리는 아렌에게 돌아갔다. 존경하는 단장님의 집무실 앞을 지나던 기사들은 별안간 그 안에서 들려오는 낯선 박장대소를 듣고 고개를 갸웃거려야 했다.

일주일은 긴 것 같으면서도 의외로 짧은 시간이었다. 제스가 일주일을 준 건 이별할 준비를 하라는 의미였지만, 어쩐지 준비는커녕 정만 더 깊어져가는 느낌이어서 곤란하기 그지없었다.

제스 또한 일주일이라는 시간 때문에 고역을 겪고 있는 건 마찬가지였다. 매일 경기를 치르고 있는데도 토너먼트 식 본선은 끝날 생각을 하지 않았던 것이다. 차라리 넘쳐나는 서류를 처리하는 게 마음이 편하다 싶을 정도였다. 그나마 다행인 것은 제스의 이름을 들은 상대방이 기권을 하는 경우가 많아서, 결승전이 예정보다는 빨리 다가왔다는 것이다.

대망의 결승전 아침, 제스는 일찍부터 일어나 집무실에 들렀다. 이 녀석은 또 집무실에서 잠을 잔 건가 싶어 시선을 돌려보니, 아렌이 아닌 검은 털 뭉치와 눈길이 마주쳤다.

언젠가부터 아렌의 곁에 딱 달라붙어 떨어지지 않는 저 털 뭉치, 로도모나스라고 했던가. 평소에 다른 이들의 이름은 잘 기억해두지 않는 편이지만, 로도모나스만은 프레드릭 때문에 기억할 수밖에 없었다. 술에 취한 프레드릭이 로도모나스를 한 번 쓰다듬는 게 소원이라고 고래고래 소리를 질렀다는 소문을 들었기 때문이다. 하지만 그 이상으로 별다른 감정이 들지 않은 제스는 로도모나스가 으르렁거리거나 말거나 책상으로 향했다.

밤하늘을 닮은 눈동자가 벽에 걸린 여러 개의 검을 훑는다. 언제나 쓰던 검에 손을 가져가던 그는 잠시 멈췄다가 그 위에 있는 좀 더 큰 검에 손을 가져다 댔다. 다른 것들보다 훨씬 묵직했지만, 그가 손을 대자 거짓말처럼 가볍게 뽑혔다. 완전히 모습을 드러낸 검신이 푸르고 맑은 기운으로 감싸이며 빛났다.

"어? 제스……."

졸음에 겨운 아렌의 목소리가 들리는 순간, 검 주변으로 흐르던 푸른빛이 흔적도 없이 사라졌다. 순식간에 평범한 검으로 돌아간 대검을 검집에 집어넣으며 제스가 천천히 고개를 돌렸다. 조금 전의 광경을 봤는지 아렌은 두 눈을 휘둥그레 뜨고 이쪽을 바라보고 있었다.

"제스, 아까 그거 뭐였어요?"

대답 없이 집무실을 나서는 제스 뒤를, 아렌이 쏜살같이 일어나서 아기를 데리고 따라갔다. 금방 그의 걸음을 따라잡은 아렌은 제스의 망토를 잡고 쭉 당겼다.

"제스, 아까 그거 혹시 검기(劍氣)였어요? 검기를 쓸 수가 있었어요? 그런데 왜 이제까지 말을 안 했어요?"

"……."

"참, 오늘 결승전 맞죠? 왜 안 깨웠어요? 같이 가자니까. 제스 베이비, 오늘 제스 결승전 치르는 날이야. '파이팅!'이라고 해봐."

"아부, 아부부."

제스는 방금 제 귀에 들려온 이상한 단어 때문에 걸음을 멈출 수밖에 없었다.

"방금 뭐?"

제스의 물음에 '뭐가 뭐예요?'라고 물으려던 아렌은, 자신의 말을 되짚어보고는 아차 하며 입을 다물었다. 제스 베이비라는 아명이 너무 입에 착착 달라붙는 바람에, 그 앞이라는 걸 깜박하고 말해버린 것이다. 하지만 그렇다고 이제 와서 아명을 바꿀 순 없는 일인데.

살벌하게 쏘여 오는 눈빛에 아렌은 지지 않고 말했다.

"마땅한 이름이 생각나질 않아서, 일단 제스 베이비라고 부르기로 했어요."

"진정 정신이 나간 건가?"

"그럼 새 이름을 지어줘요. 제대로 된 이름을 지을 때까진, 계속 제스 베이비라고 부르기로 했으니까. 프레드릭 형도 알고 있다고요. 이거 꽤 공식적인 이름이에요."

"……."

"마음에 안 들면……. 음, 제스 주니어는 어때요?"

"기가 차는군. 네 머리엔 뭐가 들어 있는지 궁금해질 지경이다."

"왜요, 그렇게 예뻐하는 아이 이름에 들어갈 수 있다니 기쁘지 않아요?"

"누가 예뻐했다는 거지?"

"예뻐했잖아요. 저번에 제스 베이비 한번 안아보던 그 표정을 전 아직도 잊지 못해요. 이제 와서 발뺌해봐야……."

딱!

"아야야……. 제스, 안 맞아봐서 모르나 본데 그거 얼마나 아픈지 알아요?"

아렌은 딱밤 맞아서 빨개진 이마를 슥슥 문지르며 그의 뒤를 쫓아갔다. 제스 베이비 때문에 꽤 화가 난 건지 걸음 속도가 평소보다 배로 빨랐다. 덕분에 경기장에 도착했을 즈음, 아렌은 그 어느 때보다 멀쩡한 제스와는 달리 숨넘어가기 일보 직전이었다.

"헉, 헉. 조금만 천천히……, 헉헉, 가요."

애까지 안고 있어서 힘들어 죽을 지경이건만, 제스는 '꼬우면 따라오지 마!'라고 말하는 것처럼 빠르게 걸음을 옮겼다. 아렌은 그의 뒷모습을 향해 에라 모르겠다 소리를 질러버렸다.

"알았어요! 리틀 제스라고 할게요! 그래도 싫어요?"

아렌은 최상의 절충안이랍시고 말을 늘어놓았지만, 제스의 인상은 점점 험악해지고 있었다. 사실 지금 둘의 모습은 남들이 보기에 영락없이 부부싸움에 열중한 남편과 아내의 모습이었다. 하지만 이름 때문에 바짝 약이 오른 둘은 그런 것 따윈 신경도 못 쓰고 있었다.

"아무튼 결론은, 이름 짓는 거 도와달란 거예요!"

"끝난 건가?"

"네."

제스가 피곤한 듯 대답하자, 아렌은 약간 미안한 감정이 들어 입을 다물었다. 그러고 보니 이제 곧 결승전을 치를 사람 앞에서 너무 많이 떠들어댔다는 생각이 들었다.

결승전이 열릴 회장으로 들어가기 전, 제스가 잠깐 뒤돌아서서 당부하듯 말했다.

"여기에 가만히 있어라."

"네!"

씩씩하게 대답은 했다지만, 아무래도 곧 치러질 경기가 결승전이다 보니 잔뜩 들뜬 얼굴이었다. 결승전이 진행되는 동안 혼자 둬도 될까. 어디

눈에 잘 보이는 곳에 두어야 안심이 될 것 같다. 녀석은 항상 의도치 않게 큰 사고에 휘말리곤 했으니까.

"기사단장님, 여기에서 대기해주십시오!"

"아, 벌써 결승전 시작인가 보네요. 제스, 난 관중석에 있을 테니 잘해요! 다치지 말고요!"

안내원이 멀리서 소리치자 아렌이 주먹을 불끈 쥐고 그를 응원했다. 제스의 얼굴에 낯선 감정이 비친 것도 잠시, 그는 아렌에게 다시 한 번 여기 있으라고 당부한 후 자리를 떠났다.

그를 기다리고 있던 안내원이 제스와 아렌, 그리고 아기를 번갈아보다가 제스를 향해 조심스럽게 말했다.

"아내 분이신가 봅니다."

과거의 경험이 파도처럼 밀려와 겹쳐져, 제스는 길고 무거운 한숨을 아주 오랫동안 내쉬었다.

제스를 보낸 후 아렌은 서둘러 경기장으로 향했다. 관람객들을 위한 입구를 통해 들어가니 탁 트인 넓은 경기장이 한눈에 들어왔다. 결승전인만큼, 많은 인파로 발 디딜 틈조차 없었다. 아렌은 간신히 앉을 만한 곳을 찾아 앉아 경기를 기다렸다.

잠시 기다리니 관중석 중앙으로 움푹 나와 있는 발코니에, 에슬란 황제가 모습을 드러냈다. 머리는 눈 내린 것처럼 백발에, 얼굴에 깊이 파여 있는 주름에도 불구하고 뚜렷한 이목구비와 빛나는 눈동자는 이빨 빠진 호랑이라는 소문을 무색하게 만들 정도로 기백이 넘쳤다. 그 뒤로 눈부신 금발을 가진 황비, 레이아나가 따라 나왔다. 에슬란 황제가 나타나자 기다리고 있던 귀족들은 일제히 일어나 예를 갖췄으며, 좌중이 쥐 죽은 듯이 조용해졌다.

"자랑스러운 하일렌의 백성들이여!"

그의 굵은 목소리가 경기장에 울려 퍼졌다.

"오늘 하일렌 제국의 무투대회 결승전이 열린다! 우승자에겐 큰 명예가 기다리고 있을 것이다. 부디 명예롭게 싸우길 바란다."

와아아아아, 군중의 함성 소리와 함께 경기장 안으로 두 명의 검사가 나왔다. 비록 멀리 있었지만 아렌은 누가 제스인지 똑똑히 구별해낼 수 있었다. 수천 명의 군중 앞에서도 조금도 긴장하지 않는 무뚝뚝한 얼굴이었다.

제스와 결승전을 치르게 된 이는, 프레드릭보다 더 우락부락하고 덩치가 큰 사람이었다. 온몸으로 저는 검사라고 말하고 있는, 전의로 가득한 자였다. 그가 쿵쿵거리는 발걸음 소리를 내며 다가왔다.

"발칸이다."

"제스."

무심한 눈동자가 발칸을 향했다가 이내 다시 원위치 된다. 더 이상의 불필요한 말은 섞을 생각이 없었던지 제스가 먼저 검을 꺼냈다. 비수같이 번뜩이는 검이 그 모습을 드러냈다. 발칸은 검 대신 창을 택한 후 간격을 벌렸다. 제스는 그저 한 발짝 가볍게 물러날 뿐이었다.

둘의 준비가 끝나자, 심판이 소리 높여 외쳤다.

"경기 시작!"

시작과 동시에 상대에게서 느껴지는 거친 기백에 발칸의 온몸이 저릿저릿해졌다. 그가 무투대회에 참가한 것은 오직 강한 자를 만나기 위해, 싸움을 즐기기 위해서였다. 하지만 예상외로 결승전까지 올라오는 동안 좋은 상대를 만나지 못해서 지루하다 못해 짜증이 날 지경이었다. 하지만 결승전에서나마 이렇게 강한 자를 만나다니, 행운이다.

발칸은 바람을 가르며 창을 휘둘렀다. 인간의 힘이라고는 믿겨지지 않을 정도로 무거운 창이 제스에게로 향했다. 검이 창을 막아내면서 날카로운 소리를 냈다. 평범한 검사였다면 그의 창을 한 번 받아낸 것만으로 검이 견뎌내지 못했겠지만, 제스는 도리어 튕겨내기까지 했다. 이런 상대를 만난 것이 기쁜지 경기장을 뒤흔들 정도의 큰 포효가 울린다.

발칸은 땅마저 가를 기세로 창을 내질렀고, 창은 거침없이 머리를 향해 쇄도했다. 제스는 급히 검을 틀어 창을 맞받아쳤다. 검과 창이 몇 번 맞부딪친 후에 밀려난 건 놀랍게도 제스였다.

'제스가 밀려났어!'

경기를 지켜보는 아렌은 전전긍긍하며 주먹을 꽉 쥐었다. 그사이 제스는 발칸에게서 거리를 벌리고 자세를 가다듬었다. 제가 우위에 있는 상황임에도, 발칸은 갑자기 매우 불쾌한 듯 얼굴을 일그러뜨렸다.

"전력을 다하라! 나를 우습게 보는 건가!"

짐승의 포효를 닮은 노호가 경기장에 울려 퍼졌다. 제스가 침착하게 대꾸했다.

"쓰고 싶지 않았지만."

그의 말이 떨어지기가 무섭게, 전신으로 순수한 그의 기(氣)가 뻗어 나왔다. 너무도 맑아 청아하기까지 한 푸른 기가 불타는 것처럼 일렁였다. 그 광경을 지켜보던 관중들은 삽시간에 침묵에 싸였다.

"……검기다!"

누군가의 외침이 침묵을 깨고 울려 퍼졌다.

'저게 말로만 듣던 검기(劍氣)…….'

아침에 잠깐 봤다지만, 이렇게 정면에서 보는 건 처음이라 손끝이 찌릿찌릿해졌다.

검기를 쓸 수 있는 자는, 보통 검사를 월등히 뛰어넘는 속도와 힘을 발휘할 수 있는 것은 물론, 마법마저도 가를 수 있다. 역사상 기와 마력을 검술에 이용할 수 있는 검사는 단 셋이었다. '검의 신'이라 불리는 그들은 모두 신화의 존재로만 남아 있을 뿐, 오랫동안 그 뒤를 잇는 자가 없었다. 항간엔 그들의 존재 자체를 부정하는 소문까지 떠다녔다. 이건 다 인간이 타고난 마력을 제대로 꺼내 쓰기가 어렵기 때문이었다. 그런데 지금 이 결승전에서, 제스가 그 뒤를 잇고 있음을 여지없이 드러낸 것이다.

몇 번인가 아렌은 제스가 진정으로 검을 썼다고 생각했었다. 하지만 지금 이 자리에서 그 생각이 틀렸다는 걸 알 수 있었다. 어떻게 저런 실력을 가지고 있으면서 이제껏 감출 수가 있었지? 아렌은 어떤 마법마저 가를 정도로 강하고 푸르게 불타오르는 검에서 시선을 떼지 못하며 생각했다.

"드디어 제대로 싸울 생각이 들었나?"

발칸이 온몸을 짓눌러 오는 살기에도 웃음을 터뜨렸다. 제스가 짧게 고개를 끄덕이며 검을 제대로 쥐었다. 이제껏 검기까지 써가며 실력을 드러낸 일은 한 번도 없었다. 그럴 만한 상대도 없었고, 어디 있을지 모를 붉은 연꽃에게 제 전력을 드러내는 건 불리하니까.

하지만 지금 그가 상대하고 있는 이는 제스가 오랜만에 전력을 써볼 생각이 들게 했다. 실력보단 불타오르는 전의가 그렇게 만들었다.

그의 마음에 반응하듯 푸른 기가 검을 감싸고돌았다.

"재미있군."

짧게 내뱉은 발칸은 먼저 제스와의 간격을 좁히며 달려들었고, 검은 그에 대항하여 무시무시한 속도와 힘으로 맞부딪쳐 왔다. 가가각, 쇠를 긁는 소리와 함께 이번에 밀려난 것은 발칸이었다. 낮게 으르렁댄 그는 곧장 제스에게로 뛰어들었다. 하지만 검기에 휩싸인 검은 이제까지보다 훨씬 수월하게 창을 받아내었다.

"강력하지만, 궤도가 단순하다."

물 흐르듯이 유연한 검이 그의 팔을 내리그었다. 푸른빛이 지나간 자리엔, 보통 검으로는 만들 수 없는 깊은 상처가 남아 있었다. 피가 왈칵 샘솟자 발칸의 얼굴이 고통으로 일그러졌다.

"크악!"

발칸은 제 팔을 부여잡은 채 그의 빈틈을 찔러 들어갔다. 하지만 움직임이 읽혀버린 공격에 쉽게 당할 제스가 아니었다. 다시 한 번 쇄도한 푸른 기가 어깨에서부터 가슴을 내리그으며 살갗을 찢어냈다.

쨍강!

지지대를 잃은 창이 바닥에 떨어졌다. 발칸은 다시 한 번 창을 들어 싸우고 싶다는 얼굴이었지만, 과다 출혈로 부들부들 떨리는 팔이 말을 듣지 않았다.

"졌다."

발칸이 분한 듯 얼굴을 떨어뜨리며 말했다. 패배를 믿을 수 없다는 듯 그의 입술이 파르르 떨렸다.

"이번 무투대회의 우승자는, 기사단장님이십니다!"

심판의 선언과 함께 제스는 발칸의 피로 적셔져 있는 검을 두어 번 털고 관중을 훑었다. 유난히도 빛나는 은빛 머리카락을 가진 이가 환하게 웃고 있는 것을 보고는, 제스는 저도 모르게 엷은 미소를 폈다가 이내 지워버린다.

"좋은 시합이었다. 경의 실력에 경의를 표한다!"

상대에게 존경을 담은 인사를 보낸 발칸이 휙 뒤돌아 걸어갔다. 짧게 고개를 끄덕인 제스가 뒤를 돈 순간이었다. 하인 하나가 급하게 달려와 그 앞에 예의를 차렸다.

"단장님, 우승자는 황제 폐하를 알현하러 가셔야 합니다."

"……."

제스는 발걸음을 옮겨 경기장을 빠져나갔고, 경기가 끝나자마자 관중석에서 빠져나온 아렌과 맞닥뜨렸다. 그녀는 제스를 보자마자 방향을 틀어 뛰어왔다.

"제스, 어디 다친 덴 없죠?"

아렌이 이리저리 그의 몸을 훑었고, 상처가 없다는 걸 확인한 다음에야 안도의 한숨을 내쉬었다. 뒤이어 그녀는 방긋 웃으며 입을 열었다.

"우승, 축하해요."

제스는 그녀를 빤히 보다가 입을 열었다.

"너는 뭐가 그리 좋은 거지?"

"그야 물론, 제스가 이겼으니까 좋은 거죠. 제스는 안 좋아요?"

"별로."

"어? 어디 가요?"

갑자기 몸을 틀어 걸음을 옮기는 제스의 뒤를 따라가며 아렌이 외쳤다.

"아, 우승자니까 황제 폐하를 뵙겠네요. 어쩌면 황제 폐하께서 친히 원하는 걸 말하라고 하실지도 모르겠어요. 어떤 소원을 빌 거예요?"

"유감스럽게도 그런 건 없군."

제스는 간단하게 대답하며 계단을 올라갔다. 맞은편에서 내려오던 이들이 깜짝 놀라며 길을 터주었다. 이거야 원, 모세의 기적이 따로 없었다.

우승 후 오로지 자기만 들떠 있다는 걸 깨달은 아렌이 따분한 얼굴로 입술을 삐죽였다.

"아아, 제스. 좋지 않더라도 좋아하는 척이라도 좀 해봐요! 우승자인데 그동안 탈락한 사람들 몫까지 좋아해줘야죠!"

"별로, 원해서 나온 것도 아니다."

"그래도."

"그만."

"네."

제스가 단호하게 말하자, 아렌이 금세 입을 다물었다. 아렌이 입을 다무는 것은 제스에게 있어서 최고의 우승 축하 선물이었다. 그들은 곧 황제가 기다리고 있는 알현장에 도착했고, 끝없이 높고 표백된 것처럼 흰 문 앞에 잠시 멈췄다. 제스가 문을 지키는 병사에게로 눈길을 주자, 병사가 말을 했다.

"황제 폐하께서 기다리고 계십니다."

기름칠을 수천 번이나 한 듯 문은 너무도 미끄럽게 열렸고, 곧이어 결투장만큼이나 드넓은 알현장이 모습을 드러냈다. 제스는 살짝 고개를 돌려 아렌에게 말했다.

"넌 여기서 기다려라."

"네."

아렌이 고개를 끄덕거리자, 제스가 알현장으로 들어갔다. 쿵, 하고 육중한 문이 닫혔고, 제스는 붉은 융단 위로 걸어 나갔다. 에슬란 황제와 레이아나 황비가 알현장의 끝에서 그를 기다리고 있었고, 융단을 중심으로 양쪽으로 귀족들이 서 있었다. 제스는 중간쯤 가서 선 다음 부복했다.

"황제 폐하를 뵙습니다."

예의는 차렸으나 한껏 딱딱한 태도였다. 무릎을 꿇은 기사단장을 빤히 바라보던 에슬란 황제가 입을 열었다.

"자네가 기사단장인가?"

"그렇습니다."

딱딱한 얼굴로 제스를 바라보던 에슬란 황제의 입가에 슬며시 미소가 번졌다.

"대단하군. 일찍이 그런 검술은 본 적이 없어. 검기를 이용할 수 있는 자였다니. 도대체 그동안 무투대회는 왜 거부한 건가?"

"황공합니다."

더 이어지는 말은 없다. 제스의 어투에 주변 귀족들은 조금씩 당황하기 시작했다. 보통 귀족들은 황제 앞에서 절로 머리를 조아리며 굽실대기에 바쁜데, 저토록 뻣뻣한 태도라니.

그를 바라보는 약간은 요사스럽게 보이는 금안의 소유자, 레이아나 황비는 한쪽 입술을 올려 웃더니 황제를 향해 말했다.

"폐하, 기사단장을 폐하의 직속 기사로 두는 건 어떻습니까?"

"그게 무슨 소리요, 황비? 짐에게는 더 이상의 경호가 필요 없소. 근위대가 있질 않소."

레이아나 황비가 천천히 고개를 내젓더니 다시 차분하게 말을 이었다.

"그것만으론 부족하지요, 폐하. 폐하의 옥체는 하일렌 제국과 다름없습니다. 신중에 신중을 기해도 모자람이 있겠지요."

가늘어진 금색 눈동자가 앞을 향했다.

"기사 된 자로서 황제 폐하를 측근에서 모실 수 있는 것은 크나큰 영광. 기사단장, 내 제안이 어떻습니까?"

"거부합니다."

망설임 없는 짧은 대답에 레이아나 황비의 얼굴에서 미소가 씻겨간 듯 점점 사라졌다.

"아니, 저자가!"

귀족들 중 하나가 새된 목소리로 비명을 토해냈다. 당황한 귀족들 사이로 술렁거림은 점점 퍼져갔지만, 반대로 에슬란 황제는 더없이 즐거운 얼굴이었다.

"기사단장, 황제의 명령에 불복한다는 건 곧 목을 내놓는 것과 같음을 모를 리가 없을 텐데. 그게 얼마나 대죄인지 모르고 있는 건가?"

"제가 거부한 것은 황제 폐하의 명이 아닙니다."

제스는 무덤덤하게 대답했다. 마치 할 수 있으면 해보라고 말하는 듯.

폭발할 것 같은 긴장감이 침묵과 함께 찾아들었다. 그 긴장을 푼 것은 에슬란 황제 쪽이었다.

"오늘은 좋은 날이니, 더 이상의 책임은 묻지 않도록 하지. 대회에서 우승을 했으니, 무엇이든 원하는 걸 말해보게."

"없습니다."

그가 무덤덤하게 대답했다. 에슬란 황제는 제스가 한번 사양해보는 것이라 생각하며 다시 입을 열었다.

"사양할 필요 없네. 뭘 원하나. 백작? 공작?"

"원하는 것이 없습니다."

두 번째 거절. 정말로 원하는 것이 있다면 이미 나왔어야 했다.

"정말로 원하는 것이 없단 말인가?"

"……."

이미 기사단장이란 자리에 있는 것만으로 백작위를 가지고 있는 것이나 다름없지만, 보통의 귀족들과 같은 편안한 삶을 즐기는 것은 아니다. 윤택하게 살 수 있는 기회를 제공해준다는데도, 굳이 그 고단한 기사단장의 자리에 남아 있겠다니.

에슬란 황제가 헛웃음을 터뜨리고는 다시 입을 열었다.

"기사단장 자리가 짐의 생각보다 훨씬 편했던 모양이야."

"그렇지 않습니다."

"그렇다면 왜 귀족 생활을 누리기 싫다는 건가? 훨씬 안락하고 평안한 삶이 보장되어 있을 텐데."

"원하지 않는다는 것이, 답이 되지 않습니까?"

이번엔 에슬란 황제가 도리어 할 말이 없어져서 입을 다문다.

제스는 문득 여기에 아렌이 없어서 다행이라는 생각이 들었다. 만약 이 상황을 보고 있었다면 '미쳤어, 미쳤어! 어서 넙죽 받아요!'라며 난리를 쳤을 테니. 그보다도 제스는 이 자리에서 빨리 벗어나고 싶었다. 문밖에서 전전긍긍하며 기다리고 있을 녀석을 떠올리니 가시방석이 따로 없었다.

"혹시 대공작위라면 어떤가?"

갑자기 황제의 입에서 튀어나온 제안에 술렁임이 갑자기 커졌다.

"폐하!"

옆에서 잠자코 있던 레이아나 황비가 매우 놀라며 그를 저지했다. 귀족들도 일제히 두 눈을 휘둥그레 뜨고 에슬란 황제를 바라봤다. 그에 황제는 손을 들며 그녀를 제지하곤 기사단장에게 시선을 고정했다.

"조용히 하시오, 황비. 어떤가, 대공작의 위를 하사한다 하면 받아들이겠는가?"

대공작이라니, 모든 귀족들의 우두머리나 다름없는 대공작위는 보통 황실의 후손에게 명예작위로 주어지는 자리였다. 다시 말해 무투대회에서 우승을 했다고 하여 쉽게 줄 수 있는 자리가 아니란 소리였다.

황제가 허투루 내뱉은 말이 아닌 이상, 대공작위는 틀림없이 저 기사단장에게 갈 것이다. 단숨에 직위가 몇 단계 뛰는 걸 앞에서 지켜보는 귀족들은 웃어도 웃는 게 아니었다. 이제까지 거절을 한 것도 황제를 상대로 저울질을 해댄 게 아니냐는 생각마저 들었던 차였다.

"사양하겠습니다."

다시 한 번 울려 퍼지는 무던한 목소리에, 에슬란 황제를 포함한 모든 이들은 경악에 차버렸다. 제가 일으킨 파란에 아랑곳하지 않고 제스가 말을 이었다.

"다만, 그토록 신의 소원을 들어주시길 바라신다면."

"뭔가. 뭐든 말해보게."

"앞으로 무투대회에 참가하라는 명은 내리지 말아주십시오."

"뭐라고?"

"기사단원 중에는 그 외에도 업무가 많아 가정을 돌보지 못하고 있는 자도 있습니다. 그들을 한낱 보여주기 식 행사에 끌여들이려 하지 마시고, 가정을 돌볼 시간을 대신 주소서."

"……허."

대공위까지 거절당하다니. 에슬란 황제가 탄식에 가까운 소릴 냈다. 주변 귀족들의 얼굴은 전부 하얗게 질린 지 오래였다. 줄곧 침묵을 지키고 있던 레이아나 황비가 그에게로 입을 열었다.

"제스 경, 경을 위한 파티는 참가하겠죠?"

레이아나 황비가 자꾸만 딱딱해지려는 표정을 억지로 풀며 말했다. 우승자를 축하하는 자리이니만큼 우승자가 불참하는 건 있을 수 없는 일이었다. 무투대회 파티는 황실, 다시 말해 황비를 주축으로 열리는 자리이니만큼 그녀를 망신 줄 생각이 아니라면 참가해야 마땅하다.

하지만 제스가 그런 것을 염두에 둘 리가 없었다.

"그것 또한 거절합니다. 이만 물러가겠습니다."

제스는 눈썹 한 번 까딱하지 않고 그녀의 요구를 묵살했다. 귀족들은 그의 태도에 놀라 신음을 삼켰다. 레이아나 황비의 매서운 눈초리가 쏟아지는 가운데 제스가 일어서서 정돈된 발걸음으로 그 자리를 빠져나갔다.

쿵. 육중한 문이 닫히는 소리를 끝으로 알현장은 쥐 죽은 듯이 조용해졌다. 묵직한 공기가 사방을 짓눌렀다. 광분한 레이아나 황비는 전신을 부들부들 떨며 목소리를 높였다.

"폐하! 저……, 무례한 자를!"

레이아나 황비는 차마 말을 잇지 못하고 입술을 꾹 깨물었다. 하지만 에슬란 황제는 그녀에게 동조해주기는커녕 기분 좋은 웃음을 터뜨렸다.

"허, 허허. 오랜만에 아주 재밌는 구경을 했어."

그가 매우 만족스러운 얼굴로 고개를 끄덕이고는 자리에서 일어섰다.

"황비도, 경들도 재밌는 구경을 했구려."

에슬란 황제는 너털웃음을 터뜨리며 걸음을 옮겼다. 귀족들과 레이아나 황비가 일제히 그를 향해 고개를 숙였고, 그는 계속해서 기분 좋은 웃음을 띠며 알현장을 나갔다.

"허, 참. 기사단장은 전례 없이 뻣뻣하기가 이를 데 없는 자였군."

알현실 뒤편으로 돌아간 에슬란 황제는 방금 전 기사단장이 보여줬던 태도를 상기하며 읊조렸다. 온통 제게 굽실대고 아첨하는 이밖에 없는 상황에서, 저런 대쪽 같은 자를 찾은 건 오랜만이었다. 그만큼 흥미롭고 인상 깊었다.

"기사단장님 말씀이시군요."

황제 옆을 지키고 있던 늙은 시종, 콘라드가 조용한 목소리로 말을 보냈다. 황제가 기분 좋은 웃음을 터뜨렸다.

"그래. 그런 자를 본 적이 없어. 태도가 오만하다고 느껴질 정도로 당당하단 말이야."

"폐하, 다른 사람도 아닌 폐하께서 남에게 오만하다고 하시다니요."

"뭐라?"

황제가 인상을 그으며 콘라드를 바라봤다. 황제의 심기를 거스른 것인데도, 그는 아랑곳하지 않고 능청스럽게 말했다.

"전하 한창때를 생각해보십시오. 그런 말씀 못 하실 겁니다."

"자네, 나이가 들더니 점점 간이 커지는 것 같으이."

황제가 다소 낮은 목소리로 으르렁대듯 말했다.

"칭찬 감사합니다."

잠시간 입을 다물고 마주 보던 둘은 동시에 웃음을 터뜨렸다. 그것은 황제와 시종 사이가 아닌, 오랜 친구이기에 가능한 대화였다. 황제는 기분 좋은 웃음을 지으며 콘라드를 향해 몸을 돌렸다.

"아, 참. 오늘도 그 옷을 가져와주게."

"예에? 또 말씀이십니까?"

콘라드가 곤혹스런 어조로 목청을 높였으나, 황제는 아랑곳하지 않았다.

"어허, 늙은이가 편한 옷을 입고 생활해보자는데 뭘 그리 토를 다는가. 잔소리 좀 줄이게."

황제가 채근하듯 말하자, 콘라드는 무거운 한숨을 내쉬었다. 나이가 든 황제에겐 색다른 취미가 하나 생겼는데, 바로 천민의 옷을 입고 황제의 정원을 거니는 것이었다. 대체 그런 취미는 왜 생긴 건지. 이러다가 멋모르는 하인이 실수라도 저지르면 어쩌시려고 이러는 건가.

"어허, 빨리 준비하지 못하겠는가."

꾸물거리는 콘라드를 향해 황제가 두 눈을 부릅뜨고 눈짓했다. 차마 그를 거역하지 못한 콘라드의 입에서 옅은 한숨이 새어 나왔다.

"……알겠습니다."

제스가 예상한 대로 아렌은 그가 알현실에 들어가 있는 내내 안절부절못하며 왔다 갔다 거리고 있었다. 황제 앞이라도 그 대쪽 같은 성품이 어디 가겠는가. 어쩌면 황제의 말을 무시하거나 목석처럼 뻣뻣하게 굴어서 노여움을 살지도 모르는 일이다. 제스가 어련히 알아서 잘하겠다만, 그래도 걱정이 되는 건 어쩔 수 없었다.

아렌은 결국 참지 못하고 알현실 문에 귀를 바짝 갖다 댔다. 무언가 이야기가 오가는 듯 웅웅대긴 하지만, 정확한 말소리가 들려오진 않는다. 그대로 문을 열고 들어갈 듯한 기세에, 병사가 그녀의 어깨를 잡고 밀었다.

"문에서 떨어지십시오."

아렌이 아차 하며 한 걸음 물러선 때였다. 조금 전 아렌을 밀쳤던 병사가 복도 쪽을 보더니 깜짝 놀라 예를 차렸다. 누가 온 건가 싶어 고개를 돌려보니 저 멀리서 사뿐사뿐한 걸음으로 다가오고 있는 여자가 보였다.

"수고가 많네요."

"황공합니다!"

살짝 웨이브가 들어간 금발을 가진 영애가 우아한 손짓으로 병사들에게 인사를 한 후 이쪽으로 다가왔다. 입가에 걸린 미소는 하늘하늘 물결치는 물빛 드레스만큼이나 고왔다. 아렌 앞에 멈춰 선 그녀가 살짝 고개를 기울이자 반묶음 한 머리카락이 어깨 위로 부드럽게 흘러내렸다.

"안녕하세요?"

"안녕하세요."

척 보기에도 고위 귀족가의 여식이라, 아렌은 적절한 예를 갖추며 뒤로 물러났다. 그녀의 시선이 이번엔 병사에게 돌아갔다.

"안에 혹시 제스 경께서 계신가요?"

"옙!"

"그럼 여기서 기다리면 되겠군요."

단정하게 중얼거린 그녀가 두 손을 앞으로 포개고 문 앞에 섰다. 제스가 나오면 맞아줄 생각인 것 같았다. 제스와 아는 사이인가? 아렌의 빤한 시선을 느꼈는지 물빛 드레스의 영애가 빙긋 웃으며 고개를 돌렸다.

"기사님이신가요?"

"예, 그렇습니다."

"그렇다면 제스 경의 수하로 계시겠군요. 제스 경을 잘 부탁드립니다. 그분께서 워낙 제 몸을 돌보지 않으셔서요."

아렌이 얼떨떨한 얼굴로 고개를 끄덕이자 영애가 부드럽게 웃으며 다시 정면을 바라봤다. 제스의 안위를 부탁할 정도로 사이가 가까운 걸까. 개인적인 친분이 있다면 집무실에서 한 번쯤 마주쳤을 법도 한데, 무슨 관계지?

왠지 불편한 기분이 든 아렌이 아이를 고쳐 들었을 때였다. 문이 열리면서 제스가 나왔다. 그를 보자마자 반가운 마음이 든 아렌이 입을 열려고 하다가 아차 하며 도로 닫았다. 옆에 서 있던 영애가 그 앞으로 먼저 다가간 것이다.

"제스 경, 오랜만입니다."

"이자벨 영애님께서 직접 발걸음 하셨습니까."

제스가 허리를 가볍게 굽히며 예를 차리자 그녀가 밝게 미소 지었다.

"예. 제스 경이 무투대회에서 우승하셨다기에, 와보지 않을 수 없었답니다. 제가 아래층에 다과를 준비해놨는데, 시간이 어찌……."

이자벨은 말끝을 늘리며 아렌을 흘끗 쳐다보았다. 그녀가 가주었으면 하는 은근한 압박이 느껴졌다. 아, 비켜주어야 하는 건가. 아렌은 느릿하게 제스에게로 시선을 옮겼다. 여자와 마주 보고 서 있는 그의 모습에서 갑자기 괴리감이 느껴졌다.

"저어……. 저 먼저 가보겠습니다, 단장님."

아렌이 어색하게 돌아서려는 찰나, 제스가 척척 다가와서 그녀의 팔을 낚아챘다. 그녀가 미처 뒤돌아보기도 전에 나지막한 목소리가 귓가로 떨어졌다.

"여기 잠시만 있어라."

"하지만 이야기하실 게 있으시다면 제가 자리를 비켜드릴 테니 편히……."

"불편하지 않다. 그러니 있어라."

"예? 예에. 정 그러시다면……."

단호한 제스의 태도에 어쩐지 자리를 뜨는 것도 애매해졌다. 하지만 기사단에 있는 자로서 단장의 명을 듣지 않을 수도 없었기에, 그저 이자벨의 시선을 애써 무시한 채 가만히 있는 수밖에 없었다.

　이자벨은 다시 미소를 지으며 제스를 올려다봤다.

　"제스 경, 저번 가면무도회에선 감사했습니다. 덕분에 곤란한 상황은 면했지 뭐예요."

　"해야 할 일을 했을 뿐입니다."

　제스와 대화를 나누는 내내 이자벨의 양 볼에는 수줍은 홍조가 떠올라 있었다. '가면무도회'라는 단어를 듣자 아렌은 그제야 이자벨에게서 느껴졌던 기시감의 정체를 떠올렸다. 카트린느 부인의 뒤를 밟기 위해 참석한 가면무도회에서, 제스에게 접근했던 물빛 드레스의 여자.

　'그 사람이 이 사람이었구나.'

　고운 옆선을 가진 여자였다. 누구나 아내로 들이고 싶어 할 만큼 기품 있고 우아한, 현모양처의 표본이랄까. 보면 볼수록 단아한 매력이 느껴져서 어쩐지 저 자신이 더 작아지는 듯했다. 그래, 보통 귀족 영애는 저랬지. 나처럼 스스로 머리를 자르고 나와서 활을 쏘고 검을 쓰는 것이 아니라……. 흐릿해진 아렌의 시선과 마주치자 이자벨이 상냥하게 웃으며 입을 열었다.

　"기사님, 할 말이 있으신가요?"

　"에? 아니요, 아무것도 아닙니다. 죄송합니다."

　기사단장마저 예를 갖추는 여자에게 노골적인 시선을 보낸 건 잘못되었다. 아렌은 한순간 넋을 빼놓은 자신을 탓하며 고개를 내렸다. 제게로 빤히 향해 오는 제스의 시선이 느껴져서 얼굴이 미미하게 달아올랐다. 평소 같으면 눈을 마주치고 웃었겠지만, 지금은 왠지 그의 시선을 마주치기가 굉장히 껄끄러웠다.

약간 어색해진 그들 사이로 우렁찬 중년 남성의 목소리가 울려 퍼졌다.

"제스 경!"

셋의 시선이 한꺼번에 목소리의 주인공에게 향했다. 가장 먼저 그를 알아보고 반긴 것은 이자벨이었다.

"아버님!"

"그래, 이자벨. 여기 있었구나. 녀석, 제스 경이 우승했다니 바로 이곳으로 달려왔어?"

"아, 아버님……."

힐버른 공작은 제스 앞에서 어쩔 줄 몰라 하며 얼굴을 붉히는 딸을 보며 허허 웃었다. 곧은 눈매와 짙은 눈썹, 그리고 단정한 콧수염은 그의 다소 완강한 성격을 그대로 보여주는 듯했다. 상대가 공작이니만큼 먼저 자리를 피할 수는 없는 일이었다. 간단히 인사만 나누고 갈 생각이었던 제스는 예상외로 자리가 길어진다고 생각하며 예를 갖추었다. 공작이 너털웃음을 터뜨리며 제스의 어깨를 두드렸다.

"우승 축하하오, 제스 경! 내 황제 폐하가 계신 발코니에 서서 봤는데, 보는 내내 감탄했소. 대단한 기량이더군!"

"감사합니다."

"언제 한번 힐버른 공작가에 방문해주시겠소? 부디 사양하지 말아주시오! 우리 이자벨이 어찌나 제스 경, 제스 경, 노래를 부르는지……."

"아버님, 그런 말씀은……."

"허허! 녀석, 부끄러워하기는!"

이자벨은 부끄러운 듯 얼굴을 붉히면서 수줍게 고개를 내렸다. 단란하게 이야기 나누고 있는 그들을 보면서 아렌은 저도 모르게 주춤주춤 뒤로 물러서고 있었다. 어째서인지 바로 옆에서 지켜보기가 불편하다. 목구멍에 무언가가 걸린 것처럼 답답했다. 자꾸만 커져가는 괴리감을 이기지 못한 아렌이 입을 열었다.

"단장님, 일이 있으신 것 같은데 저 먼저 가보겠습니다."

작은 목소리였지만, 제스의 시선이 곧장 따라왔다. 가지 말라는 의사가
분명히 보였지만, 아렌에겐 더 이상 이 자리에 남아 있고 싶은 마음이 없
었다. 아렌의 긴 속눈썹이 파르르 떨렸다. 곧이어 불에 덴 듯 깨달았다.

"나중에 뵙겠습니다."

아렌이 들릴락 말락 하게 읊조리고는 바람 소리가 날 정도로 세차게 몸
을 돌려 뛰기 시작했다. 제스의 시선이 뒤에서 온몸에 꽂혀 들어오는 게
느껴졌지만, 아렌은 멈추지 않고 있는 힘껏 달렸다. 혹여나 제스가 따라
올까 싶어서 계단을 두세 개씩 펄쩍펄쩍 뛰어 내려갔다. 그녀의 귓가를
채우는 것은 오로지 그녀의 숨소리와 발자국 소리뿐이었다.

"헉, 헉, 헉."

황성으로 향하는 길의 중간 지점쯤 이르자, 그제야 아렌의 걸음이 멈추
었다. 가슴이 터질 정도로 숨이 차오르는데도 답답한 건 나아지지 않는
다. 주먹을 쥐어 펑펑 내리쳐봤지만 전혀 나아지지 않았다. 제스 베이비
가 목청껏 울음을 터뜨리는 소리가 그녀의 귓가를 메웠다.

"……하아."

지독한 상실감에 맑은 은빛 눈동자에 그늘이 내려앉았다. 원래대로라
면 제스와 함께 이 길을 걸어 황성으로 돌아가야 하는데, 축하도 해주려
고 했는데……. 혼자가 되어버렸다.

무투대회 폐막 축제로 하일렌 수도는 떠들썩했지만, 세이는 그곳과 완
전히 동떨어진 곳에 있었다. 끼익, 끼익. 살짝 열린 창문이 바람을 타고
귀에 거슬리는 소리를 냈다. 손을 뻗으면 닿을 것처럼 내려진 어둠 속에
서, 검은 눈동자가 천천히 내리뜨였다.

작은 나방이 구석에 쳐진 거미줄에 걸려 발버둥 친다. 가소로울 정도로 하찮은 그것은 있는 힘껏 날갯짓을 하며 벗어나려 했지만, 곧이어 느릿하게 나타난 포식자에게 칭칭 말려 먹혔다. 저것이 질서였고, 순리였다. 약한 자는 강한 자에게 먹히게 되어 있고 그러므로 복종해야 한다.

아르렐리아, 아렌. 그녀 또한 마찬가지다. 베이판을 떠난 이후 처음으로 만나게 된 황성에서, 그녀는 저를 시종이라고 당당하게 소개했다. 그 모습이 흥미를 끈 건 사실이었다. 가출을 한 것도 모자라 타 제국의 시종으로, 그리고 지금은 기사로 살 결심을 하다니.

지켜볼 생각이었다. 그것은 마치 과학자가 실험용 쥐를 관찰하는 것과 같았다. 흥미가 떨어지면 베이판으로 보내 눈앞에서 치워버리거나, 원래 그래야 했던 것처럼 죽여버리면 그만이었다. 근위대원의 노예 거래에 휘말렸을 때에도, 단지 남의 손에 죽으면 안 됐기에 나섰다. 거기까지는 당연한 수순이었다.

그런데 바깥으로 이동시킨 그녀는 제 방까지 찾아와서 걱정을 해댔다. 비웃음이 터졌다. 그녀는 먹이사슬의 가장 하단에 위치한 목숨이었다. 건드리면 스러질, 한없이 가벼운 생명.

그런데 걱정을 해? 주제 파악도 정도껏 해야지.

하지만 시간이 갈수록 더 이상해지는 건 세이 자신의 마음이었다. 순진한 것 같지만 어느새 잔머리를 굴리고 있고, 놀리면 화를 내다가도 금방 푸는 단순함이 가소롭고도 귀엽게 느껴졌다. 제 몸을 생각지 않고 뛰어드는 거침없는 무모함, 갑작스러운 행동을 했을 때 터질 듯 빨개지며 도망가는 모습이 눈을 뗄 수 없게 만들었다. 어느 순간부터 세이 그 자신의 의지로 그녀에게 손을 뻗었고, 생전 해보지 않은 행동을 하기 시작했다.

'아렌에게는 못 당해내겠습니다.'

그런 자신의 꼴이 괴이하고 신기해 한참을 웃어젖혔다. 붉은 기운이 농염하게 흐르는 눈이 창밖을 향했다. 축제가 한창이라 불꽃이 팡, 팡 터지며 하늘을 수놓았다. 그가 몸을 뒤로 젖혀 감상하듯 뚫어져라 바라본다. 굳게 다문 입술이 조소를 머금었다.

"이 선을 넘어서면 분명 곤란해질 겁니다. 아렌."

시한폭탄처럼 도사리는 마음이, 언젠간 그녀를 억지로라도 저만의 것으로 만들려고 할지 몰랐다.

이제 그만할 때가 되었나. 아니, 지금은 자연스럽게 가는 대로 풀어두는 것에 더 흥미가 동한다. 이 재미있는 감정에 굳이 고삐를 조일 생각은 없다. 어느새 붉게 물든 눈동자는 홍채마저 흐릿했다.

때마침 귓가에 익숙한 발걸음 소리가 들려왔다. 그녀가 오고 있다. 아르렐리아, 그녀가. 세이의 입가에 맺힌 미소가 점점 진해졌다.

"아렌, 이젠 어떻게 되든……, 다 당신 탓입니다."

축 늘어진 채로 터덜터덜 걸어가던 아렌은 갑자기 '악!' 하고 크게 소리를 질렀다. 지나가던 이들이 전부 깜짝 놀라며 그녀를 돌아보자 아렌은 아차 하며 걸음을 빨리했다.

'그 쫌팽이가 누굴 만나든 아무 상관없잖아? 왜 이렇게 신경을 쓰고 그래.'

아렌은 고개를 탈탈 털어내어 상념을 거두었다. 이왕 이렇게 시간이 난 것, 오랜만에 개인 시간을 즐길 수 있다는 생각만이 그녀를 위로해주고 있었다. 자유 시간이 생기면 어김없이 생각나는 곳이 있었다.

오랜만에 재스민 차나 마시러 가볼까?

세이를 만나 수다를 떨 생각을 하니 기분이 점점 밝아졌다. 경기장에서 황성 내에 있는 세이 방에 이르기까지는 그리 긴 시간이 걸리지 않았다. 복도를 걷고 걸어 모퉁이를 돌자마자 익숙한 누군가가 보였다. 깜짝 놀란 아렌은 반사적으로 몸을 숨겼다.

'세이잖아? 웬일로 나와 있지?'

무엇을 보고 있는지 그는 창 쪽으로 몸을 틀고 있는 탓에, 아직 그녀를 발견하지 못한 상태였다. 세이를 불러볼까, 아니면 그를 놀라게 만들어줄까 고민을 하다가 순간적으로 장난기가 발동해 후자를 택했다.

아렌은 까치발을 들고 살금살금 다가가 옆에서 확 튀어 올랐다.

"세이!"

그녀의 목소리가 복도를 쩌렁쩌렁 울렸다. 세이가 깜짝 놀라 나자빠질 거라고 생각했는데, 예상외로 그는 아무렇지 않은 얼굴로 뒤돌아봤다.

"아렌, 또 오랜만에 찾아와주셨군요."

"……어, 세이. 혹시 나 오는 거 알고 있었어요?"

"모르고 있었다고 대답해야 할 것 같군요."

숨소리도 들리지 않을 정도로 고요하게 웃는다. 분명 처음 모습을 드러냈을 때부터 알아차린 게 분명했다. 괜스레 무안해진 아렌이 뒷머리를 긁적거리자 세이가 부드럽게 그녀를 끌어 방으로 안내했다.

방으로 들어가자 또 하나의 익숙한 모습이 보였다. 아렌은 반가운 얼굴로 테이블 위에 있던 검은 털 뭉치를 향해 다가갔다.

"앗, 로도모나스, 여기 있었구나!"

"응……."

"아침에 내가 푸딩 놓고 왔는데 먹었어? 신 메뉴라고 해서 사 온 건데 맛있었어?"

로도모나스는 작게 고개를 끄덕이면서 큰 눈을 이리저리 굴렸다. 답지 않게 눈치를 보는 모습이 어딘지 이상하다. 혹시 어디 아픈 걸까, 걱정하던 아렌은 곧 그것이 세이 때문이라는 걸 깨달을 수 있었다. 세이가 아무래도 로도모나스의 상사와 같으니까, 그 앞에서 아렌을 편하게 대하기에 다소 어려움이 있는 듯했다.

아렌은 곤란해하는 그에게 말을 더 붙이는 대신, 손을 꽉 잡았다 놓는 것으로 마음을 전했다.

"아렌, 이리로 와 앉으십시오."

"고마워요."

세이가 빼준 의자에 앉으며 아렌은 이야기를 시작했다. 주로 무투대회에 관한 이야기를 하고 있었는데, 평소보다 더 주의 깊은 눈으로 그녀를 살피던 세이가 갑자기 입을 열었다.

"그래서요, 제가……."

"아렌, 오늘 무슨 일이 있었습니까?"

"네? 그게 무슨……."

불쑥 치고 들어오는 질문에 아렌의 두 눈이 휘둥그레졌다. 세이는 재스민 차를 그녀 앞에 놓아주며 상냥한 어조로 말했다.

"아까부터 내내 억지로 웃고 계시지 않았습니까. 일부러 밝게 계시려고도 하고."

"……."

"제 앞에선 억지로 웃지 않으셔도 됩니다."

그 말에 응답하듯 아렌의 얼굴에서 미소가 씻겨 내려간다. 쉴 새 없이 움직이던 조막만 한 입술도 굳게 닫혔다.

잠시의 정적 후에 세이가 우는 아이를 타이르듯 부드럽게 말했다.

"무슨 일이 있는 겁니까?"

아렌은 고개를 도리도리 젓는 것으로 완곡하게 뜻을 전한다. 세이는 깍지 낀 두 손을 다리 위로 올리며 차분히 말을 이었다.

"알겠습니다. 더는 묻지 않겠습니다. 하지만 마음이 내킨다면 언제든 주저 없이 이야기하십시오."

"세이, 세이는······. 정말 내 마음을 잘 알아차리네요. 이럴 때는 진짜 마법사 같아요."

누가 들어도 확연히 느껴질 만큼 목소리가 떨렸지만, 그녀는 그것조차 알은척해주지 않길 바랐다. 그 마음 또한 읽었는지 세이가 품 안에 있는 아기에게 시선을 옮기며 화제를 돌렸다.

"그런데 아까부터 안고 있던 그 아기는 뭡니까?"

"제스 베이비예요!"

"뭡니까, 그 이름은?"

유난히 까만 눈동자가 싸늘하게 가라앉았다. 하지만 아렌은 그 변화를 미처 눈치 채지 못한 채, 아이의 작은 손을 잡고 흔들어보았다.

"세이 아저씨한테 인사해봐."

"그 호칭, 달갑지 않습니다. 아렌."

"세이 아저씨, 해봐."

"아우, 아부부."

아렌의 말에 반응이라도 하듯 제스 베이비가 손을 흔들어 보였다. 아렌은 함박웃음을 지으며 고개를 들었다.

"귀엽죠? 세이."

"예, 귀엽습니다."

귀엽다고 말하는 세이의 시선은 줄곧 아렌에게만 박혀 있었다. 그가 하는 양이 꼭, 제게 귀엽다고 말하는 것 같아서 어쩐지 민망해졌다. 갓난아기가 귀엽다고 오두방정을 떠는 세이도 상상이 가지 않지만, 이것 또한 예상치 못한 반응이었다.

"갓난아기들은 많이 울 거라고 생각했는데, 어째서인지 제가 본 갓난아기들은 전혀 그렇지 않군요."

제스 베이비에게 시선을 돌린 세이가 잠시 옛날을 회상하는 것처럼 입을 다물었다. 호기심이 든 아렌이 슬쩍 물었다.

"갓난아기 많이 봤나 봐요."

"아뇨. 그렇진 않습니다. 이번이 두 번째니까요."

"첫 번째는 누구였는데요?"

나름대로 두근두근하며 기다리고 있는데, 세이가 눈을 내리깔며 고개를 저었다.

"죄송합니다. 그건 비밀입니다."

"흐응, 남자가 그렇게 비밀이 많아서야, 원……."

아렌이 장난 반 진담 반으로 혀를 끌끌 차자, 세이는 알 수 없는 미소만 지으며 화제를 돌렸다.

"그런데 아렌, 아기를 안고 계시는 게 꽤 잘 어울리시는군요. 동생 돌보는 꼬마 같기도 하고."

빙글빙글 웃으며 말하는 게 마치 약 올리는 것 같다. 꼬마라니. 그의 말에 마땅히 대꾸할 말을 찾지 못해 아렌이 이를 갈다가 말했다.

"세이, 지금 시비 거는 거죠."

"그럴 리가 있겠습니까."

"아, 얄미워. 가끔 세이 무진장 얄미운 거, 알아요?"

"아까 아렌은 저한테 아저씨라고 하지 않았습니까? 자업자득입니다."

어쩜 저렇게 얄밉고 여유롭게 웃을 수 있을까. 아렌이 입을 삐죽이 내밀었다가 제스 베이비를 들이밀었다.

"그럼 세이가 한번 안아봐요. 얼마나 잘 어울리는지 봐줄 테니까."

"싫습니다."

"왜요? 그러지 말고 한 번만……."

"내키지 않습니다."

필요 이상으로 단호한 거절에, 아렌이 움찔하며 제스 베이비를 다시 품에 끌어안았다. 세이의 태도는 때때로 무서울 정도로 확확 뒤집힐 때가 있는데, 지금이 그랬다. 싸늘해진 그의 얼굴을 보며 아렌이 입술을 달싹였다.

"세이는 가끔 매정할 때가 있어요. 저한텐 항상 잘해주면서."

도무지 알 수 없는 사람이라니까. 아렌은 그 말은 입 밖에 내지 않고 삼키고 앞에 놓인 찻잔을 들었다. 만나면 만날수록 신비로운 사람이었다. 외모도 외모거니와 세상을 달관한 것 같은 그의 태도가 더욱 그랬다. 가끔은 그녀의 머리 꼭대기에 올라가서 내려다보고 있는 것 같기도 하고. 무엇보다 마치 오래전에 본 적이 있는 것 같은 느낌이…….

"어? 세이, 우리 혹시……."

갑자기 터지는 말에 세이가 그녀의 얼굴을 뚫어질 듯 응시한다. 마찬가지로 세이를 바라보는 아렌의 얼굴이 서서히 기울어진다.

"만난 적 있어요?"

아렌이 무언가 기억날 듯 말 듯한 답답함에 미간을 좁혔다. 묘한 공기가 그들을 감싼다.

"옛날에, 한 번이라도."

만났다는 것인지, 아닌 건지 세이는 알 수 없는 미소만 짓고 있었다. 아렌은 인상을 찌푸리며 손으로 이마를 짚었다. 뭔가 중요한 기억이 날 것 같다가도 마치 썰물처럼 손가락 사이로 빠져나간다. 번져버린 수채화처럼 기억이 잔뜩 흐릿하다.

"그게 무슨 말씀이십니까?"

세이의 목소리를 듣자 마치 꿈에서 깬 듯, 아렌이 퍼뜩 정신을 차렸다.

"아, 아니에요. 세이. 내가 이상한 소릴 했죠? 신경 쓰지 마세요."

"아렌."

그가 그녀에게로 손을 뻗어 왔다. 또 무얼 하려고? 아렌이 움찔하자,

그는 손가락으로 그녀의 좁혀진 미간을 탁 집고 슬슬 문질렀다.

"웃으십시오. 아렌은 웃는 게 예쁩니다."

"하하……."

언젠가 자신이 제스한테 했던 행동이란 걸 떠올리니 얼굴이 약간 달아오른다. 세이가 손가락을 떼면서 가볍게 웃었다.

"아렌, 같이 축제 구경을 하러 가지 않으시겠습니까? 창밖을 보는 내내, 아렌이 좋아할 거라고 생각했습니다."

상냥한 제안에 아렌의 얼굴이 활짝 펴졌다. 아렌은 당장에라도 '네, 가요!'라고 대답하려다가 이내 입을 다시 다물었다. 제 품에 안긴 제스 베이비의 온기가 의식됐던 탓이다. 이런 작은 아이를 데리고 사람이 넘쳐나는 축제를 돌아다닐 수는 없는 일.

머뭇대는 그녀의 마음을 읽었는지 세이가 마저 말을 이었다.

"아이는 잠시 로도모나스에게 맡기는 게 어떻습니까. 어차피 잠시만 자리를 비우는 것이니."

"로도모나스, 부탁해도 될까?"

"……응."

평소라면 저를 빼고 놀러간다는 데 삐치기부터 할 텐데, 양처럼 순하게 아이를 받아 안는 모습이 낯설게 느껴졌다. 이것도 역시 세이가 있어서일까. 아렌은 기죽어 있는 로도모나스를 어떻게든 위로하고 싶어 그의 머리를 쓱쓱 쓰다듬었다.

"그래, 로도모나스만 믿을게."

'믿는다'라는 말에 로도모나스가 기쁜 듯 매우 순수한 미소를 지어 보였다. 초록색 눈동자도 생기를 되찾아 보석처럼 반짝였다. 아렌도 마주 보고 히 웃어주었고, 그런 그녀에게로 세이가 정중하게 손을 내밀었다.

"자, 가시죠."

세이의 부드러운 손이 그녀의 손을 그러쥐고는 테라스로 향했다. 아렌은 의아함에 약간 미간을 좁히며 그를 향해 말했다.

"세이, 문은 저쪽……."

"잊으셨습니까? 아렌, 제가 마법사라는 걸 말입니다."

은근한 장난기가 배어 있는 말이 떨어지기가 무섭게 아렌은 제 몸이 두둥실 떠오르는 걸 느꼈다. 배가 간질간질한, 내장이 요동치는 듯한 낯선 느낌에 아렌이 지레 겁을 먹으며 고개를 숙여보았다. 발이, 지면에서 떨어져 있었다……. 발을 까딱여봤지만 밑을 지탱해주는 건 아무것도 없다.

"악!"

아렌이 날카로운 비명을 내지르며 세이에게 착 달라붙자 세이의 두 눈이 약간 커졌다가 이내 가늘게 휘어진다. 몸을 잔뜩 붙이고 있어선지 그의 낮은 웃음소리까지 귓가에 선명하게 울려온다.

"마, 마법 쓰면 쓴다고 미리 말이라도 해줘야죠. 자, 잠깐. 이 마법이 혹시 중간에 발동을 멈추면 어떡해요? 그, 그대로 떨어지면……."

까마득히 높은 곳에서 추락하는 제 모습이 떠오르자 얼굴에서 핏기가 가신다. 옷깃을 잡은 손에 절박하게 힘이 들어가는 걸 보자 세이가 그녀의 머리를 두어 번 쓰다듬어주었다.

"걱정하지 마십시오. 그럴 일은 절대 없으니."

말이 채 끝나기도 전에 아렌은 제 몸이 다소 빠르게 붕 떠오르는 걸 느끼고 기겁했다. 순식간에 웬만한 건물보다 더 높이 떠올라버렸다. 딱히 고소공포증이 있는 건 아니지만, 그래도 갑자기 너무 높은 곳에 올라오니 눈을 뜨고 있을 수가 없었다.

"으으, 으으……."

아렌이 세이의 가슴 언저리에 고개를 박고만 있자 웃음소리가 더 커졌다. 조금 기다리니 배가 간질간질한 느낌이 사라지고 귀를 메우던 바람

소리도 잦아들었다. 더 높이 올라가는 건 멈춘 것 같았지만, 도저히 눈을 뜰 수가 없다.

부드러운 손길이 이마에 흐트러진 그녀의 머리카락을 귀 뒤로 쓸어 넘겨주었다. 그가 그녀의 귀 옆에 입술을 내리고 작게 속삭였다.

"아렌."

"으으……."

"아렌. 눈을 떠보겠습니까?"

'싫어, 차라리 죽으라고 해!'

아렌이 두 눈을 질끈 감은 채로 고개를 설레설레 흔들자, 그의 옷깃이 스르르, 작은 마찰음을 내었다. '세이가 이상하게 조용한데?'라고 생각하는 순간 따뜻하고 촉촉한 무언가가 아렌의 이마에 와 닿는다. 유난히 부드러운 그것이 도장을 찍듯 가볍게 누르고 떨어졌고, 아렌은 세이의 입술이라는 걸 깨닫자마자 눈을 번쩍 떴다.

"세이! 이젠 아주 대놓고!"

아렌이 주먹을 쥐려는 순간, 세이가 나지막이 웃으며 말했다.

"아렌, 주변을 둘러보십시오."

"……."

아렌은 무심결에 고개를 돌렸다가 시야 가득 펼쳐져 있는 밤하늘과 야경에 숨이 멎는 줄 알았다. 조심스럽게 세이의 몸에 감고 있던 한쪽 팔을 빼고, 고개를 들어보았다. 휘영청 밝은 달이 손을 뻗으면 닿을 듯 가까이서 빛나고 있다. 저 멀리 바다도 보이고, 건물들은 강아지 집처럼 작고 오밀조밀 모여 있다.

너무도 아름다워서 숭엄하기까지 한 광경에 절로 입이 떡 벌어진다. 얼마나 놀랐는지 세이에게 매달려 있던 팔을 푼 것도 의식하지 못했다.

"와……."

아렌이 두 눈을 휘둥그레 뜨며 탄성을 내질렀다.

"한 번쯤은 보여드리고 싶었습니다. 마음에 드십니까?"

"들다마다요. 너무……, 너무 예뻐요!"

아렌이 헤벌쭉 웃자 세이의 눈이 가늘어진다. 그의 검은 눈에 이제껏 보지 못한 기쁨이 자리 잡았다.

"자, 이제 걸어보십시오."

"거, 걸어요?"

"예. 지상에서처럼 말입니다."

아렌이 약간은 불안한 눈빛으로 세이를 바라봤다. 물론 허공에 떠 있는 건 마찬가지지만, 한 발짝이라도 내딛었다간 쑥 내려가서 떨어질 것 같다. 세이는 '겁먹을 것 없습니다.'라고 속삭이곤 그녀의 손을 잡아끌었다.

아렌이 약간은 달뜬 상태로 조그만 신음 소릴 내며 따라갔다. 다행히 상상했던 것처럼 쑥 내려가 추락하는 불상사는 생기지 않았다.

"하늘을 걷고 있어……."

아렌이 두 눈을 휘둥그레 뜨고 밑을 내려다봤다. 마치 투명으로 된 바닥을 걷는 듯, 단단했다. 두려움이 점점 가시자, 아렌은 움츠렸던 어깨를 펴고 주위를 돌아보기 시작했다. 숨 막히도록 아름다운 광경에 마치 꿈을 꾸듯 몽롱해지는 것만 같았다.

"와, 처음으로 세이가 부러워지네요. 세이는 이런 장면도 자주 볼 수 있을 거 아녜요."

"원하시면 언제든, 보여드리겠습니다."

"정말요?"

세이는 짧게 고개를 끄덕이는 것으로 대답을 대신했다. 조심스레 몇 발 더 내디딘 아렌은 용감하게 구름 위를 한 바퀴 휭 돌며 별을 구경했다. 보석처럼 반짝이는 별이 손을 내밀면 닿을 듯 바로 앞에 드리워져 있다. 아렌은 황홀해지다 못해 몽롱한 얼굴로 사방을 둘러봤다.

"마법이란 것, 굉장히 좋네요!"

"마법, 배워보시지 않겠습니까?"

뜬금없는 그의 말에 아렌이 두 눈을 휘둥그레 뜨며 그를 바라봤다.

"배워……요? 마법을요? 에이, 제가 마법을 어떻게 배워요? 엄청 머리 좋아야 되는 거 아니에요?"

아렌이 묻자 세이의 눈가에 옅은 웃음기가 서린다.

"괜찮습니다. 마법 이외의 것도 가르쳐드릴 테니, 나쁜 제안은 아니지 않습니까."

"에? 어떤 거요?"

아렌이 눈을 동그랗게 뜨며 말하자, 그가 천천히 그녀에게 고개를 숙였다. 어? 어? 아렌이 상체를 조금 젖히며 피하다가 휙 뒤돌려 하자 세이가 그녀의 허리에 팔을 휘감고 당겼다. 순식간에 다가온 그의 입술이 그녀의 귀에 감미롭게 속삭인다.

"이런 것, 저런 것, 다 말입니다."

"세이! 이게 무슨 짓이에요!"

아렌은 새빨개진 얼굴로 씩씩대며 세이의 어깨를 밀어냈다. 부끄러워서 어쩔 줄 몰라 하는 모습을 보며 세이는 손으로 입을 가렸다. 그녀가 눈매가 가늘게 좁혀졌다.

"……지금 웃는 거예요?"

"장난입니다. 보기보다 순진하군요."

"으으…….."

주먹이 절로 올라갔지만 차마 때릴 순 없어서 그대로 내렸다. 아렌은 그의 웃음이 멎을 때까지 기다려주지 않고 그 자리에 털썩 주저앉았다.

"흥, 어디 멈출 때까지 웃어봐요. 숨이 넘어가든가 말든가."

아렌이 퉁명스럽게 말하고는 밑을 내려다봤다. 축제가 한창인 하일렌 수도만이 경계를 그어놓은 듯 빛으로 물들어 있었다. 허공을 빛으로 물들인 것만 같다.

아, 정말 예쁘다. 제스한테도 보여주고 싶네. 지금 제스는 뭘 하고 있을까. ……잠깐, 내가 왜 싸가지 생각을 하고 있는 거지? 더 이상 생각 안 하기로 했잖아!

아렌이 주먹으로 그녀의 머리를 콩콩 치며 한숨을 내뱉었다. 그런 그녀 옆으로 웃음을 그친 세이가 옷깃 스치는 소리도 안 날 정도로 조용히 앉았다. 아렌은 그런 그를 모른 척할까 하다가, 이런 멋진 광경을 선물해줬으니 큰맘 먹고 용서해주기로 했다.

"세이, 세이는 왜 마법사가 됐어요?"

그녀의 말에 세이가 골똘히 생각에 잠겼다. 그러면 유들유들하게 '천재니까요.' 같은 대답이 나올 줄 알았는데 의외로 대답이 늦어지고 있었다. 생각 끝에 세이가 다소 낯설어하는 표정으로 그녀에게 말했다.

"이상한 질문이군요."

"이상한가요?"

"예. 이상합니다. 마치, 인간에게 왜 인간이냐고 묻는 것과 같은 질문이니까요."

"그 말은, 태어날 때부터 마법사였다는 건가요?"

"똑똑하시군요. 아렌."

세이가 아렌의 머리에 살포시 손을 올리고 쓰다듬어주자, 그녀의 얼굴이 구겨졌다.

"으…… . 정말이지 다들 날 어린애 취급을 못 해 안달이 났군요."

있는 대로 구겨진 그녀의 표정이 웃긴 듯 세이가 다시 유쾌하게 웃음을 터뜨린다. 요즘 들어 세이의 웃음이 많아진 것 같은 건 느낌일 뿐일까. 웃음소리가 잦아들자 그의 검은 눈동자가 옛날을 회상하며 허공을 향했다.

"태어날 때부터 마치 숨을 쉬는 것처럼 마법을 사용해왔습니다. 어떻게 사용하게 됐는지 물어도 드릴 말씀이 없습니다."

마치 숨을 쉬는 것처럼 마법을 사용해왔다니, 허풍일까, 진짜일까. 하긴 그 많은 병사들과 마법사들 사이에서 상처 하나 없이 살아나온 걸 보면, 세이는 그가 그토록 부르짖는 '천재 마법사'가 맞을지도 모르겠단 생각이 든다.

나, 의외로 대단한 사람을 알고 지내는지도. 아렌이 눈을 가늘게 뜨고 세이를 뜯어보자, 그의 입가에 다시 한 번 웃음기가 스쳐 지나갔다.

"그런데 그건 갑자기 왜 물어보십니까?"

"아아, 보통 마법사는 한 명씩 제자를 데리고 있고, 미친 듯이 학문에만 전념한다고 들었는데……. 세이는 항상 한가해 보이는 데다, 세이 스승님한테 마구 혼나가며 마법을 배운다고 생각하니 재밌어서 말이죠."

아렌의 얼굴에 장난기가 서리자, 세이가 낮게 웃음을 터뜨리곤 말했다.

"스승이라, 있으면 재미는 있겠군요."

"그다지 재밌진 않을 거예요. 얼마나 귀찮은데요, 이거 해라 저거 해라……. 거기다 성질 나쁜 노처녀 여선생님 걸려봐요. 노처녀 히스테리 모르죠? 그거 정말 무서운데……. 내 예전 예법 선생님이 그랬거든요. 숙제 안 해 오거나, 조금이라도 졸기라도 하면 그 자리에서 재가 될 때까지 갈궈댄다고요. 아아, 세이가 제대로 된 호랑이 스승님 한번 만나봐야 하는데. 세이가 꼼짝도 못하는 모습을 보고 싶네요."

아렌이 지나칠 정도로 빠르게 말하고는 입을 다물고 숨을 크게 들이쉬었다. 세이의 한쪽 입꼬리가 매끄럽게 올라갔다

"이미 꼼짝 못하고 있습니다만."

"에이, 거짓말."

"그런데 그런 모습을 봐서 뭐에 쓰실 겁니까?"

그 모습을 상상이라도 한 건지 아렌이 숨죽여 키득거리고는 말했다.

"재밌잖아요. 세이는 항상 여유가 넘쳐나서 가끔 그런 모습도 보고 싶다고요."

"꼼짝 못하도록 한번 노력해보겠습니다. 아렌이 원하신다면."

세이가 순순히 말하자 왠지 아렌은 자신이 진 것 같은 기분에 웃음을 지웠다. 약 올리기에 실패한 아렌은 좋은 생각을 떠올리고는 재차 입을 열었다.

"그럼 내가 스승님 해줄까요? 다른 건 몰라도 혼내는 건 자신 있을 것 같은데."

장난기 가득한 그녀의 말에 세이의 웃음소리가 울려 퍼졌다.

"뭘 가르쳐주실 겁니까?"

"글쎄요……. 음, 검술을 가르쳐줄까요?"

"그럼 가르쳐주십시오."

"에? 정말요? 진심이에요?"

아렌이 두 눈을 휘둥그레 뜨며 반문했다.

"예. 꽤 흥미가 있습니다."

"그럼 가끔 갈게요. 세이, 검 다룰 줄 몰랐군요."

그녀의 말에 세이는 알 수 없는 미소를 지어 보였다. 다룰 수 있다는 거야, 없다는 거야?

"꽤나 귀여운 스승이 생겼군요. 기대하겠습니다."

"어허. 스승님한텐 귀엽다고 하는 것, 아니에요."

아렌이 다소 엄하게 나무라듯 말했다. 스승의 권위를 세워보려 했으나 그 모습이 그의 눈엔 어린애가 어른이라고 우기는 것으로밖에 보이지 않아, 또다시 웃음이 터지려 했다. 그 기색을 읽은 건지 아렌은 금방 엄한 표정을 지우고 멋쩍게 입맛을 다셨다.

"그럼 세이, 세이는 언제부터 황성에 있었어요?"

"궁금하십니까?"

아렌이 은근한 호기심이 드러난 얼굴로 그를 흘끔 쳐다봤다.

"네, 뭐…… 세이 사실, 자기 얘긴 하나도 안 하잖아요. 항상 저만 얘기하고……."

아렌이 불만 섞인 어조로 말끝을 흐리자, 세이가 반대로 만족스런 미소를 지었다.

"기분이 좋군요."

"뭐가요?"

아렌이 두 눈을 동그랗게 뜨고 묻자, 세이가 별안간 그녀의 손을 잡았다.

"아렌이 저에 대해 궁금해한다는 것이……."

느릿느릿, 감미로운 선율같이 목소리가 흐른다. 그가 잠시 말을 멈추자, 아렌은 홀린 듯 그의 눈을 바라보았다. 그가 아주 천천히 그녀의 손을 그러쥐곤 제 입술로 가져갔다.

"……말입니다."

"으악! 세이! 정말!"

따스한 숨결이 닿자, 아렌은 화들짝 놀라며 그에게서 손을 빼냈다. 그리 단단히 잡고 있지 않았기에 그녀의 손은 쉽게 빠져나왔다. 아렌은 다른 쪽 손으로 반대쪽을 감싸며 손을 모았다. 그의 숨결이 닿은 살갗이 덴 듯 화끈거렸다.

"장난 그만 쳐요……."

아렌이 조그맣게 중얼대자, 웃음을 담은 검은 눈동자가 투명하게 반짝였다. 이어 그가 천천히 입을 열었다.

"황성엔 꽤 오래 있었습니다."

"……꽤라면 어느 정도의 기간이란 거예요?"

아렌이 화끈거리는 손을 이리저리 비비면서 말했다. 사실 그리 궁금하진 않았지만, 계속 말을 하지 않으면 어색해서 견딜 수가 없을 것 같았다. 그 마음을 읽은 건지 쓸데없는 질문에 그도 순순히 대답해주었다.

"아렌을 안 순간부터 지금까지를, 꽤라고 하기로 하죠."

"아니, 뭐 얼마나 됐다고…….."

세이가 손을 뻗어 아렌의 얼굴에 흘러내려 온 몇 가닥의 머리카락을 귀 뒤로 쓸어 넘겨줬다.

"꽤, 되지 않았습니까."

머릿속이 다시 복잡해졌다. 그녀가 그를 처음 만난 건 분명 시종이 된 날, 조각상을 닦던 때가 아니었던가? 고작해야 한 달 되는 시간이 '꽤'란 말인가?

아렌은 지끈지끈 아파 오는 머리를 부여잡았다.

"아, 도대체 무슨 소릴 하는 건지 모르겠네. 그럼 제가 조각상 닦을 때 처음 들어왔다는 소리예요?"

"당신이 그렇게 생각하신다면 그게 맞는 것이겠지요."

"으으, 또 얄미워지려고 해요. 세이랑 얘기하면, 수수께끼를 푸는 기분이에요. 말을 하면 할수록 머리가 복잡해지니, 원."

아렌이 입을 삐죽거리며 손을 들었다. 세이의 볼이라도 잡아당겨볼 생각이었지만, 야속하게도 그는 너무도 쉽게 그녀의 손길을 피했다. 약이 바짝 오른 아렌이 눈을 홉뜨고 그의 빈틈을 찾아 손을 뻗어보았지만, 하도 피하는 통에 포기하는 수밖에 없었다. 그리고 결국 승리는 마음껏 그녀의 머리를 헝클어뜨리는 세이에게 돌아갔다. 그의 장난 아닌 장난에 헛웃음이 절로 터졌다.

"세이도 참, 처음엔 착하기만 한 줄 알았는데 장난도 많이 치고……. 세이 어렸을 때, 사고 많이 쳤죠?"

"글쎄요……."

세이가 그녀의 머리에서 손을 떼곤 서서히 일어섰다. 그를 따라 일어난 아렌이 채 중심을 잡기도 전에, 허리에 팔이 감겼다.

"이러다간 축제가 끝나겠군요. 슬슬 내려가겠습니다."

아렌이 미처 그 말을 인지하기도 전에 그녀의 발을 받치고 있던 투명한 바닥이 사라져버렸다. 그와 함께 다소 빠르게 그들의 몸이 하강했고, 거센 바람 소리가 귓가에 감겨들었다. 아렌은 기절하기 일보 직전인 상태로 힘껏 소리 질렀다.

"으아악! 세이! 미리 말 좀 하라고요!"

그 시각, 로도모나스는 멍한 얼굴로 제스 베이비를 내려다보고 있었다. 아렌이 안고 있는 걸 흉내 내어 똑같이 안고 있는데, 어째서 계속 우는 건지 모를 일이었다. 사실 제스 베이비는 몸을 바르작거리며 '제대로 안아주세요!'라는 메시지를 팍팍 보내고 있었지만, 그걸 로도모나스가 알아줄 리가 없었다.

도대체 왜 이렇게 계속 우는 걸까? 아렌이 잘 돌보라고, 믿을 거라고 했는데…….

로도모나스는 제스 베이비를 슬쩍 테이블에 내려놓았다. 그치라는 뜻으로 슬쩍 손으로 볼을 꾹꾹 눌러보았더니 더 큰 울음이 터졌다.

머릿속에 세이의 얼굴이 그려졌다. 그에게 물어봐야 하는지 고민하다 보니 과거의 기억이 새록새록 떠오르기 시작했다.

제가 아렌의 곁으로 가기 전, 그는 분명 '그녀에게 무슨 일이 있으면 내게 말해라.'라고 당부했다. 그래서 로도모나스는 너무도 정직하게 무슨 일이 있을 때마다 말을 전했다.

「아렌이 밥을 먹어요.」

「아렌이 밖에 나왔어요.」

「아렌이…….」

「로도모나스, 정말 무슨 일이 있을 때에만 보고하도록.」

로도모나스는 푸딩을 먹으며 '무슨 일'이 뭔지에 대해 생각에 잠겼다. '무슨 일'의 기준은 대체 뭘까.

철학자보다도 더 심각해져 있는 로도모나스를 보고 아렌이 말을 걸어왔다.

「로도모나스, 무슨 일 있어?」

「…….」

「무슨 일이야? 말해봐.」

로도모나스는 아렌을 힐끔 바라봤다. 착한 데다 푸딩도 많이 주는 아렌에게는 뭐든 말하고 싶은 마음이었다. 하지만 주인이 '아렌에게 무슨 일이 있으면 말하라'는 말을 했다는 걸 알면 왠지 그녀가 화를 낼 것 같았다. 로도모나스가 고개를 휘휘 젓자, 아렌은 더 이상 묻지 않고 상냥하게 머리를 쓰다듬어줬다.

하지만 그녀에게 있어서 '무슨 일'이란 뭔지는 여전히 풀리지 않는 숙제였다. 그때부터 로도모나스는 아렌을 곁눈질로 관찰하기 시작했고, 운 좋게 '무슨 일'이 뭔지 알 수 있는 기회를 잡을 수 있었다.

「제스! 오늘은 좀 늦었네요.」

「…….」

「왜 늦었어요? 늦잠 잤어요? 안 하던 지각을 다 하고……. 무슨 일 일어나면 그건 다 제스 탓이에요. 하늘이 두 쪽이라도 나려나?」

「……일이 있었다.」

그 대화를 듣고 로도모나스는 아렌에게 있어서 '무슨 일'이란, 하늘이 두 쪽 나는 일이라는 걸 깨달았다. 그래서 아렌이 잡혀갔을 때도 세이에게 알리지 않았다. 하늘이 두 쪽 나야 알려야 하니까. 하지만 곧 병사들에게 둘러싸여 있는 아렌을 지켜봤을 땐, 정말 하늘이 두 쪽 날 것 같은 느낌에 세이를 불러왔다. 결과적으론 제때 부른 게 맞았지만, '이제까지 안 부르고 뭐 했냐.'는 싸늘한 질타를 받을 수밖에 없었다. '무슨 일'에 대한 경계가 다시 모호해지기 시작했다.

도대체 '무슨 일'이란 뭘까. 제스 베이비가 마구 울어댄다고 세이에게 말해도 되는 걸까, 이번에도 혼나면 어쩌지?

로도모나스의 도톰한 입술에서 가느다란 신음이 흘러나왔다.

"우웅……."

혼란스러웠다. 푸딩과 과자 중 어느 것을 먼저 먹을지 고민하는 것보다 더. 오랜 고민 끝에 그도 제스 베이비만큼이나 울상이 되었을 무렵, 창문을 누군가 톡톡 두드린다.

까악까악, 로도모나스가 두 눈을 동그랗게 뜨고 창문으로 시선을 돌렸다. 웬 까마귀가 창문을 부리로 콕콕 찌르고 크게 울었다. 다른 사람들이 듣기엔 평범한 새의 울음소리였지만, 로도모나스에게는 새가 무슨 말을 하는지 똑똑히 들려왔다.

— 새까매! 숯검댕이!

"새까맣지 않아!"

로도모나스가 대꾸했으나 까마귀의 울음소리는 비웃음처럼 커져갔다.

— 새까매! 새까매! 까악!

"우우……."

로도모나스는 화가 나서 볼을 잔뜩 부풀렸다.

— 잡으러 올 수 있으면 와보시지!

까마귀가 까악까악 웃으며 저 멀리로 날아갔다. 제스 베이비가 목청이 터져라 울어대는 소리는 더 이상 로도모나스의 귀에 들리지 않았다. 한낱 조류의 도발에 홀랑 넘어가버린 어린 마족은 결국 창문을 폴짝 뛰어넘어 까마귀 사냥에 나섰다.

"끄어어……. 세이, 일부러 그런 거죠……."

아렌이 파랗게 질린 얼굴로 중얼거렸다. 조금 전까지 딛고 서 있었던 구름이 까마득히 높은 하늘에 떠 있는 게 보였다. 저 부근에서 지상까지 30초도 되지 않는 짧은 시간 안에 떨어진 거다 보니 속이 괜찮을 리가 없었다. 욱 하고 올라오는 구토감은 세이가 등을 쓰다듬어주자 다행히 낫긴 했지만, 울렁거리는 느낌은 가시질 않았다.

세이가 장난스런 어조로 말했다.

"죄송합니다, 아렌. 그렇게 무서워하실 줄이야."

아무래도 알고 한 게 분명하다. 하지만 따질 기운도 나지 않았던 아렌은 슬쩍 시선을 돌려 한창 물이 오른 축제를 둘러보았다. 형형색색의 불빛이 눈을 따갑게 하는 가운데, 광장은 많은 사람들로 발 디딜 틈 없이 북적거리고 있었다.

"더 지체하다간 축제가 끝나겠습니다. 가시죠, 아렌."

세이가 그녀의 손을 잡아끌자 아렌도 그 따뜻한 체온을 의식하면서 그의 뒤를 따랐다. 세이는 너무도 유연하게 사람들 사이를 뚫고 아렌이 최대한 편하게 지나가게끔 길을 터주었다.

길가에 쭉 늘어서 있는 판매대를 둘러보던 아렌은 문득 무언가를 발견하고 발을 멈추었다. 꼬치구이를 파는 포장마차 앞에 눈물 나게 매워 보이는 빨간 꼬치가 눈에 들어온 것이다. 이거라면 세이를 골탕먹여줄 수 있다는 생각이 들자 입가에 절로 미소가 그려진다.

그녀는 가장 매운 단계의 꼬치를 들고 세이에게 손짓했다.

"세이, 이리 와봐요. 여기 맛있는 거 있어요."

"저는 괜찮습니다."

"아유, 이거 맛있다니까, 한입 먹어봐요."

아렌이 강제로 세이를 잡으려고 하자, 세이는 슬쩍슬쩍 간발의 차로 몸을 빼내며 그녀의 손길을 피했다. 바짝바짝 약이 오른 그녀는 얼굴이 새빨개졌고, 그 모습을 본 세이가 또 웃음을 터뜨렸다. 이렇게는 잡을 수 없다는 걸 깨닫자 아렌은 걸음을 멈추고 어깨를 축 늘어뜨렸다.

"세이, 지금 날 피하는 거예요?"

아렌은 잔뜩 풀이 죽은 연기를 했고, 세이가 한 세 발자국 정도 떨어져서 그 모습을 물끄러미 쳐다보았다. 잠시 후 세이가 한 발짝 다가왔고, 아렌은 이때다 싶어 꼬치를 그 앞에 들이밀었다. 꼭 한입 먹일 심산이었는데, 세이는 기다렸다는 듯 그녀의 목에 두 팔을 휘감고 끌어당겼다.

"으앗!"

그의 단단한 몸에 부딪쳐 코를 박게 된 아렌은 앞이 보이질 않아 허공을 허우적댔다. 그 바람에 손에 든 꼬치도 그만 떨어뜨리고 말았다. 세이가 팔에 힘을 빼자, 아렌은 밑으로 쏙 빠져나와서 두 눈을 크게 뜨고 세이를 올려다봤다.

"왜, 왜 이래요. 갑자기."

"역시 잘 어울리시는군요."

"어?"

세이의 시선이 닿는 곳에 손을 가져가보니, 자신의 오른쪽 머리에서 난데없이 딱딱한 금속이 차가운 느낌을 전했다. 뭐야, 이거 머리핀이야? 한

방 먹이려던 건 고사하고 이런 식으로 당하기까지 하다니. 아렌은 입술을
쭉 내밀었다.

"이건 뭐예요, 어차피 남장 중인데 어울리지도 않게…….'"

"그대로 하고 계십시오. 예쁩니다."

세이는 그녀의 모습을 감상하듯 빙글빙글 웃기만 했다. 그녀는 곧이어
자신들을 빤히 바라보는 상인을 의식하곤 서둘러 말했다.

"아, 죄송해요. 돈을 먼저 냈어야 했는데…….'"

"아닙니다. 아까 저분께서 계산하셨습니다."

상인의 말에 아렌이 두 눈을 휘둥그레 뜨고 세이를 올려다봤다.

"꼬치 가격을 냈다고요? 언제요?"

"조금 전에 했습니다만……. 스승이라면서 그 움직임도 보지 못한 겁니
까?"

세이가 눈을 가늘게 뜨며 말하자 뜨끔한 아렌이 냅다 소리쳤다.

"아아아아아니요! 당연히 봤죠! 당연히! 세이가 돈 내는 것 두 눈으로
똑똑히 봤어요!"

보기는 개 풀 뜯어 먹는 소리. 정말로 못 봤다. 도대체 언제 돈을 낸 거
야? 아렌이 태연한 표정으로 말한 후 눈길을 슬슬 피하자, 세이가 능청스
럽게 웃어 보였다.

"그렇다면 다행입니다. 제자로서 스승을 파문해야 하나 싶었습니다."

"으으……. 봐주세요. 앞으로 잘할게요. 잠깐, 근데 이거 약간 상황이
역전된 것 같은데…….'"

보통 제자가 스승을 파문한다고 협박하는 경우는 없지 않은가. 아렌이
'이게 아닌데…….'라고 중얼대며 고개를 설레설레 흔들었다. 어느새 축제
가 막바지에 이르렀는지 그들의 귀에 펑, 펑 폭죽이 터지는 소리가 들려
왔다.

"이제 마지막 불꽃놀이로군요."

"……."

세이가 먼저 하늘에 시선을 돌리자 아렌도 그를 따라 고개를 들었다. 불꽃으로 화사하게 수놓인 밤하늘이 왠지 서글퍼 보인다. 제스도 불꽃놀이를 보고 있을까. 그 생각이 들자 아렌은 저도 모르게 무거운 한숨을 뱉어냈다.

"피곤하십니까?"

세이의 목소리에 아렌이 퍼뜩 놀라며 그를 바라봤다. 제 침묵과 한숨이 피곤해서라고 생각한 모양이다. 그녀가 고개를 젓자, 세이는 별다른 말을 덧붙이지 않고 그녀를 이끌어 한적한 곳을 향해 걸어갔다.

별말 않고 그를 따라가던 아렌은 진열대에 놓인 은 시곗줄을 발견하고 눈을 반짝였다. 아렌이 걸음을 멈추고 진열대로 향했다. 그녀는 눈을 또르르 굴리며 생각에 빠졌다가 시곗줄을 가리키며 상인에게 물었다.

"이거 얼마예요?"

"아유! 물건 보는 눈이 있으시네. 십오 골드입니다."

가격을 듣고 아렌은 입을 쩍 벌렸다.

"십오 골드! 왜 이렇게 비싸요? 좀 깎아주세요."

"마지막 하나 남은 거라서 안 돼요. 이것도 마진 없이 드리는 건데요."

상인이 '마지막 하나'에 힘을 주며 강조했다. 아렌은 울상이 된 얼굴로 시곗줄을 내려다봤다. 15골드면 견습 기사 생활비의 절반이라, 남은 날을 생각하면 포기하는 것이 맞다. 하지만 정말 선물로 딱인데…….

아렌이 선뜻 사지도 못하고 그렇다고 못 본 척 갈 수도 없어 끙끙대고 있자, 세이가 그녀 옆으로 다가왔다.

"그게 필요하십니까?"

아렌은 화들짝 놀라며 시선을 돌렸다. 그는 아렌이 놓질 못하는 시곗줄을 유심히 들여다보고 있었다. 눈보다 손이 빠른 그가 혹여 먼저 돈을 낼까 싶어, 아렌이 잽싸게 고개를 내저었다.

"아, 아니요. 세이, 괜찮아요. 내가 살게요."

아렌이 눈물을 삼키며 돈을 내밀자 상인이 작은 주머니에 시곗줄을 넣어 건네주었다. 생활비의 반이 한순간에 날아가긴 했지만, 가장 큰 지출인 식비는 제스에게 빌붙어 줄일 수 있을 거라 생각하자 한결 마음이 가벼워졌다.

"이제 돌아가는 게 좋겠습니다."

만족스런 얼굴로 시곗줄을 들여다보던 아렌이 주변을 둘러봤다. 이미 축제는 거의 파한 상태였고 시간도 어느새 꽤 늦어 있었다.

아렌이 고개를 끄덕이자 그가 기다렸다는 듯 손을 잡았다. 그의 손에서 뿜어져 나온 흰 빛이 몸을 감싸자, 눈앞 시야 또한 안개 낀 듯 흐릿해졌다가 분명해졌다. 세이의 방에 도로 돌아왔다는 걸 깨닫자마자 아기 우는 소리가 귀를 때렸다.

"응애!"

"어어? 제스 베이비?"

아렌이 테이블에 덩그러니 남아 있는 제스 베이비를 발견하고 한달음에 달려가 안아 올렸다. 아기를 달래면서 주변을 돌아봤으나 어디에도 로도모나스의 모습은 보이지 않았다.

"로도모나스는 어디 갔지?"

아렌이 읊조리듯 중얼거리자, 세이가 얕은 한숨을 쉬며 말했다.

"로도모나스."

그에 반응하듯 세이 앞에 로도모나스가 반짝 나타났다. 그를 발견한 아렌은 가기 전과 달라진 로도모나스의 행색에 깜짝 놀랄 수밖에 없었다.

"로도모나스, 그게 꼴이 뭐야?"

"……끅."

아렌을 보자 로도모나스의 초록빛으로 빛나는 두 눈에 왕방울만 한 눈물이 그렁그렁 달렸다. 아렌은 일단 제스 베이비를 내려놓고 로도모나스에게 달려가서 옷에 붙은 깃털부터 떼어냈다. 무릎이 흙투성이인 건 그리 큰 문제가 아니었다. 옷 밑으로 드러난 맨다리와 팔에 온통 빨간 줄이 그어져 있었다.

"고양이라도 만난 거야? 왜 이렇게 긁혔어?"

"옆을 지키라고 했을 텐데."

치료 도구를 찾기 위해 일어서려던 아렌은 세이의 표정을 보고 숨을 삼켰다. 딱딱하게 굳은 목소리는 분명 저를 향한 게 아닌데도 목뒤가 서늘해졌다.

"죄송……합니다."

로도모나스가 고개를 떨어뜨렸다. 온몸으로 느껴지는 차가움에 짓눌려 초록색 눈동자가 불안하게 흔들렸고 몸은 잔뜩 움츠러들었다. 아렌도 소름이 쭈뼛 끼칠 지경이었지만, 용감하게 그 사이에 끼어들었다.

"세이, 세이! 갑자기 왜 이래요? 표정 봐, 와! 무서워."

"……."

"화 풀어요, 네? 로도모나스도 세이 말을 어기려고 한 건 아닐 거예요. 그치, 로도모나스?"

"끅끅."

로도모나스는 세이의 시선을 견디지 못하고 몸을 움츠리고 울음을 삼켰다. 부모님께 혼나고 매 맞은 어린아이가 저런 모습일까, 대체 백마흔 아홉 살이란 나이는 어디로 먹은 건지 모를 일이다.

아렌은 로도모나스를 달래랴, 세이 눈치 보랴 죽을 맛이었다. 정작 이 상황에서 화를 내야 할 건 그녀인데도 세이가 저리도 살벌하게 구니 그럴 수가 없었다. 아니, 화를 내지 않더라도 그냥 아렌은 땅이 꺼져라 한숨을 내쉬고는 그를 향해 다시 입을 열었다.

"세이……. 계속 이렇게 꽁해 있을 거예요?"

"……."

"세이, 잠시 자리를 비울 수도 있는 거죠! 로도모나스도 일부러 그런 건 아닐 거예요. 표정 좀 풀어요! 우으으, 나보곤 웃는 게 예쁘다면서요. 세이도 웃는 게 예쁘다고요!"

그녀의 말에 세이의 눈썹이 치켜 올라갔다. 반응을 보이는 데 의의를 두며 아렌이 용감하게 한 손으로 세이의 입술 끝을 잡고 쭈욱 밀어 올렸다. 망가진 얼굴을 보며 아렌이 실없이 웃음을 터뜨렸다.

"푸큭큭……. 세이, 지금 얼굴 정말 웃겨요."

"……."

"예쁜 얼굴이 다 망가지잖아요! 표정 좀 풀어요. 더 못나지기 전에."

얼굴에 닿아 있는 손을 덥석 잡은 그가 진지하게 말을 이어갔다.

"남자한테는……, 예쁘다는 소리를 하는 게 아닙니다."

그의 분위기가 조금이나마 풀린 것 같아, 아렌이 작게 웃으며 어깨를 살짝 토닥여주었다.

"예쁘니까 예쁘다고 하죠. 그나저나 로도모나스, 무슨 일이 있었던 거야?"

"까마귀가, 까마귀가 나보고 새까맣다고……."

투명한 녹안(綠眼)에 가득 담겨 있던 눈물이 한 방울 툭 떨어졌다. 그 말을 들은 아렌이 기가 막힌다는 얼굴로 그의 말을 되풀이했다.

"까마귀가 로도모나스보고 까맣다고 했어?"

"……흐어엉."

로도모나스가 서러운 듯 울음을 터뜨렸다. 보아하니 까마귀를 응징하

러 갔다가 도리어 당하고 돌아온 모양이었다. 마족을 궁지로 몰아넣고 할
퀴어대는 까마귀라니 세상엔 별게 다 있다 싶다.

아렌이 세이를 슬쩍 바라보자 그가 고개를 절레절레 저었다. 자신은 달
래주지 않겠다는 뜻일 것이다. 냉정한 주인 같으니. 그와는 달리 마냥 두
고 볼 수만은 없었던 아렌은 로도모나스의 얼굴을 적신 눈물부터 닦아주
었다.

"로도모나스, 우리 로도모나스는 하얘. 별처럼 하얗고 빛나."

"끅끅, 정말?"

"그럼. 새까맣지 않아. 내가 한 말이니까 믿어줄 거지?"

"으응……."

아렌이 어린아이를 어르듯 말하자 로도모나스는 소매로 눈가를 슥슥
문질러 눈물을 닦아냈다. 그가 울음을 서서히 그치자 세이가 온화한 미소
를 지으며 화제를 전환했다.

"외출은 어떠셨습니까?"

"아! 너무 즐거웠어요. 기분 전환도 되고……. 어떻게 답례를 해야 할지
모르겠네요."

"답례, 해주실 겁니까?"

"어어……. 할 수만 있다면……요."

아렌이 당황하며 말하자, 세이가 그의 입술을 톡톡 두드렸다. 그를 멍
하니 보던 아렌이 차마 숨을 들이쉬지도 못하고 빠르게 말했다.

"이……, 입술이 왜요? 입술 아파요?"

아렌은 제가 말하면서도 말이 안 된다고 느꼈다. 남자가 답례로 무언가
를 달라며 입술을 가리켰는데 그 의도를 모른다면 바보인 척하는 것, 아
니면 정말 바보겠지. 하지만 여기서 아는 척하는 것도 민망하기 그지없었
다. 이대로 모르는 척 넘어가주었으면 좋겠는데, 억지로 웃어 보이는 그

녀의 노력도 무시한 채 세이가 다시금 재촉했다.

"안 됩니까?"

"다, 다, 다, 다른 답례로 하면 안 될까요…….'"

아렌이 시선을 이리저리 돌리며 말을 더듬자, 세이는 그 모습을 즐기듯 웃음을 터뜨렸다. 이런, 또 당한 것 같다. 아렌이 기가 막힌 얼굴로 그를 쳐다봤다.

"또 장난이에요? 세이도 정말…….'"

아렌과 세이는 서로 바라보다 피식, 동시에 웃음을 터뜨렸다. 로도모나스도 완전히 울음을 그치고 세이도 더 이상 그에게 칼날 같은 눈빛을 보내지 않으니 상황이 나름대로 깔끔하게 정리된 편에 속했다. 아렌은 가벼운 어조로 말했다.

"있잖아요, 세이. 나는 항상 세이를 만나서 참 다행이라고 생각해요."

일순 세이의 얼굴에 미묘한 빛이 감돌았다.

"정말로, 그렇게 생각하십니까?"

"그럼요. 하일렌에서 세이를 만나지 않았으면 어쨌을까 눈앞이 깜깜한 걸요."

"그렇습니까?"

그가 나지막이 속삭이듯 말하고는 다시 말을 이었다.

"밤이 늦었습니다. 기사단으로 보내드리겠습니다."

아렌이 대답을 하기도 전에 세이가 손을 휘둘렀다. 그의 손에서 나온 흰 빛이 아렌과 로도모나스를 감쌌고, 그것이 순간이동 마법임을 안 아렌이 서둘러 그를 향해 손을 흔들며 작별인사를 했다.

세이는 은은한 미소로 화답했다. 그녀와 로도모나스의 모습이 사라지자 그들을 감싼 빛무리도 환영처럼 사라져갔다. 마지막 남은 영롱한 빛한 조각도 어둠 속으로 자취를 감췄을 때, 홀로 남은 세이가 나른하게 고개를 젖혔다. 붉게 달아오른 눈동자가 반짝였다.

"……분명 말씀드렸습니다. 다 당신 탓이라고."

외전. 더없이 소중한

　하일렌 제국의 북부에 위치한 하얀 엘프의 들판은 초록빛으로 물들어 있었고, 온 들판의 풀잎이 바람에 따라 일렁였다. 그 중앙에, 한 여인이 서 있었다. 그녀의 곱고 긴 흑발이 바람에 따라 요동쳤다. 흑발에 대비되는 희고 생기 있는 피부와 유려하게 뻗은 눈매, 가느다란 턱 선은 보는 누구든 홀릴 정도로 절색이었다.

　눈에 띄는 점은, 그녀의 가느다란 팔 끝에 검이 들려 있다는 점이었다. 검신이 존재를 알리듯이 새하얗게 빛나고 있었고, 물결을 표현한 곡선이 검 등을 따라 새겨져 있었다. 그녀는 눈을 감은 채로 검에 신경을 집중하는 듯이 보였다. 멈춰 서 있는 그녀는, 원래 풍경의 한 일부였던 것마냥 어울려 그림같이 아름다웠다.

　이내 그녀의 손에 한순간 힘이 들어가는 것 같더니 허공을 향해 검을 크게 휘두르는 것을 시작으로 검무가 시작됐다. 검이 빠르게 허공을 휘저으며 바람을 갈랐다. 그녀의 길고 흰 플레어 원피스가 그녀의 움직임에 물결치며 화려함을 더해주었다. 흑발의 머리카락이 정신없이 휘날리며 시선을 어지럽힌다.

　검이 햇빛을 반사시키며 번쩍거렸고 바람도 그녀의 움직임을 따라가는 것처럼 들판을 휩쓸었다. 붉은 입술이 한순간 미소를 짓는가 싶더니, 검을 하늘을 향해 치켜드는 것으로 검무가 끝났다.

"헉, 헉······. 오랜만에 하려니 힘드네. 휴, 나도 늙었나 봐."

그녀가 이마에 흥건한 땀을 닦았다. 곧이어 여인은 그녀에게로 다가오는 한 소년을 발견하고 환하게 웃었다.

"어머니."

"제스!"

여인이 소년을 향해 달려가서 폭 안았다. 그 바람에 검이 날카로운 소리를 내며 땅에 떨어졌으나 개의치 않았다. 제스라고 불린 흑발의 어린 소년은 여인을 닮아 조각 같은 미남형이었다. 기껏해야 여덟아홉 살 정도로밖에 보이지 않았지만, 그가 풍기는 점잖은 분위기와 인상은 그 나이 또래라 할 수 없었다. 소년이 불편해하자 여인은 그를 놓아주는 대신 두 어깨에 손을 얹으며 화사하게 웃었다.

"아들, 잘 다녀왔니?"

"네."

소년이 고개를 끄덕였다. 여인이 그의 머리를 빗어주며 정리해주었다. 그 와중에도 소년의 타고난 무표정엔 변함이 없었다.

"거스름돈은?"

"모자랐습니다. 어머니. 이번에도 셈을 잘못하여 주셨습니다."

소년이 불만 섞인 어조로 말했으나, 여인은 그런 아들이 귀여워서 참을 수 없다는 듯이 헤벌쭉 웃었다.

"그래서, 못 샀어?"

그녀의 물음에 소년이 손에 들린 저녁 반찬거리를 들어 올리며 의아한 듯 말했다.

"아니요. 도리어 더 담아주셨습니다."

여인이 작은 웃음을 터뜨렸다. 소년은 이해하지 못하는 모양이지만, 필시 그의 미모에 반하여 이것저것 더 준 것이 분명했다. 당황해하며 거절하는 소년의 모습이 눈에 선했다.

"역시 우리 아들이야!"

"그건 무슨 말씀……."

"우리 아들 최고라고!"

여인이 엄지를 치켜들자, 소년은 이해 못 하겠다는 듯 고개를 설레설레 저었다. 그러다가 소년의 시선이 바닥에 떨어져 있는 검을 향했다. 검에서 반사된 햇빛에 눈을 감을 만도 한데, 그는 뚫어져라 검을 바라보았다.

그가 한참 후에 입을 열었다.

"오랜만에 검을 드셨군요."

"으응? 좀이 쑤셔서 말이야."

여인이 그제야 검을 들고는 이리저리 휘두르다가 소년에게 건넸다.

"검, 들어보렴."

소년이 어색하게 그녀에게서 검을 받아 들고 짐짓 의아해했다.

"생각보다 가볍고 손잡이도 잡기 편하지? 나를 위해 직접 제작된 거란다."

소년이 여인을 응시하다가 검을 한 번 휘둘러봤다. 검을 드는 것이 무척 어색한 듯 보였지만, 그와 동시에 기가 막히게 잘 어울렸다.

"이건 어머니만을 위한 검이었군요."

"너의 아버지가 구애를 하며 나한테 딱 맞는 검을 만들어서 주지 뭐니. 이름 약자까지 새겨주는데 받지 않을 수가 있어야지."

여인이 허리에 손을 턱, 올려놓으며 호기롭게 말했다.

"역시, 예쁜 게 죄라니까. 너의 아버지가 옛날에 얼마나 뒤를 따라다녔는지."

여인이 턱을 치켜들며 당당히 말하자, 소년의 눈에 의심이 차올랐다.

"……믿지 못하겠습니다."

"뭐? 이거 봐. 이름이 적혀져 있질 않니? 에클렛 카르시안. 내 이름!"

여인이 검에 새겨진 E. Karsian을 가리키며 말하자 소년은 이리저리 이니셜을 뜯어보다가 여인을 잠시 응시했다. 그것이 소년이 하고 싶은 말이 있을 때 나오는 버릇이라는 걸 알고는, 여인이 어서 말해보라는 뜻으로 고개를 갸우뚱했다.

"아버지는, 어떤 분이십니까?"

소년이 약간 망설이면서 묻자, 여인이 잠시 당황했다. 이제껏 소년은 아버지란 존재를 마치 없는 사람 취급했기에. 이야기를 해준다고 해도 사양하곤 했다. 하지만 사실 궁금했던 거겠지. 기억엔 없는 아버지란 존재가. 여인은 희미하게 웃어 보이며 소년을 향해 말했다.

"다정한 사람이야. 그렇게 생각하는 건 나뿐인 것 같았지만."

"……."

"하지만, 절대로 가까이 가선 안 돼. 위험한 사람들이 많단다."

그 모습을 보는 여인의 눈동자가 한순간 고요하게 가라앉으며 입가에 미소가 사라졌다. 그녀가 짐짓 진지한 얼굴로 소년을 향해 물었다.

"아들, 검 배워볼 생각 없어?"

소년의 푸른 눈동자가 여인을 향했다. 그 까닭을 묻는 듯하다.

"날 닮아 검을 잘 쓸 것 같은데 말이야."

여인이 실없이 웃으며 소년의 머리를 토닥거리자, 소년은 묵묵히 검을 내려다보다가 여인에게로 내밀었다.

"검을 쓰고 싶지 않습니다."

"왜?"

"생명을 쉬이 여기고 싶진 않습니다."

무뚝뚝한 어조와는 어울리지 않는 말이다. 그녀의 눈엔 금방이라도 눈물이 차오를 것처럼 젖어들었다.

"언젠간, 너의 마음을 알아봐주는 사람이 있었으면 좋겠구나."

소년을 본 누구든지 '너무 차갑다', '아이답지 않다'라고들 한마디씩 했지만, 그것은 그에 대해 잘 몰라서 하는 소리였다. 무뚝뚝함과 차가움으로 가려져 있지만, 누구보다도 상냥하고 따뜻한 마음씨를 지녔다. 여인이 소년의 흑발을 쓰다듬자, 제스는 의아한 듯 말을 이었다.

"오늘따라 이상한 말을 많이 하시는 것 같습니다."

"내가 그랬나?"

여인이 발랄하게 대답하며 소년의 손에서 검을 건네받았다. 새하얀 검신이 햇빛을 반사시키며 환하게 빛났다. 여인은 검을 횡, 휘두르고는 검에 시선을 고정하고 입을 열었다.

"아들, 검이란 건 말이야. 사람을 죽이기도 하지만, 살리기도 한단다."

"이해치 못하겠습니다."

"아들이 만약 검을 쓰게 될 날이 오면, 사람을 살리는 검을 썼으면 좋겠어. 쓰게 될 날이 아예 오지 않았으면 좋겠지만 말이야."

여인이 검을 든 팔을 서서히 떨어뜨리며 말했다. 그녀의 웃음에 씁쓸한 기색이 감돌자, 소년은 어머니를 슬프게 했다는 사실에 아차 하며 급히 화제를 전환했다.

"오늘 저녁은 제가 해드리겠습니다."

"야호! 오늘은 아들의 특식이네! 뭘 해줄 거야?"

여인이 금방 환하게 웃으며 뛸 듯이 기뻐하자 소년은 마주 보며 아주 옅은 미소를 지었다.

여인도 소년도 그런 평화로운 나날들이 계속되길 바랐다.

"제스, 제스!"

낭랑하게 울리는 목소리가 제스의 상념을 깼다. 제스가 대답을 하지 않자, 은발의 시종이 뭔가 불만이 가득한 어조로 투덜대기 시작했다.

"청소 다 했다고요. 으이구! 난 환잔데 왜 청소를 해야 되는 거야?"

"황궁 시종 중 그 정도 일하지 않는 자가 어디 있다고."

"그래도 전 다쳤잖아요?"

"다치면 시종이 아니게 되는 건가?"

"그런 건 아니지만."

"그렇다면 잔말 말고 청소나 해라."

"……눼에."

아렌은 입술을 삐죽 내밀면서 한동안 걸레질에 전념했다. 하지만 그것도 잠시, 몸을 일으킨 아렌이 허리에 매여 있던 검을 빼내 들었다.

"참, 제스, 제스가 준 검 말인데요."

"……."

제스는 아렌의 허리춤에 있는 검으로 시선을 옮겼다. 그녀가 가지고 있는 검은 제스가 처음으로 든 검인 동시에, 바로 어머니, 에클렛의 검이다. 제스가 작은 손잡이 때문에 쓰지 못하는데도, 줄곧 지니고 다니던 검이다. 남자치고 작은 손이 신경 쓰여서 결투할 때 쓰라고 빌려줬지만, 그 후에도 어째선지 회수하지 않은 상태다.

"궁금한 게 있는데……."

아렌이 손가락을 꼬며 말끝을 흐렸다. 무엇이 궁금한지 익히 짐작은 되었다.

"그 검."

"네?"

"잃어버리면 손목을 잘라버리겠다는 말 잊지 마라."

"만약 실수로라도……."

"실수라면 목을 자르겠지."

뒤에선 아렌이 조그맣게 구시렁거리는 소리가 들렸지만 제스는 무시하며 창밖으로 시선을 던졌다. 구름 한 점 없는 맑은 하늘이 제스의 눈동자에 가득 차올랐다. 그날도, 이런 하늘이었다. 왜 문득 그때가 떠오른 것인가.

그때, 아렌의 투덜거림 속에서 유난히 크게 들려오는 말이 있었다.

"제스, 항상 저보고 죽인다, 죽인다 하는데, 실은 검 쓰는 거 그다지 좋아하지 않잖아요? 그런데 왜 그런 협박을 하는 거예요?"

줄곧 무시만 하던 제스가 갑자기 뒤돌아서서 아렌을 바라봤다.

"왜, 왜요?"

단지 뒤돌아선 것뿐인데도, 아렌이 움찔하며 경계 태세를 취했다. 제스가 천천히 입을 열었다.

"방금 그 말. 무슨 뜻이지?"

"그냥……. 제스가 검을 들 때 느낌이 그랬어요. 으음, 잠깐씩이지만, 내키지 않는 것처럼 보였어요."

"……."

"그냥 제 착각이었겠죠? 하하, 그렇게 검을 잘 쓰는데 좋아하지 않을 리가……."

아렌의 말을 들을수록 제스의 눈이 점점 가늘어졌다. 왠지 분위기가 한껏 무거워지고 말았다. 내가 한 말이 그렇게 이상한 말이었나? 그렇게 생각하며 눈을 굴려대던 아렌은 문득 제 배에서 울리는 배꼽시계 소리를 듣고 손뼉을 짝 마주쳤다.

"참, 제스. 식사 가지고 올게요."

"……."

"허락해주겠죠? 점심도 제대로 못 먹어서 배가 등가죽에 붙을 지경이라고요."

아렌은 어색하게 과장된 몸짓을 보이며, 쌩하니 집무실에서 달려 나갔다. 그녀가 서 있던 자리를 응시하던 제스가 천천히 눈을 감았다.

검을 들고 싶지 않다던 소년의 모습은 이미 사라진 지 오래다. 제스의 어머니, 에클렛 카르시안을 위해 제작되었다는 검이 주인을 잃은 날, 소년은 스스로 검을 들었다. 그 후로 자신을 다지고 또 채근해왔다. 망설임 따위 있어선 안 된다고. 그런데 아무것도 아닐 줄 알았던 저 시종에게서 예상외로 너무 많은 것을 듣고 있었다.

그때 계단 올라오는 발소리와 함께 집무실의 문이 활짝 열렸다. 거기엔 조금 전에 나간 은발의 시종이 식사를 들고 헉헉거리며 서 있었다. 실로 놀라운 속도였다.

"제스, 식사 가져왔어요! 저, 빨리 와서 놀랐죠?"

"……."

"사실 식사 가져오던 기사랑 맞닥뜨렸어요. 헤헤."

아렌이 멋쩍게 웃으면서 책상에 식사를 놓았다.

"이상한 녀석이군."

언뜻 그 말이 부드럽게 들린 건 착각이었을까. 제 눈을 의심하며 두 눈을 비벼보자 역시나 평소의 쌀쌀맞은 표정 그대로다. 그가 자리에서 일어났다.

"빨리 먹고 나와라."

제스가 검을 챙겨들고 발걸음을 옮기자 아렌이 입안 가득 들어 있던 음식을 통째로 삼켰다.

"네? 어디를요?"

"연무장으로."

"왜……. 설마 검, 가르쳐주시려고요?"

459

"……."

"와, 그런 거라면 지금 동행하겠습니다. 단장님!"

아렌이 식사도 그만두고 단번에 의자에서 폴짝 내려가서 제스의 뒤를 따랐다. 그들이 집무실에서 나갔고, 아렌이 '웬일이에요? 혹시 뭐 잘못 먹었어요?'라고 주절대는 소리가 집무실로부터 점점 멀어졌다. 아렌의 조잘거림 사이로 잔잔하게 울리는 '입 찢어버리기 전에 닥쳐.'라고 말하는 제스의 목소리가 끼어든 다음에야 사방이 고요해졌다.

— 2권에서 계속.